R & L

Russell Andrews

Anonymus

Roman

Aus dem Amerikanischen
von Uwe Anton und Michael Kubiak

Rütten & Loening
Berlin

Die Originalausgabe unter dem Titel
Gideon
erschien 1999 bei The Ballantine Publishing Group, New York.

ISBN 3-352-00571-0

2. Auflage 2001

Einbandgestaltung Andreas Heilmann, Hamburg
Druck und Binden GGP Media, Pößneck
Printed in Germany

www.ruetten-und-loening.de

Für Bill Goldman, der vieles verdient, vor allem aber diese beiden Dinge: absolute Anerkennung für dieses Buch und eine Saison in der Knicks-Meisterschaft.

Danksagung

Dank an John Alderman und seine Kollegen an der Merrill Lynch für ihre Auskünfte in finanziellen Angelegenheiten; Elaine M. Pagliaro vom Forensischen Labor der Staatspolizei von Connecticut für ihre Auskünfte über Sprengstoffe; und Jon Katz für seine Auskünfte über das Internet. Janice Herbert führte gewissenhafte und sehr gründliche Nachforschungen durch, und Marv Donnaud ist ein ausgezeichneter Pilot und Fluglehrer für Langstrecken. Mein Dank geht auch an Dominick Abel, Jack Dytman und Esther Newberg, weil sie von Anfang an dieses Buch geglaubt haben; an Lorenzo Carcaterra, William Diehl und Stan Pottinger, weil sie frühe Fassungen gelesen und uns gute Ratschläge gegeben haben; und an Linda Grey und Leona Nevler für ihr Vertrauen, ihre Unterstützung und ihre ausgezeichnete redaktionelle Führung. Und natürlich geht unser Dank wie immer an Janis Donnaud, der wir zahlreiche Wochenenden und Abende verdorben haben, und an Diana Drake, die nur um fruchtbaren Ackerboden und ein Happy-End bittet.

Die Vergangenheit ist nicht tot. Sie ist nicht einmal vergangen.

William Faulkner

Prolog

8. Juli

Washington, D.C.
Erneut erwachte er schreiend.

Es war immer derselbe Traum, derselbe furchtbare Traum, aus dem es kein Entrinnen gab.

Aber diesmal war etwas anders. Diesmal gab es keinen Abstand, kein Gefühl der Sicherheit. Der Traum war real geworden. Die Farben leuchteten, die Töne waren scharf. Er konnte die Gesichter sehen, die Stimmen hören. Den Schmerz fühlen.

Und er mußte sich das Schreien anhören.

Als ihm klar wurde, daß er wach war, daß das Geräusch, das er hörte, wirklich war, unterdrückte er einen Schrei, und die körperliche Anstrengung schmerzte in seinem Hals, als würde man ihm das Geräusch aus der Kehle reißen. Er mußte sich zwingen, daran zu denken, wo er war, wer er war, um nicht erneut zu schreien. Und dann mußte er sich so fest auf die Lippe beißen, daß Blut floß. Er wußte, sonst hätte er minutenlang, stundenlang geschluchzt und geweint.

Er war schweißgebadet; das Laken unter ihm war so feucht, daß er glaubte, er hätte ins Bett gemacht. Aber das alles war nichts Neues. Daran war er gewöhnt. Nein, das *Ende* des Traums ließ ihn so schwach und zitternd zurück. *Das* war anders daran.

Diesmal hatte er geträumt, er hätte geredet.

Und weil er an die Wahrheitstreue von Träumen glaubte, war er entsetzt aufgewacht.

Die Ursache für sein Entsetzen hatte sein Denken seit dem Augenblick beherrscht, in dem sie zu ihm gekommen war, die Frau, die er so uneingeschränkt und unterwürfig liebte, seit sie ihm gesagt hatte, sie müsse unter vier Augen mit ihm sprechen.

Es war an einem sonnigen Nachmittag gewesen, und er erinnerte sich an den warmen Schein, den er gespürt hatte, als er sich in der Erkenntnis sonnte, daß alles perfekt lief, all ihre Pläne so glatt aufgingen. Als sie sich zu ihm beugte und ihm etwas zuflüsterte, kam sie ihm ganz anders vor. So hatte er sie noch nie gesehen. So verängstigt, bleich und zitternd. Dann erzählte sie ihm von dem Päckchen, das sie bekommen hatte. Was darin war. Und von den Anweisungen, die sie erhalten hatte.

Danach hatten sie lange dort gesessen und sich festgehalten. Nichts gesagt, weil es nichts zu sagen gab. Weil alles, wofür er gearbeitet hatte, wofür *sie* gearbeitet hatten, nun in sich zusammenbrach. Nein, nicht zusammenbrach. Explodierte.

Er hatte alle Termine abgesagt, keinen Anruf mehr entgegengenommen. Sie hatten sich hinter verriegelten Türen versteckt. Dann hatten sie sich unterhalten, ihre Möglichkeiten durchgesprochen, jede einzelne ruhig und vernünftig erörtert. Analysiert. Sondiert. Bis sie schließlich ihre Hand auf die seine gelegt hatte. Ihre Haut war kühl und weich.

»Du kannst nur eins tun«, sagte sie.

»Ich kann nur eins *nicht* tun«, erwiderte er traurig.

»Es gibt keine andere Möglichkeit. Alles andere ist zu riskant, zu schrecklich für dich.« Sie berührte seine Wange. »Was, wenn sie es herausfinden? Überleg doch, was dann passieren wird.«

Er mußte nicht fragen, wer »sie« waren. Und er mußte nicht überlegen. Er wußte genau, was passieren würde.

Er wußte aber auch, daß er niemals den Ausweg wählen würde, zu dem sie ihn drängte. Sie machte diesen Vorschlag nur, weil ihr wirklich nicht klar war, welche Macht er besaß, weil sie nicht wußte, was sie wirklich von ihm verlangte, indem sie ihn bat, einfach aufzugeben.

Also hatte er sich eine andere Lösung einfallen lassen. Eine viel bessere.

Der letzte Traum bewies ihm, daß sie richtig war. Und gerecht.

Er setzte sich plötzlich im Bett auf und blinzelte heftig, um den Alptraum – und die Einsamkeit der Nacht – verschwinden zu lassen.

Draußen wurde es gerade hell. Die ersten Sonnenstrahlen fielen so sanft herab, daß es schien, als hätten sie nicht die Kraft, durch die Schlafzimmerfenster zu dringen. Doch weder die Schatten der Dämmerung draußen noch die eiskalte Luft, die aus der Klimaanlage strömte, konnte die brutal hohe Luftfeuchtigkeit dieses Sommers in Washington vertreiben. Sein schnelles Atmen verlangsamte sich etwas, und er öffnete die geballten Hände. Er wollte sich zwingen, ruhig und entspannt zu sein. Ins Leben zurückzukehren. Aber er konnte es nicht.

Er schaute nach links, wo seine Frau noch tief und fest schlief. Er fragte sich, wie sie überhaupt schlafen konnte, und war doch froh darüber. Zum erstenmal, seit er sie kennengelernt hatte, befürchtete er, sie nicht ansehen, ihr nicht sagen zu können, was er dachte. Doch trotz allem freute er sich, ihr sanftes, rhythmisches Atmen zu hören, das ihm so angenehm vertraut war. Und es gab noch ein weiteres Wunder: In siebenundzwanzig Ehejahren war sie stets nur ein Trost für ihn gewesen. Nie etwas anderes als ein Fels in der Brandung.

Er schwang die Beine aus dem Bett. Sie zitterten noch immer. Er blieb noch einen Moment lang sitzen, drückte die nackten Füße auf den pastellfarbenen Aubusson-Teppich und fuhr mit der linken Hand über die glatte, ausgehöhlte Kugel des Bettpfostens. Er liebte ihr Himmelbett. Geschreinert im Jahre 1782, mit Datum und Signatur versehen von Nathaniel Dolgers, dem bedeutendsten Zimmermann der Kolonien. Das Bett war eigentlich zu klein für sie und gar nicht so bequem. Aber er bestand darauf, daß sie darin schliefen. Er betrachtete seine Frau, die sich in den Laken zusammengerollt hatte, und lächelte. Sie glaubte, er hinge dermaßen an diesem Bett, weil er schon immer gern mit den Händen gearbeitet hatte und eine gute, ehrliche Handwerkskunst zu schätzen wußte. Aber das war nicht alles. Der wirkliche Grund war, daß das Bett 175000 Dollar gekostet hatte. Jeden Abend, bevor er einschlief – falls er überhaupt schlief –, dachte er daran, was seine Mutter getan hatte, als er ihr gesagt hatte, daß er in einem Bett von 175000 Dollar schlief.

Sie hatte den Kopf zurückgeworfen und gelacht und gelacht, bis Tränen des Staunens ihre lederharten Wangen hinabflossen.

Seine Beine waren jetzt ruhiger, sein Herz hämmerte nicht mehr. Er stand langsam auf und ging zum Fenster. Direkt vor ihm lag verlassen und ruhig der Platz. Rechts unten schloß sich der Garten an das Haus an; er konnte die Silhouetten der Blumen ausmachen. Er sah zu der Schlafenden hinüber und mußte den Kopf schütteln. Sie hatten sie immer als »ihre« Blumen angesehen. Wenn seine Frau vor einer Grant-Thomas-Rose oder einer *Campanula lactiflora* stand, wurde ihr Gesicht weicher, leuchteten ihre Augen und sprach sie in einem sanften, musikalischen Tonfall. Und wenn sie diese Blütenblätter berührte – was für eine Liebkosung, was für eine Zuneigung! Und wann immer er an einem der Sträuße vorbeiging, die sie für das Haus geschnitten hatte, mußte er unwillkürlich die Hand ausstrecken und die Blütenblätter ebenfalls berühren. Er hatte stets den Eindruck, daß er seine Frau berührte. Und sie ihn.

Er wandte sich vom Garten ab und ging leise ins Bad. Er betrachtete sein Gesicht im Spiegel über dem Marmorwaschbecken. Für fünfundfünfzig Jahre sah er gut aus. Sein Kinn war eckig, die Augen blau und voller Zuversicht. Natürlich, sein Haar war grauer geworden, vor allem im Verlauf der letzten drei Jahre. Aber er hatte sein Gewicht gehalten, war vielleicht fünf Kilo schwerer als damals, als er auf das College gegangen war. Er hatte ein paar Falten bekommen, vor allem um die Augen; verdammt, das konnte ihm keiner zum Vorwurf machen. Und alle stimmten überein, daß er damit distinguiert aussah.

Er kam zum Schluß, daß es an der Zeit war, sich zu rasieren. Er griff nach einem elektrischen Rasierapparat und wünschte sich – wie jeden Morgen – einen altmodischen Naßrasierer. Aber davon wollte sie nichts hören. Das sei zu unberechenbar, sagte sie. Was, wenn er sich schnitt? Wenn er zur ersten Konferenz des Tages mit einem blutigen kleinen Fetzen Toilettenpapier an seinem Kinn erschien? Manchmal fragte er sich, ob irgend jemand etwas sagen würde. Na ja, er würde es nie erfahren. Er war nicht in der Lage, so etwas Unberechenbares wie einen altmodischen Naßrasierer zu benutzen.

Als er mit dem Rasieren fertig war, legte er sich auf die kalten Bodenfliesen und fing mit den Rückenübungen an. Er zog die Knie zur Brust hoch und legte die Arme um sie. Dann schaukelte er vor und zurück, streckte sich, fühlte, wie seine Muskeln sich lockerten.

Es gab einen Übungsraum im Haus. Ganz die perfekte Ehefrau, hatte sie eins der Schlafzimmer im ersten Stock um- und die neuesten Geräte einbauen lassen. Er benutzte sie manchmal, hüpfte auf das Laufband und versuchte, in zehn Minuten eine Meile zu schaffen, arbeitete mitunter sogar an den Gewichten. Aber für das morgendliche Stretching benutzte er das Bad. Vor allem, weil er hier allein war.

Der Traum verblich nun allmählich. Wie immer brachte der Morgen ihm eine gewisse Erleichterung. Und heute eine neue Klarheit. Denn in gewisser Hinsicht hatte der Traum mit dem Sonnenaufgang kein Ende genommen. Ein Teil von ihm war zurückgeblieben, lockte verführerisch. Jener Teil, der die Aussicht auf Erleichterung enthielt. Und auf Wahrheit.

Falls ihn irgend etwas mehr erschreckte als der Traum selbst, dann die Aussicht, diese Wahrheit in Erfahrung zu bringen. Das, was er allmählich für die Wahrheit hielt. Doch er wußte, daß es sich nicht vermeiden ließ. Und er wußte genau, wie er es anstellen mußte.

An der Wand rechts neben dem abgeschrägten Spiegel mit Goldrahmen hing ein Telefon. Er nahm den Hörer ab, zögerte und trommelte mit den Fingern auf die rosa Marmorplatte. Diese Nummer rief er fast jeden Morgen an; es brachte ihn stets zum Lachen oder ließ ihn vor lange vergessenem Stolz glühen.

Er wählte die Nummer, und die Stimme am anderen Ende der Leitung lachte meckernd und zitternd vor Alter, Alkohol und viel zu vielen selbstgedrehten Zigaretten.

»Mutter«, sagte er.

»Mich laust der Affe, das ist sogar für dich ziemlich früh. Erzähl mir bloß nicht, die würden dich da oben auf Trab halten.«

»Nicht mehr als sonst. Hast du in letzter Zeit mal in deinen Safe geschaut, Mutter?«

»In meinen Safe? Warum in aller Welt sollte ich ...«

Sie hielt inne. Er wartete darauf, daß bei ihr der Groschen fiel. Es dauerte nicht lange.

»Darling«, sagte sie, »ich habe diesen Safe schon seit langer, langer Zeit nicht mehr geöffnet. Die Arthritis, verdammt ...«

»Würdest du ihn jetzt bitte öffnen?«

Sie fragte nicht nach dem Grund. Sie legte einfach den Hörer neben das Telefon und ließ ihn vielleicht fünf Minuten lang warten. Als sie sich wieder meldete, sagte sie ihm, was sie gefunden hatte.

Und nun sah er der Wahrheit ins Auge. Da war sie, unausweichlich und unbestreitbar, und sie nahm ihm den Atem und ließ ihn sich vor Schmerz krümmen. Diese Wahrheit ließ ihn nicht nur sprachlos, sondern auch völlig leer zurück.

Seine Mutter kannte ihn gut genug, um zu wissen, daß sie nicht viel sagen mußte. Sie sagte ihm, daß sie ihn liebte. Sie sagte ihm, er solle sich nicht zu große Sorgen machen. Sie sagte ihm auch, es täte ihr leid.

Er legte auf und stand da, lehnte sich gegen die Marmorfläche, um Halt zu haben. Es dauerte eine volle Minute, bis er die Kraft gefunden hatte, in die Duschkabine zu treten. Einen Augenblick lang kam er sich vor, als sei er wieder in seinem Alptraum, er konnte nicht atmen, also zerrte er an dem Griff und drehte das Wasser ab. Er sank gegen das Glas, atmete schwer, bis die Luft wieder abkühlte und sein Kopf etwas klarer wurde.

Und da kam es ihm in den Sinn. Ein Plan.

Er trat aus der Dusche und trocknete sich mit einem dicken, weißen Handtuch ab. Dabei dachte er nur daran, wie genial einfach der Plan war.

Und er fragte sich: Konnte er es wirklich schaffen?

In seinem Ankleideraum hatte man ihm seine Kleidung bereits herausgelegt. Dunkelblauer Anzug, weißes Oberhemd, rot und blau gestreifte Krawatte. Die schwarzen Socken waren dünn und reichten bis zu den Waden. Spitze schwarze Schuhe, so blank geputzt, daß es jedem Marineinfanteristen zur Ehre gereicht hätte. Neben der Kleidung lag die ordentlich getippte Tagesordnung. Er hatte am Vormittag vier Termine, danach ein

Mittagessen mit Leuten von der Wall Street. Der Lunch würde kein Problem sein. Die Brüder wollten doch nur Geld. Heutzutage schienen alle nur Geld zu verlangen. Das war nie seine Motivation gewesen. Nicht Geld trieb ihn an.

Ihn hatte immer die Furcht angetrieben.

Viertel nach sechs. Ihm blieb noch etwas Zeit, bevor sein Arbeitstag begann. Aber er mußte sich beeilen.

Er rief seinen Fahrer an und sagte ihm, er solle vorfahren. Er wollte sich sofort auf den Weg machen.

Er lief nach unten. Plötzlich schien es auf jede Sekunde anzukommen.

Sechs Uhr siebzehn.

Und nun wußte er, was er tun würde. Er würde den Traum vertreiben.

Für immer.

Die sechstgrößte Kathedrale der Welt.

Jedesmal, wenn Father Patrick Jennings in der Kanzel stand, konnte er es kaum fassen, daß er das Evangelium in der sechstgrößten Kirche der Welt predigte.

Und jedesmal dachte er unwillkürlich: *Ich habe das nicht verdient. Wenn sie die Wahrheit über mich herausfinden, werden sie mir alles wieder nehmen.*

Father Patrick nagte an der Nagelhaut seines rechten Daumens. Die Haut war wund und eingerissen, und nun erschien ein dünner Blutfaden. Er beobachtete, wie das Blut zu dem Knöchel sickerte, und schüttelte traurig den Kopf. Trauer war zu seiner Lebensweise geworden.

Father Patrick verlor seinen Glauben, und er wußte nicht, was er dagegen tun sollte.

Es fraß an ihm. Zerriß ihn innerlich.

Nach sechs Jahren im Seminar in Marquette hatte er das Examen mit Auszeichnung bestanden. Er hatte sich schnell einen Ruf als fortschrittlich denkender Theologe erworben, der bei Diskussionen logisch und brillant für die strengsten Doktrinen eintreten konnte, die in Rom erlassen wurden, ohne allerdings die große Mehrheit der heutigen Gläubigen zu befremden, die den Trost der Kirche, aber nicht ihre Unannehmlichkeiten suchten. Am wichtigsten war jedoch, daß er allmählich als charismatischer Redner bekannt wurde. Mit seiner schönen Baritonstimme hielt er seine Schäfchen selbst bei einer langen und schwer verständlichen Predigt in Bann. Er rauchte nicht. Er trank nicht und hielt das Zölibat penibel ein. Nun ja, seit er sich entschlossen hatte, Priester zu werden, befolgte er das Zölibat penibel. Es hatte nicht lange gedauert, und der Kardinal hatte von seinen Qualitäten erfahren, und kurz darauf hatten ihn sowohl der Erzbischof als auch der Bischof unter ihre Fittiche genommen. Sie konnten es gar nicht abwarten, ihn in die Hauptstadt der Nation zu versetzen.

Der sechstgrößten Kirche der Welt.

Einige der Priester waren nicht gerade begeistert, daß er sie auf der Karriereleiter hinter sich ließ und den Posten bekam. Der Bischof kam allmählich in die Jahre, und über kurz oder lang würde man einen Nachfolger suchen müssen. Father Patrick war eindeutig der Favorit. Schließlich war er ja hervorragend in seinem Job.

Als Father Patrick Jannings die St. Stephen's Cathedral zum ersten Mal gesehen hatte, hatte er gedacht, der Erlöser müsse sich in ihren Mauern aufhalten. Aber in letzter Zeit hatte er den Erlöser überhaupt nicht mehr wahrgenommen.

Vor einem halben Jahr war Father Patricks jüngere Schwester bei einem Autounfall umgekommen. Der andere Fahrer war betrunken gewesen.

Die hübsche Eileen. Vierundzwanzig Jahre alt, zehn Jahre jünger als er. Voller Versprechungen, mit so viel Liebe, die sie geben konnte.

Sie hatte ihn ausgelacht, weil er Priester werden wollte, denn sie hatte ihn auch in seinen weniger heiligen Tagen gekannt. Sich selbst hatte sie nie Grenzen gesetzt und nie verstanden, wieso er solche Beschränkungen nicht nur akzeptierte, sondern sich ihnen freiwillig unterwarf. Aber sie hatte seinen Wunsch verstanden, Reinheit zu gewinnen – ein Verlangen, das sie sehr bewundert hatte.

Sie starb an einem strahlenden Tag. Sie wollte mit Father Patrick zu Mittag essen. Eine Reifenpanne zwang sie auf der Autobahn nach Washington auf den Standstreifen. Father Patrick konnte sich genau vorstellen, wie sie dort auf dem Bankett stand, die Hände auf den Hüften, die Lippen ärgerlich geschürzt, wie sie es immer tat, wenn sie wütend war. Man berichtete ihm später, sie hätte durch das offene Fenster auf der Fahrerseite nach ihrem Handy gegriffen. Er wußte nicht, wen sie anrufen wollte – vielleicht das Restaurant, um auszurichten, daß sie sich verspäten würde. Aber sie kam nicht mehr dazu, den Anruf zu tätigen. Ein Kombi zog quer über zwei Spuren, erfaßte sie und schleuderte sie über das Dach ihres Hondas. Ein vorsätzlicher Angriff hätte nicht tödlicher verlaufen können. Der Fahrer, der bereits dreizehn Verkehrsverstöße begangen und dem man den Führerschein entzogen hatte, war völlig betrunken und nicht mehr zurechnungsfähig.

Kurz nach dem Unfall fing Father Patrick an zu trinken. Er hatte heute morgen schon einen doppelten Wodka getrunken, ein paar Minuten, nachdem er aufgestanden war.

Vor dem Unfall war er gern ganz früh am Morgen in die Kirche gegangen, hatte er in der Stille gesessen und gebetet. Er kam noch immer früh am Morgen. Aber jetzt saß er nur da und hoffte, daß er seinen Glauben wiederfand. Irgendwie.

Zu dieser Stunde nahm noch kein Priester die Beichte ab. Die Gläubigen kamen erst später, um ihre Beichte abzulegen. Father Patrick saß allein in einem Beichtstuhl. Er genoß die Stille und die Einsamkeit. Vielleicht kehrte sein Glaube doch zu ihm zurück.

An diesem Morgen aber war er nicht allein in der Kirche.

Father Patrick hörte die Schritte, bevor er den Mann sah. Er steckte sich sofort ein Pfefferminzbonbon in den Mund, um den Alkoholgeruch zu verbergen. Doch als der Mann im Beichtstuhl Platz nahm, verschluckte Father Patrick das Bonbon, so überrascht war er.

»Vergebt mir, Vater, denn ich habe gesündigt. Ich habe eine schreckliche Sünde begangen.«

»Das wird Gott beurteilen, mein Sohn«, entgegnete Father Patrick leise.

»Manchmal muß ein Mensch selbst ein Urteil fällen.«

»Und manchmal ist der Mensch ein viel härterer Richter als Gott.«

»Diesmal nicht, Father. Ich habe Dinge getan … und heute morgen Dinge erfahren … und für das alles, für uns alle, kann kein Urteil hart genug sein.«

Der Priester betrachtete das vertraute graue Haar, das markante Kinn, die blauen Augen mit ihrem durchdringenden Blick, die im einen Augenblick bezaubern und im nächsten brutal kalt und gefühllos werden konnten. Der Mann mit diesen blauen Augen zögerte, als müsse er Kraft sammeln.

»Ich habe ein Geheimnis, Father. Eins, das ich sogar vor Ihnen bewahrt habe.«

Father Patrick war plötzlich sehr traurig. *Wer von uns braucht keine Hilfe?* dachte er. *Wer von uns hat kein Geheimnis, das so stark ist, daß es uns vernichten könnte?* Sein Geheimnis war, daß er niemandem helfen konnte, am wenigsten sich selbst. Ganz bestimmt nicht dem Mann, der vor ihm kniete. Was für eine Schuld hatte dieser Mann auf sich geladen? Was für eine Buße konnte er möglicherweise leisten? Das spielte eigentlich doch gar keine Rolle. Denn was konnte er, Father Patrick, ein Mann, dessen Schwäche ihn langsam verzehrte, schon für solch einen Menschen tun?

Der Mann im Beichtstuhl begann zu sprechen, leise, eindringlich. Sein angenehmer Südstaatenakzent klang sanft und beruhigend. Aber die Worte selbst waren alles andere als beruhigend.

»Ich habe diese Sünde vor sehr langer Zeit begangen, Father. In einer Zeit, als ich sehr, sehr jung war. Wenn ich doch nur sagen könnte, ich sei so jung gewesen, daß ich nicht zwischen Recht und Unrecht unterscheiden konnte. Aber das wäre eine weitere Sünde, denn es wäre eine Lüge …«

Der Mann zögerte oder stockte kein einziges Mal, als habe er diese Beichte jahrelang geprobt. Father Patrick hörte zu und begann zu schwitzen. Zuerst die Handflächen, dann der Hals. Dann war sein Hemdrücken durchgeschwitzt, und er spürte keine Traurigkeit mehr, nur noch abgrundtiefes Entsetzen.

13. Juli

Seit er die Beichte abgelegt und die Kirche verlassen hatte, hielt eine unheimliche Gelassenheit ihn erfaßt. Er war noch immer zufrieden, vor fünf Tagen zu dem Priester gegangen zu sein. Es war schon lange her, daß er so spontan gehandelt hatte. Und noch länger, daß er solch einen wichtigen Zug gemacht hatte, ohne zuvor den Rat seiner Frau einzuholen.

Jahrelang hatte sie ihm das Gefühl von Sicherheit gegeben. So lange fragte er sich schon, was er getan hatte, um eine so wundervolle Frau zu verdienen. Sie hatte ihn entschlossen und resolut beschützt, nicht nur vor seinen Feinden, sondern auch vor sich selbst. Aber jetzt konnte ihn keiner mehr beschützen. Sicherheit war nur noch eine Phantasievorstellung. Macht war bedeutungslos. Die Zukunft war ... nicht vorhanden.

Er hatte die Augen geschlossen. Er hörte ein donnerndes Geräusch. Zuerst konnte er nicht sagen, woher es kam, doch dann wurde ihm klar, daß es in seinem Kopf ertönte. Das war nicht alles. Da waren auch andere Geräusche, und er bekam mit, daß Leute mit ihm sprachen. Sie redeten auf ihn ein, stellten Fragen, riefen Antworten. Wo war er? Er öffnete die Augen und stellte verblüfft fest, daß er in einer Konferenz war. Wie war er dorthin gekommen? Und warum stritten alle miteinander?

Dann fiel es ihm wieder ein. Es war eine Budgetbesprechung. Er hatte sie vor einer Stunde verlassen. Sie hatte ihn unentwegt bedrängt: Ging es ihm gut? Konnte er den vorgesehenen Tagesablauf wirklich durchstehen? Er hatte nur genickt und traurig gelächelt. Sie hatte ihn sanft geküßt, auf die Lippen, dann auf die Wange. Sie hatte gesagt, er müsse weitermachen. So tun, als wäre nichts. Sie würden schon eine Lösung finden.

Er kam sich fast schuldig vor. Doch gleichzeitig war er ganz ausgelassen. Denn er bewahrte ein echtes Geheimnis vor ihr. Er *hatte* bereits eine Lösung.

Er sah sich in dem Raum um, betrachtete all die vertrauten Personen. Warum glaubten sie alle, die richtige Antwort zu haben? Sie hatten sie nicht. Soviel wußte er. Sie waren Erbsenzähler. Jeder einzelne von ihnen. Sie waren klein. Unbedeutend. Und ihm wurde nun mit echter Überraschung klar, daß er sie haßte.

Er saß da, beobachtete, wie sich ihre Münder bewegten, hörte aber nur das Tosen in seinem Kopf. Er griff nach dem Glas Wasser vor ihm; seine Hände zitterten, was aber niemandem auffiel.

Er war kein Erbsenzähler. Er war ein Ideenmensch. »Ich halte mich für einen Ideenmenschen«, hatte er bei seinem allerersten Bewerbungsgespräch gesagt. Wie lange war das her? Hundert Jahre? Zweihundert? Eine Million? Ja, vor einer Million Jahren, als alles in Ordnung zu gehen schien. Nur, daß es nicht in Ordnung ging. Nie.

Wenn er es nicht in Ordnung brachte.

Das war ihm endlich klargeworden.

Er erhob sich vom Tisch, womit er alle aufschreckte, verließ wortlos den Raum und ging den Korridor entlang zu seinem Büro. Seine Beine waren aus Gummi, und trotzdem hatte er sich noch nie so stark gefühlt.

Seine Sekretärin lächelte ihn verwirrt an. Wieso hatte er die Konferenz verlassen? Es war zu früh. Sie sagte etwas zu ihm, aber er verstand es nicht. Das Tosen übertönte alles andere.

Er war nun in seinem Büro und setzte sich hinter seinen Schreibtisch. Er sah sich um, versuchte, irgendeinen Zusammenhang mit dem herzustellen, was ihn umgab, konnte es aber nicht. Er haßte diesen Raum und alles, was sich darin befand. Er hatte immer den Eindruck gehabt, daß dieser Raum einem anderen gehörte. Einem besseren Menschen als ihm.

Doch für diesen Moment gehörte der Raum ihm. Und ihm

wurde klar, daß er, so seltsam es auch anmuten mochte, ihm von diesem Augenblick an für immer gehören würde. Er war jetzt allein, aber das würde sich bald ändern. Einer der kleinen Leute würde bald kommen. Mit Papieren, die unterzeichnet, Problemen, die gelöst, Erklärungen, die abgesegnet werden mußten.

Er wäre lieber allein gewesen.

Es war an der Zeit für ihn, allein zu sein.

Es war an der Zeit für seine Lösung.

Er griff in die Schreibtischschublade und holte das zweite Geheimnis heraus, das er bewahrt hatte: den .45er Revolver, den er an dem Tag dort versteckt hatte, als sie ihm von dem Päckchen erzählt hatte. Es war seine alte Dienstwaffe. Er hatte oft kurz davor gestanden, sie einfach wegzuwerfen. Jedesmal hatte er es sich anders überlegt und sie behalten. Jetzt war ihm klar, daß es einen Grund dafür gegeben hatte.

Er steckte den Lauf des Revolvers in den Mund, ganz tief, bis er spürte, daß das Metall seinen Gaumen berührte. Er mußte gründlich vorgehen. Diesmal konnte er es sich nicht leisten, einen Fehler zu machen.

Er saß an seinem Schreibtisch und versuchte verzweifelt, an etwas zu denken, das er vermissen würde. Vielleicht war es das Tosen in seinem Kopf, es lenkte ihn zu sehr ab, verdammt, aber ihm fiel nichts ein. Überhaupt nichts. Das machte ihn sehr traurig.

Dann hörte er die Schritte. Sie kamen. Die Erbsenzähler. Und plötzlich fiel ihm etwas ein. Ja, etwas würde er tatsächlich vermissen: ihre Blumen. Er lächelte zufrieden. Diese gottverdammten Blumen. Das Tosen in seinem Kopf hörte auf. Er fühlte sich glücklich. Er fühlte sich wie ein Glückspilz. Und er war auch einer. Weil er nicht spürte, wie sein Hinterkopf explodierte. Er hörte auch nicht, wie die Tür aufgestoßen wurde und jemand »Gott im Himmel!« sagte, und er hörte nicht die Stimme, die »Holen Sie seine Frau!« schreien wollte, aber die Worte nicht ohne ein Schluchzen herausbekam. Er wußte nichts mehr, dachte nichts mehr, ihm war alles gleichgültig. Jedenfalls nach seinem letzten Gedanken, der einen Augenblick, bevor die Kugel es zerstörte, durch sein Gehirn raste und ihm überraschend starke Freude, dann Traurigkeit und schließlich Bedauern bescherte.

Ich tue etwas Großes und Schreckliches, dachte er. *Und niemand weiß, warum.*

Und Gott sei jedem gnädig, der es je herausfindet.

Erster Teil

18. Juni – 9. Juli

1. Kapitel

Es war keine von Carl Granvilles besseren Wochen gewesen. Zuerst hatte das *New York Magazine* das Porträt von Nathan Lane, das sie ihm versprochen hatten, einem anderen Freiberufler gegeben – der Schwägerin des Redakteurs. Dann hatte sein Dad aus Pompano Beach angerufen, um ihm zu sagen, er sei der Ansicht, Carl würde sein Leben verschwenden. Außerdem hatten die Mets zum dritten Mal hintereinander verloren, und um der Sache die Krone aufzusetzen, fand er sich nun in einem Raum mit den beiden einzigen Menschen auf der Welt wieder, die noch an sein Talent, seine Zukunft, an ihn glaubten. Leider war einer der beiden tot, und der andere haßte ihn zutiefst.

Nein, es war eindeutig keine von Carls besseren Wochen gewesen.

Er stand neben einem offenen Sarg im Bestattungsunternehmen von Frank F. Campbell an der Madison Avenue, in dem Betty Slater, die legendäre literarische Agentin und noch legendärere Alkoholikerin, aufgebahrt lag. Sie sah so rosig und lebendig aus wie ein Korb mit Obst aus Wachs. Wenigstens funkelte sie ihn nicht mit unverhohlener Feindseligkeit an, wie Amanda Mays es tat, die auf der anderen Seite des Sargs stand. Amanda war wegen eines kleinen Mißverständnisses noch immer wütend auf ihn. Es hatte etwas mit einem ganz bestimmten Traumjob in Washington zu tun, der Ehe und dem glücklichen Leben danach. Carl mußte sich eingestehen, daß er zum Teil Schuld an diesem Mißverständnis hatte.

Ziemlich viele Leute waren zu Bettys Beerdigung erschienen, wenn man bedachte, wie schrullig Betty am Ende ihres Lebens geworden war, als sie so im Vorbeigehen praktisch jeden Verleger, Kritiker und Autor in der Stadt beleidigt hatte. Sie hatte nur so um sich geschleudert mit Begriffen wie *Dreck*, *Scharlatan* oder – eine ihrer bevorzugten Kombinationen – *pseudointellektueller Scheiß*. Trotzdem war die Beerdigung ein gesellschaftliches Ereignis. Norman Mailer war gekommen, John Irving, Maya Angelou, Sonny Mehta, Tina Brown, Judith Regan und eine Reihe prominenter Verleger und literarischer Agenten. Sie alle wollten Betty die letzte Ehre erweisen. Und, wie Carl entsetzt feststellte, die anwesenden Autoren bearbeiten. Denn Betty hatte noch ein paar Klienten im Stall gehabt, die Geld brachten, und die waren nun frei geworden. Besonders interessant war Norm Pincus, der spreizfüßige kleine Angeber, der allmählich eine Glatze bekam und der Leserschaft als Esmeralda Wilding bekannt war, Autor von elf Liebesromanen, die es allesamt in die Bestseller-Listen geschafft hatten. Die Agenten scharten sich wie Geier um Pincus. Das war, fand Carl, einfach äußerst geschmacklos.

Vor allem, weil keiner der Geier *ihm* auch nur die geringste Beachtung schenkte.

He, war er etwa nicht begabt? Hatte er nicht das Talent, Bestseller zu schreiben? *Niveauvolle* Bestseller?

Und war das nicht Maggie Peterson, die ihn von der anderen Seite des Raums aus musterte?

Ja, Maggie Peterson sah ihn an. Und nicht nur das. Sie kam auf ihn zu, lächelte und streckte die Hand aus. Die berühmteste, allgegenwärtigste, extravaganteste und bei weitem *heißeste* Frau in der New Yorker Verlagsszene sprach mit ihm. Sie hatte drei Bücher hintereinander herausgebracht, die an die Spitze der Bestsellerlisten gestürmt waren. Sie hatte einen eigenen Verlag bei Apex, dem internationalen Medien-Konglomerat. Sie war ein Star. Und Carl Granville wußte, daß er im Augenblick mehr als alles andere etwas Glanz gebrauchen konnte, der von einem Star auf ihn fiel. Er war achtundzwanzig Jahre alt und brannte darauf, den nächsten großen amerikanischen Roman zu schreiben. Er hatte gerade den ersten Entwurf seines neuesten Versuchs an Betty Slater geschickt, doch sie war gestorben, bevor sie ihm sagen konnte, was sie davon hielt. Und nun hatte er keinen Agenten mehr und kein Geld, um die fällige Miete zu bezahlen. Aber plötzlich gab es Hoffnung. Maggie Peterson sagte etwas zu ihm.

Sie sagte: »Ich weiß nicht, ob ich Sie anheuern oder vögeln soll.«

Alles an Maggie Peterson war darauf angelegt, Aufmerksamkeit zu erregen: der strenge, blauschwarze Pagenschnitt, der breit und geschwungen aufgetragene hellrote Lippenstift, die hautenge Lederkleidung. Diese Frau war ein Raubtier, eine Fleischfresserin, die ihn musterte, als wäre er ein T-Bone-Steak.

Carl sah sich um, nur um absolut sicher zu sein, daß sie tatsächlich mit ihm sprach. Aber es stand niemand hinter ihm. Also räusperte er sich und nutzte seine Chance. »Wenn ich die Wahl hätte«, sagte er lächelnd, »bräuchte ich den Job dringender.«

Doch Maggie erwiderte sein Lächeln nicht. »Ich habe die Krimis gelesen, die Sie für Kathie Lee geghostet haben. Nicht schlecht.«

Sie mußte Kathie Lee Gifford meinen. Nicht seine kreativste Arbeit, aber ein Job war ein Job.

»Betty hat mir den Auftrag verschafft«, sagte er und zuckte bescheiden mit den breiten Schultern.

»Betty hat mir Ihren Roman geschickt. Wußten Sie das?«

»Nein, das wußte ich nicht.« Unwillkürlich beschleunigte sich sein Pulsschlag.

»Das war die überwältigendste Prosa, die ich seit zwei oder drei Jahren gelesen habe. Stellenweise war sie sogar brillant.«

Da war es, das Wort mit dem »b«. Das Wort, das jeder Schriftsteller so gern hörte.

»Wir sollten uns gelegentlich einmal eingehender unterhalten«, fuhr Maggie fort.

Carl stand da und grinste. Wenn er grinste, sah er keinen Tag älter als achtzehn aus. Er sehe, hatte Amanda ihm einmal mit einem angewiderten Blick in den Augen gesagt, aus wie ein zu groß geratenes Kind aus der Werbung für Campbell Soup's, mit seinen hellblauen Augen und den rosigen Wangen und dem widerspenstigen schmutzigblonden Haar, das ihm ewig in die Augen fiel.

»Na klar«, sagte er. »Unterhalten wir uns.«

Maggie sah abrupt auf ihre Uhr. »Kommen Sie um drei Uhr zu mir.«

»In den Verlag?«

»Ich habe heute mittag einen Termin in der East Side. Es wäre einfacher, wenn wir uns in meiner Wohnung treffen. Vierhundertfünfundzwanzig East Sixty-third. Da sind wir ungestört. Können in meinem Garten ein kleines Pläuschchen halten.«

»Aber es gießt in Strömen.«

»Wir sehen uns dann um drei, Mr. Granville.«

»Sagen Sie ruhig Carl.«

»Ich dachte, man würde Sie Granny nennen.«

»Einige Leute schon«, gestand er ein. Woher, verdammt, wußte sie das?

»Ich mache meine Hausaufgaben«, sagte sie, als hätte sie seine Gedanken gelesen. Ihre Blicke waren schon wieder ganz woanders, huschten durch den überfüllten Raum, waren auf einer rastlosen Suche. »Enttäuschen Sie mich nicht, Carl. Ich ertrage es nicht, enttäuscht zu werden.«

Und damit verschwand sie in der Menge der Trauergäste.

Ausgerechnet Amanda bot Carl an, ihn im Regen nach Hause zu fahren.

Ihre alte, verbeulte Rostlaube von Subaru-Kombi, die sie schon damals gehabt hatte, stand im Halteverbot direkt vor dem Bestattungsunternehmen, in jener Zone, die ausschließlich für Leichenwagen reserviert war. Im Inneren des Wagens lagen wie früher schon zerdrückte Pappbecher herum, zahlreiche Jacken, Pullis und Schuhe, Notizblöcke, Schnellhefter. Ordentlich war die Frau nie gewesen. Carl stand am Bordstein, während der Regen seinen Kragen hinabfloß und sie die Tür aufschloß und den Müll, der auf dem Beifahrersitz lag, auf den Müll warf, der auf dem Rücksitz lag, damit er einsteigen konnte.

Als er sich in den Wagen gezwängt hatte, schlug er die langen Beine übereinander, so daß seine Knie fast sein Kinn berührten. Abgesehen von dem Angebot, ihn mitzunehmen, hatte Amanda noch kein Wort zu ihm gesagt. Ihm wurde klar, daß es nun an ihm lag, sich höflich und wie ein reifer Mensch zu benehmen. »Wann fährst du zurück nach …?«

»Nach Washington? Sofort. Wir stecken mitten in einer gewaltigen Überprüfung der örtlichen Schulbehörde. Ich leite sie und will nicht, daß irgend jemand die Sache vermasselt. Außerdem gibt es doch keinen Grund, länger hierzubleiben, oder?«

»Amanda, können wir nicht wenigstens …«

»Freunde bleiben? Klar, Carl, wir können Freunde sein.« Sie unterbrach ihn ständig auf diese Weise, ließ ihn nie einen Satz beenden. So funktionierte eben ihr Verstand – im Schnellgang.

»Na ja, willst du …«

»Eine Tasse Kaffee trinken? Nein, danke. Soviel Freundschaft kann ich heute wohl nicht mehr ertragen.«

Der Subaru war nicht besonders versessen darauf, endlich anzuspringen. Der Motor sträubte sich. Und als Amanda schließlich losfuhr, klapperte er laut und regelmäßig.

»Dieses Ding hört sich ja furchtbar an. Du willst damit doch nicht nach Washington fahren?«

»Ist schon in Ordnung, Carl.« Seit dem Tag, an dem sie sich getrennt hatten, nannte sie ihn nicht mehr Granny. »Dieses Geräusch macht er seit zehntausend Kilometern.«

»Aber …«

»Es ist nichts, also halte einfach die Klappe, ja?« Um ihre Worte zu beweisen, trat sie das Gaspedal durch. Er schloß die Augen, hielt sich krampfhaft fest und erinnerte sich. Erinnerte sich an *sie*.

Sie hatten sich auf einer Party in einem Pub kennengelernt, die ein gemeinsamer Freund anläßlich seines neuen Buches gegeben hatte. Und von da an waren sie achtzehn Monate, zwei Wochen und vier Tage lang unzertrennlich gewesen. Sie mochten Velvet Underground, Knicks und kalte Pizza zum Frühstück. Sie hatte eine gewaltige rostfarbene Haarmähne, die in alle Richtungen fiel, humorvolle grüne Augen, ein paar Sommersprossen und den schönsten Mund, den er je geküßt hatte.

Er erinnerte sich an ihre gemeinsamen Nächte. Sie hatten

miteinander geschlafen, bis in die Dämmerung geredet und wieder miteinander geschlafen.

Er erinnerte sich daran, wie er sich in ihrer Gegenwart gefühlt hatte: warm und aufgeregt, fröhlich und unsicher, stets fürchterlich lebendig. Amanda war schrecklich warmherzig und leidenschaftlich und noch eigensinniger. Und sie konnte eine Nervensäge sein. Man kam nicht immer leicht mit ihr zurecht. Sie war stark gefühlsbetont, empfindlich und starrköpfig. Sie war der klügste Mensch, den er je kennengelernt hatte, und als Carl nun neben ihr saß, wurde ihm mit einem Anflug von Bedauern klar, daß ihre Anerkennung und ihr Respekt ihm immer noch sehr wichtig waren.

Er erinnerte sich daran, was für ein Ende es mit ihnen genommen hatte.

In erster Linie wollte Amanda, daß er sich in der Wirklichkeit zurechtfand. Genau wie sie. Nachdem er jahrelang als Freiberufler herumgekrebst und in einer miesen Einzimmerwohnung gewohnt hatte, ohne zu wissen, wie er die nächste Miete bezahlen sollte, kam sie zum Schluß, daß sie mehr als alles andere in der Welt *leben* wollte. Einen guten Job haben. Eine schöne Wohnung. Ihn. Den guten Job hatte sie gefunden – Lokalredakteurin beim *Washington Journal*. Und die Hauptstadt war genau der richtige Ort für sie. Politik war ihre Leidenschaft. In dieser Hinsicht unterschieden sie sich. Seine Leidenschaft waren Zahlen. Zum Beispiel beim Basketball, zum Beispiel 30,1 und 22,9, was Wilt Chamberlains Korb- und Reboundquote pro Spiel während seiner gesamten Karriere war. Doch auch auf ihn wartete in Washington ein guter Job. Das *Journal* suchte jemanden, der über Sport nicht als Spiel, sondern als Form der Populären Kultur berichtete. Porträts. Denkanstöße. Aber er hatte abgelehnt. Der Job hätte ihn völlig ausgelastet, und er wollte sein Buch nicht aufgeben. Auch New York wollte er nicht aufgeben, und so war Amanda wütend ohne ihn gegangen. Sie hatte es nicht verstanden. Wie sollte sie es auch verstehen können? Sie war damals dreißig. Er war siebenundzwanzig – was unter Berücksichtigung des Geschlechts bedeutete, daß sie ihm auf der Reifeskala in der Entwicklung so etwa zwischen neun und zwölf Jahren voraus war.

Das war vor fast einem Jahr gewesen. Und nun rasten sie in ihrem Wagen über die regenglatten Straßen New Yorks und hatten sich nicht mehr viel zu sagen. Sie nahm die Madison hinauf zur Ninety-sixth und jagte quer am Central Park entlang zur Ninety-seventh Street. Carl wohnte an der 103rd zwischen dem Broadway und der Amsterdam, in einem der wenigen Blocks in der gesamten Upper West Side, die irgendwie dem Einzug von sozial Höherstehenden entgangen waren. Es war eine Straße mit heruntergekommenen, schmutzigen Mietskasernen, auf deren Treppenstufen arbeitslose Latinos saßen.

»Seit wann bist du denn mit Maggie Peterson so vertraut?« fragte Amanda nach einer Weile.

»Sie hat mein Buch gelesen. Es hat ihr gefallen.«

Er wartete darauf, daß sie sich für ihn freute. Oder sogar beeindruckt war.

»Ich frage mich, ob der Klatsch über sie stimmt«, sagte Amanda statt dessen.

Er warf ihr einen Blick zu. Er verabscheute es, wenn sie irgendwie geheimnisvoll tat. »Was für ein Klatsch?«

»Als sie in Chicago Redakteurin des *Daily Mirror* war, hat sie die Ehe des Top-Kolumnisten zerstört.«

»Hat sie eine Affäre mit ihm gehabt?«

»Sie hatte eine Affäre mit ihm *und* seiner Frau.«

»Sie will nur mit mir sprechen«, sagte er so beiläufig, wie er nur konnte.

»Maggie Peterson will eine Menge. Unter anderem auch eine eigene Talkshow im Apex-Network. Sie wird sie wahrscheinlich auch kriegen. Sie und Augmon sind ziemlich enge Freunde.« Augmon war Lord Lindsay Augmon, der zurückgezogen lebende, in England geborene Milliardär, der das Apex-Imperium aufgebaut hatte: den Fernsehsender, das Filmstudio, Zeitungen in London, New York, Chicago und Sydney, Zeitschriften in aller Herren Länder, Buchverlage in New York und London, internationale Kabelkanäle. Lindsay Augmon besaß ein weitverzweigtes und mächtiges Netz, und Maggie Peterson war sein größter und hungrigster Hai. Der *Mirror* hatte tief in den roten Zahlen gestanden, als sie ihn übernommen hatte, und sie hatte die Auflage in sechs Monaten um 25 Prozent gesteigert. Danach hatte sie zwei seiner Zeitschriften, die schon eingestellt werden sollten, in Trendsetter verwandelt, die jeder, der etwas auf sich hielt, lesen mußte. Und nun hatte sie seinen Verlag auf Vordermann gebracht.

»Sie bleibt nie gern irgendwo sehr lange«, fügte Amanda hinzu. »Sie sieht sich nicht als Managerin. Ihr Job ist es, irgendwo aufzutauchen und für Furore zu sorgen.«

»Hast du jemanden kennengelernt?« fragte Carl über das Klopfen des Motors hinweg.

»Tom Cruise«, antwortete Amanda. »Ist 'ne richtig heiße Sache. Aber behalt es für dich, ja? Wir wollen nicht, daß Nicole davon erfährt.« Sie holte eine Zigarette hervor, zündete sie an und füllte den Wagen mit Rauch. »Und ich habe mir geschworen, mich nie mit einem verheirateten Mann einzulassen.«

Carl drehte das Fenster herunter, um wieder atmen zu können. Regen schlug ihm entgegen. »Seit wann rauchst du wieder?«

»Dreimal darfst du raten«, entgegnete sie scharf. Dann wurde ihr Ton wieder sanfter. »Was ist mit dir?«

»Nichts da. Schlechte Gewohnheit. Nimmt einem die Puste.«

»Ich meine …«

»Ich weiß, was du meinst. Und die Antwort ist nein. Am Hungertuch nagende Künstler sind heutzutage nicht sehr beliebt.«

»Am Hungertuch nagende Künstler waren noch nie sehr beliebt.«

»Hör mal, Amanda …« Er beugte sich vor und griff nach ihrer Hand.

»Bitte nicht«, sagte sie leise und zog die Hand schnell zurück. »Erzähl mir jetzt nicht, daß du ganz durcheinander bist und nicht weißt, was du empfindest. Denn ich kann dir sagen, was du fühlst, Carl. Du fühlst dich erleichtert.«

Auf der Straße, in der Carl wohnte, war kaum ein Mensch zu sehen. Der Regen hatte die Latinos in die Häuser getrieben. Amanda hielt mit kreischenden Reifen vor dem heruntergekommenen Sandsteinhaus an, in dem Carl wohnte, seit er nach New York gezogen war. Er hatte die erste zur Straße liegende Wohnung im dritten Stock gemietet, ein Studio, in dem es im Sommer heiß, im Winter kalt und das ganze Jahr über viel zu laut war.

Eine junge Blondine versuchte, einen alten Polstersessel durch die Haustür zu schleppen. Sie hatte nicht viel Glück damit. Der Sessel wurde pitschnaß, und sie ebenfalls. Das T-Shirt und die engen Jeans, die sie trug, waren völlig durchnäßt.

»Neue Nachbarin?« fragte Amanda mit gerunzelter Stirn.

»Wohnt über mir.« Carl nickte. »Ist letzte Woche eingezogen.«

»Sie trägt keinen BH«, sagte Amanda. »Das hast du doch sofort gesehen, oder nicht?«

Er drehte sich um und sah Amanda an. »Vielleicht überrascht es dich, aber ich habe es nicht gesehen, und es interessiert mich auch nicht.«

Amanda betrachtete sein Gesicht aufmerksam, als wolle sie es sich einprägen. »Du hast völlig recht«, sagte sie ernst. »Das würde mich überraschen.«

»Achte auf das Schlagloch da vorn«, warnte er sie, als er ausstieg. Es war ziemlich tief und breit, auf halber Höhe des Straßenzugs. Aber natürlich beschleunigte Amanda und fuhr genau hinein. Sie hätte eine Radkappe verloren, hätte sie noch eine zu verlieren gehabt. Carl sah ihr nach, wie sie den Broadway überquerte, und verspürte Reue und Unzufriedenheit. Langsam ging er zum Haus. Aber der Sessel und die sehr nasse Blondine versperrten ihm den Weg.

»Sie wollen dieses Ding doch nicht allein in den vierten Stock tragen, oder?« fragte er seine neue Nachbarin.

»Und ob ich das will«, erwiderte sie. Sie hatte eine butterweiche Stimme und die größten, blauesten, faszinierendsten Augen, die Carl je gesehen hatte. Ihr blondes Haar glänzte vor Feuchtigkeit. Sie hatte einen knalligen rosa Lippenstift aufgelegt und sich die Fingernägel im gleichen Ton lackiert. Sie war ziemlich groß, fast einsachtzig in ihren Doc Martens mit Stahlspitzen. »Den Sessel hab ich um die Ecke auf dem

Bürgersteig gefunden. Ist doch nicht zu fassen, daß den jemand rausgestellt hat.«

Der Sessel war mit grünem, scheußlichem Vinyl bezogen.

»Ist nicht zu fassen, daß den überhaupt jemand *gekauft* hat«, sagte Carl.

»Na ja, für mich ist er perfekt. Besonders, weil ich keinen Sessel habe. Aber er paßt nicht durch die verdammte Tür.« Die Blondine nagte an ihrer süßen Unterlippe.

Carl stand da und dachte, daß es schon lange her war, seit er sich zum letzten Mal mit einem Mädchen mit grellem rosa Nagellack verabredet hatte. Amandas Nägel waren nicht lackiert und bis zum Fleisch abgekaut.

»Klar paßt der durch die Tür«, sagte er tapfer. »Wir müssen ihn nur quer stellen.« Er packte den Sessel an der Lehne und versuchte dabei, nicht auf die Brustwarzen der Blondine zu starren, die unmittelbar vor seinem Gesicht groß und rosig unter ihrem nassen T-Shirt hervorragten.

»Das ist sehr nett von Ihnen.«

»Gern geschehen«, grunzte er. »Nachbarn tun so etwas füreinander. Das hält diese grausame, schmutzige Stadt zusammen. Außerdem … wenn ich Ihnen nicht helfe, komme ich nicht aus dem Regen raus.«

Gemeinsam stellten sie den Sessel quer und schleppten ihn durch den Hausflur zur Treppe, wo sie ihn wieder absetzten.

»Ich bin übrigens der Granville, dessen Klingelknopf direkt unter Ihrem ist. Zu dem Granville gehört Carl. Was gehört zu Cloninger?«

»Toni. Mit *i*.«

»Freut mich, Sie kennenzulernen, Toni mit *i*. Sind Sie neu in der Stadt?«

»Gerade aus Pennsylvania hergezogen. Ich bin Schauspielerin. O Gott, das klingt furchtbar, wenn man es laut sagt, was? Ich will Schauspielerin werden. Hauptsächlich hab ich bislang als Model gearbeitet. Und jede Menge Unterricht genommen. Und Sie? Arbeiten Sie auch als Model?«

»Reden Sie so weiter, und ich rolle mich auf Ihrer Fußmatte zusammen und gehe nicht mehr weg.«

»Eine Fußmatte muß ich mir auch noch besorgen«, sagte sie und lächelte ihn an.

Sie hatte ein wunderbares Lächeln. Carl atmete tief ein und betrachtete abschätzend den Sessel, die Stufen und das Treppengeländer. »Okay, ich schiebe, Sie ziehen. Bei drei. Alles klar?«

»Alles klar. Hab ich schon gesagt, daß das sehr nett von Ihnen ist?«

»Haben Sie. Aber sagen Sie es ruhig noch ein paar Mal.«

Er schob, sie zog, und irgendwie gelang es ihnen, das große, schreckliche Polsterding auf den Treppenabsatz des ersten Stocks zu schaffen, wo sie sich ein paar Sekunden ausruhten. Nur noch drei Stockwerke.

»Darf ich Sie mal was fragen?« sagte sie schnaufend und keuchend. »Ich höre jeden Morgen dieses Geräusch in Ihrer Wohnung ... *krach-bumm, krach-bumm*. Was genau machen Sie da?«

»Ich schlage mit dem Kopf gegen die Wand. Ich bin Schriftsteller.«

Sie lachte auf, was genauso wunderbar wie ihr Lächeln war. »Ich habe noch nie über einem Schriftsteller gewohnt. Ich brauche vielleicht 'ne Weile, um mich daran zu gewöhnen.«

»Ach, Sie werden sich schon bald fragen, wie Sie je ohne mich ausgekommen sind.«

Sie musterte ihn amüsiert, als wolle sie flirten. »Im Ernst, was *tun* Sie da?«

»Das ist mein Sandsack. Ein Everlast, fünfundzwanzig Kilo. Ich arbeite jeden Morgen daran.« Er hob sein Ende des Sessels hoch. »Man weiß nie, was auf einen zukommt.«

Als sie den dritten Stock erreicht hatten, hatten sich Krämpfe im unteren Teil seines Rückens ausgebreitet. »Ich komme mir ungewöhnlich großzügig vor. Warum lassen wir ihn nicht einfach hier in meiner Wohnung stehen? Sie können ihn jederzeit besuchen kommen.«

»Nur noch eine Etage, Charles.«

»Carl.«

Ihre Wohnung ähnelte seinem Studio, nur die Decke war niedriger. Sie war recht spärlich eingerichtet: ein Bett, eine

Kommode, ein Fernsehgerät und ein Kaktus, der schon ziemlich tot aussah. Der Sessel kam in eine leere Ecke, dem Fernseher gegenüber.

»Kann ich Sie zu einem Bier einladen?« sagte sie dankbar. »Das ist das mindeste, was ich tun kann.«

»Und ich nehme dankend an«, erwiderte er. »Das ist das mindeste, was ich tun kann.« Er wartete darauf, daß sie zum Kühlschrank ging, doch sie machte keine Anstalten. »Eigentlich habe ich gar kein Bier«, gestand sie.

»Machen Sie immer Angebote, die Sie nicht erfüllen können?«

»Kennen Sie das Son House?«

»Die Blues-Bar an der Ninth Avenue?«

Sie nickte. »Ich kellnere da an den meisten Abenden, von acht bis zwei. Kommen Sie vorbei, und Sie sollen Ihr Bier haben. Abgemacht?«

»Ich muß darüber nachdenken«, sagte er. Er betrachtete das umwerfende Geschöpf, das keinen halben Meter vor ihm stand. Dann stellte er sich Amanda vor, wie sie wütend durch das Schlagloch raste. »Okay, ich habe darüber nachgedacht«, sagte er. »Abgemacht, Toni mit *i*.«

2. Kapitel

Die zweimotorige Cessna setzte auf die Minute pünktlich auf der Landebahn einunddreißig des Nashville International Airport auf. Niemand schien es zu bemerken. Zumindest nicht der zuständige Mitarbeiter der Flugsicherung im Tower, der die Maschine dreizehn Minuten lang dort stehen ließ, bis der Pilot sich ein zweites Mal meldete und sagte: »Hier ist die Cessna November Sixty Golf Charlie. Wie oft muß ich Ihnen noch sagen, daß ich zum Mercury Air Service muß?«

»Sorry, Charlie«, erwiderte der Mann vom Kontrolldienst. »Viel zu tun heute. Hab euch ganz vergessen.«

Und auch nicht der Einweiser von Mercury, der, nachdem die Cessna endlich die Erlaubnis bekommen hatte, zu dem

Servicestützpunkt der Firma zu rollen, siebeneinhalb Minuten brauchte, bevor er herauskam, um das Flugzeug zu seinem Parkraum zu führen. Und ganz bestimmt nicht der schon auffällig hagere Mann hinter dem Schreibtisch im FBO-Terminal, der den Piloten weitere vier Minuten warten ließ, bevor er die Bestellung von jeweils einhundert Litern Treibstoff für jeden Tragflächentank aufnahm.

Niemand schien sich daran zu stören, abgesehen von dem Piloten und einzigen Insassen der Cessna, H. Harrison Wagner, der unter dem Namen Laurence Engle reiste.

Harry Wagner glaubte an Pünktlichkeit. Es störte ihn beträchtlich, daß offensichtlich niemand sonst in der großen weiten Welt sich darum scherte, ob irgend etwas pünktlich oder verspätet eintraf, echt oder falsch, gut oder schlecht war. Für Harry war das unerträglich. Aber die Welt hatte vieles an sich, was Harry unerträglich fand.

Nicht zuletzt den Job, den er ausführen würde.

Harry war nicht besonders stolz auf das Leben, das er geführt hatte. Er liebte seine Arbeit – die Aufregung, die sie bot, die Freiheit, die sie ihm verschaffte, den Respekt, den sie ihm einbrachte. Und er war von der erotischen Welt gefesselt, die er durch die Bars und Clubs betreten konnte, die er des Nachts aufsuchte – die Spiele, die er spielte, die Körper, die er berührte, die Lust, die er verursachte und fühlte. Aber seine gesamte Existenz beruhte auf Betrug. Zu viele Jahre lang war jeder Tag nur eine weitere Lüge gewesen, die er brauchte, um zu überleben. Wenn er mit irgend etwas zufrieden war, dann mit seiner Kraft. Er hatte gelernt, mit seinen Lügen zu leben, und zwar allein, stets abgeschieden von der Welt um sich herum.

Bis jetzt. Jetzt war er nicht mehr allein. Jetzt war er angreifbar. Er war nicht mehr stark. Deshalb mußte er die einzige Linie überschreiten, die zu überschreiten er bislang vermieden hatte.

Deshalb würde Harry Wagner zum ersten Mal in seinem Leben einen anderen Menschen töten.

Es wäre leichter gewesen, zum Flughafen Oxford zu fliegen. Aber Harry war nicht daran interessiert, alles auf die leichte

Tour zu regeln. Selbst unter diesen Umständen wollte er es *richtig* machen. Deshalb war er nach Nashville geflogen. Der Flughafen Oxford lag seinem eigentlichen Ziel näher, war aber klein. Falls etwas schiefging, brauchte er Anonymität. Und natürlich konnte man einige Dinge besser in Nashville erledigen. Im Loveless Café gab es das beste Frühstück im ganzen Land. Die Musik, die echte Pflücker spätabends unten in der Printer´s Alley spielten, war noch echt und aufrichtig. Harry liebte echte Countrymusic geradezu, die Gefühle, die Texte, die Sentimentalität.

Leider war Nashville nur eine Zwischenstation. Keine Zeit für die geringste Ablenkung. Vielleicht auf dem Rückweg. Er könnte in die kleine Bar gehen, die er während seiner letzten Reise entdeckt hatte. Der Ort, wo er sich verliebt hatte. Falls vierundzwanzig Stunden der Leidenschaft Liebe begründen konnten.

Und wer konnte in der Welt, in der er lebte, schon behaupten, daß das unmöglich war?

Als er das Büro des Mietwagenverleihs betrat, quatschte die fette, pickelige Frau hinter dem Schalter am Telefon, schenkte ihm keine Beachtung und warf ihn in seinem Zeitplan noch weiter zurück. Als sie sich schließlich dazu herabließ, aufzulegen und ihre Arbeit zu tun, funkelte er sie wütend an, in der Hoffnung, irgendein Scham- oder Pflichtgefühl in ihr zu erwecken. Aber das war natürlich nicht vorhanden. Sie warf lediglich einen Blick auf seinen Führerschein und reichte ihn mit einem dummen Lächeln zurück.

Sie stellte all die üblichen Fragen: wann er den Wagen zurückbringen, ob er die Zusatzversicherung haben, ob er das automatische Auffüll-System nutzen oder selbst tanken wolle. Sie hätte genausogut eine Maschine sein können. Bis er ihr den Namen und die Telefonnummer seiner Firma nannte – eine Firma, die frei erfunden war, und eine gleichermaßen falsche Telefonnummer mit der Vorwahl von Philadelphia.

»Ich komme aus Philadelphia«, sagte sie und zeigte ihm wieder dasselbe dumme Lächeln. »In was für einer Branche sind Sie tätig?«

»Immobilienhandel«, antwortete er und sah, daß sie beeindruckt war. Harry mußte eingestehen, daß er eindrucksvoll aussah. Mit fast einem Meter und neunzig bot er eine imposante Erscheinung. Harry wußte, daß er bekleidet klobig aussehen konnte, wie ein ehemaliger Football-Spieler, der leicht aus den Nähten gequollen war. Aber er wußte auch, was passierte, wenn er diese Bekleidung ablegte. Man hatte die Härte seines Körpers, seinen flachen Bauch, die gespannten Muskeln, die Haare, die sich auf seinen Armen und Beinen kräuselten, schon mehr als einmal mit erstaunten Blicken und Ausrufen bedacht.

Er hielt Eitelkeit nicht für eine große Schwäche, höchstens für eine kleine Nachgiebigkeit. Heute bestand seine Nachlässigkeit sich selbst gegenüber in einem perfekt sitzenden Anzug von Armani, dunkelgrau und konservativ. Einem weißen Oberhemd. Einer schwarzweiß gestreiften Krawatte mit großen Tupfen. Ziemlich gewagt und normalerweise nicht sein Stil. Er bevorzugte etwas weniger Auffälliges. Pastelltöne. Bunte Krawatten. Aber heute sah er genauso aus wie jemand, der zu sein er vorgab: ein reicher weißer Geschäftsmann, der einen Wagen mieten und geistesabwesend nicken würde, wenn das fette, pickelige Mädchen hinter dem Schalter der Mietwagenfirma sagte: »Einen schönen Tag noch, Mr. Engle.«

Die Fahrt in dem gemieteten Buick Skylark dauerte fünf Stunden und fünfunddreißig Minuten. Darin eingeschlossen war ein halbstündiger Aufenthalt im Loveless Café, bei dem er eine Portion seiner geliebten weichen Brötchen mit Bratensoße und einer Lage gekochten Schinkens aß. Er dachte nicht im Traum daran, unterwegs bei einem McDonald´s zu halten. Kein Wunder, daß die USA solche Schwierigkeiten hatten, dachte Harry Wagner. Die gesamte Bevölkerung ernährte sich von Pappe und Fett. Ein zweiter Aufenthalt von zehn Minuten erfolgte in einer Autobahnraststätte bei Corinth an der Grenze von Tennessee und Mississippi. Er hatte in seinem Zeitplan eine solche Pause vorgesehen und wußte, daß diese Raststätte makellos sauber war. Harry Wagner suchte kein Lokal auf, das nicht sauber war.

Als er aus Nashville fuhr, kam er sich vor wie in jeder anderen, sich sprunghaft entwickelnden amerikanischen Stadt. Er konnte die neue Football-Arena ausmachen, ein Monstrum aus Glas und Stahl. Und natürlich die übliche Zusammenstellung, die man in jeder aufstrebenden Metropole fand: Blockbuster Video, Planet Hollywood und das Hard Rock Café. Nachdem er die Stadtgrenze hinter sich gelassen hatte, geriet er in die typischen Vororte des Neuen Südens, mit einem Einkaufszentrum nach dem anderen, umzäunten Gemeinden, einer neuen Ortschaft nach der anderen, die offensichtlich alle über Nacht entstanden waren. Noch ein paar Meilen weiter, und der Highway führte durch flaches Land – Meile um Meile Kudzu-Sträucher, Tankstellen und Schnellrestaurants. Willkommen im echten Süden.

Er kannte sich in der Geschichte seines Ziels sehr gut aus. Harry Wagner glaubte an sorgfältige Vorbereitung. Er mochte keine Überraschungen. Er wollte auch gern alles wissen. Das war Teil seiner Theorie über Details. Nichts im Leben war so groß, daß es nicht in winzige Stücke zerlegt, analysiert und verstanden werden konnte. Je mehr Details er in seinem Geist abgelegt hatte, desto breiter war die Basis, die sie ihm verschafften. Sein Job stellte viele verschiedene Anforderungen, sowohl körperliche als auch geistige, aber vor allem sah er sich als Analytiker. Er wurde dafür bezahlt, für jedes Problem, das entstehen könnte, die Lösung zu finden.

Die Lösung des betreffenden Problems lag in der Kleinstadt in Mississippi, zu der er unterwegs war, ein graues, sandiges Kaff, errichtet am Anfang des zwanzigsten Jahrhunderts am Ufer des Mississippi. Das weiße Viertel der Stadt war sauber, ordentlich und gut geführt. Die Leute gingen auf Bürgersteigen, kauften in adretten, ruhigen Geschäften ein und erstanden, was auch immer sie benötigten, bei höflichen Verkäufern. Ihre hübschen Häuser waren von sorgfältig gepflegten Rasenflächen umgeben. In der Nähe befand sich ein gepflegter Golfplatz. Das schwarze Viertel der Stadt wies ganz andere, aber ebenso charakteristische Merkmale auf. Statt Bürgersteigen gab es verschlammte Straßengräben, die so groß und breit waren, daß ein Auto darin versinken konnte. Zerrissene Matratzen lagen am Straßenrand herum, eine schöne Ergänzung der hier und da aufgehäuften abgefahrenen Reifen. Eine große Fabrik erhob sich hinter den Reihen der Ziegelhäuschen. Sie war vor fast fünfundzwanzig Jahren geschlossen worden.

Als Harry Wagner in die Stadt fuhr, war sein Anzug trotz der Hitze noch makellos, sein Hemd sah aus, als wäre es vor ein paar Minuten gebügelt worden, und die Krawatte saß perfekt. Wie es aussah, war er der einzige Mensch in der Stadt, der einen anständigen Anzug trug. Aber das war schon in Ordnung. Er mußte ein gewisses Niveau halten. Ohne Maßstäbe, die man sich setzte, war man nichts.

Er fand fast sofort, wonach er suchte. Es war nicht schwer, in einem Ort mit zweitausend Einwohnern das Rathaus zu finden. Es befand sich keine fünfzig Meter von dem stillgelegten Bahnhof entfernt. Die Frau hinter dem Schreibtisch erinnerte ihn an das Mädchen in dem Autoverleih. Sie hatte dasselbe dumme Lächeln, dieselben leeren Augen – war nur zwanzig Jahre älter.

»Kann ich Ihnen helfen?« fragte sie.

»Das hoffe ich«, sagte er höflich. »Ich vertrete eine Kanzlei in Hartford.« Als er ihrem verschwommenen Blick entnehmen konnte, daß sie ihn nicht verstand, fügte er hinzu: »Connecticut.« Dann griff er in seine Tasche und zog eine Visitenkarte hervor. Darauf stand: *Laurence Engle, Partner, Broadhurst, Fairburn und March, Anwaltskanzlei.* Er gab ihr die Karte. »Wir suchen jemanden im Zusammenhang mit einer Immobilienerbschaft«, sagte er. »Der Person steht eine gewisse Summe zu, und unser Klient möchte sicherstellen, daß sie das Geld erhält.«

»So ein Glückspilz«, erwiderte die Frau. Sie schien sich wirklich darüber zu freuen, daß jemand solch ein Glück gehabt hatte. »Sagen Sie mir, wie die Person heißt, und ich will sehen, was ich tun kann.«

»Das ist das Problem«, sagte er mit einem verlegenen Achselzucken. »Wir kennen nur ihren Spitznamen.«

»Herrje«, erwiderte die Frau. »Wer hinterläßt denn jemandem Geld, ohne dessen Namen zu kennen?«

»Wir waren auch dieser Ansicht, als wir von dem Vermächtnis erfuhren«, sagte Harry und verdrehte verschwörerisch die Augen. »Aber Sie wissen ja, wie reiche Leute sind.«

Der Ausdruck auf dem Gesicht der Frau besagte, daß sie es tatsächlich wußte.

»Unser Klient hat die Frau als Kind gekannt, sie war sehr freundlich zu ihm. Sie war sein Kindermädchen, hat für die Familie gearbeitet. Unser Klient ist vor kurzem verstorben und hat in seinem Testament verfügt, sie zu bedenken, falls sie noch leben sollte. Aber er hat nie ihren richtigen Namen gekannt. Für ihn war sie nur Momma One-Eye.«

Die Frau schüttelte erstaunt den Kopf. »Das ist aber ein seltsamer Name. Kann mich nicht entsinnen, ihn je gehört zu haben.« Sie zögerte, senkte die Stimme. »Sie ist eine Schwarze?«

»Ich glaube schon«, entgegnete Harry liebenswürdig.

Die Frau nickte wissend. Ohne ein weiteres Wort drehte sie sich auf dem Absatz um und verschwand in dem kleinen Raum hinter ihrem Schreibtisch. Harry hörte Stimmen. Dann kam ein Schwarzer aus dem Büro. Er war groß und schlank, sein Haar war weiß gesprenkelt, und er war vielleicht fünfundfünfzig, wenn nicht sogar schon sechzig Jahre alt.

»Ich bin Stadtrat Heller«, erklärte der Schwarze. »Luther Heller. Wie kann ich Ihnen helfen?«

Harry zog eine weitere Visitenkarte hervor und wiederholte seine Geschichte fast Wort für Wort. Als er »Momma One-Eye« sagte, zuckten Luthers Augen. Zwar nur eine Winzigkeit, aber sie zuckten. Harry war nicht der Typ, der auch nur ein winziges Zucken übersehen hätte.

»Ich kenne sie«, sagte der Stadtrat. »Oder besser, ich kannte sie. Sie ist leider verstorben.«

Er log. In seinem Gesicht konnte man problemlos lesen. Harry spielte mit, seufzte und schüttelte traurig den Kopf. »Tut mir leid, das zu hören«, sagte er. »Ist es schon lange her?«

»Vor drei Wochen«, sagte Luther. »Vielleicht ist es auch etwas länger her.«

»Vor so kurzem«, sagte Harry ziemlich klagend. Dann zog er einen Notizblock mit Kuli hervor. »Wie hieß sie? Ich brauche einige Angaben für die gerichtliche Testamentsbestätigung.«

»Clarissa May Wynn«, erwiderte der Stadtrat. »Sie war schon sehr, sehr alt. Über neunzig, glaube ich.«

»Sie wurde hier im Ort beigesetzt?«

»Äh ... nein«, sagte Luther energisch und musterte Wagner aus zusammengekniffenen Augen. »Sie wurde eingeäschert.«

»Ach«, sagte Harry. »Darf ich Sie dann um eine Kopie des Totenscheins bitten? Die brauchen wir vielleicht.«

»In ein paar Wochen – schneller geht es wirklich nicht. Unsere Unterlagen werden zur Zeit auf Computer übertragen. Ich fürchte, unsere kleine Stadt kommt ins zwanzigste Jahrhundert, während das einundzwanzigste gerade beginnt.«

»Was ist mit einer offiziellen Todesanzeige?«

Stadtrat Heller musterte Harry Wagner ziemlich lange, bevor er schließlich antwortete. »Die *Gazette* ist ein paar hundert Meter weiter die Straße entlang«, sagte er.

»Wie schade«, sagte Harry, als er zur Tür ging. »Jetzt wird sie nicht mehr erfahren, wie gut man sie in Erinnerung behalten hat.«

»Momma ist in einer besseren Welt«, sagte Luther Heller. »Wenn es wert ist, daß sie es weiß, wird man es ihr da oben sagen.«

Harry brauchte nur fünf Minuten bis zur Lokalzeitung, aber als er dort ankam, war er sicher, daß Luther Heller bereits angerufen hatte. Der schwarze Angestellte konnte keine Ausgaben vom vergangenen Monat finden. Er sagte, es würde ein paar Tage dauern, um aufzufinden, wonach Harry suchte. So sehr Harry Unfähigkeit verabscheute, noch mehr verabscheute er es, für dumm verkauft zu werden. Der Schwarze gab ihm ein Telefonbuch, aber es waren keine Wynns verzeichnet.

Er fand jedoch einen Luther Heller.

Harry fuhr zur schwarzen Seite der Stadt, vorbei an den Reifen und Matratzen und Flecken toten Grases, die mit weggeworfenen Bierdosen und Whiskyflaschen übersät waren. Er fand Luthers Ziegelhaus, das etwas größer als die anderen war. Ein kleiner Vorgarten, ein eingezäunter Gemüsegarten neben dem Haus, eine amerikanische Flagge über der Haustür. Da es so windstill war, hing die Flagge schlaff hinab.

Einige Meter vor der Haustür saß im Schatten eines hohen

Ahornbaums eine attraktive Schwarze in einem Strandstuhl. Sie las in einem Taschenbuch. Von Zeit zu Zeit nippte sie aus einem rosa Plastikglas, das sie auf das verbrannte, braune Gras rechts neben sich stellte. Sie war vielleicht dreißig Jahre alt, sah aber müde und erschöpft aus. Auf der harten, knochentrockenen Erde neben ihr summte ein Mädchen von vielleicht sechs oder sieben Jahren vor sich hin, während es mit kleinen Figuren spielte. Luthers Tochter und Enkelin, vermutete Harry.

Er stellte sich vor und lächelte höflich. Sagte, er suche Momma One-Eye. Sagte, er habe Geld für sie. Luther habe ihm gesagt, er sollte hier vorbeifahren. Luther habe versucht, ihm den Weg zu beschreiben, aber das sei zu kompliziert, es sei einfacher, wenn jemand, der den Weg kenne, mitfahren würde. Luther habe gesagt, seine Tochter würde ihn begleiten, falls sie zu Hause sei. Die Frau auf dem Strandstuhl sagte kein Wort, sie sah ihn einfach nur an. Harry spürte, daß er allmählich wütend wurde. Er war höflich. Er war überaus freundlich. Diese Frau hätte den Anstand haben müssen, ihm zu antworten.

Von der Veranda des Nachbarhauses starrten zwei Farbige schweigend hinüber. Sie hatten die Hemden ausgezogen, und der Schweiß auf ihren harten Körpern fing das Sonnenlicht ein und funkelte.

Harry Wagner versuchte es erneut.

»Ich suche Momma One-Eye«, sagte er geduldig. »Sie ist zu etwas Geld gekommen, und ich will dafür sorgen, daß sie es erhält. Ihr Vater hat gesagt, Sie wären so freundlich und würden mir den Weg zu ihrem Haus zeigen.«

Die Frau sagte noch immer nichts. Und am Ende seiner Erklärung kam einer der beiden Männer von der Veranda des Nachbarhauses auf Luthers Hof. Er blieb dicht vor Harry stehen und schob das Gesicht vor.

»Kann ich Ihnen helfen?« fragte Harry den Schwarzen.

»Ja«, sagte der Mann. »Sie können mir helfen, indem Sie hier verschwinden.«

»Vielleicht haben Sie mich nicht verstanden«, sagte Harry und hob beide Hände, um zu zeigen, daß er nichts Böses im Sinn hatte.

»Oh, ich verstehe Sie sehr gut. Und wie wär's jetzt, wenn

Sie mich auch verstehen und Ihren Arsch hier wegschaffen, verdammt?«

Harry nickte nett und freundlich und wich einen Schritt zurück. Dann trat er mit dem rechten Fuß zu und brach dem Schwarzen die Kniescheibe. Der Mann schrie auf und stürzte. Sein Freund kam auf den Hof gerannt, doch bevor er zu nahe kam, hielt Harry eine Pistole in der Hand und richtete sie auf ihn.

»Ich hoffe, Sie sind nicht so ungestüm wie Ihr Freund«, sagte Harry Wagner ruhig. »Aber falls doch, zähle ich bis drei, und Sie können entscheiden, auf welchen Körperteil Sie am besten verzichten können. Eins ... zwei ...«

Der zweite Schwarze blieb abrupt stehen; er entschied, daß es wohl geraten war, den Rückzug anzutreten.

»Und jetzt«, sagte Harry zu der Frau mit Luther Hellers Augen, »möchte ich, daß Sie mich zu Momma One-Eyes Haus bringen.«

Sie fuhren tief in die Wälder. Luthers Tochter saß vorn neben Harry, das kleine Mädchen auf dem Rücksitz. Die Kleine war still und bewegte sich kaum.

»Ihre Tochter ist sehr gut erzogen«, sagte Harry. »Sie müssen eine gute Mutter sein.«

»Was wollen Sie?« fragte die Frau. »Was haben Sie hier zu suchen?«

»Ich habe versucht, Ihnen das zu erklären«, sagte Harry. »Sie haben nicht darauf reagiert. Jetzt haben Sie das Recht verloren, irgendwelche Fragen zu stellen. So sind die Regeln.«

»Die Regeln?« Die Frau sah ihn ungläubig an. »Von was für Regeln sprechen Sie?«

»Von meinen Regeln«, sagte Harry. »Die einzigen, die noch gelten.«

Sie brauchten zweiundzwanzig Minuten, um ihr Ziel zu erreichen. Die Frau, die als Momma One-Eye bekannt war, wohnte in einer kleinen Hütte am Ende einer unbefestigten Straße. Harry ging um den Wagen, öffnete der Frau auf dem Vordersitz die Beifahrertür und bedeutete ihr, auszusteigen. Sie sah nach hinten. Sie sagte zwar nichts, aber Harry wußte, daß sie ihn bat, ihre Tochter im Wagen zu lassen. Harry lächelte entschuldigend und schüttelte den Kopf. Er öffnete die Tür des Rücksitzes und winkte; er bedeutete dem Mädchen, mit ihm zu kommen.

Harry klopfte an die Tür der Hütte und erhielt keine Antwort. Das Holz war so dünn, daß es sich nicht lohnte, das Schloß aufzubrechen. Mit einer kräftigen Bewegung trat Harry die Tür ein. Das kleine Mädchen zuckte bei dem Geräusch zusammen und lief in die Arme seiner Mutter. Die Frau nahm ihre Tochter auf den Arm, drückte sie gegen ihre Brust und hielt sie fest. Sie flüsterte dem Mädchen etwas zu, und Harry lächelte traurig, als er hörte, was sie sagte:

Es kommt alles in Ordnung, Baby. Es kommt alles in Ordnung.

Er mußte seinen Job erledigen, also scheuchte er die beiden in den einzigen Raum der Hütte. Das Mobiliar war spärlich, und was vorhanden war, war schlicht: ein einzelnes Bett, zwei Holzstühle mit hohem Rücken, ein runder Küchentisch, der Platz für vier Stühle bot, ein kleiner Kühlschrank, ein Herd. Harry bat die Frau höflich, in einem hölzernen Schaukelstuhl Platz zu nehmen, der in der Mitte des Raums stand. Mit ihrer Tochter auf dem Arm setzte sie sich. Das kleine Mädchen machte es sich auf ihrem Schoß bequem. Harry Wagner zog die Anzugjacke aus, rollte die Hemdsärmel hoch und durchsuchte den Raum.

In den Küchenschränken fand er mehrere Dosen mit Bohnen und anderen Gemüsesorten. Der einzige Schrank war bis auf vier Drahtbügel ausgeräumt. Unter dem Bett war nur Staub. Harry ging wie immer gründlich vor, aber die Suche dauerte nicht lange, und er fand nichts von Interesse. Nichts, was seinen Auftraggeber zufriedenstellen würde. Und er wußte, er würde Momma One-Eye nicht finden. Heute nicht. Aber man hatte ihm gesagt, er solle dafür sorgen, daß diese Reise nicht ergebnislos blieb. Man hatte ihm aufgetragen, zumindest eine Warnung auszusprechen.

Also holte er ein Messer aus Mommas Küchenschrank und atmete tief ein.

Wortlos machte er drei Schritte zur Mitte des Raums und

schnitt der Frau in dem Schaukelstuhl die Kehle durch. Der Tod trat sofort ein. Die Frau gab kein Geräusch von sich. Sie sah nicht mal überrascht aus. Sie sank lediglich in den Schaukelstuhl zurück, während ihr Blut auf sein Hemd und seine Krawatte spritzte. Er blickte hinab. Die schnell größer werdenden Flecken erfüllten ihn mit Ekel, aber er wußte, er durfte sich nicht von ihnen ablenken lassen. Das kleine Mädchen lief schreiend durch den Raum. Es rannte zur Vordertür, und es war schnell, aber nicht so schnell wie Harry. Er hielt die Kleine am Arm fest und riß sie herum, so heftig, daß er etwas knacken hörte, wahrscheinlich ihre Schulter. Das war das Ende ihres Widerstands. Die Kleine schrie nicht mehr; sie hatte zu viel Angst, um zu schreien, selbst, als er ihr die Kleider vom Leib riß. Sie hatte den Kopf gesenkt, an die flache Brust gedrückt. Sie sah ihn nicht an, als würde er, wenn sie ihn nicht sah, einfach verschwinden. Er packte ihr Haar und riß ihren Kopf zurück. Als er das Messer hob, schloß sie die Augen und verzerrte das Gesicht auf so übertriebene Art und Weise, daß er fast gelacht hätte. Aber er lachte nicht. Statt dessen rannen Tränen der Trauer seine Wangen hinab. »Es tut mir leid«, flüsterte er. Dann schnitt er dem Mädchen mit einer raschen Bewegung den Hals von einem Ohr bis zum anderen auf.

Harry brauchte einige Minuten, um sich zusammenzureißen. Es gelang ihm nur, indem er sich zwang, genau zu betrachten, was er getan hatte. Als Harry sich die Szene so genau eingeprägt hatte, daß er nicht mal das kleinste Detail dieses schrecklichen Bildes je vergessen würde, ging er hinaus zu seinem Mietwagen, öffnete den Kofferraum und holte eine kleine, lederne Reisetasche heraus. Er nahm ein gestärktes weißes Oberhemd und eine Krawatte heraus, die genauso aussah wie die, die er trug. Dann ging er wieder in das kleine Haus, zog das blutbefleckte Hemd und die Krawatte aus und warf sie auf den Boden. Auf dem Kaminsims stand eine Öllampe. Er nahm sie, hielt sie in Brusthöhe und ließ sie auf den Holzboden fallen. Anschließend holte er eine Zigarre hervor, eine dominikanische mit kubanischen Blättern. Das war eins der wenigen ungesunden Laster, die er sich gestattete. Harry entfernte die Verpackung, schnitt die Spitze ab und steckte die

Zigarre in den Mund. Er zündete ein Streichholz an und hielt es ans Ende der Zigarre, bis er tief den köstlichen Rauch einsog. Mit einem letzten Blick auf die beiden Leichen ließ er das brennende Streichholz in die sich ausbreitende Öllache fallen und ging zur Tür hinaus.

Als Harry in seinen Wagen stieg, hörte er das Geräusch, das herrliche Brausen des Feuers, das Nahrung fand und sich ausbreitete. Er spürte die Wärme und betrachtete dann die großartigen Flammen, die tosend immer höher stiegen, während Momma One-Eyes Hütte völlig niederbrannte.

Auf dem Weg aus der Stadt fuhr Harry gleichmäßig und ruhig und wurde nur einmal langsamer, als er an einem holprigen Footballplatz vorbeikam. Auf der Anzeigetafel stand: »Go Owls.« Das *w* im Namen des Teams war schief, nach rechts geneigt. Der Platz selbst war in einem schlechten Zustand. Das Gras war braun, und dort, wo eigentlich die Fünfzig-Yard-Linie sein sollte, hatte man Dosen und Flaschen hingelegt. Klar, es war ein Schulsportplatz, und Harry lächelte, als er daran vorbeifuhr, erinnerte sich an das Gefühl, einen Helm aufzusetzen und auf das Spielfeld zu laufen, während Cheerleader und Eltern ihre Anfeuerungsrufe herüberschrien. Harry befand sich unvermittelt wieder in jenen glorreichen Tagen des Ruhms und verlor sich kurz in der Vergangenheit. Dann setzte er den Fuß auf das Gaspedal und sah zu, daß er endlich verschwand.

Als H. Harrison Wagner wieder auf dem Highway war und mit genau der zulässigen Höchstgeschwindigkeit fuhr, wurde ihm klar, daß er erst am nächsten Nachmittag wieder in New York sein mußte. Er hatte immerhin einen ganzen Tag frei. Und der Junge, den er aufsuchen sollte, dieser Schriftsteller, würde kein Problem sein.

Harry dachte über die Falle nach, in der er sich hatte fangen lassen. Er wußte nicht, wen er mehr haßte: die Person, die ihn gefangen hatte, oder sich selbst, weil er sich hatte fangen lassen. Schließlich gelangte Harry zu dem Entschluß, die Nacht in Nashville zu verbringen. Und alles zu versuchen, um sich erneut für vierundzwanzig Stunden zu verlieben.

3. Kapitel

Carl drückte auf den Klingelknopf von Maggie Petersons Wohnung und wartete über eine Minute lang, bevor er erneut klingelte. Als auch nach seinem dritten Versuch keine Antwort erfolgte, lehnte er sich gegen das elegante schmiedeeiserne Tor, das die Haustür von der Straße abschirmte. Es hatte zu regnen aufgehört, der Himmel war klar und hell. Kindermädchen und junge Mütter waren mit Kinderwagen unterwegs. Ein paar Teenager spielten zwischen den geparkten Autos Fußball. Carl wartete schon eine geschlagene Viertelstunde und schritt vor dem Treppenaufgang auf und ab, als eine schwarze Limousine direkt vor ihm an den Bürgersteig zog. Ein Chauffeur glitt hinter dem Lenkrad hervor, ging um den Wagen herum und öffnete die hintere Tür auf der Beifahrerseite. Dabei schaute er zu Carl hinüber, warf ihm einen verschwörerischen Blick zu, der zu fragen schien, warum die Insassin die Tür nicht selbst öffnen konnte. Die Antwort war einfach: Maggie Peterson saß im Wagen, und sie tat nichts, was sie von anderen erledigen lassen konnte. Sie entschuldigte sich nicht bei Carl, daß sie ihn warten gelassen hatte; sie ging einfach an ihm vorbei, schloß das glänzende Eisentor auf, dann die Tür zu ihrer Wohnung und stürmte hinein. Carl folgte ihr und fand sich in einem Wohnzimmer aus Chrom und schwarzem Leder wieder. Er glaubte, eine Art Leitmotiv wahrzunehmen, denn Maggie trug noch immer schwarzes Leder. Ihr Outfit bestand aus einer Weste, einem kurzen, hautengen Rock und knöchelhohen Stiefeln. Als Maggie sich auf die Couch setzte, zurücklehnte und die Beine übereinanderschlug, nahmen ihre weißen Arme, die Beine und das Gesicht eine frei fließende, fast geisterhafte Erscheinung an.

»Wie gefällt es Ihnen?« fragte sie, und er war sich nicht sicher, ob sie die Wohnung oder ihr Outfit meinte. Hinter dem Wohnzimmer befand sich eine feudal eingerichtete Küche. Allein der Herd mit sechs Kochflächen hätte den größten Teil von Carls Wohnung beansprucht. Der Rest der Wohnung kam ihm genauso feudal vor. Glastüren führten zu einem gekachelten Innenhof und zu einem eleganten Garten im englischen

Stil, der in voller, leuchtender Blüte stand. Der schwarz und weiß geflieste Korridor führte vermutlich zu wenigstens einem Schlafzimmer. Wahrscheinlich sogar zu zwei oder drei.

Carl breitete schließlich die Arme aus und erklärte, die Wohnung sei wunderschön. Dann wagte er den Sprung und fügte schnell hinzu, wie sehr es ihn freue, daß sein Roman ihr gefalle, daß der Roman eine sehr persönliche Angelegenheit und sehr wichtig für ihn sei, die ganze Idee mit dem Basketball-Trainer in einer Kleinstadt und was aus ihm wird, als er einen Spieler entdeckt, wie es ihn in einer Generation nur einmal gibt. Er wollte ihr noch sagen, wie sehr er sich darüber freute, daß sie glaubte, sein Buch könne ein Erfolg werden, als sie ihn unterbrach, indem sie gebieterisch die Hand hob und unverblümt sagte: »Ihr Roman ist einen Dreck wert.«

Carl schnappte nach Luft. Sie bemerkte es nicht einmal. Sie war vollauf damit beschäftigt, Mineralwasser in ein Kristallglas mit Eiswürfeln zu gießen. Ihm bot sie nichts an.

»Der Roman ist zu gut, um auf dem Markt Erfolg haben zu können«, fuhr sie fort. »Doch ich werde ihn verlegen. Und ich werde die Sache professionell durchziehen – ein schmuckes Leseexemplar, Lesungen in den guten unabhängigen Buchhandlungen, den drei oder vier, die es noch gibt …«

Carl schüttelte verwirrt den Kopf. »Vielleicht habe ich etwas nicht mitbekommen. Warum wollen Sie sich mit einem Buch einlassen, das sich nicht verkaufen wird?«

»Weil ich will, daß Sie etwas für mich schreiben, *das* sich verkaufen wird. Eine große Sache. Ich spreche von der Nummer eins auf der Bestsellerliste. Hören Sie mir zu?«

»Worauf Sie sich verlassen können«, sagte Carl. Er bemerkte, daß sie eine komplette Wand mit Originalfotos von Nan Goldin geschmückt hatte. Es war eine beunruhigende Zurschaustellung von Junkies, Transvestiten und verschiedenen Körperteilen.

»Ich habe eine so unglaublich heiße Sache an Land gezogen, daß wir es als Schnellschuß machen. Schnell geschrieben, noch schneller auf den Markt gebracht. Das, was wir uns normalerweise für Terroranschläge, Kriege oder verstorbene Mitglieder von Königshäusern aufsparen.«

Während Maggie sprach, erhellte sich ihr Gesicht, als sei

Heiliger Abend und sie habe gerade das Geschenk bekommen, das sie sich schon immer gewünscht hatte.

»Ich habe eine Insider-Quelle in Washington. Eine bestimmte Person hat eine erstaunliche und durch und durch wahre Geschichte zu erzählen. Wenn diese Story veröffentlicht wird, wird sie den Verlauf der Geschichte verändern.«

»Übertreiben Sie da nicht ein wenig«, erwiderte Carl skeptisch.

»Ich meine es völlig ernst. Dieses Buch wird den Lauf der Geschichte verändern.«

»Wer ist die Insider-Quelle?«

»Ein Anonymus. Jemand, der aus persönlichen Gründen nur als Gideon bekannt werden möchte.«

»Ein Anonymus«, wiederholte Carl. »Na schön ... aber wer steckt wirklich dahinter?«

Maggie leerte ihr Glas, sie beugte sich vor und betrachtete ihn aus zusammengekniffenen Augen. »Zuerst einmal müssen Sie über diesen Anonymus wissen, daß Sie nicht die geringsten Antworten über ihn bekommen werden. Und das ist auch schon alles, was Sie über ihn wissen müssen. Sie werden ihn niemals kennenlernen, Sie werden nie mit ihm sprechen, Sie werden keinen Kontakt mit ihm haben. Also sparen Sie sich die Mühe, Fragen über ihn zu stellen. Gideon befindet sich in einer äußerst empfindlichen Position. Und hat schreckliche Angst davor, entlarvt zu werden. Er wird es nur mit mir zu tun haben. Verstanden?«

»Nein«, sagte Carl langsam und runzelte die Stirn.

»Dann halten Sie den Mund und hören Sie zu.« Die Worte kamen über ihre Lippen wie Salven aus einem Maschinengewehr, schnell, brutal und leidenschaftslos. »Ich brauche einen Ghostwriter. Jemanden, der schreiben kann, denn mein Anonymus kann es nicht. Zumindest nicht gut genug für ein Buch. Überdies brauche ich jemanden, der das als Roman hinbekommt – einen spannenden, handwerklich einwandfreien Roman. Denn sollte Apex versuchen, den Stoff als Sachbuch zu veröffentlichen, werden sie uns auf ein paar Milliarden Dollar Schadenersatz verklagen.«

»Wer?«

»Ich wiederhole mich wirklich nicht gern«, erwiderte sie gereizt. »Sie werden über den Anonymus von mir keine Antworten bekommen.«

»Hören Sie, ich bin vielleicht ziemlich schwer von Begriff«, sagte Carl, »aber wie soll ich ein Buch schreiben, wenn ich nicht die geringste Ahnung habe, um wen oder was es sich handelt?«

»Ich spreche von einem Schnellschuß«, fauchte Maggie, als würde das seine Frage beantworten. »Ich werde Sie mit Informationen versorgen, mit höchst vertraulichen Informationen, die direkt an Sie weitergegeben und aus denen sie einen erzählenden Text machen werden. Sie werden mir Ihren Text Kapitel für Kapitel aushändigen, und ich werde ihn redigieren, während sie weiterschreiben. Das Timing ist von ausschlaggebender Bedeutung. Das Buch *muß* in sechs Wochen auf den Markt kommen. Verstehen Sie?«

»Nein. Ich verstehe nur Bahnhof.«

»Was müssen Sie sonst noch wissen?« fragte sie.

»Fangen wir mal damit an, warum Sie ausgerechnet auf mich gekommen sind.«

»Weil ich einen Niemand brauche.«

»Vielen Dank, daß Sie das klargestellt haben.«

»Tut mir leid, falls das rücksichtslos klingt«, sagte sie. »Aber einen erfahrenen Journalisten kann ich auf keinen Fall an die Sache heranlassen – er würde versuchen, hinter die Identität von Gideon zu kommen. Und bei einem bekannten Romanautor bekäme ich es mit Ego-Problemen zu tun. Die würden alle wollen, daß ihr Name auf dem Buch steht.«

»Was, wenn ich will, daß *meiner* daraufsteht?«

»Ich brauche einen richtigen Ghostwriter, jemand, der nicht darauf besteht, genannt zu werden, und der Stillschweigen darüber bewahrt. Niemand darf wissen, daß Sie an dieser Sache arbeiten. Sie dürfen es keiner Menschenseele erzählen – nicht einmal Ihrer Freundin.«

»Zuerst einmal arbeite ich noch nicht an der Sache. Und zweitens … Ich habe zur Zeit keine Freundin.«

»Natürlich, die Sache mit Amanda ist doch seit … seit mittlerweile einem Jahr vorbei?«

Er legte den Kopf schief und musterte Maggie aus zusammengekniffenen Augen. »Sie machen Ihre Hausaufgaben, was?«

Maggies Lippen dehnten sich leicht verkniffen aus. Er fragte sich, ob das ihr Lächeln war. »Sie haben keine Geschwister«, sagte sie, »Ihre Mutter ist vor vier Jahren gestorben, und Sie und Ihr Vater sprechen kaum miteinander.«

»Was wissen Sie sonst noch über mich?«

»Ich weiß *alles* über Sie, Carl.«

Er zögerte, fuhr mit dem Daumen über das Kinn. »Ich glaube selbst nicht, daß ich das sage, ich meine, daß ich das *Ihnen* sage, aber ich glaube, ich passe.« Sie sah ihn schockiert an. Er fragte sich, ob noch nie zuvor jemand nein zu ihr gesagt hatte. »Ich lasse mich nicht gern drängen«, erklärte er. »Besonders, wenn ich völlig im Dunkeln stehe. Ich neige dazu, überall anzustoßen und mich zu verletzen.«

Maggie seufzte müde und verdrehte die Augen, als sei er ein aufsässiges Kind. Dann griff sie hinüber und hob eine Aktentasche aus weichem Leder hoch, die auf dem Boden stand. Sie legte sie auf den funkelnden Couchtisch, öffnete sie und holte eine Hochglanzbroschüre heraus. Es war der Herbstkatalog von Apex. Wortlos schlug sie ihn in der Mitte auf. Die doppelseitige Anzeige besagte:

GIDEON
NEU IM AUGUST ... DIE EXPLOSIVSTE
ENTHÜLLUNGSGESCHICHTE ALLER ZEITEN!
SIE IST SO GEHEIM, SO KONTROVERS,
DASS WIR IHNEN NICHT EINMAL SAGEN KÖNNEN, WORUM ES GEHT – AUSSER,
DASS ES NOCH NIE EIN BUCH WIE DIESES
GEGEBEN HAT!
STARTAUFLAGE:
EINE MILLION EXEMPLARE

»Eine Million Auflage«, sagte er leise.

»Das ist die Liga, in der John Grisham und Stephen King spielen. Wissen Sie, wie viele Romane Sie schreiben müssen, um eine Million Exemplare zu verkaufen?« fragte sie.

»Etwa eine halbe Million«, sagte Carl mit schwacher Stimme. »Mindestens.«

Maggie legte den Katalog in die Aktentasche zurück. Dann zog sie einen Umschlag hervor, reichte ihn ihm und bedeutete ihm, ihn zu öffnen.

Er tat, wie geheißen. Darin befand sich ein auf ihn ausgestellter Scheck über 50000 Dollar. Zahler war Quadrangle Publications. Ein neuer Tochterverlag von Apex, wie Maggie ihm erklärte, der sich auf besonders aktuelle Bücher spezialisieren würde. *Gideon* würde der erste Titel des neuen Verlags sein. Selbst als erzählende Literatur hatte das Buch Informationswert.

»Wenn Sie ein zufriedenstellendes Manuskript abliefern, bekommen Sie einen weiteren Scheck über Einhundertundfünfzigtausend. Da ich Ihnen weitere Fünfzigtausend für Ihren Roman zahle, machen Sie einen ganz guten Schnitt. Die Verträge werden in diesem Augenblick aufgesetzt. Aber Anwälte brauchen ewig, und ich habe nicht so viel Zeit. Sie müssen sofort anfangen. Und wir müssen Ihnen wohl auch einen neuen Agenten besorgen, nicht wahr?«

Carl war sprachlos. Diese Frau gab ihm den Schlüssel zum Zauberland. Sie sagte: *Kommen Sie einfach rein – Sie gehören hierher.*

»Also«, sagte sie. »Die Frage lautet: Würden Sie gern eine Viertelmillion Dollar verdienen, eine Nummer eins auf der Bestsellerliste haben und vom besten Verleger in New York gefördert werden?«

Carl mußte darauf nicht antworten. Statt dessen trat er zu einer Wand mit gläsernen Bücherregalen und nahm einen Gegenstand heraus, den er beäugt hatte, seit er die Wohnung betreten hatte. Er hielt ihn in der Hand und streichelte ihn, fast, als wäre er lebendig. Es war eine kleine goldene Statue. Ein Oscar.

»Ist der echt?« fragte er.

»Bei mir ist *alles* echt«, sagte sie.

»Sie haben den gewonnen?«

»Gekauft. Bei einer Auktion von Christie's.«

Er löste den Blick von der Statue und musterte sie verblüfft. »Warum?« fragte er.

»Weil ich schon immer einen haben wollte. Und falls Sie es noch nicht begriffen haben ... ich bekomme immer, was ich haben will.«

Dann holte sie einen letzten Gegenstand aus der Aktentasche: eine Visitenkarte, die sie ihm reichte. »Ganz unten steht meine Handynummer. Wenn Sie mich brauchen, rufen Sie mich an. Versuchen Sie es gar nicht erst über die Telefonzentrale des Verlags. Nennen Sie auf einem Anrufbeantworter niemals Ihren Namen. Und denken Sie nicht mal im Traum daran, noch einmal hierherzukommen, außer, ich lade Sie ein. Und wenn das der Fall sein wird, dann nicht aus beruflichen Gründen. Offiziell kenne ich Sie nicht. Offiziell gibt es Sie gar nicht.« Sie hielt ihm die Karte hin, und er nahm sie. Ihre Hand verweilte einen Augenblick länger in der seinen, als es eigentlich erforderlich war. Als sie dann fortfuhr, war ihre Stimme ein leises Knurren. »Aber inoffiziell, Carl, muß ich Sie vielleicht doch noch vögeln.«

Carl Granville stellte den Oscar auf seinen Platz im Regal zurück, nahm dann ihre Karte und steckte sie in seine Hemdtasche.

»Bitte«, sagte er, »nennen Sie mich Granny.«

Als Carl vor einigen Jahren nach New York gezogen war, um Schriftsteller zu werden, hatte er von diesem ganz besonderen Tag geträumt, an dem er endlich seinen ersten Roman verkaufen würde. Das war keine bloße Wunschvorstellung seinerseits; er hatte lange und hart gearbeitet, um jede Kleinigkeit durchzufeilen und perfekt hinzubekommen. Drei Dinge würde er dann tun, hatte er nach reiflicher Überlegung beschlossen.

Zuerst würde er seine Mutter anrufen und ihr die große Neuigkeit mitteilen. Schließlich hatte sie immer an ihn geglaubt. Anders als sein Vater. Sein Vater war der Ansicht, Carl hätte auf eine anständige, ordentliche kaufmännische Fachschule gehen und einen anständigen, ordentlichen Beruf erlernen sollen.

Dann würde er allein und in aller Ruhe bei Tony's essen gehen, einem gemütlichen italienischen Restaurant ganz in der

Nähe, an der West Seventy-ninth Street, seinem absoluten Lieblingsrestaurant. Er wußte auch schon ganz genau, was er bestellen würde – einen grünen Salat, Ravioli mit hausgemachten Würstchen, zum Nachtisch Cannoli, dazu eine Flasche Chianti.

Dann würde er mit der Frau in seinem Leben eine Flasche sehr teuren Moët & Chandon köpfen. Sie würden auf seinen Roman anstoßen und dann bis zum Morgengrauen bumsen.

Es war, so überlegte er nun, noch immer eine wunderschöne Phantasievorstellung. Leider war seine Mutter tot, Tony's war jetzt ein Schuhgeschäft, und es gab keine Frau mehr in seinem Leben. Es war, so dachte er, schon verdammt seltsam, wie die Welt um einen herum sich verändern konnte.

Er spielte kurz mit dem Gedanken, seinen Vater anzurufen und *ihm* die gute Nachricht mitzuteilen. Dann überlegte er es sich anders. Wie wäre es, Amanda anzurufen und es *ihr* zu sagen? Aber auch das überlegte er sich wieder anders. Es lief darauf hinaus, daß es keinen Menschen auf der Welt gab, dem er es sagen konnte.

Trotzdem lief Carl mit viel Schwung und einem Scheck über fünfzigtausend Dollar in der Tasche nach Hause. Er ging bei der Citybank vorbei und zahlte das Geld auf sein Sparbuch ein. Dann kaufte er sich in einem Schnapsladen auf dem Broadway die Flasche Moët & Chandon. Er würde sie einfach allein trinken.

Seltsamerweise gingen, als er seine Etage erreicht hatte, seine Füße einfach weiter die Treppe hinauf. Sie trugen ihn ein weiteres Stockwerk aufwärts, zu Tonis Tür. Nun ja, warum nicht? Sie war einfach hinreißend. Er wollte anklopfen, als die Tür aufgerissen wurde und sie hinausstürmte, die Schlüssel in der Hand. Sie war hektisch und außer Atem. Überrascht starrte sie ihn an. »Ist irgendwas?« fragte sie.

»Gewissermaßen«, erwiderte er mit einem matten Lächeln. »Ich suche jemanden, mit dem ich feiern kann. Ich habe nämlich diesen Roman geschrieben und …«

»Das ist phantastisch! Ich würde gern alles darüber erfahren, aber ich spreche in einer Viertelstunde für *All My Children* vor, und ich habe noch keine einzige Seite zu Gesicht bekommen, und sie suchen einen neuen Vamp, und es ist eine tolle Rolle, und ... o mein Gott, wie sehe ich aus?«

Sie hatte das Haar hochgesteckt und trug ein enges schwarzes Minikleid und Schuhe mit hohen Absätzen. Sie sah absolut großartig aus.

»Sie sehen aus wie ... na ja, wenn man Sie nicht sofort engagiert, müssen sie verrückt sein.«

»Sie sind ein Schatz. Danke! Und herzlichen Glückwunsch!« Dann stürmte Toni die Treppe hinunter, so schnell ihre schwankenden Absätze es erlaubten.

Carl seufzte, blieb einen Augenblick lang im stillen Treppenhaus stehen und kam sich ein wenig töricht vor. Dann zuckte er die Achseln und ging zu seiner Wohnung.

Er spürte sofort, daß etwas nicht stimmte.

Auf seinem Bett saß ein Mann. Er paffte an einer langen, schlanken Zigarre.

»Sie haben Champagner mitgebracht, Carl. Wie aufmerksam. He, ich konnte keinen Aschenbecher finden. Wo haben Sie den Aschenbecher versteckt?«

Carl schluckte. Der Mann wirkte ganz ruhig und lächelte entspannt. Aber er hatte etwas an sich, das bei Carl eine Gänsehaut erzeugte. »Ich rauche nicht«, sagte er. Der Mann grunzte unzufrieden. Carl wünschte sich plötzlich, etwas anderes als das kleine Schweizer Offiziersmesser zu haben, das er seit seiner Zeit an der High School bei sich trug. Er umklammerte den Griff der Champagnerflasche fester und fragte sich, ob sie eine brauchbare Waffe ergab. »Was wollen Sie?«

»Ich will, daß Sie die Tür schließen«, sagte der Eindringling. Er blieb auf dem Bett sitzen, rührte sich nicht. Carl bemerkte, daß die Wohnung dunkel und voller Schatten war. In weiser Voraussicht hatte der Mann die Vorhänge zugezogen.

»Hören Sie, ich habe kein Geld bei mir, und ...«

»Machen Sie die Tür zu, Carl.« Er sprach nicht lauter, klang nicht einmal ungeduldig. Dazu bestand kein Grund. Er hatte die absolute Kontrolle.

Carl schloß die Tür und blieb ruhig stehen.

»Braver Junge. Jetzt möchte ich, daß Sie zum Schreibtisch

gehen, das Licht einschalten und mir gegenüber Platz nehmen.«

Carl tat, wie geheißen, und setzte sich auf seinen Drehstuhl. Der Mann stand langsam auf. Er war größer als Carl und kräftig gebaut. Seine Bewegungen waren präzise und kompakt, elegant, wie bei einem Tänzer. Er war um die fünfunddreißig Jahre alt, hatte einen oben ganz flachen Bürstenschnitt, einen ordentlich gestutzten Schnurrbart und trug eine Brille mit schwarzem Gestell. Er war elegant gekleidet. Er trug einen rehfarbenen Seidenanzug, eine Leinenweste, ein lavendelblaues Hemd aus feiner Wolle und eine Krawatte mit großen gelben Tupfen. Er ging zur Tür, verriegelte sie und schnippte seine Zigarrenasche dann in die Spüle.

»Verdammt, wie sind Sie hier hereingekommen?« fragte Carl.

Ein leichtes Lächeln legte sich auf die Lippen des Mannes. »Ich gestehe ein, es war eine gewisse Herausforderung. Ich habe fast sechs Sekunden gebraucht. Sie sollten sich einen Sicherheitsriegel von Medeco leisten, Carl. Die halten mich manchmal bis zu einer Minute lang auf, je nach Beschaffenheit des Türrahmens.«

Bevor vor etwa neunzig Jahren das alte Stadthaus in Wohnungen umgewandelt worden war, war Carls Apartment buchstäblich eine gute Stube gewesen. Es verfügte über einen – nicht funktionierenden – Kamin und eingebaute Bücherregale aus Eichenholz mit Glastüren. Statt eines Kronleuchters hing Carls roter, fünfundzwanzig Kilo schwerer Everlast-Sandsack in der Mitte des Zimmers an der Decke. Er hatte ihn an dem Tag gekauft, an dem Amanda nach Washington gezogen war. Sein Mobiliar bestand aus einem Bett, einem riesigen alten Monstrum mit Eisengestell, das aus einer Irrenanstalt aus dem nördlichen Teil des Staates New York stammte, und seinem Schreibtisch, einem ramponierten Ding mit Rollverschluß, das einst einem Bahnhofsvorsteher gehört hatte. Des weiteren aus einem kleinen Eßtisch, der keine Geschichte und mit den anderen Einrichtungsgegenständen nur gemeinsam hatte, daß er billig gewesen war. Er stand vor dem Erkerfenster.

Der Eindringling ging zum Fenster, öffnete den Vorhang einen Spalt und betrachtete aufmerksam die Straße unter ihm. Da sah Carl sie. Unter dem teuren Seidenjackett, über der weißen Weste.

»Sie tragen eine Waffe«, sagte Carl leise.

»Ja«, murmelte der Mann. »Mögen Sie keine Waffen?«

»Nein«, sagte Carl.

Der Mann nickte verständnisvoll. »Tja, an die Waffe werden Sie sich gewöhnen müssen.«

Carl sagte nichts. Zum ersten Mal wirkte der Mann ungeduldig. »Auf uns wartet Arbeit.« Als Carl sich nicht rührte, ihn nur neugierig musterte, fuhr der Mann fort: »Es ist ein Schnellschuß. Ich dachte, das wäre Ihnen klar.«

Carl atmete langsam aus. Es kam ihm wie der erste Atemzug seit Monaten vor. »Sie sind dieser Anonymus.«

»Ich bin Harry Wagner«, sagte der Mann und paffte an seiner Zigarre. »Eine Abkürzung für Harrison, nicht für Harold. Und nein, ich bin nicht Anonymus. Ich bin das, was in der Unterwelt als Vermittler bekannt ist. Ein ziemlich seltsamer Ausdruck, meinen Sie nicht auch? Wie aus der Zeit der Regentschaft Georgs IV. Hat den Hauch einer zärtlichen Romanze. Die Ränke eines bebenden, jungfräulichen Herzens. Überaus unangemessen, nicht wahr?«

»Keine Ahnung.«

»Dann glauben Sie mir einfach. Hier gibt es keine Liebe, Carl. Es gibt nur Leute, die sich gegenseitig fertigmachen.« Zur Betonung hämmerte Wagner mit der rechten Hand gegen den Sandsack.

»Was für Leute?«

»Ein netter Versuch, Carl. Und ich weiß Ihre Bemühung zu schätzen. Aber man hat mir gesagt, Sie hätten auch diesen Teil unserer kleinen Abmachung verstanden – keine Fragen.«

Carl funkelte ihn böse an. Ihm gefiel die Sache ganz und gar nicht. Wer war dieser Kerl? Verdammt, worauf hatte er sich eingelassen? Er zog die Visitenkarte hervor, die Maggie ihm gegeben hatte. Er griff nach dem Telefon und wählte.

Sie antwortete nach dem ersten Klingeln. »Was gibt es, Carl?«

Carl erstarrte. »Woher wissen Sie, daß ich es bin?«

»Sie sind der einzige, der diese Nummer hat«, sagte sie ungeduldig. »Also, was wollen Sie?«

»In meiner Wohnung ist ein sehr großer Mann mit einer sehr häßlichen Krawatte ...«

Plötzlich spürte Carl, daß sich Harrys Finger um sein Handgelenk legten. Es war keine sanfte Berührung, sondern ein eisenharter Griff. Irgendwie war der Mann durch das Zimmer gesprungen. Carl hatte ihn nicht gehört, ihn nicht kommen sehen. Aber da war er plötzlich und drohte, die Knochen in Carls Handgelenk so mühelos zu zerquetschen, wie man einen Pappbecher zerdrückte. Carl sah in Harrys Augen und hatte plötzlich große Angst.

»Sagen Sie: Bleiben Sie dran«, sagte Harry Wagner. Er sprach ganz leise, als wolle er aus Höflichkeit nicht, daß die Person am anderen Apparat erfuhr, daß er das Gespräch unterbrach. Als Carl nicht sofort reagierte, drückte Harry fester zu. In Carls Augen schossen Tränen.

»Bleiben Sie dran«, sagte er mit Mühe in die Sprechmuschel.

»Um Himmels willen, was ist da los?« hörte er Maggie rufen.

»Und jetzt legen Sie das Telefon weg«, befahl Harry ihm.

Diesmal zögerte Carl nicht. Der Hörer lag sofort auf dem Tisch.

»Ich möchte Ihnen etwas erklären«, fuhr Harry fort. Seine Worte klangen völlig emotionslos. Er hörte sich an wie ein High-School-Lehrer, der seinen nicht übermäßig intelligenten Schülern eine Klassenarbeit erklärte. »Ich bin sehr empfindlich, was meine Kleidung betrifft«, sagte er. »Ich weiß, daß Sie sich für ein Superhirn halten, und normalerweise habe ich nichts dagegen. Ich weiß Schlagfertigkeit zu schätzen, wenn sie angemessen ist.«

»Freut mich zu hören«, sagte Carl, doch als er spürte, daß Harrys Hand noch fester drückte, schwieg er sofort wieder.

»Ich kann es nicht ausstehen, wenn jemand sich über meine Kleidung lustig macht. Sie ist ziemlich teuer, und manche Stücke sind maßgeschneidert. Mir ist klar, daß Sie ein künstlerischer Typ sind, deshalb wurden Sie ja angeheuert. Und ich gewähre Ihrem künstlerischen Temperament einen gewissen Spielraum. Doch bei allem gebührenden Respekt für Ihr Talent und Ihre Fähigkeiten ... wenn Sie noch einmal Witze über irgendeines meiner Kleidungsstücke machen, werde ich Ihnen weh tun. Sie werden eine bleibende Behinderung davontragen. Und jetzt nehmen Sie das Telefon und beenden Ihr Gespräch.«

Harry ließ Carl los. Carl verspürte nicht das Bedürfnis, irgend etwas zu erwidern. Harry Wagner hatte sich unmißverständlich ausgedrückt.

Carl unterdrückte den Drang, sein Handgelenk zu reiben, und griff nach dem Telefon.

»Was macht ihr beiden Idioten für einen Unsinn?« fragte Maggie Peterson.

»Nichts«, sagte Carl.

»Wo ist dann das Problem? Ich habe doch gesagt, daß Sie Material bekommen werden.«

»Ich habe es bekommen.«

»Dann ist ja alles in Ordnung.«

»Völlig in Ordnung«, sagte Carl. »Ich muß Ihren Botendienst loben.«

»Rufen Sie mich gefälligst nur noch an, wenn es wichtig ist«, sagte sie und unterbrach die Verbindung.

»Danke für Ihr freundliches Lob. Ich weiß es zu schätzen«, sagte Wagner und blies wirbelnden Zigarrenrauch in die Luft.

»Darf ich etwas sagen?«

»Sie dürfen jetzt und immer alles sagen, was Sie wollen. Na ja, fast alles.«

»Sie haben klargestellt, das Sie mir weh tun können. Und wenn Sie wollen, können Sie mich einfach erschießen.« Carl war plötzlich sehr wütend. Und plötzlich war es ihm egal, daß er seine Wut zeigte, ganz gleich, was dieser Kerl ihm antun konnte. »Aber das ist immer noch meine Wohnung, und ich kann es nicht ausstehen, wenn hier jemand eine dicke, stinkende Zigarre raucht. Also machen Sie das verdammte Ding aus.«

Wagner seufzte, dachte über die Bitte nach und nickte. »Das ist nur fair«, sagte er. Er zog ein letztes Mal wehmütig an der

Zigarre und drehte sie zwischen den Fingern. Dann drückte er sie in der Spüle aus. Er ging zu Carls Schrank, öffnete die Tür und stöberte herum, bis er einen hölzernen Kleiderbügel fand. »Drahtbügel«, sagte er, »sind der schlimmste Feind einer jeden Garderobe.« Er zog die Jacke aus und hing sie sorgfältig auf den Holzbügel. Dann hängte er den Bügel an den Hutständer neben der Wohnungstür. Danach öffnete Harry Wagner den Hosengürtel, zog den Reißverschluß herunter und ließ die Hosen fallen.

An seinem muskulösen linken Oberschenkel war eine braune Tasche befestigt. Klebeband hielt sie an Ort und Stelle. Wagner bückte sich und riß das Band grob ab. Er zuckte zusammen, als sich die Haare auf seinem Schenkel mit ihm lösten. »Das hasse ich«, sagte er. Dann zog er die Hose wieder hoch, schloß Reißverschluß und Gürtel und öffnete den Umschlag.

Darin befanden sich anscheinend Fotokopien eines alten Tagebuchs, Kopien alter Zeitungsausschnitte und weitere Kopien gestempelter Dokumente, bei denen es sich um Geburts- und Heiratsurkunden zu handeln schien. Und ein halbes Dutzend handschriftlicher Briefe, ebenfalls Fotokopien.

»Es läuft folgendermaßen, Carl. Sie werden dieses Material studieren, bis Sie sich jede Einzelheit eingeprägt haben. Die Namen der Personen und Städte sind geschwärzt worden. *Versuchen* Sie ja nicht erst, die richtigen Namen herauszufinden. Denken Sie nicht darüber nach, wer diese Leute wirklich sind, denken Sie nicht darüber nach, wo diese Ereignisse wirklich stattgefunden haben.«

»Aber wie kann ich die richtigen Leute und Ereignisse beschreiben, wenn ich keine …«

»Seien Sie kreativ. Dafür bekommen Sie ja den Scheck über eine ziemlich große Summe, nicht wahr? Ihnen stehen mehr als genug Beschreibungen zur Verfügung, die Ihnen weiterhelfen. Glauben Sie mir, Sie werden mit dem Material auskommen.«

»Was soll mich davon abhalten, dieses Material anderen Leuten zu zeigen? *Sie* zu beauftragen, den Tatsachen auf den Grund zu gehen?«

»Zum einen, Carl, bin ich hier, um Sie aufzuhalten. Und Sie stimmen wohl bereits mit mir überein, daß ich sehr gut darin bin, andere Leute aufzuhalten. Und zum anderen hat man mir untersagt, auch nur ein Blatt von diesem Material hier bei Ihnen zurückzulassen. Und Sie dürfen keine Kopien machen.«

Carl nickte. »Aber ich darf mir wenigstens Notizen machen?«

»Das dürfen Sie«, erwiderte Wagner.

»Gut, denn ich bin in meinem Stenokurs durchgefallen. Frage: Was tun Sie, während ich hier arbeite?«

»Antwort: Ich werde Sie im Auge behalten.«

Carl betrachtete stirnrunzelnd den Stapel Kopien. »Das könnte Stunden dauern.«

»Ich bin sehr geduldig. Und ich habe sowieso nichts anderes vor.« Wagner setzte sich wieder auf das Bett, verschränkte die Arme und betrachtete Carl gewissenhaft. Er blinzelte nicht. Er lockerte nicht die Krawatte. »Wenn Sie fertig sind«, fuhr er fort, »packe ich das Material zusammen und gehe.«

»Ich werde Sie vermissen«, sagte Carl.

»Sie werden sofort mit dem Schreiben anfangen. Ich komme zurück, hole ab, was Sie geschrieben haben, und bringe weiteres Material.«

»Und wann?«

»Sie werden es wissen, wenn Sie mich hier finden.«

Carl spielte mit dem Gedanken, die ganze Sache augenblicklich hinzuwerfen. Aber dann dachte er an seinen Roman und die fünfzigtausend Dollar, die er gerade auf der Bank eingezahlt hatte. Er dachte an Maggie Petersons Behauptung, dieses Projekt würde den Lauf der Geschichte verändern.

»Harry, Sie scheinen mir ein ziemlich intelligenter Bursche zu sein.«

»Tja, danke, Carl. Das ist sehr freundlich von Ihnen.«

»Ist Ihnen klar, wie verdammt seltsam diese Sache ist?«

»Wir leben auch in einer verdammt seltsamen Welt, Carl. Und sie wird von Minute zu Minute seltsamer.« Erneut bedachte Wagner ihn mit einem schwachen Lächeln. »Sie machen sich besser an die Arbeit.«

Carl nahm ein leeres Notizbuch aus der untersten Schublade seines Schreibtisches und fing mit dem Tagebuch an. Er kam nicht gut voran. Die Handschrift war krakelig und schwach, die Prosa weitschweifig, unzusammenhängend und kaum lesbar. Es fiel ihm schon schwer, dem Inhalt zu folgen, ganz zu schweigen davon, ihn sich einzuprägen. Besonders, da dieser sehr große Mann keine drei Meter von ihm entfernt saß und ihn wie ein Raubtier musterte. Es dauerte eine Weile, sich daran zu gewöhnen.

Aber das war sein Job, sagte sich Carl. Wie der letzte entscheidende Schlag drei Sekunden vor Spielschluß, bei unentschiedenem Spielstand. Man trat in die Schlagzone und verdrängte alles andere. Man mußte sich nur daran gewöhnen.

Carl Granville las, machte sich Notizen, konzentrierte sich. Bald war er sich gar nicht mehr bewußt, daß Harry Wagner dort saß. Wagner wiederum hätte genauso gut ein Baum sein können. Er bewegte sich nicht, sagte auch nichts. Er räusperte sich nicht einmal, machte keinerlei Anstrengung, um Carl an seine Anwesenheit zu erinnern.

Nach ein paar Stunden mußte Carl sich kaltes Wasser ins Gesicht spritzen. Wagner hatte nichts dagegen, solange Carl die Tür offenstehen ließ. Carl stand am Waschbecken, ihm brummte der Schädel, und er fragte sich, was zum Teufel er da überhaupt las. Es handelte sich eindeutig um das Tagebuch einer Frau. Die Handschrift und Grammatik ließ darauf schließen, daß sie ungebildet war; der Inhalt legte die Vermutung nah, daß sie bettelarm und offensichtlich nicht von Bedeutung war. Aber wer war sie? Und wer waren all die Leute, von denen sie erzählte? War einer von ihnen berühmt geworden? Maggie hatte erwähnt, daß ihre Quelle in Washington lebte – dieses Tagebuch hatte auf jeden Fall irgendeine politische Bedeutung. Aber welche? Nichts von dem, was er gelesen hatte, kam ihm kontrovers vor oder schien irgendwelchen Leuten schaden zu können. Das alles hatte vor langer Zeit stattgefunden, und weit, weit weg. Entfernte, unbedeutende Leute an einem fernen, unbedeutenden Ort.

Und wer genau war Harry Wagner? Ein Bodyguard? Ein Privatdetektiv? Ein Spion?

Carl dachte darüber nach. Wie hätte er nicht darüber nachdenken können?

Wagner kochte in der Küche eine Kanne Kaffee. Während er darauf wartete, daß das Wasser kochte – »Im Kessel aufsetzen, Carl, das ist das Geheimnis«, sagte er –, ging er ebenfalls zur Toilette. Er ließ die Tür die gesamte Zeit über offenstehen und befahl Carl, in der Küche zu bleiben, ja nicht in die Nähe des geheimen Materials auf dem Schreibtisch zu kommen.

Carl verspürte plötzlich Hunger und stöberte im Kühlschrank nach etwas Eßbarem. Dem am nächsten kam ein halbes Truthahn-Sandwich von Mama Joy's auf dem Broadway, etwa zwischen sieben und zehn Tagen alt.

»Wollen Sie auch was von dem Sandwich?« fragte er Wagner, als der großgewachsene Mann aus dem Badezimmer kam.

Wagner betrachtete das Butterbrot angewidert. »Ich würde mir lieber einen Fuß abhacken.«

»Gut. Bleibt für mich mehr übrig.«

Als der Kaffee fertig war, schenkte Carl ihnen ein. Beide tranken ihn schwarz. Wagner ging zum Bett zurück, setzte sich, nippte an dem Kaffee und wartete darauf, daß Carl sich wieder an die Arbeit machte. Carl aß über der Spüle so langsam wie möglich sein Sandwich. Er trank seinen Kaffee und schenkte sich eine zweite Tasse ein.

Dann widmete er sich wieder dem Tagebuch.

Schließlich konnte er einfach nichts mehr aufnehmen. Seine Augen wurden glasig, und sein Schädel summte wie ein Flipperautomat. Er schob das Tagebuch beiseite, blähte die Wangen auf und stieß schnaubend die Luft aus. Er war seit über sechs Stunden an der Arbeit.

»Haben Sie genug?« fragte Wagner freundlich.

Carl nickte stumm.

Wagner sammelte sofort alle Unterlagen ein, schob sie in die Tasche zurück und befestigte sie mit Klebeband wieder an seinem nackten Oberschenkel. Er zog das Jackett an, ging zum Vorhang, schaute hinaus und studierte aufmerksam die Straße. Mit einem zufriedenen Nicken ging er zur Tür und öffnete sie, ohne sich zu verabschieden.

»Tun Sie mir einen Gefallen, Harry?«

»Was für einen, Carl?«

»Klopfen Sie beim nächsten Mal an, ja?«

Wagner lachte kurz auf. »Ich denke darüber nach.«

Und dann war Harry Wagner verschwunden.

Carl brauchte dringend Bewegung. Er zog Shorts und die Boxhandschuhe an und bearbeitete eine halbe Stunde lang den Sandsack mit beiden Fäusten. Anschließend duschte er, zuerst heiß, dann kalt. Er füllte ein hohes Glas mit Eiswürfeln, goß den Rest des Kaffees darüber und gab eine Kugel Schokoeis von Häagen-Dasz dazu. Er kehrte zum Schreibtisch zurück und las die Notizen, während er trank. Dann schaltete er seinen Computer ein. Er legte einen Ordner mit dem Titel »Gideon« und dann zwölf Dateien für die einzelnen Kapitel an. Er öffnete Kapitel 1. Er schloß die Augen und atmete ein paar Mal tief ein und aus.

Dann fing Carl Granville an zu schreiben.

4. Kapitel

Rayette brannte mit Billy Taylor durch, weil er der erste Junge war, der sie jemals zum Lachen gebracht hatte. Sie hatte Jungs kennengelernt, die ihren ganzen Körper zum Kribbeln brachten, wenn sie im Mondschein draußen am Grinder's Creek lagen und sich küßten. Sie hatte Jungs kennengelernt, die sie am liebsten verprügelt hätte, weil sie sie schamlos belogen, wenn sie im Mondschein draußen am Grinder's Creek lagen. Aber sie hatte nie zuvor einen Jungen kennengelernt, der sie so zum Lachen brachte wie Billy Taylor.

Natürlich hatte Rayette in ihren vierzehn Lebensjahren in Julienne, Alabama, nie viel zu lachen gehabt.

Rayette wurde auf den Tag genau ein Jahr nach dem großen Börsenkrach des Jahres 1929 geboren. Ihr Vater, Enos Boudreau, war Handelsvertreter und dermaßen vom Pech verfolgt, wie man es nur sein konnte. Die Weltwirtschaftskrise hatte Enos Boudreaus Leben eigentlich nicht verändert. Sie stellte für ihn nur den Beweis dar, daß er seiner Zeit tatsächlich voraus war: Der

Rest des Landes hatte nur ein paar Jahre länger gebraucht, um mit seinem Versagen gleichzuziehen.

Enos sprach viel über die gute alte Zeit, in der man offensichtlich nur an eine Tür klopfen, den Musterkoffer öffnen und dann das Geld einstecken mußte, das die Leute einem bereitwillig in die Hand drückten. Rayette hatte viel über diese Zeit gehört, konnte sich aber nicht an sie erinnern. Sie erinnerte sich nur daran, daß ihr Vater versuchte, Weißen, die nicht lesen konnten, Enzyklopädien zu verkaufen, und Niggern, die in Hütten ohne eigentlichen Fußboden wohnten, Staubsauger und überhaupt jedem jederzeit Versicherungen für alles und jedes. Die Leute in Julienne waren nicht allzu interessiert an Versicherungen. Was kaputtging, konnten sie zum größten Teil reparieren, und wenn es ans Sterben ging … nun ja, über den Tod schienen sie sich keine großen Sorgen zu machen. Das Leben schien viel schwieriger zu sein.

Enos zog noch immer jeden Morgen los, um seine Provisionen zu verdienen. Er kehrte noch immer jeden Abend mit Staub auf den Schuhen und Whisky im Atem, aber keinem Geld in den Taschen zurück. Rayette schenkte der täglichen Routine ihres Vaters keine große Beachtung. Er war nie sehr zärtlich gewesen. Und auch nicht besonders redselig. Er nickte ihr am Morgen beim Frühstück zu, und er nickte ihr zu, wenn er nach Hause kam. Und wenn er sich dann in den großen, bequemen Sessel im Wohnzimmer sinken ließ, die Schuhe ausgezogen hatte und die Zehen durch die Löcher der Socken lugten, die er viel zu oft getragen hatte, sagte er manchmal zu ihr: »Hol den Krug.« Der Krug hatte einen Ehrenplatz in der Küche und war mit selbstgebranntem Whisky gefüllt. An jedem Abend, an dem Enos in diesem Sessel saß, hob er den Krug an den Mund und trank daraus, bis ihm keine andere Wahl mehr blieb, als dort sitzen zu bleiben, weil seine Beine ihn nicht mehr trugen. Als Rayette sieben war, hatte Enos einmal die Besinnung verloren und war halb aus dem Sessel gerutscht, die Beine auf dem Boden ausgestreckt, den Kopf auf dem Sitzpolster. Der Krug war mit ihm hinabgerutscht, und Rayette wollte herausfinden, was das ganze Theater zu bedeuten hatte. Sie hob ihn auf und nahm einen Schluck, einen tiefen, vollen Schluck, und die Stärke des Whiskys traf sie so hart, als wäre sie voll gegen eine Hauswand gelaufen. Sie keuchte und würgte und machte solch einen Lärm, daß Enos aus seiner Benommenheit erwachte. Als er schließlich die Augen öffnete, sah er, daß seine kleine Tochter den geliebten Krug hielt und den noch mehr geliebten Inhalt auf den Boden rinnen ließ. Er reagierte, wie er auf die meisten Dinge reagierte, wenn er getrunken hatte – gewalttätig. Enos schlug Rayette ins Gesicht, so hart, daß der Abdruck seiner Hand fast eine Woche lang auf ihrem Gesicht zu sehen war. So hart, daß sie nie aufhörte, ihn zu hassen.

Es war nicht das erste Mal, daß er Rayette geschlagen hatte. Als Rayette vierzehn war und jede Nacht mit Billy Taylor lachte, oben in dem alten Baumhaus, das Billys Vater gebaut hatte, lachte und nackt war und das Kribbeln zwischen ihren Beinen spürte, wenn Billy sie am ganzen Körper küßte, war sie öfter geschlagen worden, als sie noch zählen konnte. Enos hatte ihr zweimal mit der Faust die Nase gebrochen. Einmal hatte er ihr das Jochbein gebrochen. Als Doc Greeby damals zu ihnen nach Hause gekommen war und wissen wollte, was passiert war, hatte Enos gesagt, sie habe mit den Jungs Baseball gespielt und einen Hieb von einem Baseballschläger abbekommen. Die Prellung war so stark, daß der Doc keine weiteren Fragen stellte.

Wenn Rayette anfing, sich Fragen zu stellen, mußte sie sich nicht nur fragen, warum ihr Vater sie schlug und quälte; sie mußte sich auch Fragen über ihre Mutter stellen.

Sulene Boudreau, geborene Sulene Jackson, war eine Heilige. Zumindest behaupteten das alle in der Stadt. Jedesmal, wenn Rayette in die Gemischtwarenhandlung von Julienne ging, die Abigail Brock gehörte, sagte Abigail das. Sie tätschelte Rayettes Kopf und sagte: »Weißt du, Schätzchen, du bist fast so hübsch, wie deine Momma es war. Und deine Momma war das hübscheste Mädchen, das ich je gesehen habe. Natürlich war deine Momma auch eine Heilige. Hab nie jemanden wie deine Momma gekannt.«

Niemand hatte je jemanden wie Sulene gekannt. Hübsch. Sanft. Und verdammt klug. Schon als Kind. Sulene hatte für jeden ein freundliches Wort. Sie war ein kleines Mädchen, das in keinem Menschen etwas Böses sah und, obwohl es am Anfang des Jahrhunderts in Alabama aufwuchs, keinen Unterschied zwi-

schen Schwarz und Weiß machte. Sie war höflich zu allen und hilfsbereit jedem gegenüber, der Hilfe brauchte, und hatte stets ein Lächeln auf den Lippen.

Natürlich war Sulene Jackson auch völlig verrückt.

Niemand sprach darüber, aber alle in der Stadt wußten es. Sie alle liebten dieses Kind, aber sie hatten auch eine höllische Angst vor ihm.

Sie war ein wunderbares kleines Mädchen, trug schon mit zehn Jahren zum Einkommen der Familie bei, indem sie ihrer Mutter half, die für andere Leute wusch. Sie sprach nicht viel – manchmal verging eine volle Woche, ohne daß sie auch nur ein einziges Wort sagte –, doch niemand nahm daran allzu großen Anstoß. Sie war eben ein nachdenkliches Mädchen, sagten sie. Wie schade, daß nicht mehr Kinder wie Sulene waren. Nett und nachdenklich und still.

Sie blieb sogar still, als es zu dem ersten Zwischenfall kam. Das war so unheimlich daran. So schaurig. Sie hatte bei der Wäsche geholfen, für Miss Pritchard, die Lehrerin, gebügelt. Für ihre Hilfe im Haushalt gab Miss Pritchard der kleinen Sulene Privatstunden. An diesem Abend hatte Miss Pritchard mit Sulene mit den Multiplikationstabellen geübt. Es war hervorragend gelaufen; Sulene war gut im Kopfrechnen. Nach dem Unterricht saß Miss Pritchard am Fenster und las, als sie glaubte, einen seltsamen Geruch wahrzunehmen. Als würde etwas brennen. Sie schaute auf und sah, daß Sulene Jackson am Bügelbrett stand und das heiße Eisen auf ihre Hand drückte. Die Lehrerin wußte nicht, wie lange sie dort schon so stand. Lange genug, um zwei ihrer Finger buchstäblich miteinander zu verschmelzen.

Miss Pritchard hatte das Mädchen hochgerissen und im Laufschritt sechs lange Blocks zum Arzt getragen. Aber der Doc konnte nicht viel tun. Er konnte den Schmerz lindern – mehr aber auch nicht.

Miss Pritchard gab Sulene nie wieder Privatunterricht. Wegen des Schweigens, sagte sie. Während der ganzen Zeit über, die das kleine Mädchen das Bügeleisen auf seine Hand gedrückt hielt, die ganze Zeit über, die sie die Kleine zum Arzt getragen hatte, die ganze Zeit über, die sie vom Doc behandelt wurde, hatte Sulene kein einziges Wort gesagt.

Erst zwei Jahre später kam es zum nächsten Zwischenfall. Da sprang Sulene vom Dach ihres Hauses. Es war ein Wunder, daß sie nicht ums Leben kam. Sie war auf das Dach des dreistöckigen Holzgebäudes geklettert, blieb dort eine Zeitlang stehen – so lange, bis ihre Mutter hochschaute, sie sah und aufschrie – und breitete dann die Arme aus und sprang. Eine Sekunde lang sah sie aus wie ein wunderschöner Vogel im Flug. Doch als sie auf dem Boden aufschlug, brach sie sich ein Bein und zog sich eine Gehirnerschütterung zu.

Danach mieden die Leute Sulene.

Ein Jahr später sprang sie erneut. Von einem höheren Gebäude, der Baptistenkirche der Stadt. Diesmal brach sie sich nicht mal einen Knochen. Sie blieb unverletzt. Und schwieg noch immer.

Ein halbes Jahr später schwamm sie allein und verschwand unter Wasser. Zwei andere Kinder, die Clarkson-Zwillinge, schwammen in der Nähe und sahen, wie sie unterging. Sie kraulten zu der Stelle hinüber, tauchten mehrmals, bekamen das Mädchen schließlich zu fassen und zogen es ans Ufer. Später schworen die Kinder alle Eide, daß Sulene über fünf Minuten lang unter Wasser gewesen war. Doch als sie sie hochzogen, schnappte sie nicht mal nach Luft. Sie sah sie nur an, nickte sanft und ging nach Hause.

Danach gab es keine Zwischenfälle mehr. Aber die Leute sahen sie noch immer komisch an – halb verängstigt, halb lobend. Das war ein kleines Mädchen, das einfach nicht totzukriegen war und das vielleicht etwas ganz Besonderes darstellte.

Als sie siebzehn war, fing Enos Boudreau an, ihr den Hof zu machen. Er war stattlich, ganz erfolgreich als Vertreter und hatte nichts gegen die mißgestaltete Hand oder die Tatsache, daß Sulene noch immer nicht viel sagte. Ihm gefiel ihr Schweigen sogar. Ihm gefiel es noch besser, als sie heirateten, denn nun konnte er sie so hart und oft schlagen, wie er wollte, und sie schrie niemals, weinte und wimmerte auch nicht. Sie sah ihm nur in die Augen, was ihn allerdings so gut wie gar nicht störte.

Als zwei Jahre nach der Hochzeit Rayette geboren wurde, war Sulene während der gesamten Geburt still. Und was den Rest von Julienne betraf, bewahrte sie auch danach zum größten Teil Schweigen.

Aber nicht, wenn sie mit Rayette zusammen war.

Sie sprach mit Rayette. Leise. Sanft. Liebevoll. Hielt ihr kleines Baby in ihren vernarbten, rauhen Händen, erzählte ihr alles über die verschiedensten Blumen, daß Tiere Dinge wissen konnten, die Menschen niemals wissen würden, und von Gott, der ständig über sie wachte. Sie erzählte ihrem Baby, daß es den Tod nicht fürchten müsse. Daß es nur eins gebe, was sie fürchten müsse, erzählte Sulene ihrer kleinen Tochter. Und das sei das Leben.

Rayette war fünf Jahre alt, als sie die Leiche ihrer Mutter im Badezimmer fand. Überall war Blut. Sulene hatte etwas gefunden, mit dem sie doch totzukriegen war: eine Rasierklinge. Als Enos im Wohnzimmer eingeschlafen war und Rayette mit ihrer Lieblingspuppe spielte, hatte Sulene die Tür hinter sich zugezogen und sich in aller Ruhe die Handgelenke aufgeschnitten. Sie brauchte etwa zwanzig Minuten, um zu sterben. Und in diesen zwanzig Minuten hörte Rayette im Bad nur ein Geräusch. Es war das erste Mal, daß sie dieses Geräusch gehört hatte.

Ihre Mutter lachte.

Danach sagte irgend etwas in Rayette ihr, daß sie besser ganz anders als ihre Mutter aufwuchs. Und genau das tat sie dann auch.

Rayette glaubte nicht daran, daß Gott für jeden auf Erden etwas vorgesehen hatte. Sie gab nicht viel um die Schönheit von Blumen oder die Intelligenz von Tieren. Und sie wollte nicht still sein. Sie sprach und lachte und weinte gern.

Das hatte der Tod ihrer Mutter sie gelehrt: Es lohnte sich nicht, den Mund zu halten.

Als Rayette zwölf Jahre alt war, konnte sie einen halben Liter Whisky trinken, ohne daß man es ihr anmerkte. Sie hatte das Gesicht eines Engels und den Körper einer reifen Frau. Die Jungs flogen nur so auf sie. Und je später sie nach Hause kam und je schlechter ihr Ruf wurde, desto mehr schlug Enos sie. Rayette verbrachte ihre Abende in Ekstase und ihre Tage in Schmerzen, und sie dachte, das sei so ziemlich der normale Ablauf des Lebens.

Bis sie Billy Taylor kennenlernte, der sie nicht nur mit seinen wunderbar weichen, sanften Händen zur Ekstase, sondern sie auch zum Lachen brachte. Tag und Nacht.

Rayette lachte sofort, nachdem sie Billy zum ersten Mal geküßt hatte; sein kratziges Gesicht war einfach so komisch. Sie lachte beim ersten Mal, als er sie nackt sah; als er ihren Körper sah, war er sprachlos und wandte den Blick ab. Sie lachte, nachdem sie zum ersten Mal mit Billy geschlafen hatte; obwohl er vier Jahre älter war als sie, war er noch Jungfrau, und er war so zufrieden, so stolz. Sie lachte, als er ihr einen Heiratsantrag machte und als sie durchbrannten, um sich von einem Prediger trauen zu lassen, dessen einzige Bedingung war, daß er zwei Dollar im voraus bekam, bevor er die Zeremonie durchführte. Sie lachte an dem Abend, an dem sie zum ersten Mal als Mann und Frau miteinander schliefen, und sie lachte, so laut sie konnte, als sie die erste Nacht miteinander in ihrer ersten Wohnung in Chesterville, Arkansas, verbrachten, wohin sie durchgebrannt waren, ohne es jemandem zu sagen, weder Enos, noch Billys Familie und auch keinem einzigen ihrer Freunde aus Julienne. In dieser Nacht lachte sie am lautesten, weil sie wußte, daß sie niemanden aus ihrer Vergangenheit jemals wiedersehen mußte.

Rayette hörte erst elf Monate nach ihrer Hochzeit auf zu lachen, an jenem Samstag, an dem Billy auf die Jagd ging und nicht mehr zurückkam. Es war ein Unfall, sagten sie ihr in dieser Nacht. Du kennst Billy ja, sagten sie zu ihr. Er albert ständig herum, macht ständig Witze. Aber als er diesmal herumgealbert hat, rutschte er aus und stürzte, und sein Gewehr ging los und pustete ein Loch von der Größe einer Bierdose genau durch seine Brust.

Zwei Wochen später lachte sie schon wieder. Aber sie weinte und schrie auch.

Es war ein neues Jahr. 1945. Ein kalter, aber sonniger Januartag.

Der Tag, an dem Rayette Taylors Sohn geboren wurde.

5. Kapitel

Als Carl aufwachte, saß er noch immer auf seinem Schreibtischstuhl. Er war darauf eingeschlafen, während er die verdammten Seiten ausdrucken ließ. Mit verschlafenen Augen sah er auf seine Uhr. Es war fast schon zwölf, fünf Stunden später als beim letzten Mal, als er auf die Uhr geschaut hatte. Er gähnte. Rieb sich die Augen. Streckte den steifen Hals ...

Und dann schrie er auf.

Harry Wagner stand in seiner Küche und machte in aller Seelenruhe Frühstück.

»Ich dachte, Sie wollten anklopfen, verdammt!« rief Carl.

»Ich habe gesagt, ich würde es mir überlegen.« Wagner schlug gekonnt ein paar Eier in eine Schüssel. Der Kaffee war schon fertig. Er hatte die Jacke ausgezogen. Heute trug er cremefarben gestreifte Leinenhosen, ein rosafarbenes Hemd und dazu eine kastanienbraune Fliege. Der Mann sah so frisch und aufmerksam aus, daß es einen in den Wahnsinn treiben konnte. »Sie brauchen ein anständiges Omelett zum Frühstück.«

»Ich mach mich auf die Socken und frühstücke auswärts«, sagte Carl verdrossen.

Er erhob sich stöhnend aus dem Sessel und ging ins Bad, um sich zu rasieren und andere Dinge zu erledigen. Als Akt der Rebellion schloß er die Tür hinter sich. Als er nach einem Handtuch griff, bemerkte er, daß Wagner seine Leinenjacke auf einem Holzbügel an den Haken gehängt hatte, den Carl in die Rückseite der Badezimmertür geschraubt hatte. Carl zögerte, zog die Jacke dann vorsichtig zurück und legte das Futter frei. Der Name des Schneiders, Marco Buonamico, war auf die linke Innentasche eingestickt. Nach einem weiteren Blick zur Tür durchsuchte Carl die Taschen. Nichts. Nicht der geringste Hinweis darauf, wer in seiner Küche Frühstück machte.

Als er aus dem Bad kam, ließ Wagner ein angenehm duftendes, goldgelbes Omelett auf einen Teller gleiten. Es war mit Sauerrahm, gehackten Frühlingszwiebeln und Shiitake-Pilzen gefüllt. Während Carl aß, ließ Wagner sich auf dem Bett nieder und las, was Carl geschrieben hatte. Carl ertappte sich, daß er den großgewachsenen Mann sorgfältig auf seine Reaktionen beobachtete. Auch wenn er es nicht fassen konnte, daß er von diesem großen Affen eine Reaktion ersehnte – Kritik, Lob, was auch immer. Doch Wagners Gesichtsausdruck verriet nicht das Geringste. Als er die Seiten gelesen hatte, legte er sie einfach beiseite, blieb mit steinernem Gesicht sitzen und wartete darauf, daß Carl sich an die Arbeit machte. Die Tasche mit dem Tagebuch darin lag neben ihm auf dem Bett. Für Carl war das die reinste Folter.

»Na, was halten Sie davon?« fragte er, als er Wagners Schweigen nicht mehr ertragen konnte.

»Das fällt nun wirklich nicht in mein Metier«, erwiderte Wagner.

»Sie müssen doch irgendeine Meinung haben.«

Wagner zögerte. »Fragen Sie mich?«

»Ich frage Sie.«

»Der Text könnte noch etwas Pfeffer gebrauchen.«

Wütend schenkte Carl sich Kaffee nach. »Wissen Sie was, Harry? Als ich gestern abend am Sandsack gearbeitet habe, habe ich Ihren Leib vor mir gesehen. Als ich mit Ihnen fertig war, haben Sie Blut gepinkelt.«

»Und ich dachte, wir kämen so gut miteinander aus.«

»Sie gehen mir wirklich auf die Nerven. Auch wenn ich eingestehen muß, daß Sie das beste Omelett machen, das ich je gegessen habe.«

»Ist Ihre Wut jetzt verraucht, Carl?«

»Vielleicht«, erwiderte Carl stirnrunzelnd.

»Dann fangen wir an. Wir haben keine Zeit zu verschwenden.«

Es wurde zur Routine. Alles wurde zur Routine, dämmerte es Carl allmählich, ganz gleich, wie bizarr es auch sein mochte. Ganz gleich, wie zermürbend es sein mochte.

Tagsüber las Carl das Tagebuch, die Briefe und die Zeitungsausschnitte und machte unter Harry Wagners unerschütterlichem Blick Notizen. Abends arbeitete Carl das Material zu einem Roman um und versuchte, so viel Schlaf wie möglich zu bekommen, bevor Wagner am nächsten Morgen wieder aufkreuzte, um seinen nächtlichen Ausstoß mitzunehmen und ihm neues Material zu bringen.

Und ihm Frühstück zu machen. Das Frühstück wurde zum herausragenden Ereignis des Tages. Wagner war ein erstaunlicher Koch. Eines Morgens kam er mit einem ein paar Tage alten Challah aus einer jüdischen Bäckerei an und machte daraus einen armen Ritter, bei dem einem das Wasser im Mund zusammenlief. An einem anderen Morgen zauberte er Buttermilch-Käse-Brötchen mit Schinkeneinlage darin aus dem Ofen. Der Mann war einfach wunderbar. Er war so ordentlich wie kein anderer. Er spülte das Geschirr in dem Augenblick ab, in dem Carl mit dem Frühstück fertig war. An einem Tag brachte er Carl einen neuen Schwamm. An einem anderen brachte er einen Scheuerlappen mit. Die Küche funkelte wie nie zuvor.

Und Wagner ging jedesmal zum Fenster und überprüfte die Straße, bevor er die Wohnung verließ, um sich zu überzeugen, daß die Luft rein war.

Am dritten Tag brachte Wagner ihm die ersten Manuskriptseiten zurück, die Maggie Peterson lektoriert hatte. Sie wollte etwas mehr Lokalkolorit, doch ihr gefiel die Grundstimmung des Romans. Das Tempo war gut. Sie war mit seiner Arbeit zufrieden, was Carl enorm befriedigte. Diese Genugtuung und der brutale Zeitplan hielten seine Neugier in Schach. Er wußte noch immer nicht, über wen er schrieb oder welche Bedeutung das alles haben mochte. Aber er war mittlerweile in der Sache drin. Die Charaktere, die er schuf, die Welt, die er beschrieb – das alles war für ihn lebendig geworden.

Am zehnten Tag stellte sich eine Art Gefängnispsychose ein, und er war sicher, jeden Augenblick explodieren zu müssen.

Das Gefühl überkam ihn um ein Uhr morgens. Er war für den Abend ausgeschrieben, erschöpft, fix und fertig – aber in einem Koffeinhoch. An Schlaf war nicht zu denken. Die Decke drohte ihm auf den Kopf zu fallen. Er brauchte eine Pause. Aber keine von einer halben Stunde am Sandsack. Eine echte, richtige Pause. Carl wußte genau, was er brauchte.

Er mußte im Son House ein Bier trinken.

Es war warm draußen. Wenn der Sommer erst einmal da war, kühlte es in der Stadt des Nachts nicht mehr ab. Auf seiner Straße herrschte noch reges Leben, selbst um ein Uhr morgens. Pärchen gingen Arm in Arm nach Hause, ausgelassen vor Alkohol und Gelächter. An der Ecke rissen Bauarbeiter die Straße auf. Doch als Carl den Block zum Broadway entlangging, wo die ganze Nacht über Taxis unterwegs waren, überkam ihn ein seltsames Gefühl. Ein Gefühl des Unbehagens. Eine Gänsehaut auf dem Nacken. Es war verrückt, aber er spürte es ganz genau.

Jemand verfolgte ihn.

Er schüttelte es ab. Die Arbeit machte ihm zu schaffen, das war alles. Er war nervös, er sah Gespenster. Aber er wurde ganz bestimmt nicht verfolgt.

Er ging zum Geldautomaten der Citybank an der Ecke Eighty-sixth und Broadway. Seit Maggie Peterson ihn angeheuert hatte, war er schon mehrfach hiergewesen. Er wußte, es war lächerlich. Aber er kam nicht dagegen an. Nachdem er seine Geheimzahl eingetippt hatte, befolgte er die Anweisungen, erklärte dem Gerät, daß er seinen Kontostand abrufen wollte. Und da war es. Genau wie zu dem Zeitpunkt, da er den Scheck eingereicht hatte. Fünfzigtausend Dollar. Er lächelte und dachte, was er jedesmal dachte, wenn er vor diesem Automaten stand: *Also* ist *es Wirklichkeit. Also passiert es* tatsächlich.

Aber diesmal tat Carl etwas, was er noch nie zuvor getan hatte. Er befolgte die Anweisungen für »Geld abheben«. Und er hob tausend Dollar von seinem Konto ab.

Er hatte noch nie soviel Bargeld auf einmal in der Hand gehalten, und er steckte es schnell in die rechte Tasche seiner Jeans. Verdammt, warum hatte er das Geld abgehoben? Was hatte er damit vor? Wollte er es ausgeben? Verlieren? Verschenken? Es war ihm völlig gleichgültig. Er war plötzlich unglaublich fröhlich gestimmt.

Und da war er plötzlich *sicher*, daß jemand ihm folgte.

Er drehte sich schnell um und schaute in alle Richtungen. Aber er sah niemanden. Er lief zur Ecke, hörte aber keine anderen Schritte, die ihm nachsetzten. Gott im Himmel. Er schüttelte den Kopf und lachte leise auf. Er benahm sich in der Tat völlig verrückt. Zu viel Harry Wagner. Er war zu lange mit Rayette und ihrem Baby und ihrer trostlosen Reise durch den Süden eingepfercht gewesen.

Rutsch mir den Buckel runter, Maggie. Leck mich am Arsch, Harry. Verschwindet aus meinem Leben, Sulene und Rayette und Billy Taylor und all ihr anderen. Ich will einen draufmachen und sinnlos Geld verprassen.

Carl Granville lächelte, streckte die Hand aus, winkte und bekam sofort ein Taxi.

Das Son House war Chelseas Antwort auf ein heruntergekommenes Rasthaus irgendwo am Ende der Welt im tiefsten Süden. Die Wände bestanden aus alten Scheunenlatten und waren mit verbeulten Radkappen, verchromten Stoßstangen und alten Nummernschildern aus Louisiana geschmückt. Auf dem Boden lag Sägemehl, und aus der Jukebox plärrte Stevie Ray Vaughan. In der Kneipe herrschte rauhes Gelächter, die Leute hatten ihren Spaß. Da war Leben.

Und da war Toni mit *i*.

Er fand einen Tisch und winkte ihr zu. Sie kam ihm ein wenig genervt und erschöpft vor, schien sich aber zu freuen, ihn zu sehen. Und sie war so hinreißend, wie er sie in Erinnerung hatte. Vielleicht noch hinreißender. Als er sie sah, wie sie in ihrem Son House-T-Shirt und den engen schwarzen Jeans vor ihm stand, bekam er schweißnasse Hände. Und diese faszinierenden blauen Augen ließen seinen Mund ganz trocken werden.

»Haben Sie die Rolle bekommen?« fragte er, als sie ihm sein Corona brachte – auf Kosten des Hauses, eiskalt, mit einer Zitronenscheibe. Als sie fragend die Augen zusammenkniff, sagte er: *»All My Children.«*

»Ach so«, sagte sie und zuckte die Achseln. »Seitdem habe ich schon drei weitere Rollen nicht bekommen.«

Es herrschte viel Betrieb, und so trank er schnell sein Corona und beobachtete sie bei der Arbeit. Toni ging ungezwungen mit den Gästen um, war munter und freundlich. Die Art, wie sie sich bewegte, verriet ihm, sie war sich durchaus bewußt, daß er sie beobachtete. Als er das erste Bier getrunken hatte, brachte sie ihm ein neues. Und ein Sandwich. Er grinste sie an. Sein bestes Granny-Grinsen. Sie erwiderte das Lächeln und errötete leicht.

Er verschlang das Sandwich geradezu. Es schmeckte wunderbar. Die Freiheit schmeckte wunderbar.

Als es um kurz nach zwei etwas ruhiger wurde, kam sie mit zwei neuen Bieren an seinen Tisch und setzte sich zu ihm.

»Die lassen einen für einen Dollar hier ganz schön springen«, sagte sie und blies eine blonde Haarsträhne aus dem Gesicht. »Ich muß endlich eine gute Rolle kriegen.«

»Das werden Sie auch.«

»Nehme ich auch an. Aber manchmal ist es verdammt schwer, trotzdem weiterzumachen. Denn für diese Leute ist man nichts weiter als ein Gesicht und ein Körper. Bei der Schauspielerei kommt es doch angeblich darauf an, was in einem ist, aber die sind einfach nicht daran interessiert, wer man ist oder was man denkt und fühlt. Die starren einen nur an, als würden sie sich fragen, wie man nackt aussieht.«

»Genau das tun sie auch«, sagte Carl, der sich nach mehreren Tagen allein in einem Zimmer mit Harry Wagner genau dasselbe fragte.

Toni wurde noch wütender. »Wissen Sie, was ich allmählich glaube?« fuhr sie fort. »Ich glaube, daß die ganze Branche von vierzehnjährigen Bengels beherrscht wird.«

»He, das ganze Land wird von vierzehnjährigen Bengels beherrscht.«

Sie mußte lachen. »Sind Sie immer so zynisch?«

Er dachte kurz darüber nach. »Nein, bin ich nicht. Zumindest war ich es früher nicht. Hat wohl mit diesem Job zu tun.«

»Mit Ihrem Roman?«

»Ich arbeite zur Zeit als Ghostwriter.«

»Wirklich?« Sie schaute interessiert auf. »Für eine Berühmtheit?«

Er wollte es ihr sagen. Er mußte es irgend jemandem sagen. Doch er zögerte. Er schloß die Augen, wollte, daß die Worte über seine Lippen kamen. Aber er konnte es einfach nicht. Er hatte sein Wort gegeben. Er durfte niemandem etwas über Gideon erzählen. Also schüttelte er einfach nur den Kopf und nippte an seinem Bier.

»Ich habe Schriftsteller schon immer bewundert«, sagte Toni. »Wahrscheinlich, weil ich selbst gern schreiben würde.«

»Warum schreiben Sie nicht?«

»Ich habe nichts zu sagen.«

»Bislang machen Sie das aber ganz gut.«

»Ich meine ...« Toni hielt inne und schaute auf ihre im Schoß gefalteten Hände hinab. »Ich hielt mich nicht für klug genug.«

»Das hat *mich* nie aufgehalten.«

»Wollten Sie auch schon immer schreiben?«

Er wurde wieder ernst. »Ja«, erwiderte er. »Und als Jugendlicher hat das zu einigen ernsten Reibereien zwischen meinem Vater und mir geführt. Eigentlich führt es noch immer dazu. Wäre meine Mutter nicht gewesen, wäre ich heute wahrscheinlich ...« Er hielt inne und schluckte. Vielleicht lag es an der späten Stunde, vielleicht an den Coronas. Vielleicht auch daran, daß er seit langem mit niemandem mehr so gesprochen hatte, seit Amanda nicht mehr. Er atmete tief ein und fuhr sich mit der Hand über das Gesicht. Vielleicht war er einfach nur müde.

»Sie haben Ihre Mutter verloren, nicht wahr?« sagte Toni und beobachtete ihn.

»Vor vier Jahren.« Carl musterte sie neugierig.

»Ich konnte es in Ihren Augen sehen. Meine Mutter ist auch schon tot. Ich vermisse sie jeden Tag. Ich will ihr noch so vieles erzählen. Meine Triumphe. Meine Niederlagen. Heutzutage hauptsächlich meine Niederlagen. Aber sie ist nicht mehr da ...«

»Und wird nie mehr da sein«, sagte Carl leise.

Sie waren einen Augenblick lang still. Auf einmal gab es ein Gefühl der Nähe zwischen ihnen.

Toni brach schließlich das Schweigen. »Wie haben Sie denn neulich gefeiert? Ihren Roman, meine ich.«

»Bin gar nicht dazu gekommen.«

»Das scheint mir aber nicht fair zu sein.«

»Nein«, sagte er. »Ist es auch nicht.«

Ein paar Minuten später hatte sie abgerechnet und sich von ihren Kollegen verabschiedet. Sie nahmen sich ein Taxi. Als sie die Forty-second Street überquerten, lagen sie sich in den Armen und küßten sich mit einer Leidenschaft, die ans Fieberhafte grenzte.

»Mein Gott«, keuchte Toni, nach Atem ringend. »Jetzt tue ich das schon wieder.«

»Was meinst du?« fragte er. Seine Brust hob sich heftig.

»Was Männer betrifft, habe ich einen wirklich schlechten Geschmack.«

»Klar, du kannst mir viel erzählen.«

»Nein, es ist nur … am Ende tun sie mir immer weh.«

Er sah ihr tief in die Augen. »Treffen wir eine Vereinbarung. Ich werde dir nicht weh tun, wenn du nicht versuchst, mich zu ändern.«

»Warum sollte ich das vorhaben?«

»So was soll ja schon mal vorgekommen sein. Sind wir uns einig?«

»Das weißt du doch, Carl«, sagte sie leise und schmiegte sich eng an ihn.

»Du solltest mich allmählich Granny nennen.«

»Okay … Granny.«

Danach sagten sie nichts mehr.

Als sie ihr Haus erreicht hatten, ging sie in ihre Wohnung hinauf, um zu duschen, während er schnell die Flasche Champagner, die noch in seinem Kühlschrank lag, und zwei Gläser holte. Als er die Tür öffnete, hatte er plötzlich schreckliche Angst davor, Harry Wagner in der Wohnung zu finden, während er in der Küche ein Feinschmeckergericht zauberte. Doch zum Glück war keine Spur von Harry zu sehen, und Carl stürmte die Treppe hinauf. Toni hatte die Wohnungstür für ihn offengelassen. Die Badezimmertür war geschlossen, und er hörte dahinter Wasser rauschen. Der häßliche grüne Sessel stand noch genau dort, wo sie ihn abgestellt hatten. Überall stapelten sich Kartons. Er ging in die Küche, öffnete die Champagnerflasche und schenkte ein. Er hob sein Glas. Schweigend trank er auf Maggie Peterson. Dann trank er auf sich selbst, sein Genie und sein Glück.

»Ich habe lieber ein Bad genommen, statt zu duschen«, rief ihm Toni über das Rauschen des Wassers zu. »Könntest du mir den Champagner hereinbringen?«

Er nahm ihr Glas, ging damit zur Tür, stieß sie auf und sagte mit übertriebenem Anstand: »Madam, Ihr Champagner.«

Sie lag in der Wanne. Sie schämte sich ihrer Nacktheit nicht im geringsten. Nicht, daß sie irgendeinen Grund dazu gehabt hätte. Carl blieb einen Moment lang stehen und ergötzte sich an ihrem Anblick, während der Wohlgeruch eines exotischen Badeöls in seine Nase drang.

»Willst du die ganze Nacht da stehen und mich angaffen«, sagte sie, »oder willst du zu mir in die Wanne kommen?«

Einen Augenblick später lag sie in seinen Armen. Beide lachten. Carl konnte sich nicht entsinnen, wann er zum letzten Mal so befreit gelacht hatte. Und dann wich das Gelächter langem Seufzen und noch längerem Stöhnen. Sie setzte sich in der Wanne rittlings auf ihn, ließ sich quälend langsam auf ihn hinab, bis er tief in sie eingedrungen war. Dann blieb sie reglos auf ihm hocken. Sie wollten, daß es lange, sehr lange dauerte. Bis keiner von ihnen auch nur einen Augenblick länger warten konnte. Mittlerweile war das Wasser kalt. Sie bemerkten es nicht.

Es war keine Liebe. Verdammt, wie hätte es Liebe sein können? Carl kannte diese Frau kaum. Aber es war auch kein beiläufiger Fick.

Es war etwas Besonderes.

Danach trockneten sie sich ab. Carl trug Toni zum Bett, und es begann von neuem, während die Dämmerung den Himmel hinter ihrem Fernster purpurn zeichnete.

Am nächsten Morgen kam Carl das Tagebuch besonders unverständlich vor. Fast, als wäre es in einer Fremdsprache geschrieben. Er konnte sich nicht darauf konzentrieren. Verdammt, er konnte die Schrift kaum deutlich erkennen. Er saß einfach an seinem Schreibtisch, starrte die hingekritzelten Zeilen blindlings an und nahm nichts wahr. Er hatte Kopfschmerzen. In seinem Mund war ein Geschmack wie von Fischleim. Und seine Gedanken schweiften immer wieder zu Toni ab. Wie sie sich anfühlte, wie sie roch, wie sie schmeckte …

Als er aufwachte, war Toni schon weggewesen. Sie hatte ihm einen Zettel auf ihr Kissen gelegt. Und ihren Zweitschlüssel. Auf dem Zettel stand: *Granny – muß zum Unterricht. Wollte Dich nicht wecken. Irgendwie kommst Du mir wirklich erschöpft vor. Bitte schließ ab. – Toni.*

Lächelnd war er in seine Jeans und sein Hemd geschlüpft und eine Etage tiefer gegangen, nur um Harry Wagner vorzufinden, der gerade goldbraune Pfannkuchen mit verlorenen Eiern und Kaviar hinzauberte. Carl hatte sein Frühstück geradezu verschlungen, dann hatte er geduscht und sich rasiert, und nun starrte er benommen auf das Tagebuch. Daneben wartete eine dicke Aktenmappe auf seine Aufmerksamkeit, in der sich die von Maggie korrigierten Seiten befanden, während Wagner in einem hellgrauen Seidenanzug mit Fischgrätenmuster auf dem Bett saß und ihn wie immer beobachtete.

»Sie leisten gute Arbeit, Carl. Kommen anständig voran. Man ist ziemlich zufrieden mit Ihnen.«

»Wer auch immer ›man‹ ist, das freut mich«, sagte Carl und sank in seinem Drehstuhl zusammen.

»Wissen Sie was?« sagte Wagner und stand auf. »Warum machen wir heute nicht mal eine Pause? Arbeiten Sie einfach nur an Maggies Korrekturen.«

»Sie haben ja tatsächlich ein Herz, Harry«, sagte Carl dankbar.

»Carl, das sind die ehrlichsten Worte, die ich je zu Ihnen gesagt habe: Ich habe fast gar kein Herz. Aber aus irgendeinem seltsamen Grund mag ich Sie. Sie sind ein Profi. Ich bewundere Professionalität.«

Sie sind auch ein Profi, dachte Carl. *Nur in welcher Branche – das ist die Frage.*

»Aber manchmal«, fuhr Harry fort, »gibt es im Leben mehr als nur Professionalität, meinen Sie nicht auch?« Carl antwortete nicht. Und Harry fuhr fort, als hätte er auch gar nicht damit gerechnet. »Manchmal ist es einfach nur wichtig, der zu sein, der man ist.«

»Klar doch«, sagte Carl. »Und wer sind *Sie*, Harry?«

»Ich spreche nicht von mir. Ich weiß, wer oder was ich bin, und es ist viel zu spät, um das noch zu ändern. Ich spreche von Ihnen.«

»Nehmen Sie es mir nicht übel, aber ich glaube nicht, daß Sie auch nur die geringste Ahnung haben, wer oder was ich bin.«

»Ich weiß, daß man auf Sie aufpassen muß.«

»Ich komme schon allein klar.«

»Sie sollten nicht so abweisend sein. Ich bin zufällig ganz gut darin, auf andere Leute aufzupassen. Und Sie können mir glauben, daß es mir sehr schwerfällt, Ihnen das jetzt anzubieten.«

»Was bieten Sie mir an?« fragte Carl.

»Meine Freundschaft«, sagte Harry.

Carl zögerte. Der Mann, der vor ihm stand, hatte ihn bedroht. Ihn eingeschüchtert. Verletzt. Der Mann vor ihm machte ihm angst, und Carl verspürte diese Furcht tief in seinem Inneren. Doch ihm wurde nun klar, daß er diesem Mann aus irgendeinem unbekannten, törichten Grund vertraute. »Ich weiß nicht, ob es mit Damon und Pythias genauso anfing«, sagte er und streckte die Hand aus, »aber ich nehme Ihre Freundschaft an.«

Sie wechselten einen festen Händedruck. Als sie sich wieder losließen, sagte Harry leise, als habe der körperliche Kontakt eine noch stärkere Verbindung geschaffen: »Haben Sie überhaupt eine Ahnung, worauf Sie sich eingelassen haben?«

Der Tonfall des großgewachsenen Mannes erregte Carls Aufmerksamkeit. »Irgendein Bestseller«, antwortete er. »Der Stoff muß als Roman auf den Markt gebracht werden, oder auf den Verlag würde eine gewaltige Klage zukommen. Ein großer, kontroverser Stoff. Apex startet mit einer Erstauflage von einer Million Exemplaren.«

Wagner fuhr ganz ruhig fort. »Sie haben wirklich nicht die geringste Ahnung, nicht wahr?«

Carl betrachtete ihn stirnrunzelnd. »Warum sagen Sie es mir denn nicht, Harry? Worauf habe ich mich eingelassen?«

Wagner antwortete nicht, nahm lediglich das Tagebuch und die neuen von Carl verfaßten Seiten. Er trat ans Fenster und betrachtete die Straße. »Wissen Sie, was ich mir wünsche, Carl? Ich wünschte, Sie würden eine gute Zigarre zu schätzen wissen.« Er nahm eine aus seiner Jackentasche, packte sie aus und trennte die Spitze sorgfältig mit seinem Zigarrenschneider aus Sterlingsilber ab. Er steckte die Zigarre in den Mund, ohne sie angezündet zu haben. »Wissen Sie was?« Er holte noch eine aus der Tasche und legte sie vor Carl auf den Schreibtisch. »Diese Zigarre werden wir rauchen, wenn wir fertig sind.«

Carl schüttelte den Kopf. »Ich werde sie nicht rauchen. Ich kann Zigarren nicht ausstehen.«

»Behalten Sie die Zigarre. Ich bestehe darauf.« Er warf Carl eine Schachtel Streichhölzer zu. »Vielleicht überlegen Sie es sich ja anders.«

»Warum sollte ich es mir anders überlegen?«

»Man weiß nie, Carl.« Wagner ging zur Tür und öffnete sie.

»Nicht, daß ich es nicht zu schätzen wüßte«, sagte Carl, bevor Harry die Wohnung verlassen konnte, »aber warum dieser plötzliche Drang, mein Freund zu sein?«

Harry wirkte nachdenklich, als würde er ernsthaft über diese Frage nachsinnen. Dann nickte er, zufrieden, daß er die richtige Antwort gefunden hatte. »Weil jemand verstehen soll, warum ich das tue. Und weil alles im Leben auf Gegenseitigkeit beruht. Verstehen Sie, was ich sage?«

»Daß Sie eines Tages vielleicht selbst einen Freund brauchen.«

Harry lächelte zufrieden. Und dann verschwand er im dunklen Treppenhaus.

6. Kapitel

Der Korrektor saß in dem verdunkelten Raum und starrte auf den Fernsehschirm. Irgendeine Talkshow lief, es hatte etwas mit Arnold Schwarzenegger und Maria Shriver zu tun. Der Korrektor konnte nicht sagen, worum es ging, und es interessierte ihn auch nicht. Der Ton war nicht eingeschaltet. Jegliche Geräusche beeinträchtigten die Konzentrationsfähigkeit des Korrektors. Genau wie Lichter.

Der Korrektor saß in der Dunkelheit und konzentrierte sich. Bis das Telefon klingelte.

»Jetzt«, sagte die Stimme am anderen Ende der Leitung, »wäre ein ausgezeichneter Zeitpunkt.«

Der Akzent klang sehr britisch. An der Oberfläche der Akzent der Oberschicht, doch darunter war die Derbheit der Straße herauszuhören. Der Korrektor verstand genau zuzuhören.

»Jetzt schon?«

»Wir haben erreicht, was wir erreichen wollten. Wenn wir warten …«

»Ja, ich weiß«, sagte der Korrektor. Es war nicht das erste Mal, daß die Stimme dieses Thema erörterte. »Saumseligkeit führt zu oft zum Scheitern.«

»Diesmal gibt es viele Komplikationen. Am besten beseitigen wir sie so schnell wie möglich.«

»Normalerweise ist das am besten.«

»Wird das möglich sein?« fragte die Stimme.

»Alles ist möglich.«

Der Korrektor legte auf und zog sich sofort an. Der marineblaue Leinenanzug. Weißes Seidenhemd. Rote Fliege. Schwarze, knöchelhohe Stiefel, auf Hochglanz poliert. Der Korrektor schaltete das Fernsehgerät aus, verließ die Wohnung und schloß hinter sich ab.

Auf der Straße draußen herrschte auch zu dieser späten Stunde noch reges Leben. Leute, die ausgegangen waren, kamen nach Hause. Zahlreiche Taxis waren unterwegs. Der Korrektor ließ sich in die Stadt bringen, in die Duane Street am Rand von Greenwich. Hier herrschte nur Dunkelheit und Stille; die Lagerhäuser, Büros und kleinen Fabriken waren um diese Zeit menschenleer.

»Wollen Sie wirklich hier aussteigen?« fragte der Taxifahrer, der mit einem schweren russischen Akzent sprach.

Der Korrektor gab ihm zehn Dollar, ging den Block entlang und blieb vor einer Stahltür ohne Aufschrift stehen. Neben der Tür war eine Klingel angebracht. Der Korrektor drückte darauf, und summend öffnete sich die Tür.

Hinter ihr befand sich eine schmutzige Treppe, die mit zerbrochenen Likörflaschen, Wegwerfspritzen und benutzen Kondomen übersät war. Ein stetes, rhythmisches dumpfes Schlagen ließ das Gebäude erzittern. Am Kopf der Treppe befand sich eine weitere Stahltür ohne Aufschrift und ein weiterer Klingelknopf. Der Korrektor stieg die Treppe hinauf und drückte auf den Knopf.

Der Mann, der die Tür öffnete, war so breit wie der Eingang und überaus muskulös. Er hatte zahlreiche Tätowierungen auf seinen aufgepumpt wirkenden Oberarmen, die fast die gleiche Größe aufwiesen wie sein glattrasierter Kopf. Er grinste den Korrektor an und trat zur Seite.

Der Korrektor trat ein.

Nun nahm das dumpfe Pochen eine Melodie an. Partymusik dröhnte. Und vor ihm lag ein gewundenes Labyrinth schattenhafter Räume, in denen Leute tanzten und high wurden und sich unterhielten. Ein Club, für den keine Sperrstunde galt, einer jener ohne Namen, ohne Adresse und ohne Lizenz. Hier hingen Models und Tänzer herum. Performance-Künstler. Modefotografen. Musiker. Sportler. Und deren üblicher Anhang. Schwarze und Weiße. Latinos und Asiaten. Hetero- und Homosexuelle. Aber alle jung, die sehnigen Körper naß vor Schweiß. Denn es war sehr warm, und die Luft war schwer von Moschus und Marihuanarauch.

Der Korrektor schritt zwischen ihnen hindurch. Er suchte eine ganz bestimmte Person. Er fand schließlich ein Hinterzimmer, in dem Sofas standen, Stühle, eine behelfsmäßige Bar. Und er fand diese bestimmte Person – eine Blondine, die allein an der Bar saß und einen Martini trank. Sie war groß, hatte einen tollen Körper und noch bessere Beine. Sie trug ein schwarzes Minikleid aus hauchdünner Seide und sonst nichts. Nicht älter als fünfundzwanzig Jahre. Sie war perfekt. Ideal. Der Korrektor ließ sich auf dem Barhocker neben ihr nieder und bestellte beim Barkeeper, der einen Ring durch die Nase trug, einen Martini.

Als der Drink kam, trank der Korrektor einen großen Schluck und drehte sich dann zu der Blondine um. »Darf ich mich zu Ihnen setzen?« sagte er. »Wenn ich hier allein sitze, macht man mich immer an.«

Die Blondine runzelte die Stirn, dann bildete sich ein Lächeln auf ihren üppigen, geschwungenen Lippen. »Funktioniert dieser Spruch tatsächlich?«

»Er hat mich noch nie im Stich gelassen. Wo habe ich Sie übrigens schon gesehen?«

»Mich gesehen?«

»Sie sind Schauspielerin, nicht wahr?«

Sie errötete leicht. »Na ja, gewissermaßen. Ich meine, ich

versuche es. Ich habe gerade meinen Gewerkschaftsausweis bekommen, und ich *war* in einem Smashing Pumpkin-Video.«

»Das muß es gewesen sein. Noch einen?« Er deutete auf den Martini.

Die Blondine zuckte mit den Achseln. »Klar«, sagte sie.

Nach der nächsten Runde zogen sie gemeinsam ab. Die Blondine kicherte und mußte sich auf den Korrektor stützen. »Kaum zu fassen, wie betrunken ich bin«, plapperte sie. »Ich hab heute den ganzen Tag über nichts gegessen. Gestern, meine ich. Denn heute ist morgen. Scheiße, das ist doch nicht zu *fassen* ...« Sie kicherte erneut. Gerade so lange, daß der Korrektor wußte, daß es durchaus zu fassen war.

Sie kicherte noch immer, als sie in das Taxi fiel.

Sie küßten sich, wild und leidenschaftlich. Ihre Zähne stießen aneinander, als das Taxi mit kreischenden Reifen losfuhr. Ein Träger rutschte von einer milchigweißen Schulter und enthüllte zur Hälfte eine nackte, perfekte Brust. Der Korrektor zerrte den Träger ganz hinab und spielte mit der Zunge an der Brustwarze. Die Blondine stieß ein leises Stöhnen aus, drehte sich auf dem Sitz seitwärts und warf ihre nackten Beine wild über die Schultern des Korrektors. Der Mund des Korrektors grub sich tiefer, immer tiefer, *dorthin* ... wo es glatt und naß war und pulsierte. Die Blondine erzitterte und keuchte. Sie umklammerte ihn fest mit den Beinen.

Sie war ein sehr starkes Mädchen, und sie hatte nichts zu essen bekommen.

Als sie vor dem Haus ankamen, stürzten sie keuchend aus dem Wagen. Das Haus hatte keinen Fahrstuhl. Und die Wohnung war nur spärlich eingerichtet. Immerhin gab es ein Bett, und sie fielen sofort darauf. Die Blondine hatte das Kleid schon ausgezogen, ihre makellose Haut leuchtete in den Lichtern der Stadt, die durch das Fenster fielen, wie eine Perle. Ihre Brustwarzen waren hart und lang.

»Ich hab so was wie einen Freund«, gestand sie.

»Ich auch.«

Sie kicherte erneut. »Du bist komisch. Hat dir das schon mal jemand gesagt?«

»In letzter Zeit nicht.«

»Einer von uns«, sagte die Blondine gespielt schüchtern, »ist noch angezogen.«

»Du hast recht«, sagte der Korrektor.

Er zog die Jacke aus und hing sie in den Schrank, denn Leinen zerknitterte so leicht. Und dann zog er die Stiefel aus, denn in dem rechten hatte er das Geschenk versteckt.

»Ich habe eine kleine Überraschung für dich«, sagte der Korrektor. »Extra für dich.«

»Für mich?«

»Ja«, sagte der Korrektor. »Nur für dich.«

Die Blondine lachte vor Freude. »Was denn?«

»Ein ganz besonderes Geschenk. Aber du mußt die Augen zumachen.« Das Mädchen zog eine Grimasse, und der Korrektor drohte ihm mit dem Zeigefinger. Der Korrektor konnte auch streng sein. »Versprich mir, daß du die Augen schließt, ja?«

Sie versprach es. Sie war ein braves Mädchen.

Der Korrektor ging mit dem Geschenk zu ihr, hielt es fest in einer Hand und drückte es genau zwischen ihre Brauen, die sich, als er sie im Taxi berührt hatte, wie zwei Samtstreifen angefühlt hatten.

»Igitt, das ist *kalt*«, flüsterte sie. »Was ist das? Warte, sag's mir nicht ... eine Flasche Champagner, stimmt's?«

»Knapp daneben.«

Es war ein Smith & Wesson .357 Magnum-Revolver, versehen mit einem Schalldämpfer.

»Darf ich jetzt die Augen aufmachen?«

»Schatz, du darfst alles, was du willst«, sagte der Korrektor, lächelte und drückte ab.

7. Kapitel

Als Rayettes Sohn geboren wurde, schwor sie, daß sie ihn nie schlagen würde. Entschlossen, ihm den Schmerz ihrer Kindheit zu ersparen, tat sie alles, um ihn mit Liebe und Zuneigung zu überschütten.

Der kleine Danny Taylor war ein frühreifer junger Bursche.

Mit zwei Jahren sprach er in vollständigen Sätzen. Mit vier las er die Sportseite der Tageszeitung von Arkansas. Und mit fünf Jahren wurde ihm bereits klar, daß seine Mutter ganz anders war als andere Mütter.

Danny schien in der Schule keine Freundschaften zu schließen. Die anderen Mütter waren nicht versessen darauf, daß ihre Kinder mit ihm spielten. Sie sahen besonders ungern, daß sie Danny zu Hause besuchten, und Danny verstand das einfach nicht. Ihr Haus war doch ganz nett. Vielleicht nicht so groß wie einige andere Häuser in der Gegend, aber es war warm und freundlich, und er besaß jede Menge Spielzeug. Und seine Mom war immer da. Sie arbeitete viel des Nachts, manchmal in Bars und Restaurants, aber tagsüber war sie zu Hause. Und eine Menge Freunde besuchten sie. Männerfreunde. Manchmal sagte seine Mom ihm, das wären seine Onkel, aber die meisten von ihnen sah er nur ein paar Mal. Keiner von ihnen blieb lange genug, um mit ihm zu spielen oder angeln zu gehen. Die Freunde seiner Mom kamen immer nur für eine oder zwei Stunden vorbei. Sie tranken etwas, lachten viel und gingen dann ins Schlafzimmer, um sich zu unterhalten und noch etwas zu lachen. Fast immer kamen sie zufrieden wieder heraus. Dann und wann kam seine Mom weinend aus dem Schlafzimmer gelaufen, und dann regte Danny sich immer gewaltig auf. Aber Rayette umarmte ihn dann und küßte ihn auf den Nacken und kitzelte ihn am Bauch, und meistens hatte er sich schon bald wieder beruhigt.

Als Danny fünfeinhalb war, heiratete Rayette wieder. Danny hatte seinen neuen Daddy vorher nur ein paar Mal gesehen und mochte ihn nicht besonders. Er hieß Marcus und lächelte so gut wie nie, meistens nur, wenn er aus dem Schlafzimmer kam, nachdem er sich dort mit Rayette unterhalten hatte. Mit Danny sprach er nur selten; normalerweise nickte er ihm nur nervös zu. Sein neuer Dad war überhaupt sehr nervös, dachte Danny. Er tippte eine Million Mal in der Minute mit dem Fuß auf. Rayette erklärte ihm, das läge daran, weil sein neuer Dad ständig darauf wartete, daß etwas Wichtiges passierte. Rayette sagte, etwas Großes warte direkt um die Ecke. Etwas, das sie alle sehr glücklich machen würde. Daher hatte Danny nichts dagegen, als Rayette und Marcus heirateten und nach Huntington, Mississippi, zogen. Er freute sich darauf, daß etwas Großes geschah, damit sie dann alle sehr glücklich sein konnten.

Nachdem Marcus Rayette geheiratet hatte, war er sehr nett zu Danny. Wenn Rayette arbeiten war – sie hatte einen Job als Kellnerin in einer Bar außerhalb von Huntington bekommen –, sagte Marcus seinem neuen Stiefsohn immer, er solle sich auf seinen Schoß setzen. Dann erzählte Marcus ihm Geschichten, kitzelte und küßte ihn. Manchmal küßte er Danny sogar auf den Mund. Dann drehte Danny immer den Kopf weg, aber Marcus redete immer ganz leise und ernst auf ihn ein und sagte ihm, daß Daddys so etwas täten, wenn sie ihre kleinen Jungs liebten. Marcus roch gut, trotzdem mochte Danny ihn nicht besonders gut leiden.

Eines Tages, etwa ein halbes Jahr, nachdem Rayette Marcus geheiratet hatte, kam sie früh von der Arbeit nach Hause. Sie habe Kopfschmerzen, sagte sie. Aber Marcus schrie sie an, sie sei gar nicht krank, sie würde hinter ihm her schnüffeln. Danny hörte, wie Rayette schrie: »Gottverdammt, da hast du recht, ich schnüffel hinter dir her. Du sitzt hier nackt herum, mit meinem Jungen auf dem Schoß. Verdammt, was hast du mit ihm gemacht?« Marcus sagte, er habe nichts mit Danny gemacht. Er kam raus und sagte Danny, er solle seiner Mutter sagen, daß er ihm nie was getan habe. Aber Danny lief nur in die Arme seiner Mutter. Kurz darauf wohnte Marcus nicht mehr bei ihnen. Sie kehrten nach Alabama zurück. Nicht nach Julienne, sondern in eine andere Stadt, einen anderen Bezirk. Und wenn man Rayette in dieser Stadt nach ihrem Namen fragte, sagte sie, sie hieße Louisa. Danny fragte seine Mutter, warum sie sich jetzt anders nenne, und sie antwortete: »Weil ich hier ein anderer Mensch bin. Ich bin keine Hure mehr, und ich bin nicht mehr mit diesem perversen Arschloch verheiratet.«

Sie blieben neun Monate in dieser Stadt, dann zogen sie wieder um. Rayette war ganz aufgeregt, weil sie dachte, sie würde wieder heiraten, diesmal einen wirklich netten Mann, sagte sie Danny. Aber wie sich herausstellte, war der wirklich nette Mann bereits verheiratet. Also zogen sie in eine andere Stadt. Und kurz darauf wieder in eine andere und dann in die nächste.

Eine dieser Städte war Simms, Mississippi. Es war eine kleine Stadt, nicht reich, aber sie überlebte in einem sich verändernden

Süden. Die Leute, die nicht in den Läden an der Main Street arbeiteten, schufteten meist im Schichtdienst in der Batteriefabrik am Fluß. Hier in Simms wurde Rayette – die sich nun Leslie Marie nannte – wieder schwanger.

Sie war sich nicht ganz sicher, wer der Vater war, sagte sie Danny, aber er war bestimmt ein netter Kerl gewesen. Sie ginge nur mit netten Kerlen aus.

In dieser neuen Stadt war Danny ziemlich einsam. Er hatte es schon längst aufgegeben, sich Freunde machen zu wollen. Also verschwand er in einer Welt, in der er keine brauchte. Er las den ganzen Tag lang, Zeitschriften über Filmstars, Autos und schwarze Frauen in Südamerika, die lebendes Geflügel in Körben auf den Köpfen herumtrugen. Er las jedes Buch, das er finden konnte. Selbst die, die er nicht ganz verstand. Vom Winde verweht *las er. Und* In 80 Tagen um die Welt. *Vielleicht acht, neun Kilometer von ihrem Haus entfernt, gab es ein Motel, und manchmal ging er dorthin und stöberte auf der Suche nach Büchern, die die Gäste weggeworfen hatten, in den Mülltonnen herum. Dort fand er* Die Zeitmaschine *im Abfall. Und eine Biographie von Robert E. Lee. Er ging allein spazieren und lernte, die Unterschiede zwischen verschiedenen Blumen- und Pflanzenarten zu erkennen. Und er schnitzte. Einmal machte er einen wunderschönen Spazierstock für Rayette und schnitzte als Griff einen Hahnenkopf. Rayette war begeistert, überschüttete ihn mit Küssen und sagte ihm, wie klug und begabt er sei. Sie nahm ihn auf Schritt und Tritt mit. Aber zwei Wochen, nachdem er ihr den Stock geschenkt hatte, kam sie eines späten Abends ohne ihn zurück. Er sah den Stock nie wieder.*

Er hatte zwei bevorzugte Zufluchtsorte. Der eine war der kleine Platz in der Stadtmitte, eigentlich nur ein Fleckchen Kopfsteinpflaster. Aber inmitten dieser Steine wuchs eine magische Eiche. Magisch deshalb, weil sie so groß war und ihre Äste so kräftig und voller Blätter waren. Irgend jemand hatte lange, bevor Danny geboren worden war, eine Schaukel an ihm angebracht, sie an zwei der stärksten Äste befestigt. Sie hatte genau die richtige Höhe für Danny, und er saß gern auf dem kleinen Holzbrett, das von dem dicken Tau gehalten wurde, und stieß sich mit den Füßen vom Boden ab. Er schwang immer höher und dachte dann an alles mögliche, nur nicht daran, wo er war und was aus seinem Leben werden würde.

Der andere Ort, an dem er sich besonders gern aufhielt, war der Football-Platz. Er lag gut einen Kilometer von ihrem Haus entfernt, in der Nähe der High School. An beiden Seiten des Spielfelds befanden sich wackelige, nicht überdachte Tribünen, und die Yard-Markierungen waren mit Kreide gezogen, weiße, saubere Linien, die nie zu verbleichen schienen und stets scharf von der Erde und dem Gras abgegrenzt waren. Fast an jedem Nachmittag legte er nach Schulschluß den weiten Weg zu diesem Platz zurück, stellte sich in eine Endzone, atmete tief ein und rannte dann los. Er lief etwa hundert Meter bis zur anderen Endzone, wartete, bis er wieder zu Atem gekommen war, und lief dann zurück, weitere hundert Meter. Manchmal machte er damit weiter, bis es dunkel wurde. Er lief hin und her, bis er völlig verschwitzt und erschöpft war, und manchmal ging er nur noch, weil er einfach keinen Schritt mehr laufen konnte. Wenn er fertig war, klammerte er sich an einen Torpfosten, hielt sich daran fest, sog die Luft ein, bis er wieder die Kraft hatte, sich auf den Nachhauseweg zu machen. In den Torpfosten auf der rechten Seite des Spielfelds hatte jemand ein kleines Herz geschnitzt. In dem Herz stand JD & SE. Wenn Danny immer schneller hin und her lief, dachte er über die Schnitzerei auf dem Pfosten nach und fragte sich, ob er JD oder SE vielleicht kannte. Und er fragte sich, ob sie sich noch immer liebten.

Je dicker Rayettes Bauch wurde, desto verdrossener wurde sie. Es war eine schwere Schwangerschaft. Ihr war fast jeden Morgen und oftmals auch des Nachts schlecht. Die Fabrik war ganz in der Nähe, unten am Fluß, und der Geruch, der in die Luft wehte und in den Boden unter ihren Füßen sickerte, trieb sie zum Wahnsinn. Sie beklagte sich, er würde an ihrem Körper haften und aus ihren Poren sickern, und manchmal war der Schmerz in ihrem Bauch so stark, daß sie nicht einmal aufstehen konnte. Einmal aß Danny nicht den Teller leer, obwohl sie es ihm befohlen hatte, und sie schrie ihn an, und dann hob sie die Hand, um ihm eine Ohrfeige zu geben. Er zuckte nicht zusammen, blieb einfach stehen und wartete den Schlag ab, doch es kam nicht dazu. Rayette senkte langsam die Hand und begann zu weinen.

Dann nahm sie ihn in die Arme, nannte ihn Baby und Kleiner und sagte ihm, wie leid ihr das alles tue. Er erwiderte, es müsse ihr nicht leid tun. Sie sei seine Mutter und könne alles tun, was sie wolle. Sie umarmte ihn noch fester und sagte, das gelte auch für ihn. »Was auch immer ich tue, ich werde dich immer lieben. Was auch geschieht, das darfst du nie vergessen.«

Als Danny neun Jahre alt war, wurde sein kleiner Bruder geboren.

Rayette hatte eine Liste möglicher Namen erstellt, über die sie und Danny oft bis tief in die Nacht gesprochen hatten. Aber sie dürften sich erst für einen der Namen entscheiden, wenn sie das Baby gesehen hatten, sagte sie. Ein Name mußte hundertprozentig stimmen, und das war nur möglich, wenn man das Kind in den Armen gehalten hatte und genau verstand, was für ein menschliches Wesen da auf die Welt gekommen war.

Sie waren zu arm, um in ein Krankenhaus zu gehen, also bekam Rayette das Baby zu Hause. Es waren lange und schmerzhafte Wehen, aber Danny blieb die ganze Zeit über an ihrer Seite. Er wartete neben der schwarzen Hebamme, die zur Unterstützung herbeigeeilt war, und tat, was auch immer sie ihm auftrug. Wenn Rayettes Stirn abgewischt werden mußte, holte er einen kalten Lappen, und wenn etwas sterilisiert werden mußte, setzte er Wasser zum Kochen auf. Die Hebamme war wunderbar – ihre Hände wirkten Zauber, beruhigten Rayette, wenn sie vor Schmerzen schrie, drehten Danny sanft zur Seite, wenn sie der Ansicht war, er solle etwas nicht sehen. Danny mochte die Hebamme sehr. Er mochte ihre Stimme, die leise und heiser war, und er mochte, daß sie so knochig war, so dünn, daß sie jeden Augenblick in der Mitte durchzubrechen drohte. Er mochte alles an ihr – besonders das seltsame Ding auf ihrem Gesicht.

Er konnte einfach nicht damit aufhören, ihr Gesicht anzustarren.

Sie hatte einen großen Kreis um das linke Auge, der fast aussah, als wäre er aufgemalt worden. Er war völlig rund und sehr schwarz, viel dunkler als ihre dunkelbraune Haut. Er setzte an der Nasenwurzel ein, verlief um das Auge, auf ihre Wange und dann wieder hinauf und zurück zur Nase. Der Kreis leuchtete so kräftig, daß er fast zu glühen schien. Und er berührte nicht die rechte Seite ihres Gesichts. Diese Seite war glatt und makellos. So etwas Erstaunliches wie dieses Mal hatte er noch nie gesehen. Als er zu ihr gelaufen war, um sie zu holen, ihr zu sagen, es sei soweit, bemerkte sie seinen Blick und lächelte. »Schon in Ordnung«, sagte sie, »das stört mich nicht. Das ist nur ein Muttermal. So sagt der Herr mir, daß er mich für etwas ganz Besonderes ausgewählt hat.« Aber Danny mußte sie trotzdem weiterhin anstarren. Selbst als seine Mutter vor Schmerzen schrie und stöhnte, betrachtete er das Gesicht der Schwarzen, das Auge, das ihr zufolge ein Gottesgeschenk war.

Das Baby wurde zehn Minuten nach Mitternacht geboren.

Schon nach ein paar Sekunden wußten sie, daß mit ihm etwas nicht in Ordnung war.

Als die Hebamme das Kind zwischen Rayettes Beinen herauszog, sagte sie nichts, doch Danny sah, daß sie zitterte. Das Baby weinte, schrie sich die Seele aus dem Leib; es war ganz rot und runzlig. Eigentlich sah es aus, wie ein Baby aussehen sollte, dachte Danny, aber selbst er wußte, daß etwas nicht in Ordnung war. Es war der Blick in den Augen des Babys. Und die Art, wie das Baby schrie. Danny dachte, daß es sich wie ein Hilfeschrei anhörte.

Schon nach ein paar Tagen war klar, daß es sich nicht um ein normales Kind handelte. Der kleine Junge hörte einfach nicht zu weinen auf. Und er schien auf keinen von ihnen zu reagieren, nicht auf Danny, der versuchte, ihn aufzunehmen und mit ihm zu sprechen, nicht auf die schwarze Hebamme, die jeden Tag vorbeikam, um ihn zu füttern, und ganz bestimmt nicht auf Rayette, die das Baby unmittelbar nach der Geburt in den Arm nahm, wieder absetzte und sich dann weigerte, es auch nur anzusehen. Als Danny sie fragte, was für einen Namen sie ihm geben wollte, erwiderte Rayette, das Baby habe keinen Namen verdient. Es sei nicht normal. Es mache ihr angst und könne keinen Namen haben.

Es war der Teufel, sagte die Hebamme. Der Teufel hatte das dem Kind angetan. Nein, widersprach Rayette. Es war der Geruch aus der Fabrik. Der Geruch war vom Schornstein in die Luft gezogen und dann in ihre Knochen. Und dann in das Blut des Babys.

Aus welchem Grund auch immer, ob nun Teufel oder Mensch, das Baby hatte ihr großen Schmerz verursacht. Und Rayette wußte, daß der Schmerz noch nicht vorbei war.

Als der kleine Junge ein halbes Jahr alt war, haßte Danny ihn.

Sobald Rayette nach der Geburt aufstehen und laufen konnte, ging sie wieder zur Arbeit in eine Bar im Ort. Sie hielt sich so lange wie möglich vom Haus fern, damit sie nicht in der Nähe ihres zweiten Sohnes sein mußte. Es oblag Danny, auf ihn aufzupassen, ihn zu füttern, zu wickeln. Und zu hören, wie er schrie.

Als das Kind ein Jahr alt war, hatte Rayette ihm noch immer keinen Namen gegeben. Der Junge schien nicht zu hören, wenn jemand mit ihm sprach. Er zeigte auch keine Spur von Intelligenz. Er aß und weinte nur.

Für die Außenwelt schien das Kind gar nicht zu existieren. Man schrieb das Jahr 1955, und im tiefsten Süden war ein zurückgebliebener Junge etwas, das man fürchtete und mied. Rayette war zutiefst beschämt und gedemütigt, daß sie solch ein Geschöpf auf die Welt gebracht hatte. Sie konnte es sich nicht leisten, den Jungen in angemessene Pflege zu geben, aber sie konnte sich auch keine weitere soziale Ächtung leisten. Also blieb das Baby zu Hause. Tagsüber kam die schwarze Hebamme und sah nach ihm. Nach Schulschluß ging Danny sofort nach Hause und hörte sich – allein – das Geschrei an.

Als das Baby anderthalb Jahre alt war, machte Danny es für den Verlust seiner Mutter verantwortlich. Sicher, sie war noch da, sie wohnte noch in dem Haus. Aber sie kam nur noch selten nach Hause. Sie nahm Danny nicht mehr in den Arm, küßte ihn nicht mehr und sagte ihm nicht mehr, wie sehr sie ihn liebte. Sie trank mehr als je zuvor. Und sie hatte mehr Männerbekanntschaften als je zuvor, obwohl sie nie einen Mann mit nach Hause brachte.

Drei Tage vor Dannys elftem Geburtstag hatte ein Mädchen in seiner Klasse ebenfalls Geburtstag. Zum Geschenk bekam es von ihren Eltern Eintrittskarten für die Vorstellung eines Sängers, der in einer Stadt dreißig Kilometer entfernt auftreten sollte. Der Sänger hieß Elvis Presley, und die Kinder in Dannys Klasse sprachen nur noch über ihn. Sie imitierten ihn, zogen sich an wie er, kämmten ihr Haar wie er. Als das Mädchen verkündete, es hätte zehn Karten für das Konzert, machten sich alle in Dannys Klasse

Hoffnungen, eingeladen zu werden. Im Lauf der Woche wählte sie vier Jungs und vier Mädchen aus. Ein Platz war noch frei. Niemand war überraschter als Danny, als sie ihm nach Schulschluß auf die Schulter klopfte und fragte, ob er gern Elvis Presley sehen würde. »J-J-Ja, k-k-klar«, antwortete er stotternd.

Voller Freude rannte Danny den ganzen Weg nach Hause zurück, stürmte durch die Tür und fand Rayette im Wohnzimmer. Sie saß auf der Couch, eine halbleere Flasche Bourbon auf dem Tisch neben ihr. Er war noch nie so glücklich gewesen, und er schrie so laut, daß sie ihm sagen mußte, er solle sich beruhigen und langsam sprechen. Er erzählte ihr aufgeregt, daß er an diesem Abend Elvis Presley sehen würde. Seine Mutter reagierte jedoch gar nicht so freudig, wie er erwartet hatte; sie sah ihn nur traurig an und sagte, er würde gar nichts sehen. Sie hatte an diesem Abend eine Verabredung mit einem sehr netten Mann. Danny mußte zu Hause bleiben und auf das Baby aufpassen.

Rayette ging um fünf zu ihrer Verabredung. Die Kinder, die zu dem Konzert fuhren, sollten sich um sechs vor der Schule treffen. Um halb sechs weinte das Baby und brüllte sich die Seele aus dem Leib. Danny wußte, daß es Hunger hatte, daß Rayette sich nicht die Mühe gemacht hatte, es vorher zu füttern, aber das war ihm plötzlich vollkommen gleichgültig. Er wollte nicht, daß das Baby aß. Er wollte nicht, daß das Baby lebte.

Um Viertel vor sechs schrie das Baby lauter, als Danny es je gehört hatte. Er ging in den Abstellraum, in den Rayette die Wiege gestellt hatte. Das Baby war ganz rot angelaufen, zuckte mit den Händen und Füßen, weinte und gab häßliche schnarrende Geräusche von sich. Danny schaute zu seinem Bruder hinab, der noch keine zwei Jahre alt war, und wußte, daß er das Geschrei nicht mehr ertragen konnte.

Er ging ins Wohnzimmer zurück und nahm ein Kissen von der Couch. Nachdem er in die Abstellkammer zurückgekehrt war, blieb er einige Sekunden lang reglos stehen. Dann bückte er sich. Er legte das Kissen auf das Gesicht des Babys, eigentlich auf seinen ganzen Körper, und drückte zu. Das Geschrei wurde gedämpft, blieb aber so wütend wie zuvor. Dann wurde es allmählich schwächer. Danny drückte fester zu. Ein paar Augenblicke später war das Geschrei verstummt. Es wurde ganz still im Haus.

Danny blieb nicht lange im Kinderzimmer. Er lief ins Wohnzimmer und legte das Kissen wieder auf die Couch. Dann rannte er zur Haustür und riß sie so heftig auf, daß das Fliegengitter gegen den Rahmen schlug.

Er lief den ganzen Weg zur Schule und kam dort an, als die anderen Kinder gerade losfahren wollten. Während ihn die anderen Mädchen und Jungen spöttisch anfeuerten, sprang Danny in den Kombi, der sie in die Nachbarstadt bringen sollte.

Später an diesem Abend lachte Danny, er tanzte und applaudierte und gehörte zu den fünfzehnhundert Kindern, die das Glück hatten, eins der größten Konzerte des King besuchen zu dürfen.

Endlich war Danny glücklich.

Und er wußte, auch seine Mutter würde glücklich sein. Sie würde ihn für immer und ewig lieben.

Es war drei Uhr morgens. Vor einer Stunde hatte Carl seinen Computer ausgeschaltet und beobachtet, wie das glühende Licht auf dem Bildschirm erlosch.

Er nickte zufrieden, während er den Sandsack bearbeitete und kurze linke Haken schlug. Mit dem Haken hätte er Holyfield vielleicht nicht ausgeschaltet, sagte er sich, aber zurückgeworfen. Na ja, zumindest hätte er ihm das Lächeln aus dem Gesicht gewischt.

Er arbeitete an dem Sandsack, seit er zu schreiben aufgehört hatte. Er trug keine Handschuhe. Er wollte die Berührung von Haut und Leder unmittelbar spüren, den seltsam angenehmen Schmerz, der bald seine Arme hinauffließen würde, bis in seine Schultern. Ein rechter Haken, gefolgt von einem linken Jab, zwei schnelle Haken und eine donnernde Rechte. Die Luft brannte allmählich in seinen Lungen, und sein Mund war ganz trocken. Er war erschöpft. Das Buch, das er schrieb, entzog ihm allmählich jede Kraft. Aber er wollte das Training nicht beenden.

Schweiß tropfte aus jeder Pore seines Körpers, doch er mußte einfach noch eine Weile zuschlagen, auf etwas einhämmern. Also ließ er einen Haken folgen, einen kräftigen Körperschlag. Eine scharfe Rechte gegen den Kopf. Und noch eine. Und noch eine. Der letzte Schlag jagte einen glühenden Schmerz durch seinen rechten Arm. Er lächelte und stöhnte auf. Und schlug auf den Sandsack ein, als sei er von Dämonen besessen, als könne er jedes Unrecht in der Welt wiedergutmachen, wenn er nur hart und oft genug zuschlug.

Carl wollte nicht mehr über diesen Anonymus nachdenken. Doch das konnte ihm nur gelingen, wenn er sich bewegte und auf den Sandsack einschlug, bis jeder Muskel in seinem Körper weh tat.

Es war nicht nur das Vergnügen oder die Anstrengung, so schnell zu schreiben. Klar, das machte einen fertig. Aber irgend etwas stimmte an dieser ganzen Sache nicht. Etwas, das ihm allmählich Kopfschmerzen bereitete. Warum gestand er es sich nicht ein? Es fraß ihn allmählich innerlich auf.

Die Geschichte, die er schrieb, hatte ziemlich unschuldig angefangen, war aber schnell ziemlich finster geworden. Den Tagebüchern, Aufzeichnungen und Dokumenten zufolge, die man ihm zugespielt hatte, hatte jemand als kleiner Junge ein Baby getötet und war ungeschoren davongekommen. Die naheliegende Frage lautete: Wer war der Junge, der die Tat begangen hatte, und was war aus ihm geworden?

Und wer, zum Teufel, war dieser Anonymus, den Maggie Gideon genannt hatte?

Carl zuckte zusammen, als die Wucht seines nächsten Schlags den Schmerz bis in den Ellbogen hinaufjagte. Er bewegte die Füße, schnellte auf und nieder und sprang hin und her. *Bleib einfach in Bewegung,* sagte er sich, *und niemand bekommt dich zu fassen.*

Maggie hatte gesagt, die Quelle säße in Washington. Bedeutete das, daß der wirkliche Danny als Erwachsener Politiker geworden war? Bis in welche Etagen der Macht reichte diese Sache?

Vielleicht war es auch irgend jemand an einer Schaltstelle der Macht. Ein Medienmogul. Oder jemand von der religiösen Rechten, der eine einflußreiche Gefolgschaft aufgebaut hatte.

Das Material, das Carl bislang bekommen hatte, ließ darauf keine Schlüsse zu. Aber er *konnte* sagen, daß dieses Buch nicht nur ein Enthüllungsroman war, der von Klatsch und Tratsch leben sollte. *Gideon* war nicht nur ein potentieller Bestseller; man würde das Buch benutzen, um die Karriere eines Menschen zu zerstören, vielleicht sogar sein Leben.

Für das Buch hatte Carl die Namen der Beteiligten frei erfunden. Die richtigen Namen waren in jedem Dokument, das er zu Gesicht bekommen hatte, sorgfältig verdeckt worden, und Harry Wagner hatte ihm nie genug Zeit gelassen, um auch nur zu versuchen, an die Wahrheit heranzukommen. Solange er die Wahrheit nicht kannte, behielt er die Namen bei, die er den Personen gegeben hatte, wenn er über sie nachdachte. Und während er diesen Namen Persönlichkeiten und Gefühle gab, erwachten sie für ihn langsam zum Leben. Wurden zu Fleisch und Blut. Gott im Himmel, es *waren* Menschen aus Fleisch und Blut. Und je mehr er schrieb, desto größer wurde der Drang, auf irgendeine Weise herauszufinden, was wirklich mit ihnen passiert war.

Carl wußte, daß ihn eine Art Besessenheit ergriffen hatte. Wie hätte es auch anders sein können? Besonders nach allem, was er am gestrigen Tag gelesen und erfahren hatte. Er hatte um zwei Uhr morgens zwar mit dem Schreiben, aber nicht mit dem Denken aufgehört. Er hatte noch mehr Material von Harry Wagner bekommen. Und er hatte alles genau gelesen.

Die Frau, die er Rayette genannt hatte, war in der Mordnacht spät nach Hause gekommen. Wenn Carl über sie nachdachte, konnte er sich ihre Handschrift genau vorstellen. Ein schludriges, dünnes Gekritzel, irgendwie unbeholfen, aber trotzdem seltsam elegant und traurig. Wie die Frau selbst, dachte er. Er konnte sie sehen, sich vorstellen, wie sie durch die Haustür trat. Danny war schon vom Konzert zurückgekehrt. Als sie hereinkam, saß er im Wohnzimmer, und die Stille im Haus verriet ihr sofort, daß etwas nicht stimmte. Mutter und Sohn hatten einander stumm angesehen. Dann ging sie in den Abstellraum, um nach dem Baby zu schauen. Rayette bedachte das Kind normalerweise immer nur mit raschen Blicken. Aber nun starrte sie es lange Minuten an. Und als sie damit fertig war, ging sie ins Wohnzimmer, zurück zu ihrem lebenden Sohn.

Und sie lächelte.

Sie begruben das Baby in dieser Nacht im Schutz der Dunkelheit. Danny hob ein Grab rechts neben der baufälligen Scheune aus, die hinter ihrem Haus stand. Rayette trug das Baby, das sie in eine Decke eingewickelt hatte, hinaus, legte es in einen kleinen Holzkasten, eine Gemüsekiste, und senkte sie in das Loch. Danny schaufelte dann das Loch wieder zu und trat die Erde fest, so gut er konnte. Sie verabschiedeten sich nicht, sprachen kein Gebet, hielten keine Feier ab. Die ganze Sache dauerte keine Viertelstunde. Mehr Zeit brauchten sie nicht, um alle Spuren zu verwischen, daß Rayette einmal einen zweiten Sohn und Danny einen Bruder gehabt hatte.

Am nächsten Tag zogen sie in eine andere Stadt.

In den nächsten Jahren blieben Mutter und Sohn niemals lange an einem Ort. Sie zogen durch den ganzen Süden; Rayette arbeitete als Kellnerin und gelegentlich als Hure. Danny wurde ein ausgezeichneter Schüler; Carl hatte die Zeugnisse und die begeisterten Beurteilungen seiner Lehrer gelesen.

Rayette heiratete noch drei Mal und stieß beim letzten Mal auf eine Goldader. Ihr letzter Gatte war ein anständiger Mann. Er behandelte nicht nur seine neue Familie gut, sondern hinterließ ihr auch etwas Geld, als er starb. Kein Vermögen, aber so viel, daß Rayette eine bessere Sorte Bourbon kaufen und ihre Tage auf der Rennbahn verbringen konnte. So viel, daß Danny ein gutes College im Norden besuchen konnte und endlich aus dem Süden herauskam und …

Und was?

Das war die Frage, die Carl Granville beschäftigte, als er zum letzten Mal gegen den Sandsack schlug. Es steckte nicht mehr die geringste Kraft hinter dem Schlag. Ohne auch nur das schweißdurchtränkte T-Shirt oder die Shorts auszuziehen, ließ er sich aufs Bett fallen und schlief ein, kaum daß sein Kopf das Kissen berührt hatte. Sein Schlaf war tief und fest, wurde jedoch von Träumen und beunruhigenden Bildern gestört. Von Bildern von einem toten Baby.

8. Kapitel

Der Korrektor wartete geduldig darauf, daß sein Zielobjekt kam.

Das Objekt hatte sich verspätet, und das war nicht gut. Der Zeitplan war sehr eng gefaßt. Es gab keinen Spielraum für mögliche Fehler. Nicht den geringsten. Aber der Korrektor blieb wie immer konzentriert, ruhig und geduldig.

Das Gehen half. Ein gleichmäßiges, wohlerwogenes Tempo, den Block auf und ab, wobei er das Haus immer im Blick hielt. Der Abend war warm. Die Luft war schwer und ruhig. Es war einer jener Abende, an denen die Stadt die Hitze festhielt und einfach nicht loslassen wollte. Der Korrektor mochte die Wärme, das Gefühl, das sie mit sich brachte: als könne sie irgendwann alles ersticken, was mit ihr in Berührung kam. Und dem Korrektor gefiel es besonders, daß er sich verkleidet hatte.

Es war kaum jemand auf der Straße. In dieser Gegend gingen die Leute früh zu Bett, entweder weil sie schwer arbeiteten oder weil sie alt waren. Der Korrektor hörte das Summen der Klimaanlagen an den Schlafzimmerfenstern. In einem Gebäude am Ende des Blocks saßen Portiers. Sie nickten ihm zu, und er erwiderte die Geste. Der Korrektor lächelte, obwohl es spät war und der Zeitplan ihm keinen Spielraum ließ, während er den Block auf und ab schlenderte. Er fühlte sich wohl in seiner Sommeruniform und den schwarzen Schuhen mit Gummisohlen, in denen er sich geräuschlos bewegen konnte. Er lächelte, lachte manchmal sogar still in sich hinein. Niemand achtete darauf.

Abgesehen von einem Ehepaar mittleren Alters in einem Range Rover. Der Mann hielt an, drehte die Fensterscheibe herunter und fragte den Korrektor, ob er zufällig wisse, wo das nächste Parkhaus sei, das rund um die Uhr geöffnet habe. Der Korrektor empfahl ihnen, an der nächsten Kreuzung nach rechts abzubiegen, drei Blocks weiter zu fahren und es dann mit dem Hochhaus an der Ecke auf der rechten Straßenseite zu versuchen.

Der Korrektor war stets sehr höflich und hilfsbereit.

Schließlich fuhr die schwarze Limousine schnell heran. Sie

hielt vor dem Haus des Objekts an; der Motor lief im Leerlauf weiter. Der Korrektor wartete in den Schatten auf der anderen Straßenseite, drei Gebäude entfernt, und beobachtete. Auf dem Rücksitz saßen zwei Personen. Die eine war der Klient. Die andere war das Zielobjekt. Die beiden unterhielten sich noch einen Augenblick lang, der Motor lief noch immer im Leerlauf. Dann stieg der Fahrer aus, eilte auf die Beifahrerseite und öffnete die hintere Tür. Das Objekt stieg aus, zögerte aber noch. Der Korrektor hörte wieherndes Gelächter, Gelächter jener Art, das man vernimmt, wenn jemand häßliche Dinge über einen anderen Menschen sagt, zu dem er eigentlich nett sein sollte. Dann trat das Objekt zurück, und der Fahrer schloß die Tür. Er stieg wieder in den langen, schwarzen Wagen, und der Korrektor beobachtete, wie er davonfuhr.

Das Zielobjekt eilte zu seinem Haus.

Der Zeitplan war noch einzuhalten.

Der Korrektor ging über die Straße.

»Entschuldigung, Ma'am. Tut mir leid, Sie zu dieser späten Stunde noch stören zu müssen, aber ich habe schon mal bei Ihnen geklingelt, und Sie waren nicht zu Hause.«

Das Objekt musterte den Korrektor argwöhnisch. »Was für ein Problem haben wir denn, Officer?«

»Hier hat heute abend jemand eingebrochen, Ma'am. In der Wohnung ganz oben.«

»Schon wieder?« Die Frau fluchte leise. »Ich hasse diese Stadt.«

»Ja, Ma'am. Das kann ich Ihnen nicht verdenken.«

»Was haben die Arschlöcher gestohlen?«

»Nur Kleinigkeiten. Schmuck. Silber. Einen Laptop. Sie gingen sehr professionell vor – rein, raus, kein Theater, kein Chaos. Sie haben sogar hinter sich abgeschlossen.«

»Und was wollen Sie dann von mir?«

»Wir wollen uns nur vergewissern, daß sie nicht auch in Ihrer Wohnung waren. Sie bewohnen das Apartment im Erdgeschoß?«

Das Objekt nickte und fluchte erneut. »Kommen Sie rein«, sagte es dann. »Sehen wir nach.«

Die Frau zog einen Schlüssel hervor und ging zu ihrem Eingang, einem eisernen Tor, das sich auf Straßenhöhe direkt neben der nicht überdachten, über eine Treppe erreichbaren Terrasse vor dem Haus befand. Das war zu der Zeit, als das Stadthaus noch einer einzigen Familie gehört hatte, der Dienstboteneingang gewesen. Mit einem anderen Schlüssel öffnete sie die Wohnungstür. Sie blieb auf der Schwelle stehen und lächelte verkniffen. »Übrigens … ich bin beeindruckt. Sie gehen sehr gründlich vor.«

»Wir tun, was wir können, Ma'am.«

Das Zielobjekt betrat die Wohnung und schaltete das Licht ein.

Der Korrektor folgte ihr, zog die Tür hinter sich zu und griff gleichzeitig nach dem Schlagstock, der an seinem Dienstgürtel hing.

»Scheint niemand hier gewesen zu sein«, sagte das Zielobjekt. »Da habe ich wohl noch mal Glück gehabt.«

Das Objekt irrte sich. Es hatte alles andere als Glück. Denn der Korrektor bewegte sich nun sehr schnell und sicher. Er holte zu einem Schlag von gewaltiger Wucht aus und traf das Zielobjekt mit dem Stock direkt hinter dem rechten Ohr. Das Geräusch, mit dem das polierte Hickoryholz ihren Schädel zertrümmerte, war einzigartig auf der Welt. Für den Korrektor war es ein überaus befriedigendes Geräusch. Während das Zielobjekt in der Diele auf dem Boden lag, ein Schuh halb ausgezogen, und Blut aus seinem Hinterkopf quoll, hob und senkte er den Schlagstock noch weitere drei Mal. Jedesmal war das Geräusch von Holz, das Knochen zertrümmerte, so laut wie der Knall, mit dem ein Baseballschläger gegen einen mit einhundertdreißig Stundenkilometern heranrasenden Baseball prallte.

Als der Korrektor seine Arbeit getan hatte, blieb er in der Diele stehen und lauschte. Nicht das geringste Geräusch.

Es gab keine Zeugen.

Und er hatte keine Zeit mehr.

Der Korrektor ließ die Wohnungstür einen Zentimeter und das Tor draußen sperrangelweit offenstehen. Der Bürgersteig war menschenleer.

Der Korrektor trat in die Nachtluft hinaus.

Es gab noch einiges zu tun.

9. Kapitel

Das Klingeln des Telefons schnitt sich tief in Carl Granvilles Gehirn; erschrocken fuhr er hoch. Einen Augenblick lang wußte er nicht, wo er sich befand. Seine Träume hatten ihn während der Nacht in Rayettes und Dannys Welt festgehalten, und als er sich zwang, die Augen zu öffnen, stellte er verblüfft fest, daß er in seinem eigenen Bett lag. Als das Telefon zum ersten Mal geklingelt hatte, hatte er geträumt, man hätte ihn zusammen mit Rayettes Baby in der Erde verscharrt.

Carl ließ das Telefon noch einige Male klingen und versuchte, sich zu konzentrieren. Er stöhnte und betrachtete mit zusammengekniffenen Augen den Wecker auf seinem Nachttisch. Kurz vor zehn. Er sah sich in der Wohnung um und stellte überrascht fest, daß Harry Wagner nicht da war. Er hatte sich an ihren Tagesablauf gewöhnt. Vor allem an das Gourmet-Frühstück.

Seltsam. Es sah Harry gar nicht ähnlich, sich zu verspäten. Besonders, da der Abgabetermin immer näher rückte.

Nach dem fünften Klingelzeichen hob Carl ab. Dann räusperte er sich und brachte immerhin einen heiseren Gruß über die Lippen.

»Hallo.«

Die zweite Überraschung des Morgens.

»Amanda«, sagte Carl ins Telefon.

»Ich wollte mich nur vergewissern, daß mit dir alles in Ordnung ist. Weil ihr beide ja ... Ich meine, es sah ja ganz so aus, als würdet ihr beide ... na ja, ich weiß nicht, was. Aber es muß ziemlich schwer für dich sein.«

Carl rieb mit der Zunge um die Zähne und gestand sich ein, daß er Harrys Kaffee wirklich vermißte. »Wie schwer muß *was* sein?«

Amanda schwieg am anderen Ende der Leitung. »Du hast es noch nicht gehört?« fragte sie dann.

»Was habe ich noch nicht gehört?«

»Maggie Peterson wurde gestern abend ermordet. Als ich in die Redaktion kam, kam's gerade von den Agenturen. Es steht bestimmt in allen New Yorker Zeitungen.«

Sein erster Gedanke war: Nein, unmöglich, *Maggie passiert so was nicht.* Aber er hörte die Besorgnis in Amandas Stimme. Seine nächsten Gedanken waren ein überstürztes Durcheinander. *Warum? Und wer?* Dann, kurz, selbstsüchtig: *Wie betrifft mich das?* Doch er schüttelte den Gedanken sofort wieder ab. *Es geht nicht um mich. Es geht nicht um einen Job oder ein Buch. Es geht um den Tod eines Menschen. Mein Gott, es geht um Mord* ... Als er schließlich antwortete, schienen die Worte seine Kehle zu zerreißen: »Wo ... wie ...?«

»In ihrer Wohnung. Jemand hat sie heute morgen gefunden. Man hat ihr den Schädel eingeschlagen.«

»O mein Gott.«

»Die Polizei benutzte den Begriff *brutal*«, sagte Amanda. »Es tut mir leid. Ich war mir sicher, daß du es mittlerweile erfahren hast.«

»War es ein Einbruch? Und der Einbrecher hat sie getötet?«

»Es gab keine Anzeichen für einen Einbruch. Man geht davon aus, daß der Täter sie gekannt hat. Vielleicht ein Ex-Freund. Offensichtlich gab es von denen nicht wenige.«

Die Worte schwebten in der Luft, und das Schweigen war Amandas Art, Carl zu fragen, ob er einer dieser Freunde war. Er sagte nichts.

»Wollte sie deinen Roman kaufen?« fragte Amanda schließlich mit sanfter Stimme, als er noch immer nichts erwiderte.

»Sie *hat* ihn gekauft«, sagte Carl. »Und sie hat mich angeheuert, für sie ...« Er hielt abrupt inne.

»Was, Carl?«

»Politische ... Memoiren zu ghosten.« Der Schock, den Maggies Tod ihm versetzte, hatte kurzzeitig sein Schweigegelübde außer Kraft gesetzt. Aber ihm war klar, daß er trotzdem nicht über *Gideon* sprechen durfte.

»Politische Memoiren? Sie wollte, daß du etwas Politisches schreibst? Wessen Memoiren?«

»Vergiß es. Es tut mir leid. Ich hätte nichts sagen sollen. Es soll ein Geheimnis bleiben, aber ich bin wohl etwas durcheinander. Es ist unwichtig.«

»Bist du in Ordnung?«

»Mir geht's gut.«

»Ich … ich mache mir noch immer Sorgen um dich. Kann anscheinend nichts daran ändern.«

»Ich weiß. Und ich bin froh darüber.«

Sie unterhielten sich noch eine Minute lang. Carl wollte ihr eigentlich unbedingt alles erzählen, was passiert war, alles, woran er gearbeitet, was er erfahren hatte. Aber er konnte es nicht. Und es lag nicht nur an dem Versprechen, das er Maggie gegeben hatte. Es lag an dem, was im vergangenen Jahr zwischen ihnen gelaufen war. Und so verstummte ihr Gespräch, bis Amanda es mit den Worten beendete: »Ich muß wieder an die Arbeit.«

Carl hatte kaum den Hörer aufgelegt, als er sich auch schon Jeans und ein Sweatshirt anzog und zur Bodega an der Ecke lief, um die Zeitungen zu kaufen. Es war genau so, wie Amanda es berichtet hatte. Die *Daily News* brachte ein Foto von Maggies Haus an der East Sixty-third. Ihre Nachbarn hatten nichts gesehen oder gehört. Offensichtlich war der Mord am späten Abend passiert. Der *Times* zufolge war sie zuvor mit einem Haufen anderer Mediengrößen auf einer Abendgesellschaft zu Ehren des Premierministers von Indien gewesen. Der *Herald* – der Apex gehörte – veröffentlichte eine Erklärung des Verlegers von Apex Books, Nathan Bartholomew: »Maggie Peterson war die beste Verlegerin, die man sich denken konnte. Sie hatte einen untrüglichen Instinkt nicht nur für das, was sich verkaufen läßt, sondern auch für das, was gut ist. Sie war noch jung. Wir wissen nicht, was sie noch alles geleistet hätte. Wir werden sie vermissen. Die gesamte Verlagsszene wird sie vermissen. Nicht nur, weil sie eine unersetzliche Kollegin, sondern weil sie unsere Freundin war.« Lord Lindsay Augmon, Besitzer und Geschäftsführer des Apex-Imperiums, war seinem Sprecher zufolge »am Boden zerstört«.

Das war eine ziemlich gute Umschreibung dafür, wie auch Carl Granville sich fühlte.

Die Zentrale der Apex Communications, ein siebenundfünfzig Stockwerke hohes Gebilde aus Chrom und Glas, befand sich an der Ecke Fifth Avenue und Forty-eighth Street. Das Gebäude beherbergte die Redaktionsbüros des *New York He-*

rald: mehrere Etagen, in denen die Trendsetter, die die Frauenzeitschriften von Apex herausgaben, entschieden, wohin es mit der Mode ging; die Redaktionsbüros von TAN, des Fernsehsenders von Apex; und die Büros der zahlreichen Hardcover- und Taschenbuch-Verlage des Konzerns sowie die des Buchklubs.

Nathan Bartholomews Büro lag in der fünfunddreißigsten Etage, in der die Geschäftsleitung von Apex Books untergebracht war. Das Büro war sehr geräumig und geschmackvoll eingerichtet, wie es sich für den Verleger der zweitgrößten Buchfabrik der englischsprachigen Welt gehörte. Fast alles in dem Raum war weiß. Ein weißer Teppich. Weiße Bücherregale, auf denen die beeindruckendste Sammlung von Bestsellern der jüngsten Vergangenheit zur Schau gestellt wurde. Weiße Gardinen hingen vor den riesigen Fenstern, die einen atemberaubenden Blick auf die St. Patrick's Cathedral boten. Weiße Vorhänge bedeckten diese Gardinen zum Teil. Der Schreibtisch aus dunklem Mahagoni war als einziger Gegenstand in diesem Raum nicht weiß. Aber selbst er war mit Stapeln weißen Papiers bedeckt – Kurzmitteilungen, Ausdrucken, Geschäftsberichten, Aufstellungen mit aktuellen Auflagenzahlen.

Normalerweise saß Nathan Bartholomew gern in seinem Büro. Er hatte siebenundzwanzig Jahre gebraucht, um sich in diese Position hochzuarbeiten, vom Vertreter über den Vertriebsleiter und dem Verleger der sehr profitablen Jugendbuchabteilung bis hin zum Kopf des ganzen Unternehmens, eine Stellung, die er nun seit neun Jahren innehatte. Die Geräumigkeit dieses Büros und die Ordnung, die hier herrschte, verliehen ihm ein Gefühl von Macht, das er wirklich genoß, aber am heutigen Tag konnte er es kaum abwarten, das Büro zu verlassen. Er traf sich um halb eins im Four Seasons zum Mittagessen mit Elliott Allen, vielleicht dem bedeutendsten literarischen Agenten in der Branche. Und ganz bestimmt dem größten Arschloch. Er würde eine ganze Stunde lang ertragen müssen, wie Elliott mit den Bildern der französischen Impressionisten prahlte, die an seinen Bürowänden hingen, oder mit den Waschbecken aus italienischem Marmor, die er eigens in

Mailand hatte anfertigen lassen. Und mit den signierten Fotos der zahlreichen Politiker und Filmstars, die Elliott vertrat. Er würde sich sogar das Geschwätz von der angeblichen sexuellen Leistungsfähigkeit des Agenten anhören müssen, mit der es, wie Nathan von einer sehr guten Quelle erfahren hatte, allerdings wohl nicht weit her war. Und er würde natürlich das Gerede über den Dalai Lama über sich ergehen lassen müssen, denn zum Erstaunen aller in der Verlagsbranche hatte dieser buddhistische Mann des Friedens sich entschlossen, seine Memoiren zu schreiben und keinen anderen als Elliott Allen ausgesucht, um sie zu verkaufen. Bartholomew konnte es schon hören. *Kannst du dir das vorstellen? Kannst du dir vorstellen, daß dieser Jude von den Straßen von Brooklyn den heiligsten Burschen auf dieser Welt vertritt, verdammt noch mal?* Natürlich konnte er es sich vorstellen. Sollte Jesus je wieder auf Erden wandeln, hätte Elliott Allen seine Autobiographie innerhalb von fünf Minuten verkauft.

Aber Nathan Bartholomew konnte es trotzdem nicht erwarten, in das Restaurant zu kommen. Es war ihm auch völlig gleichgültig, daß Elliott sich in Positur werfen oder die Gäste an anderen Tischen im Grill Room ihm scheinheilig eine Kußhand zuwerfen oder winken würden, Lektoren, die auf Jobs, und Autoren, die auf höhere Vorschüsse aus waren. Heute nicht. O nein. Gerade am heutigen Tag nicht, an dem er bis zum Hals in Schwierigkeiten geraten war.

Die Buchbranche war am Ende, dachte er. Die Leute wollten nur noch große Bestseller lesen. Bücher von Prominenten. Von bekannten Schriftstellern. Von Kriegshelden, von Fernsehkomikern und Homosexuellen, die sich endlich outeten. Von Autoren, die mindestens eine Million Dollar Vorschuß pro Buch verlangten. Eine Million? *Fünf* Millionen. *Zehn* Millionen. Wenn man für ein Buch zehn Millionen Dollar Vorschuß zahlte, mußte man davon jede Menge Exemplare verkaufen. Und wie verkaufte man jede Menge Exemplare? Indem man jede Menge druckte und auslieferte – und da die Buchhändler das Recht hatten, alle nicht verkauften Exemplare zurückzugeben, bedeutete das, daß man wahrscheinlich die meisten davon ziemlich schnell zurückbekommen würde.

Gott im Himmel. Diese Branche war einfach unmöglich geworden. Man mußte mit einer Gewinnspanne von fünf Prozent überleben – in einem guten Jahr. Autoren, die einem auf die Nerven gingen. Agenten, die wirklich die Pest waren.

Bartholomew schüttelte den Kopf. Er war achtundfünfzig Jahre alt, hatte einen so hohen Blutdruck wie nie zuvor, und das wenige Haar, das ihm verblieben war, war völlig grau. War das ein Wunder? Am schlimmsten war, daß es mit der Branche nicht aufwärts zu gehen schien; jedenfalls sah er kein Licht am Horizont. Und leider war »aufwärts« die bevorzugte Richtung Lord Augmons.

Die einzige, die der Firma Geld erwirtschaftet hatte, war Maggie Peterson gewesen. Ein Miststück, wie es im Buche stand, aber für erfolgreiche Bücher hatte sie ein Händchen. Maggie hatte ein Drittel des letztjährigen Gewinns der Firma hereingeholt. Sie war völlig humorlos, arrogant und wegen ihrer guten Beziehungen zu Augmon verdammt gefährlich. Aber sie war auch eine Geldmaschine. Und man konnte sie unmöglich ersetzen.

Es war typisch für Maggie. Sie konnte nicht einfach kündigen. Oder in Rente gehen. Nein. Das Miststück mußte hergehen und sich ermorden lassen.

Gott im Himmel. Wer auch immer es getan hatte, er hatte gerade die klügste, ehrgeizigste und unflätigste Frau umgebracht, die Nathan Bartholomew je gekannt hatte. Er hatte vierunddreißig Prozent von Bartholomews Profit getötet! Kein Wunder, daß er Kopfschmerzen hatte.

Die Medien waren schon den ganzen Tag hinter ihm her. Wie oft konnte er dasselbe sagen? *Sie war eine große Verlegerin. Sie war eine Freundin. Ihr Potential war grenzenlos.* Sie konnte ihm nur dankbar sein, daß er kein Wort darüber gesagt hatte, wie er sie überrascht hatte, als sie dem Vertriebsleiter von Apex in dessen Büro einen geblasen hatte.

Nathan Bartholomew drückte auf den Knopf der Sprechanlage. Er mußte seiner Sekretärin noch einiges diktieren. Doch sie meldete sich nicht. Er drückte erneut auf den Knopf. Warum antwortete sie nicht?

Verdammt, was war heute nur los? Maggie Peterson war tot,

und seine Sekretärin ignorierte ihn. Spielte die ganze verdammte Welt verrückt?

»Mr. Bartholomews Vorzimmer.«

»Hier ist Carl Granville. Ich möchte bitte mit Mr. Bartholomew sprechen.«

»Er hat im Augenblick leider ziemlich viel zu tun. Wir bekommen schon den ganzen Morgen Anrufe, und ...«

»Das kann ich mir vorstellen. Aber es ist wichtig. Ich habe für Maggie Peterson ein Buch geghostet.«

»Vielleicht kann ich Sie mit Maggies Assistentin verbinden. Ellen ist ...«

»Ich muß mit Mr. Bartholomew *persönlich* sprechen.«

»Tja, ich ...«

»Bitte richten Sie ihm das aus. Er wird mit mir sprechen wollen.«

»Aber Ellen kann bestimmt ...«

»Richten Sie es ihm einfach aus. Carl Granville. Klar?«

»Ja. Natürlich. Ich werde es ihm ausrichten.«

»Danke.«

Klick.

»Hallo?«

»Mr. Granville?«

»Ja ...«

»Ich bin Ellen Ackerman. Von Apex. Ich bin ... ich war Maggie Petersons Assistentin. Und ich rufe nur an, um Ihnen zu versichern, daß Sie einem anderen Lektor zugeteilt werden, sobald die Dinge sich etwas beruhigt haben. Mr. Bartholomew möchte durchaus Kontinuität wahren und ...«

»Ellen, ich möchte nicht unhöflich sein, aber ich glaube nicht, daß Sie mir helfen können. Ich muß mit Nathan Bartholomew sprechen.«

»Ja, ich weiß, das haben Sie seiner Sekretärin gesagt, aber sie hat mich gebeten ...«

»Das ist mir schon klar. Aber ich arbeite an einem sehr wichtigen Projekt und kann nur mit Mr. Bartholomew darüber sprechen.«

»Natürlich, ich werde es ihm sagen, aber … äh … woran arbeiten Sie gerade?«

»Das bespreche ich mit Mr. Bartholomew, wenn er mich zurückruft.«

»Na schön, aber … nun ja, Sie sind nicht in meiner Kartei, und als man mich gefragt hat, was Sie gerade schreiben, mußte ich sagen, daß ich es nicht weiß. Deshalb hat er wahrscheinlich nicht persönlich zurückgerufen, und deshalb sollten Sie mir vielleicht sagen …«

»Gideon.«

»Wie bitte?«

»Sagen Sie Mr. Bartholomew, daß ich der Autor von *Gideon* bin.«

»Gideon?«

»Er weiß schon Bescheid. Mehr müssen Sie ihm nicht sagen.«

»Na schön. Wenn Sie meinen.«

»Ja. Das meine ich.«

Klick.

Nathan Bartholomew betrachtete die junge Frau, die vor ihm stand. Sie war nervös, weil sie es nicht gewohnt war, in seinem Büro zu stehen. Und sie kam ihm ziemlich außer Atem vor, als sei sie den Korridor entlang gelaufen, nachdem er sie hergebeten hatte. Er fragte sich, ob er in ihrem Alter in Gegenwart von Vorgesetzten auch so nervös gewesen war, konnte sich aber nicht daran erinnern. Es war zu lange her.

»Ellen«, sagte Bartholomew und atmete tief ein, als sei es ihm zu lästig, dieses Thema auch nur anzuschneiden, »erklären Sie mir das bitte noch einmal. Dieser … wie heißt er? Granbull?«

»Granville. Carl Granville.«

»Er sagt, er sei einer von Maggies Autoren?«

»Ja, aber das ist er nicht. Er behauptet, er schriebe ein Buch mit dem Titel *Gideon*, und Sie würden alles darüber wissen.«

»Hat er gesagt, warum ausgerechnet *ich* alles darüber wissen soll?«

»Nein, Mr. Bartholomew. Aber ich habe die Autorenkartei

durchgesehen, und es gibt keine Unterlagen über irgendeinen Vertrag mit ihm. Oder auch nur Vertragsverhandlungen. Und es gibt auch keine Unterlagen über ein Buch mit diesem Titel.«

»Nichts über *Gideon*?«

»Nein, Sir. Um ganz sicherzugehen, habe ich die Buchhaltung und die Vertragsabteilung angerufen. Es ist auch kein Scheck rausgegangen.«

Nathan Bartholomew schüttelte den Kopf und wollte sich abwenden. Aber die junge Assistentin machte keine Anstalten, sein Büro zu verlassen. »Sonst noch was?«

Sie nickte, nickte nervös immer weiter. Ihr Kopf bewegte sich auf und nieder wie der einer dieser Garfield-Puppen, die man an der Heckscheibe eines Autos befestigte. »Na ja, ich habe die Korrespondenzakten durchgesehen, und es *gibt* Korrespondenz«, sagte sie. »Mit Granville. Seine Agentin hat vor einigen Wochen einen Roman eingereicht, den Maggie aber abgelehnt hat.« Sie hielt einen Aktenordner hoch, den sie unter den Arm geklemmt hatte, nahm mehrere lose Blätter heraus und wedelte damit vor ihm auf und ab. Bartholomew nahm die Briefe und den Ordner und legte sie auf seinen Schreibtisch. Er wartete, bis sie mit dem Nicken aufgehört hatte, bevor er fortfuhr.

»Danke, Ellen. Gute Arbeit.« Die junge Assistentin drehte sich zur Tür um, und Bartholomew schickte sich an, die Papiere in dem Ordner genau durchzulesen. Als sie die Tür erreicht hatte, murmelte er, halb zu ihr, halb zu sich selbst: »Es gibt auf dieser Welt einige verdammt seltsame Menschen.« Dann hämmerte er auf den weißen Knopf auf der Sprechanlage und bat seine Sekretärin herein.

»Mr. Bartholomews Vorzimmer.«

»Hier ist noch mal Carl Granville.«

»Mr. Granville, ich muß Sie bitten, nicht mehr bei uns anzurufen …«

»Hören Sie, meine Lage ist ziemlich ernst …«

»Ich fürchte, das hat nichts mit uns zu tun …«

»Ich fürchte, das hat *alles* mit Ihnen zu tun. Ich muß wissen, wer mein Kontaktmann ist. Ich habe ein Problem und muß ...«

»Warum versuchen Sie es nicht bei einem anderen Verlag?«

»Weil *Sie* mein Verlag sind! Ich weiß, es ist jetzt sehr schwer für alle, aber ...«

»Ich würde Ihnen vorschlagen, Ihr Manuskript woanders einzureichen.«

»*Verdammt* ... Entschuldigung. Lassen Sie mich einfach mit Bartholomew sprechen. Zwei Minuten mit ihm, und wir können alles klären.«

»Das wird nicht möglich sein.«

»Weiß er, daß ich *Gideon* schreibe? Hat man ihm das überhaupt gesagt?«

»Auf Wiederhören, Mr. Granville.«

Klick.

Die Frau in dem Nadelstreifenrock und der dazu passenden Kostümjacke stand neben dem Empfangspult der fünfunddreißigsten Etage. Sie erklärte der Empfangsdame, daß sie furchtbar viel zu tun, ihre eigene Assistentin sich krank gemeldet habe und sie dringend Hilfe brauche. »Zuerst«, sagte sie, »rufen Sie bei Elliott Allen an und sagen seiner Sekretärin, daß Mr. Bartholomew ihn um halb eins im Four Seasons treffen wird. Und wenn Sie dann«, fuhr sie fort, »diese Briefe schreiben könnten, damit sie heute nachmittag noch herausgehen können. Mr. Bartholomew unterzeichnet seine Briefe mit ›besten Grüßen‹, und er bevorzugt ...«

»Verzeihung.«

Sie sah zu dem jungen Mann hoch, der vor ihr stand. Er sah nicht aus wie der Angestellte eines Botendienstes. Dazu war er zu gut gekleidet. Er hatte vielleicht einen etwas irren Blick, aber das paßte irgendwie zu ihm. Vielleicht war er neu in der Firma. Das wäre nicht übel. Da sie auf der Schwelle zum großen Boß saß, hatten alle ein wenig Angst vor ihr. Aber bei einem Neuen wäre das nicht der Fall. Ein Neuer würde ...

»Verzeihung. Arbeiten Sie für Mr. Bartholomew?«

»Ich bin seine Chefsekretärin.«

»Dann haben wir schon telefoniert. Ich bin ...«

»Carl Granville.«

Als er nickte, erstarrte sie. O Gott. Es war der Verrückte. Davor hatte sie die größte Angst. Daß Verrückte wie er in ihr Büro stürmten. Jetzt zog er etwas aus seiner Jackentasche. Er hielt es ihr hin, aber es war zum Glück keine Waffe.

»Hören Sie, ich habe Mr. Bartholomew einen Brief geschrieben. Würden Sie ihn ihm bitte geben?«

»Einen Brief?«

»Wenn Sie keinen anderen Vorschlag haben. Etwas Besseres ist mir nicht eingefallen. Hier geht etwas sehr Seltsames vor, und er *muß* davon erfahren. Ich wollte ihn mit der Post schicken, aber es ist ziemlich dringend. Ich will sichergehen, daß er ihn bekommt. Würden Sie ihn ihm bitte persönlich geben?«

»Er wird trotzdem nicht mit Ihnen sprechen können.«

»Wenn Sie ihm einfach den Brief geben, wird er mich sprechen *wollen*.«

»Freiwillig werden Sie nicht gehen, oder?«

»Ich will keine Schwierigkeiten machen. Ich möchte nur, daß er diesen Brief bekommt.«

Sie wandte sich der Empfangsdame zu. »Marcy«, sagte sie, »würden Sie bitte den Sicherheitsdienst rufen?«

»Was?« sagte er. »Sie müssen nicht den Sicherheitsdienst rufen. Ich möchte nur, daß Sie einen Brief abgeben!«

»Sie gehen jetzt besser.«

»Wovor haben hier alle solche Angst? Was geht hier vor?«

»Es ist sinnlos, daß Sie hierherkommen. Gehen Sie jetzt lieber.«

»Ich will nur sichergehen, daß Bartholomew den Brief ...«

Carl hörte, daß sich hinter ihm die Fahrstuhltür öffnete. Er sah, daß die Sekretärin ganz leicht den Kopf drehte und über seine Schulter schaute. Als er sich umwandte, überraschte es ihn nicht, daß zwei uniformierte Wachmänner auf ihn zueilten.

»Wo liegt das Problem?« fragte einer der beiden.

Carl spielte kurz mit dem Gedanken, zu der Tür zu stürzen, die zu Bartholomews Büro führte. Oder einen der Wachmänner niederzuschlagen. Oder Bartholomews Sekretärin zu packen und zu schütteln, bis sie ihn zu ihrem Boß vorließ. Keiner der Einfälle kam ihm besonders sinnvoll vor.

»Ich weiß nicht, wo das Problem liegt«, sagte Carl schließlich und schüttelte den Kopf. »Das ist das Problem.«

Nathan Bartholomew spähte vorsichtig aus seinem Büro. Als hätte er nicht schon genug am Hals, versuchte dieser Verrückte nun, unbedingt zu ihm vorzudringen. Einer von Maggies Autoren. Kaum stand etwas in der Zeitung, tauchten auch schon die Spinner wie aus dem Nichts auf. Dieser Brief übertraf alles. Was für ein Idiot. Ein geheimes, anonymes Projekt. Ein Vorschuß von 50000 Dollar. Ein fünfzig Jahre zurückliegender Mord. Gott im Himmel. Nathan Bartholomew dachte, ihn könnte nichts mehr erschrecken, nachdem Apex im vergangenen Jahr eine Biographie von Janis Joplin veröffentlicht hatte. Knapp eine Woche nach der Rezension in der *Times* war eine Frau in ihren Büros aufgetaucht und hatte mit einer Klage gedroht. Sie behauptete, sie *sei* Janis Joplin, sie sei nicht gestorben, sondern habe all die Jahre lang im Verborgenen gelebt, und alle Informationen in dem Buch wären falsch. Ein Prozeß hätte sich vielleicht über Monate dahingezogen, und deshalb hatten sie ihr zweieinhalbtausend Dollar gezahlt, damit sie Ruhe gab und verschwand.

Aber das hier ... jemand wollte Maggies Tod ausnutzen, um sie zu betrügen ... kein Wunder, daß die Verlagsbranche völlig am Ende war.

»Sie können unbesorgt herauskommen, Mr. Bartholomew.« Seine Sekretärin lächelte ihm höflich zu. Er machte sich nicht die Mühe, das Lächeln zu erwidern.

»Wo ist der Spinner?«

»Der Sicherheitsdienst hat ihn hinausbegleitet«, sagte sie.

»Was für eine Branche«, sagte er. »Verdammt, wer hat früher schon einen Sicherheitsdienst gebraucht? Haben Sie das kleine Päckchen zusammengestellt?«

»In Ihrer Aktentasche«, bestätigte sie. »Der neue Katalog, die Kurzmitteilung über den Vertrag mit Clancy und eine Ausgabe der Disney-Biographie.«

Er ging zum Fahrstuhl und nickte den drei oder vier Leuten

zu, denen er begegnete. Er hatte nicht die geringste Ahnung, wer sie waren, erkannte aber an der Art und Weise, wie sie ihn ansahen, daß sie für ihn arbeiteten. Mein Gott, was war diese Firma groß geworden. Als er hier angefangen hatte, hatte er jeden gekannt, der hier gearbeitet hatte.

Der Expreßlift kam. Er hielt nur einmal im einundzwanzigsten Stock und fuhr dann direkt zur Lobby hinab. Bartholomew verließ das Gebäude und sah, daß seine Limousine in zweiter Reihe vor dem Eingang parkte.

Da der Verkehr in der Innenstadt wieder mal ein einziger Stau war, brauchte er für die sechseinhalb Blocks von der Apex-Zentrale bis zum Four Seasons an der Fifty-second zwischen der Lexington und der Park Avenue eine Viertelstunde. Die Limousine hielt vor dem Four Seasons. Nathan Bartholomew wartete nicht ab, daß der Fahrer ihm die Tür öffnete. Er sprang hinaus, die Aktentasche in der Hand, und ging zu dem Gebäude, in dem sich laut Meinung vieler Fachleute das eigentliche Zentrum der Verlagsbranche befand – der zur Straße liegende Raum eines der berühmtesten Restaurants der Welt. Er hatte dort schon viele Male ausgezeichnet gegessen und manchmal auch ordentlich getrunken. Er hatte dort lange Gespräche mit Autoren und Agenten geführt, dort hatte man ihm seine Beförderung zum Verlagsleiter von Apex mitgeteilt, und dort hatte er einige der größten Geschäfte in der Geschichte des Verlagswesens getätigt.

Nathan Bartholomew wurde in diesem Augenblick klar, daß ihm an Schriftstellern eigentlich gar nichts mehr lag. Oder an Büchern. Ihm lag eigentlich an gar nichts mehr etwas, nur noch daran, weiterhin sein Gehalt zu bekommen und mit seinem Leben auf Spesen weitermachen zu können. Aber am Four Seasons – daran lag ihm noch etwas. Hierherzukommen, vom Oberkellner begrüßt zu werden, den gewohnten Tisch zu erhalten. Ihm wurde klar, daß er all diese Jahre lang *dafür* gearbeitet hatte – damit ein kleiner Mann in einem schlecht sitzenden Smoking vor ihm katzbuckelte und ihn dreimal in der Woche zu dem kleinen Tisch ganz hinten links führte.

»Ihr Gast ist bereits da, Mr. Bartholomew.« Martin, der Oberkellner, schritt zu dem Vierertisch voran. Obwohl sie nur zu zweit speisten, saß Bartholomew gern an einem größeren Tisch. Ihm gefiel, daß sie ihn für ihn freihielten. Und er hatte eine besondere Vorliebe für den Vierertisch, weil er gern mit dem Rücken zur Wand saß. So gab es weniger Ablenkungen.

Aber am heutigen Tag gab es eine Ablenkung. Eine gewaltige sogar.

Jemand saß an seinem Tisch.

Und es war nicht Elliott Allen.

Es war ein junger Mann mit blondem Haar, das zerzaust war und dringend geschnitten werden mußte. Sein Gesicht war unrasiert und ungepflegt. Er trug Jeans, eine Sportjacke und eine Krawatte, die schlecht gebunden war und schief saß. Er wirkte extrem nervös. Er saß mit dem Rücken zur Wand, und als er Bartholomew erblickte, erhob er sich halbwegs.

Nathan Bartholomew wußte nicht, wie dieser junge Mann ihn ausfindig gemacht hatte. Aber er war sicher, seine Identität zu kennen. Es war der Verrückte. Der Irre, der schon den ganzen Tag lang versucht hatte, zu ihm vorgelassen zu werden.

Und es war damit zu rechnen, daß er äußerst gefährlich war.

Das waren die meisten Verrückten.

»Tut mir leid, Sie auf diese Weise zu überrumpeln«, sagte Carl so entschuldigend, wie es ihm nur möglich war, »aber man kommt nur sehr schwer zu Ihnen durch.«

Carl merkte, daß er schwer atmete. Er wußte nicht, wieso er so nervös war. Es gab keinen Grund dafür. *Beruhige dich,* dachte er. Das war sein Verleger. Er würde wissen, was hier gespielt wurde.

»Mein Gast ... der, den ich eingeladen habe ... wird jeden Augenblick kommen«, erwiderte Bartholomew. Seine Stimme war überraschend tief und kultiviert, wenngleich sie irgendwie falsch klang, als wäre sie ursprünglich eigentlich höher gewesen und hätte nur durch jahrelange Übung diesen angemessenen Klang bekommen.

»Rechnen Sie lieber nicht damit«, erwiderte Carl. »Ich habe herausgefunden, mit wem Sie zu Mittag essen wollten, und Elliott Allens Sekretärin angerufen und abgesagt.«

»Großer Gott«, stöhnte Bartholomew.

»Ich habe ihr gesagt, es sei ein Notfall, und sie war sehr verständnisvoll. Allen soll ja nicht annehmen, daß Sie kein Interesse mehr haben. Und glauben Sie mir, ich weiß, was Sie denken, aber ich *muß* Sie sprechen«, schloß er.

»Na ja, Sie haben einen sehr schlechten Zeitpunkt gewählt. Es ist nicht nur ein hektischer, sondern ein ausgesprochen traumatischer Tag. Maggie Peterson war eine meiner engsten Mitarbeiterinnen.«

»Ja, Sir, ich weiß. Aber wie ich Ihrer Sekretärin gesagt habe, bin ich wegen Maggie hier. Haben Sie meinen Brief gelesen?«

»Allerdings.«

Carl atmete erleichtert auf. »Dann ist Ihnen ja klar, worum es geht.«

»Mir ist lediglich klar, daß Sie ein sehr seltsames Spiel treiben.«

Carl starrte ihn einen Augenblick lang gespannt und verwirrt an. Dann entspannte er sich plötzlich, ließ die Schultern ein wenig herabhängen und schüttelte den Kopf, als habe er den Gag verstanden. »Schon in Ordnung«, sagte er ruhig. »Ich weiß, daß es ein großes Geheimnis ist. Ich hätte wohl nichts schriftlich niederlegen sollen, aber ich wußte nicht, wie ich sonst zu Ihnen durchkommen sollte. Ich habe einige Probleme ... mit dem Buch, meine ich. Mir ist noch einiges dazu eingefallen. Ich wollte mit Maggie darüber sprechen, aber ... Sie sehen mich an, als wüßten Sie gar nicht, worum es geht.«

Bartholomew starrte ihn weiterhin an, ohne etwas zu sagen.

»Mr. Bartholomew, Sie können ruhig mit mir sprechen. Glauben Sie mir, ich weiß alles über *Gideon*. Na ja, nicht *alles*, aber genug.«

»Und was genau wissen Sie?«

»Wie wichtig das Buch ist. Und daß die Zeit drängt. Mir ist völlig klar, daß wir nun, da Maggie tot ist, Hilfe brauchen.«

Der Verleger wandte den Blick ab. Carl sah einen Anflug von Furcht in seinen Augen.

»Ich werde nichts Überstürztes tun. Aber ich muß wissen, wer meine Kontaktperson ist. Und ich habe einige Fragen. Ich muß gewisse Dinge erfahren, bevor ich weiterschreiben kann.«

Carl hoffte, daß die Dringlichkeit, die er verspürte, auch in seiner Stimme lag. »Es ist schon in Ordnung. Sie können mir *vertrauen*.«

Der Kellner kam, um Carls Bestellung aufzunehmen. Er mußte nicht fragen, was Bartholomew essen wollte. Der Verleger bekam jedesmal dasselbe. Eine gebackene Kartoffel, einen kleinen Salat mit Essig und Zitrone und ein Glas Rotwein.

»Der Herr ißt nichts«, sagte Bartholomew schnell, und der Kellner eilte davon. »Mr. Granville«, fuhr der Verleger dann leiser, bedächtiger fort, »brauchen Sie Geld? Sind Sie deshalb hier?«

Carl lächelte erleichtert. Ein paar Minuten lang hatte er wirklich geglaubt, Bartholomew hätte nichts von ihm gewußt, nie etwas von *Gideon* gehört.

»Nein, nein. Ich meine, ich hätte nichts gegen etwas mehr Geld, aber ich habe ja den Scheck über fünfzigtausend Dollar erhalten. Und den Rest soll ich bei Ablieferung bekommen, und das wird sehr bald sein. Außerdem kriege ich ja noch das Honorar für meinen Roman.«

»Wir haben Sie angeheuert, ein Buch für uns zu ghosten *und* einen Roman zu schreiben?« sagte Bartholomew.

Carl beugte sich über den Tisch und ergriff den Arm des Verlegers. »Mr. Bartholomew, ich schwöre Ihnen, Sie können mir vertrauen. Aber ich muß wissen, was hier vorgeht. Hier stimmt etwas nicht, und ich weiß nicht genau, was es ist.«

»Mr. Granville«, sagte der Verleger langsam, »hier stimmt tatsächlich etwas nicht.«

Carl nickte und ließ Bartholomews Arm los.

»Und zwar«, sagte Bartholomew, »daß ich in all den Jahren, die ich im Verlagswesen bin, noch nie eine so absurde Geschichte gehört habe wie die, die Sie mir in Ihrem Brief verkaufen wollen. Ein Scheck über fünfzigtausend Dollar ohne einen Vertrag? Das *kann* nicht sein. Meine Buchhaltung würde das gar nicht zulassen. Ein Vertrag über zwei Bücher – und ich habe von keinem der beiden je auch nur gehört? Ebenfalls unmöglich. Bei allen Büchern, die wir kaufen, unterzeichne ich die Verträge. Das ist der schäbigste, unbeholfenste Erpressungsversuch, der mir je untergekommen ist. Maggie Peterson liegt noch nicht unter der Erde, und Sie schleichen hier herum und verfolgen mich wie ein Vampir ...«

»Nein, Sie verstehen nicht ...«

»Ich verstehe *sehr gut*.«

Carl beugte sich vor. Er ballte die rechte Hand zur Faust zusammen, fühlte, wie sich auf seiner Handfläche Schweiß bildete. »Ich schreibe *Gideon*. Sie *müssen* das wissen. Warum tun Sie mir das an?«

»Junger Mann, hören Sie mir zu. Es gibt keinerlei Unterlagen über irgendein Projekt namens *Gideon*«, sagte Bartholomew ruhig. »Keine internen Hausmitteilungen, keine Korrespondenz, keine Akte ...«

»Natürlich nicht«, unterbrach Carl ihn. »Sie hat in ihrem Büro keinerlei Unterlagen aufbewahrt. Das wissen Sie doch.«

»Es gibt im Budget der nächsten beiden Jahre kein Buch namens *Gideon*. Es gibt auch keinen Autor dieses Namens. Es gibt keinen Vetrag. Ich habe bei unseren Anwälten nachgefragt, bei unserer Rechteabteilung ... Dieses Buch gibt es nicht. Und es gibt auch keinen Vertrag über einen Roman von Ihnen.« Der Verleger sprach nun nicht mehr ganz so ruhig. »Und der Buchhaltung zufolge wurde nie ein Scheck auf jemanden namens Granville ausgestellt, weder über fünfzigtausend Dollar noch über fünf Dollar. Vielleicht glauben Sie ja, was Sie sagen; vielleicht sind Ihre Motive gar nicht so merkwürdig, wie ich zuerst vermutet habe. Das gestehe ich Ihnen sogar zu. Aber das ändert nichts an den Tatsachen. Sie leben in einer Phantasiewelt, mein Sohn, und ich möchte nicht Teil Ihrer Phantasie sein.«

Carl starrte Bartholomew ungläubig an. Er bemerkte, daß er zitterte, und atmete tief ein, um sich zu beruhigen.

»Hören Sie«, sagte er bedächtig, »ich weiß nicht, was ich darauf antworten soll. In diesem Brief steht die reine Wahrheit. Maggie Peterson hat mich angeheuert, ein Buch mit dem Titel *Gideon* zu ghosten. Sie hat gesagt, es sei Ihr wichtigstes Buch in diesem Jahr. Eine Startauflage von einer Million Exemplaren.« Er schnippte mit den Fingern. »Okay, wie wäre es denn damit? Sie hat gesagt, mit dem Buch wollten Sie eine neue Reihe starten oder sogar einen Tochterverlag ... Quadrangle! Von wem könnte ich davon erfahren haben, wenn nicht von ihr?«

»Das ist eine gute Frage«, sagte Bartholomew. »Aber leider weiß nicht einmal *ich* davon. Wir haben keine Reihe und auch keinen Tochterverlag namens Quadrangle. Und wir haben auch nicht vor, so etwas anzufangen.«

Carl schwitzte. Sein Hemdrücken war völlig durchnäßt, und er spürte, daß eine Haarlocke an seiner Stirn klebte. Als er sprach, war seine Stimme heiser. »Es stand in Ihrem Katalog«, sagte er. »Ich habe es in Ihrem Katalog gesehen.«

»Ach ja?«

Bartholomew griff unter den Tisch und holte seine Aktentasche hervor. Er öffnete sie, griff hinein und zog den Sommerkatalog von Apex heraus.

Carl sprang vom Stuhl hoch und griff nach dem Prospekt. »Diesen Katalog hat Maggie mir in ihrer Wohnung gezeigt. Sie glauben nicht, daß es *Gideon* gibt? Verdammt, was hat dann eine zweiseitige Anzeige genau in der Mitte Ihres gottverdammten Katalogs zu suchen?«

Carl schlug den Prospekt in der Mitte auf und hielt ihn Bartholomew hin. Als der nichts sagte, senkte er den Katalog und drehte ihn um. Er starrte die doppelseitige Anzeige in der Mitte an. Sie kündigte die Veröffentlichung des neuen Romans eines englischen Thriller-Autors an.

Fassungslos schnappte Carl nach Luft.

»Kein Gideon«, sagte Bartholomew.

»Verdammt!« Carl sprang auf und stieß seinen Stuhl um, ohne auf die Blicke der anderen Gäste zu achten. »Verdammt, was tun Sie mir an? Sagen Sie mir die Wahrheit, oder ich schwöre bei Gott, ich ... ich ...« Er war zu wütend und verwirrt, um den Satz zu beenden. Er packte Bartholomew an der Schulter, als wolle er die Wahrheit aus ihm herausschütteln, doch der verängstigte Verleger duckte sich, und Carls Fingernägel kratzten die Haut an seiner Kehle auf. Bartholomew legte die Hand an den Hals. Ein Blutstropfen fiel auf seinen Hemdkragen.

Carl hörte das Herz in seiner Brust hämmern.

»Sie hat meinen Roman gekauft«, flüsterte er. »Sie hat mich angeheuert, *Gideon* zu schreiben.«

»Wie praktisch ... ein Buch, das eine tote Agentin verkauft hat und von einer toten Lektorin gekauft wurde. Ein *geheimes* Buch, von dem niemand außer Ihnen weiß.« Bartholomew sah ihn kalt an. »Wenn Sie diese irrsinnige Behauptung weiterhin aufstellen«, warnte er ihn, nun aufgebracht und mit unverhohlener Feindseligkeit, »hängen wir Ihnen eine Klage wegen Betrugs an den Hals. Unsere Anwälte schließen bei Klagen wegen Belästigung keine Vergleiche.«

Carl schloß die Augen. Er hatte den Eindruck, als würde die Welt vor ihm in einem Hitzeball schmelzen.

Er schaute sich in dem Raum um. Im gesamten Restaurant war es totenstill. Carl sah wieder zu Bartholomew und atmete tief ein. Bartholomew entspannte sich, als er sah, daß die Anspannung aus Carls Gesicht wich. Dann bückte Carl sich leicht, gerade so tief, daß er die Finger unter die Tischplatte schieben konnte. Mit einem schnellen Ruck warf er den Tisch auf die Seite. Teller und Tafelsilber flogen durch die Luft, und der Inhalt von Gläsern ergoß sich auf den Teppichboden. Alle Gäste schienen erstarrt zu sein, bis der Oberkellner zum Telefon neben der Tür griff. Carl hörte die Worte: »Verbinden Sie mich bitte mit der Polizei. Siebzehntes Revier.«

Carl sah Bartholomew in die Augen. Überrascht erkannte er darin ein gewisses Mitleid. Der Verleger sprach jetzt ganz leise. »Ihre Agentin war Betty Slater, oder?« Als Carl benommen nickte, fuhr Bartholomew fort. Sein Tonfall hatte sich völlig verändert. Es war, als säßen sie in seinem Büro und würden nach harter Arbeit einen Brandy trinken und in Erinnerungen schwelgen. »Betty und ich haben uns gut gekannt. Sie hat mir von Ihnen erzählt, das fällt mir jetzt wieder ein. Selbst nach all diesen Jahren war sie noch immer begeistert, wenn sie jemanden entdeckte, der wirklich Talent hatte. Ich sehe es nicht gern, daß so etwas einem talentierten jungen Mann passiert. Stehen Sie unter Drogen? Wir könnten Ihnen Hilfe besorgen. Sie könnten sich wieder Ihrem Roman widmen, die Arbeit wieder aufnehmen, die Sie machen sollten. Und wenn Sie gute Arbeit leisten, können wir sogar über einen Vorschuß sprechen.«

»Ich will kein Geld«, flüsterte Carl. »Ich schwöre es Ihnen. Ich will nur wissen, was ich tun soll.«

»Das kann ich Ihnen sagen«, sagte Bartholomew. Er drehte sich zu der großen Treppe an der Vorderseite des Raums um. Der Oberkellner legte gerade den Hörer auf und nickte. »Sie sollten gehen.«

Zwei Kellner kamen nun auf ihn zu, ein junger und ein älterer mit einem Schnurrbart. Carl setzte sich in Bewegung. Er sprang nach links, wich dem plötzlichen Griff des jüngeren Kellners aus. Er wußte, daß er dem mit dem Schnurrbart körperlich nicht gewachsen war, also trat er schnell zwei Schritte zurück, schnellte vorwärts und sprang.

Carl dachte, der Mann würde sich ducken, zusehen, daß er sich aus dem Staub machte, aber nein, der Kerl blieb einfach stehen. Carl spürte, wie sein Knie hart gegen das Kinn des schnurrbärtigen Kellners prallte. Dann rannte er die Marmorstufen herunter, die zum Erdgeschoß führten, und sprang zur Tür. Der Oberkellner war offenbar nicht versessen darauf, sich mit einem gemeingefährlichen Irren anzulegen, und unternahm nur einen halbherzigen Versuch, ihm ein Bein zu stellen, doch Carl stieß ihn einfach zurück. Die Garderobiere, seine letzte Hürde, ließ ihn nur allzu gern vorbei. Er stürmte durch die Drehtür, auf den Bürgersteig und dann direkt auf die Straße. Ein Taxifahrer trat auf die Bremse und drückte auf die Hupe. Carl hörte undeutlich, daß hinter ihm jemand fluchte. Und dann schrie eine andere Stimme etwas hinter ihm her. Ein Cop.

Carl rannte die Park Avenue entlang, wich dem Verkehr aus. Mittlerweile floß der Schweiß nur so seinen Rücken hinab. Sein Hemd war völlig durchnäßt und klebte an seiner Haut. Er hörte noch mehr Geschrei. Und dann bog er einfach ab und lief davon.

Irgendwann hörte das Geschrei auf.

Und irgendwann kurz darauf blieb Carl stehen.

Einige Blocks vom Four Seasons entfernt, an der Fifty-fourth und Ninth Avenue, befand sich ein kleines Bistro im französischen Stil. Carl fand einen freien Stuhl an der Bar und bestellte einen doppelten Calvados. Er saß da und trank und versuchte, zu verstehen, was ihm widerfuhr. Harry Wagner hatte ihn zu Recht gefragt, ob er wisse, worauf er sich eingelassen habe.

Er wußte es eindeutig nicht.

Maggie hatte ihn eindeutig angeheuert. Sie hatte ihn bezahlt. Wie war es also möglich, daß es keine Spuren davon gab? Wer war die seltsame Frau, die kaum lesen und schreiben konnte und deren Tagebücher er in den letzten Tagen studiert hatte? Wer hatte ihm all die anderen Aufzeichnungen, Dokumente und Hintergrundinformationen geliefert? Wer war der Junge, der kaltblütig und brutal seinen eigenen behinderten kleinen Bruder ermordet hatte? Wer war die Quelle, Gideon? Warum hatte Gideon dieses Material Maggie zugänglich gemacht? Was hoffte er damit zu erreichen? Und wer, zum Teufel, war Harry Wagner?

Carl war bei seinem dritten Calvados angelangt, als es ihm zum ersten Mal in den Sinn kam: Hatte der Mord an Maggie etwas mit dem Buch zu tun? Harry war an diesem Morgen nicht gekommen. Hatte *er* Maggie ermordet? Oder gab es gar keinen Zusammenhang zwischen diesen beiden Ereignissen? Wurde er allmählich paranoid? War er wirklich so verrückt, wie Bartholomew eindeutig vermutete?

Carl bezahlte, verließ das Bistro und ging nach links in Richtung Central Park. An einer Telefonzelle hielt er an, um Toni anzurufen. Er spielte mit dem Gedanken, sie hierherkommen zu lassen und sich mit ihr zu betrinken, und dann könnten sie nach Hause fahren und die nächsten drei Tage im Bett verbringen. Die nächsten drei Tage? Verdammt, die nächsten drei Monate. Aber das Pech blieb ihm treu. Tonis Anrufbeantworter verriet ihm, daß sie gerade irgendwo vorsprach.

Er hinterließ eine Nachricht, sagte, es täte ihm leid, sie verpaßt zu haben. Er sagte, falls sie vor ihm zu Hause sei, solle sie auf ihn warten, dann könnten sie essen gehen. Oder einfach nur reden. Oder ... Als er merkte, daß er sich allmählich wie ein Schwachsinniger anhörte, legte er mitten im Satz auf.

Schließlich fand er sich in der Upper East Side wieder, vor Maggies Wohnung, wo er an jenem Tag vor zwei Wochen auf sie gewartet hatte.

Es war einer der besten Tage seines Lebens gewesen.

Ein Tag, von dem er sich jetzt wünschte, es hätte ihn nie gegeben.

Es war fast fünf, als Carl nach Hause kam. Er stieg die Treppen zu seiner Etage hinauf und wollte die Wohnungstür aufschließen. Aber das brauchte er gar nicht.

Carl blieb wie erstarrt auf der Schwelle stehen. Die Tür war bereits offen. Der Rahmen war mit einem Brecheisen zersplittert, das Schloß war aufgebrochen worden.

Carl stieß die Tür auf und stürmte hindurch.

Seine Wohnung war ein Trümmerfeld. Alles, was er besaß, war zerstört, zerrissen und zerfetzt worden.

Seine Kleidung. Seine Bücher. Der Inhalt seiner Schreibtischschubladen. Sein Bett. Sogar sein Sandsack. Es sah aus, als hätte ein Hurrikan während eines Erdbebens gewütet.

Langsam, benommen, bahnte er sich den Weg durch die Verwüstung. Er mußte zu seinem Schreibtisch. Er mußte es wissen.

Seine Notizbücher waren verschwunden. Seine Disketten waren weg. Sein Computer war kein Computer mehr. Er war nichts weiter als ein Haufen Schrott. Wer auch immer hier eingebrochen war, er hatte das verdammte Ding Platine um Platine auseinandergenommen. Die Festplatte war nur noch eine Hülle. Man hatte den Speicher entfernt.

Und damit alle Spuren dessen, was er geschrieben hatte.

Alle Aufzeichnungen über *Gideon* waren verschwunden.

Carl stand da, unfähig, sich zu bewegen, und starrte den Schreibtisch an. Die Zigarre, die Wagner ihm geschenkt hatte, lag dort in ihrer Verpackung; er hatte sie noch nicht angerührt. Das verdammte Ding war das einzige in der ganzen Wohnung, das noch unversehrt war. Die Zigarre und das Streichholzheftchen, das Harry ihm dagelassen hatte. Carl nahm beide Gegenstände und steckte sie in die Innentasche seines Blazers, ein lahmer, aber instinktiver Versuch, etwas aus den Trümmern zu retten.

Haben Sie überhaupt eine Ahnung, worauf Sie sich eingelassen haben? hatte Harry zu ihm gesagt.

Er hatte keine.

Er wußte nur, daß es ihnen gelungen war, ihm solche Angst einzujagen, daß er sich bald in die Hosen machte und es jetzt an der Zeit war, die Polizei zu rufen.

Er wählte 911. Man verband ihn mit dem nächsten Revier. Der Mann in der dortigen Telefonzentrale war schroff und unpersönlich, verband ihn aber mit einer anderen Beamtin, Sergeant Judy O'Roarke, die sehr geduldig und professionell war.

»Wie kann ich Ihnen helfen?« fragte sie.

»Da bin ich mir nicht ganz sicher«, sagte Carl langsam. »Ich weiß vielleicht etwas über einen Mord.«

»Würden Sie mir bitte Ihren Namen nennen?« fragte die Polizistin.

»Carl Granville«, sagte er, und als er dann zu sprechen anfing, flossen die Worte immer schneller. »Hier geht etwas sehr Seltsames vor. Ich bin Schriftsteller. Zuerst wurde meine Lektorin ermordet. Dann wußte mein Verleger nicht mal, wer ich bin. Und jetzt ist man in meine Wohnung eingebrochen und hat sie völlig verwüstet. All meine Disketten sind weg. Mein Computer ist Schrott. Meine ...«

»Nicht so schnell, Mr. Granville«, sagte O'Roarke beruhigend. »Machen wir einen Schritt nach dem anderen, ja?«

Carl atmete tief ein. »Okay«, sagte er. »Klar.«

»Also. Sie sagen, Ihre Lektorin sei ermordet worden?«

»Gestern abend. In ihrer Wohnung. Sie hieß Maggie Peterson.«

Die Polizistin blieb einen Augenblick lang still. »Und Sie behaupten, Sie wissen etwas darüber?«

»Nein. Ja. Ich *weiß nicht*, was ich weiß. Ich habe an einem Projekt für sie gearbeitet. An einem Buch. Und ich bin gerade nach Hause gekommen, und man hat bei mir eingebrochen. Aber das war kein gewöhnlicher Einbruch. Man hat mir weder den Fernseher noch die Stereoanlage gestohlen. Aber sie haben alles mitgenommen, was mit unserem Projekt zu tun hat.«

»Wo wohnen Sie, Mr. Granville?«

Carl nannte ihr seine Adresse.

»Also schön, hören Sie genau zu. Sie schließen Ihre Wohnungstür ab ...«

»Kann ich nicht. Sie haben das Schloß zerstört.«

»Dann bleiben Sie einfach, wo Sie sind. Sie rühren sich nicht von der Stelle. Ich bin in einer Viertelstunde da. Okay?«

»Okay. Vielen Dank.«
»Warten Sie einfach in Ihrer Wohnung.«

Payton war in fünf Minuten dort. Er hatte drüben im Blarney Stone am Broadway Corned beef auf Roggenbrot gegessen, als der Anruf kam. Das war zweifellos ein großer Fehler gewesen. Er hätte das Thunfisch-Sandwich bestellen sollen. Aber Payton konnte Thunfisch nicht ausstehen. Er war ein Mensch, keine Hauskatze. Also hatte er das Corned Beef bestellt. Und jetzt lag es ihm wie nasser Zement im Magen.

Als er sich dem Gebäude an der 103rd näherte, warf Payton seine Zigarette in den Rinnstein und schluckte ein paar Tabletten gegen Sodbrennen, die angeblich sofort wirken sollten. Natürlich wirkten sie nicht im geringsten. Er hatte wahrscheinlich ein Magengeschwür, war aber nicht zum Arzt gegangen, um sich Klarheit zu verschaffen. Er wollte keine Klarheit haben. Er wollte nicht wissen, wie hoch sein Blutdruck oder Cholesterinspiegel war oder ob er bald einen verdammten Herzanfall bekommen würde. Man mußte ihm nicht großartig sagen, daß er völlig außer Form war, Übergewicht hatte und sich nur noch schwerfällig bewegen konnte. Genausowenig mußte man ihm sagen, daß Frauen geflissentlich wegschauten, wenn sie ihn kommen sahen. Das alles wußte Payton. Er war allerdings nie einer dieser großen, schlanken Schönlinge gewesen. Er war klein und untersetzt gebaut, hatte lockiges schwarzes Haar und fette, unreine Haut. Sein arthritisches linkes Knie schmerzte fast ständig, genau wie seine Hüfte.

Ach, zum Teufel damit, dachte er. *Alles in allem nicht schlecht für einen Mann von sechzig Jahren.*

Nur, daß er in zwei Monaten und drei Tagen vierzig werden würde.

Er steckte sich eine neue Zigarette an, die zwanzigste an diesem Tag, zerknüllte die leere Packung in seiner fleischigen Faust und warf sie auf den Bürgersteig. Zwei Bandenmitglieder fuhren in einem glänzenden, chromverzierten schwarzen Jeep Grand Cherokee vorbei und benahmen sich, als würde ihnen der ganze Block gehören. Ihre Rapmusik plärrte aus zwei Stereolautsprechern, von denen jeder so groß wie ein Kühlschrank war. Der Trommelschlag ließ die Gebäude erzittern und pochte wie ein primitiver Dschungelrhythmus. Die beiden Flachwichser funkelten ihn düster an, als sie auf seiner Höhe waren. Sie hatten die Kinne trotzig in die Luft gereckt, und ihr Goldschmuck funkelte im Sonnenschein. Payton schob den Kiefer vor und erwiderte ihre Blicke. Es juckte ihn in den Fingern, sie fertigzumachen, ein wenig Respekt zu lehren, ihnen zu zeigen, wem diese Straßen wirklich gehörten.

Big Sal Fodera, sein alter Rabbi, hatte es am besten ausgedrückt. Er hatte für alle Fußsoldaten gesprochen, die Tag für Tag und Nacht für Nacht auf den Straßen waren und den Kampf ausfochten: »Meine Herren, wir haben hier ein Nigger-Problem.«

Der Fleischklops, der Payton Rückendeckung geben sollte, wartete schon vor dem Haus auf ihn. Payton murmelte eine nichtssagende Begrüßung und drückte auf den Klingelknopf der Wohnung. Als jemand antwortete, knurrte er »Polizei!« in die Sprechmuschel, und man öffnete ihm sofort.

Der Fleischklops wartete auf dem Bürgersteig.

Payton stieg die Treppe hinauf. Das Fett und die Verbitterung zerrten an ihm. Noch ein Trampeln in den vierten Stock. Noch eine beschissene Belastung. Womit hatte er das verdient? Ausgerechnet er. Es hatte eine Zeit gegeben, da hatte er die wichtigen Fälle bekommen. Da hatte sein Name in der *Daily News* gestanden. Damals hatte er einen Draht zum obersten Stockwerk von Thirty Penn Plaza gehabt. War auf der Überholspur zur Mordkommission und zur Beförderung zum Lieutenant gewesen, und danach hätte er dann einen schönen, ruhigen Job als Sicherheitschef einer schönen, ruhigen eingezäunten Gemeinde irgendwo in Florida übernommen – genau wie Big Sal. Er hätte sich ein Boot gekauft und sich vielleicht eine nette, kleine Fitneßtrainerin angelacht. Tja, es hatte eine Zeit gegeben …

Bis ihm alles um die Ohren geflogen war. Alles wegen eines lausigen, dreckigen, neunzehnjährigen Stücks Scheiße namens Yussel Gilliam, einem eiskalten, verlogenen kleinen Killer, der ausgerechnet abkratzen mußte, als Payton ihn festnahm. Würgegriff, nannten die anderen es. Begründeter Einsatz von Gewalt, nannte Payton es. Der Junge hatte auf ihn eingeschlagen. Er war völlig high von Crack und beherrschte keine bekannte Sprache mehr. Er hatte gerade einen koreanischen Gemüsehändler überfallen, ihm eine Knarre unter die Nase gehalten und dann den Händler und seine Frau, die im siebenten Monat schwanger war, mit der Waffe geschlagen. Bei der Frau hatten auf dem schmutzigen Ladenboden die Wehen eingesetzt, aus ihr war Blut wie aus einem Springbrunnen gesprudelt, und sie hatte das Kind verloren. Was hätte Payton denn tun sollen, als er das sah? Dem Täter einen warmen Händedruck geben? Und woher sollte Payton denn wissen, daß das Stück Scheiße unter schwerem Asthma litt? Sie waren im Krieg. Wir gegen sie. Der Bürgermeister hatte ihn erklärt, als er um das Amt kandidierte und mit seinen Law-and-Order-Parolen gewann. Macht die Straßen sicher, hatte er gefordert.

Als Payton schließlich keuchend den vierten Stock erreicht hatte, wartete dort ein großer, gutaussehender, blonder Bursche auf ihn. Er war jung und schlank, hätte auf jedem Campus für Aufsehen gesorgt. So ein Typ, der entweder Quarterback, Politiker oder Nachrichtensprecher wurde. Payton verabscheute ihn auf den ersten Blick.

»Sie sind Granville?« fragte er, musterte ihn und versuchte abzuschätzen, ob er ihm Probleme bereiten würde oder nicht.

»Genau«, erwiderte Carl Granville. »Danke, daß Sie so schnell gekommen sind.«

Er schien ziemlich verstört zu sein, sich aber unter Kontrolle zu haben. Payton wußte, daß man kaum etwas bewirken konnte, wenn die Leute sich von ihren Gefühlen leiten ließen.

»Ich heiße Payton. Wie haben sie …« Er schaute über Carls Schulter zu der aufgebrochenen Tür. »Schon gut. Mir ist schon klar, wie sie reingekommen sind. War eher die grobschlächtige Methode. Führen Sie mich ein wenig herum?«

Payton konnte die Erleichterung des Burschen spüren. Das war der Teil des Jobs, den Payton immer gemocht hatte, der ihm immer wie Öl runtergegangen war.

Carl führte ihn in das Apartment. Payton blieb einen Augenblick lang stehen, um sich das Chaos anzusehen. Das

Mobiliar war aufgeschnitten und umgeworfen worden. Auf dem Küchenboden lag zerbrochenes Geschirr. Ein Computer war völlig zertrümmert worden. Payton pfiff leise auf und schüttelte den Kopf. »Verdammt, die Brüder waren aber gründlich, was?«

»Sie glauben, es waren mehrere?«

»Höchstwahrscheinlich«, erwiderte Payton und kratzte sich an seinem Fettschopf. »Vor ein paar Wochen haben zwei Typen hier in dieser Gegend gearbeitet. Gaben sich als Spediteure aus. Hatten einen schrottreifen Lieferwagen und alles, was dazugehörte. In letzter Zeit war es ziemlich ruhig um sie, aber sie brauchen offenbar dringend Geld und sind wieder im Geschäft.« Er ging durch den Raum und stocherte in den Trümmern herum. »Komisch, daß sie nicht Ihren Fernseher oder die Stereoanlage geklaut haben. Was haben sie mitgehen lassen, Bargeld? Schmuck?«

»Wie ich schon am Telefon gesagt habe, sie haben es auf alles abgesehen, was mit diesem Buch zu tun hat, an dem ich arbeite. Hat Sergeant O'Roarke Ihnen das nicht gesagt?«

»Warum sagen Sie es mir nicht?«

»Wo ist Sergeant O'Roarke überhaupt?«

»Hat einen anderen Einsatz. Wir müssen uns um mehr als nur einen Einbruch am Tag kümmern. Da ich sowieso in der Nähe war, hat er mich gebeten, den Einsatz zu ...« Payton hielt inne und verfluchte sich. Verdammt, wie konnte er nur einen so blöden Fehler machen? War ihm früher nie passiert. Er war immer so aufmerksam gewesen. Wachsam. Andererseits, dachte er, würde er vielleicht noch mal davonkommen. Vielleicht war dieser Typ blöd.

Payton drehte sich um und warf Carl einen hoffnungsvollen Blick zu.

Carl Granvilles Gesichtsausdruck verriet Payton, daß er nicht blöd war. Ganz und gar nicht.

Wie schade.

Payton hatte gesagt, *er* habe ihn gebeten, den Einsatz zu übernehmen.

Womit er O'Roarke meinte.

Er. Nicht sie.

Dann passierte alles so schnell, daß Carl gar nicht mehr zum Nachdenken kam. Die Zeit zum Nachdenken war vorbei.

Payton drehte sich wieder zu Carl um. Aber nun hatte er seine Waffe gezogen.

Carl trat in die Mitte des Raum, hinter den aufgeschnittenen Sandsack, der noch an der Decke hing. Einen kurzen Augenblick lang befand der Sack sich zwischen ihnen, ein sich bewegender Schild von fünfundzwanzig Kilo. Carl hatte eine Chance, und er wollte sie nutzen. Er legte jedes Gramm seines Körpers in die Bewegung und stieß den Sandsack gegen Payton. Carl hörte den Schuß, er hörte die Kugel, die irgendwo rechts von ihm in die Wand schlug. Dann warf er sich auf den stämmigen Mann mit dem fettigen Haar. Die Pistole schepperte über den Boden. Payton versuchte nach ihr zu greifen. Beide stürzten zu Boden, rangen zwischen zerfetzter Kleidung und Bettzeug miteinander.

Schließlich gelang es Payton wieder auf die Beine zu kommen, ohne Waffe zwar, aber nun war er eindeutig im Vorteil. Doch er trat auf einen von Carls verstreuten Socken, der über den Holzboden rutschte, und verlor wieder das Gleichgewicht. Carl wußte genau, was er zu tun hatte. Er schlug dem Mann so hart, wie er konnte, gegen den Adamsapfel – die typische Aktion eines Straßenkämpfers, die er von einem früheren Kameraden aus einem Basketballteam gelernt hatte, der im schäbigsten Viertel von Newark aufgewachsen war. Der Mann rang nach Atem, seine Brust hob sich schwer, sein Gesicht lief dunkelrot an. Als er zusammenbrach, riß Carl das rechte Bein hoch; die harte Spitze seines Schuhs traf Paytons Kinn. Der Kopf des Mannes ruckte zurück. Stöhnend und zuckend blieb Payton auf dem Boden liegen.

Carl hatte nicht den geringsten Zweifel, was er als nächstes tun mußte. Er floh aus der Wohnung, als sei der Teufel hinter ihm her.

Und er lief weiter, aber nicht die Treppe hinunter. Payton würde vermuten, daß er diese Richtung einschlug. Und ihm sofort auf den Fersen sein, sobald er wieder zu Atem gekommen war. Außerdem würde da unten wahrscheinlich noch jemand auf ihn warten. Also lief Carl nach *oben*. Er hatte noch Tonis Schlüssel in der Tasche. Er konnte sich in ihrer Wohnung verstecken, sich etwas Zeit verschaffen. Vielleicht herausfinden, was zum Teufel hier los war.

Er stocherte mit dem Schlüssel im Schloß herum. Mit zitternden Händen schloß er die Tür auf, sprang in die Wohnung und zog die Tür hinter sich wieder zu.

In dem Apartment war alles still und dunkel. Die Vorhänge waren zugezogen. Toni war nicht zu Hause. Gut.

Carl warf den Riegel hinter sich zu und blieb einen Moment lang stehen, keuchte vor Erleichterung und versuchte, wieder zu Atem zu kommen. Dann schaltete er das Licht ein und drehte sich um.

Toni war doch zu Hause.

Unglaublich. Sie lag auf dem Bett und schlief. Er trat einen Schritt auf sie zu. Wieso hatte sie überhaupt nichts von dem Lärm unter ihr mitbekommen …?

Carls Hände flogen zu seinem Mund hoch und erstickten das Geräusch, das über die Lippen zu dringen drohte. Er durfte nicht schreien. Damit würde er sich verraten. Er mußte leise sein. *Unbedingt.* Und als er den Schrei in die Kehle zurückgedrängt hatte, warf er den Kopf zurück, rang nach Atem. Er begann zu würgen, und dann taumelte er in die Ecke, zu der Einbauküche, wo er sich über die Spüle beugte und heftig übergab.

Als er sich heftig erbrochen hatte, war in der Wohnung wieder alles still. Er rührte sich nicht, sah die Wand an, solange er nur konnte. Dann zwang er sich, sich langsam umzudrehen.

Zwang sich, wieder hinzuschauen.

Toni lag auf dem Bett. Splitternackt. Man hatte ihr den Kopf weggeschossen. Sie war kaum noch wiederzuerkennen.

So etwas Schreckliches hatte Carl Granville noch nie zuvor gesehen. Er konnte nicht hinschauen. Aber er konnte den Blick auch nicht lösen.

Also starrte er sie an, wie sie dort auf dem Bett lag. Er starrte dieses *Wesen* an, das Toni mit *i* gewesen war, die über seine Witze gelacht und ihn festgehalten und ihm die Nägel in den Rücken gegraben und in sein Ohr geschrien hatte. Warum sie? Warum hatte man *sie* umgebracht? Sie wußte doch gar nichts. Sie wußte nicht einmal, woran er gearbeitet hatte. Wie konnten sie diese Frau erschießen, nur weil er etwas mit ihr gehabt hatte? Wer waren *sie*? Verdammt noch mal, was passierte hier?

Ein Alptraum. Das war ein Alptraum.

Er hörte schwere Schritte auf der Treppe. Payton. Er lief nach unten. Eine Etage. Dann noch eine. Dann war alles still. Gut. Er war weg.

Aber das war er nicht.

Denn Carl hörte nun weitere Schritte. Payton kam wieder hinauf. Verdammt, er kam zum fünften Stock hinauf. Carl hatte ihn nicht täuschen können. Keine Spur. Das Arschloch wußte, daß er noch im Haus war. Wußte er auch, daß Carl in dieser Wohnung allein mit einer Toten war? Hatte *er* Toni umgebracht?

Carl sah, daß der Türknopf sich bewegte. Unwillkürlich hielt er den Atem an. Er wußte, daß die Tür abgeschlossen war, doch irgendwie befürchtete er, Payton würde sie wie durch Zauberei öffnen können. Nein. Sonst ergab kaum noch etwas Sinn, doch eine verschlossene Tür war noch immer eine verschlossene Tür.

Aber wie lange noch?

Carl ging zum Fenster und sah zur Straße hinab. In zweiter Reihe stand ein Wagen vor dem Haus. Ein uniformierter Cop stand davor. Er hatte seine Waffe gezogen und sah zu dem Gebäude hinauf.

Carl konnte nicht hinunter. Er wäre ein zu leichtes Ziel. Er konnte nur hinauf. Nur eine Etage bis zum Dach. Mehr brauchte er nicht. Ein kleines Stockwerk, ohne erschossen zu werden.

Er hörte, daß etwas gegen die Wohnungstür prallte. Payton versuchte offenbar, sie einzutreten. Der Türrahmen zersplitterte schon. Payton trat einmal gegen die Tür … zweimal … dreimal …

Carl blieb keine Wahl mehr.

Er stieg aus dem Fenster und auf die Feuerleiter. Der Cop unten auf der Straße entdeckte ihn sofort, hob seine Waffe und schoß, während Carl die Leiter zum Dach hinaufkletterte. Der erste Schuß prallte neben Carls Kopf von dem eisernen Geländer ab.

Sieh nicht hinab. Halte nicht an. Bleib einfach in Bewegung. Klettere weiter.

Der zweite Schuß schlug in die Ziegelverblendung des Hauses. Doch da war Carl schon auf der letzten Sprosse und zog sich auf das Dach empor. Er hörte das Krachen, mit dem die Tür aufgebrochen wurde, hörte eine weitere Kugel, die seinen Kopf knapp verfehlte.

Carl lief los. Er rannte von einem Dach aufs nächste, sprang über Dachfenster und wich Kaminen aus. Am Ende des Blocks fand er eine andere Feuerleiter. Er kletterte die Leiter bis zum Bürgersteig hinab, stürmte um die Ecke und lief weiter.

Kurz darauf hatte er den Broadway erreicht. Tausende von Leuten eilten die Straße entlang. Sie waren auf dem Weg zur U-Bahn oder kamen aus der U-Bahn; sie gingen einkaufen, kamen von der Arbeit nach Hause. Tausende von Menschen, die ein ganz normales Leben führten.

Carl lief durch diese Menschenmenge. Lief die berühmteste Straße von New York entlang. Er floh vor dem Chaos, der Gewalt und dem Wahnsinn.

Lief direkt in den Alptraum, der zu seinem Leben geworden war.

Zweiter Teil

10. Juli–13. Juli

10. Kapitel

Marcel Rousseau mochte dieses Land namens Französisch-Guayana nicht. Er mochte diese Stadt nicht. Und er mochte ganz besonders diese verdammte Auberge des Belles Iles nicht, in der sie ihm eine Hängematte in einem Zimmer mit fünfundzwanzig Indios, Buschnegern und einigen tausend Moskitos gegeben hatten, und das für dreißig französische Franc pro Tag. Bald würde er bei seinem Vetter Simon einziehen können, doch zuerst mußte Simons laute, stinkende Schwiegermutter zu ihrem Mann zurückkehren. Sie hatte ihn ertappt, wie er irgendeine Hure fickte, und war daraufhin zu ihrer Tochter und Simon gezogen, und dort würde sie bleiben, bis ihr Mann angelaufen kam und sie um Verzeihung bat.

Merde alors.

In dem Augenblick, in dem er in Cayenne die Fähre verlassen hatte, war ihm klar geworden, daß er das Paradies gegen ein absolutes Dreckloch eingetauscht hatte. Das Problem war nur, daß er zu Hause auf Haïti seinen Lebensunterhalt nicht mehr verdienen konnte, jedenfalls nicht, wenn er nicht in einem Hotel arbeiten und vor den deutschen Touristen katzbuckeln wollte, sechzehn Stunden am Tag für fünfundzwanzig Gourdes Stundenlohn. Zuzüglich Trinkgeld.

Und das – *zuzüglich Trinkgeld* – sagten sie, als wäre es eine Ehre! Als wäre ein Trinkgeld von einem weichen, weißen *Allemand* etwas für einen König.

Simon hatte ihn überredet, hierherzukommen. *Hier kannst du arbeiten, Marcel. Hier läßt sich viel Geld verdienen. Es wird viel gebaut, Marcel. In Kourou. Und sie zahlen bar auf die Hand!*

Also war er vor einem Monat hierhergefahren, mit dem

Schiff, von Haïti nach Surinam, anschließend mit einer Fähre von St. Laurent du Maroni nach Cayenne. Und dann hatte Simon ihn sofort auf ein weiteres Schiff gesetzt und ihn achtzehn Meilen zur Ile du Diable mitgenommen – zur Teufelsinsel. Die Insel war einmal das furchtbarste Gefängnis der Welt gewesen, erklärte Simon ihm ganz begeistert. Marcel war bei weitem nicht so angetan von dem Ganzen wie sein Vetter. Er war der Ansicht, daß die ganze Erde als Gefängnis erschaffen worden war; da konnte er auf die Gefängnisse, die Menschen gebaut hatten, gut verzichten.

Danach fuhr Simon ihn nach Kourou, wo Marcel seine Hängematte zwischen den Tausenden Moskitos aufhing und einen Job auf einer Baustelle bekam.

Es war ein guter Job. Sie stockten ein Haus auf. Marcel wußte nicht, warum sie es höher haben wollten. Es war schon riesig. Stand direkt am Wasser. Aber er tat, was sie wollten. Und Simon hatte recht: Sie zahlten bar auf die Hand. Und außerdem ziemlich viel. Was bedeutete, daß die Arbeit wahrscheinlich nicht legal war, aber das störte Marcel nicht. Es war für ihn immer schwierig, einen Job zu finden, da war es ihm gleichgültig, ob er legal war oder nicht. Er konnte nicht wählerisch sein.

Marcel konnte nicht lesen.

Kein Wort. Keinen Buchstaben. Nicht einmal seinen eigenen Namen.

Aber er war groß und stark und schuftete wie ein Ochse. Er schleppte Steine, hämmerte und ging auf hohen Balken, auf die sich sonst niemand wagte.

Es waren sieben Kilometer von Marcels Hängematte zur Baustelle. Manchmal fuhr Simon ihn, manchmal ging Marcel zu Fuß. Heute ging er zu Fuß, obwohl es schon fünf Tage her war, daß sie ihn zum letzten Mal gebraucht hatten. Drei Wochen lang hatte er jeden Tag gearbeitet, sogar am Sonntag, oft bis in die Nacht. Dann hatten sie ihm gesagt, er solle wegbleiben. Nicht für immer. Nur ein paar Tage lang. Aber Marcel war ungeduldig. Fünf Tage ohne Lohn war lange genug. Wenn er heute wieder hinging, würden sie vielleicht jemanden brauchen, der auf einen hohen Balken stieg, auf den sonst niemand steigen wollte.

Die Moskitos weckten ihn vor der Dämmerung. Obwohl die Arbeit nie vor acht Uhr begann, ging er schon los. Das war kühler, als unter der Morgensonne zu gehen. Und er kannte ein schönes, schattiges Plätzchen unter den Rohren und Brettern, wo er ein friedliches Nickerchen halten konnte. Er hatte das schon häufiger getan, und niemand hatte ihn gefunden. Nicht einmal die Moskitos kannten dieses Fleckchen.

Als Marcel die Baustelle erreichte, war dort alles still. Nichts schien sich verändert zu haben. Dieselben Werkzeuge lagen draußen, auf denselben Ziegelsteinen. Dieselben Schubkarren lagen auf der Seite. Dieselben Fliegen summten in Kreisen.

Aber eins war nicht wie immer.

Eins war neu, etwas, das Marcel noch nie zuvor gesehen hatte, außer im Kino. Er hatte nicht gewußt, daß es so etwas wirklich gab. Was er sah, war wunderschön, dachte er. Und jetzt war Marcel glücklich. Er arbeitete gern für Leute, die etwas so Schönes schaffen konnten. Diese Leute würden ihn erneut einsetzen und gut bezahlen, daran bestand kein Zweifel. So gut, daß er auf sein geliebtes Haïti zurückkehren konnte. Vielleicht konnte er sogar in dem Hotel wohnen und einem verdammten Deutschen befehlen, ihm einen Mai Tai zu bringen.

Der Marsch und der Schlafmangel hatten Marcel erschöpft. Er ging zu seinem Versteck, in dem er sich ausruhte und darauf wartete, daß die anderen Arbeiter kamen. Als er einschlief, dachte er noch immer an die Deutschen und daran, daß er ihnen ein Trinkgeld geben würde, wenn sie ihm seine köstlichen Drinks brachten.

Der Lärm weckte ihn.

Zuerst dachte er, es sei das Brüllen eines schrecklichen Tiers, aber kein Tier war so schrecklich.

Dann dachte er: *Ein Erdbeben.* Dann: *Ein Vulkan.* Und dann: *Es ist Gott. Er kehrt zurück, um dieses Dreckloch und all die summenden kleinen Moskitos, die darin leben, zu vernichten.*

Der Lärm war so laut, daß Marcel ihn nicht ertragen konnte. Er schrie, jemand möge ihn vor diesem zornigen Gott schützen, konnte seine eigene Stimme aber nicht hören.

Er hörte nur noch den Lärm.

Und dann sah er es. Und er wußte, was geschah. Nicht Gott zerstörte die Welt.

Es war der Mensch.

Marcel rannte los. Doch er spürte schon die Hitze, die ihn umschlang und einsog.

Er hörte auf zu laufen.

Hörte auf zu schreien.

Er stand einfach da und starrte geradeaus, und die Schönheit dessen, was er sah, ließ ihn weinen. Das Ding stieg in den Himmel empor, und vielleicht war es tatsächlich Gott, denn er weinte genau so, wie er schon immer gewußt hatte, daß er weinen würde, wenn er seinem Schöpfer gegenüberstand.

Das war Marcel Rousseaus letzter Gedanke, als die Flammen ihn einhüllten, ihn fast augenblicklich einäscherten, seinen Körper schmolzen, als sei er nur ein dünner Streifen Plastik, den man mitten in ein Inferno geworfen hatte.

11. Kapitel

Aus dem *New York Mirror* online:

AUTOR WEGEN MORDES AN
BEKANNTER VERLEGERIN GESUCHT

New York City, 10. Juli (Apex News Service) – Ermittler der Polizei identifizierten heute ihren Hauptverdächtigen für den brutalen Mord am frühen Dienstagmorgen an Margaret Peterson, einer prominenten Gestalt aus der Verlagsszene. Es handelt sich um Carl Amos Granville, einen Schriftsteller, der angeblich mit dem Opfer wegen eines Romans zu tun hatte, den er Margaret Peterson ohne Erfolg angeboten hat.

Mr. Granvilles derzeitiger Aufenthaltsort ist unbekannt; das NYPD hat ihn daher zur Fahndung ausgeschrieben.

Mr. Granville wird ebenfalls zur Vernehmung im Zusammenhang mit einem weiteren Mord gesucht, der sich gestern in seinem Wohnhaus an der West 103 Street ereignete. Die Leiche von Antoinette Cloninger, einer dreiundzwanzigjährigen Schauspielerin aus Harrisburg, Pennsylvania, wurde gestern abend vom Hausmeister des Gebäudes gefunden. Man hat ihr aus extrem geringer Reichweite zweimal ins Gesicht geschossen.

Derzeit ist nicht bekannt, ob es einen Zusammenhang zwischen den beiden Morden gibt. Doch Polizeiquellen zufolge wurden in Miss Cloningers Wohnung Fingerabdrücke gefunden, die jenen entsprechen, die man überall in Mr. Granvilles Wohnung gefunden hat. Und dieselben Fingerabdrücke fand man auch auf einer Statue in Margaret Petersons Wohnung. Die Polizei hat noch nicht bestätigt, daß diese Fingerabdrücke von Mr. Granville stammen, der im übrigen keine Vorstrafen hat.

Polizeilichen Informationen zufolge tauchte Mr. Granville gestern nachmittag unangemeldet in der Redaktion von Apex Books an der Fifth Avenue auf und verlangte Geld für einen Buchvertrag, den er angeblich mit Miss Peterson geschlossen hatte. Nathan Bartholomew, der Verleger von Apex, lehnte es ab, ihn zu empfangen. Bartholomew behauptet, ein Vertrag mit Carl Granville sei nie geschlossen worden.

»Das war nicht unser erster Kontakt mit Mr. Granville«, sagte Mr. Bartholomew. »Margaret Peterson hat seinen Roman im Mai abgelehnt. Das Ablehnungsschreiben liegt mir vor, ich habe es in ihren Akten gefunden. Sie bezeichnete den Roman als ›fragmentarisch und zusammenhanglos‹ und war der Ansicht, daß der Autor ›weder das Talent noch, wie ich leider sagen muß, die handwerklichen Mittel besitzt, um diesen bewundernswert ehrgeizigen Versuch zustande zu bringen‹. Mit anderen Worten: Sie hat nein gesagt. Aber er gehört nicht zu jenen, die ein Nein als Antwort akzeptieren.«

Laut Mr. Bartholomew hat Mr. Granville kurz nach dem Empfang des Ablehnungsschreibens die verstorbene Miss Peterson bei der Beerdigung seiner literarischen Agentin Betty Slater angesprochen, auf der er ihr gegenüber ausfallend wurde und ihr auch drohte. »Maggie war sehr aufgeregt, als sie an diesem Tag ins Büro zurückkehrte. Sie erklärte mir gegenüber, er litte ›unter Wahnvorstellungen‹ und sei ›sehr erregt‹ gewesen«, sagte Mr. Bartholomew. »Und das kann ich bestätigen, nach allem, was gestern passiert ist, als ich mich weigerte, ihn zu empfangen.«

Gestern, so erinnert sich Mr. Bartholomew, habe Mr. Granville den Verleger beim Mittagessen im berühmten Restaurant Four Seasons in der Innenstadt belästigt und behauptet, Apex habe einen Vertrag über zwei Bücher mit ihm unterschrieben. Als er Mr. Granville Beweise vorlegte, die das Gegenteil bestätigten, wurde der junge Schriftsteller gewalttätig. Die Angestellten des Restaurants versuchten, den erzürnten Möchtegern-Autor unter Kontrolle zu bringen, doch Mr. Granville ließ sich nicht beruhigen. Noch bevor die Polizei eintraf, stürmte der Verdächtige aus dem Restaurant und floh zu Fuß. Nach dem Zwischenfall wurde Mr. Bartholomew ins Krankenhaus eingeliefert, konnte jedoch wieder entlassen werden, nachdem seine Kratzer am Hals und Prellungen am Arm behandelt worden waren.

Seither steht der bekannte Verleger unter Polizeischutz. Im Apex-Gebäude wurden darüber hinaus zusätzliche Sicherheitsvorkehrungen getroffen.

»Das konnte einem schon Angst einjagen«, erklärte der sichtlich verstörte Mr. Bartholomew. »Granville ist ziemlich kräftig. Er glaubt eindeutig, die ganze Welt habe es plötzlich auf ihn abgesehen. Hätte ich nicht solche Angst gehabt, wäre mir die ganze Sache traurig vorgekommen. Ich hoffe wirklich, daß man ihn bald findet. Es handelt sich ganz offensichtlich um einen sehr, sehr verwirrten jungen Mann.«

Die Polizei hat einen weiteren Zeugen befragt, Mr. Seamus Dillon aus Douglaston, Queens, einen Chauffeur, der für den Limousinen-Service arbeitet, den Miss Peterson oft benutzt hat. Mr. Dillon hat Mr. Granville eindeutig als Mann identifiziert, den er vor Miss Petersons Haus bemerkte, als er sie dort vor einigen Wochen absetzte.

Miss Cloninger, die eine Etage über Mr. Granville wohnte, arbeitete als Kellnerin im Son House, einer Blues-Bar in Chelsea. Eine Kollegin hat der Polizei bestätigt, daß sie Mr. Granville kannte. Carl Granville hat sie kürzlich auf ihrer Arbeitsstelle besucht. Die beiden schienen der Kollegin zufolge »sehr vertraut« miteinander zu sein und verließen die Bar gemeinsam, als Miss Cloninger Feierabend hatte.

Mr. Granville hat seinen Abschluß 1992 an der Cornell

gemacht. Er war dort der Star des Basketball-Teams und Herausgeber der literarischen Zeitschrift der Universität. Rain Finkelstein, Herausgeberin des *New York Magazine* und Kommilitonin aus dieser Zeit, bezeichnete Granville als »typisch amerikanischen Jungen. So einer, den man gern mit nach Hause nehmen und Mom vorstellen würde. Klar umrissen. Ungezwungen. Ich kann das alles kaum glauben.«

Sie beschrieb ihn jedoch auch als »einen Menschen mit einer Mission. Es war klar, daß er mehr als alles andere auf der Welt Romanautor sein wollte. Er befand sich gleichsam auf einem Kreuzzug, um Autor zu werden. Und als der Kreuzzug scheiterte, drehte er wohl einfach durch.«

Amanda Mays konnte es nicht glauben.

Carl Granville ein *Mörder*? Ihr Carl? Der Mann, der ihr, nachdem sie geduscht hatten, immer so sanft das Haar ausgebürstet und sie dann zärtlich auf die Schulter geküßt hatte? Der ihr morgens frischen Orangensaft ausgepreßt hatte? Der Mann, der am Ende von *Ein Schweinchen namens Babe* schluchzend auf seinem Sitz hockengeblieben war? Na schön, er war etwas unreif, starrköpfig, weltfremd. Er konnte einen rasend machen. Es war ein großer Fehler für eine professionelle Frau mit einer gewissen Selbstachtung, sich in diesen großen blonden Jungen zu verlieben. Carl sollte ein Mörder sein? Unmöglich. Außerdem hatte sie ja gesehen, wie er bei Bettys Beerdigung mit Maggie Peterson gesprochen hatte. Er war nicht wütend gewesen, sondern eher schüchtern und zurückhaltend.

Das alles konnte nicht wahr sein.

Aber da stand es, sprang sie geradezu vom Bildschirm ihres Bürocomputers an.

Amanda hatte es schon am Morgen gehört, als sie den Fernseher eingeschaltet hatte. Sie war wie immer um fünf Uhr aufgestanden. Sie schlief nie länger als bis fünf Uhr. Es gab zu viele Stories. Zuviel Arbeit. Sie hatte die Kaffeemaschine angeworfen und zum allmorgendlichen Frühsport das All News Network von Apex eingeschaltet. Sie streckte sich auf dem Wohnzimmerteppich aus und begann mit den üblichen Übungen.

Sie liebte ihr Haus. Sie hatte ein umgebautes Backstein-Kutschenhaus gemietet, das sich auf der Rückseite eines gewaltigen georgianischen Landsitzes an der Klingle Street in Kalorama befand. Der Landsitz gehörte dem ehemaligen amerikanischen Botschafter in Brasilien. Sie hatte zwei große Schlafzimmer, eine supermoderne Küche, Dachfenster, einen eigenen Patio und einen Garten. Amanda konnte es kaum fassen, aber sie pflanzte Kräuter an. Sie liebte Washington. Diese Stadt hatte genausoviel Energie, Rhythmus und Power wie New York, aber hier konnte sie leben und atmen. Sie wohnte einen Block vom Nationalzoo entfernt. Zwei von der St. Stephen's Cathedral. Das Büro lag keine zwanzig Autominuten entfernt. Und da war noch etwas – sie war auch verrückt nach ihren Job. Sie war hier absolut glücklich.

Als ein Foto von Carl auf dem Bildschirm erschien, hielt Amanda mit ihren Übungen inne. Sie erkannte ihn nicht sofort; er kam ihr nur bekannt vor. Es war ein altes Foto von ihm, aus der Zeit, als er noch für Carnell gespielt hatte. Und der Sprecher sagte gerade, er sei der Hauptverdächtige im Mordfall Maggie Peterson. Amanda schaute wie gebannt zu, wie man die Großaufnahme eines Briefes zeigte, den Maggie geschrieben hatte, des Ablehnungsschreibens für Carls Roman. Dann interviewten sie den Verleger von Apex Books, der erzählte, wie Carl ihn im Four Seasons angegriffen hatte. Und sie schickten sich bereits an, Carls Vergangenheit ans Licht zu zerren – sein Einsiedlerdasein, sein an Besessenheit grenzender Drang, ein erfolgreicher Schriftsteller zu werden. Gott im Himmel. Das hörte sich an, als hätte sie einst Lee Harvey Oswald geliebt.

Völlig verblüfft ging sie ins Internet und surfte durch alle Nachrichtendienste, die sie finden konnte. Aber mehr hatten die Agenturen noch nicht ausgespuckt. Zitternd und mit rasendem Herzen zog Amanda sich an, schlüpfte in ihre Schuhe, fuhr sich mit den Händen durch ihr widerspenstiges rotes Haar und wünschte sich dabei mehr denn je, sie hätte den Mut gehabt, es abschneiden zu lassen. Sie stieg in ihren alten Subaru, der zum Glück sofort ansprang, und raste die Connecticut Avenue entlang. Am Dupont Circle bog sie auf die

Massachusetts Avenue ab und nahm die Abzweigung auf die Fourteenth. Die Redaktionsbüros des *Journal* befanden sich gegenüber der Industrie- und Handelskammer. Als sie hinter ihrem Schreibtisch saß, hatte auch die Apex-Agentur einen Bericht über Carl gebracht, die letzte Bestätigung.

Carl Granville wurde wegen Mordes gesucht. Er war untergetaucht. Auf der Flucht und wahrscheinlich schuldig.

Aber wie war das möglich?

Amanda trank einen Schluck von ihrer fünften Tasse Kaffee an diesem Morgen. Sie starrte durch die gläserne Trennwand ihres Kabuffs im Großraumbüro. Es war noch keine acht Uhr. Als stellvertretende Lokalredakteurin saß Amanda »mit dem Rücken gegen die Wand«, was offiziell bedeutete, daß sie ein kleines gläsernes Büro neben dem großen gläsernen Büro des Lokalredakteurs hatte. Inoffiziell bedeutete es, daß sie sich auf der Überholspur zur nationalen Redaktion befand, vorausgesetzt, sie baute keinen Mist oder machte sich irgendwelche mächtigen Feinde im Management. Zur Zeit hatte sie noch kein Fenster, aber eine halbe Sekretärin und ihre ganz besonderen Babys.

Eins ihrer Babys schlief auf Amandas Couch. Shaneesa Perryman hatte die langen Beine über die Lehne ausgestreckt. Einen Schuh hatte sie noch an, der andere lag vielleicht einen Meter entfernt auf dem Boden, als hätte sie ihn zuerst abgestreift und danach nicht mehr die Kraft gehabt, sich mit dem zweiten zu befassen. Als Ersatz für eine Decke hatte sie sich einen kirschroten Pullover bis zur Nasenspitze hochgezogen. Shaneesa war Amandas Liebling. Sie war vor dreizehn Jahren, mit zehn, von Jamaika in die Staaten gekommen und hatte noch immer einen Anflug des schwingenden Rhythmus der Insel in der Stimme. Ihre Familie besaß keinen Cent; sie hatte daher einige Zeit in den Slums verbracht und ihren ganzen Verstand eingesetzt, um dort wieder herauszukommen. Shaneesa war furchtlos, stets lustig, fast einsachtzig groß und konnte mit einem Computer Dinge anstellen, von denen Bill Gates nicht einmal geträumt hatte. Sie rührte sich und sah sich benommen um. Ihr Blick war verschwommen. Einen Augenblick hatte es den Anschein, daß sie nicht wußte, wo sie war.

Als sie dann Amandas besorgten Ausdruck wahrnahm, entspannte sich ihr Gesicht.

»Bist du schon lange hier?« murmelte Shaneesa.

»Das sollte ich doch eigentlich fragen, oder?«

Amanda mußte sich nicht eigens erkundigen, warum Shaneesa die Nacht im Büro verbracht hatte. Ihr Freund vereinigte so ziemlich die schlimmste Kombination von Wesenszügen in sich: Er war arbeitslos, brüllte gern und oft herum und verstand keine Andeutungen, selbst wenn sie so deutlich waren wie: »Verschwinde aus meinem Leben!«

»Der Kaffee riecht gut.«

»Er schmeckt auch gut. Vielleicht solltest du dir eine Tasse holen – und woanders trinken.«

Shaneesa verstand Andeutungen. Sie brauchte ein paar Sekunden, dann hatte sie den zweiten Schuh angezogen, ihren Pullover um den Hals gebunden und war auf dem Weg zum Kaffeeautomaten am anderen Ende des Großraumbüros. Doch bevor Amanda sich dem anstehenden Problem widmen konnte, marschierte ein weiterer ihrer Schützlinge, Cindy, eine zähe kleine Asiatin aus San Francisco, herein und setzte sich. Sie wollte reden. Amanda hatte ihre Reporter ermutigt, jederzeit zu ihr zu kommen und mit ihr zu sprechen, wenn ihnen der Sinn danach stand. Cindy war an einer heißen Story dran: Der Pastor der St. Stephen's Cathedral war verschwunden. Bislang hatte man noch keine Leiche gefunden, und nichts deutete auf ein Verbrechen hin. Es *gab* allerdings jede Menge Gerüchte – möglicherweise Kindesmißbrauch, eine Frau, die er heimlich geheiratet und irgendwo in Virginia versteckt hatte, Depressionen wegen einer verstorbenen Schwester, sogar Selbstmord –, aber Cindys Gespür sagte ihr, daß etwas anderes dahintersteckte. Dieser charismatische junge Priester, um den es ging, zog sie allmählich in seinen Bann. Bei dieser Story gab es genug Konkurrenz, doch Amanda hatte dafür gekämpft, daß Cindy weitermachen durfte. Die Story gehörte ihnen. Aber es gab ein großes Problem – Cindy wußte, daß das, was sie vermutete, *nicht* passiert war. Aber sie hatte keine einzige vernünftige Spur, nicht die geringste Ahnung, was *tatsächlich* geschehen war.

Wenn Amanda sich nur konzentrieren könnte ... Aber sie

konnte es nicht. Sie hörte kaum ein Wort von dem, was Cindy sagte.

Zu allem Überfluß rief auch noch ihre Sekretärin an.

Amanda hob den Hörer ab. »Ich kann im Augenblick mit niemandem sprechen«, sagte sie. »Bitte nehmen Sie eine Nachricht entgegen.«

»Okay.«

Amanda legte auf und widmete sich wieder Cindy. Zumindest versuchte sie es. Ihre Sekretärin meldete sich erneut.

»Es tut mir leid, Amanda, aber der Anrufer sagt, es sei dringend. Irgendein Notfall mit Ihrer Großmutter.«

Mit ihrer Großmutter? War das ein dummer Scherz? Ihre eine Großmutter hatte sie kein einziges Mal in ihrem ganzen Leben gesehen, und die andere war vor einigen Jahren gestorben …

Amanda erstarrte. »Der Anrufer hat gesagt, er ruft wegen meiner Granny an?«

»Das hat er gesagt. Es klang wirklich wichtig.«

Amanda bat Cindy, sie zu entschuldigen. Sie stand auf, schloß die Tür und setzte sich wieder. Dann nahm sie den Hörer und hob ihn langsam ans Ohr.

»Carl?« flüsterte sie.

»Hör zu«, sagte er mit einer Ruhe, die sie in den Wahnsinn trieb. »Ich weiß, wir wollten bis nächstes Jahr warten, aber es ist etwas dazwischengekommen.«

Amanda legte auf und gab bei der Rezeption Bescheid, daß man sie im Notfall zu Hause erreichen konnte. Dann stürmte sie aus der Redaktion. Ihrer Sekretärin hatte sie erklärt, sie habe sich einen Virus eingefangen, was ja auch irgendwie der Wahrheit entsprach. Man konnte die Wirkung, die Carl Granville auf ihr körperliches und geistiges Wohlergehen hatte, mit dem Effekt einer häßlichen Hongkong-Grippe vergleichen, die jedesmal, wenn man glaubte, sie endlich losgeworden zu sein, zurückkehrte und einen erneut flachlegte.

Am Telefon hatte sie ihm verraten, wo sie den Ersatzschlüssel versteckt hatte – unter dem Blumentopf mit der Kapuzinerkresse darin. Des weiteren hatte sie ihm gesagt, er solle in das Haus gehen und sich nicht von der Stelle rühren.

Als sie den Subaru ungeduldig durch den Mittagsverkehr auf der Connecticut Avenue drängte, sagte sie sich jedoch etwas ganz anderes: *Ich habe den Verstand verloren! Ich bringe alles in Gefahr, wofür ich gearbeitet habe – meine Karriere, meinen Ruf, vielleicht sogar meine Freiheit. Und wofür?* So unwirklich ihr das alles auch vorkam – Carl war zur Fahndung ausgeschrieben. Wenn sie ihm Unterschlupf gewährte, machte sie sich der Beihilfe schuldig. Sie unterstützte einen Mann, der wegen zweier brutaler Morde gesucht wurde. Warum hatte sie nicht einfach aufgelegt? Verdammt, was war nur in sie gefahren?

Amanda wußte genau, was in sie gefahren war. Sie benahm sich vollkommen verrückt. Genau wie einer dieser hoffnungslosen Fußabtreter mit geringer Selbstachtung, die beim Thema »Gute Frau liebt schlechten Mann« in einer dieser widerlichen Nachmittagstalkshows endeten.

Aber er *war* kein schlechter Mann. Er war Granny, der Mann, von dem sie einmal angenommen hatte, sie würde den Rest ihres Lebens mit ihm verbringen. Also würde sie ihn verstecken und ihm helfen. Zumindest, bis er ein paar Fragen beantwortet hatte: Hatte er diese beiden Frauen tatsächlich getötet? Wenn nicht, wer war dann der Täter? Und warum wurde er als Hauptverdächtiger gesucht? Warum war er auf der Flucht, statt sich der Sache zu stellen? Und, ach ja, nur so nebenbei, wer war diese Blondine, die über ihm wohnte? War er mit ihr gegangen? Hatte er mit ihr geschlafen? Liebte er sie?

Ja, Amanda hatte einige Fragen. Eine Million Fragen. Und er hatte besser einige Antworten.

Sie hielt unterwegs kurz an einem Supermarkt an. Sie hatte nichts zu essen zu Hause. Nicht einmal ein altes Stück Brot.

Tagsüber war die Klingle eine sehr ruhige Straße. Amanda fuhr langsam an dem Herrenhaus vorbei und hielt Ausschau, ob es jemand beobachtete. Aber ihr fiel nichts Außergewöhnliches auf. Es hatte nicht den Anschein, daß jemand ihrem Haus eine besondere Beachtung schenkte.

Die Fensterläden im Wohnzimmer des Kutschenhauses waren völlig geschlossen. Normalerweise ließ sie die obere Hälfte offen. Ansonsten deutete nichts darauf hin, daß jemand zu

Hause war. Kein Summen aus dem Kasten der Klimaanlage im Wohnzimmerfenster, obwohl es fürchterlich heiß war. Carl war vorsichtig. Gut. Amanda fuhr um die Ecke und setzte den Wagen in die angebaute Garage direkt links neben dem kleinen Haus. Das war ihr größter Luxus – ein privater Parkplatz. Sie stieg aus, schloß die Garagentür hinter sich ab und atmete tief ein. Dann ging sie zur Hintertür, die von der Garage in die Küche führte, schloß sie auf und eilte mit ihren Lebensmitteln ins Haus.

Das Fernsehgerät war ganz leise eingeschaltet. Carl saß da und schaute sich ANN an, den Nachrichtensender, der Augmon gehörte. Er starrte auf den Bildschirm, als wäre er seine letzte Verbindung mit der Außenwelt.

Amanda erkannte ihn kaum, als er aufstand und durch den Raum auf sie zukam. Der Mann, der in ihrem glühendheißen, stickigen Wohnzimmer stand, war nicht der Carl Granville, den sie kannte. Sie sah kein ungezwungenes Lächeln, kein ruhiges und zuversichtliches Auftreten. Der Mann war aschfahl und unrasiert. Sein Haar war ungekämmt und fettig. Das weiße Hemd, das er trug, war schmutzig und zerknittert. Dieser Carl Granville war erschöpft, mitgenommen und verzweifelt. Er sah aus wie ein Mann, der eine Woche lang in einer Höhle verschüttet gewesen war.

Sie mußte alle Selbstbeherrschung aufbringen, um nicht zu ihm zu laufen, ihn in die Arme zu nehmen und an sich zu drücken. Aber sie tat es nicht. Sie stand einfach da und betrachtete ihn mißtrauisch.

»Hast du den Schlüssel problemlos gefunden?« fragte sie ihn schließlich. Ihre Stimme klang rauh.

»Eigentlich schon.« Seine Stimme war erstaunlich klar und fest. »Ich mußte nur herausfinden, in welchem Blumentopf die Kapuzinerkresse war. Ich habe einfach alle Töpfe hochgehoben. Seit wann hast du …«

»Etwas mit Pflanzen am Hut? Schon immer.« Amanda ging mit den Lebensmitteln schnell in die Küche. Aus irgendeinem Grund spürte sie, daß es wichtig war, in Bewegung zu bleiben. Das Erdgeschoß des Hauses war sehr offen angelegt. Eine Arbeitsfläche teilte die Küche von der Eßecke und dem Wohnzimmer. Amanda stellte die Lebensmittel darauf ab und schaltete die Klimaanlage ein. Sofort wurde es merklich kühler. »Hast du Hunger?«

»Ich komme fast um vor Hunger. Ich habe seit gestern nichts mehr gegessen.«

Sie hatte Erdnußbutter, Traubengelee und Weißbrot mitgebracht. Carl setzte sich sofort an den Küchentisch, machte sich ein Butterbrot und verschlang es wie ein ausgehungertes streunendes Tier. Sie hatte auch Milch mitgebracht und schenkte ihm ein Glas ein.

Er aß das Sandwich, machte sich dann ein zweites und ein drittes. Jedes spülte er mit einem großen Glas Milch herunter. Schließlich seufzte er, lehnte sich im Stuhl zurück und sah sie zufrieden und dankbar an.

»Warst du verreist?« fragte er.

Sie schüttelte den Kopf. »Warum fragst du?«

»Es war nichts zu essen im Haus.«

»Wenn was da ist, esse ich es.«

»Du siehst mager aus.«

Sie sah den Ausdruck von Besorgnis auf seinem Gesicht, und ein reumütiges Lächeln legte sich auf ihre Lippen. »Zu groß oder zu mager, das gibt's nicht.« Bevor er etwas sagen konnte, fuhr sie fort: »Und außerdem mußt du dir über viel wichtigere Dinge als meine Ernährung Sorgen machen.«

Er warf einen Blick auf die Lebensmittel, die sie ausgepackt hatte: eine dicke Scheibe Corned beef, einen Kohlkopf, Möhren, Kartoffeln.

»Das ist zufällig das einzige, das ich kochen kann, weißt du noch?«

»Ich weiß.«

Da sah sie es, seinen besonderen Blick; er hatte sich bei ihm immer eingestellt, wenn er sie beobachtete und dachte, sie würde es nicht merken. Es war ein Ausdruck von Verwirrung, Vertrautheit und Zuneigung, den sie noch nie bei einem anderen Menschen beobachtet hatte. Sie hatte ihn einmal danach gefragt, und er hatte erwidert, sie würde einfach nur sehen, daß er sie liebe. Liebe in Vereinigung mit Ehrfurcht – er könne einfach nicht glauben, daß sie ihn auch lieben würde.

Amanda wandte sich ab. Dieser Blick verwirrte sie nun mehr, als daß er ihr half. »Hier«, sagte sie. »Ich habe dir auch noch ein paar Sachen gekauft, die du vielleicht brauchst. Unterwäsche, Socken, eine Zahnbürste, ein Kamm, ein Wegwerf-Rasierer...«

Er sagte nichts, starrte die Gegenstände auf der Arbeitsfläche nur mit sprachloser Verblüffung an.

»Was ist los?« fragte sie. »Was habe ich angestellt?«

»Gott im Himmel, Amanda, warum läufst du nicht einfach auf die Straße und erzählst jedem, daß du einem gesuchten Verbrecher mit Schuhgröße dreiundvierzig Unterschlupf gewährst?«

»Ich habe doch nur ...«

»Da kannst du ja gleich ein Neonschild aufhängen, daß sich ein Mann in deiner Wohnung aufhält! Verstehst du nicht? Sie suchen nach mir! Und das heißt, daß sie überall jeden aufsuchen werden, der mir helfen könnte. Was bedeutet, daß sie früher oder später auch dich aufsuchen werden. Dich beobachten werden.«

»Entschuldige«, fauchte sie wütend zurück, »ich habe keine große Übung darin, Leute zu verstecken. Und es ist schon verdammt lang her, daß ich *Bonnie und Clyde* gesehen habe.«

Er atmete tief ein, um sich zu beruhigen. »Du hast recht«, sagte er schnell. »Ich bin völlig paranoid geworden. Es tut mir leid.« Und dann fügte er ganz leise hinzu: »Es tut mir wirklich leid.«

Amanda hatte ihn noch nie so angreifbar gesehen, und das machte sie fix und fertig.

»Glaub mir«, fuhr er fort, »mir ist völlig klar, was für ein Risiko du eingehst. Ich hatte kein Recht, einfach so hier hereinzuplatzen. Ich hätte es verstanden, wenn du nein gesagt hättest. Ich würde es auch verstehen, wenn du *jetzt* nein sagen würdest.«

»Ich sage nicht nein«, erwiderte Amanda leise. Dann riß sie sich zusammen. Den Luxus von Gefühlen konnten sie sich nicht leisten. »Du müßtest mir nur mal erklären, was überhaupt los ist.«

Er fuhr sich mit den Fingern durchs Haar und schloß die

Augen. Einen Moment lang dachte sie, er würde einschlafen. Dann öffnete er die Augen wieder. Diesmal nahm sie in seinem Blick Zorn und Verwirrung und das Gefühl völliger Hilflosigkeit wahr. Zum ersten Mal drohte ihm die Stimme vor Anspannung zu versagen. »Verdammt, ich *weiß* selbst nicht, was los ist!«

Sie goß frisches Wasser in die Kaffeemaschine und beobachtete, wie es hindurchlief. Es fiel ihr schwer, Carl wieder anzusehen. Er erinnerte sie viel zu sehr an ein wildes Tier, das sich in einer schmerzhaften, ja sogar tödlichen Falle gefangen hatte. »Carl, falls du die Morde nicht begangen hast …«

»Falls?« Er starrte sie an. »Falls, Amanda?«

»Warum stellst du dich dann nicht einfach?«

Zuerst sagte er nichts. Dann legte sich ein ganz schwaches Lächeln auf seine Lippen. Dann stand er auf, ging hektisch auf und ab und fing zu erzählen an. Die Worte sprudelten viel zu schnell über seine Lippen, so daß Amanda ihn gelegentlich unterbrechen und ihn bitten mußte, etwas zu wiederholen und mehr in die Details zu gehen, damit sie auch alles verstand.

Er berichtete ihr von dem Treffen in Maggie Petersons Wohnung, bei dem sie ihm von *Gideon* erzählt hatte, und von dem Scheck, den er bekommen hatte. Er erzählte ihr von Harry Wagner und den Tagebüchern, von all den Informationen, mit denen man ihn versorgt hatte. Er erzählte ihr von Bartholomew und dem Einbruch in seine Wohnung, von den Verwüstungen, von Sergeant O'Roarke und Payton, dem Cop, der ihn erschießen wollte. Und wie er Toni gefunden hatte und dann davongelaufen war und sich versteckt hatte. Es war erst vierundzwanzig Stunden her, seit seine Welt auf den Kopf gestellt worden war, doch er hatte den Eindruck, er sei schon sein ganzes Leben auf der Flucht.

Als Carl geendet hatte, steckte Amanda sich eine Zigarette an. Sie wartete, doch er war so gestreßt, daß er sich nicht einmal zu einem abfälligen Kommentar hinreißen ließ. »Was ist dann passiert?« fragte sie leise. »Wo hast du dich versteckt?«

»In Harlem. Hab mir gedacht, da oben würden sie nicht nach mir suchen. Welcher Weiße versteckt sich schon in einem schwarzen Stadtteil? Von da hab ich mir ein nicht lizensiertes Taxi zum Amtrak-Bahnhof in Newark genommen. Kein Taxameter, keine Fragen. Ich hab mich in einer Kabine auf der Herrentoilette versteckt, bis die Night Owl auf dem Weg von der Penn Station hierher vorbeikam.«

Tja, das erklärt den Geruch, dachte Amanda.

»Falls es dich interessiert«, fuhr Carl fort, »der Zug hält um neun Uhr vier in Newark. Ich habe die Fahrkarte an Bord bezahlt. Ich hatte Angst, in der Schlange zu warten. Habe bar bezahlt, meine Kreditkarte konnte ich ja nicht benutzen, damit hätten sie mich aufspüren können. Wenigstens habe ich aus einer Laune heraus etwas Bargeld abgehoben.« Carl grinste einfältig und zuckte mit den Schultern. »Also muß ich mir von dir kein Geld borgen.« Nun atmete er tief ein. Er war mit seiner Geschichte fast fertig. »Der Zug fuhr heute morgen um kurz vor acht in der Union Station ein. Von dort habe ich dich angerufen.«

»Hat dich im Zug niemand erkannt?«

»Ich glaube nicht. Der Hut und die Brille waren ganz nützlich.« Er zeigte auf die knallige Baseball-Mütze mit dem Logo der New Jersey Nets und die Sonnenbrille, die auf dem Eßtisch lagen, den sie während eines Wochenendausflugs im Shenandoah Valley erstanden hatte. »Ich habe die Brille in einem Laden im Bahnhof gekauft. Nachdem ich mit dir gesprochen habe, nahm ich die U-Bahn hierher und ...«

»Metro«, unterbrach sie ihn, ganz die Lokalredakteurin. »Hier sagt man Metro. Nicht U-Bahn.«

»Egal. Es war mir zu gefährlich, ein Taxi zu nehmen. Ich wollte nicht, daß sich später jemand darin erinnert, mich hierhergefahren zu haben.«

Der Kaffee war fertig. Sie schenkte beiden ein. Er trank einen Schluck und umfaßte den Becher fest mit beiden Händen. Er wirkte nun etwas ruhiger. Das Essen schien geholfen zu haben. Und das Gespräch.

»Am unheimlichsten ist«, sagte er und schüttelte langsam den Kopf, »wie sie mich in einen Serienmörder, einen echten Psycho verwandelt haben. Meine Beziehung zu meinem Vater. Der obsessive Drang, Schriftsteller zu werden. Das ist vollkommen verrückt, eine einzige Lüge, aber es steht in den Zeitungen, das Fernsehen bringt es, und das Internet auch ...«

»Also ist es wahr.«

Carl nickte elendig. »Wenn ich das lese, wenn ich das höre, habe manchmal sogar *ich* das Gefühl, ich würde die Wahrheit nicht kennen. Wie kann da irgendein anderer sie kennen?« Plötzlich sah er Amanda an und riß den Kopf hoch. Sein ganzer Körper verkrampfte sich. »Haben sie sich schon bei dir gemeldet?«

»Hat sich wer bei mir gemeldet?«

»Die Polizei. Das FBI.«

Sofort begann die Furcht an ihr zu nagen. »Nein, noch nicht.«

»Sie werden bald hier aufkreuzen. Jede Menge Leute wissen über dich und mich Bescheid. Ich werde mich hier nicht lange verstecken können.« Er sah sie an und schüttelte den Kopf, als sei er über irgend etwas wütend. »Ich hätte nicht herkommen sollen«, sagte er. Dann ließ er sich wieder auf den Stuhl fallen. »Ich mußte nur ...« Er hielt inne, fuhr sich mit einer Hand über das stoppelbärtige Gesicht. »Ich war nur so *müde*.«

»Du bist hier erst einmal in Sicherheit«, beruhigte Amanda ihn. »Du bist bei mir sicher.«

Es gab noch so viel, was sie wissen mußte. Aber jetzt war nicht der richtige Zeitpunkt dafür. Er brauchte Schlaf. »Warum gehst du nicht unter die Dusche und ruhst dich dann etwas aus? Ich mache das Bett im Gästeschlafzimmer, okay? Im Wäscheschrank liegen frische Handtücher. Und ich *glaube*, ich finde sogar was Sauberes zum Anziehen für dich.« Sie verspürte wieder den Drang, sich zu beschäftigen. Eine graue Trainingshose von ihm hatte irgendwie zu den Putzlappen im Küchenschrank gefunden. Und eines seiner Baumwolltrikots mit dem Logo der New York Giants hing im Schlafzimmerschrank.

Als Amanda ihm das Trikot brachte, musterte er es argwöhnisch. »Ich dachte, ich hätte es bei der Wäsche verloren. Wie bist *du* denn daran gekommen?«

»Ich habe es gestohlen«, erklärte sie. »Mir stand es schon immer besser als dir.« Sie gestand allerdings nicht, daß sie es in den ersten drei Wochen nach ihrer Trennung jeden Abend im Bett angezogen hatte.

Sie sahen sich einen Moment lang an. Und plötzlich kehrten gewisse Dinge zurück. Das Unbehagen. Die Spannung. Das Schweigen. Die Vergangenheit.

Carl wandte den Blick ab. »Hör mal, wegen Toni ...«

»Ich habe nicht nach ihr gefragt«, stellte Amanda frostig klar.

»Das weiß ich«, gestand er ein. »Das würdest du nie tun. Dazu hast du viel zuviel Klasse. Aber ich werde es dir trotzdem sagen.«

Sie merkte, daß sie den Atem angehalten hatte. Sie zwang Luft in ihre Lungen und atmete dann langsam wieder aus. »Na schön.«

»Ich war einsam. Ich kannte sie kaum. Nein, das stimmt nicht. Ich kannte sie. Nicht gut genug, um sie zu lieben. Aber sie hat mich zum Lachen gebracht, ich habe mich in ihrer Gegenwart gut gefühlt, und mir lag etwas an ihr. Und ... und als ich ihre Leiche fand ... das war das Furchtbarste, was ich je in meinem Leben gesehen habe.« Er brach schaudernd ab und sah sich in ihrem behaglichen Wohnzimmer um. Der Kamin, die Bücherregale, die guten, abgenutzten Ledersessel. Das Butlertablett mit den Glaskaraffen mit Whisky und Calvados. Die Wände, an denen eingerahmte Originale älterer politischer Cartoons und Karikaturen hingen, die Amanda sammelte. Der massive Nußbaumschreibtisch, der ihrem Vater gehört hatte, einem Bankpräsidenten in der Kleinstadt Port Chester, bis er im Alter von sechsundfünfzig Jahren einem Herzinfarkt erlegen war. »Mir gefällt dein Haus. Es ist sehr ...«

»Sehr was?«

»Erwachsen.«

»Tja, hast du das nicht mitbekommen, Carl? Ich bin erwachsen.« Zumindest war sie das bis vor einer Stunde noch gewesen. »Und jetzt geh bitte duschen.« Sie drückte ihm sanft die Kleidungsstücke und anderen Gegenstände, die sie für ihn gekauft hatte, in die Arme.

Widerstandslos stolperte er ins Bad und schloß die Tür hinter sich. Sie griff sofort nach ihrem Handy, trat auf den Patio hinaus und rief in der Redaktion an. »Hat sich was getan?« sagte sie zu ihrer Sekretärin, als sie endlich durchkam.

»Cindy hat angerufen. Sie suchen jetzt den Potomac nach diesem verschwundenen Priester ab. Jemand will ihn vor ein paar Tagen dort gesehen haben, nicht weit vom Hafenbecken entfernt. Es heißt, man würde Selbstmord nicht mehr ausschließen.«

»Sonst noch was?«

»Ja, jemand vom FBI hat angerufen. Er sagte, es sei dringend. Ich habe ihm gesagt, Sie hätten sich krank gemeldet und wären zu Hause. Das war doch in Ordnung, oder?«

»Kein Problem.« Amanda dankte ihr und unterbrach die Verbindung. Dann schrak sie vor Entsetzen zusammen.

Vor ihr auf dem Patio stand ein Mann in einem makellos gebügelten gelbbraunen Anzug. Er war groß, sonnengebräunt und hatte blondes, kurz geschnittenes Haar und weißblonde Augenbrauen. Er war nicht älter als dreißig.

»Miss Mays? Tut mir leid, daß ich Sie erschreckt habe. Man hat mir in der Redaktion gesagt, daß ich Sie hier finde. Ich bin Special Agent Shanahoff, FBI.« Er zeigte ihr seinen Dienstausweis. Er sprach und verhielt sich sehr ruhig und gelassen. Es hätte sie schon sehr überrascht, wenn sein Ruhepuls bei über siebenundvierzig Schlägen in der Minute gelegen hätte. »Ich würde mit Ihnen gern über Carl Granville sprechen.«

Amanda schnappte nach Luft, riß sich aber sofort wieder zusammen. »Ja«, sagte sie ruhig. »Ich hatte schon geahnt, daß jemand kommen würde.«

Sein Blick war völlig leer. Humorlos und kalt. Sie mochte seine Augen nicht. Plötzlich hatte sie sehr große Angst um Carl.

»Darf ich hereinkommen?« sagte er.

Die Frage ließ sie kurz erstarren. Sie *mußte* ihn hereinlassen. Andernfalls würde er sofort wissen, daß sie etwas zu verbergen hatte. Oder, genauer gesagt, jemanden. Und wenn sie ihn hereinließ … Nun ja, Carl stand gerade unter der Dusche.

»Miss Mays«, beharrte der Agent, und sein Tonfall war nun eine Spur schärfer.

»Ja, Ent… Entschuldigung, Agent … Shanahoff? Ich fühle

mich nicht gut. Als ich heute morgen die Nachrichten gesehen habe ...«

»Ich nehme an, Sie standen sich nahe?« fragte der Polizist keineswegs unfreundlich.

»Wir standen uns *sehr* nah.«

»Bis?«

»Bis ... nun ja, bis wir uns nicht mehr nah standen. Dann bin ich nach Washington gezogen.«

»Das war im letzten Jahr?«

»Im letzten Sommer.«

»Am vierundzwanzigsten August.«

Sie nickte. *Okay,* dachte sie. *Der Punkt geht an ihn. Wenn es sein muß, kann das FBI sehr gründlich sein.* Sie atmete langsam aus. »Bitte kommen Sie rein.«

Sie traten ins Wohnzimmer. Amanda bemühte sich, freundlich zu lächeln. Aber sie konnte nur denken: Bitte, Carl, sei jetzt mucksmäuschenstill.

»Hier ist es viel kühler«, sagte er dankbar. Er blieb auf der Schwelle stehen und nahm mit den Blicken soviel wie möglich vom Apartment auf. »Verraten Sie mir, wie Ihr Immobilienmakler heißt? Diese alten Häuser haben so viel Charakter. Sie sollten meine Wohnung mal sehen. Sie kommt mir vor wie ein Schuhkarton.«

»Setzen Sie sich«, sagte sie.

Er blieb, wo er war, und kniff die Augen leicht zusammen. »Höre ich da Wasser rauschen?«

Sie sprang auf und verdrehte angesichts ihrer Torheit die Augen. »Gott sei Dank, daß Sie mich daran erinnern. Ich lasse gerade Badewasser einlaufen. Ich dachte, das würde mir guttun.« Sie ging rasch durchs Wohnzimmer und den schmalen Korridor zum Bad entlang. An der Badezimmertür blieb sie stehen und schaute über die Schulter zurück. Der Agent war ihr nicht gefolgt. Sie griff nach dem Türknopf. *Bitte, gib kein Geräusch von dir, Carl. Stelle keine Frage, sage kein Wort.* Sie drehte den Knopf und schlüpfte ins Bad.

Dichter Dampf quoll ihr entgegen. Carls Kleidung lag aufgehäuft neben dem Waschbecken, und überall lagen Handtücher verstreut. Amanda war der festen Überzeugung, daß niemand solch ein Chaos in einem Badezimmer anrichten konnte wie Carl. Sie zerrte den durchsichtigen Duschvorhang zurück und legte einen Arm um Carls nassen, eingeseiften Körper. Sie sah die Überraschung auf seinem Gesicht, doch bevor er auch nur ein Wort sagen konnte, hatte sie das Wasser abgedreht und eine Hand fest auf Carls Mund gelegt.

»Im Wohnzimmer sitzt ein FBI-Agent«, flüsterte sie ihm ins Ohr. »Rühr dich nicht von der Stelle. Sei ganz still. Hast du verstanden?«

Seine Augen weiteten sich vor Furcht, aber er nickte folgsam.

Sie ließ ihn los. Die beiden sahen sich kurz in die Augen. Eine unausgesprochene Nähe, eine Verbindung entstand zwischen ihnen. Etwas, das schon immer dagewesen war – und das noch immer vorhanden war, ob sie es sich nun eingestehen wollte oder nicht. Amanda zog die Badezimmertür hinter sich zu, atmete tief ein und versuchte, sich zu beruhigen, doch es gelang ihr nicht. Sie kehrte ins Wohnzimmer zurück.

Agent Shanahoff hatte sich doch nicht gesetzt. Er war gemächlich zur Küche hinübergeschlendert und sah sich dort alles an. Zum Beispiel die beiden Kaffeetassen auf der Arbeitsfläche. Zum Beispiel die Überreste von Carls kleiner Mahlzeit.

Zum Beispiel seine Mütze und die Sonnenbrille auf dem Eßtisch.

»Wenn es mir schlecht geht, esse ich immer Erdnußbutter«, rief Amanda schnell von der Schwelle aus. »Futter für die Seele.«

»Ja, ich weiß genau, was Sie meinen.« Der Agent lächelte sie an. Zumindest sein Mund lächelte. Bis in die Augen drang das Lächeln allerdings nicht. »Bei mir wären es Frikadellen und Bratkartoffeln.«

»Kann ich Ihnen einen Kaffee anbieten, Agent Shanahoff? Oder etwas Kaltes?«

»Nein, danke. Aber nennen Sie mich bitte Bruce«, erwiderte er höflich. »Ich werde nicht lange bleiben.« Sein Blick huschte zurück zu der Mütze auf dem Tisch. »Wie ich sehe, sind Sie ein großer Fan der New Jersey Nets.«

Sie zwang sich zu einem Lachen. Keine gute Idee. Sie fragte

sich, ob er die spröde Schärfe der Hysterie in ihrer Stimme wahrnahm. »Nein, mein Neffe. Er hat sie mir geschickt. Selbst wenn mein Leben davon abhinge, könnte ich Ihnen keinen einzigen Spieler der Nets nennen.«

»Das kann wohl keiner in New York«, sagte er freundlich. »Ich habe dort früher gearbeitet. Bin erst seit ein paar Monaten hier in Washington. Kenne hier noch keine Menschenseele.« Er hielt inne und kratzte nachdenklich sein breites, eckiges Kinn. »Vielleicht sitzen wir in dieser Hinsicht im selben Boot.«

»Vielleicht.« Unglaublich. Der Polizist baggerte sie an. Na ja, vielleicht war das gar nicht so schlecht. Damit konnte sie umgehen. Sie schlängelte sich an ihm vorbei in die Küche und ließ die Hüften schwingen. Dann spülte sie das Geschirr ab und gönnte ihm einen hübschen Blick auf ihren Hintern. »Was wollen Sie über Carl wissen?« fragte sie ihn über die Schulter.

»Alles, was Sie mir sagen können, Miss Mays.«

»Er war ein Jugendfreund«, sagte sie und registrierte überrascht, welche Verbitterung in ihre Stimme kroch.

»Hat er Sie geschlagen?«

»Großer Gott, nein.«

»Betrogen?«

Sie schüttelte den Kopf. »Nie.«

»Hat er Sie bestohlen?«

»Carl Granville ist wahrscheinlich der ehrlichste Mensch, den ich kenne.«

»Wirklich?«

»Er hat einmal in einem Taxi zweieinhalbtausend Dollar in einem Umschlag gefunden – jemand hatte ihn darin liegengelassen. Er war pleite und brauchte das Geld dringend, aber wissen Sie, was er gemacht hat?«

»An die bedürftigen Waisen verteilt?«

»Er hat den Umschlag der Polizei gegeben. Und diesen Zynismus können Sie sich sparen.«

»Entschuldigung. Aber ich bin ein wenig durcheinander. Ich hatte den Eindruck, daß Sie Granny nicht besonders mögen. Aber so hört es sich gar nicht an.«

Aus irgendeinem Grund störte es sie, daß er Carls Spitznamen benutzte. Als wäre das irgendein psychologischer Test.

»Hören Sie, Agent Shanahoff ...«

»Bruce.«

»Ich habe Carl geliebt. Aber er ist einfach nicht imstande, eine erwachsene Beziehung aufrechtzuerhalten. Ich mußte mich von ihm trennen, also habe ich es getan. Sehen Sie das als Akt der Selbsterhaltung an. Oder des persönlichen Überlebens. Es fiel mir nicht leicht, und ich will nicht behaupten, daß ich nichts mehr für ihn empfinde, aber ich habe es getan. Und jetzt mache ich mit dem Rest meines Lebens weiter.«

»Und wann haben Sie ihn zum letzten Mal gesehen?«

»Vor ein paar Wochen, bei Betty Slaters Beerdigung in New York. Wir beide haben ihr ziemlich nahegestanden. Davor hatte ich ihn ein paar Monate lang nicht gesehen. Ich habe ihn nach Hause gefahren.« Amanda mußte ständig daran denken, daß Carl in diesem Augenblick in ihrer Dusche stand. Sie versuchte diesen Gedanken immer wieder erfolglos zu verbannen. Sie glaubte nicht an PSI, aber solange dieser FBI-Agent in ihrer Küche stand, wollte sie es vermeiden, das Schicksal auch nur zu versuchen.

»Ein angenehmes Wiedersehen?«

»Um ehrlich zu sein, wir haben uns während der Fahrt heftig gestritten.«

»Worüber, wenn ich fragen darf?«

»Über nichts. Über alles. Sie wissen doch bestimmt, wie das ist, Bruce.«

»Hat er Sie geschlagen? Mit körperlicher Gewalt gedroht? Irgend etwas in dieser Art?«

Amanda drehte sich so schnell zu dem Agent um, daß ihre rote Haarmähne flog. »Ich kann mir einfach nicht vorstellen, daß Carl zu Gewalt fähig wäre.«

»Vielleicht nicht Ihnen gegenüber. Aber durchaus den Menschen gegenüber, die er getötet hat.«

Amanda stand reglos da. Die Worte trafen sie hart, aber sie waren nicht wahr. Das alles konnte nicht wahr sein.

»Miss Mays ...«

»Bitte nennen Sie mich Amanda ... Bruce«, sagte sie heiser. Sie fuhr sich mit den Fingern über die nackte, cremigweiße Haut ihrer Kehle und stellte fest, daß sie schwitzte. Eine

Femme fatale zu spielen war wirklich nicht ihre Lieblingsrolle.

»Na schön.« Er ließ erneut ein Lächeln aufblitzen. Dieses zweite Lächeln schaffte es fast bis zu den Augen, aber nicht ganz. Amanda mochte diese Augen wirklich nicht. »Ich frage Sie ganz offen, Amanda – haben Sie etwas von Carl Granville gehört, seit er auf der Flucht ist?«

»Nein, habe ich nicht.« *Liebes Tagebuch, ich habe heute einem FBI-Agenten ins Gesicht gelogen.*

»Kein Anruf, kein Brief?« sagte Agent Shanahoff ein wenig zweifelnd. »Er hat nicht versucht, irgendwie mit Ihnen Kontakt aufzunehmen?«

»Nein, hat er nicht.«

Er trat näher heran, baute sich vor ihr auf. An der Oberfläche änderte sich nichts, doch irgendwie spürte sie, daß er streng und stählern geworden war. Plötzlich umgab ihn die Aura einer leisen Bedrohung. »Hoffentlich belügen Sie mich nicht«, sagte er. Er sprach ruhig, aber bemerkenswert hart und unbeugsam.

Sie verkrampfte sich. *Ruhig, Mädchen.* »Sie hören mir nicht zu, Agent Shanahoff«, sagte sie in – wie sie hoffte – genauso ruhigem Tonfall. »Ich habe Ihnen gerade gesagt, daß ich nichts von ihm gehört habe, und ich rechne auch nicht damit, von ihm zu hören.«

Er trat zurück, zufrieden, wenigstens für den Augenblick. Auf seinen Lippen lag wieder das rätselhafte Lächeln. »Dann muß ich Ihnen leider sagen, daß Sie vielleicht doch von ihm hören werden. Ein Schaffner hat ihn heute morgen auf einem Foto identifiziert. Wir vermuten, daß er hier in Washington ist. Ich muß Ihnen das wahrscheinlich nicht sagen, aber seien Sie auf der Hut, falls er Kontakt mit Ihnen aufnehmen sollte. Mit ihm ist nicht zu spaßen. Trotz allem, was Sie denken, haben wir zahlreiche Beweise, die darauf hindeuten, daß er zwei Menschen ermordet hat. Wir sprechen von einem gefährlichen Zeitgenossen. Klar?«

Sie nickte.

»Haben Sie eine Ahnung, wo er sein könnte?«

Amanda fuhr sich mit der Zunge langsam über die Unterlippe. Sein Blick folgte aufmerksam der Bewegung ihrer Zunge. Mein Gott, was waren Männer doch leicht zu manipulieren. »Er hat oft von der Zeit gesprochen, in der er an der Cornell Basketball gespielt hat. Vielleicht ist er zu einem seiner alten Teamkameraden gerannt, genau wie damals O.J. Diese alten Sportskameraden halten eng zusammen.« Amanda musterte Agent Shanahoff. »Ich wette, Sie haben auch mal Basketball gespielt.«

»Captain des Golfteams von Creighton«, sagte er verbindlich.

Sie wollte noch weiter mit ihm flirten, doch zu Golf fiel ihr nicht viel ein. »Das macht bestimmt Spaß. Und dabei trägt man doch diese süßen Hosen, oder?« *Das macht Spaß? Süße Hosen? Ganz ruhig, Mädchen! Du vermasselst es!*

»Kennen Sie seine ehemaligen Mannschaftskameraden?« fragte Shanahoff. »Oder wissen Sie, ob welche davon hier in der Gegend wohnen?«

»Ähh ...« *O Gott.* Was war das für ein Geräusch, das sie gerade im Badezimmer gehört hatte? Sie warf einen kurzen Blick auf den FBI-Agenten. Er hatte nicht darauf reagiert. *Carl,* dachte sie, *ich kriege wegen dir noch einen Herzanfall.* »Nein, weiß ich nicht. Die wohnen wahrscheinlich überall hier in der Gegend. Aber das Sekretariat der Cornell müßte Ihnen weiterhelfen können.«

Er nickte. »Das ist eine gute Spur. Danke.«

»Das war nicht umsonst. Ich erwarte eine Gegenleistung.«

Agent Shanahoff runzelte neugierig die Stirn. »Und welche?«

Sie griff nach ihrer Handtasche auf der Arbeitsfläche, holte eine Karte hervor und gab sie ihm. »Die Story. Falls Sie ihn schnappen, meine ich.«

»Oh, wir werden ihn schnappen«, versicherte der Agent ihr und studierte die Karte genau. »Lokalredakteurin, was?«

»Ich versuche, mir einen Namen zu machen«, sagte sie. »Genau wie Sie. Ich hätte nichts gegen eine große Story.«

»Und auch nichts gegen eine kleine persönliche Rache?«

»Vielleicht«, gestand sie ein. »Ich bin schließlich auch nur ein Mensch. Abgemacht?«

»Ich werde auf jeden Fall darüber nachdenken.« Shanahoff

schob die Karte in die Brusttasche seines Hemdes. Er zögerte, rieb erneut nachdenklich sein Kinn. Jemand mußte ihm gesagt haben, daß das einfühlsam wirkte. »Vielleicht können wir irgendwann bei einem Abendessen darüber sprechen?«

»Bei Frikadellen und Bratkartoffeln?«

»Ich esse auch etwas anderes.«

Amanda lächelte ihn an, zeigte ihm ihr breitestes, strahlendstes Lächeln. »Das würde mir gefallen, Bruce.«

»Großartig. Danke für Ihre Hilfe, Amanda.« Er ging zur Tür. Amanda dankte Gott, daß er endlich aufbrach. Er ging tatsächlich. Sie hatte es geschafft. Er hatte es ihr abgekauft – das Flirten, ihre traurige Geschichte, ihren Zorn. Er hatte es ihr abgekauft. Sie war damit durchgekommen. *Sie* waren damit durchgekommen. Er hatte die Tür fast erreicht … griff nach dem Türknopf …

Und blieb dann abrupt stehen und drehte sich zu ihr um. »Hören Sie«, sagte er, »ich bin schon den ganzen Tag unterwegs. Darf ich kurz auf die Toilette?«

Amandas Herz blieb stehen. Buchstäblich.

»Ins Bad?« sagte sie. »Äh … das habe ich noch nicht aufgeräumt.« Sie hörte das Zittern in ihrer Stimme. Es war ein Wunder, daß sie überhaupt sprechen konnte.

»Ich bin mit zwei Schwestern aufgewachsen. Ich verspreche Ihnen, ich sehe nicht hin.« Er ging bereits durchs Wohnzimmer zum Flur, bewegte sich mit der absoluten Selbstsicherheit eines weißen männlichen Polizisten.

Was konnte sie tun? Ohnmächtig werden? Das hatte nicht mehr funktioniert, seit Lillie Langtry ins Gras gebissen hatte. Außerdem wußte sie nicht, wie man ohnmächtig wurde. Sie wußte nur, daß dieser Mann, dieser FBI-Agent, die Tür zu ihrem Badezimmer öffnen und darin Carl Granville finden würde und sie dann so gut wie tot war. Daran gab es nichts zu deuteln. *Liebe Tante Sheila, ich bin in den nächsten fünf bis sieben Jahren verreist, um ausführliche Recherchen über das Leben in einem Hochsicherheits-Frauengefängnis zu betreiben. Bitte versuche nicht, Kontakt mit mir aufzunehmen.*

»Na schön«, sagte sie schließlich und atmete mit müder Resignation aus. »Aber …«

Bruce Shanahoff blieb stehen und sah sie stirnrunzelnd an. »Aber was, Amanda?«

Zum Teufel damit, dachte sie. Er wird es früh genug selbst herausfinden. »Aber Sie müssen vielleicht ein paar Strümpfe beiseite schieben.«

Er lächelte. »Ich bin sofort wieder da.«

Das glaubst du, sagte sie sich. Sie überlegte, ob sie schreien und Carl warnen sollte. Aber was würde das nutzen? Er konnte nicht fliehen. Das Badezimmerfenster war zu klein. Sie überlegte, ob sie zur Tür rennen und einfach abhauen sollte. Aber einfach abzuhauen war nicht ihr Stil. Also stand sie einfach da und erwartete resigniert ihr Schicksal. Wartete darauf, daß dieses geschniegelte, saubere Arschloch mit dem Fang des Tages zurückkam. Wartete, doch die Sekunden zogen sich dahin, und die Stille war ohrenbetäubend. Wartete. Und hörte nichts.

Hörte absolut nichts.

Was war da los?

Dann hörte sie die Toilettenspülung, und die Badezimmertür schwang auf. In der Diele erklangen selbstsichere Schritte. Schritte *einer* Person.

Und da kam er, mit geleerter Blase, gekämmtem Haar, gewaschenen Händen, einem schmalen Lächeln auf den Lippen, demselben leeren Ausdruck in den Augen. Doch am wichtigsten war … er war allein.

Wo war Carl?

»Sie müssen mir wirklich verraten, wer Ihr Makler ist«, sagte Shanahoff voller Bewunderung. »Dieses Haus wäre genau richtig für mich.« Und dann ging er, grüßte noch zum Abschied und verschwand.

Amanda lief zum Fenster. Durch die Ritzen der Fensterläden beobachtete sie, wie der Agent den Steinpfad zur Straße entlang ging. Sie wartete drei Sekunden. Dann lief sie zum Bad.

Es war makellos. Keine verstreuten Handtücher. Keine schmutzige Wäsche. Keine saubere Wäsche. Keine Rasierklingen, keine Zahnbürste, kein Kamm. Und vor allem kein Carl.

Wo war Carl?

12. Kapitel

In dem Augenblick, in dem Amanda das Bad verließ, setzte Carl sich in Bewegung. Er trocknete sich ab und steckte seine schmutzige Wäsche, das Handtuch und all das andere Zeug, das sie ihm besorgt hatte, in den Wäschekorb. Schnell und leise beseitigte er jedes sichtbare Anzeichen dafür, daß er sich hier aufgehalten hatte. Seine Gedanken rasten, suchten verzweifelt nach einem Ausweg.

Er wußte, er hatte nicht viel Zeit.

Da *sie* ins Bad gegangen war, würde der FBI-Agent auf jeden Fall ebenfalls hier hineinschauen. Das war keine Mutmaßung, sondern eine Tatsache. Carl war jetzt seit über vierundzwanzig Stunden auf der Flucht, und sein Überlebensinstinkt arbeitete im Schnellgang. Er reagierte wie ein gejagtes Tier auf Gefahr. Er *war* ein gejagtes Tier. Während sein Herz wie verrückt hämmerte und sein Mund so trocken war, daß es fast schmerzte, wog er seine Möglichkeiten ab.

Das Fenster kam nicht in Frage – zu klein. Die Tür kam nicht in Frage – die Scharniere quietschten. Und die Dielenbretter ebenfalls. Der Mistkerl würde ihn hören. Vielleicht sogar in dem Augenblick sehen, in dem er die Tür öffnete. In der Badewanne verstecken? Keine Chance. Der Duschvorhang war – leider – durchsichtig. Damit blieb ihm ... was? *Denk nach, verdammt! Welche Möglichkeiten hast du sonst noch?* Da war noch der Boden. Er konnte sich ja mit Amandas Nagelschere durch die Fliesen graben. In sechs, sieben Monaten hätte er es vielleicht geschafft. Ein grandioser Plan. Damit blieb noch ...

Die Decke.

Als Carl nach oben schaute, dachte er zuerst, er würde halluzinieren. Aber sie war eindeutig vorhanden – eine kleine hölzerne Dachluke. Der Einstieg zum Dachboden.

Carl kletterte auf das Waschbecken. Versuchsweise drückte er die Luke hoch; sie öffnete sich mit leisem Knirschen. Er erstarrte, rechnete schon damit, daß der FBI-Agent im nächsten Augenblick die Badezimmertür aufstieß und seine Knarre auf ihn richtete. Aber nein. Nichts. Carl schob die Luke so leise auf. Normalerweise brauchte man eine Stehleiter, um dort hinaufzukommen. Carl hatte keine Leiter, nur seine fieberhafte Verzweiflung. Keuchend zog er sich hoch, höher, noch höher, trat schwach mit den Füßen in die Luft ...

Mit letzter Kraft zog er sich über die Kante und auf den Dachboden. Keuchend blieb er einen Augenblick lang liegen. Dann schaute er sich um.

Es war ein ganz niedriger Zwischenboden, kaum höher als einen halben Meter. Das schräge Dach war direkt über ihm. Überall befanden sich rostige Rohre, Ventile, Staubknäuel, Dreck, Spinnweben. Die Deckenbalken lagen jeweils etwa vierzig Zentimeter auseinander. Dazwischen war eine rosafarbene Fiberglasisolation ausgerollt. Flach auf dem Bauch liegend, schob Carl die Dachluke sanft an Ort und Stelle zurück und tauchte damit sofort in undurchdringliche Dunkelheit.

Er drehte sich auf die Seite und streckte sich, so gut er konnte, zwischen zwei Deckenbalken aus. Die Fiberglasisolation juckte auf seiner Haut; er hätte sich am liebsten überall gekratzt. Er lag ganz still da und hörte seinen Atem. Aber er hörte auch noch etwas anderes – ihre Stimmen aus der Küche. Der Schall wurde bis hier hinauf getragen. Er hörte, wie der Bursche ihn einen gefährlichen Zeitgenossen nannte. Einen Mörder. Hörte, wie Amanda beteuerte, ihn nicht gesehen zu haben. Ihre Stimme blieb dabei bemerkenswert ruhig.

Er hörte, wie der Typ fragte, ob er kurz auf die Toilette gehen dürfe.

Carl lag da, bewegte sich nicht, still und blind, während die schweren Schritte näher kamen und die Tür direkt unter ihm geöffnet wurde. Und dann wieder geschlossen. Der Typ pfiff leise vor sich hin. Einen dieser unerträglichen Songs von den Spice Girls. Plötzlich wurde ihm klar, daß dies das perfekte Ende für ihn wäre: Er versteckte sich im Badezimmer und wurde von einem Kretin festgenommen, der ein abscheuliches Lied der Spice Girls pfiff. Während er da lag und die Isolation seine nackte Haut kitzelte, legte er ein Gelübde vor Gott ab: Falls er je aus dieser Sache herauskam, falls er je wieder ein vernünftiges, normales Leben führen konnte ...

Gott im Himmel, er kam sich völlig verloren vor. Er konnte

sich nicht entsinnen, sich jemals so verloren gefühlt zu haben. Nicht, als Amanda ihm gesagt hatte, sie zöge nach Washington. Nicht einmal, als seine Mutter gestorben war. Er konnte sich auch nicht erinnern, sich jemals so erleichtert gefühlt zu haben wie in dem Augenblick, als Amanda mit all diesen Lebensmitteln zur Tür hereingekommen war. Er hatte jeden Deut Selbstbeherrschung aufbringen müssen, um sie nicht zu küssen und festzuhalten. Aber das wäre nicht richtig gewesen. Ihre Beziehung war vorbei. Obwohl er hätte schwören können, daß vor ein paar Minuten ein Funke zwischen ihnen übergesprungen war, als sie ihn im Bad gewarnt hatte. Eine Sekunde lang hatte er geglaubt, der alte Zauber sei noch da.

Der Typ erleichterte sich. Das längste, langsamste Pinkeln in der Geschichte der Menschheit. Was war nur mit dem Typ los? Urinierte er einmal die Woche? Gott im Himmel, diese Isolation kitzelte. Carl mußte sich unbedingt kratzen, wagte sich aber nicht zu bewegen. Und dann stellte er zu seinem völligen und absoluten Entsetzen fest, daß nicht die Isolation ihn kitzelte.

Es war eine Maus.

Nein. *Großer Gott.* Es waren zwei Mäuse!

Er hatte sich in ein ganzes Nest der kleinen Biester gelegt.

Er haßte Nagetiere. Mäuse, Ratten, Hamster, für ihn war das alles dasselbe. Sogar süße, freundliche Eichhörnchen im Park. Sie riefen bei ihm eine Gänsehaut hervor.

Und nun huschte eine Maus sein nacktes Bein empor.

Carl wollte schreien. Er wollte aufspringen, aus voller Lunge brüllen. Aber er konnte es nicht. Er konnte sich nicht bewegen. Er konnte kein Geräusch von sich geben. Nicht, solange dieser FBI-Agent direkt unter ihm stand und pinkelte. Er mußte einfach erschauernd in der Dunkelheit liegenbleiben, während die widerlichen Tiere über seinen Hals huschten, sein Kinn, sein Gesicht. Eins ließ sich auf seinen Lippen nieder. Ein anderes lief seine Brust hinab – er fühlte, wie die kleinen Beine sich den Weg durch seine Achselhöhlen bahnten. Ein anderes knabberte an seinem Ohr. Er lag da, der Magen drehte sich ihm um, und kalter Schweiß strömte aus seinen Poren. Aber er bewegte sich nicht. Er schrie nicht. Er schloß die Augen und betete, es möge bald vorbei sein.

Unten betätigte der Typ die Spülung. Wusch sich die Hände. Trocknete sie ab. Sah sich zweifellos um. Hatte Carl auch wirklich alles versteckt? War bei dem Öffnen der Luke vielleicht Sägemehl auf den Boden gerieselt? Gab es irgendwelche verräterischen Spuren seiner Anwesenheit? Irgend etwas, das die Neugier dieses Idioten erregen würde?

Schließlich hörte Carl, daß die Tür zuschwang und die Schritte sich entfernten. Er wollte sich sofort bewegen, die pelzigen Geschöpfe davon abhalten, über ihn hinwegzukriechen und ihn zu beißen, aber er wartete, zwang sich, still liegenzubleiben. Er wollte absolut sichergehen, daß der Agent gegangen war und nicht zurückkam. Er hörte Stimmen im Wohnzimmer. Hörte, daß die Haustür geöffnet und geschlossen wurde. Dann Stille. Endlich war es geschafft. Es *mußte* geschafft sein. Carl rollte sich hektisch herum, er schlug sich auf den Rücken und hörte, daß eine Maus über den Boden huschte und irgendwo verschwand. Er holte mit der Faust aus, hämmerte sie gegen das Holz. Einen Augenblick lang dachte er, er müsse sich übergeben, dann legte sich die aufsteigende Übelkeit wieder.

Amanda rief nun seinen Namen. Carl hantierte in der Dunkelheit herum, fand die Falltür, schob sie beiseite und kletterte ins Badezimmer hinab. Dabei landete er praktisch auf Amanda.

Er blieb nackt auf den Fliesen liegen und konnte nur hoffen, sich nichts gebrochen zu haben. Sie starrte erstaunt zu ihm hinab. Zum ersten Mal in seinem Leben sah er sie sprachlos.

»Weißt du«, sagte er, als er wieder zu Atem gekommen war, »daß du da oben gottverdammte *Mäuse* hast?«

»Ich wußte nicht mal, daß es da oben überhaupt einen Raum gibt«, erwiderte sie. Sie starrte ihn noch immer fassungslos an. »Bist du okay?« Und bevor er auch nur antworten konnte: »Woher hast du gewußt, daß er ins Bad gehen wird?«

»Wenn er ein echter Agent ist, sieht er sich das Bad an.«

»Er hatte einen echten Dienstausweis. Und er war ein echter Mistkerl.«

»Er konnte nicht nach mir suchen, nicht ohne Durchsuchungsbefehl. Zumindest nicht ohne konkreten Verdacht. Und da er dein Haus nicht auf den Kopf gestellt hat, ist er wohl wirklich beim FBI.«

»Was meinst du, hat er mir geglaubt?«

»Du warst ziemlich überzeugend. *Ich* hätte dir geglaubt.«

»Das heißt *nein*, oder?«

»Wahrscheinlich, befürchte ich.«

»Sie werden das Haus von nun an beobachten, oder?«

Carl nickte grimmig. »Und wahrscheinlich auch dein Telefon anzapfen.« Er streckte die Hand nach ihr aus. »Amanda«, sagte er, »es tut mir wirklich leid, daß ich dich in diese Sache hineingezogen habe.«

Sie wollte ihm sagen, das sei schon in Ordnung, er solle sich keine Sorgen machen. Aber sie tat es dann doch nicht. Es gab wirklich Grund genug, sich Sorgen zu machen. Ihr Leben war schon verrückt genug gewesen, bevor er zurückgekehrt war, und nun versteckte sie nicht nur einen gesuchten Verbrecher, sondern wollte ihm in die Arme fallen und mit ihm schlafen. Sie wollte zu dem zurückkehren, was sie gehabt hatten; sie wollte die Zukunft verwirklichen, die sie sich für sie immer vorgestellt hatte. Die Zukunft mit ihm an ihrer Seite, in ihrem Bett, in jedem ihrer Gedanken.

Verdammt, verdammt, verdammt. Er hatte ihr schon einmal das Herz gebrochen. Sie war bereit, sich von ihm ihr Leben zertrümmern zu lassen. Sie war bereit, für ihn zu kämpfen, ihm zu helfen, seine Unschuld zu beweisen. Aber sie war nicht bereit, das Risiko einzugehen, sich ein zweites Mal in ihn zu verlieben. Nein, darauf konnte sie verzichten.

Carl beobachtete sie, und sie war sicher, daß er wußte, welche Gedanken ihr durch den Kopf gingen. Sie standen zusammen in dem kleinen Bad. Plötzlich drehte Amanda sich um und schlüpfte zur Tür hinaus, damit er sich anziehen konnte.

Carl stand allein im Bad. Er zog langsam die Trainingshosen und das alte Giants-Shirt an. Dann sah er in den rechteckigen Spiegel über dem Waschbecken. Der Mann, der seinen Blick erwiderte, sah viel älter und trauriger aus, als Carl ihn in Erinnerung hatte.

Carl gefiel nicht, was er im Spiegel sah. Es machte ihm angst. Er hob langsam die rechte Hand, ballte sie zur Faust und hämmerte sie dann wütend gegen das Glas. Das Bild zerbrach in hundert Teile.

Er hatte sich die Knöchel aufgeschrammt; sie liefen rot an, und ein dünner Blutfaden floß zwischen Zeigefinger und Mittelfinger hinab. Er hielt die Hand unter den Hahn und ließ kühles Wasser darüber laufen.

Er sah in den Spiegel, dessen Risse und Sprünge sein Gesicht verzerrten, und blieb im Bad, bis die Blutung aufgehört hatte. Dann öffnete er die Tür und ging zu Amanda. Um gemeinsam mit ihr herauszufinden, wie sie am Leben bleiben konnten.

13. Kapitel

Der Korrektor nahm ein Taxi von einem Hotel in Manhattan zum Flughafen La Guardia. Der Fahrer trug einen Turban und hatte einen durchdringend schlechten Körpergeruch. Er stank nach Curry und Kurkuma, und diese Kombination war durchaus imstande, leichte Übelkeit hervorzurufen. Der Verkehr ging nur stockend, die Fahrer waren gereizt. Viele betätigten unnötig die Hupen. Wären ihre Fahrzeuge mit Maschinengewehren auf Geschütztürmen ausgestattet gewesen, hätten ihre Besitzer sie benutzt, um ihre Konkurrenten zu beseitigen; daran hegte der Korrektor nicht den geringsten Zweifel.

Da der Korrektor nicht verheiratet war und einer Tätigkeit nachging, die ihm eine unbegrenzte Abwechslung und Herausforderung bot, blieb er gelassen und konzentriert.

Der Zwei-Uhr-Shuttle von La Guardia zum National Airport von Washington war zu zwei Dritteln gefüllt. Der Mann, der neben dem Korrektor saß, umklammerte krampfhaft einen Aktenordner aus Plastik. Er war mit dem Logo der Environmental Protection Agency bedruckt. Der Mann wirkte sehr angespannt. Wahrscheinlich hatte er Flugangst. Er versuchte nicht, mit dem Korrektor zu sprechen, der aber sowieso nicht das geringste Interesse hatte, sich mit ihm zu unterhalten.

Der Wagen, das Vorjahresmodell eines mitternachtsblauen Chevy Suburban, ein Achtsitzer mit Nummernschildern aus Vermont, stand auf dem Parkplatz bereit. Der Suburban war auf eine Kindertagesstätte in Putney, Vermont, zugelassen. Der Slogan *Putney Day Care – We're there* schmückte die Fahrer- als auch die vordere Beifahrertür; darunter waren verspielte Zeichnungen von lächelnden, glücklichen Kindergesichtern, Luftballons und Lutschern aufgespritzt. Der Suburban war mit einem Zweihundert-Liter-Tank für Langstreckenfahrten ausgerüstet. Der Tank war voll. Die Autoschlüssel steckten in der Tasche des Korrektors. Im Handschuhfach lagen ein Hochleistungsfernglas und eine deutsche SIG Sauer-Neun-Millimeter-Halbautomatik. Unter dem Fahrersitz klemmte eine .357er Magnum. Für beide Waffen war genug Munition vorhanden. Mehr als genug – der Korrektor mußte nur selten eine Waffe nachladen.

Unter dem umgeklappten Rücksitz lagen zwei Kühltaschen. Sie enthielten jeweils sechs zwanzig Zentimeter lange und drei Zentimeter dicke zylindrische Dynamitstangen. Im Kofferraum des Wagens befanden sich, befestigt am Gehäuse des Ersatzreifens, fest in dicke Aluminiumfolie eingehüllt, sechs Sprengkapseln.

Der Korrektor war zufrieden. Man hatte alle Anweisungen aufs Wort ausgeführt. Sogar die Musikwünsche.

Im CD-Player fand er eine CD mit Dick Dale-Instrumentalstücken aus den sechziger Jahren.

Der Korrektor stieg ein und steuerte das große, schwere Fahrzeug zum Kassenhäuschen, zahlte die Rechnung, die sich auf 42,50 Dollar belief, verließ dann das Flughafengelände und fuhr auf den George Washington Memorial Freeway. Die Geschwindigkeitsbegrenzung hielt er peinlich genau ein. Er bewunderte die üppigen grünen Bäume und Rasenflächen, die am Potomac wuchsen. Und er fragte sich, wie Washington ein so schöner und ruhiger Ort bleiben konnte, wo doch so viele häßliche und gefährliche Menschen hier lebten.

Der Korrektor nahm die Francis Scott Key Memorial Bridge über den Fluß und fuhr auf die Wisconsin Avenue. Die Klingle Street befand sich zwanzig Autominuten von dort entfernt.

Als der Korrektor sein Ziel erreicht hatte, parkte er den Wagen an einer schattigen Stelle vier Häuser weiter und schaltete den Motor aus.

»Beobachten und berichten«, hatte die britische Stimme am Telefon gesagt. Die Anweisungen waren völlig eindeutig. »Ich brauche Informationen.«

Als der Korrektor aufgelegt hatte, hatte er gelächelt. Sie lebten in verschiedenen Welten. In einer, in der Informationen eine wertvolle Ware waren, und in einer, in der die einzige Information von Wert einem zu seinem Opfer führte. Oder am Leben hielt.

Nachdem er eine halbe Stunde lang Dick Dale gehört hatte, fuhr ein grauer Ford Taurus vor dem Zielobjekt vor und hielt an. Ein großer, blonder, amtlich aussehender Mann stieg aus und ging schnellen Schrittes den Steinpfad zu dem Backsteinhaus dahinter hinauf.

Der Mann blieb eine Dreiviertelstunde im Haus. Als er ging, sah der Korrektor, daß er sich umdrehte und zum Haus der Frau zurückschaute. Sein Gesichtsausdruck verriet Verwirrung. Irgend etwas störte ihn. Als habe er etwas vergessen. Dann drehte der Mann sich um, ging zum Taurus zurück und fuhr davon. Der Korrektor wartete. Und klar, nach ein paar Minuten kehrte der Taurus zurück. Hielt an einer anderen Stelle auf der anderen Straßenseite. Der blonde Mann schaltete den Motor aus, blieb aber im Wagen sitzen, wartete und beobachtete das Haus, aus dem er gekommen war.

Der Korrektor sah auf die Uhr im Armaturenbrett des Suburban, griff dann nach dem Handy und wählte. Es war an der Zeit, die genauen Anweisungen zu befolgen. Der Engländer hob nach dem dritten Klingelzeichen ab, hörte sich den Bericht des Korrektors an, sagte aber erst etwas, als er alle Informationen erhalten hatte.

»Es hat sich etwas Neues ergeben. Ich habe noch einen Job für Sie.«

»Was ist mit *diesem* Job?« fragte der Korrektor.

»Ebenfalls eine kleine Änderung der Pläne«, kam die englische Stimme leicht verzerrt aus dem Handy. »Oder sollte ich sagen, der Einschaltquoten?«

»Was bedeutet das?«

»Das bedeutet, daß es zu meinem finanziellen Vorteil wäre, wenn wir diese Sache für die Medien interessanter machen könnten.«

»Wie?«

»Wie Sie wollen. Das Wissen um die Einzelheiten würde mir nur den Spaß verderben. Ich arbeite schwer für mein Geld. Ich habe es verdient, etwas Spaß zu haben.«

»Wir alle haben es verdient, etwas Spaß zu haben.« Angesichts dieser Aussichten begannen die Handflächen des Korrektors zu jucken. »Aber nur sehr wenige von uns können sich glücklich schätzen, je die Gelegenheit dazu zu bekommen.«

Als Lindsay Augmon das Gespräch mit seinem gefährlichsten Angestellten beendete, dachte er nicht an die lebhafte Phantasie oder die besonderen Fähigkeiten des Korrektors. Er dachte auch nicht an die Konsequenzen, die der Einsatz dieser Fähigkeiten nach sich ziehen würde.

Er dachte an Geld.

Lord Lindsay Edward Augmon hatte seine erste Million Dollar mit zweiundzwanzig Jahren verdient.

Sein Vater, Sir James Lindsay Augmon, war Dozent in Oxford, distinguiert, spießig, ziemlich rechtschaffen und von allen respektiert, die ihn kannten. Er verehrte die Queen, unterstützte die Labour Party und war der Ansicht, es gebe keine höhere Berufung, als junge Menschen, die nach Wissen und Schönheit dürsteten, Lyrik zu lehren. Ungefähr alle sieben Jahre veröffentlichte der Verlag Faber einen neuen Gedichtband von James, der – schon ein Ritual – jedesmal überschwengliche Kritiken bekam, und alle vier oder fünf Jahre gab er einen Band mit seinen Kritiken heraus, die zumeist keinen Zweifel daran ließen, daß die anderen modernen Lyriker nicht die geringste Ahnung hatten.

Der junge Lindsay studierte, wie man es von ihm erwarten konnte, ebenfalls in Oxford, aber er blieb nur ein Jahr und zwei Monate dort, bis er der Universität verwiesen wurde, weil er die sechzehnjährige Tochter eines Professors geschwängert hatte. Lindsay hatte nichts dagegen, Englands bedeutendste Universität hinter sich zu lassen. Sein Vater war ihm ziemlich gleichgültig – wegen dessen Besessenheit, dessen steifer, arroganter britischer Zurückhaltung oder dessen falscher Liberalität. Er verabscheute auch den Rückzug seines Vaters von der Wirklichkeit in die akademische Szene und hatte nicht die geringste Neigung, in die Fußstapfen des alten Herrn zu treten. Lindsay war Feuer und Flamme, ein Zeitungsmann zu werden. Und ein Mann der Straße. Er liebte die Roheit der Unterschicht: die Gerüche, die Sprache, die Aufregung. Er hatte das Gefühl, daß er dorthin gehörte.

Innerhalb weniger Tage nach seiner Ankunft in London – im Jahr 1953 – hatte Lindsay Augmon einen Job an der Fleet Street. Seine Instinkte als Reporter waren so untrüglich, und er war so furchtlos, daß man ihn nach einem halben Jahr anbot, in die Küstenstadt Falmouth zu ziehen und dort den *Sandpiper* zu übernehmen, eine Zeitung, die sich hauptsächlich an die Gäste des Urlaubsorts wandte. Das Blatt erschien nur in der Ferienzeit, das Anzeigenaufkommen war hoch, aber eben auf drei, höchstens vier Monate beschränkt. Doch Lindsay änderte schnell den Tenor der Berichterstattung: Statt über örtliche Regatten zu berichten und ganzseitige Wetterberichte abzudrucken, widmete der *Sandpiper* sich nun politischen Themen. Die Zeitung schoß sich auf die Labour Party und die Queen persönlich ein, was niemanden überraschte, der den jungen Lindsay kannte. Beide wurden heftig und unaufhörlich angegriffen, und die reißerische Schlagzeile wurde zu Lindsays Spezialität. Nach einem weiteren Sieg der Labour Party bei den Wahlen plärrte Augmons Zeitung »Dem gesamten Land geht es an den Kragen!«, und nach einem Sex-Skandal im Parlament, in den ein Minister namens William Conklin verwickelt war: »Will Willies Willi wieder wollen?« Für die größte Aufregung – und die höchste verkaufte Auflage in der Geschichte der Zeitung – sorgte jedoch die Meldung »Queen ißt Ratte«. Diese Schlagzeile sollte einerseits zum Synonym für Augmon und all seine Zeitungen, andererseits zu seinem Modus operandi werden. Die Queen hatte natürlich keine Ratte gegessen. Die Story beschäftigte sich mit einem Restaurant in London, das in einem Eintopf Rattenfleisch verarbeitet und als Hähnchenfleisch ausgegeben hatte. Als der Besitzer dieses

Etablissements in Soho um einen Kommentar gebeten wurde, beharrte er weiterhin darauf, daß die Nagetiere eine ausgezeichnete Mahlzeit abgäben. »Und wenn die Queen persönlich zum Essen käme, würde ich ihr die kleinen Viecher servieren.« Die Tatsache, daß die Queen *nicht* dort gegessen hatte, hielt Augmon nicht auf. Für ihn kam die Schlagzeile der Wahrheit nah genug – und für seine Leser offensichtlich auch. Innerhalb eines Jahres vervierfachte sich die Auflage, und die Anzeigenpreise stiegen in ungeahnte Höhen.

Nachdem Augmon ein Jahr lang für den *Sandpiper* gearbeitet hatte, stellte er ein Syndikat zusammen, um die Zeitung zu kaufen. Es stellte sich schnell heraus, daß er Geschmack an Eigentum hatte – an *Allein*eigentum. Einer seiner Partner nach dem anderen verschwand. Sie gaben angesichts von Augmons skrupellosen Geschäftspraktiken enttäuscht auf oder wurden hinausgetrieben. Ende der fünfziger Jahre gehörten Augmon sieben Zeitungen in England, und er expandierte nach Australien, wo er vier weitere Blätter erwarb. Es handelte sich stets um kleine Boulevardzeitungen, die schnell politisch eine schon ans Fanatische grenzende rechte Position einnahmen – alles unter dem Mäntelchen, der Arbeiterschaft das zu geben, was sie lesen wollte. Anfang der sechziger Jahre kaufte Augmon Fernsehsender, Zeitschriften und Buchverlage hinzu. Ende der sechziger Jahre erkannte er, daß England eine Sackgasse war und nie mehr zu einer Weltmacht werden würde, und so nahm er seinen unbändigen Ehrgeiz und seine Vorliebe, Stories zu erfinden, mit nach Amerika. In den siebziger Jahren nahm er die doppelte Staatsbürgerschaft an und wurde Amerikaner, damit er die Gesetze umgehen konnte, die den Besitz von Ausländern beschränkten, und begann, amerikanische Fernsehsender und Zeitungen aufzukaufen, die zu haben waren. Sein Vorgehen war dabei jedesmal gleich: Er stellte hungrige junge Leute ein, die wenig Skrupel hatten und darauf versessen waren, die Karriereleiter hinaufzuklettern, richtete sich jedesmal an die Arbeiterschaft und nahm keine Rücksicht auf die Wahrheit, wenn eine Lüge sich etwas besser verkaufte. Reagans Amerika und Thatchers England waren der perfekte Nährboden für seine Pläne und Visionen.

Als er seinen fünfzigsten Geburtstag feierte, hatte er schon drei Ehen hinter sich. Seine zweite Frau hatte ihm einen Sohn geboren, Walker. Die Beziehung zwischen Vater und Sohn war nicht gut. Im Alter von sechzehn Jahren kam Walker bei einem verrückten Unfall ums Leben. Er machte Urlaub im Mittleren Osten und reiste per Anhalter durch Jordanien, besichtigte die prachtvollen Ruinen von Petra. Als er durch die schmale Schlucht ging, die aus den Ruinen führt, kam es plötzlich zu einer Überschwemmung. Die meisten Touristen konnten sich auf höheres Terrain retten. Walker und drei andere ertranken. Seine Leiche wurde nach New York zurückgeflogen, wo seine Eltern wohnten, doch Lindsay Augmon nahm nicht an der Beerdigung teil. An diesem Tag kaufte er ein Filmstudio; in seinem vollen Terminkalender war für die Beisetzung kein Platz.

Als er 1984 die größte englische Fluggesellschaft aufkaufte und vor dem Bankrott rettete, wurde er zum Ritter geschlagen. In dem gesamten Jahrzehnt wandelte er seine Formel nicht ab. Nur unter dem Strich änderte sich etwas: Seine Profite wurden immer größer, als er auch in den Geschäftsbereichen Satellitenfernsehen, Telekommunikation und Kinofilme einstieg. Im Jahr 1988, in dem er auch naturalisierter amerikanischer Staatsbürger wurde, führte *Forbes* ihn als siebtreichsten Mann der Erde auf, mit einem Vermögen von 6,8 Milliarden Dollar.

1990 erlebte Lord Augmon seine vielleicht wichtigste Enthüllung: Nicht nur, daß England nie wieder eine Weltmacht sein würde. *Kein* Land würde die Welt je wieder wirklich dominieren. Die modernen Kommunikationsmittel hatten die Regierungen ihrer wahren Macht beraubt – der Kontrolle über die Informationen. Wenn man herrschen wollte, mußte man nicht mit Waffen herrschen, nicht mit Gesetzen, sondern mit Technik.

So einfach war das. Eines Abends ging Lindsay Augmon mit einer neuen Erkenntnis über die Möglichkeit der Zukunft ins Bett. Am nächsten Morgen wachte er mit dem Entschluß auf, der mächtigste Mensch der Erde zu werden.

14. Kapitel

»Du mußt nachdenken«, sagte Amanda.

»Wenn ich noch schärfer nachdenke«, erwiderte Carl, »kommt's bei mir zu einer vollständigen Gehirnschmelze.«

Amanda nickte und gab nach. »Na schön, dann machen wir eine Pause.« Sie ging zum Kühlschrank und nahm ein Budweiser Light heraus. »Ich habe dir Bier mitgebracht«, sagte sie.

»Das ist kein Bier, Amanda, sondern Affenpisse.«

»Oh, tut mir furchtbar leid«, erwiderte sie unfreundlich. »Wenn ich dir beim nächsten Mal ein Versteck zur Verfügung stelle, achte ich darauf, daß ich dir auch mehrere Sorten Bier vom Faß anbieten kann.«

Sie aßen das Corned beef mit Kohl und gingen alle Einzelheiten durch, an die Carl sich erinnern konnte. Alles über das Buch, das er geschrieben, über die Informationen, die er bekommen, das Material, das er gelesen hatte. Daten. Alle Orte, die er erkannt hatte. Alles, woran er sich über die Gespräche mit Maggie und mit Harry Wagner erinnerte. Alles, was er vielleicht über die Identität des unbekannten Gideon aufgeschnappt hatte. Er hatte sich mittlerweile rasiert, das Haar zurückgekämmt und trug den Giants-Pulli und die Trainingshosen. Es war gut, wieder sauber zu sein. Und es war noch besser, hier zu sitzen und zuzuhören, während Amanda die Zähne in das Rätsel schlug, das sie lösen mußten. Er kam sich fast wieder ganz wie der alte vor. Aber der würde er nie wieder sein. Dieser Carl Granville war Geschichte.

Während des Essens machte Amanda Notizen, ordnete sämtliche Informationen, die ihr wichtig zu sein schienen, erstellte Listen und versuchte, alles nach der zeitlichen Abfolge, den Örtlichkeiten und den Personen zu ordnen. Ihr standen allerdings nicht besonders viele Daten zur Verfügung.

Carl hatte keine richtigen Namen. Nur den Jungen, den er Danny hatte nennen müssen, und dessen Mutter, die er Rayette genannt hatte. Und keine Ortsangaben. Er hatte Beschreibungen der Städte in den Südstaaten bekommen, über die er geschrieben hatte, er kannte sie so gut, daß er den Eindruck hatte, selbst dort gewohnt zu haben, aber in den Briefen und Tagebüchern, die er gelesen hatte, waren alle Namen geschwärzt worden. Diese Städte hätten überall sein können. Louisiana. Tennessee. Arkansas. Alabama. Verdammt, wer konnte das schon sagen? An viele Einzelheiten konnte er sich nur noch verschwommen erinnern, aber Amanda war eine brillante Reporterin. Sie war die Story bereits drei Mal mit ihm durchgegangen, hatte Fragen gestellt, ihn immer tiefer in die hintersten Winkel seines Verstands zurückgeführt. Jedesmal fiel ihm etwas Neues ein. Jedesmal hatte er den Eindruck, sie würden einen kleinen Schritt vorwärts machen. Die Frage lautete nur: *Wohin* schritten sie vor?

»Na schön«, sagte sie. »Erzähl mir von Rayette.«

»Arm, ungebildet. Gelegenheitsnutte. Starke Trinkerin. War mehrmals verheiratet …«

»Wie oft?«

»Keine Ahnung. Drei, vier … drei. Es waren drei Ehen. Nein, vier.«

»Wer waren die Männer?«

Er zählte die auf, an die er sich erinnerte. Und beschrieb einige der kleinen, schmutzigen Städte im Süden, in denen Rayette gewohnt hatte. Ihm fiel ein, daß Danny 1945 geboren worden war. Kurz nach seiner Geburt waren sie fortgezogen. Er hatte das Gefühl, daß sie nicht innerhalb eines Staates herumgezogen waren, sondern von einem Staat in einen anderen. Der kleine Bruder – Carl hatte sich nicht einmal einen Namen für das Kind ausgedacht – wurde 1954 geboren. 1955 beging Danny den Mord, brachte den anderthalb Jahre alten Jungen um. In welcher Stadt auch immer es passiert war, es hatte dort wirklich übel gerochen. Da war irgend etwas gewesen – eine Fabrik? Ein Chemiewerk? Ein Schlachthaus? –, das die Luft verpestet hatte. Eine Fabrik. Ja, ganz bestimmt eine Fabrik. Und ihm fiel ein, daß da eine Hebamme gewesen war. Mit einem Muttermal, das ihr halbes Gesicht bedeckte.

»*Was* für eine Fabrik?«

»Keine Ahnung.«

»Denk nach.«

»Das hat man mir nie gesagt. Ich habe irgend etwas erfunden. Ich glaube, ich habe geschrieben, es sei eine Fabrik für

Batterien gewesen. Ja, genau. Ich habe ein wenig recherchiert, und das schien mir eine vernünftige Wahl zu sein. Sie haben damals alle möglichen Giftabfälle ins Wasser gekippt. Kobalt, Kadmium ...«

»Das war die gute alte Zeit für die amerikanische Industrie. Damals konnte man noch alles wegkippen, was man wollte. Es würde mich nicht überraschen, wenn Rayettes Baby deshalb behindert auf die Welt kam.«

»Glaubst du, die Sache hat einen ökologischen Hintergrund?«

»Könnte durchaus möglich sein.« Amanda ließ nicht locker. »Aber wir haben noch nicht genug, was uns weiterhelfen könnte. Du mußt dich an mehr erinnern.«

»Ich kann mich nicht einmal an meinen eigenen Namen erinnern«, sagte er.

»Komm schon, Carl, es muß doch noch etwas geben.«

»Ich bin völlig leer.«

»Eine Schule«, bedrängte sie ihn. »Oder eine Kirche. Irgendein Wahrzeichen. Ein Laden ...«

»Elvis«, sagte er.

»Was?«

»Elvis!« Seine Augen leuchteten auf. »Elvis Presley ist in der Stadt aufgetreten. In einem kleinen Konzertsaal, vielleicht der Aula einer High School, mit fünfzehnhundert Zuschauern.«

»Wann?« fragte sie.

»Am Tag des Mordes. 1955.«

»Gut!« rief Amanda begeistert. »Sehr gut.«

Carl gestattete sich ein kurzes, triumphierendes Lächeln. Dann schüttelte er den Kopf und sackte auf seinem Stuhl zurück. »Das ist nicht besonders viel, oder?«

»Nein, nicht viel«, gab sie ihm recht, »aber immerhin etwas.«

Zweieinhalb Stunden später hatten sie noch immer nicht viel Neues herausgefunden. Carl fielen fast die Augen zu, und Amanda bemühte sich, neue Wege einzuschlagen. Sie waren die Geschichte noch dreimal durchgegangen und hatten keine neuen Einzelheiten eruieren können. Sie waren wieder am Anfang: Wer auch immer Danny in Wirklichkeit war, er mußte zu einer sehr, sehr wichtigen Person herangewachsen sein. Und eine andere Person, Gideon, wollte Carl und das Buch, das er geschrieben hatte, benutzen, um ihn zu Fall zu bringen. Irgendwie mußte Danny Wind von dem Versuch bekommen haben. Und als Folge davon waren zwei Frauen tot, und Carl war auf der Flucht. Und hier saßen sie in Amandas gemütlichem Haus, aßen den lauwarmen Rest Corned beef und versuchten, der ganzen Sache irgendeinen Sinn zu entnehmen.

»Wir haben ein paar Details«, sagte Amanda. »Wir müssen nur herausfinden, wie wir sie benutzen, um hinter Dannys Identität zu kommen.«

»Und herausfinden, wer hinter Anonymus steckt.«

»Und warum Gideon Danny ruinieren will.«

»Danny hat offensichtlich viel zu verlieren«, murmelte Carl.

»Und nicht nur Geld«, fügte Amanda hinzu, »oder wir hätten es mit simpler Erpressung zu tun. Danny muß sehr viel Macht haben. Oder eine hohe Position. Ruhm ...«

»Was ist mit dem Typ, der gerade diese rechte christliche Gruppierung übernommen hat?«

»Die United in Christ Coalition?«

»Da hat es doch richtige Macht- und Grabenkämpfe gegeben, oder?«

»Er ermordet keine kleinen Jungs«, stellte Amanda scharf klar, »er fickt sie nur.«

Carl sah sie schief an. »Echt?«

Sie nickte. »Stadtgespräch. Wenn jemand ihn wirklich heraushaben wollte, wäre es ein leichtes. Man müßte sich nicht die Mühe machen, ihn mit einem Buch in die Enge zu treiben. Siehst du noch irgendwelche anderen Möglichkeiten?«

Carl trank sein Bier aus, setzte sich auf dem Stuhl zurück und sah zur Decke. »Dieser hitzköpfige Gouverneur von Alabama, der in Princeton studiert hat.«

»Al Brady.«

»Er ist sehr progressiv. Steckt eine Menge Geld in öffentliche Schulen und Ausbildungsprogramme. Die *Times* bezeichnet ihn immer wieder als Person mit einer nationalen ...«

»Spar dir die Mühe.« Amanda tat den Vorschlag mit einem Winken ab. »Er war zweimal wegen Depressionen in stationärer Behandlung. Seine erste Frau hat sich von ihm scheiden lassen, weil er Bettnässer ist. Und als er Jura studierte, hat er mit einem Drogenhändler zusammengelebt.«

Carl musterte sie lange. »Du kennst ja wirklich nette Leute.«

»Hört mal, wer da spricht. Außerdem wollen die Leute wissen, was sie kaufen. Es ist Aufgabe der Presse, dem Gaul ins Maul zu schauen. Wer sollte es sonst tun?«

Carl nannte den beliebten Nachrichtensprecher des bedeutendsten Nachrichtensenders der USA. »Er hätte das richtige Alter. Und er ist in Arkansas aufgewachsen. Aber ...«

»Genau«, beendete Amanda den Gedankengang für ihn. »Aber was hätte er davon? Er würde seinen Job verlieren. Und dann würde er seine Seele in Memoiren entblößen, die sofort die Spitze der Bestsellerliste stürmen würden. Er würde in *Sixty Minutes* auftreten und heulen. Und wahrscheinlich sofort einen Job bei einem anderen Nachrichtensender kriegen. Wenn man ihn abschießt, verändert man nicht den Lauf der Geschichte. Wahrscheinlich verändert man damit nicht einmal die Geschichte seines Senders.«

»Verdammt, wo stehen wir dann?« Und als sie nicht antwortete, sprach Carl für sie: »Wir stehen vor dem Nichts.«

Er schlief einfach ein. Die geistige Anspannung und die körperliche Belastung der letzten Tage hatten ihn völlig erschöpft. Er schaffte es nicht mehr ins Gästezimmer, sondern legte sich einfach auf die Couch im Wohnzimmer. Während er schlief, blieb Amanda in der Küche, rauchte, trank eine Cola Light und versuchte verzweifelt, den Dingen auf den Grund zu gehen. Nach einer Stunde schmeckte der Tabak schal, die Cola wäßrig, und ihre Gedanken waren verwirrter denn je. Sie drückte die Kippe aus, ging zum Sofa und schaute Carl an. Selbst im Schlaf zeigte er kein Anzeichen von Frieden. Schwitzend wälzte er sich hin und her, warf sich von der einen Seite auf die andere; in der Küche hatte sie geglaubt, ihn sogar stöhnen und murmeln zu hören. Der Schrecken, den er durchlebte, hatte eindeutig tief in seine Träume hinübergegriffen. Amanda streichelte ihm übers Haar, worauf er sich herumdrehte. Einen Augenblick lang verließ die Anspannung sein Gesicht; sie mußte lächeln. Da war er wieder, der alte Granny. Dann öffnete er die Augen. Er sah sie kurz an, verständnislos, als wisse er nicht, wo er sei. Als der Nebel sich auflöste, setzte er sich langsam auf, atmete tief ein und rieb sich die Augen. Dann machten sie sich wieder an die Arbeit.

Amanda erklärte ihm, daß ein kurzer Schlaf Wunder vollbringen könne. Neue Gedanken kämen an die Oberfläche, neue Erinnerungen könnten sich enthüllen. Also gingen sie die Story noch zweimal durch. Beim ersten Mal ließ sie ihn alles über Harry Wagner erzählen. Wann er zum ersten Mal aufgetaucht war, was genau er gesagt, was er gekocht hatte. Beim zweiten Mal konzentrierten sie sich auf Maggie Peterson. Ein Detail nach dem anderen kam zum Vorschein. Er erinnerte sich genau daran, was sie in ihrer Wohnung zu ihm gesagt hatte. Er erzählte Amanda von Quadrangle, dem Tochterverlag von Apex, bei dem das Buch erscheinen sollte.

»Wer hat den Scheck unterschrieben, den Maggie dir gegeben hat?« fragte sie.

»Ich habe nicht die geringste Ahnung.«

»Ein Scheck von irgendeiner Firma?«

»Ja, klar.«

»Von welcher Firma?«

»Von Apex, vermute ich.«

»Bartholomew hat das abgestritten, oder?«

»Hat er zumindest gesagt.«

»War es Quadrangle?« bedrängte sie ihn.

Carl zuckte mit den Achseln. »Kann sein.«

»Deine Bank hat auf jeden Fall eine Kopie des Schecks.«

»Wenn ich mich dort sehen lasse«, stellte er klar, »wird man mich sofort verhaften.«

»Na schön. Was noch?«

»Nichts«, sagte Carl resignierend. »Sie hat mir gesagt, sie wolle das Buch machen, ich könne ein Geheimnis für mich behalten, ich könne schnell schreiben …«

»Das war wichtig?«

»Sehr wichtig. Ich hatte etwa drei Wochen, um das Buch zu schreiben. Sie hat gesagt, es solle in sechs Wochen erscheinen.«

»So schnell?«

»Das hat sie gesagt.«

»Ist das normal?«

»Absolut nicht. Bei einem normalen Buch würde eine Abgabe drei *Monate* vor dem Erscheinungstermin die Herstellung vor ganz gewaltige Probleme stellen.«

»Wann hast du angefangen?« fragte Amanda.

»Das weißt du doch. Einen Tag nach Bettys Beerdigung.«

Amanda griff nach ihrem Kalender. »Die Beerdigung war am achtzehnten Juni.«

»Dann habe ich in dieser Nacht angefangen.«

»Und drei Wochen später ... das wäre jetzt. Anfang Juli.«

»Na schön«, sagte er. »Was beweist das?«

»Keine Ahnung. Aber wenn sie das Buch drei Wochen nach deinem Abgabetermin veröffentlichen wollte, müßte es am Ende des Monats erscheinen. Weshalb ausgerechnet zu diesem Termin?«

»Könnte alles Mögliche sein. Vielleicht hat da jemand Geburtstag.«

»Oder irgend etwas passiert im Juli«, sagte sie. »Irgendein Ereignis. Was ist im Juli los?«

»Der vierte Juli«, sagte er. »Der Nationalfeiertag.«

»Sehr patriotisch, aber ziemlich verschwommen. Was noch?«

»Das All-Star-Spiel. Aber ich bezweifle irgendwie, daß es da einen Zusammenhang gibt.«

Sie würdigte diese Bemerkung keiner Antwort. Beide saßen einen Augenblick lang schweigend da. Dann öffnete sie den Mund, schloß ihn sofort wieder und sah Carl an. Ihre Blicke trafen sich, und er nickte.

»Ich glaube, wir denken dasselbe«, sagte er. »Aber hat das mit Gideon zu tun?«

»Der Nominierungskongreß für die Präsidentenwahl«, sagte Amanda leise.

»In New Orleans. In etwa drei Wochen.«

»Ein verdammt bedeutendes Ereignis.«

Carl schüttelte langsam den Kopf. »Gar kein Ereignis. Adamson ist der beliebteste Präsident seit Reagan. Selbst *du* magst ihn, und du magst *gar keine* Politiker.«

»Ich mag ihn«, gab sie ihm recht. »Er kann sich während einer Konferenz an seinen eigenen Namen erinnern, ohne in seinem Stichwortverzeichnis nachsehen zu müssen, er kann in vollständigen Sätzen sprechen, ohne sich seine Reden schreiben lassen zu müssen, und er ist seit fast vier Jahren Präsident, ohne auch nur einmal von der Nutte des Monats verklagt worden zu sein. Das unterscheidet ihn wohltuend von seinen Vorgängern. Die Tatsache, daß es ihm gelungen ist, den Zusammenbruch des Landes zu verhindern, stellt nur eine kleine Zugabe dar.«

»Und er ist mit St. Lizzie verheiratet.«

»Ich kann diesen Spitznamen nicht ausstehen. Er ist so sexistisch. Nur weil die Frau klug und stark ist, spricht man so höhnisch über sie.«

»Das würde ich nicht behaupten. Die Presse behandelt sie doch wie eine Königin.«

»Na ja, sie tut auch viel Gutes. Sie kümmert sich um Kliniken und tut viel mehr für die Ausbildung als jeder andere.«

»Ich streite mich ja gar nicht mit dir. Ich habe den Typ gewählt und mag seine Frau. Warum sprechen wir überhaupt über sie?«

Amanda zuckte mit den Achseln. »Wir wollen jede Möglichkeit durchgehen. Was könnte sonst mit einer Buchveröffentlichung im Juli zusammenfallen?«

»Weißt du«, sagte Carl nachdenklich, »wenn wir schon so gründlich sind ... in einer Hinsicht käme Adamson in Frage. Er hat auf jeden Fall sehr viel zu verlieren. Er will im November wiedergewählt werden, gleichgültig, wer gegen ihn antreten wird.«

»Besonders, wenn es Walter Chalmers sein sollte. Der erfahrene Senator aus dem großen Staat Wyoming liegt derzeit bei jeder Meinungsumfrage zwanzig Prozentpunkte hinter dem Präsidenten.«

»Weil Chalmers ein erzkonservativer, rassistischer Waffennarr ist, der im neunzehnten Jahrhundert lebt und jedem angst macht, der ihn reden hört. Der Mann ist doch verrückt.« Die Worte schwebten zwischen ihnen. »Wahrscheinlich«, sagte Carl schließlich, »müssen wir uns die Frage stellen ... *wie* verrückt ist er?«

»Fragst du dich etwa, ob er so verrückt ist, ein kleines Kind zu ermorden?«

Carl atmete laut und lange aus. »Ja«, sagte er, »das frage ich mich wohl.«

»Selbst, wenn es so wäre ... warum sollte Adamson sich überhaupt darum scheren? Es wird die eindeutigste Wahl seit ...« Sie hielt inne.

»Seit Nixon und McGovern?« beendete er den Satz. »Als Nixon in den Umfragen um zwanzig Punkte führte und trotzdem noch den Watergate-Einbruch anordnete?«

»Ich gestehe ja ein, daß er ein Alptraum ist, aber Senator Chalmers als Danny? Und Präsident Adamson als Gideon? Das kommt mir doch zu verrückt vor.«

»Vielleicht weiß Adamson gar nichts davon. Vielleicht ist es ein Angehöriger seines Stabs. Oder vielleicht ist es genau anders herum. Vielleicht ist Chalmers Gideon.«

»Und der Präsident Danny?« Sie starrte ihn an, als hätte er den Verstand verloren.

»He«, sagte er, »wir gehen doch nur alle Möglichkeiten durch, oder? Und es gibt einige Übereinstimmungen. Adamson kommt aus dem Süden, er wäre im richtigen Alter ...«

»Erinnerst du dich an den Wahlkampf?« fragte Amanda mit einem ungläubigen Lachen. »Du sprichst von dem Präsidenten, dessen Vergangenheit man in der bisherigen Geschichte Amerikas am besten durchleuchtet hat. Wie viele Biographien sind über ihn geschrieben worden? Es gibt keine einzige Einzelheit in Tom Adamsons Leben, die man nicht genau studiert und immer wieder erforscht hat. Wenn dieser Mann einen Bruder hätte – einen Halbbruder, einen Stiefbruder, legitim, illegitim, schwarz, braun, gelb, Menschenaffe, Außerirdischer –, meinst du nicht, wir hätten das mittlerweile herausgefunden?«

»Was ist mit Bickford?«

»Was soll mit ihm sein?«

»Er ist der Vizepräsident. Vielleicht will er Kalif anstelle des Kalifen werden.«

»Nun, wollte Jerry Bickford Präsident werden, hätte er als Präsident kandidiert. Er ist Königsmacher, kein König. Und er ist der ehrlichste Politiker, den wir wahrscheinlich seit George Washington hatten.«

Carl nagte an seiner Unterlippe. »Wahrscheinlich hast du recht.«

»Und es gibt ein paar Gerüchte über ihn. Daß er krank ist und einen Schlaganfall hatte. Jedenfalls hat man ihn in den letzten paar Tagen nicht mehr zu Gesicht bekommen. Aber ich garantiere dir, Jerry Bickford hat nichts damit zu tun. Das wäre einfach verrückt.«

»Ja«, erwiderte Carl langsam. »Es ist verrückt.«

Ohne jede Warnung trat er zu ihr hinüber und drückte ihr einen Kuß auf die Stirn. Dann ging er mit sicheren, ruhigen Schritten zur Haustür.

»Augenblick«, rief sie. »Wohin willst du?«

»Ich werde tun, was ich von Anfang an hätte tun sollen – mich stellen. Bevor das alles noch verrückter wird. Und etwas noch Schlimmeres passiert.«

Amanda lächelte beinahe. »Was könnte denn noch schlimmer werden?«

»Daß sie es auch auf dich abgesehen haben«, sagte er leise und ohne den geringsten Anflug eines Lächelns. »Das ist das Schlimmste, was ich mir vorstellen könnte.«

Sie ging zu ihm hinüber und strich ihm sanft über die Wange. »Wir stecken gemeinsam in dieser Sache«, sagte sie genauso leise und eindringlich. »Und ich möchte, daß du bleibst.«

Er hob die Hand und berührte sie. Ihre Finger verschränkten sich. »Amanda ...«

Sanft, aber nachdrücklich löste sie die Finger wieder voneinander. »Werde nur nicht sentimental«, sagte sie. »Das hat nichts mit dir und mir zu tun. Das ist nur beruflich.«

Er bedachte sie mit einem Stirnrunzeln, er konnte nicht so ganz glauben, was er hörte.

»Du glaubst doch nicht, daß ich mir so eine Story entgehen lasse, oder?« Und bevor er antworten konnte, fuhr sie fort: »Ich bin Journalistin. Man erwartet von mir, daß ich jemanden aufspüren kann.« Sie trat einen Schritt zurück und nickte entschlossen. »Also hören wir mit dem Unsinn auf und suchen Harry Wagner.«

15. Kapitel

H. Harrison Wagner hatte Angst, als er die Nummer auf der Handytastatur eingab und damit den Anruf tätigte, der unweigerlich sein Leben verändern würde.

Als er der englischen Stimme am anderen Ende der Verbindung seinen Namen nannte und eine merkliche Pause folgte, wußte Harry, daß er das Überraschungsmoment auf seiner Seite hatte. Mit der Überraschung kam die Kontrolle. Und mit der Kontrolle kam normalerweise der Sieg. Selbst über einen Mann wie Lindsay Augmon. Doch als Harry wartete, daß Augmon antwortete, kam er sich gar nicht siegreich vor. Das Blut floß kalt durch seine Adern, er zitterte am ganzen Körper und dachte: *Leg auf. Leg auf und vergiß all deine durchdachten Pläne. Lauf einfach. So weit und schnell du kannst.* Aber dann gewann der Mann am anderen Ende der Verbindung seine Fassung zurück. Er klang nicht mehr überrascht, als er sagte: »Wie sind Sie an diese Nummer gekommen?«

»Haben Sie vergessen, für wen ich arbeite?« fragte Harry.

»Nein.« Augmon seufzte. »Ich habe es nicht vergessen.«

»Dann stellen Sie keine dummen Fragen.« Harry war zufrieden. Seine Stimme zeigte kein Anzeichen von Anspannung, keine Spur von Nervosität. »Sie haben meine Nachricht bekommen?«

Augmon zögerte. »Ja, natürlich«, sagte er dann. Seine Stimme klang resigniert, als sei dieses Gespräch unausweichlich gewesen. Als sei alles, worum Harry gebeten, alles, was Harry getan hatte, vorherbestimmt. Der Engländer klang müde und leicht ungeduldig.

»Ich weiß alles«, sagte Harry.

»Sie wissen vieles«, gestand die Stimme ein. »Aber nicht alles.«

»Ich weiß genug, um Ihnen den Arsch aufzureißen, Kumpel«, sagte Harry. »Und zwar ganz gewaltig.«

»Sie haben Ihre Drohungen ausgesprochen, und ich habe sie zur Kenntnis genommen«, sagte Augmon. »Es besteht kein Grund, daß Sie sie ausschmücken. Schon größere Experten als Sie haben versucht, mich einzuschüchtern, und glauben Sie mir, das ist eine Verschwendung Ihrer Zeit und meiner Energie.«

»Na schön. Keine Ausschmückungen mehr. Kommen wir zum Geschäft. Schreiben Sie sich diese Nummer auf.« Harry nannte klar und deutlich die neunstellige Zahl.

»Ihr Bankkonto?«

»Gut«, sagte Harry. »Ich bin beeindruckt.«

»Die Cayman-Inseln?«

»*Sehr* gut.«

»Und wieviel soll ich Ihnen telegraphisch überweisen?«

»Für Sie Kleingeld. Für mich meine Altersversorgung. Fünf Millionen Dollar.«

»Darf ich fragen, wie Sie auf diese Zahl gekommen sind?«

»Ich bin nicht gierig«, erwiderte Harry. »Das müßte mir ein sorgenfreies Leben ermöglichen, Ihnen aber keine so großen Sorgen bereiten, daß Sie sich die Mühe machen, mich aufspüren zu lassen.«

»Es ist schade, daß Sie sich entschlossen haben, die Seiten zu wechseln«, sagte der Mann am Telefon. »Sie hätten ganz nützlich sein können.«

»Ich wechsle nicht die Seiten«, sagte Harry. »Es gibt nur eine Seite. Hat immer nur eine gegeben. Und zwar meine Seite. Ich brauche das Geld morgen.«

»Sie können es in einer halben Stunde haben. Na ja, in einer, um ganz sicherzugehen. Wenn Sie mir eine Nummer geben, rufe ich Sie an, sobald alles arrangiert ist.«

»Ich rufe Sie an«, sagte Harry. »In einer Stunde.« Ohne ein weiteres Wort unterbrach er die Verbindung.

Harry hatte damit gerechnet, daß die Furcht verschwand, nachdem er das Gespräch beendet hatte. Aber das tat sie nicht. Sie war in ihm, griff nach seinem Magen und seinen Nieren und seiner Kehle. Sie wollte ihn einfach nicht loslassen, und das überraschte ihn. Normalerweise lebte er nicht mit der Furcht. Er hatte in seinem ganzen Leben nur drei Mal Angst gehabt.

Beim ersten Mal war er neun Jahre alt gewesen. Er wohnte in Buffalo, New York, und sein bester Freund, Timmy McGirk, zog nach Hawaii. Timmys Vater war Berufssoldat und dorthin versetzt worden. In der Schule waren alle unglaublich eifersüchtig. Harry aber nicht. Harry war in Tränen aufgelöst. Er weinte, als Timmy es ihm mitteilte, und Timmy mußte ihn trösten. Timmy sagte Harry, er könne ihn jederzeit besuchen, und dann würden sie surfen lernen. *He, vielleicht lernst du auch den Hula,* sagte Timmy, schlug ihm gegen die Brust und lachte.

Der junge Harry Wagner schaffte es nie nach Hawaii. Timothy McGirk auch nicht. Das Flugzeug, in dem Tim, seine jüngere Schwester und ihre Eltern saßen, stürzte etwa eine halbe Stunde vor der planmäßigen Landung in Honolulu in den Pazifik. Es hatte irgendeinen Kabelbrand im hinteren Teil des Flugzeugs gegeben, und das ganze Ding verwandelte sich in ein fliegendes Inferno. Den Zeitungsberichten zufolge war es höchst unwahrscheinlich, daß noch jemand an Bord lebte, als der brennende Koloß auf das Wasser schlug. Alle Insassen waren schon längst erstickt und verbrannt.

Danach hatte Harry Angst vor dem Fliegen. Angst vor dem Fallen. Die Angst vereinnahmte ihn in fast jeder wachen Minute. Wenn er aus dem Fenster eines oberen Stockwerks eines hohen Gebäudes sah, brach ihm der kalte Schweiß aus, und seine Knie wurden weich. Wenn er in einem Auto saß, das über eine Brücke fuhr, mußte er die Augen schließen und sich ducken. Manchmal verstand er in der Schule nicht einmal den Lehrer, weil er vor seinem geistigen Auge nur noch ein riesiges Flugzeug sah, das fiel und fiel, immer schneller und schneller, und dann …

Und dann nichts.

Mit der Zeit lernte er zwar, mit der Furcht umzugehen, doch sie blieb vorhanden. Als Harry dann achtzehn wurde, zwang er sich, Flugunterricht zu nehmen. Er war mittlerweile im College, an der Universität von Binghamton. Um sie bezahlen zu können, nahm er einen Job in einer Imbißbude an, die die ganze Nacht über geöffnet hatte, und kippte gefrorene Kartoffeln in Bottiche mit siedendheißem Fett. Obwohl seine Leistung im Cockpit tadellos war, drohte er jedesmal vor Entsetzen zu erstarren, wenn er hinter den Kontrollen der zweimotorigen Cessna saß. Der Fluglehrer, der Rigney hieß, war ein außergewöhnlich stattlicher Mann Mitte Dreißig. Seine Haut war stets perfekt gebräunt, auch im Winter. Seine Zähne waren strahlend weiß, und sein Lächeln war genauso anmaßend wie betörend. Harry verspürte Ehrfurcht vor Rigney, der, wann immer sie in der Luft waren, den Jüngeren mit Geschichten über sein Leben unterhielt. Jeden Dezember packte Rigney seine Sachen, flog in die Karibik und arbeitete dort als Charterpilot, schaffte jeden und alles von einer Insel zur anderen. Das waren vier Monate, so sagte er, Fliegen, Sonne und Vögeln, die drei schönsten Dinge im Leben. Harry lauschte den wilden Geschichten, während er die schwitzenden Hände um die Kontrollen schloß und sich verzweifelt wünschte, daß Rigney ihn bemerkte, ihm sagte, er mache seine Sache gut. Er wollte unbedingt, daß Rigney ihn mochte, aber noch dringender wollte er wieder auf den sicheren Erdboden zurück, raus aus den Wolken, verdammt noch mal, und die wackligen Beine wieder auf die Erde setzen. Rigney hatte die Furcht seines Schülers bemerkt und wollte ihn nicht allein fliegen lassen, nicht einmal, nachdem er die erforderlichen Flugstunden absolviert hatte. Aber Harry beharrte darauf, und der Fluglehrer hatte keinen Grund – abgesehen von seinem Instinkt vielleicht –, ihm einen Soloflug zu verweigern.

Harry vermutete, daß Rigney mehr als nur seine Furcht bemerkt hatte. Er glaubte, daß Rigney unter seinem anmaßenden Lächeln und seinem zynischen Blick alles über ihn wußte. Daß Rigney imstande war, in ihn hineinzuschauen und sein wahres Ich zu sehen. Zu sehen, was Harry Wagner wirklich wollte. Zu sehen, was Harry Wagner wirklich *war*.

An einem seiner freien Tage heftete sich Harry an Rigneys Fersen. Insgeheim. Er beobachtete ihn aus der Ferne. Er war überzeugt, daß Rigney nichts davon ahnte, und wurde immer besser darin, ihn auf der Straße zu beschatten. Er konnte über ganze Häuserblöcke unentdeckt hinter ihm bleiben, tauchte in Hauseingänge und duckte sich hinter Passanten, wenn es sein mußte. Er fand sogar heraus, wo Rigney wohnte, und schlich manchmal spät in der Nacht um sein Haus. Dort verbarg er sich im Gebüsch und spähte in die erhellten Fenster.

Manchmal kletterte er auf einen hohen Ahornbaum im Garten, kauerte sich auf die Äste und beobachtete einfach. Es waren immer Frauen im Haus, junge, attraktive Frauen, die über alles lachten, was Rigney sagte, und jedesmal laut stöhnten, wenn Rigney sie küßte. Manchmal trat Rigney ans Fenster, und eine seiner Frauen bat ihn, ins Bett zu kommen. Aber Rigney schaute dann auf den Garten hinaus, und Harry wagte sich nicht zu rühren, aus Angst, Rigney würde ihn sehen. Einmal stand Rigney ganz lange so da, während sein nackter Körper sich im Licht der Schlafzimmerlampe deutlich abzeichnete. Er stand eine Viertelstunde dort, vielleicht sogar länger, und schaute einfach hinaus. Harry kauerte sich schwitzend zwischen den Ästen des Ahornbaums zusammen und wäre am liebsten zwischen den Blättern verschwunden. Dann drehte Rigney sich lachend um und sprang zu seiner schmollenden Partnerin ins Bett.

Am Tag vor Harrys erstem Alleinflug bestand Rigney darauf, daß sie noch einmal in die Luft stiegen. Harry hatte seit einer Woche nicht mehr geschlafen und fast genauso lange nichts mehr gegessen. Über einen Monat lang hatte er ein paar Minuten vor jeder Flugstunde die Herrentoilette des kleinen Flughafens im nördlichen Teil des Bundesstaates aufgesucht und so heftig würgen und sich übergeben müssen, daß er schließlich Blut in das rostige Waschbecken gespuckt hatte.

Als sie zum letzten Test vor dem Soloflug starteten, war Rigney ungewöhnlich schweigsam. Kein anzügliches Geschwätz von fliegenden Mädchen in Bikinis, kein fröhliches Geplauder von Flügen nach drei Martini-Cocktails und Tussis, die einem während des Flugs einen bliesen. Er erklärte Harry, er wolle den Alleinflug des nächsten Tages simulieren, und Harry solle so tun, als sei er völlig allein. Es dauerte nicht lange, und sie segelten ruhig dahin, abgesehen vom Summen der Motoren von völliger Stille umgeben. Wie immer glitten Harrys Gedanken zwangsweise zurück, ließen wieder das Bild des brennenden Jets in seiner ganzen lähmenden Pracht entstehen. Als sie über die baumwollflaumigen Wolken dahinzogen und zu den Straßen und Brücken und Gebäuden unter ihnen hinabsahen, die alle auf ein unwirkliches Miniaturformat reduziert worden waren, umklammerte Harry die Kontrollen und wartete darauf, daß die Prüfung zu Ende ging und er die Füße wieder auf festen Boden setzen konnte.

Aber diesmal war es nicht so einfach.

Bei zehntausend Fuß, eine halbe Stunde nach Beginn der zweistündigen Unterrichtseinheit, griff Rigney hinüber und drosselte die Leitung des rechten Motors.

»Was soll das?« fragte Harry zwischen zusammengebissenen Zähnen.

»Ich möchte Ihnen die Notfallprozeduren bei einem Motorausfall demonstrieren.«

»Das haben wir doch schon hinter uns«, sagte Harry.

»Dann werden wir es noch mal durchexerzieren.«

Die Maschine sackte plötzlich um vielleicht einhundert Fuß ab, und Harry glaubte, sein Herz würde ihm buchstäblich aus der Brust springen. Er riß den Mund auf, und der Schweiß strömte geradezu sein Gesicht hinab. Ungläubig drehte er sich zu Rigney um. Aber der Fluglehrer sah ihn seelenruhig an. »Ich muß sehen, wie Sie sich verhalten, wenn etwas schiefgeht«, sagte er.

Harry kämpfte gegen die Panik an. Er schmeckte sein eigenes Erbrochenes, das in seiner Kehle emporstieg, kämpfte es jedoch zurück und zwang sich, sich zu konzentrieren. *Es ist nur ein Test,* sagte er sich. Rigney nahm die Leistung nur zurück, schaltete den Motor nicht ganz aus. *Richte die Maschine auf, zieh die Nase hoch, zeig ihm, daß du weißt, was du tust, und er wird das Triebwerk wieder dazuschalten.*

Er sah nach rechts. Rigney machte keinerlei Anstalten, die Energie wiederherzustellen.

»Sie gehen zu weit«, sagte Harry.

»Vielleicht«, sagte Rigney. »So 'ne Scheiße passiert manchmal.«

Harry hörte, daß die Vergaserklappe sich beinahe schloß. *Mein Gott, er hat den Motor abgeschaltet!*

»Geben Sie mir wieder Saft«, sagte Harry. »Verdammt noch mal, geben Sie mir wieder Saft!«

»Würde ich ja gern, mein Sohn«, sagte Rigney, und sein ruhiger, gelassener Ton brachte Harry unglaublich auf die Palme.

»Aber falls Sie sich vielleicht an den Scheiß erinnern, den ich in Ihren Schädel gehämmert habe, fällt Ihnen sicher ein, daß die Vergaserwärme vom Verteilerrohr kommt. Und was passiert, sobald der Motor aussetzt?«

»Kein Verteilerrohr«, flüsterte Harry. »Sie Arschloch. Sie haben den Vergaser ausgeschaltet. Sie blödes Arschloch.«

»Sie können mich soviel beschimpfen, wie Sie wollen«, sagte Rigney, »aber das bringt uns nicht nach Hause.«

»Sie Drecksau!« schrie Harry. »Wir werden krepieren!«

»Nicht, wenn Sie wissen, was Sie jetzt tun müssen.«

Denk nach, sagte Harry sich. *Dieser Wahnsinnige ist bereit, mit dir zu sterben, also denk nach, denk nach, denk nach.* Aber er konnte nicht denken. Er konnte sich nicht bewegen. Er konnte gar nichts tun, sah sich nur fallen, bis auf die Erde fallen, ein großer, senkrecht stürzender Feuerball, der in den Tod fiel ...

»Wir verlieren Geschwindigkeit«, sagte Harry. »Wenn wir unter fünfundsechzig Knoten gehen, werden wir auch den anderen Motor abwürgen. Wir werden den zweiten Motor ebenfalls verlieren.«

Rigney sagte nichts.

»Helfen Sie mir«, sagte Harry. »Bitte helfen Sie mir.«

Rigney verschränkte gelassen die Arme vor der Brust. »Ich bin nicht mal hier.«

Harry Wagner war wie gelähmt. Erstarrt. Und in den wenigen Augenblicken, in denen die Unentschlossenheit ihn beherrschte, begann das Flugzeug wild und unkontrolliert zu trudeln.

Das war der Moment, in dem Harry sich in die Hose schiß.

Der Lärm und der Gestank füllten die kleine Kabine aus, und Harry glaubte zu sehen, daß Rigney das Gesicht verzog. Harry kam sich erniedrigt vor. Er war aschfahl. Doch die Erniedrigung überkam schließlich das Entsetzen, denn in diesem Augenblick begann er sich zu konzentrieren. Und zu handeln.

Na schön, schien eine innere Stimme zu sagen. *Notfallprozedur bei Motorausfall. Die Nase senken, um die Geschwindigkeit zu erhöhen. Du darfst nicht unter fünfundsechzig fallen.*

Die Geschwindigkeit war auf achtzig Knoten zurückgegangen. Auf fünfundsiebzig ...

Harry ergriff die Kontrollen und drückte die Nase der Maschine hinab. Sie mußten um fünftausend Fuß gesunken sein, vielleicht auch um sechstausend. Sie flogen jetzt mit zweiundsiebzig Knoten pro Stunde.

Überprüf den Öldruck, damit du den Propeller aufdrehen kannst.

Der Öldruck war beständig. Er veränderte den Winkel des noch funktionierenden Propellers und richtete die Vorderkante nach vorn und achtern in den Wind aus. Der Strömungswiderstand wurde sofort geringer. Die Geschwindigkeit war auf siebzig Knoten gesunken. Nun stieg sie wieder, auf fünfundsiebzig, dann achtzig ...

Das Trudeln hörte auf. Und sie sanken nicht mehr. Sie würden es schaffen.

Sie würden es schaffen!

Harry warf den Kopf zurück und lachte. Er sah Rigney an, dessen Ausdruck sich nicht verändert hatte. Er hatte die Arme noch vor der Brust verschränkt. Auf seinem Gesicht war nicht einmal ein Schweißtropfen zu sehen. Er sah einfach nur zu Harry hinüber, betrachtete ihn neugierig.

Harry merkte plötzlich, daß seine Hose auch vorn einen großen, nassen Fleck aufwies. Er hatte sich nicht nur in die Hosen geschissen, sondern auch vollgepinkelt. Seine Hände waren schweißnaß, sein Magen krampfte sich nun zusammen. Aber die Maschine flog ruhig, und er hatte sie gewendet. Sie kehrten zum Flughafen zurück. Sie hatten es geschafft, verdammt noch mal!

Als Harry gekonnt auf der Landebahn aufsetzte und das Flugzeug mit kreischenden Reifen zum Stehen kam, drehte Rigney sich zu ihm um. Er sagte noch immer nichts. Sah Harry nur in die Augen.

Harry wußte, daß der Pilot erneut bis in die Tiefen seiner Seele schaute, und hätte am liebsten geschrien. Es dauerte lange, bis er den Blick des Piloten erwidern konnte. Und als er endlich dazu imstande war, konnte er lediglich sagen: »Bitte hören Sie auf, mich so anzusehen.«

»Sie haben sich besser gehalten, als ich dachte«, sagte Rigney. »Sie haben sich wie ein Mann benommen. Sie werden die Prüfung bestehen.«

»Danke«, murmelte Harry.

»Danke mir nicht«, sagte Rigney. »Und komm nie wieder hierher. Ich will dich nie wieder sehen. Nimm keine Flugstunden mehr, hänge nicht am Flughafen herum, verfolge mich nicht mehr.«

»Ich ...« Aber Harry bekam kein weiteres Wort heraus, denn Rigney schlug ihn hart ins Gesicht, auf den Mund. Harrys Wange rötete sich, und er spürte, daß ein Blutfaden zwischen seinen oberen Schneidezähnen hinabsickerte.

»Ich habe bemerkt, daß du mich verfolgst. Ich weiß, wann du auf der Straße hinter mir bist. Und ich weiß, daß du dich vor meinem Haus herumtreibst.«

»Bitte«, sagte Harry, »ich kann das erklären ...« Aber Rigneys Hand schoß wieder vor, und dieser Schlag war noch härter. Harrys Kopf flog zurück, und einen Augenblick lang sah er nur noch Dunkelheit.

»Mach deinen Alleinflug«, sagte Rigney. »Tu, was ich dir beigebracht habe. Mach mich stolz. Aber wenn ich dich noch einmal im Gebüsch sehe, wenn ich dich noch einmal erwische, daß du mich verfolgst, bringe ich dich um.«

Harry machte sich nicht die Mühe einer Antwort. Er löste seinen Sicherheitsgurt, stieg unsicher aus dem Flugzeug und ging davon, sah nicht einmal zu Rigney zurück. Einen Tag später erschien er zu seinem ersten Alleinflug. Alles ging gut; der Flug verlief so glatt, wie man es sich nur wünschen konnte.

Harry Wagner wußte, daß er nie wieder Angst vor dem Fliegen haben würde.

Zwei Jahre später verspürte Harry zum nächsten Mal Angst. Es war bei seiner ersten sexuellen Erfahrung.

Die Frau war siebenundzwanzig, einige Jahre älter als er. Sie war geschieden und hatte einen vierjährigen Sohn. Ihr Name war Helen, und sie hatte ausgezeichnete, lange und muskulöse Beine und winzige, so gut wie gar keine Brüste. Ihr Haar war braun und dick, ihre Haut etwas zu grob und zu bleich, und wenn sie neben ihm stand, konnte er ihr süßes Shampoo riechen. Sie hatten sich auf einer Party kennengelernt. Harry wurde nicht zu vielen Parties eingeladen – auch damals war er noch ein Einzelgänger und sonderte sich von den meisten anderen Studenten ab –, doch zu dieser war er gegangen. Er wußte nicht genau, warum; vielleicht war er einsam gewesen, vielleicht hatte er jemand wie Helen gesucht. Und da war sie. Sie sagte, sie sei mit ihrem Freund gekommen, doch er habe sich mit seinen Kumpels betrunken und sei wieder gegangen. Harry vermutete, daß sie ihn belog, das als Entschuldigung vorbrachte, um ihn wieder loszuwerden, aber er sagte, er wolle sie nicht ihrem Freund ausspannen, sich nur ein wenig mit ihr unterhalten. Sie lächelte und nickte und schien sich zu freuen, jemanden kennengelernt zu haben, der noch Manieren hatte, und sie setzten sich in eine Ecke und unterhielten sich leise. Und tranken etwas. Und Harry merkte schon bald, daß sie gierig seine muskulösen Arme anstarrte, die schlanke, V-förmige Gestalt seines Körpers von den Schultern bis zur Taille. Er spürte ein Nagen in der Magengrube. Einen Anflug von Panik. Er kam zu dem Schluß, daß diese Frau ihn wollte. Er wollte sie auch, und es überraschte ihn, wie sehr sie ihn wollte, doch er wußte nicht, ob er es auch bringen würde. Er hatte es noch nie gemacht. Harry spürte, daß er zu zittern begann. Seine Kehle war wie zugeschnürt. An diesem Abend betrank er sich zum ersten Mal in seinem Leben, bis er den Mut aufbrachte, sie zu fragen, ob er sie nach Hause bringen könne. Er hatte sich genau vorgestellt, wie es dann laufen würde. Sie würde nicken und seine Hand nehmen und mit ihm in ihre Wohnung gehen. Aber so lief es nicht. Als er sie fragte, ob er sie nach Hause bringen könne, als er die Worte endlich über die Lippen brachte, sah sie ihn neugierig an und sagte nein. Er war verzweifelt, furchtbar verlegen, und entschuldigte sich mehrmals. Sie lachte und sagte, da gebe es nichts zu entschuldigen, sie fühle sich geschmeichelt, aber sie könne ihn trotzdem nicht mit zu sich nach Hause nehmen. Sie habe einen Sohn, sagte sie, und sie nehme keine Männer mit in ihre Wohnung. Außerdem hätten sie sich doch gerade erst kennengelernt. Vielleicht könnten sie irgendwann mal zu Abend essen, sich besser kennenlernen, aber Harry wußte, daß er ihr nur leid tat. Er wußte, daß sie ihn gar nicht besser kennenlernen wollte. Sie wollte nur, daß er abzog.

Also ging er.

Eine Stunde später verließ auch Helen die Party. Ihre Wohnung war ganz in der Nähe; sie ging schnellen, wenn auch etwas unsicheren Schrittes, nachdem sie so viel getrunken hatte. Sie versuchte, die Haustür aufzuschließen, verfehlte beim ersten Versuch jedoch das Schloß, kicherte laut und mußte den Schlüssel mit beiden Händen fassen. Nach etwa fünf Minuten ging der Babysitter; die Geldscheine hielt das Mädchen noch in der Hand. Helen war erst ein paar Sekunden allein in der Wohnung, als es auch schon klingelte. Sie war überrascht, ihn dort stehen zu sehen, als sie die Tür öffnete; davon war Harry überzeugt.

Seine Faust zuckte so schnell hoch, daß sie gar keine Zeit mehr hatte, dem harten Schlag gegen ihre Schläfe auszuweichen. Sie wurde so heftig zurückgeworfen, daß sie keinen Laut von sich gab. Er zwang sie zu Boden und hämmerte ihren Kopf schnell gegen die Holzbretter. Nicht zu hart, gerade hart genug. Er wollte, daß sie bei Bewußtsein blieb. Er wollte, daß sie dieses Erlebnis genießen konnte.

Er riß ihr den Rock herunter, zerfetzte ihre Bluse. Packte ihr Höschen mit einer Hand und zerriß es. Sie wollte etwas sagen, aber als sie den Blick in seinen Augen sah, ließ sie es sein. Sie schloß einfach den Mund und nickte. Er stieg auf sie, drückte seine Lippen auf die ihren, küßte sie lange und hart, zwang die Zunge in ihren Mund, biß sie in den Hals, dann in die Schulter. Als es soweit war, mußte er nichts sagen; sie nahm seinen Penis in die Hände und führte ihn ein.

Harry brachte es. Ziemlich gut sogar. Das erkannte er an ihrem leidenschaftlichen Stöhnen während des Akts, daran, wie sie ihm die Beine in die Seiten rammte, und auch daran, daß sie danach ganz still liegenblieb und nicht einmal ihre nackten Brüste bedeckte.

Er blieb mit ihr mehrere Stunden dort auf dem Boden liegen. Als die Dämmerung anbrach und er wirklich gehen mußte, als sie immer wieder zum Kinderzimmer schaute, aus dem jeden Augenblick ihr Sohn auftauchen konnte, beugte er sich zu ihr und flüsterte ihr etwas ins Ohr. Als sie nicht antwortete, packte er ihr Haar und zog fest daran. Er beugte sich vor und flüsterte ihr wieder etwas zu. Er konnte die Verwirrung in ihren Augen sehen, aber auch die Furcht. Er zerrte noch fester an ihrem Haar. »Ich habe dir gerade etwas gesagt«, flüsterte er. »Willst du mir nicht darauf antworten?«

Sie nickte. Eine schnelle, knappe Reaktion. Sie verstand. Er war erleichtert. Und glücklich.

»Tja, dann sag's«, bedrängte er sie.

»Ich liebe dich auch«, flüsterte sie.

Nach dieser Nacht mit Helen wußte Harry Wagner etwas mehr über sich als Mann. Sein Wissen war unwiederbringlich und seltsam befriedigend. Und er hatte keine Angst mehr.

In den darauffolgenden Jahren stieg er an die Spitze seiner Branche auf. Er hatte große Schmerzen ertragen, körperliche wie auch geistige, und sogar regelmäßig den Tod riskiert. Er hatte Einsamkeit und Verlassenheit und sogar Erniedrigung erlitten. Aber tief in seinem Inneren hatte es keine Furcht mehr in seinem Leben gegeben. Nicht einmal einen Anflug davon. Bis zu diesem Augenblick, in dem er im Wohnzimmer seines kleinen, gemütlichen Vorstadthauses im Ranchstil stand. Und diese Furcht war die überwältigendste, die er je wahrgenommen hatte.

Harry fürchtete vor allem jeden Kontrollverlust. Seine Ex-Frau, Allison, hatte ihn an dem beschissenen Tag, an dem sie ihn verlassen hatte, angeschrien. »Mein Gott, Harry«, hatte sie gekreischt. »Du willst die Kontrolle über das haben, was ich tue, was ich denke, sogar, wann ich atme, verdammt noch mal!« Er hatte gewußt, was nun kommen würde, und sie geschlagen, und zwar kräftig. Er wollte es nicht hören, aber sie schrie es ihm trotzdem zu. »Du bist ein verdammtes Tier! Du kannst dich nicht mal beherrschen! Du beherrscht nicht mal deinen …«

Da schlug er sie erneut. Noch härter, so hart, daß sie stürzte. Es überraschte ihn, wieviel Vergnügen er dabei empfand. Er hatte eigentlich nie zuvor Vergnügen daran empfunden, Frauen zu schlagen. Und dann verließ sie ihn endgültig, so daß er sie nie wieder schlagen konnte.

Erst nach einigen Tagen wurde ihm klar, daß sie recht hatte, daß er in der Tat die Kontrolle über sein Leben verloren hatte. Sie hatten es ihm genommen, hatten seine Schwäche benutzt, um ihn auszubeuten und zu manipulieren, ihn zu erpressen. Es kam ihm eigentlich unmöglich vor, daß man ihn erpressen konnte. Das Wort selbst erzeugte in ihm Ekel und Verachtung. Aber da war es: Er wurde erpreßt. Er hatte es durchdacht, aus jedem Blickwinkel betrachtet, war alle Details durchgegangen, um eine Lösung zu finden. Darin war er gut. Das war sein *Job* – Lösungen finden. Aber er war noch nie in so einer Lage gewesen. Er hatte es noch nie mit solch einer Kraft zu tun gehabt.

Zuerst einmal mußte er einsehen, daß er sich wirklich in solch einem Dilemma befand. Vorwände und falscher Trost waren für ihn jetzt wertlos. Er brauchte Logik und Fakten, wenn er irgendwie überleben wollte. Sie hatten, was sie brauchten, um das Leben zu zerstören, das er sich so mühsam aufgebaut hatte, und er wußte, sie würden davor keinesfalls zurückschrecken. Die Wirklichkeit sah so aus, daß sie ihn bei den Eiern hatten und nicht nur zudrückten, sondern ihn auch wissen ließen, daß sie jederzeit noch härter zudrücken konnten, wenn sie es für nötig hielten.

Sie hatten ihm nur zwei Möglichkeiten gelassen.

Er konnte weitermachen wie zuvor, tun, was sie wollten und wann sie es wollten. Er konnte die Drecksarbeit erledigen und weiterhin der gern gesehene Laufbursche sein. Im Geiste hatte er diese Möglichkeit so leidenschaftslos wie möglich durchgespielt. Sie brachte kein besonders glückliches Ende mit sich.

Harry war eins völlig klar: Mit der Entscheidung, Gideon zu benutzen, waren die Einsätze außergewöhnlich hoch geworden. Das Spiel hatte eine neue und extreme Ebene erreicht. Unter dem Strich war klar, daß der Gewinner es sich nicht leisten konnte, die anderen Spieler nach Ende des Spiels am Leben zu lassen. Sie konnten es nicht riskieren, daß jemand redete. Oder auch nur dachte. Harry würde es noch eine kleine Weile durchstehen können, aber nur so lange, wie er nützlich war. Doch irgendwann würde er für sie nicht mehr nützlich sein. Und dann … Nun, er ging nicht davon aus, daß sie dann auf seine Loyalität setzen würden. Die Verlegerin, Maggie Peterson, war loyal gewesen, genauso loyal wie er. Ihre Loyalität hatte ihr einen eingeschlagenen Schädel eingebracht. Unwissenheit half auch nicht weiter. Die beiden Frauen, die er im Süden getötet hatte, waren unbeteiligte Zuschauerinnen gewesen, die nur ermordet worden waren, weil jemand etwas unmißverständlich klarstellen wollte. Das Mädchen, das man in der Wohnung eine Etage über der Carls gefunden hatte, war ebenfalls unschuldig. Ein Niemand, der nicht einmal gewußt hatte, daß er Spieler in einem Spiel geworden war. Und Harry konnte erst recht keine Unkenntnis für sich in Anspruch nehmen. Er hatte genau gewußt, was hier ablief. Na ja, vielleicht nicht in allen Einzelheiten, aber den Rest konnte er sich zusammenreimen. Ihm war klar, auf welcher Ebene der Macht dieses Spiel ausgetragen wurde. Ihm war klar, daß auf dieser Ebene Menschenleben unwichtig waren.

Er wußte nicht, wie viele andere bislang schon getötet worden waren. Er ging davon aus, daß es mehrere waren. Er wußte, daß Carl Granville irgendwie überlebt hatte. Zumindest bis jetzt. Aber er machte sich da gar nichts vor. Der Junge war so gut wie tot. Es war ein Wunder, daß er überhaupt so lange durchgehalten hatte.

Tja, es war schade um ihn. Er hatte Carl gemocht. Aber er hatte für ihn getan, was er tun konnte. Harry hatte keine Zeit, sich über solche Dinge den Kopf zu zerbrechen. Er hatte seinen Zug getan. Er hatte ihnen gezeigt, daß sie es mit einem Spieler zu tun hatten. Mit jemandem, der die Regeln kannte. Und wußte, wie man sie umgehen konnte.

In vierundzwanzig Stunden würde Harry untertauchen.

Das war die Möglichkeit Nummer zwei, und es war die einzige, die Sinn ergab. Wenn er blieb, würden sie ihn umbringen. Auf lange Sicht war das unausweichlich. Und bis dahin waren die Aussichten auch nicht sehr angenehm: Knechtschaft und Ehrerbietung. Nein danke. Das kannte er schon, und davon hatte er genug.

Er hatte natürlich einen wesentlichen Vorteil. Er war so lange für sie unsichtbar gewesen, daß sie dazu neigten, ihn zu unterschätzen. Er war immer in der Nähe gewesen, für sie aber so unwichtig wie ein Wachhund. Aber er hatte zugehört. Er hatte Dinge in Erfahrung gebracht. Er verstand, wie sie dachten, wußte, wie sie ihre teuflischen Pläne ausarbeiteten. *Man ist den anderen nicht überlegen, nur weil man die Welt für widerwärtig hält.* Das hatte Chateaubriand gesagt. Harry lächelte. Er hatte den Spruch abgewandelt und verbessert. Er war den anderen nicht überlegen, weil er die Welt für widerwärtig hielt. Er war überlegen, weil er die Widerwärtigkeit vor allen anderen sah. Und deshalb darauf vorbereitet war.

Und genau das tat er jetzt seit einigen Wochen. Sich vorbereiten.

Es überraschte und bedrückte ihn ein wenig, wie einfach es doch war, sein Leben auszulöschen.

Die Einrichtung des Hauses hatte er geschlossen an eine Firma verkauft, die Möbel für Büros, Parties und nicht möblierte Zimmer vermietete. Er hatte zwar einen kleinen Verlust hinnehmen müssen, sich aber bar auszahlen lassen und knapp zehntausend Dollar für das gesamte Mobiliar bekommen. Er hatte dafür gesorgt, daß sämtliche Versorgungsleistungen – Telefon, Gas, Strom, Müllabfuhr, Zeitung – am nächsten Tag eingestellt wurden. Sämtliche Rechnungen waren bereits beglichen. Und was das Haus selbst betraf – da zog er einfach aus. Er hatte es gemietet, von einer Firma, die sich darauf spezialisiert hatte, Regierungsangestellte umzusiedeln, und es war das Risiko nicht wert, die drei Monate Kaution zurückzufordern, die er zur Sicherheit hatte hinterlegen müssen. Da war es besser, in den sauren Apfel zu beißen und den Verlust hinzunehmen. Außerdem waren das Peanuts. Würden es zumindest bald sein. Zumindest im Vergleich.

Ihm gehörte ein kleines Zwei-Zimmer-Apartment nur ein paar hundert Meter vom Wasser entfernt. Er hatte es vor geraumer Zeit gekauft und die Hypothek bereits abgezahlt. Da das Haus nicht mehr belastet war, konnte er es niedrig ansetzen, und es war verkauft, kaum daß es auf den Markt gekommen war. Er strich hundertfünfzehntausend Dollar ein – in bar. Er hatte mit dem Gedanken gespielt, sich die Gehaltszahlungen ebenfalls auf ein Auslandskonto überweisen zu lassen. Aber nach mehreren Tagen des Zögerns war er zum Schluß gekommen, das Risiko nicht eingehen zu dürfen. Wenn sie dahinter kamen, daß er den Job aufgab ... Er verabscheute es, das

Geld zurückzulassen, konnte es sich aber nicht leisten, gierig zu sein. Zu oft führte Gier den Sturz von Männern herbei, die ein neues Leben anfangen wollten. Nach dem Verkauf seiner Wertpapiere, Aktien und sonstigen Besitztümer hatte er telegraphisch 147000 Dollar an die Waverly Bank auf den Cayman-Inseln überwiesen. Alle örtlichen Bankkonten unter seinem Namen hatte er aufgelöst, egal, ob nun Spar- oder Kreditkonten. Da nur Geburts-, aber keine Sterbeurkunden überprüft wurden, war er auf einen Friedhof in der Nähe gegangen und hatte sich des Namens eines toten Babys bemächtigt, den er auf einem Grabstein gefunden hatte. Und nun verfügte er über eine neue Sozialversicherungsnummer und einen neuen Paß. Und er hatte brandneue Kreditkarten von American Express, Visa und MasterCard, jede davon auf einen anderen Namen. Auf alle diese Namen hatte er auf der Bank auf den Cayman-Inseln Konten eingerichtet, und mit Hilfe des Banking-Programms, das er auf seinem Computer installiert hatte, konnte er jederzeit die Kontostände abrufen oder Schecks ausstellen. Und der letzte Punkt auf seiner Haushalts-Checkliste: Er stellte die Alimentenzahlungen ein. Wenn er schon verschwand, konnte er Allison auch ein letztes »Leck mich am Arsch!« mit auf den Weg geben.

Er hatte ein Faxmodul in seinen Computer eingebaut, das sich nicht zurückverfolgen ließ, und ein Handy ohne gebietsspezifische Vorwahl. Wenn er das Gerät benutzen mußte, ließ sich sein aktueller Aufenthaltsort nicht ermitteln. Seine Kommunikationsmittel reisten mit ihm.

Alles war vorbereitet. Alles bis auf den letzten Anruf. Und wenn er den getätigt hatte, würde er genug Geld haben, um einige Jahre lang ein angenehmes Leben zu führen, je nachdem, wie sparsam er sein wollte. Nach vier Jahren müßte er wissen, ob Gras über die Sache gewachsen war, er wieder auftauchen konnte. Wenn nicht – und er dann noch leben sollte –, würde er bis dahin bestimmt eine Möglichkeit gefunden haben, sich seinen Lebensunterhalt zu verdienen. Falls es sein mußte.

Harry griff nach dem Handy und wählte die Nummer, die er sich eingeprägt hatte. Seit er das letzte Gespräch beendet hatte, war genau eine Stunde vergangen.

»Sie sind sehr pünktlich«, sagte der Mann am anderen Ende der Verbindung.

»Sie können sich die Schmeichelei sparen. Haben Sie das Geld überwiesen?«

»Alles erledigt«, sagte die Stimme. »Sie können es überprüfen.«

»Das habe ich vor«, sagte Harry.

Es folgte eine Pause. »Tja«, sagte die Stimme dann, »ich sollte Ihnen wohl Glück wünschen.«

»Ich brauche kein Glück«, sagte Harry. »Ich brauche lediglich vierundzwanzig Stunden.«

Er unterbrach die Verbindung. Sofort griff er nach dem Notebook, rief die Banking-Funktion auf und den Stand des entsprechenden Kontos ab. Ja, da waren sie. Fünf Millionen Dollar. Es war geschafft. Morgen früh würde er aufbrechen. Er würde um acht Uhr in seine kleine Cessna treten. Ein viertägiger, prachtvoller Alleinflug mit Zwischenlandungen auf mehreren kleinen Flughäfen, und er würde in La Jolla, Kalifornien, sein. Dort würde er die Maschine an einen Händler mit nicht besonders gutem Ruf verkaufen, mit dem er über das Internet Kontakt aufgenommen hatte. Er bekam zwar nur die Hälfte dessen, was das Flugzeug wert war, aber der Mann zahlte bar auf die Hand und würde sich die gefälschte Zulassung nicht allzu genau ansehen, wenn überhaupt. Dann eine Nacht in San Diego. Dann ein vierstündiger Linienflug.

Dann würde er in Honolulu sein.

Endlich würde er zum Surfen kommen. *He,* dachte er, *vielleicht lerne ich endlich auch den Hula.*

Und während dieser Gedanke ihn einfach nicht loslassen wollte, kam Harry Wagner zum Schluß, daß er sich eine letzte Feier gönnen würde. Warum auch nicht? Er hatte an alles gedacht. Er hatte alles getan, was er konnte. Er war so gut wie untergetaucht.

Und plötzlich wurde Harry etwas klar. Etwas, das er vor einer Viertelstunde einfach nicht für möglich gehalten hätte.

Er hatte keine Angst mehr.

16. Kapitel

Sie waren noch da.

Die Streichhölzer, die Harry an diesem Tag vor einer Million Jahren auf Carls Schreibtisch zurückgelassen hatte. Carl hatte sie eingesteckt, während er benommen und verwirrt in den Trümmern seiner Wohnung stand. Jetzt holte er sie aus seinem zerknitterten, schmutzigen Blazer, genau wie die Zigarre, die Harry ihm geschenkt hatte und die wie durch ein Wunder heil geblieben war. Er legte sie auf Amandas Eßtisch, und die beiden untersuchten die Gegenstände.

Das Streichholzheftchen war glänzend-schwarz. Der Zündstreifen war unbenutzt. Darüber waren drei goldene Buchstaben auf die Oberfläche geprägt: *P.O.E.* Darunter standen, ebenfalls in goldener Schrift, die Worte *Port of Entry*. Sonst stand nichts auf der Vorderseite. Die Rückseite war unbeschriftet.

»Kannst du dir irgendeinen Reim darauf machen?« fragte er Amanda, während sie das Heftchen betrachteten.

Sie schüttelte den Kopf. »Ein nautischer Begriff ... Zollabfertigungshafen, Einfuhrhafen, Einreisehafen. Kannst du dir was darunter vorstellen?«

»Vielleicht kauft er dort seine Zigarren«, überlegte Carl laut. »Ein Geschäft. Ein Importeur. Vielleicht sogar ein Großhändler.«

»Gute Antwort. Gefällt mir. Und wo finden wir den Laden, in New York?«

»Vielleicht. Ich habe nie davon gehört, aber ich bin ja auch kein Zigarrenraucher.«

Amanda dachte kurz darüber nach. »Hmm ...«

Er kannte dieses zweifelnde Geräusch nur allzu gut und warf ihr einen neugierigen Blick zu. »Ja?«

»Nichts. Ich habe nur gedacht ... Würde ein normales Geschäft nicht die Telefonnummer aufdrucken? Oder die Adresse?«

»Sollte man meinen«, gestand er ein und steckte das Streichholzheftchen wieder in die Tasche.

Sie richteten ihre Aufmerksamkeit auf die Zigarre. Sie war

lang. Sie war schmal. Sie war von der Dominikanischen Republik. Und sie war ihnen keine Hilfe.

»*Irgend etwas* muß es doch geben«, ermutigte Amanda ihn. »Ein typisches Merkmal.«

»Ich erinnere mich am besten daran, daß Harry wirklich groß ist und ein ausgezeichnetes Omelett macht.«

»Hat er irgendeinen Akzent? Verrät irgend etwas an seinem Tonfall, woher er kommt?«

»Nein.«

»Konzentriere dich, Carl«, befahl sie ihm streng. »Denke nach. Nun mach schon. Irgend etwas, was der Mann gesagt hat. Was er getan hat ...«

Carl schüttelte langsam den Kopf. Bis er dann plötzlich mit den Fingern schnippte. »Wärest du mit etwas zufrieden, das er *getragen* hat?«

Sie sah ihn neugierig an. »Erkläre das mal.«

»Der Name seines Herrenausstatters. Er war auf die Innentasche seiner Jacke gestickt. Ich habe das Schild einmal gesehen. Es war ein Italiener ... Er hieß ...« Carl schloß die Augen, versuchte sich vorzustellen, wie der teure Leinenblazer an der Rückseite der Badezimmertür hing. Verdammt, wie hieß das Unternehmen gleich noch? Wie hieß es? Wie ... »Marco«, rief er, und in seiner Stimme schwang Triumph mit. »Marco Buonamico.«

Ein Lächeln legte sich auf ihr Gesicht. »Das ist gut, Carl. Das ist wirklich gut.«

»Kennst du den Namen?«

»Nein, aber ich kenne jemanden, der ihn bestimmt kennt – die Moderedakteurin der Zeitung.« Amanda griff nach dem Telefon auf der Arbeitsfläche, doch Carl kam ihr zuvor. »Warte!« warnte er sie, und sie erstarrte. Seine Hand legte sich auf die ihre und zog sie vom Hörer zurück. »Es ist durchaus möglich, daß sie mittlerweile dein Telefon angezapft haben.«

»Glaubst du wirklich?«

»Ja.«

Amanda kniff die Augen zusammen und dachte kurz darüber nach. Dann schüttelte sie den Kopf. »Sie hatten noch keine Zeit, sich einen Gerichtsbeschluß zu besorgen. Und ich bezweifle, daß ein Richter überhaupt ...«

»Du sprichst vom FBI.«

»Ja, sicher. Du nicht?«

»Nein«, sagte er mit stiller Intensität. »Ich nicht.«

Sie schluckte und bedachte ihn mit einem besorgten Blick. »Ich verstehe«, sagte sie. »Du sprichst von *ihnen*.«

»Wer auch immer *sie* sind. Genau von denen spreche ich.«

Sie griff nach ihren Zigaretten, zündete eine an und zog tief daran. »Ich habe ja noch mein Handy ... nein, das können wir vergessen. Mobiltelefone kann man noch leichter abhören.« Sie sah auf die Uhr. »Ich kann online gehen«, sagte sie. »Sie müßte noch im Büro sein.«

»Man kann auch E-mails abfangen«, sagte er.

»Kein Problem. Ich verfasse sie so unverfänglich, daß niemand Verdacht schöpfen wird, auch wenn man sie abfängt. Sie wird gar nichts mit dir zu tun haben. Es wird sich so anhören, als würde ich zu Hause an einer Story arbeiten. Okay?«

Er nickte. »Okay«, sagte er.

Sie setzte sich an ihren Schreibtisch, schaltete den Computer an und ging ins Internet. Carl schritt unruhig auf und ab. Abgesehen vom Geräusch ihrer Finger, die wie verrückt über die Tastatur rasten, war es völlig still. Amanda hatte sich ihr Studium finanziert, indem sie Semesterarbeiten und Dissertationen abschrieb. Sie schrieb so schnell, wie Carl es noch nie gesehen hatte. Draußen war es dunkel. Das Innere des kleinen Hauses schien von allem abgeschnitten zu sein, von jeder Uhr, jedem Kalender, von der Wirklichkeit selbst. Die Stille erinnerte Carl kurz an seinen Job als Discjockey eines Radiosenders in Ithaca. Als er damals in den Nachtstunden in der schalldichten Kabine hinter seiner Konsole saß, hatte er jedes Zeitgefühl verloren. Kein Gefühl für das Gestern oder Morgen. Nur für das Jetzt.

Auch von der Tastatur kamen nun keine Geräusche mehr. Amandas Blicke wichen jedoch nicht vom Bildschirm. »Sieh dir das mal an«, sagte sie nach einer Weile. In ihrer Stimme schwang eine gewisse Erwartung mit.

Er ging zu ihr, sah ihr über die Schulter und las die Antwort.

Marco Buonamico ist eine Herrenboutique in Miami. Zu den Kunden gehören Pat Riley, Sly Stallone und dergleichen. Sie importieren ihre eigene Linie aus Mailand. Haben einen ganz ordentlichen Versandhandel. Expandieren vielleicht bald nach Beverly Hills. Wieso interessieren sie dich? Ich komme fast um vor Neugier!

»So ein Mist!« fauchte Carl. »Wie soll ich nach Miami kommen? Da könnte ich genauso gut zum Mars fliegen! Das hilft uns nicht weiter!«

»O doch«, sagte Amanda aufgeregt. »Jetzt kommen die Dinge ins Rollen. Bereite dich schon darauf vor, gleich schlagen wir zu.« Sie war nun völlig aufgedreht – lebhaft, enthusiastisch. Ihre Wangen hatten sich gerötet, ihre Augen strahlten. Die Frau knisterte geradezu vor Energie. Sie war immer so, wenn sie heiß auf eine Story war. Das hatte Carl von Anfang an zu ihr hingezogen. Ihre Finger flogen schon wieder über die Tastatur. »Ich muß nur Shaneesa finden.«

»Und wer genau ist Shaneesa?«

»Eins meiner Babys. Direkt aus den Slums. Sie ist einsneunzig groß, hat Beine bis zum Hals, und der Bürgermeister fängt jedesmal zu sabbern an, wenn sie den Raum betritt. Ihre Artikelserie über den Unfug, den die Regierung von Washington baut, wird ihr eine Nominierung für den Pulitzer-Preis eintragen.«

»Na schön, aber was ...«

»Erinnerst du dich an die Story über den Sechzehnjährigen aus den Slums, der letztes Jahr verhaftet wurde, weil er den Zentralcomputer der CIA geknackt hat?«

»Klar.«

»Ihr kleiner Bruder. Und stell dir vor – das liegt in der Familie!«

»Sie ist ein Hacker?«

Amanda nickte. »Heutzutage kommt keine größere amerikanische Tageszeitung ohne einen Hacker aus. Sie sollten das an der Uni lehren. Statt dessen ist es ein schmutziges kleines Geheimnis. Shaneesa ist unser Geheimnis. Ich habe sie entdeckt. Aha, ich habe sie ...«

Carl sah Amanda über die Schulter und las mit, während sie sich Zeile für Zeile unterhielten.

[Was gibt's, Mädchen?]
[Das frag ich dich.]
[Kannst du die Versandliste eines Herrenausstatters namens Marco Buonamico runterladen und mir zukommen lassen?]
[Hmm... könnte eine Weile dauern, Schätzchen.]
[Kannst du das genauer sagen?]
[Drei Minuten?]
[Mein Gott, bist du gut!]
[Mein Gott weiß das auch. Wenn er es nur Mr. Grant Hill verraten würde. Bis gleich.]

Amanda stand auf, bog den Rücken durch und ging in die Küche, um noch eine Kanne Kaffee zu kochen. Carl schritt wie ein gefangenes Raubtier auf und ab, ließ den Monitor dabei aber nicht aus den Augen.

Shaneesa lag bei ihrer Vorhersage etwas falsch. Sie brauchte keine drei Minuten, um sich in die Versandliste des Herrenausstatters zu hacken. Sie brauchte nicht mehr als zwei.

»Sie hat es!« rief Carl und rollte die Seite herunter. »Hier sind die Namen, die mit *U* anfangen ... mit *V* ... Ist doch nicht zu fassen, Jim Varney kauft da ein ... Wachtel ... Waggoner ... *Wagner, H. Harrison*. Amanda, das wirst du nicht glauben.«

Sie kam aus der Küche. »Er hat Größe 44 mit Überlänge?«

»Er wohnt in Bethesda.«

»In Maryland? Das ist ja keine zwanzig Kilometer von hier entfernt.«

Carls erschöpfter Verstand raste. Welche Implikationen brachte diese Enthüllung mit sich? Arbeitete Harry für die Regierung? Falls ja, in welcher Funktion? Wer war er? *Was* war er?

»Hast du ein Telefonbuch?«

Sie bückte sich, öffnete die unterste Schublade des Schreibtisches und holte einen Stapel mit örtlichen Telefonbüchern heraus – Arlington, Alexandria, Annapolis, Silver Spring und Bethesda. Das einzige Problem war, daß Harry sich nicht hatte eintragen lassen. Er stand nicht in dem Buch.

»Sieht so aus, als müßte ich dem Mann einen Besuch abstatten.«

»*Du* willst ihm einen Besuch abstatten?«

»Genau.«

»Ohne mich?«

»Worauf du dich verlassen kannst.«

Sie hatte bereits die Wagenschlüssel geholt und die Handtasche über die Schulter geworfen. »Das glaube ich nicht ...«

»Amanda ...« Mehr brachte er nicht heraus.

»Ich komme mit, Carl. Mehr gibt es dazu nicht zu sagen.«

»Gib mir die Schlüssel, ja?«

»Nein.«

»Das ist keine gute Idee. Wirklich nicht. Glaub mir. Du willst doch nicht ...«

»Glaub mir, ob ich es will oder nicht, ich tue es bereits. Und was hast *du* vor? Willst du einfach langsam und gemächlich durch die City fahren und an jedem Stoppschild anhalten, damit sich jeder in der Stadt in aller Ruhe ein Gesicht ansehen kann, das auf der Titelseite aller Zeitungen im ganzen Land steht und in den letzten vierundzwanzig Stunden aus allen Fernsehgeräten starrte? Tolle Idee.« Sie wirbelte auf dem Absatz herum und ging zur Tür zur Garage. »Außerdem ist es mein Wagen. Also, gehen wir.«

»Mein Gott, bist du stur«, murmelte er.

Sie blieb stehen, drehte sich zu ihm um und lächelte. »Du hast mich vermißt, nicht wahr?«

»Gehen wir!« fauchte er.

Carl stieg zuerst ein. Amanda wartete, bis er sich unter dem Armaturenbrett im Fußraum des Beifahrersitzes zusammengekauert hatte, und drückte dann auf den Knopf, mit dem sie die Garagentür öffnen konnte. Falls jemand sie überwachte, sah es so aus, als verließe sie das Haus allein.

»Kommst du da unten klar?« fragte sie. Er hatte es wirklich nicht besonders bequem.

»Ja«, stöhnte er.

»Ich habe gar nicht gewußt, daß ein Mensch seinen Körper so verdrehen kann.«

»Kann er auch nicht. Fahr einfach los, ja?«

Beim ersten Versuch sprang der Motor nicht an. Beim zweiten auch nicht.

»Schön, daß du ihn zur Inspektion gebracht hast, nachdem wir uns neulich gesehen haben.«

Sie ignorierte ihn und drehte weiterhin den Schlüssel in der Zündung. Beim vierten Versuch sprang der Schrotthaufen an, und sie setzte ihn mit klopfendem Motor rückwärts heraus. Die Scheinwerfer hatte sie nicht eingeschaltet. Sie richtete die Fernbedienung auf das Garagentor und drückte auf den Knopf, und das Tor schloß sich. Hinter ihrem Haus befand sich ein irrwitziges Labyrinth kleiner Gassen. Dazu gehörten nicht nur die Zufahrtsstraßen für die großen Häuser an der Klingle, sondern auch für die an der Cleveland Avenue, Cathedral Avenue und der Thirty-Second Street, die dort alle zusammenliefen, miteinander verschmolzen und dann wieder in tausend verschiedene Richtungen auseinanderstoben. Sie waren auf keinem Stadtplan verzeichnet, doch Amanda kannte sie mittlerweile sehr gut, auch im Dunkeln. Carl spürte jeden Buckel, als sie den kleinen Wagen mit halsbrecherischer Geschwindigkeit zwischen Mülltonnen, um abgestellte Autos und an Gartenzäunen entlang steuerte. Sie bog auf zwei Reifen und mit kreischenden Bremsen in die Gasse hinter der Cleveland, setzte dort wieder auf alle viere auf, bremste erneut und kam auf der Cathedral heraus, wo sie sich in den Fluß des normalen Abendverkehrs einreihte, der sich an die Verkehrsregeln hielt.

Niemand verfolgte sie.

»Ich glaube, ich habe meinen Beruf verfehlt«, murmelte sie aufgeregt und schaltete die Scheinwerfer ein. »Ich hätte Taxifahrerin werden sollen.«

Carl setzte sich wie ein ganz normaler Mensch auf den Sitz und versuchte, die Knicke aus fast allen seinen Gliedern zu schütteln. Einige Minuten lang fuhren sie schweigend weiter. Jetzt waren sie draußen in der wirklichen Welt. Keine Strategien mehr, keine Planungen, keine Raserei durch schmale Gassen, als wären sie Clint Eastwood. Sie traten in ein Loch und wußten nicht, wie groß oder tief oder gefährlich es in Wirklichkeit war. Er schaute zu Amanda hinüber, die ihm wie der Inbegriff der Konzentration vorkam, während sie den Wagen durch die Straßen der Stadt steuerte. Ihre kleinen, zarten Hände umfaßten fest das Lenkrad.

»Carl«, sagte sie, »dieser Harry Wagner ... falls er einer von ihnen ist ...«

»Das ist er, Amanda.«

»Wieso glaubst du dann, du könntest ihm vertrauen?«

»Ich weiß nicht, ob ich ihm vertrauen kann. Das ist nur so ein Gefühl in meinem Bauch. Ich habe mit ihm viel Zeit allein in meiner Wohnung verbracht. Ich habe einfach das Gefühl, daß ich vor Harry keine Angst haben muß.«

»Die Situation könnte sich geändert haben«, warnte sie ihn. »Vielleicht hat er sogar all die Morde begangen.«

»Könnte sein«, gestand er ein.

»Woher willst du dann wissen, daß er dich nicht in dem Augenblick umbringt, in dem du zur Tür hereinspazierst?«

»Ich weiß es nicht«, sagte er. Und als sie den Kopf drehte, um ihn aus großen, runden Augen anzusehen, zuckte er mit den Achseln. »He«, sagte er, »willkommen in meiner Welt.«

17. Kapitel

Harry Wagner saß seit einer Stunde und fünfzehn Minuten an der Bar und war erst dreimal angesprochen worden. Obwohl er gern eine Weile allein hier gesessen und getrunken hätte, hatte er nichts gegen die Störungen. Ganz im Gegenteil, sie freuten ihn. Er wußte, er war begehrenswert. Er war ins Port of Entry gekommen, um sich ansprechen zu lassen. Um sich begehrenswert zu fühlen. Darauf kam es ihm an. Nur deshalb ging er dorthin.

Braunhaar war nun wirklich nicht sein Fall gewesen. Nervös und verschwitzt. Und zu mager. *Dürr* wäre der richtige Begriff gewesen. Außerdem blieb die Anmache nur halbherzig.

»Du siehst einsam aus«, hatte Braunhaar gesagt und hoffnungsvoll gelächelt.

Harry hatte sich nicht einmal die Mühe einer Antwort gemacht, hatte nur den Kopf geschüttelt, als wolle er nicht belästigt werden, und Braunhaar zog ab, als wäre die Zurückweisung von vornherein klar gewesen.

Grauhaar mit den Strähnchen war ein Grenzfall. Ein guter Body, vielleicht etwas zu dick. Aber selbstsicher und ruhig. Keineswegs verzweifelt. Doch das Gespräch war langweilig. Es sprang kein Funke über. Harry konnte bei seinem Gegenüber keine Spur von echter Intelligenz ausmachen.

»Ich interessiere mich nicht für Politik«, sagte Grauhaar. »Ich stehe mehr auf zwischenmenschliche Beziehungen, wenn du weißt, was ich meine.«

Harry wußte es, aber er verzichtete dankbar.

Rothaar kam der Sache schon ziemlich nah. Groß, muskulös, einigermaßen interessant.

»Was machst du so?« fragte Harry.

»Ich entwerfe Schmuck. Siehst du diesen Ohrring? Den habe ich gemacht. Ich hab den Ring selbst gedreht. Deshalb habe ich auch so starke Hände.«

»Und auch starke Arme, wie es aussieht«, sagte Harry.

»Und noch stärkere Beine.« Rothaar blinzelte verspielt. »Eine meiner Lieblingssportarten ist Tennis.«

»Du mußt ziemlich schnell sein.«

»Auf dem Platz *und* außerhalb.«

Rothaar mochte sogar Football. Ja, Rothaar wäre fast ideal gewesen, und an einem normalen Abend wäre Harry auch auf den Zug aufgesprungen. Aber es war nun einmal kein normaler Abend; es war seine Abschiedsvorstellung. Also entschloß Harry sich, an seinem zweiten Maker's Mark zu nippen und nach einem perfekten Abendvergnügen Ausschau zu halten.

Und dann spazierte die Perfektion schlechthin zur Tür herein.

Fast alle in der Bar drehten sich um, als der Mann in den schwarzen Jeans hereinschlenderte – nein, nicht schlenderte, sondern *schwebte*. Und es war eigentlich auch kein Mann, sondern ein prachtvoller, hübscher Junge, der nicht älter als neunzehn sein konnte. Der schönste Junge, den Harry je gesehen hatte.

Harry Wagner spürte, daß sein Herz zu pochen begann und sein Schwanz steif wurde, und ihm wurde sofort klar, daß er für diesen besonderen Abend dieses besondere Geschöpf haben mußte.

Daß er homosexuell war, wußte Harry schon seit langem. Er hatte es geahnt, als er wach im Bett lag und an seinen Schulfreund Timmy McGirk dachte. Es begann an ihm zu nagen, als sein Magen sich vor Eifersucht zusammenzog, wenn er beobachtete, wie Rigney, der Pilot, ständig mit anderen Frauen schlief. Und er wußte es mit Sicherheit seit der Nacht, in der er zum ersten Mal mit einer Frau geschlafen hatte. Zuerst hatte er seine Homosexualität nicht akzeptiert. Er hatte versucht, dagegen anzukämpfen, aber er war nun einmal homosexuell, und so ganz allmählich merkte er, daß er diese Seite seines Wesens nicht ändern konnte. Sie hatte ihn seine Frau und seinen Job gekostet, und letzten Endes würde sie ihn sogar seine Identität kosten, doch als Harry dieses Mann-Kind betrachtete, war ihm das völlig gleichgültig.

Der Junge war an die einsachtzig groß, drahtig, schlank, muskulös und hatte sehr weiße Haut. Er bewegte sich geschmeidig wie ein Tänzer. Seine Jeans waren hauteng, und er trug ein weites, fließendes weißes Hemd unter einer schwarzen Sportjacke aus Wildleder. Seine Augen waren groß und von einem durchdringenden Blau. Harry hatte den Eindruck, an einem heißen Sommertag in das Ultramarin des Meeres zu schauen, dessen ruhige Oberfläche die Sonne reflektierte. Der Junge hatte sich einen weißen Fedora keck aufs Ohr gesetzt, doch als er ihn abnahm, sah Harry, daß sein Haar pechschwarz und glatt war, an den Seiten ganz kurz geschnitten und oben gerade so lang, daß ein paar Strähnen auf die glatte Stirn fallen konnten. Als er sich an einen Tisch setzte, wurde der Junge sofort von einigen Männern umschwärmt, die ihn zu Drinks oder zum Abendessen einladen wollten. Der Junge lächelte höflich – Harry war überzeugt, daß er solch eine Aufmerksamkeit gewöhnt war – und lehnte einige

Angebote ab, während er andere akzeptierte. Er verbrachte die nächste Stunde damit, Annäherungsversuche höflich, aber bestimmt abzuwehren. Harry beobachtete ihn und wußte, daß dieser Junge ebenfalls nach etwas Besonderem Ausschau hielt.

Nach einer weiteren Stunde wurde es in der Bar etwas ruhiger. Harry konnte Blickkontakt mit dem Jungen herstellen. Nichts Auffälliges, nur ein Nicken, ein schnelles Lächeln, etwas, um die Anwesenheit dieses prachtvollen Geschöpfs zur Kenntnis zu nehmen. Der Junge nickte; seine Lippen verzogen sich ganz leicht, um seine Verachtung für die Männer um ihn herum auszudrücken. In diesem Augenblick wußte Harry, daß er ihn am Haken hatte.

Eine halbe Stunde später ging Harry hinüber und setzte sich an den Tisch des Jungen. Ohne eine Begrüßung winkte er den Kellner heran und bestellte einen Maker's Mark und einen dunklen Rum mit Tonic; er hatte bemerkt, welches Getränk der Junge die ganze Zeit trank. Dann holte er eine dominikanische Zigarre aus der Jackentasche und schob sie über den Tisch. Sie rauchten dieselbe Marke, und das gefiel dem Jungen.

Harry brachte zuerst kein Wort heraus, so sehr schlug die Schönheit ihn in den Bann. Dann fing er an, über die Hitze in Washington zu sprechen, die drückende Feuchtigkeit.

»Ich will wirklich nicht über das Wetter sprechen«, sagte der Junge. »Du?«

»Nein«, sagte Harry.

»Worüber willst du sprechen?« sagte der Junge.

»Über dich«, erwiderte Harry, und der Junge lachte zufrieden. »Das ist ein faszinierendes Thema«, sagte er, noch immer lächelnd.

»Für mich auch«, sagte Harry.

Also erzählte der Junge ein wenig über sich, mit einer kehligen, rauchigen Stimme. Er hatte eine Aura, die jemandem aus einer anderen Epoche zu gehören schien. Er hieß Chris und war nicht so jung, wie Harry gedacht hatte, aber trotzdem noch jung genug – zweiundzwanzig. Er kam aus dem nördlichen Teil des Staates New York, nicht weit von der Stadt entfernt, in der Harry aufgewachsen war. Er war in Boston zur Schule gegangen. Das Boston College, nicht Harvard. »Nein«, sagte er mit einem heiseren Lachen, »ich bin nicht klug genug für Harvard.« Aber er war klug genug, um Betriebswirtschaft zu studieren, auch wenn er es nicht eilig hatte, einen Job zu finden. Er hatte an der Börse ein wenig Geld verdient und wollte ein wenig reisen. Und das tat er jetzt; er war mit ein paar Freunden aus Vermont unterwegs. Bevor er endgültig erwachsen wurde, sagte er, wollte er noch etwas spielen.

»Ich spiele gern«, sagte er zu Harry. »Solange ich die Regeln kenne.«

Harry war an diesem Abend nicht an Regeln interessiert. Er wollte Leidenschaft, vielleicht sogar etwas grobe Action. Etwas, an das er sich erinnern würde.

Es dauerte nicht lange, und Chris beugte sich vor und berührte Harrys Arm, fuhr lächelnd mit den Fingern auf und ab. Alle in der Bar sahen zu. Harry mochte es, im Mittelpunkt zu stehen. *Sieh dir all diese neidischen alten Tunten an,* dachte er. *Sollen sie sich ihre eigenen Trophäen besorgen. Haltet euch von meiner fern!*

Harry schlug schließlich vor, die Bar zu verlassen. Der Junge reagierte zurückhaltend – nicht ängstlich, eher, als befürchte er, ein Spiel zu spielen, das soeben zu weit gegangen war. Aber Harry beruhigte ihn, übte keinen Druck aus, brachte ihn zum Lachen. Und kurz darauf nickte der Junge und musterte Harry von oben bis unten. »Warum gehen wir nicht zu dir?« sagte er.

Harry erklärte ihm, daß er gerade umzog. »Ich habe keine Möbel«, sagte er.

Chris sah ihn nur an und lächelte. »Es gibt immer noch den Boden.«

Normalerweise dauerte die Fahrt von Georgetown zu Harrys Haus nicht mehr als zwanzig Minuten, doch an diesem Abend fuhr Harry sehr langsam. Der Junge folgte ihm in seinem eigenen Wagen – einem blauen Chevy Suburban, der seinem Freund aus Vermont gehörte, wie er Harry sagte.

»Macht Spaß, einen Chevy zu fahren«, sagte Chris. »Der Wagen ist so betont männlich.«

Als Harry ihn nach der lustigen Figur und dem Logo auf der Seite des Suburban fragte, schüttelte Chris spöttisch den Kopf. »Andy leitet eine Kindertagesstätte in Putney«, sagte er. Dann verdrehte er die Augen. »Was ich nicht weiß, macht mich nicht heiß«, sagte er. »Das ist mein Motto.«

Als sie im Haus waren, mixte Harry ihnen neue Drinks. Der Junge setzte sich auf eine Fensterbank und drehte sich manchmal zu seinem Gastgeber um. Harry konnte sich kaum noch beherrschen. Es war schon lange her, daß er jemandem hatte so sehr gefallen wollen wie diesem schlanken dunkelhaarigen Jüngling.

Als der Junge Harry mit dem Finger zu sich lockte, wußte Harry, daß die Nacht der Ekstase nun beginnen würde. Der Junge bewegte sich nicht. Er ging davon aus, daß Harry sich zu ihm hinab beugen würde. Und das tat er auch. Ihre Lippen berührten sich, und sie küßten sich. Es war ganz langsam und elegant, verlockend erotisch. Harry wurde erregt. Dieser Junge war wirklich außergewöhnlich.

Sie standen in der Mitte des Wohnzimmers, umarmten sich. Harry hatte das Hemd ausgezogen. Die Kleidung des Jungen war noch unangetastet. Er machte es Harry nicht leicht, aber das war schon in Ordnung. Wenn nötig, würde Harry auch betteln.

Schließlich öffnete Harry den Reißverschluß der Jeans des Jungen. Er griff nach dem Schwanz des Jungen. Er konnte das Vergnügen kaum erwarten, konnte sich kaum im Zaum halten. Er tastete, fühlte, er war so nah. O Gott, ja, er war so nah …

Es war fast zu leicht für den Korrektor.

Die Bar hatte sich mit Yuppie-Schwulen gefüllt. Eine Menge geiler Männer mit zu wenig Geschmack und zu viel Geld. Die Zielperson war leicht zu finden und noch leichter zu verführen gewesen. Der Hunger in ihren Augen machte sie zugänglich, verletzlich und schwach. Der Korrektor wußte, was Gier bei solchen geilen Männern bewirkte.

Der Korrektor war gut unterwiesen worden, und so verlief das Gespräch glatt und ohne Probleme. All die richtigen Fragen wurden gestellt, all die richtigen Antworten ausgesprochen.

Im Haus des Opfers hatte der Korrektor die Leere, aber nicht das Gefühl von Traurigkeit erwartet. Das Zielobjekt war einst ein außergewöhnlicher Mann gewesen. Alles andere als durchschnittlich. Das leere Haus schien ihn jedoch auf sein eigentliches Niveau reduziert zu haben. Die Zielperson war nichts mehr außer seiner überwältigenden Lust und Leidenschaft. Und das konnte einen Menschen nicht am Leben halten.

Als die Hände der Zielperson den Reißverschluß der Jeans öffneten, wußte der Korrektor, daß es an der Zeit war. Das Spiel hatte lange genug gewährt.

Die Hände des Korrektors griffen langsam nach der Zielperson. Die Augen des Korrektors lockten. Die Lippen des Korrektors kamen näher und näher …

Harry Wagner hörte das Klicken und begriff einen Sekundenbruchteil lang nicht, was für ein Geräusch er da vernommen hatte, aber er trieb dieses Spiel lange genug, um den Geruch der Gefahr wahrzunehmen. Er wußte sofort, daß man ihn erwischt hatte.

Sie hatten das einzige genommen, das von ihm übriggeblieben war, und es benutzt, um ihn zu vernichten. Man hatte ihn zum Narren gemacht, und nun wußte er, daß er die Konsequenzen tragen mußte.

Er sah das wunderschöne Geschöpf an, das er in sein Haus gebracht hatte.

Verdammter Mist, dachte Harry. *Sie waren zu stark für ihn.*

Carl, dieser unbedarfte Schriftsteller, tauchte vor seinen Augen auf. Und dann Allison, die ihm gesagt hatte, er habe nicht mal seinen Schwanz unter Kontrolle.

Verdammter Mist, dachte Harry erneut. Und dann: *Ich hatte es fast geschafft.*

Und dann dachte er gar nichts mehr.

18. Kapitel

Die von Bäumen umsäumte Straße, an der Harry Wagner wohnte, war um ein Uhr morgens völlig ruhig. Es war ein Werktag, und in dieser Gegend wohnten zumeist Regierungsangestellte im mittleren Dienst. Die meisten lagen gewiß schon im Bett, hatten das Licht gelöscht und träumten von einem Ruhestand in Hilton Head oder Fort Lauderdale. Der einzige Wagen, der Amanda und Carl begegnete, war ein dunkelblauer Suburban, der langsam und vorsichtig in die entgegengesetzte Richtung fuhr.

Die Häuser waren kleine, rote Backsteingebäude, die noch aus der Zeit des Baubooms kurz nach dem Krieg stammten. Harrys unterschied sich in keiner Hinsicht von den anderen. Mit einer Ausnahme, wie Carl zufrieden feststellte, als sie vor dem Haus am Straßenrand anhielten.

Die Lichter brannten. Und ein Jeep Wrangler stand auf der Einfahrt. Harry war also zu Hause.

Amanda schaltete den Motor aus. Irgendwo die Straße entlang bellte ein Hund.

»Du wirst mir jetzt sicher widersprechen«, sagte Carl. Trotz des lauten Pochens seines Herzens klang seine Stimme ganz ruhig. »Aber ich gehe allein da rein. Wir können nicht sagen, wie er reagieren wird, und sollte er gewalttätig werden ... nun, dann ist es besser, wenn einer von uns draußen ist.«

Amanda widersprach tatsächlich nicht, sondern nickte einfach nur. »Glaubst du, daß er gewalttätig werden wird?«

»Nein«, sagte Carl, »ganz bestimmt nicht. Aber hör mir genau zu. Wenn ich nach einer Weile nicht wieder herauskomme ...« Er stockte, fuhr sich mit einer Hand durch das Haar.

»Wenn du nicht nach einer Weile wieder draußen bist ... was dann, Carl?«

»Nichts«, sagte er leise. »Ich werde wieder herauskommen.«

»Gute Antwort.«

Sie sahen sich in dem dunklen Wagen an. Einen Moment lang überwältigte Carl starkes Bedauern über das, was ihnen widerfahren war. Er verspürte den Drang, Amanda in die Arme zu nehmen und zu küssen. Aber er tat es nicht. Er lächelte sie zaghaft an und streckte die Hand nach dem Türgriff aus.

»Carl?« sagte sie.

Er verharrte.

»Mach keine Dummheiten, ja?«

»Keine Angst. Dummheiten gehören nicht zu meinem Plan.«

»Du hast einen Plan?«

»Tja ... nein. Aber ich habe noch bis zur Haustür Zeit, mir etwas einfallen zu lassen.«

Er stieg aus und ging gedankenverloren den Steinpfad zu Harry Wagners Haustür entlang. Kein Plan, aber ein trauriges Grübeln: *Ich sollte eigentlich gar nicht hier sein. Ich sollte eigentlich in einer gemütlichen Hütte irgendwo im Wald hocken und den großen amerikanischen Roman schreiben, während im Kamin ein Feuer brennt und ein treuer Mastiff zu meinen Füßen döst.*

Carl drückte auf die Klingel. Niemand machte auf.

Er klingelte erneut. Wieder keine Reaktion. Er griff nach dem Türknopf und drehte ihn nach rechts. Kein Glück. Die Haustür war abgeschlossen. Er drehte sich zu Amanda um. Der Wagen wurde vom Mond und dem schwachen Licht einer Straßenlampe erhellt, doch ihr Gesicht lag in den Schatten verborgen, welche die Bäume warfen. Er drehte sich wieder zum Haus um. Die Jalousien waren geschlossen, und er konnte kaum etwas vom Wohnzimmer sehen. Darin schien sich nichts zu bewegen. Und Carl hörte auch kein Geräusch. Aber dennoch ... er konnte nicht genau den Finger darauf legen, aber das Haus fühlte sich nicht leer an. Vielleicht war Harry draußen. Saß in einem Gartenstuhl, trank einen Brandy. Dann würde er die Klingel nicht unbedingt hören.

Ein Weg führte links um das Haus, auf der einen Seite begrenzt von Hortensien und auf der anderen von einer Hecke, die den Blick aus dem Nachbargarten versperren sollte. Carl ging vorsichtig weiter, bis er hinter das Haus gelangt war. Dort befand sich ein kleiner, gefliester Patio, aber kein Gartenstuhl und kein Brandy. Kein Harry. Es gab jedoch eine Hintertür, und Carl ging zu ihr hinüber.

Er ergriff den Türknopf und drehte ihn langsam. Diese Tür war offen.

Carl atmete tief ein und schloß kurz die Augen.

Da fühlte er die Hand auf seiner Schulter. Er machte einen Satz von einem halben Meter und wirbelte herum, die Hände zu Fäusten geballt. Er wollte blindlings um sich schlagen …

Es war Amanda.

Er hatte nicht gehört, daß sie ausgestiegen war.

»Verdammt«, zischte er ihr zu. »Was soll der Blödsinn? Willst du, daß ich einen Herzinfarkt kriege?«

»Was hast du vor, Carl?« fragte sie.

»Ich gehe rein«, sagte er. »Wer weiß, was er so rumliegen läßt? Vielleicht finde ich etwas Wichtiges.«

»Das wäre Einbruch.«

»Glaub mir, Amanda, wenn ich erwischt werde, werden meine Anwälte sich bei einem Einbruch *gern* auf einen Handel mit der Staatsanwaltschaft einlassen.«

»Und wenn er eine Alarmanlage hat?«

»Dann lasse ich eine höfliche Nachricht zurück und sehe zu, daß ich Land gewinne.«

»Carl …«

»Ich gehe rein.«

»Na schön«, sagte sie seufzend. »Aber mir gefällt dieses Warten hier draußen nicht. Ich komme mit dir.«

Diesmal war es an Carl, sich nicht mit ihr zu streiten. Er nickte einfach und drehte den Knopf nach rechts. Carl stieß die Tür auf und schob Amanda ins Haus.

Sie gingen von Raum zu Raum. Das Haus verfügte über zwei Schlafzimmer. Ein Bad. Eine Gästetoilette. Eine Küche. Ein kleines Eßzimmer und ein Wohnzimmer. Viele Schränke. Es war voll unterkellert. Und völlig leer. Kein Fetzen Papier. Kein Bild an der Wand. Kein einziges Möbelstück. Nicht mal ein Putzlappen. An der Wand über dem Telefon waren keine Nummern mit Bleistift hingekritzelt. Es gab gar kein Telefon. Keine Seifenreste am Rand des Waschbeckens. Es hatte den Anschein, als wäre das ganze Haus vor kurzem gründlich geputzt worden.

Weder Carl noch Amanda sagten etwas, bis sie sich zur

Küche vorgearbeitet hatten, den letzten Raum, den sie durchsuchten. Genau wie in den anderen Räumen gingen sie auch hier sehr gründlich vor. Der Schrank unter der Spüle: kein Mülleimer, keine Putzlappen, kein Staubkorn. Die Hängeschränke über der Spüle und der Arbeitsfläche: kein Geschirr, keine Töpfe oder Pfannen, keine Kaffeebecher. In den Schubläden: kein Besteck, kein einziges Küchenutensil. Die Speisekammer: kein einziges Krümelchen. Das einzige Indiz dafür, daß sich hier tatsächlich jemand aufgehalten hatte, waren eine nur noch zu einem Viertel gefüllte Flasche Maker's Mark auf dem Küchentisch und zwei saubere Gläser, die verkehrt herum auf der Geschirrablage neben der Spüle standen. Amanda öffnete sogar den glänzenden, rostfreien Backofen und schaute hinein. Sie fand genau das, was sie zu finden erwartet hatte: nichts. Sie drehte sich zu Carl um und zuckte ratlos mit den Achseln. Der Kühlschrank bestand ebenfalls aus rostfreiem Stahl, ein großes, teures Gerät; Carl lehnte sich niedergeschlagen dagegen. Müde schüttelte er den Kopf. Dann stieß er sich mit der linken Hand vom Kühlschrank ab und ging aus der Küche.

»Ich bin kein Experte«, sagte er, ohne zurückzuschauen, »aber ich würde sagen, mein guter Freund Harry hat die Kurve gekratzt.«

Amanda folgte ihm. Als sie am Kühlschrank vorbei ging, konnte sie dem Drang nicht widerstehen. Es lag in ihrer Natur, Himmel und Hölle in Bewegung zu setzen. Sie legte die Hand um den Griff des Kühlschranks, zog die schwere Tür auf und schaute hinein. Das Licht im Innern sprang an. Einen Moment ließ sie ihre Hand auf dem Griff liegen und schwieg. »Nein, er hat nicht die Kurve gekratzt, Carl«, sagte sie dann ganz leise.

Sie sagte es mit bewundernswerter Ruhe. Aber ihre Stimme klang irgendwie seltsam. So seltsam, daß Carl eine Gänsehaut bekam.

Er drehte sich um und trat hinter sie.

H. Harrison Wagner, Carls beste und letzte Hoffnung, sah überraschend friedlich und normal aus, wenn man von dem Springmesser absah, das in seinem linken Auge steckte.

Amanda trat langsam zurück. Ihre Beine drohten nachzugeben, und jegliche Farbe war aus ihrem Gesicht gewichen.

Carl packte sie fest an den Schultern. Sie schüttelte fast unmerklich den Kopf, und er wußte, was das heißen sollte. Sie wollte ihm sagen, daß sie damit nicht fertig wurde. Aber er nickte nur, fast genauso unmerklich. Das war seine Art, ihr zu sagen: Doch, du wirst damit fertig. Selbst wenn du nicht weißt, wie stark du bist, ich weiß es. Sie biß sich auf die Lippe, um nicht loszuheulen. Und dann griff sie nach ihm, warf die Arme um seine Brust, lehnte sich gegen ihn und umklammerte ihn, als wären sie die beiden letzten Menschen auf der Erde. Während sie sich umarmten, sah Carl zu Harry hinüber. Er starrte das tote Auge an, das seinen Blick aus dem Kühlschrank erwiderte.

Special Agent Bruce Shanahoff vom Washingtoner Federal Bureau of Investigation wußte, daß etwas nicht stimmte. Er wußte nur nicht, was. Und das machte ihn nervös und gereizt.

Man hatte ihm befohlen, Amanda Mays in Ruhe zu lassen – das FBI war nicht allzu versessen darauf, sich mit Reportern anzulegen. Es war nie ratsam, sich mit der *Washington Post* anzulegen, aber das *Journal* stand nicht weit zurück. Beim derzeitigen politischen Klima mußte man die beiden Zeitungen sogar als gleichbedeutend ansehen. Vielleicht brachte die *Post* die besseren Aufmacher und ging etwas rücksichtsloser mit den Fakten um, aber die Leute beim *Journal* waren ebenfalls nicht zu unterschätzen. Und die Mays mochte zwar noch nicht zu den ganz Großen gehören, sie war aber bisher ziemlich schnell die Karriereleiter hinaufgeklettert. Also ließ man sie besser in Ruhe.

Nur …

Nur gehörte es nicht zu Agent Shanahoffs Stärken, Leute in Ruhe zu lassen. Erst recht nicht, wenn er der Ansicht war, sie hätten Dreck am Stecken.

Ein Wagen fuhr dicht an Agent Shanahoffs Taurus vorbei. Offensichtlich hatte der Fahrer sich verirrt. Einen Augenblick lang dachte Shanahoff, er würde anhalten und sich bei ihm nach dem Weg erkundigen. Das machte ihn noch wütender.

Agent Shanahoff war einer jener Leute, die immer zu wissen schienen, was sie taten. Er hatte Selbstvertrauen und war nicht dumm, und er sah gut aus. Wenn man ihn bei einem Notfall ins kalte Wasser warf, handelte er stets ruhig und besonnen. Wenn man ihn fragte, wie man ein Problem am besten löste, konnte er es einem meistens sagen. Aber nicht, wenn es um Wegbeschreibungen ging. Zu seiner großen Verlegenheit konnte Shanahoff sich durchaus verirren, wenn er einmal um den Block ging. Als er nach Washington versetzt worden war, hatte es drei volle Wochen gedauert, bis es ihm gelang, von seiner Wohnung zum Büro zu fahren, ohne unterwegs irgendwo falsch abzubiegen.

Daher war er erleichtert, daß der Fahrer weiterfuhr. Er konnte sich wieder auf das augenblickliche Problem konzentrieren. Und das hieß Amanda Mays.

Nicht, daß er sie für eine Schwerverbrecherin hielt. Aber er war felsenfest davon überzeugt, daß sie Kontakt mit Carl Granville gehabt hatte. Und ziemlich sicher, daß Carl bei ihr gewesen war. Shanahoff machte sich keine Illusionen, was seine Wirkung auf Frauen betraf, besonders auf Frauen wie Amanda Mays. Sie war eine Nummer zu groß für ihn. Aber sie hatte gewaltig mit ihm geflirtet. Sie war wahnsinnig nett zu ihm gewesen, was ihr eigentlich ganz und gar nicht entsprach.

Und das bedeutete, daß es um ihn gehen mußte. Um Granville.

Da war er schon wieder. Der Wagen war einmal um den Block gefahren. Ein Suburban. Der Wagen gefiel ihm. Gut verarbeitet und stabil. Er hätte sich fast einen gekauft, als er nach Washington gezogen war. Der Fahrer hatte sich eindeutig verirrt. Und nun kehrte er zurück, um sich bei ihm zu erkundigen, wie er zu irgendeiner Straße käme, von der er noch nie gehört hatte. Shanahoff stöhnte laut auf, als die Scheinwerfer des Wagens durch seine Windschutzscheibe leuchteten. Er richtete sich im Sitz auf – aber der Wagen fuhr weiter. Shanahoff schüttelte den Kopf, zornig über sein eigenes Unbehagen. *Wieso ist das so 'ne große Sache für dich?* dachte er. *Wieso ist das so 'ne große Sache für dich, verdammt noch mal?*

Carl Granville ... *das* war in den Medien eine große Sache.

Es würde nicht schaden, an seiner Festnahme mitzuwirken. Und deshalb saß er hier – entgegen seiner Befehle – und beobachtete Amanda Mays Haus. Sie war die beste Spur, die sie hatten. Sie war jetzt weg, würde aber zurückkommen. Es konnte nicht schaden, hier noch ein wenig herumzuhängen. Die Augen ein wenig offenzuhalten. Vielleicht würde nichts dabei herauskommen, aber es konnte bestimmt nicht schaden. Er brauchte nur ein wenig Geduld. Und Zeit. Verdammt, er hatte genug von beidem. Und …

Und da war der Wagen wieder. Im Schneckentempo fuhr er an ihm vorbei. Entweder hatte die Person hinter dem Steuer einen Orientierungssinn, der noch schlechter als seiner war, oder aber etwas Seltsames ging hier vor. Shanahoff schob eine Hand in seinen Mantel und auf den Knauf seiner Pistole, die fest im Schulterhalfter steckte.

Diesmal hielt der Wagen neben dem Taurus an. Das Fenster senkte sich, und der Fahrer beugte sich zu Shanahoff hinaus.

»Ob Sie mir wohl helfen könnten?« sagte der Fahrer. Er wirkte verzweifelt, schien sich völlig verirrt zu haben.

»Ich will es gern versuchen.« Agent Shanahoff nahm die Hand von der Waffe. *Trottel*, sagte er sich. *Es gibt noch ein* paar *normale Menschen auf der Welt.* Dann lächelte er, zeigte dem Fahrer sein allerbestes Lächeln. »Was kann ich für Sie tun?«

Als Antwort hob der Fahrer seine Hand. Darin lag eine Smith & Wesson .357er Magnum.

Der auf den Revolver geschraubte Schalldämpfer erstickte die beiden schnellen, knallenden Geräusche. Special Agent Shanahoff gab auch kein Geräusch von sich, als sein Hinterkopf explodierte und er den Fahrersitz hinabrutschte.

Sie gingen zur Hintertür von Harrys Haus hinaus. Carl hielt Amanda noch immer fest, drückte sie an sich. Er half ihr in den Wagen. Die Straße war so ruhig wie zuvor, nirgendwo brannte Licht. Er sagte ihr, er würde fahren, aber sie war nicht mal imstande, ihm den Schlüssel zu geben. Als sie ihn endlich aus ihrer Handtasche geangelt hatte, zitterten ihre Hände so heftig, daß sie ihn zu Boden fallen ließ.

Sie hatte noch immer kein Wort gesagt, und Carl konnte es

ihr nicht verübeln. Was konnte sie schon sagen? *Ich habe gerade das Häßlichste gesehen, was ich je gesehen habe. Ich werde nie wieder dieselbe sein. Ich hasse dich für das, was du aus meinem Leben gemacht hast.*

Er ließ den Motor an, und als er den Zündschlüssel drehte, dachte er an Harry.

Warum hatte man Harry getötet? Weil er etwas *wußte*. Wenn es um Gideon ging, war auch schon das geringste Wissen eindeutig gefährlich. Harry hatte das Originalmaterial gelesen und all das, was Carl geschrieben hatte. Er kannte die Wahrheit; deshalb war er umgebracht worden.

Was sie wieder zur ersten Frage brachte: Was wußte Harry, und woher wußte er es? Das mußte Carl herausfinden. Und er mußte dabei am Leben bleiben, damit er etwas dagegen tun konnte.

Die Chance, wirklich etwas dagegen zu tun, kam Carl nicht besonders groß vor. Wenn er objektiv war, stand sie bei einer Million zu eins. Wenn die Leute an Harry herankamen, kamen sie an jeden heran. Es kam Carl einfach unmöglich vor, daß Harry so unvorsichtig sein konnte. Es gab viele Begriffe, die Harry Wagner beschrieben – gefährlich, stark, paranoid –, aber *unvorsichtig* gehörte nicht dazu. Dieser Typ würde keinen Schritt tun, ohne sich vorher hinter die Vorhänge zu stellen, die Straße zu überprüfen und sich zu vergewissern, daß die Tür abgeschlossen war. Er hatte nicht mal eine Aktentasche bei sich gehabt. Er hatte die Unterlagen am Körper versteckt, und zwar …

Sie waren schon zwei Blocks von Harrys Haus entfernt, als Carl auf die Bremse trat. Er sah zurück, wendete den Subaru und drückte den Fuß aufs Gaspedal.

»Was soll das?« Das waren Amandas erste Worte, seit sie Harrys Leiche gefunden hatten.

»Wir haben etwas vergessen.«

»Carl, wir haben jeden Zentimeter dieses Hauses abgesucht. Was können wir vergessen haben?«

Carl versuchte, nicht so aufgeregt zu klingen, wie er sich fühlte. »Wir haben vergessen, ihn auszuziehen.«

Die Nacht war ruhig und ungestört, als der Korrektor den Suburban vor dem kleinen Kutschenhaus anhielt, ausstieg und vorsichtig einen Zehnliterkanister Benzin vom Rücksitz holte.

Es dauerte nicht lange, in das Haus einzubrechen, vielleicht vier Minuten, und auch nicht viel länger, darin das zu tun, was getan werden mußte.

Er löste problemlos den Verschluß des Metallkanisters. Dann ging der Korrektor langsam und methodisch, als wolle er jemandem eine Spur hinterlassen, durch die Räume und schüttete dabei ständig Benzin aus. Auf den Küchenboden und über die Küchenschränke. Ins Wohnzimmer, auf den Teppich, auf den Tisch, auf und um die Couch. Ins Bad, wo das Benzin sich in die Spalten im gefliesten Boden ausbreitete, und ins Schlafzimmer, wo er gründlich das Bett und die Vorhänge tränkte. Schließlich kehrte der Korrektor ins Wohnzimmer zurück und baute sich vor dem Schreibtisch und dem teuren Computer auf. Er hob den Kanister auf Brusthöhe, schüttete Benzin auf die Tastatur und den Bildschirm, drehte den Kanister dann völlig um und ließ den letzten Rest Benzin auf das Modem fließen.

Von dem Augenblick an, in dem der Korrektor die beiden Schüsse abgegeben hatte, bis zu jenem, da er das Streichholz anzündete und auf das Festplattengehäuse des Computers warf, zur Haustür hinausging, in den Suburban stieg und davonfuhr, waren genau zwölf Minuten verstrichen.

Aus irgendeinem Grund hatte Carl erwartet, daß es ihm leichterfallen würde, sich die Leiche ein zweites Mal anzusehen. Aber das tat es nicht. Wenn überhaupt, wirkte Harrys Leichnam, der in derselben verdrehten und zusammengeklappten Position im Kühlschrank lag, noch grotesker. Die beiden standen vor der offenen Kühlschranktür, ein kalter Luftzug hüllte sie ein, und keiner von ihnen wagte den ersten Schritt, um das zu tun, was getan werden mußte.

Schließlich atmete Carl tief ein und packte Harry an einer Hand. Er hatte noch nie eine Leiche berührt, und trotz seiner Entschlossenheit zuckte er bei dem Kontakt mit der kalten, toten Haut zusammen. Er wappnete sich für das, was ihm bevorstand, schloß die Finger fest um Harrys Handgelenk, bückte sich und legte die rechte Hand um Harrys Knöchel. Er sah zu Amanda und bedeutete ihr mit einem Blick, sie möge seinem Beispiel folgen. Sie schluckte nervös.

»Komm schon. Wir müssen ihn herausziehen.«

Er sah, daß ihre Lippen sich fast unmerklich bewegten, als sie sich bereitmachte und im Geiste zählte: eins ... zwei ... drei. Dann ergriff sie Harrys Hand und Knöchel.

Carl hörte, daß sie ausatmete, ein langer Atemzug, dann zwei schnelle, kurze Züge. Sie hyperventilierte fast. Dann atmete sie wieder tief und langsam ein und aus. Sie sah zu ihm und nickte. Sie war okay.

Harry Wagner war ein großgewachsener Mann. Als er noch lebte, hatte er sich leichtfüßig bewegt, mit der Anmut und Schnelligkeit eines Tänzers. Im Tod konnten sie ihn nur langsam und unbeholfen bewegen. Es war nichts Graziles oder Leichtes mehr an ihm.

Sie bekamen die obere Hälfte seines Körpers ohne größere Probleme hinaus. Er lehnte in einem Winkel von 45 Grad nach vorn, sein Hintern drückte gegen die Rückseite. Carl schob ihn ein wenig hin und her, und Harrys rechtes Bein kippte hinaus und baumelte hinab. Sein Schuh scharrte über den Küchenboden. Carl mußte plötzlich an eine über zwei Zentner schwere Marionette denken. Sie zerrten noch einmal, und dann war Harrys linkes Bein frei. Nun lehnte er in einer sitzenden Position an der Kante des Kühlschranks. Sein Kopf lag auf der linken Schulter.

»Okay«, sagte Carl. »Ich packe ihn unter den Armen und ziehe ihn hoch. Sobald er steht, hältst du ihn fest, und ich ziehe ihm die Hosen aus.«

Amanda nickte grimmig, und er zog. Mein Gott, war der Mann schwer. Aber so weit, so gut. Carl spreizte die Beine ein wenig, als wolle er sich hocken. Er zerrte, und Harry stand.

»Er wird in deine Richtung kippen«, sagte Carl. »Du mußt ihn nur halten. Alles klar?«

»Klar.« Amandas Antwort klang nicht besonders begeistert. Carl ließ langsam los und merkte, daß Harry auf Amanda glitt. Sie stöhnte auf, als sie die volle Last seines Gewichts spürte, aber sie hielt ihn fest.

Carl griff hinab, öffnete Harrys Gürtel, knöpfte dann behutsam die Hose auf und zog den Reißverschluß herunter. Die Leiche schwankte ein wenig, und Amanda wich einen Schritt zurück. Carl bückte sich, ergriff Harrys Hosen an der Taille und zog heftig.

Harrys Hosen rutschten bis zu den Knien hinab, doch sein Oberkörper ruckte nach vorn, und Amanda gab unter dem Gewicht nach. Carl hielt die Hosen noch immer fest, und als Amanda ausrutschte, flogen Harrys Beine in die Luft und rissen Carl aus dem Gleichgewicht.

Die Leiche drehte sich in Amandas Richtung, sie ging zu Boden, hatte die Arme noch um Harrys Torso geschlungen. Carl sah, daß sie die Augen aufriß, er mußte die Hosen loslassen. Hektisch versuchte er, sich an Harrys Jacke festzuhalten, an seinem Arm, irgendwo, doch er griff daneben. Er prallte mit der Hüfte gegen die Arbeitsfläche, und während er fluchend herumwirbelte, hörte er Amandas Stimme, die ruhig und hohl sagte: »Schaff ihn von mir runter.«

Mit all seiner Kraft schob er den toten Harry zur Seite, während Amanda unter der Leiche hervorkroch und keuchend und würgend zum Abfluß lief und dann tief einatmete, bis sie sich wieder in der Gewalt hatte. Carl wollte sie berühren, sie umarmen und beruhigen, doch sie sprang zitternd zurück.

»Na schön«, sagte Amanda, halb zu Carl, halb zu sich selbst. »Bringen wir's zu Ende.«

Sie entschlossen sich, den Toten auf dem Boden liegenzulassen. Jeder band einen Schuh auf und stellte ihn ordentlich neben den Küchentisch. Als Carl dem Toten einen Socken auszog, tat er es behutsam, als wolle er den Mann nicht verletzen. Dann wurde ihm klar, wie absurd das war, und riß den Socken so schnell wie möglich vom Fuß. Danach versuchten sie dem Leichnam die Hosen auszuziehen. Carl stand mit gespreizten Beinen über Harry und zog ihn von seinem Kreuz nach oben. Amanda stützte sich an Harrys Füßen ab und zog an den Hosenbeinen. Sie glitten immer tiefer, bis sie um seine Knöchel lagen. Amanda durchsuchte die Taschen, um sich zu vergewissern, daß nichts von Interesse darin war.

Harrys Hemd bot ihnen einen härteren Kampf. Die Haut des Torsos war eiskalt und hart. Aber Carl bekam es schließlich herunter, und damit blieb nur noch Harrys Unterwäsche übrig. Ein schmaler Slip. Carl nickte entschlossen und zog ihn zu Harrys Knien herunter.

Harry Wagner lag nackt auf dem kalten Küchenboden.

Er trug keine Päckchen am Leib. Keine Tagebücher. Keine Papiere. Keine Hinweise. Sie hatten nichts gefunden.

»Können wir jetzt von hier verschwinden?« sagte Amanda leise. Und als er nicht antwortete, sondern nur die Leiche anstarrte, fügte sie hinzu: »Nun komm schon, Carl. Gehen wir.«

»Ich kann ihn hier nicht einfach so liegenlassen.«

»Carl, wir müssen ...«

»Amanda, ich *kannte* den Typ. Ziehen wir ihn einfach wieder an und legen ihn dorthin zurück, wo wir ihn gefunden haben. Bitte.«

Die Unterwäsche und die Hosen zogen sie ihm zuerst wieder an, dann das Hemd, die Socken und die Schuhe. Carl band sogar die Schnürsenkel wieder zu. Dann schleppten sie die Leiche zum Kühlschrank, öffneten die Tür und schafften es tatsächlich, ihn wieder hineinzuschieben.

Carl stand vor der Leiche. Einen Augenblick lang spielte er mit dem Gedanken, ein paar Worte zu sagen – ihm seinen Respekt zu erweisen, sich zu entschuldigen, irgend etwas –, doch dann schloß er einfach nur die Kühlschranktür, drehte sich um und verließ das Haus.

Draußen blieben sie auf der Auffahrt stehen und sogen tief die Nachtluft ein, als hätten sie im Haus den Atem angehalten, aus Angst, den Geruch des Todes einzuatmen, der sich anschickte, ihr Leben zu durchdringen.

»Tut mir leid, daß ich es nicht besser hingekriegt habe«, sagte sie.

»Du hast das gut gemacht. Verdammt, besser als nur gut. Ich war mir sicher, daß wir irgend etwas finden werden. Es kam mir so richtig vor. So logisch.«

»Wir *werden* etwas finden. Das verspreche ich dir.«

Er brachte ein schnelles, dankbares Lächeln zustande. Dann stiegen sie in den Wagen. Er steckte den Schlüssel in die Zündung, doch er war nicht so ruhig, wie er gedacht hatte. Ihm wurde klar, daß er noch nicht fahren konnte – er brauchte noch einen Augenblick, um sich zu sammeln. Also legte er die Hände auf das Lenkrad, und sie blieben im Dunkeln sitzen.

»Weißt du, was besonders unheimlich war?« sagte Amanda. »Daß es mir nach ein paar Minuten gar nicht mehr so unheimlich vorkam. Der Umstand, daß er tot war, meine ich. Ich fühlte mich fast, wie ein Arzt sich fühlen muß, objektiv und analytisch. Er war für mich kein menschliches Wesen mehr, ich konnte denken: ›Oh, er hat Armani-Hosen getragen, das ist aber interessant.‹ Und ich konnte die Wunde ansehen und mußte nicht kotzen, und konnte mich auf das Wort *bienvenue* konzentrieren und mich fragen, was das bedeutet …«

»Was?« fragte Carl. »Was meinst du mit das Wort *bienvenue*?«

»Seine Tätowierung.«

»Harry war tätowiert?«

»Am rechten Unterarm. Moment, es war der Arm rechts von mir, also war es sein linker.« Sie tippte auf eine Stelle ein paar Zentimeter über ihrem Gelenk. »Genau hier.«

Carl nahm die Hände vom Lenkrad.

»O nein«, stöhnte sie. »Sag's mir nicht, Carl …«

Aber er hörte den Rest ihres Satzes nicht mehr. Er war schon aus dem Wagen und ging schnell zum Haus.

Carl zog die Leiche zum Teil aus ihrem Versteck. Diesmal war er nicht mehr nervös, als er die Haut des Toten berührte. Es war schon fast wie Gewohnheit.

Amanda rollte Harrys Hemdsärmel nur so hoch, daß sie die kleine Tätowierung auf der Innenseite seines linken Unterarms enthüllte. Dort stand in kleiner, sauberer Schreibschrift *bienvenue*.

Carl starrte auf die Tätowierung. »Er hatte immer die Hemdsärmel hochgerollt«, sagte er. »Wenn er hinter sich aufgeräumt oder Geschirr gespült hat oder es ihm einfach zu warm war. Ich sag dir, diese Tätowierung hatte er vor einer Woche noch nicht.«

»Vielleicht hat er sie sich machen lassen, nachdem du ihn zum letzten Mal gesehen hast.«

»Auf jeden Fall. Die Frage ist nur, warum.«

»*Bienvenue*«, sagte sie nachdenklich. »Was bedeutet das?«

»Das ist Französisch«, sagte Carl. »Es heißt ›willkommen‹.«

Die Flammen züngelten über den Schlafzimmerboden, glitten von der Schwelle zum Bettpfosten, hüllten die blauweiße Tagesdecke ein und sprangen dann zu den französischen Spitzenvorhängen vor den Fenstern hinauf. Die starken roten und blauen Flammen verschlangen die weiße Spitze, sprühten Funken auf die Wände und Deckenbalken, tosten dann durch den gesamten Raum, schälten schwarze Farbe ab, zersplitterten Holz, zerschmetterten Glas und verwandelten Plastik in einen Pfad aus geschmolzener Lava.

Das Bad war eine Sauna aus schwarzem Rauch und giftigen Dämpfen. Es dauerte nicht lange, und die Emaillewanne verformte sich. Als die Rohre rissen, spuckten sie Wasser aus. Die Sturzbäche trafen auf die knisternden Flammen, und die Geräusche des Zischens und des Dampfes drangen nun durch die ganze Straße.

Im Wohnzimmer wurde die Couch mit einer brausenden Bewegung verschlungen. Antike Tische und Schreibtische, die zweihundert Jahre überdauert und funktioniert hatten, wurden zerschmettert wie billigstes Sperrholz. Der Computer überdauerte im wütenden Herzen des Feuers nur ein paar Sekunden. Die Tastatur schmolz. Der Bildschirm schwärzte sich. Sein Inneres wurde zerstört, platzte wie zerrissene Organe.

Die Flammen arbeiteten sich durch die Küche und breiteten sich auf die Gasse hinter dem Haus aus. Funken flogen in die Nacht. Riesige Flammen sprangen zum Himmel hinauf.

Das Feuer breitete sich immer weiter aus. Entsetzlich in seiner Schönheit. Großartig in seiner reinen Zerstörung. Es geriet völlig außer Kontrolle. Brannte.

Auf der Rückfahrt zu Amandas Haus sprachen sie nicht. Beide zerbrachen sich den Kopf, versuchten die Bedeutung von *bienvenue* herauszufinden. Falls das Wort überhaupt eine Bedeutung hatte. Aber Carl war davon überzeugt. Harry ging nicht einfach los und ließ sich mit einem Brandzeichen markieren. Nicht, wenn nicht irgendein Sinn dahintersteckte. Soweit er es sagen konnte, bedeutete das Wort an sich nichts. Willkommen? Verdammt, was war damit gemeint? Er hatte nicht die geringste Ahnung. Aber was konnte es sein? Der Name einer bestimmten Person? Einer Ehefrau? Eines Haustiers? Ein Nachname? Ein Boot? Ein Akronym? Es gab endlose Möglichkeiten.

Als sie drei Blocks vom Haus entfernt waren, richtete Amanda sich plötzlich in ihrem Sitz auf.

»Was ist das für ein Geruch?« fragte sie.

»Irgend etwas brennt«, sagte er. Und dann: »Hör doch.«

Sie hörten Sirenen. Sie schienen zuerst weit weg, nach ein paar Sekunden aber schon in ihrer unmittelbaren Nähe zu sein.

»Oh, mein Gott«, sagte Amanda leise. Und dann, mit einer langen, traurigen Totenklage: »Oh ... mein ... Gott.«

Carl folgte ihrem Blick und sah es. Flammen stiegen über den Häusern auf.

Amanda riß die Wagentür auf und sprang hinaus. Sie lief wie von Sinnen die Straße entlang, und ihre Schreie waren unter dem überwältigenden Lärm der Einsatzfahrzeuge kaum zu vernehmen.

Carl eilte ihr nach und rief ihren Namen. Sie war wirklich schnell, und er holte sie erst ein, als sie nur noch einen halben Block von dem Feuer entfernt waren.

»Es ist mein Haus!« schrie Amanda. »Sie haben mein Haus angesteckt!« Sie wollte sich von ihm losreißen, um näher zu dem Feuer zu rennen, doch er hielt sie fest und riß sie zurück.

»Amanda, nicht!« sagte er.

»Es ist mein Haus«, sagte sie mit viel leiserer, flehender Stimme.

Selbst in dieser Entfernung war die Hitze überwältigend. Polizisten und Feuerwehrleute liefen zusammen. Schläuche wurden ausgerollt, Absperrungen um den Brandherd gezogen.

Carl war plötzlich erschöpft. Die Vorstellung, erneut fliehen zu müssen, war fast unvorstellbar. Vielleicht sollte er einfach aufgeben. Was konnten sie ihm schon großartig tun? Die Vorstellung, einfach aufzugeben, kam ihm plötzlich beglückend vor. Dann wäre alles vorbei. Schluß mit dem Davonlaufen. Schluß mit dem Schrecken. Schluß mit dem Tod ...

Da erblickte er eine kleine, untersetzte Gestalt, die sich einen Weg durch die Menschenmenge bahnte. Er konnte das Gesicht nicht sehen, nur einen kurzen Blick auf das Profil werfen, doch Carl wußte sofort, wer es war. Im nächsten Augenblick drehte der Mann sich um, und er konnte das pockennarbige Gesicht erkennen, den Mund mit den wulstigen Lippen, die trüben, boshaften Augen.

Payton.

Es war eindeutig Payton. Der Cop, der versucht hatte, ihn in seiner eigenen Wohnung zu töten.

»Wir müssen gehen«, flüsterte Carl Amanda beschwörend zu. »*Sofort.*«

Zwei weitere Polizeiwagen hielten vor dem brennenden Haus. Ihre Sirenen plärrten, die Blaulichter blitzten. Und nun übernahmen Paytons Instinkte. Carl spürte buchstäblich, wie er reagierte, wie ein Bluthund, der zum tödlichen Endspurt ansetzte.

Payton drehte den Kopf. Er erblickte Carl. Die wulstigen Lippen erzitterten. Ein Lächeln. Und dann rannte er los. Seine Arme pumpten, seine runden, fleischigen Beine bewegten sich schnell, überraschend leichtfüßig drängte er sich durch die Menge der Schaulustigen.

»Amanda, *bitte*. Hier können wir nicht bleiben.«

Sie ließ sich von ihm zum Wagen ziehen. Er öffnete die Tür und schob sie sanft in den rostigen Subaru. Dann ging er zur Fahrertür, schaute zurück. Payton rannte noch immer, war ihnen ganz nah gekommen. Sein Gesicht hatte sich gerötet, er keuchte heftig, war aber nicht langsamer geworden.

Carl warf sich hinter das Lenkrad, wendete den Wagen und raste mit kreischenden Reifen davon. Im Rückspiegel sah er, daß Payton noch immer lief. Einen Moment lang glaubte Carl, das Unmögliche würde geschehen. Er glaubte, Payton würde noch immer aufholen. Doch dann wurde seine Gestalt im Spiegel allmählich kleiner. Der Cop wurde langsamer, blieb dann stehen, beugte sich vor, rang nach Luft und war kaum imstande, ihren verschwindenden Rücklichtern hinterherzuschauen.

Als Carl um die Ecke bog, sah er, daß Amanda sich umdrehte und zurückschaute. Sie sah jedoch nicht zu Payton. Der besessene Cop, der sie umbringen wollte, war ihr völlig gleichgültig. Genau wie die Tätowierung oder die Bedeutung von *bienvenue*. Nichts davon interessierte sie. Statt dessen starrte sie auf die Menge, die rotierenden Blaulichter, das Wasser, das aus den Schläuchen spritzte, auf die schrecklichen Flammen und dachte, daß alles, was sie je besessen hatte, nun vom Antlitz der Erde verschwunden war.

19. Kapitel

Transkript der Ausgabe der *Sunrise News* vom 11. Juli, des einstündigen morgendlichen Nachrichtenmagazins von ANN, gesendet um 5 Uhr morgens Ostküstenzeit:

Dan Eller, Moderator: *Guten Morgen. Wir haben neueste Meldungen über die Jagd auf Carl Granville, den jungen Schriftsteller, der im Zusammenhang mit dem gewaltsamen Tod von zwei Frauen gesucht wird. Das FBI brachte in Erfahrung, daß Granville gestern nach Washington, D.C., geflogen ist, wo Amanda Mays, stellvertretende Chefredakteurin des* Washington Journal *und Ex-Freundin von Granville, lebt. Allem Anschein nach wurde Ms. Mays' Haus durch Brandstiftung fast völlig zerstört. Ms. Mays selbst ist verschwunden. Es gibt keinerlei Hinweise darauf, daß sie sich im Haus aufhielt, während das Feuer ausbrach. Als Polizei und Feuerwehr am Unglücksort eintrafen, fanden sie den FBI-Spezialagenten Bruce Shanahoff in seinem Wagen, der vor Ms. Mays Haus parkte. Agent Shanahoff war tot. Er wurde einmal in den Kopf geschossen.*

Weder die Polizei noch das FBI wollen sich über eine mögliche Verbindung zwischen dem Feuer in D.C., dem Tod Agent Shanahoffs und den beiden Morden in New York äußern …

Auszug aus der FBI Website, http://www.fbimostwanted.com, Stand 11. Juli:

Gesucht vom FBI

Carl Amos Granville
Alias: Carl Granville, Granny

Schwere Körperverletzung – Brandstiftung – Mord

Vermutlich bewaffnet und außerordentlich gefährlich

Geb.: 23. April 1971
Geschlecht: Männlich
Körpergröße: 185 cm
Gewicht: 91 Kilo
Haarfarbe: Blond
Augenfarbe: Blau
Rasse: Weißer

Carl Amos Granville wird wegen des am 8. Juli begangenen Mordes an Margaret Alexis Peterson, des am 8. Juli begangenen Mordes an Antoinette Louise Cloninger und des am 11. Juli begangenen Mordes an FBI Spezialagent Bruce Leonard Shanahoff gesucht. In allen drei Fällen konnte Granville fliehen. Sein letzter Aufenthaltsort ist der Großraum von Washington, D.C., wo er von den örtlichen Behörden als Tatverdächtiger im Zusammenhang mit einer am 11. Juli vermutlich begangenen Brandstiftung gesucht wird. Vernichtet wurde das Haus von Amanda Dorothy Mays. Amanda Dorothy Mays wird vermißt; es ist nicht ausgeschlossen, daß sie in dem Feuer ums Leben gekommen ist. FBI Spezialagent Bruce Leonard Shanahoff wurde am Tatort der mutmaßlichen Brandstiftung erschossen aufgefunden.

Ballistische Untersuchungen bestätigen, daß bei der Ermordung von Antoinette Louise Cloninger und FBI Spezialagent Bruce Leonard Shanahoff dieselbe Waffe benutzt wurde.

Aus dem *Washington Journal* vom 11. Juli:

Tod einer Journalistin

Von Shaneesa Perryman

Die schrecklichen Details sind eindeutig: Ein FBI-Agent wurde in seinem Wagen erschossen. Ein Haus in Kalorama brannte bis auf die Grundmauern nieder; seine Bewohnerin, die einunddreißig Jahre alte Journalistin Amanda Mays, ist wahrscheinlich ebenfalls tot. Ihr Ex-Freund, Carl Granville, ist spurlos verschwunden. Zur Zeit findet eine der größten Fahndungen in der Geschichte Amerikas nach ihm statt.

Aber die Schlagzeilen dieser Geschichte erzählen nicht alles. Ganz und gar nicht. Denn für alle, die mit Amanda Mays zusammengearbeitet und sie geliebt haben, war sie nicht nur ein Name in der Zeitung. Sie war unsere große Schwester, unsere Chefin, unser Kindermädchen, unsere Freundin. Sie war die Schulter, an der man sich ausweinen konnte.

Es war Amanda Mays, die mich an einem kalten, grauen Morgen im vergangenen Winter aufnahm, als ich hier oben im Journal *erschien und einen Job suchte – eine junge Schwarze ohne Erfahrung und völlig ahnungslos, ob sie das Zeug zu einem solchen Job haben würde. Aber Amanda hat an mich geglaubt.*

Und jetzt ist sie nicht mehr da.

Amanda rauchte zuviel, trank zuviel Kaffee und war viel zu ehrlich zu ihren Vorgesetzten. Sie ärgerte sich stets über ihr Gewicht, obgleich rundlich *kein Wort war, das in irgendeiner Weise zu ihr gepaßt hätte. Sie trug mit Vorliebe violette Kleidung. Obgleich dezentere Farben ihr viel besser gestanden hätten. Sie hatte die schönsten roten Haare, die ich je gesehen habe. Wenn sie etwas las, das ihr nicht gefiel, dann rümpfte sie die Nase, als nähme sie einen üblen Geruch wahr. Wenn ihr eine Story gefiel, dann äußerte sie ihre Begeisterung offener als jeder andere, den ich je kennengelernt habe.*

Und jetzt ist sie nicht mehr da.

Amanda wuchs in Port Chester, New York, auf. Ihr Vater war Bankier. Sie war ein Einzelkind. In der High-school führte sie die Cheerleader-Mannschaft und war mit dem Kapitän des Foot-

ball-Teams befreundet. Ihr Vater starb, als sie ihr erstes Jahr an der Universität von Syracuse absolvierte. Ihre Mutter, die Amanda als »letzte echte Hausfrau Amerikas« bezeichnete, starb kaum ein Jahr später. »Sie verlor jeglichen Lebenswillen, als ihr Mann gestorben war«, erzählte Amanda mir eines Tages. »Ich werde niemals zulassen, daß auch mir so etwas zustößt.«

Und jetzt ist sie nicht mehr da.

In Syracuse entdeckte Amanda ihre Liebe zum Journalismus. Da sie so attraktiv war, versuchte ihr Professor, sie für eine Karriere beim Fernsehen zu erwärmen. Amanda lehnte ab und zog die Welt der Zeitung vor. Nach zwei Jahren beim Albany Knickerbocker *war sie besessen von Politik. Nach zwei weiteren Jahren bei* Newsday *entdeckte sie New York City. Sie zog nach Manhattan und schrieb für* Village Voice *und* New York Magazine.

Auf einer Party lernte sie einen vielversprechenden jungen Schriftsteller namens Carl Granville kennen. »Er war«, wie sie mir später erzählte, »genau der Mann, von dem ich immer geträumt habe, als ich noch ein kleines Mädchen war und nachts in meinem Bett lag. Er war mein Ritter in goldener Rüstung.«

Und jetzt ist sie nicht mehr da.

Beide, Amanda und Carl, liebten gute Bücher, ausländische Filme und die chinesische Küche. »Sie waren ein perfektes Paar«, sagte eine alte Freundin, die beide kannte. »Jeder hat bedauert, daß es mit ihnen auf Dauer nicht klappen wollte.«

Amanda ging schließlich nach Washington, D.C., wo sie stellvertretende Chefredakteurin beim Journal *und Aufpasserin für uns junge Journalisten wurde. Ihre Babys, so nannte sie uns. Sie ermutigte uns, führte uns, tröstete uns. Und sie hatte immer noch Zeit genug, um auf ihren Ex-Freund stolz zu sein. »Er arbeitet an der Biographie eines hochrangigen Politikers«, erzählte sie uns. »Für eine der bekanntesten Verlegerinnen in New York.«*

Und dann wurde diese Verlegerin ermordet aufgefunden.

Der Rest der Geschichte steht auf Seite eins.

Während ich diese Worte schreibe, kann ich mir nicht vorstellen, wie ich ohne Amanda Mays weitermachen soll. Aber ich werde es versuchen müssen. Wir alle werden es versuchen müssen.

Lebe wohl, Amanda, ich weiß nicht, wie ich dir danken soll. In Liebe, Shaneesa.

20. Kapitel

Amanda mußte gegen die Tränen ankämpfen, als sie in der Schlange im Coffee shop stand. Sie las ihren eigenen Nachruf im *Washington Journal*, und irgendwie verlor sie den Kampf gegen die Tränen.

Shaneesas Abschiedsworte waren so überaus gefühlvoll und herzlich. Und ihr eigenes Foto wirkte so erschütternd real. Amanda haßte Tränen. Vor allem in der Öffentlichkeit. *Ach, pfeif drauf*, dachte sie. Sie hatte das Recht, so heftig zu weinen, wie sie wollte. In den vergangenen zwölf Stunden hatte sie einen Ermordeten in einem Kühlschrank entdeckt, hatte sie zusehen müssen, wie ihre Wohnung in Flammen aufging, und sie hatte eine Nacht auf der Straße verbringen müssen, schlaflos und auf der Flucht vor der Polizei und dem FBI. Sie war verwirrt, verängstigt und erschöpft.

Und nun war sie auch noch tot.

Glücklicherweise fiel niemandem in der Schlange ihr Verhalten auf. Niemand achtete auf sie. Es half ihr, daß sie eine Sonnenbrille und den alten Regenhut trug, den sie immer auf dem Rücksitz des Subaru liegen hatte – einen »rollenden Kleiderschrank« hatte Carl ihren Wagen einmal genannt. Ihr half auch, daß es noch früh am Morgen war und jeder, der hier in der Schlange stand, genau wie sie und Carl die ganze Nacht gefahren war.

Die erste Meldung kam in den Radionachrichten weniger als zwanzig Minuten nachdem sie den Schauplatz des Feuers verlassen hatten. Dabei erfuhren sie auch, daß Agent Shanahoff tot in seinem Wagen aufgefunden worden war und daß alle Indizien auf Carl als Täter hindeuteten. Die Polizei nahm an, daß sie, Amanda, im Feuer umgekommen war, und fahndete nach ihrem Wagen, der aus der Garage verschwunden war. Carl verglichen sie bereits mit berühmten Serienmördern der Geschichte.

»Wir müssen zur Polizei gehen«, hatte Amanda gesagt, als sie ihre Fähigkeit zu sprechen wiedergefunden hatte. Sie flüchteten so schnell sie konnten von dem brennenden Haus, wobei Carl ständig den Rückspiegel im Auge hatte, um sicherzugehen, daß sie nicht verfolgt wurden. »Wir müssen erzählen, was wir wissen.«

»Nein«, hatte er abgelehnt.

»Aber, Carl, ich bin der lebendige, atmende Beweis dafür, daß du das Feuer nicht gelegt oder Shanahoff nicht erschossen hast. Ich war die ganze Nacht mit dir zusammen. Ich bin dein Alibi.«

»Und was ist mit Maggie?« hielt er ihr entgegen. »Und was mit Toni und mit Harry? Von Harry wissen sie ja noch nicht einmal. Wenn sie ihn finden, werden sie denken, ich wäre Jack the Ripper.«

»Wenn sie sehen, daß du in dieser Sache unschuldig bist, dann wissen sie, daß du auch mit den anderen Fällen nichts zu tun hast. Oder?«

Er gab darauf keine Antwort. Für einen Moment schwiegen beide.

»Du mußt dich stellen, Carl.«

»Nein, Amanda. Das geht nicht.«

»Warum bist du nur so stur?« rief sie. Ihre Stimme wurde lauter. Er drückte den Fuß aufs Gaspedal, als ob ein höheres Tempo sie irgendwie überzeugen könnte, daß er recht hatte. »Wo sollen wir hin? Wir können doch nicht ständig unterwegs sein. Du wirst des mehrfachen Mordes verdächtigt. Wenn du dich nicht stellst, dann schießen sie dich ab wie ein wildes Tier. Begreifst du das nicht?«

»Glaub mir, ich begreife sehr wohl.« Er ging vom Gas und griff im Dunkeln nach ihrer Hand. »Und ich widerspreche dir auch nicht. Jedes Wort von dir ist nur zu wahr. Aber als ich das letzte Mal die Polizei rief, haben sie alles versucht, um mich umzubringen.«

»Es ist deine einzige Wahl, Carl. Es gibt keine andere Möglichkeit.«

»Doch. Ich muß nur Beweise haben«, sagte Carl ruhig.

»Beweise? Was für Beweise?«

»Echte, konkrete Beweise dafür, was wirklich im Gange ist und wer dahintersteckt. Anderenfalls wandere ich für den Rest meines Lebens ins Gefängnis. Das heißt, es sei denn, sie entschließen sich, mich einfach zu exekutieren.« Er verstummte. Sein bitteres Schweigen stand für einen kurzen Moment zwischen ihnen. »Außerdem gibt es auch noch einen anderen Grund, weshalb ich nicht so einfach zu ihnen gehen kann.«

»Und der Grund wäre?« fragte sie knapp.

»Du«, antwortete er. »Wir müssen an dich denken.«

Sie schüttelte heftig den Kopf. »Ich bitte dich, was ist das Schlimmste, was sie mit mir machen können – mir vorwerfen, ich hätte einen vor dem Gesetz Flüchtigen unterstützt? Ich erkläre, ich hätte aus rein beruflichem Interesse mit dir Kontakt gehabt. Meine Zeitung wird das in jeder Hinsicht bestätigen, kein Problem.«

»Sie? Du redest von der Polizei. Ich hingegen rede von denen, die all das inszeniert haben. Du ahnst gar nicht, wie mächtig diese Leute sind. Fünf Minuten, nachdem ich die Polizei gerufen habe, haben sie versucht, mich umzubringen. Wenn sie Kontrolle über die Polizei haben, Amanda, was meinst du, was sie sonst noch schaffen? Bisher haben sie vier Leute umgebracht. Im Augenblick glauben sie, daß du das fünfte Opfer bist. Das bedeutet, daß du relativ sicher bist. Aber sobald du wieder auftauchst, heften sie sich an deine Fersen, so wie sie hinter mir her sind. Ich habe keine Ahnung, wer *sie* sind, aber ich weiß, daß sie eine Möglichkeit finden werden, dich zu töten, sobald wir uns wieder in der Öffentlichkeit blicken lassen. Und ich denke einfach, daß ich das nicht zulassen darf, falls du nichts dagegen hast.«

Amanda spürte, wie ihr die Kehle eng wurde. »Mußtest du ausgerechnet diesen Moment aussuchen«, fragte sie, »um in einer Angelegenheit hundertprozentig recht zu haben?« Sie versuchte, einen scherzhaften Ton anzuschlagen, aber das wollte ihr nicht ganz gelingen. »Nun, was tun wir jetzt?«

»Nachforschen, was hier eigentlich abläuft.«

Er erklärte es ihr, während er fuhr. Es hätte alles mit dem verdammten Buch angefangen. Es wäre alles, worauf sie sich stützen könnten. Sie müßten in Erfahrung bringen, was tatsächlich »da unten« passiert war. Dann müßten sie Dannys wahre Identität aufklären. Wenn sie ihn fänden, könnten sie vielleicht daraus schließen, wer hinter ihnen her war und versuchte, sie zu beseitigen.

»Es ist unsere einzige Chance«, sagte er.

Sie hatte stumm genickt, und so waren sie die ganze Nacht auf der Interstate 95 nach Süden gefahren und hatten nur an einer Tankstelle in der Nähe von Richmond, Virginia, angehalten. Sie bezahlten mit Bargeld – er hatte noch über $700 von seiner nächtlichen Auszahlung am Geldautomaten auf dem Broadway –, so daß das FBI sie nicht anhand ihrer Kreditkarten verfolgen konnte. Danach hatte Amanda das Lenkrad übernommen, während Carl versuchte, ein wenig zu schlafen. Mittlerweile war der neue Morgen angebrochen, und sie befanden sich etwa zwanzig Meilen östlich von Raleigh, North Carolina, und rollten auf eine dieser erschreckend neuen großen Raststätten zu, die im ganzen Land wie Pilze aus dem Boden schossen. Diese supermoderne Raststätte bestand aus zwei Tankstellen – eine für PKW, die andere für Trucks und Autobusse – einer Joghurt-Bar, einer Pizzeria, einem Coffee-Shop, Spielautomaten, Toiletten, einer Touristeninformation für North Carolina und einem Mini-Supermarkt. Dort kaufte Amanda die örtliche Tageszeitung und ein Exemplar des *Herald* sowie zwei Packungen Cracker und einen Liter Mineralwasser.

Carl blieb im Wagen sitzen. Er durfte nicht das Risiko eingehen, erkannt zu werden.

Amanda fühlte sich vollkommen erschöpft. Nach so vielen Stunden hinter dem Lenkrad waren ihre Beine wie Gummi, und ihre Sinne wurden regelrecht überwältigt von dem grellen Licht, dem Lärm der Glücksspielautomaten, dem Kindergeschrei, den Busladungen aufgeregt schnatternder ausländischer Touristen. Nach so vielen Stunden Fahrt kam sie sich vor, als wäre sie mit einem Fallschirm mitten in einem Vergnügungspark der Hölle gelandet. Satan World. Das wäre eine gute Sonntagsmagazin-Story für eins ihrer Reporter-Babys, dachte sie. Ein paar Nachtschichten hinter der Theke einer

Raststätte stehen, mit den Leuten reden, erfahren, was sie dachten, fühlten – mein Gott, was für ein Blödsinn ging ihr da durch den Kopf? Sie hatte keine Redaktions-Babys mehr. Sie hatte nicht eimal mehr einen Job.

Liebes Tagebuch, seit heute bin ich eine vom FBI gesuchte flüchtige Rechtsbrecherin. Sonst gibt es nichts Neues zu berichten.

In der Damentoilette spritzte sie sich kaltes Wasser ins Gesicht und betrachtete sich lange und eingehend im Spiegel. Sie erschien müde, aber ansonsten unverändert. Erstaunlicherweise gab es keinen wahrnehmbaren Unterschied. Sie sah aus wie dieselbe Person, die sie immer gewesen war.

Als sie in der Warteschlange im Coffee-Shop endlich an die Reihe kam, bestellte sie zwei extra große Milchkaffees und zwei Preiselbeer-Muffins. Die Kassiererin, die sich im Halbschlaf zu befinden schien, würdigte sie kaum eines Blickes.

Draußen schien die Sonne schon kräftiger. Auch die Luft war merklich milder. Sie hatte von den anderen Fahrzeugen so weit entfernt wie möglich geparkt. Carl kauerte auf dem Beifahrersitz und hatte die Sonnenblende heruntergeklappt. Er kurbelte das Seitenfenster nach unten, damit sie ihm den Kaffee reichen konnte.

»Die gute Nachricht«, berichtete sie und deutete auf die Zeitungen, »ist, daß sie mich für tot halten. Ich habe keine Ahnung, wie lange sie davon überzeugt sind, aber ich denke, wir haben dadurch einen, vielleicht zwei Tage gewonnen. Aber wenn sie dahinterkommen, daß ich noch nicht in eine Urne passe –«

»Dann werden Sie annehmen, daß du entweder meine Gefangene oder meine Komplizin bist. Und wie lautet die *schlechte* Nachricht?« wollte Carl wissen.

Sie sah ihn an, als könnte sie nicht glauben, daß er die Antwort auf diese Frage nicht schon längst kannte. »Alles andere«, sagte sie. Dann verfolgte sie, wie er die Zeitung hastig durchzublättern begann. »Was suchst du?« erkundigte sie sich.

»Die Ergebnisse der Mets. Gibt es in dieser Zeitung keinen Sportteil?«

»Die *Mets*, Carl? Wie kannst du in einem solchen Moment an die Mets denken?«

Darauf wußte Carl keine Antwort. Er sah sie nur stumm an.

»Der Sport ist im zweiten Teil«, sagte sie schließlich. »Hinten.«

Er blätterte bis zum Sportteil, überflog die Tabelle mit den Baseball-Ergebnissen und blätterte wieder nach vorne. »Sie haben gewonnen«, sagte er. »Bobby Jones hat drei Homeruns geschafft.«

»Geht es dir jetzt besser?«

»Ja«, gab er zu. »Ich weiß, es sollte nicht so sein, aber es ist so.«

Amanda setzte sich neben ihn auf den Vordersitz, und sie machten sich auf dem Parkplatz über ihr karges Frühstück her, dankbar für die augenblickliche Stille und Ruhe. Carl verzehrte geistesabwesend sein Muffin, während er die Stories über sich selbst auf der Titelseite überflog: alte Freundinnen, die bereitwillig kundtaten, seine dunklen Seiten schon viele Jahre früher erkannt zu haben, und der Inhaber des koreanischen Lebensmittelladens, zwei Straßen von seiner Wohnung entfernt, der die Welt darüber aufklärte, daß er große Mengen Orangensaft gekauft hatte, nur selten redete, gewöhnlich unrasiert war, häufig in den frühen Morgenstunden einkaufte und das schreckhafte Verhalten von jemandem an den Tag legte, der soeben etwas Illegales getan hatte.

Und dann las Carl das Interview mit seinem Vater.

Irgendein schmieriger Reporter hatte tatsächlich dessen Adresse unten in Pompano Beach, Florida, ausfindig gemacht, war zu dem Haus gefahren und hatte ihn mit Fragen bombardiert. Carl konnte seinen Vater auf einem Foto sehen, wie er in der Haustür stand und den Reporter mißtrauisch anschaute. Sein alter Herr haßte jede Art von Neugier, daher mußte das Interview für Alfred Granville eine Qual gewesen sein. Aber nicht so eine Qual, wie es die Lektüre für Carl war. Sein Vater sagte nichts, um ihn zu verteidigen. Er sprach darüber, wie schwierig diese ganze Entwicklung für ihn war. Für *ihn*. Nicht für Carl. Er redete, als ob Carl sich verändert und nach dem Tod seiner Mutter in eine völlig andere Richtung entwickelt hätte. *Ich bemerkte seinen zunehmenden Zorn, sah, wie er immer mürrischer wurde. Er stieß mich regelrecht von sich. Nein, ich glaube nicht, daß er Hilfe gewünscht hätte. Ich glaube auch nicht, daß ihm bewußt war, daß er Hilfe brauchte.* Das war eins der Zitate, die der Reporter seinem Vater herausgelockt hatte. *Es schmerzt mich sehr, mir vorzustellen, daß er all das wirklich getan hat und schuldig ist*, hatte Alfred Granville gesagt, *aber ich muß mich wohl damit abfinden und mit meiner eigenen Schuld an allem fertig werden*.

Carl riß die Seite aus der Zeitung, zerknüllte das Papier und schloß die Augen. Nur langsam entspannte seine Hand sich dann, und er ließ die Zeitung einfach zu Boden fallen. Er quälte nur sich selbst. Diese Meldungen und Berichte zu lesen nutzte ihm nichts. Indem er versuchte, nur für einige Momente so zu tun, als wäre er ein ganz normaler Tourist, der während einer ganz normalen Urlaubsreise eine ganz normale Pause einlegte, lenkte er seine Aufmerksamkeit daher auf irgendeinen anderen Artikel, der ihm gerade ins Auge fiel.

»Was hat es mit diesem Priester auf sich?« fragte er Amanda, nachdem er den entsprechenden Bericht auf Seite drei des *Herald* gelesen hatte. »Warum sollte ein Priester von einem Tag auf den anderen plötzlich verschwinden?«

Amanda zuckte die Achseln. Ein Geistlicher, der vermißt wurde, gehörte im Augenblick nicht zu ihren vordringlichsten Sorgen. Aber nach einer kurzen Pause meinte sie: »Ich habe ihn einmal kennengelernt.«

»Den Priester?«

Sie nickte. »Wir haben damals ein Feature über Trauer vorbereitet. Eine meiner Reporterinnen hat ihn interviewt. Am Ende gingen sie zusammen essen und freundeten sich an. Der Priester heißt Father Patrick, nicht wahr?«

»Ja. Weshalb ist er denn so aus dem Gleichgewicht geraten, wie hier steht?«

»Seine Schwester kam bei einem Verkehrsunfall ums Leben. Ein Betrunkener hat sie überfahren. Das hat ihn völlig aus der Bahn geworfen. Woran ich mich am deutlichsten erinnere, ist, daß er ungewöhnlich attraktiv war und eine eindrucksvolle Stimme hatte. Wenn man hinter diese Fassade schaute, merkte man schnell, daß er zutiefst deprimiert war. Er war der traurigste Mensch, den ich je kennengelernt habe. Er erzählte von seiner Zeit in Marquette. Es wäre die glücklichste Zeit seines Lebens gewesen. Tage der Besinnung und des Lernens. Damals hätte er noch an alles mögliche geglaubt ... und dabei klang er so unendlich betrübt.«

»Was meinst du, was mit ihm passiert ist?«

»Es heißt, man hätte seinen Wagen unten am Fluß gefunden. Sieht aus, als hätte er Selbstmord begangen.« Amanda überflog die Zeitungsseite und verzog das Gesicht. »Immer noch kein Wort über Harrys Ermordung.«

»Und auch im Radio ist nichts gekommen. Das ist schon ein wenig seltsam.«

»Warum?«

»Weil jemand sich ungeheuer viel Mühe gemacht haben muß, um mich in meine augenblickliche Lage zu bringen. Überlege doch, ich bin in den Zeitungen eine regelrechte Mordmaschine. Und Harry kann eigentlich nur mein Opfer sein. Ich war schließlich im Haus des Mannes. Meine Fingerabdrücke müssen dort überall zu finden sein. Er ist als Opfer ein Idealfall.«

»Ein Idealfall«, sagte sie leise und rief sich den Anblick Harry Wagners im Kühlschrank in Erinnerung.

»Warum wird er dann nirgendwo erwähnt?« wiederholte Carl die Frage, die ihn besonders beschäftigte.

»Vielleicht hat bisher niemand seine Leiche gefunden.«

»Oder jemand vertuscht die Sache«, meinte er.

»Warum sollte er das tun?«

Carl schüttelte ratlos den Kopf. »Das weiß ich nicht. Vielleicht leide ich schon unter Paranoia.«

»Vielleicht. Aber wenn es so ist, Carl, dann hast du verdammt gute Gründe dafür.«

Damit startete Amanda den Subaru, der allerdings erst beim zweiten Versuch ansprang.

Sie waren wieder unterwegs.

Ungefähr zwanzig Minuten nach Verlassen der Raststätte holte Amanda ihre Straßenkarte hervor und faltete sie auseinander. »Ich denke, es wird allmählich Zeit, daß wir das Ganze ernsthaft angehen sollten«, sagte sie. »Den Namen der Stadt, die wir suchen, kennen wir nicht, oder? Wir wissen noch nicht einmal, in welchem Staat sie liegt.«

»Richtig«, bestätigte Carl. »Wir wissen nur, daß es irgendein winziges Kaff ist, daß es dort entsetzlich gestunken hat und daß Elvis Presley dort einmal aufgetreten ist. Oder ganz in der Nähe. Das Nest kann in Arkansas, Alabama, Mississippi, Louisiana sein … wir wissen es nicht.«

»Was wir wissen«, sagte Amanda, während sie die Karte studierte, »ist, daß wenn wir auf dieser Interstate bleiben, wir am Ende in Miami landen – und das wollen wir nicht. In etwa einer Viertelstunde kreuzen wir den Highway Forty, der nach Westen über die Great Smoky Mountains in Richtung … Nashville verläuft. Von dort führen alle Straßen nach Süden. Ich schlage vor, wir nehmen den Vierziger. Einverstanden?«

»Einverstanden«, sagte er. »Und ich denke, wir sollten mit deiner Freundin Shaneesa Kontakt aufnehmen.«

»Ist das dein Ernst?« fragte sie, überrascht und erfreut zugleich. Es betrübte sie sehr, daß ihre Freundin und Kollegin annahm, daß sie tot war.

»Sie hat uns geholfen, Harry zu finden, nicht wahr? Vielleicht kann sie auch herausfinden, was zum Teufel *bienvenue* zu bedeuten hat. Oder sie kann uns helfen, diese geheimnisvolle Stadt zu finden. Anderenfalls müßten wir im größten Heuhaufen der Welt nach einer Nadel suchen. Nur so lange wie …« Er verstummte und sah sie ernst an. Eine Locke seines blonden Haars war ihm ins Auge gefallen. »Ich meine, kannst du ihr dein Leben anvertrauen? Unser beider Leben steht auf dem Spiel.«

»Ich vertraue ihr«, erklärte Amanda zuversichtlich.

Als der ramponierte kleine Subaru die Interstate 95 verließ und auf den Highway 40 wechselte und nach Westen fuhr, griff der Korrektor sofort nach dem Handy und wählte eine Nummer. Dabei behielt er ständig die Straße im Auge.

Jetzt, bei Tageslicht, war der Subaru viel leichter zu verlieren. Während der Nacht, unterwegs auf dem nahezu völlig leeren Highway, waren seine Rücklichter wie zwei rote Leuchtfeuer gewesen. Er hatte ohne Probleme einen Sicherheitsabstand von einer halben Meile halten können. Das ging nun nicht mehr. Der Morgenverkehr hatte eingesetzt, Lastwagen bestimmten zunehmend das Straßenbild. Außerdem stand die Sonne hinter ihnen dicht über dem Horizont, und ihre Strahlen wurden von den Windschutzscheiben der entgegenkommenden Fahrzeuge reflektiert. Nach so vielen Stunden hinter dem Lenkrad ermüdete selbst der Korrektor allmählich.

Dennoch, Erschöpfung war kein Thema. Wenn nötig, könnte der Korrektor die beiden achtundvierzig Stunden, ohne zu schlafen, verfolgen. Im Handschuhfach des Suburban befand sich außerdem ein großzügiger Vorrat eines neuen und hochwirksamen Aufputschmittels, das in der Szene als Seven-Eleven bekannt war. Der Korrektor lehnte den Genuß von Drogen jeglicher Art strikt ab, aber die Upper waren in einem Notfall von großem Nutzen und allemal besser, als wenn er gar nichts nahm.

»Hallo, was ist los?« Lord Augmons Stimme am anderen Ende der Telefonleitung klang heiser. Es amüsierte den Korrektor, daß der Mann offensichtlich immer noch im Bett lag. Wie oft hatte Augmon schon vor Reportern damit geprahlt, daß eines der Geheimnisse seines Erfolges die Tatsache wäre, daß er jeden Morgen um Punkt fünf Uhr aufstünde, ganz gleich, wo in der Welt er sich gerade aufhielt? Im Augenblick war dieser Ort Washington.

»Sie wollten, daß ich anrufe, sobald sich irgendwelche Änderungen ergeben.«

»Ja«, erwiderte Augmon gereizt. »Was gibt es?« Er war sofort wach und konzentriert.

»Ich will Sie nicht erschrecken, aber die beiden wollen offensichtlich nach Nashville.«

Der einzige Laut am anderen Ende waren die leicht rasselnden Atemzüge des Mannes. »Ich verstehe.«

Der Korrektor fragte sich, was es war, das der Milliardär verstand, sagte aber nichts. Es gehörte nicht zum Job des Korrektors, sich über solche Dinge Gedanken zu machen.

»Nun … dann denke ich, daß es Zeit für uns wird, uns um sie kümmern. Zeit für *Sie*, sich um sie zu kümmern.«

»Ist es das, was ich mit ihnen tun soll?«

»Warten Sie noch einen Moment.«

Der Korrektor hörte ein hektisches Klappern. Augmon

überprüfte irgend etwas auf seinem Laptop-Computer. Dieses Gerät stand, wie allgemein bekannt war, sogar nachts in Reichweite neben seinem Bett – ein weiteres Geheimnis seines Erfolgs.

»Mein Gott«, stieß Augmont aufgeregt hervor. »Haben Sie die neuesten Zahlen für meine Sendung *Need to Know* gesehen?«

»Nein«, antwortete der Korrektor. »Die habe ich wohl versäumt.«

»Die Ratings sind in den Himmel geschossen. Um siebenundzwanzig Prozent gegenüber vergangener Woche.«

»Und das ist gut?« fragte der Korrektor.

»Gut? Höher waren sie nur in der Woche, in der das Urteil im O.J. Simpson-Fall gesprochen wurde.« Das hektische Klappern ertönte wieder. »Herrgott im Himmel«, flüsterte der Mann jetzt andächtig. »Die Zuschauerzahl in New York und in Washington hat zugenommen, desgleichen die Werbung ...« Er schnalzte mit der Zunge. »ANN insgesamt hat sich gegenüber der vergangenen Woche um zehn Prozent verbessert.«

»Mit anderen Worten, soll ich sie einstweilen in Ruhe lassen?«

»Genau, mein junger Freund. Lassen Sie die beiden noch eine Weile in Ruhe. Mein Instinkt war richtig. Die Öffentlichkeit liebt diesen Jungen, vor allem jetzt, wo man annimmt, daß er den Tod der einzigen Frau verursacht hat, die er je geliebt hat.« Er klang aufrichtig erfreut. »Ich fürchte, lebendig sind sie für uns im Moment wertvoller, als wenn sie tot wären. Solange sie nicht eine ernste Gefahr darstellen. Ist das klar?«

»Vollkommen klar.«

»Kann ich Ihnen noch irgendwas anbieten?« Seine Frage klang, als wollte er den Korrektor zu einem Cocktail überreden.

»Was zum Beispiel?«

»Ich könnte Ihnen Payton schicken, wenn Sie wollen.«

»Nicht nötig.« Payton als Versicherung zu haben, war der schlimmste Alptraum des Korrektors. Der Ex-Cop war ein Schmierlappen, ein Versager.

»Wie Sie wollen«, erwiderte Augmont gleichmütig. »Aber egal, was Sie tun, verlieren Sie die beiden nicht.«

»Sie können sich auf mich verlassen.«

»Falls Sie mich jemals besser kennenlernen sollten, und ich hoffe, daß das niemals geschieht, werden Sie feststellen, daß ich mich auf niemanden verlasse. Guten Tag.«

Die Verbindung wurde unterbrochen.

Der Korrektor schaltete sein Telefon aus und konzentrierte sich auf den Verkehr.

Jeremiah Bickford hatte schon immer vorgehabt, einmal Präsident der Vereinigten Staaten zu werden.

Er hatte es vorgehabt, als er 1944 Vorsitzender des Debattierclubs an der Taft Junior High School in Athens, Ohio, war. Er hatte es vorgehabt, als er 1947 zum Präsidenten der Abschlußklasse an der Lincoln High School gewählt wurde. Danach schien alles seine Überzeugung und seinen Ehrgeiz zu bestätigen: Mittelstürmer im All-American Footballteam und bester seiner Klasse an der Universität von Miami, Ohio; Aufstieg in den Rang eines Captain bei der Air Force; einer der zehn besten Studenten an der Ohio State Law School. Er wurde danach von einer der angesehensten Anwaltskanzleien des Mittleren Westens umworben und eingestellt, wurde schon nach fünf Jahren zum vollwertigen Partner erklärt, und als er vierunddreißig Jahre alt war, wurde er mit erstaunlichen 69 Prozent aller Stimmen in den Kongreß gewählt.

Jerry Bickford näherte sich Washington, D. C., genauso wie allem anderen in seinem Leben: unangestrengt und erfolgreich. Als Bickford junger Kongreßabgeordneter war, fand Lyndon Johnson Gefallen an ihm und nahm ihn unter seine Fittiche. Schon bald stand er nicht nur vor LBJ, während der Präsident auf der Toilette saß und ihm gelegentlich die Narbe seiner Gallenoperation zeigte, sondern er saß mit hochgekrempelten Hemdsärmeln beim Whiskey mit John Connally zusammen, oder er frühstückte in der Villa des Vizepräsidenten und hörte zu, wie Hubert Humphrey sich beklagte, daß niemand ihn ernst zu nehmen schien.

Während der nächsten zwanzig Jahre erledigte Bickford seinen Job absolut tadellos, hielt den Kontakt zu seiner Heimat, gewann neue Freunde in Washington, hielt die Zahl seiner Feinde überschaubar und entwickelte sich zu einem der beliebtesten Politiker des Landes. Er kämpfte mit Nixon, ertrug kopfschüttelnd McGoverns Inkompetenz, verzweifelte nahezu bei dem vergeblichen Versuch, sich bei Carters unerfahrener und arroganter Truppe Gehör zu verschaffen, und machte mit Reagan die besten Deals, die er zustande brachte, wobei er niemals sicher sein konnte, daß Reagan tatsächlich wußte, wer Bickford war.

Im Jahre 1988 wurde ihm allerdings klar, daß er selbst niemals Präsident werden würde, und diese Erkenntnis traf ihn wie ein Schock.

Die Nation war nicht interessiert an harter Arbeit und guten Taten und an soliden, amerikanischen Grundwerten. Das amerikanische Volk war gefesselt von Schlagworten, schrillen Werbekampagnen und wüsten Schlammschlachten, zu denen Jerry Bickford sich niemals herablassen konnte. Er reagierte auf diese plötzliche und niederschmetternde Erkenntnis so, wie er immer reagierte: Er trat einen Schritt zurück, analysierte die Situation, zuckte die Achseln und machte sich wieder an die Arbeit. Er wurde ein Mentor für die neue Spezies von Kongreßabgeordneten und Senatoren oder zumindest für all jene, die sich der Mühe unterziehen wollten, die Verhaltensregeln der höheren Politik zu erlernen.

Einer von denen, die alles erlernen wollten, war Tom Adamson. Bickford bewunderte Brillanz, und Adamson hungerte nach Ansehen. Ihre Beziehung entwickelte sich schon bald zu etwas, das über eine politische Partnerschaft hinausging. Sie wurden enge Freunde, gingen gemeinsam auf die Jagd, unternahmen mit ihren Ehefrauen Urlaubsreisen und verbrachten lange Abende mit stundenlangen Diskussionen über den Mittleren Osten, Sozialgesetzgebung und Zinspolitik. Jerry und seine Frau Melissa freundeten sich auch mit Elizabeth Adamson an. Sie bewunderten Elizabeths Intellekt und Selbstvertrauen, und sie halfen ihr, lockerer zu werden und sich im Scheinwerferlicht sicherer zu bewegen.

Es war Jerry Bickford, der Tom Adamson zur Präsidentenwahl verhalf. Er war der erste aus der alten Garde, der den Außenseiter aus dem Süden unterstützte. Er schrieb Wahlkampfreden für ihn, bettelte für ihn Geld zusammen und zeigte der Partei, daß Adamson nicht nur die Partei führen, sondern auch die Nation für sich einnehmen konnte. Es überraschte niemanden in Washington, als Adamson seinen Mentor bat, sein Vizepräsident zu werden. Sie waren ein perfektes Paar: der ältere Mann mit seiner Ausgeglichenheit und seiner Weisheit auf der einen, der jüngere Mann mit seiner Dynamik und seinem Charisma auf der anderen Seite.

Diese Verbindung war im Himmel geschaffen worden.

Es geschah ausschließlich nachts, daß Jeremiah Drew Bickford den Weg in Frage stellte, den er eingeschlagen hatte, während er die Decke anstarrte und seinen Gedanken nachhing. Gedanken daran, daß er so dicht davor gestanden hatte, sich seine Träume zu erfüllen, und dennoch eine Ewigkeit von ihrer Erfüllung entfernt war.

Diese Gedanken gingen ihm auch jetzt durch den Kopf, obgleich es nicht Nacht war. Es war später Nachmittag, und er betrat das Weiße Haus, wo er mit dem Präsidenten und der First Lady zum Tee verabredet war.

»Du sollst wissen«, sagte Tom Adamson, als Bickford das Zimmer betrat, »daß das, was du verlangst, unannehmbar ist.«

»Vielleicht sollten Sie mich zu Ende reden lasen, Mr. President.«

»Ich habe kein Interesse, dich bis zum Ende anzuhören. Und nenn mich nicht Mr. President, du alter Bastard. Es bedeutet, daß du irgend etwas im Schilde führst. Und seit wann gibst du meiner Frau keinen Begrüßungskuß mehr?«

Bickford schaute zu Elizabeth Adamson hinüber. Sie trug ein rotes Kostüm mit einer weißen Seidenbluse. Bickford fand, daß sie wunderbar aussah. In ihr verbanden sich Eleganz und Würde, wie Bickford es bisher nur bei wenigen Frauen gesehen hatte.

»Mit allem gebotenen Respekt, Mr. President, ich küsse sie nicht, weil es im Augenblick kein Vergnügen sein dürfte, mich zu küssen.«

»Laß sehen, Jerry«, sagte Elizabeth Adamson leise.

In diesem Moment runzelte der Vizepräsident die Stirn und nahm das Taschentuch herunter, das er die ganze Zeit vor den Mund gehalten hatte.

»Ziemlich schlimm, was?« fragte er.

»Nicht schlimm genug, um zurückzutreten, mein Freund«, erwiderte Präsident Adamson leise. »Nicht schlimm genug, um nicht mehr zu tun, was du so gerne tust. Und was dein Land von dir braucht.«

»Ich kann nicht mehr tun, was mein Land von mir braucht, Tom«, sagte der Vizepräsident. »Sieh mich an.«

Tom Adamson musterte seinen besten Freund und brach beinahe in Tränen aus. Die rechte Seite von Jerry Bickfords Gesicht, vom Augenlid bis zum Mundwinkel, hing schlaff herab und glich damit entfernt der Physiognomie eines Bassets. Seine Worte klangen undeutlich, genuschelt, so als wäre er betrunken. Sein rechtes Auge tränte, und als er den Präsidenten und dessen Frau anzulächeln versuchte, trat ein winziger Speicheltropfen über seine Lippe und rann an seinem Kinn herab. Bickford nahm sofort wieder das Taschentuch hoch und wischte den Speichel weg.

Es war gut eine Woche her, seit der Vizepräsident unter der Bellschen Lähmung litt, einer nicht gerade seltenen Lähmung der Gesichtsmuskeln. Das Leiden hatte ihn plötzlich und ohne Vorwarnung überfallen, und die Ärzte hatten keinerlei Erklärung dafür. Sie meinten, die Krankheit würde in ein paar Monaten abklingen – wenn er Glück hätte, sogar schon innerhalb von sechs Wochen.

Er sah aus wie ein alter Mann, der einen Schlaganfall erlitten hatte – ein sabbernder alter Mann mit undeutlicher Sprache und schlaffen Gesichtsmuskeln. Deshalb hatte er beschlossen, als Vizepräsident zurückzutreten. Er würde seine Amtszeit beenden, aber er war erschienen, um Tom Adamson mitzuteilen, daß er in drei Wochen, auf dem Parteikongreß, einen neuen Kandidaten für sein Amt würde aufstellen müssen.

»Äußerlichkeiten hatten für dich doch noch nie eine besonders große Bedeutung, Jerry«, wandte Präsident Adamson ein.

»Es ist nicht nur diese verdammte Lähmung, Tom. Wenn du mich fragst, dann ist das ein Signal, ein Zeichen, mehr nicht.

Mir wird auf diese Art und Weise klar gemacht, daß ich zu verdammt alt bin für die Spielchen der jungen Leute.«

»Du bist der jüngste Mann, den ich kenne, Jerry«, sagte Elizabeth Adamson.

»Und du bist die reizendste Frau. Aber du bist auch eine verdammte Lügnerin. Und schenke mir nicht noch mehr von diesem Tee ein. Den schütte ich mir doch nur übers Hemd. Gib mir bitte etwas Anständiges zu trinken.«

Der Präsident füllte ein hohes Glas zur Hälfte mit Scotch und reichte es Bickford. Dann schenkte er sich selbst ebenfalls einen Drink ein. Als er fragend zu Elizabeth blickte, meinte sie: »Verdammt, warum nicht?«, und als auch sie ein Glas hatte, stieß sie mit ihnen an.

»Können wir wenigstens darüber reden, Jerry?« fragte Adamson.

»Wir können alles tun, was du willst. Ich bin da, um dir zu dienen, das weißt du doch, Tom.«

»Ach, laß diesen Unsinn. Ich möchte wissen, ob ich dir deinen Entschluß ausreden kann. Es ist nicht nur wichtig für mich, sondern für die ganze Nation.«

»Ich werde während des Wahlkampfs nur ein Klotz am Bein sein. Stell dir vor, wie die Medien reagieren würden. Die hätten doch nichts Eiligeres zu tun, als meine Visage auf die Titelseiten zu bringen. Es wäre die reinste Kuriositäten-Show. ›Hier ist CNN. Als nächstes schrprischt der Fietschepräschident tschuh Ihnen!‹«

Elizabeth Adamson stand auf, ging zu Bickford hinüber und ergriff seine Hand. »Jerry«, sagte sie, »wir wären ohne Sie nicht hier. Uns ist gleichgültig, was die Medien tun oder sagen würden. Wir werden mit allem fertig, was sich uns in den Weg stellt. Sie sind der beste Freund, den wir beide jemals hatten, daher ist einzig und allein wichtig, was Sie wollen. Wenn Sie auf die Liste wollen, dann wollen wir das auch. Und Sie werden draufstehen. Wenn nicht, dann helfen wir Ihnen, wo wir können und wie immer Sie es wünschen. Ein Posten im Kabinett jetzt oder in einem halben Jahr ein Job als Botschafter, was immer Sie wollen.«

Bickford überlegte lange, ehe er antwortete. Dann, mit einem dankbaren Blick zum Präsidenten und zur First Lady, sagte er: »Ich will aussteigen. Das ist das beste für euch, und es ist das beste für mich.«

Ein verlegenes Schweigen setzte ein. Elizabeth war aschfahl geworden. Tom Adamson wirkte zutiefst erschüttert über die Endgültigkeit in Bickfords Worten.

»Ich werde diese Ankündigung vorerst noch für mich behalten«, sagte der Vizepräsident. »Ich werde so kurz wie möglich vor dem Kongreß damit an die Öffentlichkeit gehen.«

»Jerry«, sagte Elizabeth leise, »wenn Sie fest entschlossen sind, dann ist es besser, wenn wir es umgehend bekanntgeben. Wir möchten nicht, daß die Wähler mit der Überzeugung zum Kongreß kommen, daß unsere Entscheidung für den Vizepräsidenten unter Zeitdruck getroffen wurde. Wir wollen keine unnötigen Überraschungen. Wenn Sie immer noch glauben, Sie könnten Ihre Meinung ändern, dann warten wir natürlich bis zur letzten Minute. Aber wenn –«

»Ich habe meine Entscheidung getroffen. Und Sie haben natürlich recht. Ganz gleich, wie Sie diese Angelegenheit regeln, es ist mir recht. Es macht sowieso keinen Unterschied für mein weiteres Leben.«

»Wie denkt Melissa darüber?« fragte Elizabeth. »Wie tief hat es sie getroffen, daß Sie sich jetzt sozusagen aus der Öffentlichkeit verabschieden wollen?«

»Sie ist hoch erfreut. Sie denkt, wir können endlich richtig auf Reisen gehen.«

»Nun«, sagte Adamson und schlug einen betont barschen Ton an, um seine große Traurigkeit zu überspielen, »du solltest lieber schnellstens einen Ersatzmann suchen, altes Schlachtroß. Und versuch jemanden zu finden, der wirklich tut, was ich von ihm verlange, okay? Nicht so einen wie dich, du sturer alter Bock.«

Bickford versuchte ein Lächeln, mußte es aber hinter seinem Taschentuch verbergen. »Ich werd's versuchen«, sagte er. »Aber ich kann nichts versprechen. Wer zum Teufel hat schon den Wunsch, mit dir zusammenzuarbeiten?«

Der Präsident leerte sein Scotchglas und schenkte sich sofort nach. Während er das Glas hob, bemerkte er, wie Bickford ihn musterte. Die Augen des Vizepräsidenten waren schmal, und Adamson dachte, *mein Gott, er sieht wirklich alt aus. Alt und ängstlich.* Dann dachte er, *verdammt noch mal, vielleicht passiert einem genau das, wenn man alt wird. Man bekommt es mit der Angst zu tun.*

»Pardon«, sagte Bickford langsam, »da ist noch etwas anderes.« Adamson nickte und wartete. Bickford zögerte, dann fuhr er fort: »Wir wissen, daß ich auf dem absteigenden Ast bin«, sagte er. »Aber im Grunde bist *du* es, Tom, um den ich mir Sorgen mache. Irgend etwas stimmt nicht.«

»Zur Hölle, eine ganze Menge Dinge stimmen nicht, Jerry. Mein Haushaltsvorschlag hat eine Bauchlandung gemacht, weil die verdammten Irakis –«

»Nein, es ist mehr als das.«

»Was denn?«

»Ich weiß es nicht«, antwortete der Vizepräsident. »Du scheinst bedrückt zu sein. Angespannt. Ich habe dich neulich beobachtet, als du für den Israel-Besuch vorbereitet wurdest. Du hast nichts von dem, was dir erklärt wurde, mitbekommen. Das paßt nicht zu dir, mein Freund.«

»Ich habe ...« begann der Präsident, »... eine Menge Dinge im Kopf.«

»Als wir bei deiner Mutter waren und ihren Geburtstag feierten, hast du besser ausgesehen als je zuvor. Ich dachte damals, du verdammter Kerl, wie kannst du als Präsident der Vereinigten Staaten nur so locker sein? Aber seitdem ist irgend etwas passiert. Irgend etwas ist seltsam.«

»Tom hat in den vergangenen Wochen«, ergriff Elizabeth das Wort, »nicht besonders gut geschlafen. Sein Rücken macht ihm wieder zu schaffen. Das ist alles.«

»Um Himmels willen«, sagte Bickford zu seinem alten Freund, »warum hast du nichts erzählt? Ich weiß, was für Schmerzen das sein können.«

»Sie kennen ihn doch«, sagte Elizabeth und verzog das Gesicht. »Er glaubt immer noch, er wäre gerade sechzehn Jahre alt und müßte nur die Zähne zusammenbeißen.«

»Nun, das beruhigt mich.« Bickford atmete auf. »Es tut mir leid, daß du solche Schmerzen hast, aber trotzdem ...« Er lächelte und tupfte sich einen Speicheltropfen vom Kinn.

»Jetzt kann ich mir endlich wieder selbst leid tun und brauche mir wegen dir keine Sorgen zu machen.«

»Sie sollten eins wissen, Jerry«, sagte Elizabeth Adamson, »wir lieben Sie von ganzem Herzen.«

»Ja«, sagte der zukünftige Ex-Vizepräsident, »das weiß ich.«

»Warum fahren wir hier ab?« wollte Carl wissen, als Amanda plötzlich und ohne Vorwarnung den Highway verließ.

»Wir sind in Chapel Hill, deshalb«, erwiderte sie, während sie den Wagen durch die Vororte in die Stadt lenkte.

Carl wußte das längst, weil jedes Schaufenster auf der Franklin Street – vom Shrunken Head T-Shirt-Laden bis zu Sutton's Drug Store – in Taubenblau, der offiziellen Farbe von North Carolina, dekoriert war.

»Hast du in jüngster Zeit vielleicht mal die Fernsehnachrichten verfolgt?« fragte Amanda. »Und zwar jede Werbung für Zahnprothesenkleber, Inkontinenzhöschen, Versicherungen, Cadillacs ... Kannst du mir folgen?«

Carl schaute sie ratlos an. Wenn er nicht gerade in bester Stimmung war, konnte er ihre Gedankensprünge nicht auf Anhieb nachvollziehen. Ihr Charme erreichte ihn jedoch. Wie konnte jemand, der die ganze Nacht am Lenkrad gesessen hatte, nur so reizvoll aussehen? »Klar kann ich dir folgen«, erwiderte er. »Ich weiß nur nicht, wovon du redest.«

»Collegestudenten sehen sich keine Fernsehnachrichten an. Sie lesen auch keine Tageszeitungen. Die letzte Untersuchung des *Journal* ergab, daß sie unsere schwierigste Zielgruppe sind. Aktuelle Ereignisse langweilen sie. Sie interessieren sich viel mehr für Musik, fürs Trinken und für das andere Geschlecht.«

»Ich nehme es ihnen nicht übel.«

»Die Gefahr, von Bewohnern einer Universitätsstadt erkannt zu werden, ist für uns viel geringer, als von den Bewohnern irgendeines langweiligen Nestes mitten im –«

»Bist du sicher?« unterbrach Carl sie.

»Vor allem während des Sommers«, fügte Amanda zuversichtlich hinzu, »wenn die einzigen Studenten, die noch da sind, zum Footballteam gehören oder sich auf irgendwelche Nachprüfungen vorbereiten müssen. Und außerdem, wo sonst als in einer Universitätsstadt läßt sich kurzfristig ein Laden finden, wo man Computerzeit mieten kann.«

Sie fanden auf Anhieb, was sie suchten. Ein großer Kinko's, der vierundzwanzig Stunden am Tag geöffnet war, befand sich in nächster Nähe der Universität. Und genau gegenüber sahen sie einen Copy-Shop. Beide boten Online-Zeit zu Niedrigstpreisen an, und es wimmelte in ihnen trotz der frühen Stunde von hellwachen, unternehmungslustigen Studenten. Amanda bremste kurz, betrachtete beide Läden aufmerksam. Sie schien nicht gerade erpicht darauf zu sein, ihre Theorie über die mediale Gleichgültigkeit von Studenten einem Praxistest zu unterziehen. Carl war unausgesprochen der gleichen Meinung. Daher fuhren sie weiter.

In einer kleinen Seitenstraße, zwischen einem Friseurladen und einer Reparaturwerkstatt, fanden sie, was sie suchten. Virtual Coffee, das örtliche Internet-Café von Chapel Hill, war nur spärlich erleuchtet, schmuddelig und um diese Uhrzeit nahezu verwaist. Amanda wendete, parkte den Wagen und öffnete die Fahrertür. Sie sah, wie Carl nach dem Türgriff tastete, und sagte: »Hältst du das für eine gute Idee?«

Er zögerte und blickte zum Café. Er zählte nur zwei Gäste. Und die schienen an ihren Terminals festzukleben. »Wenn ich nicht bald mal aus diesem Wagen herauskomme, kriege ich noch einen Knoten in die Beine.«

»Heißt das, daß du mitkommst?«

»Aber gewiß«, bekräftigte er seine Absicht. Er konnte erkennen, daß sie damit nicht einverstanden war, daher streckte er die Hand nach ihr aus, ehe sie den Wagen verlassen konnte. Aber das war ein Fehler. Er hätte sie nicht berühren dürfen. Er spürte, wie aufgeladen sie waren, und er war sicher, daß auch sie es spürte. Es war, als würde ein elektrischer Strom zwischen seinen Fingerspitzen und ihrer Haut fließen. Sie schauten einander an; Stille hüllte sie ein. Ihm kam es vor wie Stunden, dabei konnten es nur Sekunden sein. Sein Blick suchte ihre Augen, aber dort erhielt er keine Antwort – nicht wenn man das Zuschlagen einer Autotür als Antwort interpretierte. Er sah, wie sie sich regelrecht von seinem Blick losriß und zum Café rannte. Er folgte ihr.

Das Virtual Coffee war ein typisches, schlichtes Uni-Café,

wo Studenten stundenlang herumhängen und sich unterhalten konnten. Ungewöhnlich war nur, daß die Gesprächspartner sich nicht im selben Raum aufhielten. Ein Dutzend Computerterminals standen herum. Alle sahen ziemlich abgenutzt aus. Das Mobilar schien aus dem Sperrmüll zusammengesucht worden zu sein. Kein Stuhl paßte zum anderen. Einige wurden nur noch durch dickes Klebeband zusammengehalten. Die Schwarzen Bretter an den Wänden waren mit Flugblättern und Graffiti bedeckt. Hinter einer Kaffeebar hockte ein ausgemergeltes männliches Individuum, das ebenfalls an einem Computermonitor klebte. Im Hintergrund lief leise Jazzmusik. Dave Brubeck mit *Take Five*.

Amanda einigte sich mit dem Barmann auf die Benutzung eines Terminals, während Carl vor einem ramponierten Computer Platz nahm und dabei sein Gesicht möglichst dicht vor den Monitor hielt, um es vor den anderen Gästen abzuschirmen. Bei beiden handelte es sich um junge Männer. Der eine, bekleidet mit einem militärischen Tarnanzug und Turnschuhen ohne Schnürsenkel, war in irgendein martialisches Internet-Spiel vertieft. Der andere, ein Kerl mit fettigem schulterlangem Haar, war mitten in einer wilden Cyber-Debatte und ließ die Finger über die Tastatur fliegen.

Amanda reichte Carl eine Tasse Espresso und zog sich einen Stuhl heran. »Shaneesa müßte jetzt im Nachrichtenraum sitzen.« Dann machte sie sich an die Arbeit.

Carl las über ihre Schulter mit, während Amanda folgende Nachricht an Shaneesa Perryman schickte:

[Du hast beim Nachruf Mist gebaut, Schätzchen. Ich war NIEMALS Ober-Cheerleader – das war Devon Brown.]

Während sie auf eine Antwort warteten, nippten sie nervös an ihren Kaffeetassen. Eine Minute verstrich. Dann eine zweite. Amanda begann ungeduldig mit den Fingern auf dem Mousepad zu trommeln. Carl machte Anstalten hinauszugehen, hörte jedoch Amandas erfreuten Seufzer und machte kehrt, um auf den Bildschirm zu blicken. Da war die Antwort, deutlich und unübersehbar.

[Wer immer das ist, dies ist ein schlechter Scherz.]

Amanda lächelte und ließ die Finger über die Tasten tanzen.

[Das ist kein Witz. Und was MEINST du damit, Violett stünde mir nicht?]

Diesmal kam die Antwort schneller, als ob Shaneesa sich von dem Schock erholt und wieder ihr übliches Internet-Tempo erreicht hätte.

[Das ist doch nicht möglich ... du ist tot.]

[Bin ich nicht. Aber trotzdem danke für die lieben Worte.]

[Mächen, wo bist du?]

[Immer schön der Reihe nach. Ist dein System sicher?]

[Todsicher, das weißt du doch.]

[Wer hat Zugang dazu?]

[Niemand anderer als unsere liebe kleine Cyber-Hexe.]

[Weißt du das genau?]

[Mein Sicherheitssystem ist so wasserdicht, daß nicht einmal der liebe Gott es knacken könnte. Wenn du über diese Maschine mit mir sprichst, sind wir absolut unter uns. Also, ich wiederhole, wo bist du?]

[Es ist besser für dich, wenn du das nicht weißt. Und wir müssen uns jetzt beeilen. Und es muß alles UNTER UNS bleiben. Klar?]

[Klar. Du bist nicht alleine, habe ich recht?]

[Kein Kommentar.]

[Mein Gott, das gefällt mir. Ein Liebespaar auf der Flucht. Ihr beide versucht's noch mal miteinander, oder? Bitte enttäusch mich nicht.]

»Ich fange an, diese Frau zu mögen«, warf Carl ein.

»Ruhe«, zischte Amanda ihm zu. Sie antwortete:

[Vergiß deine schmutzige Phantasie. Außerdem ist jetzt nicht die richtige Zeit für dieses Thema. Es geht um eine ernste Sache.]

[Okay, aber einen Moment noch – kriege ich die Story?]

[Es geht hier um Leben und Tod. Wie kannst du in einem solchen Moment nur an deine Story denken?]

[Du hast mich hervorragend ausgebildet.]

[Die Story gehört dir.]

[Dann schieß los.]

[Ich brauche den eingefleischtesten Elvis-Fan der Welt.]

[Welcher Elvis?]

[Presley. Wen sonst?]

[Wen sonst? Es gibt jede Menge Untergruppen – den jungen Elvis, den Hollywood-Elvis, den Vegas-Elvis, den fetten Elvis, den toten Elvis ...]

[Den 1955er Elvis.]

[Gib mir fünf Minuten. Und deine Kreditkartennummern.]

[Wofür?]

[Der Harry und David-Katalog fordert mich schon wieder auf, ich soll endlich Mitglied in ihrem Schwulenclub werden. Jetzt scheint dazu genau der richtige Moment gekommen zu sein. Gib mir die Nummern, okay? Und frag mich nicht warum, wenn du nicht willst, daß auch ich anfange Fragen zu stellen.]

Amanda schickte Shaneesa die Nummern ihrer American Express- und ihrer Visa-Karte. Dann warteten sie, daß ihre Kollegin sich wieder meldete. Amanda saß völlig starr da, vorgebeugt, hatte die Hände um die Knie geschlungen und wagte es nicht, den Blick auch nur eine Sekunde vom Bildschirm zu lösen. Carl trank von seinem Espresso und schaute sich dabei um. Ihm gefiel gar nicht, was er sah.

»Sieh nicht hin«, flüsterte er, ohne den Mund zu bewegen, »aber dieser Typ hinter der Theke starrt zu uns herüber.«

»Wir sind gleich fertig.«

»Es wird Zeit für den *Journal*, sich eine neue Zielgruppe zu suchen, denn der Kerl hat auch eine Tageszeitung vor sich liegen. Laß uns von hier verschwinden.«

»Noch eine Minute«, flüsterte Amanda ihm zu.

»Er blickt zum Telefon ...«

»Wir müssen Shaneesas Anwort abwarten.«

»Amanda, laß uns abhauen!«

»Nur eine Minute!«

»Vielleicht denkt der Typ ja nur daran, seine Mutter anzurufen, aber vielleicht auch nicht. Und –«

»Na endlich. Sie ist zurück.«

Carl schaute auf den Bildschirm. Und tatsächlich, gerade erschien dort Shaneesas neue Nachricht.

[Wendet euch an Duane und Cissy LaRue, Miller's Creek Road, Hohenwald, Tennessee. Auf sie paßt deine Beschreibung.]

[Sind sie im Internet?]

[Nein, aus offensichtlichen Gründen.]

[Warum offensichtlich?]

[Das siehst du, wenn du sie kennenlernst. Sonst noch was?]

[Nein, aber wo du gerade fragst ... kannst du herauskriegen, was *bienvenue* bedeutet?]

[Klar kann ich das. Aber kannst du mir nicht wenigstens einen winzigen Hinweis geben?]

[Ich wünschte. Ich könnte es. Es ist ein französisches Wort. Und es heißt »Willkommen«.]

[Was willst du wissen?]

[Warum jemand, der sich aus dem Staub machen will, sich dieses Wort auf seinen Körper tätowieren läßt.]

[Mit aus dem Staub machen meinst du, er will das Land verlassen?]

Amanda blickte zu Carl und nickte.

[Roger.]

[Ich kümmere mich gleich darum. Bis später, Mädchen. Mach's gut.]

[Von gut kann keine Rede mehr sein, fürchte ich.]

[Nun, dann nimm dich wenigstens in acht. Ich liebe dich.]

[Dito.]

Amanda trennte die Verbindung zum Internet, während Carl schon an ihrem Ärmel zerrte.

»Um Gottes willen, Amanda, laß uns von hier verschwinden.«

Sie schaute hinüber zu dem Mann hinter der Bar, der sie beide mit zusammengekniffenen Augen fixierte. Ihr Blick wanderte weiter zu den beiden Computer-Freaks, die plötzlich irritiert aufblickten.

So schnell sie konnten, verließen sie das Café.

21. Kapitel

Protokoll der Sitzung vom 11. Juli des Unterausschusses für Telekommunikation, Handel und Verbraucherschutz der Wirtschaftsabteilung des Senats. Thema: Internationale Satelliten- und Funkkommunikation. Veröffentlicht im Internet unter http://www.anntranscripts.com.

Ausschußmitglieder: Vorsitzender: Senator Walter Chalmers (Republikanische Partei-Wyoming); Senator Charles Benton (R-Rhode Island); Senatorin Molly Hearns (Demokratische Partei-Kalifornien); Senator Alexander Mayfield (D-Maryland); Senator Paul Maxwell (D-Texas).

Vom Komitee vorgeladene Personen:

Lord Lindsay Augmon, Präsident und Generaldirektor von Apex International.

Jeremiah D. Bickford, Vizepräsident der Vereinigten Staaten von Amerika, ließ sein Erscheinen auf Grund von Terminschwierigkeiten absagen.

Senator Walter Chalmers: Guten Morgen, ich bin Senator Walter Chalmers, Vorsitzender des Unterausschusses für Telekommunikation, Handel und Verbraucherschutz des Senats. Ich möchte allen unseren Ausschußmitgliedern für ihr Erscheinen und unserem ersten Zeugen, Lord Lindsay Augmon, dafür danken, daß er sich bereit erklärt hat, unsere Fragen zu beantworten und uns über verschiedene Punkte aufzuklären. Lord Augmon.

Lindsay Augmon: Ich bin Lindsay Augmon, Präsident und Generaldirektor von Apex International. Ich möchte mich beim Vorsitzenden Chalmers und beim gesamten Ausschuss für die Gelegenheit bedanken, heute hier aussagen zu dürfen.

Senator Chalmers: Mr. Augmon … ist es in Ordnung, wenn ich Sie mit Mr. Augmon anrede?

Lindsay Augmon: Sie dürfen mich sogar Lindsay nennen, Walter.

Senator Chalmers: Vielen Dank. Lindsay … Ihnen ist bekannt, daß uns gestern der Präsident von Fairfield Aviation Rede und Antwort gestanden hat?

Lindsay Augmon: Ja. Ich benutze Fairfield Aviation, um meine Kommunikationssatelliten bauen und an ihre vorausberechnete Position bringen zu lassen.

Senator Chalmers: Und wie hoch sind die Kosten für den Bau und den Transport?

Lindsay Augmon: Sie bewegen sich im Bereich von einhundert Millionen Dollar.

Senator Chalmers: Pro Satellit?

Lindsay Augmon: Ja, pro Satellit.

Senatorin Hearns: Laut meinen Zahlen liegen die Kosten eher bei hundertzwanzig Millionen.

Lindsay Augmon: So teuer kann es durchaus werden.

Senatorin Hearns: Können wir uns dann fürs Protokoll darauf einigen, daß die Kosten schätzungsweise hundertfünfundzwanzig Millionen Dollar betragen?

Lindsay Augmon: Das ist eine angemessene Schätzung.

Senator Chalmers: Vielen Dank, Senatorin Hearns. Aber ich würde es begrüßen, wenn Sie warten könnten, bis Sie an der Reihe sind, Mr. Augmon zu befragen.

Senatorin Hearns: Sie meinen Lindsay, nicht wahr?

Senator Chalmers: Mr. Augmon, in welchen Bereichen der Kommunikation setzen Sie diese Satelliten ein?

Lindsay Augmon: In allen Bereichen, in denen Apex tätig ist. Beim Fernsehen, beim Rundfunk und beim Funk.

Senator Chalmers: Können Sie uns andeutungsweise über Ihre Beteiligungen und Holdings in diesen Bereichen Auskunft geben?

Lindsay Augmon: Apex ist per Satellit auf fünf Kontinenten tätig. In Lateinamerika haben wir Apex Entertainment Latin America und Channel Apex. In Großbritannien haben wir Apex Star Broadcasting. In Deutschland besitzen wir Apex-Ein. In Australien ist es Aptel, und in Indien haben wir StateTV und Star India. Und wie Sie wissen, Senator, haben wir in Amerika gerade mit ApStarUS Fuß gefaßt.

Senator Chalmers: Ich bin gespannt, ob Sie uns Einzelheiten über einige dieser Holdings liefern können. Könnten Sie sich vielleicht etwas ausführlicher über, sagen wir, Indien auslassen?

Lindsay Augmon: Was genau wollen Sie wissen?

Senator Chalmers: Fangen wir mit der Zuschauerzahl an.

Lindsay Augmon: Im Augenblick besitzen nur etwa fünfundvierzig Millionen Inder ein Farbfernsehgerät. Und ich habe keine exklusiven Satellitenrechte. Ich muß sie mit anderen Bewerbern teilen.

Senator Chalmers: Wenn Sie einen Satelliten bauen und ins All bringen lassen und anschließend die Nutzungsgebühren in einem fremden Land erheben, ergeben sich daraus dann irgendwelche wirtschaftlichen Auswirkungen in unserem Land?

Lindsay Augmon: Sogar ganz erhebliche.

Senator Chalmers: Würden Sie das bitte etwas ausführlicher erklären?

Lindsay Augmon: Wir produzieren in Kalifornien. Dort befindet sich Fairfield. Damit sorgen wir für eine bedeutende Zahl von Arbeitsplätzen. Jedesmal, wenn wir einen Satelliten bauen, bringt das viele Millionen in die Gemeindekassen. Außerdem verhilft das Produkt, das für den Markt in Übersee bestimmt ist, natürlich, weil viele meiner Unterhaltungsfirmen in Amerika ansässig sind, diesen Firmen zu Gewinnen. Dieses Geld hält nicht nur diese Firmen in Gang, die ihrerseits wieder Zehntausende Jobs schaffen, sondern ein nicht geringer Anteil fließt direkt an Ihre Regierung.

Senator Halmers: Sie reden doch jetzt von Steuern, nicht wahr?

Lindsay Augmon: Ich rede von Hunderten von Millionen Dollars, die ich Steuern zahle.

Senator Chalmers: Wo würden Sie gerne sein, wo Sie noch nicht sind, Sir?

Lindsay Augmon: Ich fürchte, ich verstehe Ihre Frage nicht.

Senator Chalmers: In welchen Ländern würden Sie gerne den Sendebetrieb aufnehmen?

Lindsay Augmon: Die Frage ist einfach zu beantworten. Praktisch in jedem anderen Land, das mir einfällt.

Senator Chalmers: Über einen Punkt bin ich ein wenig verwirrt. Warum senden Sie nicht in mehr Ländern?

Lindsay Augmon: Wie Sie sicherlich wissen, Senator, ist das nicht so einfach. Es gibt Regeln und Einschränkungen, die ich wie jeder andere genau befolgen muß.

Senator Chalmers: Können Sie uns ein paar Beispiele nennen?

Lindsay Augmon: Handelsabkommen zwischen Regierungen, zum Beispiel, können ein heilloses Wirrwarr erzeugen.

Senator Chalmers: Weil wir mit Kuba keine Geschäfte machen, kriegen Sie keine Lizenz, um nach Kuba zu senden – meinen Sie so einen Fall?

Lindsay Augmon: Genau das meine ich.

Senator Chalmers: Gibt es auch noch andere Beispiele?

Lindsay Augmon: Der Weltraum. Die FCC kontrolliert die Satellitendichte, die freien Positionen auf den Orbits.

Senator Chalmers: Ist es schwierig, an solche Positionen heranzukommen?

Lindsay Augmon: Enorm schwierig sogar.

Senator Chalmers: Und woran liegt das?

Lindsay Augmon: Das hat viele Gründe. In diesem Geschäft ist der Konkurrenzkampf ausgesprochen hart. Und im Augenblick gibt es im Raketenbereich Engpässe. Es dauert bis zu zwei Jahren, eines dieser hundert Millionen Dollar teuren Spielzeuge zu bauen. Aber eine Orbitalposition muß nicht unbedingt zwei Jahre lang frei bleiben.

Senator Chalmers: Wenn Sie eine bestimmte Position nicht kriegen, was geschieht dann mit ihr? Bekommt jemand anderer sie?

Lindsay Augmon: Ja. Aber dieser neue Besitzer hat möglicherweise zu dem Zeitpunkt, an dem die Position vergeben wird, nicht das Geld, um eine Rakete zu starten. Oder der Satellit ist noch nicht einsatzbereit. Und da wir – und mit ›wir‹ meine ich Amerika, Senator – nicht die einzigen in diesem Geschäft sind, ist es durchaus möglich, daß ein anderes Land im Besitz der Mittel ist, um die Kommunikationsmittel in dem Land zu kontrollieren, mit dem wir ursprünglich Geschäfte machen wollten.

Senator Chalmers: Und wenn das geschieht?

Lindsay Augmon: Dann geht all das Geld, von dem wir reden – das Geld, das in amerikanische Gemeinden fließt, die

Jobs für die amerikanischen Arbeiter, die Steuern für die amerikanische Regierung –, dann fließt all das woandershin.

Senator Chalmers: Nun waren wir uns zu Beginn einig, daß die Installation eines einzigen Satelliten im All um die hundertfünfundzwanzig Millionen Dollar kostet. Und selbst für Sie ist das eine Menge Geld, die Sie einsetzen ohne die Garantie auf eine Orbitalposition.

Lindsay Augmon: Da haben Sie recht. Man muß schon ziemlich verrückt sein, um ein solches Wagnis einzugehen.

Senator Chalmers: Und dennoch, wenn Sie dieses Wagnis nicht eingehen, ergibt sich für uns, das heißt für Amerika, das Risiko, daß wir Hunderte Millionen Dollar an Steuereinnahmen verlieren.

Lindsay Augmon: Das ist richtig.

Senator Chalmers: Vielen Dank, Lindsay. Ich weiß Ihr heutiges Erscheinen sehr wohl zu würdigen. Nun überlasse ich das Feld jetzt meiner geschätzten Kollegin, Ms. Hearns.

Senatorin Hearns: Mr. Augmon, ich würde gerne noch einmal zu Ihrer indischen Holding zurückkehren. Wie hoch sind die Kosten dieses kleinen, nichtexklusiven Dienstes, den Sie bereitstellen? Ihr Programm heißt StateTV, nicht wahr?

Lindsay Augmon: Und Star India. Die Nutzungsgebühr liegt bei ungefähr zwanzig Dollar im Monat.

Senatorin Hearns: Für beide Dienste?

Lindsay Augmon: Nein. Pro Dienst.

Senatorin Hearns: Nehmen wir an, daß die Hälfte aller Besitzer eines Fernsehgeräts Ihren Dienst abonnieren. Ist das eine realistische Schätzung?

Lindsay Augmon: Letztendlich hoffe ich das. Im Augenblick liegt der Anteil eher bei zwanzig Prozent.

Senatorin Hearns: Sagen wir der Einfachheit halber fünfundzwanzig Prozent, indem wir ein wenig Wachstum voraussetzen. Das wären dann etwa elf Millionen Kunden. Bei vierzig Dollar pro Kunde kommen wir auf …

Lindsay Augmon: Auf vierhundertvierzig Millionen Dollar, Senatorin.

Senatorin Hearns: Und das erscheint Ihnen nicht als eine enorme Summe?

Lindsay Augmon: Ich hatte vorhin von den Zuschauern gesprochen, nicht von Geld. Und nein, angesichts des Potentials würde ich die Summe nicht als enorm bezeichnen.

Senatorin Hearns: Was wäre denn für Sie eine enorme Summe, Mr. Augmon?

Lindsay Augmon: Das ist schwer zu definieren.

Senatorin Hearns: Wie steht es denn mit Ihrer eigenen Firma, Mr. Augmon? Ich spreche von Apex. Würden Sie diese Company als groß bezeichnen?

Lindsay Augmon: Es ist eine große Firma.

Senatorin Hearns: Ich zitiere aus einem Bericht der *New York Times* vor ungefähr zwei Monaten. Dort wurden die Holdings von Apex International aufgelistet. Ich werde sie vorlesen, wenn Sie nichts dagegen haben, und ich möchte, daß Sie mich korrigieren, falls sich Fehler eingeschlichen haben sollten. Im Bereich des Kinofilms heißt es, daß Sie die ehemaligen Crown International Films besitzen, die in Apex Studio umbenannt wurden. Unter diesem Label besitzen Sie Apex Films, Apex Century, Apex Independent, Apex Family Films, Apex Animation Studios und Apex Television Productions. Es hieß außerdem in dem Bericht, daß Apex Studio während der letzten drei Jahre die Firma mit den zweithöchsten Einnahmen der Branche war. Trifft das im großen und ganzen zu?

Lindsay Augmon: Ich glaube, Sie haben unsere Apex Dokumentarfilm-Abteilung vergessen, aber im großen und ganzen war die Aufzählung korrekt.

Senatorin Hearns: Im Fernsehbereich besitzen Sie Apex Broadcasting Network, Apex News Network, fünfzehn Apex-Fernsehstationen und, in England, Channel Nine. Zu Ihrem Zeitungsimperium in diesem Land gehören *New York Herald*, *Washington Journal* und *Chicago Daily Mirror*. In England besitzen Sie die vier auflagenstärksten Zeitungen des Landes –

Lindsay Augmon: Vier der fünf auflagenstärksten.

Senatorin Hearns: Vielen Dank für diese Korrektur. In Australien besitzen Sie hundertzweiundzwanzig Zeitungen. Ist das richtig?

Lindsay Augmon: Das ist richtig.

Senatorin Hearns: Sie besitzen das *TV Pathfinder*-Magazin und die Magazine Group, zu der wissenschaftliche Fachzeitschriften und sogenannte Frauen-Illustrierten gehören. Sie besitzen mit Apex Books den drittgrößten Buchverlag des Landes. Außerdem besitzen Sie Kabel- und Satellitenstationen, die Sie bereits aufgezählt haben. Und dann sind da noch Ihre verschiedenen anderen Firmen – Druckereien, Papiermühlen, Schallplattenfirmen …

Lindsay Augmon: Ja, Frau Senatorin, ich gebe zu, es ist ein riesiger Konzern.

Senatorin Hearns: Können wir uns für einen Moment mit einigen Ihrer Tochterfirmen beschäftigen?

Lindsay Augmon: Deswegen sind wir doch hier zusammengekommen, nicht wahr?

Senatorin Hearns: Sie sagten, Sie möchten überall dort sein, wo Sie jetzt noch nicht sind, ist das richtig?

Lindsay Augmon: Ich habe nur einen Scherz gemacht.

Senatorin Hearns: Ach ja? Dann lassen Sie uns doch ins Detail gehen, damit wir wissen, wann Sie keinen Scherz machen. Wohin möchten Sie denn gerne senden, wo Sie jetzt noch nicht zu empfangen sind?

Lindsay Augmon: Es gibt viele –

Senatorin Hearns: China?

Lindsay Augmon: Ja, China ist interessant.

Senatorin Hearns: Könnte man China als einen riesengroßen Markt bezeichnen?

Lindsay Augmon: Das könnte man.

Senatorin Hearns: Und, in diesem Moment, mit wie vielen Konkurrenten müßten Sie sich diesen Markt teilen?

Lindsay Augmon: Man müßte der chinesischen Regierung, die die Entscheidung trifft, ein Angebot vorlegen –

Senatorin Hearns: Ich will nicht wissen, gegen wen Sie bieten. Ich habe gefragt, mit wem sie sich den Markt teilen müßten.

Lindsay Augmon: Wenn Sie mich die Frage beantworten lassen würden, wäre es mir eine Freude, Ihnen zu erklären, was Sie wissen wollen. Im Augenblick gibt es niemanden, mit dem irgend etwas zu teilen wäre.

Senatorin Hearns: Das heißt, jeder könnte zugreifen?

Lindsay Augmon: So könnte man es ausdrücken. Die chinesische Regierung hat ihre Wahl noch nicht getroffen.

Senatorin Hearns: Und wenn sie es tut, was wären diese Rechte dann wert? Mehr als die vierhundertvierzig Millionen, die Sie in Indien verdienen werden?

Lindsay Augmon: So einfach läßt sich das nicht sagen. Es muß eine Menge investiert werden, und dann wissen wir natürlich nicht, wie schnell und wie weit das Fernsehen sich verbreiten wird –

Senatorin Hearns: Mr. Augmon. Möchten Sie wissen, wie hoch die Experten, mit denen ich gesprochen habe, den Wert einschätzen, falls jemand es schaffen sollte, die Exklusiv-Satelliten-Senderechte für China zu ergattern?

Lindsay Augmon: Ich bin sicher, Sie werden es mir gleich verraten.

Senatorin Hearns: Während der nächsten zehn bis fünfzehn Jahre spricht man von ungefähr hundert Milliarden Dollar!

Lindsay Augmon: Das ist sicherlich leicht übertrieben.

Senatorin Hearns: Nur leicht?

Lindsay Augmon: Das ist sehr viel Geld, Frau Senatorin.

Senatorin Hearns: Nun haben wir endlich eine Vorstellung davon, was Sie als sehr viel Geld betrachten: einhundert Milliarden Dollar! Also, warum bemühen Sie sich nicht um China und bieten mit, Mr. Augmon?

Lindsay Augmon: Ich glaube, Sie kennen die Antwort auf diese Frage.

Senatorin Hearns: Weil der Präsident es nicht gestattet.

Lindsay Augmon: Weil die Politik des Präsidenten es nicht gestattet.

Senatorin Hearns: Seine Menschenrechtspolitik. Von der ich annehme, daß Sie nicht mit ihr übereinstimmen.

Lindsay Augmon: Ich bewundere das Mitgefühl von Präsident Adamson. Aber ich stehe seinen Prioritäten kritisch gegenüber.

Senatorin Hearns: Das kann ich mir gut vorstellen.

Lindsay Augmon: Ich glaube nicht, daß eine staatlich verfügte Einschränkung des Handels mit China dafür sorgen wird, die Mißstände in dieser Welt zu beseitigen. Ich denke hingegen, daß sie dadurch noch verstärkt werden.

Senatorin Hearns: Haben Sie Ihre Lobbyisten schon tätig werden lassen, um sich eine der Satellitenpositionen zu sichern, die in Kürze freigegeben werden?

Lindsay Augmon: Wie sicherlich jedermann in diesem Raum weiß, Senator, ist es niemals ein Fehler, wenn man bei Verhandlungen mit dieser Regierung eine gewisse Freigebigkeit demonstriert.

Senatorin Hearns: Eine traurige, aber richtige Beobachtung. Wie groß ist Ihre Freigebigkeit, wenn es um Senator Chalmers geht?

Senator Chalmers: Das ist eine Unverschämtheit! Was wollen Sie damit andeuten?

Senatorin Hearns: Bitte beruhigen Sie sich, Walter. Ich deute gar nichts an. Es war nur eine unglückliche Überleitung. Ich wollte lediglich deutlich machen, daß Mr. Augmon tatsächlich einer der wichtigeren Geldgeber für Ihren Präsidentschaftswahlkampf ist.

Senator Chalmers: Was zum Teufel hat das mit dem zu tun, worüber wir uns hier unterhalten?

Senatorin Hearns: Ich glaube, daß Sie jetzt versuchen, meine Redezeit unzulässig zu verkürzen.

Senator Chalmers: Und Sie treten dem Falschen auf die Zehen, Senator.

Senator Maxwell: Meine Herren, bitte, das ist wirklich nicht der richtige Zeitpunkt für einen Streit, der in den Wahlkampf gehört. Warum setzen Sie sich nicht, Walter, und lassen Molly mit ihren Fragen zum Ende kommen?

Senatorin Hearns: Danke, Paul. Mr. Augmon …?

Lindsay Augmon: Ja, ich habe Geld für Senator Chalmers' Kampagne gespendet. Ich halte ihn für eine integere Persönlichkeit und unterstütze seine politischen Standpunkte.

Senatorin Hearns: Zu diesen Standpunkten gehören jedoch nicht die Menschenrechtspolitik sowie Handelsbeschränkungen gegen China.

Lindsay Augmon: Mit diesen Bereichen bin ich nicht hundertprozentig vertraut.

Senatorin Hearns: Sie wissen, Sir, daß Vizepräsident Bickford im späteren Verlauf des heutigen Tages vor diesem Komitee erscheinen sollte, nicht wahr?

Lindsay Augmon: Soweit ich gehört habe, ist er schwer erkrankt.

Senatorin Hearns: So steht es in Ihren Zeitungen. Aber wir sind nicht hier, um Klatsch und Tratsch über den vermutlichen Gesundheitszustand des Vizepräsidenten auszutauschen. Ist Ihnen bekannt, daß Vizepräsident Bickford vor kurzem eine Erklärung abgegeben hat, die folgendermaßen lautet, und ich zitiere: »Moderne Kommunikationsimperien wie das von Lindsay Augmon sind die neuen militärisch-industriellen Machtblöcke. Eine der größten Gefahren für die amerikanische Gesellschaft und die ganze Welt, besteht darin, daß Apex International bereits soviel von dem kontrolliert, was die Welt liest und sieht. Lindsay Augmon, nicht der Präsident, nicht irgendein Politiker, ist der mächtigste Mann der Welt, weil er auf hinterhältige Art und Weise die Menschen dahingehend beeinflussen kann, zu denken, was sie seiner Meinung nach denken sollen.« Wie denken Sie über diese Erklärung, Mr. Augmon?

Lindsay Augmon: Ich denke erstens, daß ich mich geschmeichelt fühle, weil der Vizepräsident mir soviel Einfluß zuschreibt. Und zweitens bin ich gespannt, welche politischen Pläne für die Zukunft er hat, damit ich die Macht, die er mir zuschreibt, angemessen einsetzen kann.

Senatorin Hearns: Danke, Mr. Augmon. Ich möchte Sie jetzt mit dem nächsten Fragesteller bekannt machen, dem jungen Senator des Staates Maryland. Senator Mayfield?

Senator Mayfield: Guten Morgen, Mr. Augmon. Ich möchte für einen Moment auf die Weltraum-Frage zurückkommen. Es gibt auf der Erde vier Orte, von denen aus zur Zeit Kommunikationssatelliten gestartet werden, wenn meine Informationen zutreffen.

Lindsay Augmon: Ich glaube, das hat mit den jeweiligen Witterungsverhältnissen zu tun, Senator.

Senator Mayfield: Diese Orte sind Cape Canaveral, Florida, in den Vereinigten Staaten; Xichang in China; Tanegashimi in Japan und Kourou in Französisch-Guyana ...

22. Kapitel

Als Carl und Amanda Nashville erreichten, war es bereits später Nachmittag. Es herrschte Rush-Hour. Pendler schlichen Stoßstange an Stoßstange in ihre Vororte, die sich in jede Richtung auszubreiten schienen. Gegen den Verkehr in Nashville erschien New York geradezu wie ein Paradies für Autofahrer.

Carl saß mittlerweile am Steuer. Amanda hielt die Straßenkarte; außerdem bediente sie das Radio und suchte die Nachrichtensender ab, was keine leichte Aufgabe war. Sie fand eine Station, die ausschließlich Countrymusik sendete. Eine andere brachte Neue Countrymusik. Außerdem gab es noch Klassische Countrymusik, Romantische Countrymusik, Country-Rock, Country-Hits ... Bis sie endlich auf die neuesten Nachrichten stieß.

Carls sogenannte Serienmorde waren bei weitem das heißeste Thema. Die Station nahm sogar Anrufe entgegen, in denen Theorien darüber aufgestellt wurden, wo Carl sich möglicherweise versteckte und wo und bei wem er wohl als nächstes zuschlagen würde. Zwischen den Anrufen erfuhren sie, daß man im abgebrannten Haus Amanda Mays sterbliche Überreste noch nicht gefunden hatte. Vermutungen verdichteten sich, daß sie zum Zeitpunkt des Feuers gar nicht zu Hause gewesen war.

Was Carls Aufenthaltsort anging, so ließen die Behörden verlauten, daß sie zur Zeit zahlreiche vielversprechende Spuren verfolgten.

»Hervorragend«, rief Amanda und schaltete das Radio aus. Sie haßte Countrymusik – gleichgültig, ob neue, alte, romantische, beste oder schlechteste. Sie schlug ihr aufs Gemüt.

»Was ist so hervorragend?« fragte Carl.

»Sie haben nichts. Nichts, *nada*, null.«

»Was macht dich so sicher?«

»Die Phrase ›zahlreiche vielversprechende Spuren‹ ist der Polizeiausdruck für ›wir haben nicht die geringste Ahnung, wo er ist‹. Wir haben sie abgehängt«, versicherte Amanda ihm. »Du kannst dich entspannen.«

Nach einer Stunde ließen sie endlich die Vororte von Nashville hinter sich und rollten auf dem Highway 65 nach Süden. Sie kamen zu einer kleinen Stadt namens Columbia, die sich damit brüstete, die Geburtsstadt des elften Präsidenten Amerikas zu sein, James K. Polk. Von dort dirigierte Amanda Carl auf den Natchez Trace, eine gepflegte und idyllische Parkstraße, die bis auf ein gelegentliches Reh völlig verlassen war. Als sie den Natchez Trace ein paar Meilen von Hohenwald entfernt verließen, gelangten sie in eine Gegend, die offenbar noch nicht den Segnungen des Fortschritts teilhaftig geworden war. Hier fanden sie die für die Südstaaten typischen kleinen Farmen, die windschiefen Wellblechbaracken und die winzigen weißgekalkten Kirchen.

Hohenwald hatte weniger als viertausend Einwohner und, wie es schien, eine Kirche für beinahe jeden Bewohner. An der kurzen heruntergekommenen Hauptstraße entdeckten sie einen schmutzigen Parkplatz, einige kleinere Läden, eine Tankstelle, eine High-school und ein paar Secondhand shops.

An einer auf Rot stehenden Ampel beugte Amanda sich aus dem Seitenfenster, um einen bärtigen Mann, der soeben aus seinem Truck stieg, nach dem Weg zu fragen. Der Mann sprach mit einem so heftigen Akzent, daß Carl fast kein Wort verstand. Glücklicherweise konnte Amanda seine Hinweise übersetzen.

»Die Millers Creek Road zweigt sieben Meilen außerhalb der Stadt von dieser Straße ab«, erklärte sie ihm. »Fahr an der Kirche links.«

Carl betrachtete sie kopfschüttelnd von der Seite. »Mein Gott, wie hast du ihn verstehen können?«

»Du vergißt, daß ich einen Sommer lang hier unten gelebt habe, nachdem ich die Schule hinter mir hatte«, erinnerte sie ihn. »Ich habe damals als Praktikantin bei einer Zeitung in Birmingham, Alabama, gearbeitet.«

Die Miller's Creek Road war voller Schlaglöcher, kurvenreich und schmal. Zu beiden Seiten der Straße sahen sie nichts als dichte Wälder. Als die Dämmerung einsetzte, schlugen dicke Käfer gegen die Windschutzscheibe. Es wurde immer schwüler. Schweiß rann Carl über das Gesicht. Er sehnte sich nach einer Dusche und acht Stunden Schlaf.

Ab und an tauchte am Straßenrand ein Briefkasten auf und eine Zufahrt, die im Wald verschwand. Von der Straße aus waren keine Häuser zu erkennen. Häuser bemerkten sie erst, als sie eine alte Holzbrücke überquerten und eine Straßenbiegung hinter sich hatten. Vor ihnen erstreckte sich eine Waldlichtung, in der eine kleine Ansammlung von neuen Holzhäusern stand, komplett mit Satellitenschüsseln auf den Dächern und Swimmingpools.

Das Haus von Duane und Cissy LaRue gehörte nicht zu dieser kleinen Siedlung.

Ihr Heim, ein bescheidener Klinkerbungalow mit verglaster Veranda, befand sich ein Stück dahinter. Carl parkte den Subaru am Straßenrand; sie stiegen aus und schauten sich um. So hatte Carl sich das Anwesen des größten Fans vom jungen Elvis Presley nicht vorgestellt. Alles erschien überraschend normal – bis auf die beiden Autos, die in der Auffahrt parkten. Das eine war ein 1955er Cadillac Cabriolet. Ein *rosa* Cadillac Cabriolet. Das andere war ein ramponierter grüner Pick-up-Truck, ebenfalls aus den fünfziger Jahren, mit einem verblichenen Emblem von Crown Electric auf der Tür.

»Du weißt, warum hier ein Truck von Crown Electric steht, nicht wahr?« fragte Amanda und betrachtete den Wagen beinahe andächtig.

»Hilf mir auf die Sprünge.»

»Crown Electric war die Firma, bei der Elvis in Memphis angestellt war, als er seine ersten Schallplatten für Sam Phillips bei Sun Record aufnahm.« Amanda schaute Carl an. »Ich bin gespannt, was uns erwartet.»

Die LaRues waren sehr freundlich und zuvorkommend, trotzdem mußten sie sich an einige ihrer Eigenarten erst gewöhnen. Eine kleine Warnung Shaneesas wäre sicherlich hilfreich gewesen, dachte Carl. Irgendein Hinweis, der sie auf den Anblick einer 220 Pfund schweren, sechzigjährigen Großmutter vorbereitet hätte, die ein kariertes Trägerkleid, Ringelsocken und Turnschuhe trug. Ihr hagerer, kleiner Ehemann hatte tiefschwarzes Haar, das vor Pomade glänzte; er trug ein glänzendes schwarzes Oberhemd, eine schwarze Hose und leuchtend weiße Cowboystiefel.

Aber andererseits, dachte Carl, war es vielleicht unmöglich, sich auf die LaRues vorzubereiten.

»Kinder, kommt rein«, rief Cissy freundlich, obschon sie ganz und gar unangemeldet vor ihrer Tür auftauchten. Ihr Kinn ein Doppelkinn zu nennen wäre eine hoffnungslose Untertreibung gewesen – es waren einfach zu viele Fleischfalten, um sie zu zählen. Außerdem benutzte sie anscheinend ein sehr aufdringliches Parfüm, das nach Blumen roch.

»Wir entschuldigen uns für unser Eindringen«, begann Amanda, aber die LaRues brachten sie schnell zum Schweigen.

»Es ist uns eine große Freude, euch zu empfangen«, sagte Cissy. »Wir sind daran gewöhnt, daß immer wieder Leute vorbeikommen.«

»Wir produzieren eine wöchentliche Show fürs Kabelfernsehen«, mischte sich Duane ein. Glich Cissys Stimme der eines kleinen Vogels, so klang seine Stimme tief und dröhnend.

»Sagt bloß nicht, ihr hättet die Sendung noch nie gesehen«, zirpte Cissy.

Carl schüttelte den Kopf. Amanda hob in einer entschuldigenden Geste die Schultern.

»Und was ist mit unserem Newsletter?« fragte Duane.

Diesmal schüttelte Amanda entschuldigend den Kopf.

»Du meine Güte«, sagte Cissy. »Der Rundbrief geht monatlich an etwa dreiundzwanzigtausend Abonnenten.»

»Weltweit«, fügte Duane hinzu, und der Stolz in seiner tiefen Stimme war nicht zu überhören.

»Wir versuchen nur«, sagte Cissy, »unsere reine, nicht endende wollende Liebe zu Elvis mit den Menschen zu teilen und ihnen die Gelegenheit zu geben, ihre Liebe mit uns zu teilen. Es macht uns alle zu besseren Menschen.»

»Das klingt irgendwie spirituell«, bemerkte Amanda verständnisvoll.

Cissy nickte lebhaft, und ein Lächeln breitete sich auf ihrem Gesicht aus. »Wir tun nichts anderes, als das Evangelium zu verbreiten. Das Evangelium nach Elvis.«

»Im *Memphis Commercial Appeal* stand in der vergangenen Woche ein Artikel über uns«, fügte Duane hinzu. »Seitdem kommen ständig Leute hier vorbei. Genauso wie ihr.«

»Süße, weißt du, daß du wunderschönes Haar hast?« sagte Cissy zu Amanda, die leicht errötete. Komplimente verursachten Amanda Unbehagen. »Elvis hatte stets einen Hang zu roten Locken. Und jetzt raus mit der Sprache, wolltet ihr das Haus besichtigen oder wolltet ihr euch unterhalten?«

»Wir wollten uns unterhalten«, antwortete Amanda. »Wir suchen einen ganz bestimmten Ort und dachten, daß Sie uns vielleicht bei der Suche helfen könnten.«

»Wir werden es versuchen«, versprach Cissy freundlich.

Carl schaute sich im Haus um. Er hatte eine Art kitschiges Heiligtum mit Elvis-Souvenirs erwartet – Elvis-Bilder aus schwarzem Samt, Elvis-Puppen und so weiter. Aber da hatte er sich getäuscht. Gewiß, auf dem alten tragbaren Plattenspieler vor dem Fenster lag eine zerkratzte 45er-Schallplatte von »That's All Right, Mama«. Gewiß, auf dem Kaminsims stand ein gerahmtes Foto von Elvis zusammen mit Scotty und Bill bei seinem Auftritt im Louisiana Hayride. Außerdem ein gerahmtes Bild von Vernon und Gladys, als er noch ein kleiner Junge in einem Strampelanzug war. Ansonsten war das Haus spärlich und recht bescheiden möbliert. Ein Tischventilator rotierte träge. Es gab keine Klimaanlage.

»Sie haben das Haus erwähnt«, sagte Carl. »Hat es damit etwas Besonderes auf sich?«

»Aber ja«, erwiderte Cissy. »Im März neunzehnhundertfünfundfünfzig, als Elvis zwanzig Jahre alt war, bezogen er, Vernon und Gladys ihr erstes Haus in Memphis. Es befand sich auf der Lamar Street zwischen dem Katz Drug Store und dem Rainbow Rink, wo Elvis und Dixie sich kennengelernt haben.« Sie verstummte, und ihr Gesicht verzog sich traurig. »Dixie war ein gutes, gottesfürchtiges Mädchen, das Elvis um seiner selbst willen geliebt hat und nicht wegen seines Ruhms oder seines Reichtums – im Gegensatz zu so vielen anderen, die sich im Laufe der Jahre an ihn gehängt haben. Aber die Spannungen zwischen den beiden existierten schon damals. Dixie hatte ihm schon einmal seinen Ring zurückgegeben.«

»Das wußte ich gar nicht«, sagte Carl und zuckte zusammen, als Amandas Ellbogen ihn im Rücken traf.

»Das Lamar-Haus war ein Klinkerbungalow mit zwei Zimmern«, fuhr Duane fort, »mit einer kleinen verglasten Veranda, wo Elvis, Scotty und Bill für die Kids in der Nachbarschaft spielten.« Er führte sie zur Küche, die mit Möbeln aus den fünfziger Jahren und einem echten gelben Linoleumfußboden ausgestattet war. »Unser Haus ist eine genaue Nachbildung«, verriet er stolz, »authentisch bis ins kleinste Detail. Wir haben die Pläne davon angefertigt und stellen sie jedem zur Verfügung, der daran interessiert ist. Kostenlos.«

»Bis heute«, sagte Cissy, »haben siebenhundertsiebenundneunzig Leute ihre eigenen Nachbildungen gebaut, darunter auch ein Gentleman aus Kioto in Japan, der sein Haus in einem Maßstab von neun zu zehn errichtet hat.«

Carl wagte nicht, Amanda anzusehen oder irgendeinen Kommentar abzugeben, um nicht jeden Moment loslachen zu müssen. Er dachte kurz daran, lieber draußen im Wagen zu warten, aber das konnte er Amanda nicht antun.

»Läuft Ihre Sendung schon lange?« fragte Amanda; ihre Stimme zitterte ein wenig. Anscheinend hatte sie auch Probleme, ernst zu bleiben.

»Aber nein, Süße«, erwiderte Cissy. »Wir haben beide an der High-school unterrichtet, bis wir uns im vergangenen Juni vorzeitig haben pensionieren lassen. Duane war sechsunddreißig Jahre an der Schule tätig und ich zweiunddreißig. Aber wir entschieden, daß es an der Zeit war, jüngeren Leuten Platz zu machen und es ein wenig ruhiger angehen zu lassen. Ihr wißt schon, wir wollten noch etwas von unserem Leben haben.«

»Und das tun wir nach Kräften.« Duane grinste sie verschmitzt an und strich über seine Koteletten. »Woher kommt ihr?«

»Aus Washington«, antwortete Carl. Es hatte keinen Sinn, nicht die Wahrheit zu sagen.

»Da habt ihr aber eine lange Fahrt hinter euch«, stellte Cissy fest. »Setzt euch. Ich hole ein paar Erfrischungen.«

Sie ließen sich auf einem Sofa nieder, das ziemlich unbequem war. Duane setzte sich in den Sessel. Die Schallplatte lief aus. Für einen Moment war im Zimmer nur das Rauschen des Ventilators zu hören. Dann rutschte die nächste 45er auf den

Plattenteller. Diesmal war es »Good Rockin' Tonight.« Cissy kam wenig später mit einem Tablett mit Maisbrot, einem Milchkrug und Gläsern herein. »Elvis aß am liebsten Maisbrot, das er in ein Glas Buttermilch tunkte«, verkündete sie und schenkte jedem von ihnen Milch ins Glas. »Also greift zu.«

Carl gehorchte. Das Maisbrot war köstlich, die Buttermilch eiskalt.

»Soll ich dir ein Sandwich mit Erdnußbutter und Banane zubereiten?« fragte Cissy ihn, als sie sah, mit welchem Appetit er das Maisbrot verzehrte. »Ich brauche nur ein paar Minuten, um eins zu braten. Elvis war ganz verrückt danach.«

»Nein«, lehnte Carl ab. »Das reicht völlig.«

»Und jetzt verratet uns, was ihr sucht«, sagte Duane.

»Nun, meine Eltern sind gestorben, als ich noch ein kleines Kind war«, begann Amanda. »Nun bin ich auf der Suche nach der Stadt, in der sie aufwuchsen.«

»Du suchst sozusagen nach deinen Wurzeln, nicht wahr?« meinte Duane.

Amanda nickte. »Ich habe allerdings nichts, wonach ich mich richten könnte. Bis auf einen Punkt – sie haben sich während eines Elvis-Konzerts kennengelernt. Und ich weiß das ungefähre Datum des Konzerts, weil sie nämlich auf den Tag genau ein Jahr später in Norfolk geheiratet haben.«

Carl nickte und fragte sich, wie sie ausgerechnet auf Norfolk und diese ganze Geschichte gekommen war. Er gelangte allmählich zu der Erkenntnis, daß sie im Grunde ihres Herzens noch viel gerissener war als er.

»Ich weiß nur nicht *wo*«, fuhr sie fort. »Wie dem auch sei, ich dachte, wenn wir rausbekommen, wo Elvis an diesem Tag aufgetreten ist – ich meine, wenn ich mal einen Blick in Ihre Aufzeichnungen werfen könnte ...«

Die LaRues brachen in schallendes Gelächter aus.

»Liebes, es gibt keine Aufzeichnungen«, kicherte Cissy.

»Aber«, stotterte Amanda, »man hat uns gesagt, Sie wüßten ...«

»Oh, wir wissen es auch«, versicherte Duane ihr.

Immer noch kichernd tippte Cissy sich gegen die Stirn. »Aber keine Aufzeichnungen«, sagte sie. »Es ist alles da oben gespeichert.«

Duana musterte Amanda gespannt. »Welches Datum?«

»Es war neunzehnhundertfünfundfünfzig«, antwortete Amanda. »Und wir glauben, es war Silvester.«

Duane schüttelte sofort den Kopf. »Sorry. Das ist nicht möglich.«

»Was meinen Sie?« fragte Carl. »Warum nicht?«

»Elvis ist in diesem Jahr an Silvester nicht aufgetreten, mein Sohn«, erlärte Duane. »Er war bei seiner Familie. In Memphis.«

»Wie schade«, sagte Amanda und mimte tiefe Enttäuschung.

»Es tut mir leid, daß wir dir nicht helfen können, Liebes«, sagte Cissy mitfühlend.

»Moment ...« Carl dachte angestrengt nach und versuchte sich zu erinnern, was genau in Rayettes Tagebuch gestanden hatte. Die genauen Worte. *Verdammt, wie waren sie noch? ... »Die Tage vor Dannys zehntem Geburtstag« ... Was sonst noch? Was noch? ... »Ein Mädchen in der Klasse hatte Geburtstag« ... Nun komm schon, los, komm endlich... ja! Als Geburtstagsgeschenk und um das neue Jahr zu beginnen.«*

»Es muß nicht Silvester gewesen sein. Wie wäre es an einem der Tage danach?« Amanda schaute ihn aufmerksam an. »Ich denke, meine Liebe« – Amanda hob die Augenbrauen –, »daß das Konzert vielleicht gar nicht an ihrem Hochzeitstag stattgefunden hat.«

Amanda musterte ihn verwirrt. »Aber meine Ma hat immer gesagt –«

»Nein, sie sagte, ›um das neue Jahr willkommen zu heißen‹.«

»Bist du sicher?« fragte Amanda.

»Woher weißt du, was ihre Mama gesagt hat?« erkundigte Duane sich.

»Nun, ich ... ich denke nur, es wäre möglich, daß sie so etwas gesagt hat. Kann das Konzert nicht ein paar Tage später stattgefunden haben?«

Amanda wandte sich an Duane und Cissy. »Wäre das ein Problem? Ich meine, sich die Woche nach Neujahr anzusehen?«

»Ganz und gar nicht«, sagte Duane und kratzte sich am Kinn. »Elvis war mit Scotty und Bill nach dem zweiten Januar in West-Texas.«

Carl seufzte. Das sah nicht sonderlich vielversprechend aus. »Und was ist mit der Woche danach?«

»Am zwölften Januar trat er in der Stadthalle in Clarksdale auf.«

»In welchem Staat liegt Clarksdale?« fragte Carl.

»Mississippi«, erwiderte Duane. »Er trat mit Jim Ed und Maxine Brown auf. Am dreizehnten war er in Helena, das liegt in Arkansas.«

»Was können Sie uns über diese Orte erzählen?« fragte Carl und beugte sich gespannt vor.

»Zwei kleine Nester am Mississippi River«, sagte Duane. »Gut eine Stunde südlich von Memphis. Clarksdale liegt im Delta. Viel mehr weiß ich nicht darüber. Ich glaube auch nicht, daß es da noch viel mehr gibt. Am vierzehnten«, fuhr er fort und trank einen Schluck Buttermilch, »war Elvis in Corinth, Mississippi. Corinth ist nur einen Katzensprung südlich von hier. Direkt an der Grenze zu Tennessee. Von dort ging er rüber nach Sikestown und dann wieder für fünf Tage zurück nach Texas.«

»Danach«, sagte Cissy und nahm den Faden auf, »hat sich für Elvis alles verändert. Und nicht zum besten. Denn kurz danach, im Februar, stieß er zur Hank Snow-Tournee, die unter der Leitung des Teufels höchstpersönlich stattfand – Colonel Parker. Dieser schreckliche Mensch raubte ihm seine gesegnete Jugend, seine Unschuld und sein Vertrauen in die Menschen. Aber seine Güte konnte er ihm nicht nehmen. *Die* konnte Elvis niemand nehmen.«

Amanda wandte sich wieder an Duane. »Diese Städte, die Sie erwähnt haben – Clarksdale, Helena, Corinth – gibt es in einer von ihnen vielleicht eine große Fabrik?«

»Was für eine Fabrik?« fragte Duane.

»Das wissen wir nicht«, entgegnete Amanda. »Wir wissen nur, daß sie die Luft verpestet hat. Auch davon hat Mama oft gesprochen.«

Duane überlegte einen Moment lang und zupfte wieder an

seinen Koteletten. Das schien ihm Spaß zu machen. »Nun, man könnte nach einer Geflügelfarm Ausschau halten. Wenn du einmal in der Nähe von einem solchen Betrieb warst, dann weißt du, was ich meine. Darüber hinaus glaube ich nicht, daß man viel findet. Fabriken sind unterhalb von Memphis dünn gesät. Die meisten gibt es südlich der Grenze. Und natürlich diese verdammten Spielkasinos, die sie dort gebaut haben. Ich habe für diese Läden nichts übrig. In ihnen wird den armen Leuten ihr letztes Geld abgenommen.«

»Duane hat Sozialkunde unterrichtet«, bemerkte Cissy mit mädchenhaftem Stolz. »Er hält sich immer noch auf dem laufenden.«

Carl nickte und hoffte, daß der alte Mann sich nicht zu gründlich auf dem laufenden hielt, aber offensichtlich hatte er die letzten Abendnachrichten nicht gesehen.

»Bist du sicher, daß diese Fabrik noch in Betrieb ist?« wollte Duane von Amanda wissen.

»Wir sind uns bei überhaupt nichts sicher«, antwortete Carl. »Warum fragen Sie?«

»Es könnte sein, daß die Fabrik stillgelegt wurde«, erwiderte Duane. »Viele Fabriken am Fluß sind in den letzten Jahren pleite gegangen.«

Carl gab Amanda ein Zeichen.

»Es war sehr nett, mit Ihnen zu plaudern«, sagte sie und erhob sich.

»Ich hoffe nur, daß wir euch eine Hilfe waren.« Cissy lächelte sie an.

Sie gingen zurück zu der hundertprozentig authentischen Nachbildung von Elvis' erster Haustür. Draußen brach die Dunkelheit herein. Moskitos schwärmten heran und suchten gierig neue Opfer. Carl hatte noch nie so viele Insekten auf einmal gesehen.

Duane und Cissy standen im Hauseingang und hielten sich bei den Händen wie ein Paar vergessener Teenager. »Nur unter uns«, sagte Duane fröhlich, »erzähle ich euch etwas, das nur wenige wissen dürften. Ich meine die Tournee, die Elvis für Colonel Parker im Februar fünfundfünfzig unternahm – sie begann in Roswell, Neu-Mexiko.«

»Meinen Sie *das* Roswell, Neu-Mexiko?« fragte Carl und lächelte sie an.

Duane nickte gewichtig. »Und glaubt mir, bei uns haben sich jede Menge Ufologen gemeldet in der Hoffnung, eine Verbindung zwischen Elvis und diesem Ereignis herzustellen.«

»Gibt es denn eine Verbindung?« fragte Carl.

Duane lachte laut auf. »Verdammt, nein. Das hat sie trotzdem nicht aufgehalten. Sie haben sogar eine Theorie entwickelt, daß der Colonel von einem anderen Planeten stammt, da er wegen seines Geburtsortes immer so geheimnisvoll getan hat.«

»Ich bin froh, daß ihr nicht zu diesen Leuten gehört«, gestand Cissy mit leiser Stimme. »Nicht daß ich mir ein Urteil über meine Mitmenschen anmaßen will. Wir sind schließlich alle Gottes Kreaturen. Aber unter uns, diese Leute sind richtig unheimlich.«

Einige hundert Meter nach der Miller's Creek Road gab es eine Schotterstraße. Dort saß der Korrektor hinter dem Lenkrad seines Suburban und wartete.

Dem Korrektor gefiel dieser Ort überhaupt nicht. Es gab hier viel zu viele Kirchen. Es war zu still. Und die Luft war viel zu stickig und zu warm.

Die beiden Zielobjekte hielten sich fast eine Stunde in dem kleinen Bungalow auf. Kein einziger Wagen kam in der Zeit vorbei. Als sie endlich herauskamen und in den Subaru stiegen, wendeten sie und fuhren den Weg zurück, den sie gekommen waren – nach Hohenwald. Der Korrektor schaute ihnen nach. Er wartete genau zehn Minuten. Dann fuhr er an den Straßenrand vor dem Haus, stieg aus, ging zur Haustür und klopfte an.

Die Tür wurde von einer fetten alten Frau in einem unmöglichen Outfit geöffnet. Die Alte bot einen entsetzlichen Anblick. Hinter ihr stand ein alter Mann mit schwarz gefärbtem Haar, der versuchte auszusehen wie ein Jugendlicher aus den fünfziger Jahren. Wenn man es nicht besser gewußt hätte, hätte man zu dem Schluß kommen können, daß die Alten zu einer Kostümparty wollten.

Der Korrektor wußte es besser. »Tut mir leid, Sie zu stören, aber ich war hier mit ein paar Freunden verabredet.« Der Korrektor beschrieb Carl Granville und Amanda Mays. »Wir unternehmen eine Elvis-Gedächtnis-Tour. Nur habe ich mich offensichtlich verfahren, nachdem wir den Natchez Trace verließen. Ich fahre schon seit Stunden im Kreis herum und dachte mir, ob –«

»Ach du meine Güte«, kicherte die alte Frau. »Sie haben die beiden knapp verfehlt.«

»O nein«, stöhnte der Korrektor.

»Sie sind vor etwa zehn Minuten weggefahren«, erklärte der Ehemann.

»So ein nettes junges Paar«, sagte die fette Alte. »Kommen Sie herein, sonst fressen die Moskitos Sie noch auf.«

»Na ja, für eine Minute vielleicht.« Im Haus war es noch stickiger; es roch nach billigem Parfüm. Ein alter Elvis-Song, »Baby Let's Play House«, lief. »Sie wissen nicht zufälligerweise, wohin sie wollten?«

»Ich würde auf Corinth tippen«, erwiderte der alte Mann und zupfte an einer seiner langen Koteletten. »Wir haben ihnen ein paar Hinweise auf die Geburtsstadt ihrer Mama gegeben, aber Corinth ist die nächste Stadt. Es liegt nicht mehr als eine Stunde von hier entfernt. Gleich hinter der Grenze in Mississippi.«

Dann nannte die fette Alte die Namen der beiden anderen Städte, die sie ihnen genannt hatten – einer war ein Name, den der Korrektor am liebsten nicht hören wollte. Ganz und gar nicht.

»Wissen Sie, was ich denke«, fügte der alte Mann hinzu. »Vielleicht sollten Sie nach einer Catfish-Farm Ausschau halten.«

Der Korrektor runzelte die Stirn. »Einer Catfish-Farm?«

»Sie hat gefragt, ob wir irgendwelche Fabriken in der Umgebung kennen«, erklärte die fette Frau.

»Und was ich völlig vergessen hatte«, sagte der alte Mann, »war, daß sie da unten angefangen haben, Catfish zu züchten. Ein ziemlich großer Betrieb. Natürlich schmecken sie nicht so wie die richtigen Fische. Der Catfish ist ein Bodenfresser –

dadurch erhält er seinen einmaligen Geschmack. Man kann einen gezüchteten Catfish ruhig so nennen, aber im Grunde ist er kein echter Catfish – Sie wissen schon, was ich meine.«

»Ja, ich glaube, ich weiß es.«

»Corinth«, wiederholte der alte Mann. »wahrscheinlich suchen sie sich da unten ein sauberes Motel. Wenn Sie sich beeilen, holen Sie die beiden sicher noch ein.«

»Ja, ich denke, ich werde mich auf den Weg machen.« Der Korrektor hielt inne, um in die Tasche seiner Windjacke zu greifen und eine deutsche halbautomatische 9mm SIG-Sauer Pistole hervorzuholen.

Der Korrektor schoß der alten Frau aus nächster Nähe zweimal ins Gesicht. Sie war schon tot, ehe ihr schwerer Körper zu Boden sank, wo er wie eine riesige, aufgedunsene Marionette liegenblieb.

Dann zielte der Korrektor auf den alten Mann, der mit weit aufgerissenen Augen dastand, die Hände in einer instinktiven Abwehrgeste erhoben. Die erste Kugel zerschmetterte seine linke Hand. Die zweite Kugel durchbohrte seinen Adamsapfel. Er brach würgend zusammen. Ein unangenehmes Pfeifen drang aus dem Loch in seiner Kehle. Der Alte zupfte ein letztes Mal an seinen Koteletten. Direkt über ihm stehend schoß der Korrektor ein drittes Mal und traf ihn genau zwischen den Augen.

Schließlich war alles still – bis auf die Musik vom Plattenspieler. Der Korrektor ging hinüber und feuerte auf die Schallplatte.

Der Korrektor war noch nie ein Fan von Elvis Presley gewesen.

In der Tasche der Windjacke befand sich ein schwarzer Plastikmüllsack. Und ein Paar Gummihandschuhe. Der Korrektor mußte aufräumen. Carl Granville durfte niemals mit diesen Morden in Verbindung gebracht werden. Deshalb hatte der Korrektor die saubere SIG-Sauer benutzt und nicht die .357er Smith & Wesson Magnum, die Granville mit den Morden an dem FBI-Agenten in D. C. und der Blondine in New York in Verbindung brachte. Und deshalb mußte der Korrektor nun jede Spur beseitigen, die darauf hinwies, daß Granville hier gewesen war.

Vier Gläser, ein leerer Teller mit ein paar Brotkrümeln und ein Holztablett befanden sich auf der Küchenanrichte. Der Korrektor warf die Gegenstände in den Müllsack. Neben der Spüle hing ein Geschirrtuch. Leise vor sich hinsummend, benutzte der Korrektor es, um mögliche Fingerabdrücke vom Wasserhahn, vom Küchentisch und den Stühlen abzuwischen. Der Korrektor ging gründlich zu Werke. Methodisch. Auf dem Kaminsims im Wohnzimmer standen ein paar Fotos von Elvis, die ebenfalls in den Müllsack wanderten. Desgleichen die Zuckerdose und der Aschenbecher vom Wohnzimmertisch. Auch diese Gegenstände wurden vorher abgewischt. Der Korrektor kehrte zum Suburban zurück – dabei stieg er über die Leichen hinweg und wich der Blutlache auf dem Weg zur Haustür aus – und kam mit einem kleinen Staubsauger wieder ins Haus. Damit säuberte er das Sofa, den Sessel und den Teppich.

Da Granville auch das Badezimmer benutzt haben konnte, wischte der Korrektor die Tür innen und außen ab, dann beide Türknäufe, den Toilettensitz, den Spülgriff und schließlich den Wasserhahn. Anschließend saugte der Korrektor den Boden ab. Es bestand auch die Möglichkeit, daß Granville den Medizinschrank geöffnet und darin nach Aspirintabletten oder was auch immer gesucht hatte. Daher reinigte der Korrektor die Spiegeltür und stopfte den gesamten Inhalt des Schränkchens zusammen mit allen Haar- und Zahnbürsten ebenfalls in den Müllsack. Man konnte niemals mit Sicherheit sagen, was die Leute in fremden Badezimmern trieben, wenn die Tür geschlossen war. Und es hatte keinen Sinn, ein Risiko einzugehen.

Der Korrektor war nicht so weit gekommen, indem er Risiken einging.

Der Korrektor kehrte in die Küche zurück und öffnete den Kühlschrank. Dort fand er Buttermilch und ein Sechserpack Coca-Cola-Dosen. Der Korrektor öffnete eine Dose, leerte sie und stellte fest, daß man hier im Süden der Limonade offensichtlich mehr Zucker beimischte als im Norden. Die leere Dose landete im Müllsack.

Nachdem er erneut über die Leichen hinweg gestiegen war, wischte der Korrektor die Eingangstür, die Türknäufe, den Türrahmen, die Türklingel und den Türklopfer ab. Er schloß jedes Fenster im Haus und verriegelte die Hintertür. Er stopfte das Geschirrtuch in den Müllsack, band den Sack zu, löschte das Licht und zog die Haustür hinter sich zu. Dann vergewisserte er sich, daß sie fest verriegelt war. Draußen war es mittlerweile stockdunkel. Der Korrektor verstaute den Müllsack und den Staubsauger im Kofferraum des Suburban und stieg ein. In aller Ruhe streifte er die Gummihandschuhe ab und legte sie zusammen mit der SIG-Sauer ins Handschuhfach.

Zufrieden fuhr der Korrektor in die Nacht, ohne sich ein einziges Mal umzudrehen.

23. Kapitel

»Die Straße ist doch reizend, Meinen Sie nicht?«

»Oh ja. Wirklich sehr schön.«

»Und die Lage ...»

»Einfach ideal.«

»Man ist schnell in Capitol Hill und Georgetown. Hervorragende Einkaufsmöglichkeiten in der Nähe. Es ist wirklich ideal.«

Marsha Chernoffs rot geschminkte Lippen verzogen sich zu einem Lächeln. Sie witterte ein Geschäft. Nun ja, es ging nur um eine Vermietung, um genau zu scin. Aber es war ein exzellentes Objekt.

Marsha arbeitete für D.C. Realtors. Sie hatte sich darauf spezialisiert, ländliche Wohnobjekte für Regierungsangestellte zu suchen, die sich mindestens drei Monate lang im Großraum Washington aufhielten. Die Hershes waren die unkompliziertesten Klienten.

Leonard Hersh war Rechtsanwalt und von New Hampshire geholt worden, um den Sonderermittler bei der Aufklärung des jüngsten Senatsskandals zu unterstützen. Dieser Fall hatte alles, was man sich vorstellen konnte: sexuelle Nötigung, Bestechung und Behinderung der Justiz. Schlecht für die Nation, dachte Marsha, aber gut für das Maklergewerbe. In alten Zeiten hielten Männer wie Leonard Hersh sich nicht länger als zwei oder drei Wochen in der Hauptstadt auf, ehe sie wieder in ihre Heimat zurückkehrten. Diese Zeit saßen sie im Hotel ab. Nun jedoch konnte ein solcher Aufenthalt bis zu zwei oder drei Jahren dauern. Marshas Motto, das sie in ein Kissen auf ihrer Bürocouch hatte einsticken lassen, lautete: »Lieber Gott, ich danke Dir für Politiker mit weicher Birne, offenen Händen, geilen Gedanken und Steuergeldern zum Verschleudern.«

Donna Hersh war Grundschullehrerin. Marsha konnte das gesamte Szenario erkennen, ohne auch nur irgendwelche Einzelheiten zu kennen: Donna würde mindestens für ein Jahr nicht arbeiten, sie würde sich langweilen, wäre rundum frustriert, und *bingo*, Weihnachten wäre sie schwanger und bereit, einen weiteren potentiellen Anwalt auf die Welt loszulassen.

Das Haus, das Marsha ihnen zeigte, war soeben erst frei geworden. Der Vormieter war von heute auf morgen verschwunden und hatte sogar auf die Rückzahlung seiner Kaution verzichtet. Aber das Objekt war in hervorragendem Zustand. Keine Schäden. Blitzsauber. Nichts war gestohlen worden.

»Ich weiß, daß der Vormieter von der Nachbarschaft begeistert war«, log Marsha. Sie kannte den Vormieter überhaupt nicht, hatte ihn noch nie gesehen.

Sie betraten das Haus durch die Vordertür, und Marsha beobachtete, wie Donna Hersh ihren Blick durch die großzügigen Räume schweifen ließ und wie sie mit der Hand über die blaßblaue Tapete der Eingangshalle strich. Sie sagte: »Das gefällt mir. Ich *fühle* fast, daß es das Richtige ist.«

Sie schlenderten durch jedes Zimmer, und Marsha spürte, daß die beiden sich von Minute zu Minute in die Entscheidung hineinsteigerten, das Haus zu mieten. In den beiden Schlafzimmern diskutierten sie bereits darüber, welche Möbel sie von New Hampshire hierher schaffen lassen würden. Sie runzelten die Stirn über die Maße des Badezimmers. Sie nickten zufrieden beim Anblick der Badewanne. Sie fanden Gefallen an der abgetrennten Eßecke.

Als sie schließlich in der Küche ankamen, hielten sie sich schon eine Stunde in dem Haus auf. Donna strich mit einem Finger über die Ablage der Küchenanrichte, lächelte Marsha an und sagte: »Wir mieten das Haus.«

Marsha schickte einen kurzen Blick zum Himmel. Wer immer da oben saß, meinte es offenbar gut mit ihr. Dann begann sie, den Hershes noch ein paar wichtige Punkte zu erklären – zwei Monate Mietvorauszahlung, eine Monatsmiete Kaution, Mindestmietdauer ein halbes Jahr ... Sie schaute hoch und sah, daß Donna Hersh die Stirn runzelte. Ihr Blick war in eine Ecke der Küche gerichtet.

»Ist etwas nicht in Ordnung?« fragte Marsha.

»In der Broschüre stand, soweit ich mich erinnere, daß ein großer Kühlschrank zur Einrichtung gehört –«

»Natürlich. Genauso stand es in der Beschreibung. Der Kühlschrank steht gleich ... gleich da drüben ...« Marsha drehte sich um und runzelte ebenfalls die Stirn. Kein Kühlschrank. »Das ist seltsam«, sagte sie.

»Die Kücheneinrichtung gehört zum Haus. Das steht in jedem Mietvertrag«, fügte Leonard Hersh hinzu.

»Natürlich«, sagte Marsha langsam und versuchte eine Antwort darauf zu finden, wohin der Kühlschrank verschwunden sein konnte. »Und ich garantiere Ihnen, daß der Kühlschrank oder das gleiche Modell bei Ihrem Einzug vorhanden sein wird.«

»Sind Sie sicher?«

»Absolut.«

Marsha beendete ihre Erklärung, was noch erledigt werden müßte, ehe die Hershes einziehen konnten. Sie machte ihren Job nicht so perfekt wie sonst. So vergaß sie, die zu zahlende Reparaturrücklage zu erwähnen, und sagte auch nichts von der Kündigungsfrist von drei Monaten für den Fall, daß sie wieder ausziehen wollten. Ihre Gedanken waren ganz woanders.

Sie dachte: *Wer könnte auf die Idee gekommen sein, in das Haus einzubrechen und einen Kühlschrank zu stehlen?*

24. Kapitel

Sapientia. Pax. Deus.

Die lateinischen Worte waren in den dunklen Mahagonibogen über der Tür eingraviert, die in die schlichte Kapelle führte.

Weisheit. Friede. Gott.

Father Patrick Jennings blickte zu diesen drei einfachen Worten hoch und betete aus tiefem Herzen, daß er eines Tages wieder zu einem Verständnis finden möge, was sie wirklich bedeuteten. Als er sein Gebet beendet hatte, legte er den Kopf in den Nacken, um in den bewölkten Himmel zu schauen. Er lächelte traurig.

Für einen Moment wandte er der Kapelle den Rücken zu und ließ den Blick über die idyllische Umgebung der Klause von St. Katharina von Genua schweifen. Es waren insgesamt vierundzwanzig Acres mitten in den Black Mountains in Yancey County, North Carolina. Father Patrick war früher schon einmal hier gewesen. Als man ihm angeboten hatte, nach Washington zu gehen, hatte er seine Habseligkeiten in den Kofferraum seines Wagens gepackt, hatte Marquette verlassen, war nach Süden gefahren und hatte eine Woche damit verbracht, auf einer harten Pritsche in einem der drei primitiven Schlafräume der Klause zu schlafen, in der Umgebung spazierenzugehen, Holz zu hacken und nachzudenken. Viele Meilen war er in dieser Woche gewandert. Über den alten Irokesenfriedhof, der seit dem Ende des achtzehnten Jahrhunderts erhalten geblieben war. Nach Asheville, um Thomas Wolfes Grab zu besichtigen. Auf den Mt. Mitchell, den höchsten Gipfel östlich des Mississippi. Es war eine wundervolle Bergtour gewesen, und er hatte sich damals geschworen, daß er eines Tages zurückkehren und den Gipfel erklimmen würde, um stundenlang dem legendären Wasserfall zu lauschen.

Sein Mentor im Seminar, Father Thaddeus Joyce, hatte ihm von diesem verzauberten Ort erzählt. Thad war als junger Priester hier gewesen. Nachdem er sich aus dem Lehramt zurückgezogen hatte, wohnte er nun hier in der Klause. Er legte die Regeln fest, kümmerte sich um diejenigen, die seinen Rat suchten, und verbrachte seine Zeit mit Meditationen. Als Father Patrick einen Ort brauchte, an den er sich zurückziehen konnte, war dies der einzige, der ihm einfiel.

Noch hatte er sich Father Thad nicht offenbart. Er hatte seine Tage schweigend verbracht. Er suchte nichts als Ruhe nach den erschreckenden Worten der Beichte, die ihn in ein wildes Inferno gestürzt hatten. Es kam ihm vor, als wäre seitdem eine halbe Ewigkeit verstrichen. Fast war es wie ein böser Traum. Aber Father Patrick wußte, daß es kein Traum war. Seit er aufgeregt, verzweifelt aus seiner geliebten Kathedrale geflüchtet war, hatte er an nichts anderes mehr gedacht. Er hatte kaum geschlafen, kaum etwas gegessen. Seine Welt war auf den Kopf gestellt worden, und Stille war das einzige, das diese Welt noch zusammenhalten konnte.

Der Name der Klause paßte perfekt. Zu ihrer Zeit hatte die heilige Katharina wenig mit Gott im Sinn gehabt. Sie hatte sich in ein bewegtes Gesellschaftsleben gestürzt und sich am Ende leer und unausgefüllt gefühlt. Daraufhin hatte sie nur noch den Kontakt mit Geistlichen und Kranken gesucht. Die Menschen, die die Klause aufsuchten, kamen, um ihren Weg zu Gott wiederzufinden. Und den Weg zu sich selbst.

Father Patrick hauchte in seine Hände – selbst im Sommer war die Bergluft kalt und feucht – und betrat die Kapelle. Sie war dunkel bis auf das Licht von rund fünfzig weißen Kerzen, die im ganzen Innenraum verteilt waren. Für einen Moment glaubte er, der Raum wäre leer. Dann hörte er ein Rascheln und sah, wie sein Mentor sich in der ersten Kirchenbank erhob.

»Hallo, Thad«, sagte Father Patrick. »Ich wollte Sie nicht stören.«

»Aus irgendeinem Grund«, sagte Father Thaddeus, »schlafe ich, je älter ich werde, immer häufiger in der Kirche.« Er gähnte und lächelte den jüngeren Mann an. »Ich bin froh, daß Sie hergekommen sind. Manchmal vermisse ich unsere Gespräche.«

»Ich hatte immer angenommen, ich ginge Ihnen damit auf die Nerven.«

»Oh, das taten Sie. Niemand konnte mich so sehr aufregen wie Sie.«

Father Patrick lächelte, aber es war ein müdes, zaghaftes Lächeln.

»Darf ich ganz offen sein, Pat?« fragte der ältere Priester. »Sie sehen schrecklich aus. Ich habe Sie wütend, deprimiert und sogar sturzbetrunken erlebt. Aber noch nie angsterfüllt.«

»Ich glaube auch nicht, daß ich jemals soviel Angst gehabt habe.«

»›Angst ist ein schlimmeres Übel als das Böse selbst.‹ St. Francis de sales. Ich halte diese Aussage für rundum zutreffend.«

»Ich habe das auch einmal geglaubt. Aber jetzt tue ich das nicht mehr.«

»Sie haben einer ganzen Menge Leute große Sorgen gemacht«, erklärte Father Thaddeus ihm. Und als Father Patrick erschrocken die Augen weitete, fuhr er fort. »Ihr Verschwinden ist durch die Zeitungen gegangen.«

»Ich dachte, Sie kriegen hier oben keine Nachrichten mit.«

»Die Zeiten haben sich geändert. Diejenigen, die der Welt entsagen wollen, sollen es ruhig tun. Ich selbst kann auf das Internet nicht mehr verzichten.«

»Ich habe eine Beichte abgenommen«, begann Father Patrick. »Ehe ich Washington verließ. Ich habe etwas sehr Schlimmes von jemandem gehört, der sehr mächtig ist.«

»Und das macht Ihnen Angst?«

»Nicht nur. Viel mehr Angst macht mir, daß ich glaube, deswegen irgend etwas tun zu müssen. Ich glaube, die Menschen sollten es erfahren.«

»Sie denken also daran, das Schweigegelübde zu brechen.«

»Ich denke an viele Dinge. Aber bisher habe ich nichts unternommen.«

»Was immer Sie gehört haben, was immer auch geschehen wird, Sie haben von Gott nichts zu befürchten. Ich kenne Sie gut genug, um mir da ganz sicher sein zu können.«

Father Patrick lächelte wieder. »Es ist nicht Gott, vor dem ich Angst habe.«

»Pat«, meinte der ältere Mann langsam, »ich habe Sie immer als einen außergewöhnlich intelligenten und hochmoralischen Menschen kennengelernt. Manchmal ist das keine sehr gute Kombination. Sie ist nicht immer eine Garantie für inneren Frieden.«

»Nun, genau diesen inneren Frieden suche ich, Thad.«

»Und wer außer Gott kann Ihnen diesen Frieden geben? Hat die Welt es jemals geschafft, Ihr Herz zufrieden zu stimmen?«

»Nein«, flüsterte Father Patrick. »Das hat die Welt niemals geschafft.«

»Ich kenne Sie jetzt schon so lange, mein Sohn. Lange genug, um noch etwas anderes von Ihnen zu wissen. Es ist nicht Frieden, wonach Sie suchen.«

»Dann sagen Sie es mir«, bat Father Patrick. »Was suche ich?«

»Kraft«, antwortete Father Thaddeus. »Kraft, um zu tun, was immer Sie glauben tun zu müssen. Aber denken Sie stets an die Worte des heiligen Cyprian: ›Niemand ist sicher durch seine eigene Kraft, sondern nur durch die Güte und Gnade Gottes‹.«

»Amen«, sagte Father Patrick. Er schloß die Augen vor dem Licht der müde flackernden Kerzen – und vor der Welt, die so fern und doch so schrecklich nahe war.

25. Kapitel

Eine der heftigsten Schlachten des gesamten Bürgerkriegs wurde in Corinth, Mississippi, im Oktober des Jahres 1862 geschlagen. Fast siebentausend Männer verloren ihr Leben; zwei Drittel davon waren Rebellen unter dem Kommando von General Earl Van Dorn, der in Mississippi geboren war. Er wurde gezwungen, sich zurückzuziehen, dezimiert und besiegt von den Streitkräften der Union unter Führung von General William Rosencrans. Heute, fast anderthalb Jahrhunderte später, wird die Stadt von der Erinnerung an diese Schlacht beherrscht. Auf einem imposanten Heldenfriedhof ruhen die knapp viertausend gefallenen Soldaten in namenlosen Gräbern. Denkmäler machen auf die Schlachtfelder aufmerksam; darüber hinaus findet man einen hergerichteten Gefechtsstand der Union und ein Museum voller Erinnerungsstücke, Gegenstände und Dokumente. Scharen von Laiendarstellern versammeln sich dort alljährlich, um die Schlacht in authentischen Kostümen nachzustellen.

Carl Granville und Amanda Mays jedoch interessierten sich nicht für die Geschichte der Stadt; sie interessierten sich eher für Details, für Zeugnisse, um die Identität von Gideon zu offenbaren. Was, wie sie hofften, ihnen letztendlich das Leben retten würde. Deshalb waren sie nach Corinth unterwegs. Sie suchten nach irgend etwas, das der Beschreibung in Carls Phantasie von einer Stadt in Mississippi entsprach, die er Simms genannt hatte, jener fiktiven Stadt, in welcher der fiktive elfjährige Danny seinen namenlosen kleinen Bruder ermordet hatte.

Alles, was sie tun mußten, war, Fiktion in Fakten zu verwandeln.

Wenigstens hatten sie in der Nacht vorher ein wenig Schlaf gefunden.

Auf der Straße südlich von Hohenwald, nachdem sie das Elvis Presley-Heiligtum der LaRues verlassen hatten, waren sie übereingekommen, die Nacht in einem Motel zu verbringen. Sie entschieden sich für ein kleines, privates Motel in Chewalla, Tennessee, etwa zehn Meilen hinter Corinth. Das Motel glich irgendwie Bates Motel aus Alfred Hitchcocks Film Psycho. Es trug den Namen Best Rest.

Amanda bezahlte für das Zimmer in bar, während Carl draußen im Wagen wartete. Der schläfrige Angestellte am Empfang fragte sie gar nicht erst nach einem Ausweis, sondern wollte nur die Autonummer wissen. Spontan nannte Amanda eine falsche Nummer und hoffte, daß er nicht hinausging und nachschaute. Sie nannte auch einen falschen Namen – Jeanette Alk. So hatte ihre erste Freundin in der Grundschule geheißen. Der Angestellte zeigte keinerlei Argwohn. Das Best Rest war keines jener Motels, in denen Besucher ihre richtigen Namen nannten.

Schließlich befanden sie sich mitten im Bible Belt. Hier wurde die Sünde noch ernstgenommen. Und das mit großem Vergnügen.

Das Zimmer befand sich direkt am Parkplatz und neben einer Eiswürfelmaschine, die jedoch außer Betrieb war. Alle Zimmer lagen direkt am Parkplatz, auf dem nur zwei Fahrzeuge standen. Ihr Zimmer war stickig und roch nach Schimmel und Mückenspray. Im Waschbecken im Badezimmer lag eine Anzahl ziemlich großer Insekten, die teilweise noch lebten. Eine klapprige Klimaanlage im Fenster summte und gab sich alle Mühe, das Zimmer zu kühlen. Die Außentemperatur betrug über fünfunddreißig Grad Celsius. Im Zimmer waren es wahrscheinlich knapp dreißig Grad.

Ein Stuhl stand unter einem an der Wand befestigten Schreibtisch mit Resopalplatte; darüber hinaus bestand das Mobiliar aus einem Fernseher mit Kabelanschluß und einem Doppelbett mit Münzeinwurf für den Vibrationsmassage-Automaten.

Amanda ließ sich auf das Bett fallen und wandte den Kopf, um Carl anzusehen. »Du kannst zuerst duschen«, sagte sie.

»Nein«, entgegnete Carl und deutete mit einer galanten Geste auf das winzige Badezimmer. »Nach dir.«

»Nein, du zuerst, ich habe die Absicht, jeden Tropfen heißes Wasser zu verbrauchen, also dusch lieber, solange es noch möglich ist.«

»Wenn du es so siehst ...«

»Aber erst einmal brauchen wir ein neues Outfit für dich.« Amanda zog den Stuhl unter dem Tisch hervor, trug ihn ins Badezimmer und stellte ihn vor das Waschbecken. Als sie auffordernd mit einer Hand auf die Sitzfläche klopfte, gehorchte er und setzte sich. Amanda holte eine Papiertüte aus ihrer Handtasche. Als er sie fragend musterte, holte sie eine Schere und eine Flasche Haartönung hervor, die sie früher am Tag im Drugstore gekauft hatte.

»Du bist viel zu gut wiederzuerkennen«, sagte sie. Während sie eine Hand auf seinen Kopf legte, um ihn ruhig zu halten, begann sie mit der Schere drauflos zu schneiden.

»Du hast so etwas doch schon mal gemacht, oder?« fragte er.

»Meinst du, ich würde mich an deinem Äußeren vergreifen, wenn ich nicht genau wüßte, was ich tue? Natürlich habe ich so etwas früher schon mal gemacht.«

»Du lügst, nicht wahr?«

»Klar.« Amanda lächelte ihn an. »Und nun schau nach vorne. Und keine heimlichen Blicke in den Spiegel.«

Während Amanda sich an seinen Haaren zu schaffen machte, entspannte Carl sich allmählich. Er ging die Liste der Dinge durch, die sie erledigen und an die sie stets denken mußten. Es kam ihm vor, als wäre es schon einige Jahre her, seit diese Sache angefangen hatte. Er konnte sich kaum entsinnen, seit er das letzte Mal durch die Straßen New Yorks spaziert war, sorgenfrei und völlig unbelastet. Er dachte an seine Wohnung und an die Arbeit, an der er gesessen hatte, ehe Maggie Peterson in sein Leben getreten war. An die Freunde, die er schon lange nicht mehr gesehen oder gesprochen hatte ...

»He, paß auf!« Amanda schreckte ihn aus seinen Gedanken auf. »Sitz still. Beinahe hättest du die Hauptrolle im nächsten Film über Vincent Van Gogh übernehmen können.« Sie sah, daß er blaß geworden war und daß sein Nacken sich plötzlich kalt und verschwitzt anfühlte. »Was ist los?« fragte sie.

»Ich-ich habe nur gerade nachgedacht« – er schien über seine eigenen Worten zu stolpern –, »wen ich alles anrufen muß ...«

»Wen willst du anrufen?« fragte sie ungläubig.

Immer noch verwirrt, sah Carl sie verlegen an. »Es tut mir leid. Ich bin total erschöpft. Ich habe hier gesessen und daran gedacht, ich müßte meinen Anrufbeantworter zu Hause abhören, ob irgendwelche wichtigen Anrufe eingegangen sind. Als ob ich noch so etwas wie ein Zuhause hätte.«

»Ich weiß«, sagte sie leise. »Ich denke häufig das gleiche.«

Sie beendete das Haarschneiden schweigend. Als sie fertig war, sagte sie: »Vergiß nicht, daß das meiste heiße Wasser mir gehört.« Während sie ihm die Flasche Haartönung in die Hand drückte, fügte sie hinzu: »Und vergiß dies nicht.« Sie verließ das Badezimmer und schloß die Tür hinter sich.

Die Dusche hatte eine wiederbelebende Wirkung auf ihn. Das Wasser war ziemlich heiß; am Anfang war es etwas braun und roch nach Schwefel. Schließlich trocknete er sich gründlich ab und massierte die Mahagonitönung in seine stark gestutzten Haare. Er blieb hinter der geschlossenen Tür und zwang sich, genau eine halbe Stunde zu warten – so lange dauerte es, bis die Tönung ihre volle Wirkung entfaltet hatte –, ehe er vor den Spiegel trat. Er schaute einem Fremden ins Gesicht. Der neue Carl Granville hatte kurzes dunkelbraunes Haar, das irgendwie unecht wirkte. Trotzdem mußte er bekennen, daß es nicht schlecht aussah. Sogar er selbst hätte auf Anhieb Schwierigkeiten gehabt, sich auf den ersten Blick wiederzuerkennen.

Carl kehrte ins Zimmer zurück, das Badetuch um die Taille geschlungen, und stöhnte überrascht auf, als er Amanda sah. Er war nicht der einzige, der soeben eine Verwandlung durchgemacht hatte. Sie hatte ihr langes, wundervoll rotes Haar geschnitten und es schwarz gefärbt. »Mein Bild haben sie auch im Fernsehen gezeigt«, erklärte sie. »Ich dachte, ich sollte lieber auf Nummer Sicher gehen, ehe noch ein Malheur passiert.« Er brachte noch immer keinen Ton hervor. »Was meinst du?« fragte sie. Und als er sie weiterhin mit offenem Mund anstarrte, brach sie in Tränen aus.

»He«, sagte er sanft, »ich war nur überrascht. Es sieht ganz toll aus. Ehrlich.«

Carl streckte die Arme aus, um sie zu trösten, aber sie drängte sich an ihm vorbei und verschwand im Badezimmer. Während er hörte, wie das Wasser zu rauschen begann, ließ er sich auf das Bett fallen und begann eine Landkarte der Gegend zu studieren. Dabei versah er alle Städte mit einem Kreis, die sich in einem Radius von dreißig Meilen befanden. Dann schaute er sich die neuesten Meldungen bei Apex New Network an. Das FBI erhielt nun ungefähr dreihundert Anrufe pro Stunde von Leuten, die absolut sicher waren, ihn gesehen zu haben. Bisher hatte man Meldungen aus einunddreißig der fünfzig Bundesstaaten gehört, Hawaii und Alaska inklusive. Laut zuverlässigen Quellen war das Bureau entschlossen, jeder Meldung sorgfältig nachzugehen.

Carl konnte sich nicht daran gewöhnen, sein Bild im Fernsehen zu sehen. Genauso wenig konnte er sich an die Vorstellung gewöhnen, daß jeder Polizist im Land hinter ihm her war und nicht zögern würde, sofort auf ihn zu schießen. Nichts davon schien irgendeinen Bezug zur Realität zu haben. Schließlich schaltete er den Fernseher ab.

»Geht es dir besser?« fragte er Amanda, als sie aus der Dusche kam, ein Badetuch um ihren Körper gewickelt, das andere um ihr Haar.

»Viel besser«, sagte sie und lächelte hilflos. Aber ihr Blick ruhte auf dem Berg roter Haare, der den Papierkorb in der Ecke füllte.

»Nun, was willst du zuerst hören? Die guten oder die schlechten Nachrichten?«

»Zuerst die schlechten Nachrichten«, antwortete sie traurig. »Sie bestätigen jetzt offiziell, daß du nicht in dem Feuer ums Leben gekommen bist. Im Augenblick giltst du als vermißt und völlig in meiner Gewalt.«

»Ich nehme an, das heißt, daß mein Wagen nicht mehr sicher ist.«

»Amanda, dein Auto war niemals sicher.«

Sie verdrehte die Augen und sah ihn aufgebracht an. »Ich meine, die State Troopers halten jetzt ernsthaft Ausschau danach.«

»Nun, wir können jedenfalls keinen neuen Wagen mieten«, entgegnete Carl. »Wir müßten eine Kreditkarte vorlegen, ganz zu schweigen von einem Führerschein. Und ich bin kein Autodieb. Ein Massenmörder, ja, aber kein Autodieb!«

Amanda dachte für einen Moment in angespanntem Schweigen über die Angelegenheit nach. Dann hob sie die Augenbrauen, als sei ihr etwas eingefallen. Sie ging zum Fenster und blickte durch die Vorhänge hinaus. »Hast du immer noch dein kleines Taschenmesser bei dir?«

»Was ist damit?«

»Gib es her.«

Er zog das winzige Schweizer Messer aus der Hosentasche und reichte es ihr. Sie schlüpfte in ihre Schuhe, öffnete die Tür und blieb für einen kurzen Moment, eingewickelt in ihr Badetuch, in der Türöffnung stehen. »Wenn ich in zwei Minuten nicht zurück bin, dann ruf die Kavallerie.«

»Amanda, was hast du vor?«

Es hatte keinen Sinn. Sie war bereits in der Dunkelheit verschwunden. Carl eilte zum Fenster und schaute auf den Parkplatz hinaus. Er sah nichts. Hörte nichts. Er ging im Zimmer auf und ab, bis sie zwei Minuten später völlig außer Atem zurückkehrte. »Da«, sagte sie keuchend und gab ihm das Messer zurück. »Ich mußte die Spitze abbrechen. Tut mir leid.«

»Amanda, was hast du …«

»Ich habe unsere Nummernschilder abgeschraubt und sie mit denen eines anderen Wagen auf dem Parkplatz vertauscht. Sie werden ihre Schwierigkeiten haben, uns mit Schildern aus Alabama zu identifizieren.« Sie lächelte triumphierend.

»Meinst du nicht, daß der Typ aus Alabama irgend etwas merkt?«

»Die Leute schauen niemals auf ihre eigenen Nummernschilder. Ich wette mit dir, daß fünfundsiebzig Prozent der Autofahrer in Amerika noch nicht einmal ihre eigene Autonummer auswendig kennen.«

Carl schaute sie für einen Moment voller Bewunderung an. »Du würdest eine grandiose Verbrecherin abgeben, weißt du das?«

»Carl, ich bin eine Verbrecherin«, sagte sie. »Aber du hast auch von einer guten Nachricht gesprochen, oder nicht?«

»Ja. Der Herausgeber deiner Zeitung macht sich große Sorgen um dich. Er meinte, du wärst für ihn wie ein Familienmitglied.«

»Wie rührend. Ich frage mich, ob er auch all seine anderen Verwandten anzubaggern versucht, wenn er ein Glas Cabarnet Sauvignon getrunken hat.«

»Er hat außerdem gesagt, du würdest dazu neigen, dich in einseitige, selbstzerstörerische Beziehungen zu stürzen.«

»Nun, das mußte er ja unbedingt loswerden.« Amanda zuckte die Achseln. »Jedesmal, wenn du einem Typen einen Korb gibst, glaubt er, du hättest ein Problem mit Männern. Das ist die einzige Art und Weise, wie sein Ego damit fertig wird.«

»Außerdem würdest du dich sehr mit deiner Arbeit identifizieren, und dieses Engagement würde dich dazu verleiten, verantwortungslose, manchmal sogar gefährliche Entscheidungen zu treffen.«

Sie stieß einen langen, gequälten Seufzer aus. »Es ist erstaunlich«, sagte sie wütend. »Sie können alles, was du je in deinem Leben getan hast, gegen dich wenden, wenn sie wollen. Sie können etwas nehmen und etwas völlig anderes daraus machen. Und niemand hat irgendeine Ahnung. Ich bin seit vielen Jahren Journalistin, aber das habe ich bisher nicht richtig verstanden. Ich schwöre dir, Carl, wenn wir jemals aus dieser verrückten Sache herauskommen, werde ich eine völlig andere Journalistin sein.«

Carl antwortete nicht sofort; er blickte starr vor sich hin.

»Wir werden niemals aus dieser Sache herauskommen, Amanda. Unser Leben wird nie wieder normal sein.«

Sie biß sich auf die Unterlippe und legte eine Hand auf seine Schulter. »Das weiß ich«, sagte sie leise. »Aber ich muß irgend etwas sagen, muß weiterreden, sonst fange ich gleich wieder an zu weinen. Und ich glaube nicht, daß ich damit so einfach fertig werde, wenn ich zweimal am Tag weine.« Ein erstickter Seufzer drang über ihre Lippen. Es war ein Laut zwischen einem Schluchzen und einem Lachen. Und er konnte wirklich nichts dafür, daß er bemerkte, wie ihre Brust sich unter dem Badetuch hob und senkte. Er sah sie an und erinnerte sich an andere Gelegenheiten, bei denen er sie betrachtet hatte.

»Wenn ich dich um einen kleinen Gefallen bitten würde«, sagte sie leise, »würdest du ihn mir tun?«

»Ich wüßte nicht, wie ich mich unter den gegebenen Umständen weigern könnte.«

Langsam, vorsichtig ging sie zum Bett und streckte sich darauf aus. »Würdest du mich in den Arm nehmen? Und mich einfach nur ... festhalten?«

Sein Mund war plötzlich ausgetrocknet. »Klar kann ich das.«

Er legte sich neben sie. Sie rollte sich in seine Arme, schmiegte sich an ihn, warm und feucht und nach Seife duftend. Carl spürte einen Ansturm wilder Gefühle, während er neben ihr lag und sie in seinen Armen hielt. Sinnliche Erinnerungen flackerten auf, Warnglocken erklangen, Lichter blinkten, Maschinen liefen auf Hochtouren.

»Ich habe dich vermißt«, sagte sie schläfrig. »Ich habe es vermißt, mit dir zusammen zu sein.«

»Ich habe dich auch vermißt.«

»Ich habe es vermißt, mit dir zu reden ...«

»Ich bin jetzt da«, sagte er. »Neben dir.«

»Keine Komplikationen mehr«, flüsterte sie leise. »Halt mich nur fest. Ich kann keine Komplikationen brauchen.«

»Keine Komplikationen«, wiederholte er.

»Ich möchte nur, daß du mich hältst ...«

Er beobachtete, wie ihr die Augen zufielen. Er spürte, wie ihr Atem sich beruhigte, sah, wie sie in einen ruhigen Schlaf hinüberglitt.

»Ich auch«, flüsterte Carl. »Ich möchte auch nur, daß du mich festhältst.«

So schliefen sie ein, eng umschlungen. Das Licht brannte, und die Klimaanlage lief und schaltete sich je nach Bedarf ein und aus, und gelegentlich huschte ein Wagen auf der dunklen Straße jenseits der Fenster vorbei.

Sie erwachten bei Sonnenaufgang immer noch Arm in Arm. Sie redeten nicht. Worte waren nicht nötig. Innerhalb weniger Minuten hatten sie das Zimmer verlassen, saßen in Amandas Wagen und waren unterwegs nach Corinth.

Sie verbrachten den Vormittag damit, durch die Stadt zu streifen. Sie sahen mit Bäumen gesäumte Straßen, in denen elegante Häuser aus der Zeit vor dem Bürgerkrieg standen. Einige waren mittlerweile in Pensionen für Touristen umgewandelt worden. Im Geschäftsviertel verkündete ein Spruchband, das quer über die Straße gespannt war: »Nächste Woche: Alljährliches Slugburger Festival. Kommen Sie und essen Sie sich satt mit unseren Slugburgers.«

Amanda wagte noch nicht einmal, Vermutungen darüber anzustellen, was ein Slugburger war. Und sie gestattete es Carl nicht, jemanden danach zu fragen.

Die Hitze war mörderisch, und die Luft war erfüllt vom Duft unzähliger Geißblattblüten. In einem Drugstore kauften sie sich zwei eiskalte Dr. Peppers, die sie so schnell tranken, daß ihre Kehlen schmerzten. Carl erwarb außerdem eine Mütze der Corinth Seed Company und eine dunkle Sonnenbrille. Mit seinen Bartstoppeln, seiner zerknitterten Jeans und seinem T-Shirt sowie seiner neuen, dunklen Kurzhaarfrisur fühlte er sich relativ sicher.

Eine Gruppe älterer Leute saß im Drugstore und verbrachte dort rauchend den Vormittag. Während Carl Sonnenbrillen anprobierte, erbat sich Amanda von einer der älteren Ladys eine Zigarette und begann ein Gespräch. Bald kam sie auf die Fabriken im Ort zu sprechen. Amanda erfuhr, daß am Stadtrand eine große neue Fabrik für Dieselmotoren aufgemacht worden war. Die bekannteste alte Fabrik war die Corinth Machinery Company, die bereits 1869 erbaut worden war. Kurz nach 1900 waren dort Dampfkessel hergestellt worden. In den fünfziger Jahren wurde daraus die Alcorn Woolen Factory, die eine Zeitlang glänzende Geschäfte machte. Zur Zeit wurde die Fabrik für die Herstellung von Furnierholz umgerüstet.

Sie eilten zu ihrem Wagen zurück, um zu der Fabrik hinauszufahren. Die ehemalige Corinth Machinery Company lag am Highway 72, genau gegenüber von Dildy's Garage, wo Autoreparaturen aller Art angeboten wurden. Von der Tankstelle aus betrachteten sie das Backsteingebäude der alten Fabrik.

»Kommt dir das irgendwie vertraut vor?« fragte Amanda.Sie spürte, wie ihr der Schweiß den Rücken hinunterrann.

Carl schüttelte den Kopf. »Es ist eine Fabrik. Wie jede andere Fabrik.«

»Mehr nicht?«

»Ich erinnere mich, daß sie etwa eine Meile davon entfernt gewohnt haben.«

Sie fuhren in der Gegend herum, zwei Meilen in jede Richtung. Sie hielten Ausschau nach irgend etwas, das Carls Erinnerung auf die Sprünge helfen würde. Aber sie fanden nichts. Corinth war ein malerischer, wohlhabender Ort. Es war eindeutig nicht Simms.

Also fuhren sie zurück zum Highway 45 und nach Tupelo im Süden, wo Elvis Presley geboren worden war und wo sie wieder zur Route 6 gelangten, die sie nach Westen durch Mississippi zum Delta bringen würde. Der alte Mr. LaRue hatte recht gehabt, dachte Carl schwermütig, als er die üppige grüne Landschaft betrachtete, die in der Hitze zu flimmern schien. Hier unten waren Spielkasinos das große Geschäft. Eine riesige Reklametafel nach der anderen am Straßenrand verhieß unvorstellbare Reichtümer in Helena Bridge, Tunica, Casino Center, Vicksburg, Philadelphia, Biloxi ... Die grellen Farben der Schilder bildeten einen scharfen und unschönen Kontrast zu der ländlichen Stille.

»Ich habe nachgedacht«, sagte Carl und musterte Amanda von der Seite. »Ich glaube, wir sollten uns auf die Fabrik konzentrieren. Wahrscheinlich hat LaRue sich darin geirrt, daß es eine Geflügelfarm war.«

»Wie kommst du darauf?«

»Wir suchen einen Betrieb, der entsetzlich gestunken hat.«

»Warst du schon mal in der Nähe eines Schlachthauses?« fragte sie herausfordernd.

Carl schwieg einen Moment. An irgend etwas glaubte er sich zu erinnern; etwas war ihm aufgefallen. Aber was war es? Ein Detail, das er übersehen oder das er vergessen hatte. Verdammt. Irgend etwas in Rayettes Tagebuch über die Stadt, die er Simms genannt hatte ...

»Sie kompostieren den Mist für Dünger«, fuhr Amanda fort. »Es stinkt wirklich zum Himmel.«

»Aber können Menschen, die in der Nähe leben, davon krank werden?«

»Vielleicht war es eine Papiermühle«, machte sie einen Vorschlag. »Davon gab es hier unten eine ganze Menge, glaube ich. Berüchtigte chemische Umweltverschmutzer, eine wie die andere. Eine Bekleidungsfabrik wäre eine andere Möglichkeit. Ich habe einige Zeit, als ich in Albany war, über das Ministerium für Umweltschutz berichtet. Der Staat wollte, daß die Regierung diese stillgelegte Hutfabrik vor den Toren Rochesters zum Bauplatz erklärte. Kannst du dir vorstellen, daß sie Quecksilber verwendet haben, um Farbstoff herzustellen? Mein Gott, ein alter Mann erzählte mir, daß man an der Farbe des Flusses ablesen konnte, welche Farbe die Hüte hatten, die sie jeweils herstellten. Am Ende vergifteten sie nicht nur den Fluß, sondern auch das Ackerland an beiden Ufern.«

»Ich glaube, du bist auf der richtigen Spur«, unterbrach Carl sie aufgeregt. »Deine Freundin Shaneesa könnte per Computer einen Blick in die Akten der Umweltbehörde werfen, um festzustellen, ob es hier in der Umgebung irgendwelche belasteten Grundstücke gibt. Wenn es ein großer Umweltverschmutzer war, dann müßte er in den Akten geführt werden, stimmt's?«

»Du hast mich nicht zu Ende erzählen lassen. Es gibt noch einen traurigen Teil.«

Carl stöhnte enttäuscht auf. »Okay, dann verrate mir den traurigen Teil.«

»Sanierungen solcher Art sind unfaßbar kostspielig. Man muß den Boden vollkommen abtragen, wenn er verseucht ist, bevor man wieder bauen kann. Es gibt Tausende und Abertausende von Industriestandorten, die gesäubert werden müssen. Solange der Bauplatz sich nicht in der Nähe einer stark verseuchten Gegend befindet und die Bevölkerung weiß und wohlhabend ist, kann man der Regierung keinen Vorwurf machen.«

»Was geschieht nun mit solch verseuchten Bauplätzen?«

»Absolut nichts. Jedermann schleicht darum herum und schaut zu, wie er mehr und mehr verkommt. Man nennt sie die braunen Felder, weil dort nichts mehr gedeihen wird. Wenn wir es mit so etwas zu tun haben, dann dürfte die Umweltschutzbehörde darüber keinerlei Aufzeichnungen haben. Der Staat Mississippi hat vielleicht Material dazu, aber offen gesagt, habe ich da meine Zweifel.«

Sie näherten sich der Stadt Abbeville, die auf halbem Weg zwischen Holy Springs und Oxford lag, und folgten dem Schild mit der Aufschrift »Gewerbepark«. Abbevilles Gewerbepark entpuppte sich als eine geschlossene Tankstelle, eine Bank, die aussah, als würde auch sie über kurz oder lang geschlossen werden, und ein Kaufhaus mit Namen Frankie and Johnnie's, über dessen Eingang ein Schild voller Stolz »Gute Hausmannskost« verkündete.

»Hast du Hunger?« fragte sie ihn.

»Und wie«, erwiderte er und betrachtete das Kaufhaus durch das Seitenfenster.

»Meinst du, wir können es riskieren, etwas zu holen und es während der Fahrt zu essen?«

»Nein, ich denke, wir sollten uns hineinsetzen und essen wie jeder andere. Falls uns irgend jemand tatsächlich erkennen sollte, wird er denken, es wäre eine Verwechslung, weil er nicht damit rechnet, daß wir ein paar Schritte von ihm entfernt an einem Tisch sitzen und essen wie ganz normale Menschen.«

Amanda schaute ihn stirnrunzelnd an. »Mein Gott, Carl, wenn es darum geht, zu denken wie ein Verbrecher, beweist du schon ungeahnte Qualitäten.«

»Tu nicht so entsetzt. Das ist doch im Augenblick eine nützliche Gabe.«

»Ich bin ja gar nicht entsetzt, nur überrascht. Ich dachte, ich kenne dich.«

»Ich dachte auch, daß ich mich kenne«, meinte er nachdenklich. »Vielleicht stimmt es aber gar nicht. Vielleicht kennt man sich selbst eigentlich nie richtig, bis einem etwas Ungewöhnliches zustößt.«

Sie lenkte den Wagen auf einen Parkplatz gegenüber Frankie and Johnnie's und lächelte ihn an. »Also, Darling, laß uns etwas essen gehen.«

Wie ein ganz gewöhnliches Paar spazierten sie Arm in Arm in das Kaufhaus. Im vorderen Teil befand sich ein Gemischtwarenladen, dessen Regale mit Konserven und kleinen Fässern vollgestopft waren. Im hinteren Teil entdeckten sie eine Theke mit zwölf Hockern, hinter der zwei Frauen mit Haarnetzen an einem Herd standen. Drei Männer saßen an der Theke, einer in Begleitung seiner kleinen Tochter. Zwei Männer blickten auf, als Carl und Amanda hereinkamen. Sie nickten ihnen höflich zu. Der dritte Mann rührte sich nicht. Er war zu sehr in seine Zeitung vertieft. Während Carl sich neben ihm niederließ, las er unwillkürlich die Schlagzeile über dem Lokalteil. Carl versuchte, die Worte möglichst unauffällig zu entziffern. Für einen kurzen Moment verspürte er tiefe Erleichterung, als er erkannte, daß die Meldung nichts mit ihm zu tun hatte. Dann begriff er plötzlich, was er da gelesen hatte.

Duane und Cissy LaRue waren ermordet worden.

26. Kapitel

»Ich möchte Sie nicht beim Mittagessen stören«, sagte der Korrektor ins Mobiltelefon, »aber der Weg, auf dem die beiden sich zur Zeit befinden, erfordert von Ihnen allergrößte Aufmerksamkeit.«

»Erklären Sie«, befahl Augmon knapp. »Ausführlich.«

Der Korrektor saß hinter dem Lenkrad des Suburban, der in der geschlossenen Tankstelle schräg gegenüber von Frankie and Johnnie's parkte, weniger als zwanzig Meter von Amandas ramponiertem kleinem Subaru entfernt. »Sitzen Sie vor einem Laptop?«

»Natürlich«, entgegnete Augmon. Er befand sich in New

York in seinem Eckbüro im dreiunddreißigsten Stock des Apex International Building. Dort pflegte er sein Mittagessen einzunehmen.

»Loggen Sie sich bei Maps Are Us ein.«

»Ich vermute, ich soll eine Landkarte von Mississippi aufrufen.«

»Sie vermuten richtig.« Der Korrektor hörte am anderen Ende der Leitung hektisches Tastaturklappern, während Augmon die Website anwählte und fand, was er suchte.

»Sehr schön«, sagte er. »Ich schaue auf eine Karte von Mississippi.«

»Die beiden sind nach Westen unterwegs, auf der Route Six. Zum Flußdelta.«

Augmon schwieg für einen Moment. »Das ist sehr bedauerlich.«

»Überaus.«

»Wieviel wissen die beiden Ihrer Meinung nach?«

Der Korrektor gab darauf keine Antwort. Er sagte höchst ungern die Worte »Ich habe keine Ahnung«.

»Verdammter Mist«, fluchte Augmon. »Die Story ist noch heiß. Ich hatte gehofft, sie für mindestens einen weiteren Tag am Kochen zu halten.« Er murmelte etwas, irgendeinen britischen Fluch, der sich auf verschiedene Bereiche der menschlichen Anatomie bezog. »Wieviel Zeit haben wir?«

»Zwei Stunden, wenn sie direkt hinfahren. Etwas mehr, wenn nicht.«

»Haben Sie Grund anzunehmen, daß die beiden genau wissen, wohin sie unterwegs sind?«

»Ich habe keinen Grund, es nicht anzunehmen. Und keinen Grund, es anzunehmen.«

»Sollten wir es mit einer Abwarte-Taktik versuchen?«

»Meiner Meinung nach nicht. Aber das ist nicht meine Entscheidung.«

»Ganz recht, mein junger Freund. Und wir haben ... wie lautet Ihr Ausdruck? Dickere Fische an der Angel, nicht wahr?«

»Das ist nicht mein Ausdruck«, erwiderte der Korrektor, dem dieser Auftrag gefallen hatte. Er hatte seinen Reiz. Er hatte seine vergnüglichen Seiten. Das alles würde er vermissen.

»Können Sie sich um die beiden kümmern, ehe sie dort eintreffen?«

»Natürlich«, bemerkte der Korrektor ruhig.

»Dann tun Sie das. Sorgen Sie dafür, daß die beiden nie gefunden werden. Sie dürfen niemals wieder auftauchen.« Dann ertönte ein Klicken in der Leitung, und die Verbindung war unterbrochen.

Als er in seinem Büro im dreiunddreißigsten Stock des Apex Building saß, begriff Lord Lindsay Augmon, daß sein Traum in Erfüllung gehen würde. Er hatte die größte Übernahme seiner beruflichen Karriere vor sich. Eine Übernahme, die ihm zu grenzenloser Macht verhelfen würde. Die Menschen redeten von Bill Gates, aber Bill Gates lieferte einfach nur den Boten. Er, Lindsay Augmon, lieferte die Botschaft. Nein, er war die Botschaft.

Er hatte fast $150 Millionen für den Bau und den Start eines Fairfield FS601 Satelliten, des teuersten, bestausgerüsteten, modernsten existierenden Kommunikationssatelliten, aufgewendet. Im Augenblick umkreiste das gute Stück die Erde. In Französisch-Guyana gestartet, zog er nun seine Bahn. Alles, was Augmon nun noch tun mußte, war, auf einen Knopf zu drücken, damit der Satellit aktiviert wurde. Außerdem hatte er vier weitere bestellt, die in den nächsten zwei Jahren gebaut werden sollten. Es ging um eine Gesamtsumme von $750 Millionen. Es gab keine Garantie, daß er sie jemals rechtmäßig würde benutzen können. Keine Garantie, daß er jemals auf diesen Knopf würde drücken können. Aber es gab andere Garantien.

Es gab Milliarden davon. Hundert Milliarden, um genau zu sein.

Soviel Geld konnte in China verdient werden. Und es war alles so einfach. Man mußte nur bereit sein. Einer mußte der erste sein. Einer mußte die Gelegenheit bekommen. Und wenn es keine Gelegenheit gab, dann wurde es notwendig, eine zu schaffen. Damit eines Tages auf diesen Knopf gedrückt werden konnte.

Es gab die Möglichkeit, hundert Millionen Fernsehapparate in China zu erreichen. Einhundert Millionen Fernsehapparate. Für den Anfang! Für eine Grundgebühr von eintausend Dollar über einen Zeitraum von fünf Jahren. Vernünftig geschätzt.

Und es addierte sich zu ebenso vernünftig geschätzten hundert Milliarden Dollars. Und je eher der Kapitalismus sich der Nation bemächtigte – was ganz sicher geschehen würde, so wie es in Rußland geschehen war, desto schneller würden aus diesen hundert Milliarden zweihundert Milliarden. Dreihundert Milliarden. Es gab keine Grenze!

Zusammen mit seinen Unternehmungen in Südamerika, Mittelamerika, Indien, im Mittleren Osten und in Europa würde er zwei Drittel der Weltbevölkerung erreichen. Er würde ihnen Rundfunk- und Fernsehprogramme liefern, ihnen Informationen übermitteln, ihnen erklären, wen sie wählen sollten, ihnen sagen, was sie denken sollten.

Augmon lehnte sich in seinem Sessel zurück und schloß die Augen. Er dachte daran, wo er in seinen vierundsechzig Jahren schon gewesen war und wohin er wollte. Er dachte an das Imperium, das er in Kürze kontrollieren sollte, und an das Chaos, das er ausgelöst hatte – das er auslösen würde –, um diese Kontrolle an sich zu reißen. Er dachte an die Feinde, die er sich geschaffen hatte; er dachte an den Tod und die Zerstörung, die ihn umgeben hatten und immer umgeben würden. Dann lächelte er. Ein breites, tiefes, zufriedenes Lächeln.

War es das wert?

Gütiger Himmel, ja. Es war alles wert, was er getan hatte, alles, was er tun würde, und noch viel, viel mehr.

Immer noch lächelnd, griff er nach dem Telefonhörer und wählte eine Nummer, die zu kennen vielleicht zwanzig Menschen auf der ganzen Welt das Privileg hatten.

Er hörte es einmal klingeln, zweimal, und dann wurde abgenommen. Die Stimme, die er so gut kannte, begrüßte ihn. Die Begrüßung war freundlich, aber kurz. Wachsam.

Lord Augmon lächelte wieder, wobei seine makellosen Zähne im Licht, das von der Lampe auf seinem Schreibtisch herüber drang, regelrecht leuchteten.

Und dann begann er sich mit der Person zu unterhalten, die mithelfen würde, ihn ein für allemal zum König zu machen.

Das Dynamit verströmte einen schweren, süßen Geruch, als es auf dem Beifahrersitz des Suburban lag. Insgesamt zwölf zwanzig Zentimeter lange runde Stäbe. Jeder hatte einen Durchmesser von genau vier Zentimetern und war in braunes Wachspapier eingewickelt. Der Korrektor hatte sie in zwei Bündel zu je sechs Stäben aufgeteilt, silbernes Klebeband um die beiden Bündel gewickelt und dann mehr Klebeband darauf verwendet, sie an den Enden zusammenzukleben, daß das Ganze nachher aussah wie eine große Salami.

Klebeband war das liebste Material des Korrektors. Es gab keinen Installateur, Ofensetzer oder Bombenbauer auf der ganzen Erde, der ohne Klebeband auskommen konnte.

Nun folgte die Montage.

Der Korrektor hatte einen reichlichen Vorrat an Zündkapseln mitgebracht. Eine altmodische Zeitschaltuhr wurde ebenfalls benötigt sowie ein kleiner batteriegetriebener Handbohrer, ein simpler elektronischer Schalter, zwei Päckchen Neun-Volt-Batterien (eins, um den Bohrer anzutreiben, das andere für die Bombe), ein Kaminblech, eine Rolle Paketschnur, Draht und das Klebeband. All diese Dinge hatte er in einem Baumarkt in Corinth gekauft, während Granville und die junge Frau durch den kleinen Ort geschlendert waren und nach Hinweisen gesucht hatten.

Die beiden erinnerten den Korrektor an zwei Wohlstandsbürger, die zum Zeitvertreib an einer Schatzsuche teilnahmen. Und nun waren sie im Begriff, den ersten Preis zu erringen.

Die Grundkonstruktion war komplett. In eine der Dynamitstangen war ein Loch gebohrt worden, in das eine Zündkapsel eingesetzt worden war. Mit der Schnur wurde sie an Ort und Stelle fixiert. Die Zeitschaltuhr wurde mit dem elektronischen Schalter verbunden, an den wiederum die Batterien angeschlossen waren. Die Batterien hingen an der Zündkapsel. Wenn die Zeitschaltuhr klingelte, würde durch den Schalter eine Stromkreis geschlossen. Die Batterien würden der

Zündkapsel genügend elektrische Energie schicken, um sie explodieren zu lassen. Der daraus resultierende Druck würde das Dynamit hochgehen lassen.

Während er in seinem Wagen saß, schräg gegenüber dem Gemischtwarenladen, und beobachtete, wer da ein und aus ging, beendete der Korrektor seinen Job. Es war 12:17 Uhr. Die Zeitschaltuhr war auf eine Stunde eingestellt. Das Blech wurde um die Unterseite der Bombe gebogen, um den Explosionsdruck nach oben zu lenken. Dann wurde die ganze Vorrichtung in eine Plastiktüte gesteckt und mit noch mehr Klebeband umwickelt. Das Ergebnis war ein festes, tickendes silberfarbenes Bündel.

Der Korrektor stieg aus dem Suburban und schlenderte auf den kleinen Subaru zu. Dabei blieb er gelegentlich stehen, um sich umzuschauen. Niemand hielt sich draußen auf. Niemand schaute zu ihm herüber. Und selbst wenn, welchen Grund sollte ein Betrachter haben, mißtrauisch zu sein?

Mit schnellen Schritten war der Korrektor beim Wagen der Frau, kniete sich vor der hinteren Stoßstange auf den Boden und befestigte das Bündel direkt am Benzintank.

Der Korrektor hatte vorgehabt, die Nummernschilder des Subaru abzumontieren und sie mit Nummernschildern aus Mississippi zu ersetzen, die er vor zwei Tage von einem anderen Subaru gestohlen hatte. Aber das war nicht mehr nötig. Sie hatten bereits selbst daran gedacht, die Nummernschilder auszuwechseln. Der Korrektor dachte, daß sie allmählich die Regeln des Spiels lernten.

Der Korrektor kehrte zu seinem Suburban zurück, stieg ein und wartete.

Es war mittlerweile 12:22 Uhr.

In genau fünfundfünfzig Minuten, um 13:17 Uhr, würden Carl Granville und Amanda Mays aufhören zu existieren. Nicht eine nützliche, überprüfbare Spur würde von ihnen übrigbleiben, mit der die kriminaltechnischen Spezialisten etwas würden anfangen können. Keine Haut. Kein Haar. Keine Zähne – es würde unmöglich sein, sie anhand ihrer Zahnkarten zu identifizieren. Was den Wagen betraf, so würden die Nummernschilder aus Alabama die Polizei in die Irre führen. Und die Überreste des zerstörten Motors nach der Seriennummer abzusuchen, wäre mühsam und zeitraubend.

Und dann hätte es sowieso keine Bedeutung mehr.

Die Zielpersonen kamen um 12:36 Uhr aus dem Restaurant. Er trug eine Mütze und eine Sonnenbrille. Sie trug ebenfalls eine Kopfbedeckung – dem Aussehen nach ein Regenhut. Die beiden legten ein entspanntes, unbeschwertes Verhalten an den Tag, das nur durch die aufmerksame Art und Weise, wie sie die Zeitung durchblätterten, Lügen gestraft wurde.

Ehe sie in den Wagen stiegen, hielt Granviille inne und blickte nervös die Straße hinauf und hinunter, als hielte er nach irgend etwas Bestimmtem Ausschau. Für einen kurzen Augenblick glaubte der Korrektor, daß Granville den Suburban fixierte, doch dann verwarf er diesen Gedanken. Und selbst wenn es zuträfe, wäre auch das nicht weiter von Bedeutung. Die Uhr im Armaturenbrett des Suburban zeigte 12:38 Uhr. Carl Granville und Amanda Mays wären vielleicht fähig, dem Korrektor zu entkommen – aber nur für weitere neununddreißig Minuten.

Die beiden stiegen in den Wagen. Granville nahm hinter dem Lenkrad Platz. Er schob den Schlüssel ins Zündschloß des Subaru und startete. Der Motor reagierte nicht beim ersten Versuch. Auch nicht beim zweiten. Für einen kurzen Moment hatte der Korrektor das Gefühl, als bliebe sein Herz stehen. Doch beim dritten Versuch sprang der Wagen an. Sie setzten rückwärts auf die Straße und fuhren los. Die Bombe klebte sicher am Benzintank. Sie hing nicht herab, war nicht zu sehen.

Der Korrektor wartete ein wenig, bis er den Suburban startete. Er hatte keine Eile. Er brauchte ihnen nicht dichtauf zu folgen. Der Korrektor kannte ihr Ziel. Und er wußte, daß sie es niemals erreichen würden.

Der Korrektor warf einen Blick aufs Armaturenbrett.

Es war 12:43 Uhr.

Als Carl auf die Uhr sah, war es 12:57 Uhr.

Das Schild am Straßenrand verkündete, daß sie noch zwanzig Meilen von Oxford entfernt waren. Wenn sie mit der gleichen Geschwindigkeit weiterfuhren, würden sie die Heimatstadt von William Faulkner und Ole Miss gegen halb zwei erreichen. Von dort war es ungefähr noch eine Stunde bis Clarksdale, der Stadt, in der Elvis Presley im Januar 1955 in der Stadthalle aufgetreten war. Mit ein wenig Glück würden sie dort die Antwort auf viele ihrer Fragen finden.

Carl schaute kurz zur Seite. Amanda hatte die ganze Zeit geschwiegen, seit sie die kurze Meldung über den Mord an den LaRues gelesen hatte. Er konnte regelrecht sehen, wie ihr Gehirn auf Hochtouren arbeitete und versuchte, in alles einen Sinn hinein zu bekommen. Er versuchte selbst, die Ereignisse in eine richtige Reihenfolge zu bringen. Punkt eins: Wer immer ihr Verfolger war, es mußte jemand sein, der jeden ihrer Schritte genau kannte. Zwei: Es war jemand, der keine Hemmungen hatte, unschuldige Menschen zu töten. Drei: Wer war dieser Jäger? Weshalb verfolgte er sie? Noch wichtiger war jedoch, warum ließ er sie am Leben? Erfüllten sie irgendeinen furchtbaren Zweck?

»Ich kriege die Dinge nicht zusammen«, sagte Amanda schließlich. »Man hat dich für die anderen Morde verantwortlich gemacht, aber in der Meldung über die LaRues wurdest du nicht erwähnt. Kein noch so vager Hinweis darauf, daß du darin verwickelt sein könntest. Dabei wären wir die geeigneten Sündenböcke. Ich meine, unsere Fingerabdrücke müssen überall in der Wohnung sein. Außerdem befinden wir uns immer noch in der Gegend ...«

»Vielleicht war nicht genug Zeit.«

»Vielleicht. Aber alles andere ist umgehend an die Öffentlichkeit gedrungen. Irgendwie paßt das alles nicht zusammen.«

»Über Harrys Ermordung hat es auch noch keine Meldung gegeben«, bemerkte Carl. »Jemand möchte offenbar auch diese Tat geheimhalten.«

Amanda schwieg nachdenklich.

»Aber da ist noch etwas«, fuhr Carl fort. »Seit wir das Restaurant verlassen haben, habe ich keinen Wagen hinter uns gesehen. Wir hätten zwei- oder dreimal von dieser Straße abbiegen können, und niemand hätte etwas bemerkt. Was bedeutet, daß uns im Augenblick niemand folgt. Aber warum verfolgen sie uns bis zu den LaRues und von da an nicht mehr?«

»Vielleicht müssen sie uns gar nicht mehr folgen«, erwiderte Amanda. »Vielleicht wissen sie, wohin wir wollen.«

»Amanda, wir wissen selbst nicht, wohin wir unterwegs sind.«

»Sie wissen, wonach wir suchen«, sagte sie und klang zunehmend aufgeregter. »Das muß es sein. Und wenn sie wissen, was es ist, dann müssen sie auch wissen, wo es ist.«

»Okay, aber weshalb mußten die LaRues sterben?«

»Weil sie wußten, wohin wir wollten. Begreifst du, was das bedeutet? Wir kommen der Sache näher.«

»Na schön, wenn wir der Auflösung so nahe sind, warum töten sie dann uns nicht?«

Amanda schwieg einen Moment lang. Dann schüttelte sie den Kopf. »Ein weiteres Warum auf unserer Liste.«

»Es gibt noch eine wichtige Frage.« Etwas auf dem Armaturenbrett hatte Carls Aufmerksamkeit erregt und machte ihn nervös. »Was hat dieses Licht zu bedeuten?«

Amanda ließ den Blick über das Armaturenbrett gleiten. Ein rotes Lämpchen blinkte heftig auf. »Das kannst du vergessen – es ist nur der Öldruck.«

»Nur der Öldruck? Ein rotes Licht bedeutet ›fahr rechts ran und bleib sofort stehen.‹«

»Es ist nichts Besonderes, Carl. Laß uns weiterfahren.«

Er schüttelte den Kopf. »Amanda, du darfst einen Wagen nicht weiterfahren, wenn das Warnlämpchen für den Öldruck blinkt.«

»Ich brauche keinen von deinen Macho-Vorträgen, klar? Das Licht blinkt ständig. Es bedeutet nur, daß der Motor einen Viertelliter Öl braucht.«

»Es könnte auch bedeuten, daß der Motor überhaupt kein Öl mehr hat.«

»Es ist mein Auto, um Himmels willen«, sagte sie mürrisch. »Wir müssen irgendwann einen Viertelliter Öl nachfüllen, mehr nicht.«

Er starrte sie fassungslos an. »Das ist alles?«

»Was regst du dich so auf?«

»Wir sind über tauend Meilen non-stop durch die brütende Hitze gerast. Wir hätten jedesmal, wenn wir getankt haben, nachschauen müssen.«

»Wir hatten andere Dinge im Kopf.«

»Ich fahre rechts ran«, erklärte er mit Nachdruck. »Wir sollten wenigstens das Öl kontrollieren.«

»Carl, du übertreibst. Wir kommen sicher bald zu einer Tankstelle, und dort stoppen wir und füllen ein wenig Öl nach. Wir können es uns jetzt nicht leisten, anzuhalten und ...«

»Amanda, wenn der Motor heiß läuft und sich der Kolben festfrißt, müssen wir den restlichen Weg nach Clarksdale trampen. Was nun wirklich eine ganz schlechte Lösung wäre.«

Sie verdrehte resignierend die Augen. »Na schön. Tu, was du für richtig hältst.«

Carl lenkte den Subaru auf den unbefestigten Seitenstreifen des Highway und bremste vorsichtig ab. Doch in diesem Moment begann der Motor ausgesprochen seltsam zu klingen – etwa so wie eine Waschmaschine mit einer Handvoll Steine in der Trommel. Carl schaltete den Motor aus, aber das Klappern und Scheppern unter der Motorhaube verstummte nicht sofort. Der Motor klopfte und rumpelte noch eine ganze Weile; es war, als würde der alte Subaru müde husten, bevor er dann seinen Geist aufgab.

Sie saßen in angespanntem Schweigen da, bis Amanda die Geduld verlor. »Sag am besten gar nichts. Nicht ein einziges Wort.«

Carl schwieg, entriegelte die Motorhaube und stieg aus. Dabei warf er einen geistesabwesenden Blick auf seine Uhr.

Es war 13:12 Uhr.

Sie waren mitten im Niemandsland. Links von der zweispurigen Straße erstreckten sich Wälder und Farmland. Auf der rechten Seite lag der weitläufige Sardis Lake, auf dessen Wasserfläche das Sonnenlicht sich funkelnd brach. Er klappte die Motorhaube auf, die ein wenig Schatten vor der Mittagssonne spendete. Dafür strahlte der Motor eine mörderische Hitze ab. Carl fand den Ölmeßstab und zog ihn heraus. Knochentrocken. Er schob ihn wieder zurück und zog ihn erneut heraus. Im Motor des Subaru war kein Tropfen Öl mehr.

Amanda trat neben ihn und blickte argwöhnisch auf den Motor. »Was denkst du?«

»Ich denke, daß wir buchstäblich ganz schön dumm dastehen.«

»Was ist, wenn wir Öl nachfüllen?«

»Sobald der Motor sich festgefressen hat, ist es zu spät«, erwiderte er. »Aber ich bin kein Automechaniker.« Er schaute auf dem Highway zurück, wo sie hergekommen waren. »In diese Richtung kommt bis Abbeville nichts.« Dann deutete er mit einem Kopfnicken in Richtung Oxford. »Laß uns in diese Richtung laufen und nachsehen, ob wir eine Tankstelle finden. Und dann überlegen wir weiter.« Er lächelte sie müde an. »Okay?«

Sie erwiderte sein Lächeln genauso müde.

Es war 13:15 Uhr.

Sie holten ihre wenigen Habseligkeiten vom Rücksitz des Wagens und wollten ihn abschließen. Dann hielt Amanda inne und machten den Vorschlag: »Vielleicht sollte ich beim Wagen bleiben und hier warten.«

»Und wenn jemand anhält, um uns zu helfen?«

»Dann haben wir Hilfe.«

»Und wenn es ein Polizist ist?«

Damit war das Thema beendet. »Gehen wir los«, erklärte Amanda.

Sie hatten sich etwa zwanzig Meter vom Wagen entfernt, als sie sich umdrehte, um etwas zu ihm zu sagen. »Carl ...« hörte er, und dann sah er, wie ihre Lippen sich bewegten und kein Laut aus ihrem Mund kam. Das war der Moment, als die Druckwelle über sie hinwegraste.

Es war ohrenbetäubend. Carl warf sich auf Amanda, während der Subaru sich in einem Sekundenbruchteil in einen explodierenden Feuerball verwandelte. Metallteile schwirrten durch die Luft, landeten in den Bäumen und auf den Feldern neben dem Highway und tanzten und rutschten über die Straße, als ritten sie auf einer Monsterwelle.

Die Luft vor Carl war ein einziges Gewoge aus Benzindämpfen, die alles andere ringsum verzerrten. Er blickte hoch und sah etwas, das er für die Sonne hielt, ein heller, lodernder Ball, doch als das Gebilde auf sie zu raste, packte er Amanda und rollte sich mit ihr in den Straßengraben. Das Metallteil landete krachend direkt vor ihnen und grub sich einen guten halben Meter tief ins Erdreich. Das trockene Gebüsch neben der Straße fing sofort Feuer.

Carl schüttelte Amanda, doch sie rührte sich nicht. Er schrie auf sie ein, sie solle aufwachen, aber er konnte seine eigene Stimme nicht hören. In seinen Ohren war ein furchtbar schrilles Dröhnen. Dann sah er, wie ein vorbeifahrender Wagen dem brennenden Wrack auswich und am Straßenrand anhielt. Amanda rührte sich endlich. Sie sagte etwas, das er jedoch wegen des Dröhnens in seinen Ohren nicht verstehen konnte. Er deutete auf den Wald, und sie nickte matt.

Mühsam kamen sie auf die Beine und liefen auf den Wald zu, fort von den herannahenden Polizeisirenen und den Autos, die auf der Straße hielten. Als ihre Kehlen wie ausgedörrt waren und ihre Beine den Dienst versagten, ließen sie sich auf den trockenen, lehmverkrusteten Boden sinken.

Carl blickte in Amandas Gesicht, das vollkommen verschmutzt und von der Hitze des Feuers gerötet war. Er schluckte krampfhaft und bemerkte plötzlich, daß er wieder hören konnte.

»Carl«, keuchte Amanda, »passiert das immer, wenn ein Motor einen Kolbenfresser hat?«

»Das nächste Mal hörst du vielleicht auf mich, wenn ich feststelle, daß wir Öl brauchen.«

Amanda nickte und atmete tief die frische Luft ein. »Ich habe mein Auto wirklich geliebt. Diese verdammten Kerle.«

Dann plagten sie sich wieder auf die Beine. Sie drangen noch tiefer in den Wald ein und gelangten an ein Baumwollfeld.

Es gab drei Dinge im Leben, die der Korrektor verabscheute – Salatsauce in Flaschen, die Filme von Meg Ryan und Versagen.

Der Korrektor konnte Versagen nicht tolerieren. Versagen war eine unzulässige Option in einem Gewerbe, in dem das Überraschungsmoment von grundlegender Bedeutung war, in dem zweite Chancen sich nur sehr selten ergaben und in dem Todfeinde notfalls eine Ewigkeit darauf warteten, einem die Hände um den Hals zu legen und zuzudrücken.

Zuerst schien alles nach Plan zu verlaufen. Er war den Zielpersonen mit mäßigem Tempo auf der Route 6 gefolgt. Es bestand keine Notwendigkeit, sich auf weniger als eine Meile dem alten Subaru zu nähern. Er brauchte nur die Uhr im

Armaturenbrett im Augen zu behalten. Der Korrektor zählte schon die Minuten bis zur Explosion, als plötzlich der zerbeulte Subaru vor ihm auftauchte. Er stand auf dem Seitenstreifen. Der Korrektor konnte nicht anhalten. Er mußte vorbeifahren. Als er eine halbe Meile zurückgelegt hatte, trat der Korrektor auf die Bremse und holte ein starkes Fernglas aus dem Handschuhfach. Dann beobachtete er, wie die beiden Zielpersonen unter der Motorhaube nachschauten. Er sah, wie sie anfingen, ihre Sachen aus dem Wagen zu holen ... stehenblieben ... dann weitermachten ... innehielten ... während die Uhr tickte ... tickte ... Der Korrektor verfolgte, wie diese verdammten Idioten unversehrt davongingen.

Als die Explosion erfolgte, wendete der Korrektor mit dem Suburban und raste zurück zu den Zielpersonen.

Dort waren sie und rannten vom Unglücksort weg. Unverletzt.

Ein solcher Fehlschlag machte den Korrektor regelrecht krank. Nur eine Sache war schlimmer – einen solchen Fehlschlag einem Klienten gegenüber einzugestehen.

»Ich nehme an, Sie haben gute Neuigkeiten für mich«, erklang Lord Lindsay Augmons Stimme am anderen Ende der Leitung.

»Leider nein.« Der Korrektor konnte bei dem Lärm heranrasender Feuerwehrwagen, Streifenwagen und Krankenwagen kaum etwas verstehen. »Es gab ...«

»Es gab was?« Die Stimme war eiskalt. Sogar der Korrektor war erschrocken und beunruhigt durch den unversöhnlichen Tonfall.

»Es gab eine unvorhergesehene Entwicklung.«

»Wo sind die beiden?« fragte Augmon nach einem Moment des Schweigens.

»Sie sind zu Fuß unterwegs. Bis zum Morgen sind sie tot. Darauf haben Sie mein Wort.«

»Mir gefällt, wie professionell Sie sind, mein junger Freund. Aber trotzdem muß ich Ihnen diesen Auftrag entziehen.«

Die Brust des Korrektors wurde wie mit einem Stahlreif zusammen gepreßt. Der Schmerz setzte sich als Krampf in seinem Magen fort, elektrische Schläge pulsierten in seinen Schläfen.

Der Korrektor wurde nie von einem Fall abgezogen. Niemals. Das war erniedrigend. Und unerträglich.

»Dabei fühle ich mich überhaupt nicht wohl«, sagte der Korrektor und hoffte, daß seine Worte ruhig und gelassen herauskamen und nichts von seiner Qual verrieten.

»Ich bezahle Sie nicht dafür, daß Sie sich wohl fühlen. Ich bezahle Sie dafür, daß Sie tun, was ich Ihnen befehle.«

»Ich bin hier noch nicht fertig«, erklärte der Korrektor beharrlich. »Ich beende gerne, was ich anfange.«

»Davon bin ich überzeugt«, entgegnete Augmon. »Trotzdem beordere ich Sie an einen anderen Ort. Etwas Dringendes hat sich ergeben. Etwas, das die Raffinesse und das Können erfordert« – und hier begann Augmons Stimme vor Sarkasmus zu triefen –, »das Sie eigentlich in Ihren jetzigen Job hätten mit einbringen sollen.«

Ein weißer Blitz zuckte durch den Kopf des Korrektors. »Ich kann nicht abgezogen werden. Ich werde nicht versagen. Geben Sie mir hier nur noch zwölf Stunden ...«

»Nicht möglich«, sagte Augmon schroff. »Mein Flieger landet in einer Stunde und zwanzig Minuten auf dem Flughafen in Oxford. Payton ist in der Maschine.« Payton. Allein der Gedanke, daß dieser ungepflegte Typ seinen Job erledigte, erfüllte den Korrektor mit soviel Wut und Ekel, daß es ihm beinahe völlig die Sprache verschlug. »Er steigt aus, Sie steigen ein. Ihre Instruktionen finden Sie an Bord. Verstanden?«

Mit heftig klopfendem Herzen umklammerte der Korrektor den Hörer fester und schwieg.

»Verstanden?« wiederholte der Lord mit stahlharter Stimme.

»Verstanden.« Der Korrektor stieß das Wort hervor, als ob es ihm weh tat.

»So ist es richtig«, stellte Augmon freundlicher fest. »Es ist absolut nicht nötig, persönliche Gefühle einfließen zu lassen. Wir alle sind Player in einem Team. Ihr Teil des Jobs ist erledigt, das ist alles. Jetzt kommt nur noch ein Aufwischen, nicht mehr. Und wenn es etwas gibt, was Payton zu erledigen weiß, dann einen Aufnehmer in die Hand zu nehmen.«

Als die Leitung abbrach, dauerte es einige lange Minuten, ehe seine Wut sich legte. Der Korrektor mußte auf der

Straßenseite stehenbleiben und langsam ein- und ausatmen. Er stellte sich etwas Angenehmes vor, etwas Gutes und Beruhigendes: Toby, die kleine streunende Katze, die an einem Weihnachtsmorgen auf ihren Hof gekommen war, als der Korrektor sieben war ... Cabo, wie sie im letzten Winter auf diesem Floß auf dem warmen, klaren, blauen Wasser lag, die Sonne heiß auf ihren gebräunten, harten Schultern, schwimmend, dahintreibend ...

Der Schmerz ließ allmählich nach. Ein wenig ruhiger geworden, startete der Korrektor den Suburban, wendete und fädelte sich in die Autoschlange ein, die an dem explodierten Wagen vorüberschlich. Ein Polizist regelte den Verkehr.

Der Flugplatz von Oxford war nicht viel mehr als ein kleiner Ziegelbau am Rand der Stadt, der als Terminal diente. Der Korrektor parkte den Suburban auf dem Parkplatz, stieg aus und ließ alles im Wagen bis auf die SIG-Sauer und die Dick Dale-Kassette. Er konnte es nicht ertragen, diesem Schmierlappen Payton das Dick Dale-Band dazulassen.

Die Büros und Hangars für den privaten Flugverkehr befanden sich auf der anderen Seite des Parkplatzes gegenüber dem öffentlichen Flughafengebäude. Es gab keinen Eincheck-Schalter oder Metalldetektor. Der Challenger-Jet sollte in siebenunddreißig Minuten landen. Der Korrektor entschied sich, ihn draußen auf dem Vorfeld in der glühenden Mittagssonne zu erwarten, als wollte er sich für irgend etwas eine Buße auferlegen.

Die Maschine landete fünf Minuten früher als geplant. Die Tür öffnete sich, und Payton stieg aus. Mit einer massigen Hand schirmte er die Augen vor der Sonne ab. Er trug trotz der Hitze einen billigen, mit Fettflecken übersäten Regenmantel, um seinen Freund, den er immer bei sich hatte, besser zu verstecken – eine Mossberg Kaliber 12 Schrotflinte mit Pistolengriff. Die Mossberg ließ sich sehr gut am Bein verbergen, konnte jedoch wie eine Pistole blitzschnell in Anschlag gebracht werden, weshalb sie bei Jugendbanden und Straßenräubern besonders beliebt war. Wenn man ihn um seine persönliche Meinung fragte, hatte der Korrektor nichts für die Waffe übrig. Der Korrektor bevorzugte die schnelle, punktgenaue Exekution, nicht den lauten, aufsehenerregenden Auftritt.

Spöttisch grinsend watschelte Payton über das Vorfeld auf den Korrektor zu, der ihm die Schlüssel des Suburban ohne Kommentar reichte und dafür mit einer unfreundlichen Grimasse belohnt wurde. Das war zu erwarten gewesen. Payton verabscheute die Jugend des Korrektors und sein gutes Aussehen. Vor allem störte es ihn, daß der Korrektor niemals Streife gegangen war.

»Hast sie dir durch die Lappen gehen lassen, was, Kleiner?« erklärte er über den Lärm der Jetdüsen hinweg. Der Mann roch wie ein Stück Vieh. Und sein Atem stank. »Das wird jetzt nicht mehr passieren, nicht wahr? Wo ich den Job übernommen habe. Wenn der Mann will, daß alles richtig gemacht wird, schickt er einen Profi. Du weißt schon, was ich meine.«

Der Korrektor sagte nichts. Er stellte sich vor, wie er Payton eine Klaviersaite ins Auge bohrte.

»Sei deswegen nicht traurig«, fügte Payton spöttisch hinzu. »Es macht mir Spaß, deinen Mist in Ordnung zu bringen.« Dann zerrte er seine Hose zurecht und entfernte sich über das Vorfeld in Richtung Parkplatz.

Der Korrektor schaute ihm nach und fragte sich, weshalb Augmon sich überhaupt mit Payton abgab. Als Straßencop war er ein totaler Versager. Außerdem war er ein Rassist. Und ganz bestimmt ein Alkoholiker. Warum blieb er auf der Lohnliste?

Der Korrektor verdrängte das Bild von Payton, wie er über die Rollbahn schlurfte, und ging an Bord. Er wurde von einer Flugbegleiterin empfangen, einer hübschen jungen schwarzen Frau, die gerade im Begriff war, die Kabine aufzuräumen. Sie schien froh zu sein, daß Payton ausgestiegen war.

»Kann ich Ihnen irgend etwas bringen?« fragte sie und lächelte freundlich.

Der Korrektor stellte sich vor, wie nett es wäre, ihr in die Arme zu sinken, sie auszuziehen und diese schwarze Frau in Ekstase stöhnen und schreien zu lassen. Aber dazu war jetzt keine Zeit. Der Korrektor setzte sich auf einen Platz und sagte: »Einen tragbaren Kassettenspieler und ein Paar Kopfhörer, bitte. Und ein Glas Mineralwasser.«

Die Tür wurde wieder geschlossen. Die Challenger rollte zurück auf Startposition.

Die Flugbegleiterin erschien Sekunden später mit einem Walkman und einem hohen Glas Perrier. Außerdem mit einem Manilaumschlag, der die Einzelheiten seines neuen Auftrags enthielt. Der Korrektor legte die Dick Dale-Kassette ein und trank einen Schluck kaltes, sprudelndes Wasser. Dann öffnete er den Umschlag und begann zu lesen.

27. Kapitel

Carl und Amanda erreichten Clarksdale, Mississippi, am frühen Abend.

Sie konnten ihrer langen Verbrechensliste einen neuen Tatbestand hinzufügen: Autodiebstahl.

Nachdem der Subaru explodiert war, hatten sie ihren Weg, benommen, aber zielstrebig zu Fuß fortgesetzt. Die Landschaft im Delta bestand aus fruchtbarem Ackerland, das nur gelegentlich von unbefestigten Straßen, vereinzelten Gruppen alter Bäume und einigen sumpfigen Bayous unterbrochen wurde. Sie bemühten sich nach Süden zu gehen und kamen schließlich an einem kleinen Wäldchen vorbei. Mitten in dem Wäldchen, auf einer kleinen Lichtung, stand ein klappriger alter Lastwagen, der offenbar dazu benutzt wurde, die Nüsse aufzusammeln und wegzubringen. Die Ladefläche, bis an den Rand mit Nüssen gefüllt, war zerbeult und verrostet. Der Wagen hatte jedoch einen entscheidenden Pluspunkt: Der Schlüssel steckte im Zündschloß.

»Carl«, sagte Amanda, »diese alte Kiste gehört sicher einem armen Farmer, der sich wahrscheinlich nicht einmal eine Versicherung leisten kann.«

»Amanda«, entgegnete er, »darüber können wir uns jetzt wirklich nicht den Kopf zerbrechen.«

Sie seufzte, nickte nicht ganz überzeugt, nahm jedoch auf dem staubigen Beifahrersitz Platz. Die Schaltung ging ziemlich schwer, die Stoßdämpfer waren völlig hinüber, aber der

Motor sprang sofort an. Es dauerte nicht lange, da befanden sie sich auf einer richtigen Straße und rollten nach Clarksdale.

Obgleich sie nicht darüber sprachen, hofften sie beide in Clarksdale wichtige Hinweise zu finden. Die LaRues waren wegen dem, was sie ihnen erzählt hatten, getötet worden. Und ein Punkt war, daß sie sich nach Clarksdale begeben sollten. Nichts konnte dieses arme, seltsame Ehepaar wieder zum Leben erwecken. Aber wenn sich herausstellen sollte, daß Clarksdale die geheimnisvolle Stadt Simms war, wäre ihr Tod nicht umsonst gewesen.

Der Sunflower River durchschnitt das Geschäftsviertel der Stadt und unterteilte es klar und unmißverständlich in reich und arm, weiß und schwarz. Sie überquerten den träge dahinströmenden Fluß, um sich zuerst die wohlhabenderen Bezirke anzusehen. Es gab hier keine richtige Hauptstraße. Der Highway 49 führte um die Innenstadt herum. Hier befanden sich eine Reihe von Geschäften und Fastfood-Restaurants. Das Gericht der Stadt war ein schlichtes, nicht sonderlich eindrucksvolles Gebäude. Es hätte ebensogut eine Schule, eine Fabrik oder ein Gefängnis sein können. Die Wohnbezirke waren adrett, still und langweilig. Die Gärten waren mit Azaleen, Magnolien und diversen Laubbäumen bepflanzt. Keines der Häuser verdiente die Bezeichnung prächtig oder vornehm.

Nachdem sie den Sunflower River erneut überquert hatten, schauten sie sich in dem anderen Teil von Clarksdale um. Sie kamen an einer Reihe Baracken und am Riverside Hotel vorbei – dem Krankenhaus, in dem Bessie Smith nach einem Verkehrsunfall gestorben war, weil man sich geweigert hatte, sie zu behandeln. Die Läden waren schmutzig und befanden sich in zwei- bis vierstöckigen Klinkerbauten. Sie warfen einen Blick in mehrere Blues-Bars und Schnellrestaurant. Die Bars waren dunkel und schäbig; einige verfügten über kleine Bühnen, im Grunde nicht mehr als erhöhte Plattformen, und altmodische Bandstands. Allen gemeinsam war ein Geruch von schalem Bier, Zigarettenrauch und die Hoffnung auf bessere Zeiten.

»Ich glaube, wir machen uns etwas vor«, erklärte Carl schließlich.

»Was meinst du?«

»Ich meine, daß wir etwas Unmögliches versuchen.«

»Oh«, erwiderte Amanda sarkastisch. »Ich habe gar nicht gewußt, daß wir jemals etwas anderes getan haben.«

Trotzdem war ihnen klar, daß sie weitermachen mußten. Als es zu dämmern begann, machten sie sich mit ihrem klapprigen, gestohlenen Kleinlaster auf den Weg zu den nächsten Städten auf ihrem Weg durch das Flußdelta. Hill House schien nur wegen eines Restaurants und eines Jagd- und Angelcamps zu existieren. Rena Lara war eine winzige Gemeinde mit einem Gemischtwarenladen, einer Kirche und fünfzehn bis zwanzig Häusern. Und in Farrell gab es das einzige Postamt, das sie während ihrer Irrfahrt gesehen hatten.

Die letzte Stadt, die sie sich an diesem Tag noch ansehen wollten, hieß Warren. Warren, Mississippi, schien von den verschlungenen, verrosteten Eisenbahnschienen in der Mitte durchgeschnitten zu werden. Im schwarzen Teil der Stadt waren die Häuser klein, grau und von billigster Bauart. Die Straßen waren nicht vollständig asphaltiert. Es herrschte eine fast körperlich spürbare Stimmung von Hoffnungslosigkeit und Niederlage.

Die weiße Hälfte der Stadt glich mit ihrer Ordnung und Sauberkeit einem Mini-Disneyland. Die Rasenflächen waren alle auf die gleiche Länge gestutzt. Und die Häuser waren allesamt frisch gestrichen und leuchtend weiß. Im Grunde war es eine Stadt wic alle anderen. Unweit des Flusses hatte eine alte, längst stillgelegte Fabrik einmal Autoreifen hergestellt. Carl betrachtete die düstere Fabrik voller Interesse. Sie entsprach der Fabrik in Simms.

Sie stiegen aus dem Pick-up, klopften an die Tür des Rathauses, doch niemand öffnete ihnen. Carl glaubte, hinter der Tür ein Rascheln zu hören, daher klopfte er ein zweites Mal. Das Rascheln brach augenblicklich ab. Als sie durch die Stadt spazierten, senkten sie den Blick, sobald sie jemandem begegneten. Etwa eine halbe Stunde lang wanderten sie umher und hofften auf einen göttlichen Fingerzeig, irgendeine wundertätige Antwort – aber nichts von beidem fanden sie in Warren, Mississippi.

Sie kehrten zu ihrem alten Lastwagen zurück. Carl fuhr

fünf, vielleicht auch zehn Minuten damit herum. Dann fiel ihm etwas ins Auge, ein verlassenes und mit Unkraut überwuchertes Feld, und ohne zu wissen weshalb, bremste er. Aus dem Augenwinkel sah er, wie Amanda sich zu ihm umwandte und ihn mit einem seltsamen Blick musterte. Carl hielt an, er lenkte den Wagen nicht an den Straßenrand, sondern blieb einfach stehen und starrte hinaus.

Und begann sich zu erinnern.

Es hatte ihn beschäftigt, seit sie Corinth verlassen hatten. Die Schilder. Die Spielkasinos. Die Aufforderungen für die Footballwetten. Football ...

»Carl?«

Er hörte sie kaum. Er konnte nicht darauf reagieren. Nicht, wenn es anfing, ihm wieder einzufallen.

»Komm schon, Carl, was ist los?«

Er gab keine Antwort. Er schloß die Augen, blendete das Bild zu seiner Linken aus, blendete auch alles andere aus bis auf das, was er irgendwo in den Windungen seines Gehirns suchen mußte.

»Carl?« fragte Amanda erneut.

Er öffnete die Tür und sprang hinaus auf die Straße. Indem er die Tür offenließ, überquerte er die Straße, ging erst langsam, dann schneller und schneller, und dann rannte er plötzlich. Die Hitze war vergessen; seine Erschöpfung war bedeutungslos. Er rannte die zweihundert Meter bis zu den windschiefen Tribünen am Rand der Fläche, die früher einmal das Footballfeld einer High-school gewesen war. Und dann sprintete er über das Spielfeld bis zu dem Torpfosten auf der linken Seite. Als Carl den Pfosten endlich erreicht hatte, hätte er ihn am liebsten geküßt.

Dann konnte er auch Amanda wieder hören. Sie hatte den Truck verlassen und rannte hinter ihm her.

»Carl, erzähl mir endlich, was los ist. Bitte!«

Er holte tief Luft, ging ganz dicht an den Torpfosten heran und betrachtete eingehend das untere Ende. Ja, da war es. Tief eingeschnitzt.

Ein Herz. Und in diesem Herzen waren die alten Symbole einer Teenagerliebe zu lesen: JD+SE=LIEBE.

Ja, er erinnerte sich. Bilder trieben vorbei. Er konnte die Tagebuchseiten sehen, die er sich eingeprägt hatte. Die fast unleserliche Schrift der Frau.

Er konnte Danny rennen sehen …

»Carl!« Amanda wurde allmählich ungeduldig. Aber als er sich zu ihr umdrehte, weiteten sich ihre Augen. Sie hatte diesen Ausdruck in seinem Gesicht seit langer Zeit nicht mehr gesehen.

»Wir haben es gefunden«, sagte er. Es kam ganz ruhig über seine Lippen. Beinahe emotionslos. Aber dann legte er den Kopf in den Nacken und lachte und brüllte es aus voller Lunge hinaus. »Wir haben es gefunden!« schrie er.

Amanda schaute ihn noch immer skeptisch an. »Woher weißt du das? Wonach hast du gesucht?«

Er lachte und deutete auf das eingeschnitzte Herz.

»Amanda, das hier stand im Tagebuch. Ein Footballfeld! Rayette schrieb darüber, wie Danny hin und her gerannt ist, von Torpfosten zu Torpfosten. Er war wie besessen von diesem verdammten Herzen da unten im Holz. Dem Herzen genau vor unserer Nase!«

»Bist du sicher? Ich meine –«

Er packte ihre Schultern und schüttelte sie ausgelassen.

»Wir haben es gefunden! Es war eine beiläufige Bemerkung, nur ein Absatz im Tagebuch über das Footballfeld und das geschnitzte Herz im Torpfosten. Der Junge erzählte seiner Mutter davon – es war irgendein romantisches Symbol für ihn. Mein Gott, ich hatte es völlig vergessen. Danny ist hier herumgerannt! Hin und her, von Torpfosten zu Torpfosten.«

Er stieß die Fäuste in die Luft und brüllte erneut, diesmal keine Worte. Es war ein Triumphgeschrei. Und dann sank er auf die Knie und atmete tief ein. Es war der erste richtige Atemzug, den er seit einer halben Ewigkeit machte. Amanda sank ebenfalls auf die Knie. Sie lächelte. Es war ein wunderbares Lächeln. Und in diesem Moment küßte er sie. Er umarmte sie einfach und küßte sie. Innig und leidenschaftlich. Er dachte nicht darüber nach, sondern tat nur, was er in diesem Moment als richtig empfand. Und sie erwiderte seinen Kuß. Sie rollten plötzlich ins braune und ausgedörrte Gras, hielten einander umschlungen, verschwitzt und staubig, und küßten einander und lachten wieder.

»Wir haben es gefunden.« Carl lächelte sie an, zeigte sein typisches, unverfrorenes Granville-Grinsen. Für einen kurzen Moment kam es ihnen beiden so vor, als wären sie in die Vergangenheit zurückgesprungen, als hätten sie sich niemals getrennt, als hätte es die schrecklichen Ereignisse dieser vergangenen Woche niemals gegeben.

Amanda streckte einen Arm aus, um ihn zu berühren, um mit der Hand seine erhitzte, gerötete Wange zu streicheln. »Komm jetzt«, drängte sie ihn. »Laß uns gehen.«

»Wohin?«

Sie erwiderte sein Grinsen und hauchte ihm einen Kuß auf die Lippen. »Du hast deinen Job erledigt«, sagte sie. »Jetzt ist es Zeit für dich, deine Belohnung zu kassieren.«

28. Kapitel

Er berührte sacht ihre Wange, strich mit der Handfläche über ihren Hals und berührte dabei kaum ihre Haut. Ihr Hals war glatt, fast faltenlos. Fest und elegant und aristokratisch. Ihre Schultern waren seidenglatt und weiß, als ob niemals ein Sonnenstrahl sie berührt hätte. Mit beiden Händen strich er über ihre nackten Arme. So schlank, fast dünn, sie auch war, so waren ihre Arme weich, fast ein wenig zu schwer, zu fleischig. Er wußte, daß sie ihre Arme nicht mochte, dennoch wich sie nicht vor seiner Berührung zurück. Statt dessen kam sie ihm näher, verlagerte ihr Gewicht und die Stellung ihrer Beine auf dem Bett, näherte sich seinem Mund und ließ zu, daß ihre Brüste seinen Oberkörper streichelten.

Alles war verloren. Zerstört. Zum erstenmal in seinem Leben fühlte er sich vollkommen und total alleine. Verlassen. Und es war diese Einsamkeit, die ihn auffraß, die ihn lähmte, die in seinen Eingeweiden wütete und ihm Qualen bescherte, von denen er nicht einmal geahnt hatte, daß sie existierten.

Er hatte viele Ängste und fast genauso viele Zweifel. Er war nicht dumm. Und er lebte auch nicht in einem Kokon. Da waren Dinge, die er wußte, Dinge, die er sich nur mühsam zusammenreimen konnte.

Die Heftigkeit ihres Liebesspiels riß ihn aus seinen Grübeleien. Sie hatten sich in all den Jahren so oft geliebt, daß es keine Überraschungen mehr gab. Dennoch hatte ihre Gier sie diesmal ein wenig außer Atem geraten lassen. Vielleicht auch nur, weil sie beide spürten, daß es das letzte Mal sein würde.

»Kannst du schlafen?« flüsterte sie, als es vorüber war.

»Ich glaube schon«, antwortete er.

»Soll ich dich in den Arm nehmen?«

»Wenn du das möchtest.«

»Ich möchte es«, sagte sie. »Ich halte dich fest, und du schläfst, und für heute nacht existiert die übrige Welt nicht mehr.«

Sie dirigierte seinen Körper, so daß er auf der Seite lag, dann rutschte sie über das Laken, schmiegte sich an seinen Rücken und seine Beine und schlang die Arme um seinen Oberkörper. Er schwitzte, obgleich es im Zimmer eisigkalt war.

»Was immer du tun willst«, sagte sie, »was immer du tun mußt, du weißt, daß ich damit einverstanden bin.«

Er nickte. Aber ihre Worte klangen gedämpft, denn er war fast eingeschlafen. Sie wartete, bis sie sicher sein konnte, daß er nicht mehr wach war, erst dann schloß auch sie die Augen. Sie brauchte ein wenig länger, um einzuschlafen. Aber am Ende wurde sic von ihrer eigenen Erschöpfung übermannt und schlief ein.

Sie verbrachten auf diese Art und Weise die Nacht, Tom und Elizabeth Adamson, der Präsident und die First Lady der Vereinigten Staaten, bis der Morgen graute.

Bis sich, erneut, der Traum einstellte und der Präsident schreiend erwachte.

So war es noch nie gewesen.

Nicht beim ersten Mal, als ihr Verlangen nach einander so intensiv und heftig gewesen war. Nicht beim letzten Mal, als jede Berührung, jede Geste voller Traurigkeit und von dem Bewußtsein erfüllt war, daß alles zu Ende ging.

Diesmal stand keine Barriere mehr zwischen ihnen. Sie

wollten einander, und sie erkannten beide, daß sie einander brauchten.

»Soll ich dich in die Arme nehmen?« fragte Carl, als sie sich ins Motelbett legten.

»Nein«, erwiderte sie. »Ich will, daß du mich liebst.«

Carl erkannte, daß ihr Körper sich verändert hatte. Er war härter, hagerer geworden. Sie hatte trainiert, und als sie sich umdrehte, ihre Hände ausstreckte, um ihn an sich zu ziehen, konnte er die Muskelstränge auf ihren Schultern sehen. Ihr Körper erregte ihn, und er konnte nicht genug davon kriegen, ihn überall zu berühren, überall zu küssen. Er konnte feststellen, daß alles, was er tat, sie erregte, und das erregte ihn noch mehr. Als er schließlich in sie eindrang, kam es ihm so vor, als verschlänge sie ihn ganz und gar. Als würden sie zu einem einzigen Wesen verschmelzen.

Amanda hatte nicht mit dieser überwältigenden Lust gerechnet. Selbst nachdem sie einander geküßt hatten, waren nicht diese elektrisierenden Empfindungen ausgelöst worden, die sie nun verspürte. Carl hatte sich als Liebhaber verändert. Er war weitaus sanfter, empfindsamer, achtete viel mehr auf ihre Wünsche und Vorlieben. Als er begann, sanft ihren Rücken zu massieren, ihren Nacken zu küssen, mit seinen Fingernägeln durch ihre nunmehr kurzen Haare zu fahren, mit seiner Zunge an ihrer Wirbelsäule abwärts zu wandern, fühlte sie sich absolut schwach. Sie wollte kapitulieren, sich ihm unterwerfen. Aber sie wußte, daß diese Unterwerfung auf Gegenseitigkeit beruhte.

Sie liebten sich bis in den frühen Morgen, bis sie erschöpft und ausgepumpt waren. Bis jeder von ihnen wußte, daß nichts mehr da war, was er hätte dem anderen geben können. Als es zu Ende war, sprachen sie nicht. Keinerlei Versprechen wurden geleistet, während sie einander festhielten. Aber Carl und Amanda schworen sich im stillen, jeder für sich, daß er den anderen niemals mehr loslassen würde.

»Wir sollten miteinander reden«, sagte Elizabeth Adamson. Sie lag noch im Bett und beobachtete ihren Mann. Er stand am Fenster und verschmolz teilweise mit den frühmorgendlichen Schatten.

»Das ist nicht nötig«, erwiderte er müde. »Ich weiß, was du willst.«

»Wirklich?«

»Du möchtest, daß ich zurücktrete.«

»Ja«, gab sie zu, »genau das will ich. Ich glaube, es ist der einzige Weg, wie ich dich retten kann.«

»Mich retten?« Seine Lippen verzogen sich zu einem Ausdruck des Missfallens. »Was geschieht mit meiner Präsidentschaft? Soll ich sie an Jerry Bickford weitergeben?«

»Er hat sie verdient. Er ist loyal. Er ist ehrlich.«

»Er ist alt, er ist krank und schwach.«

»Er ist gutherzig.«

»In dieser Stadt ist Gutherzigkeit gleichbedeutend mit Schwäche. Er kann mittlerweile nicht einmal mehr den Posten des Vizepräsidenten ausfüllen. Du hast ihn ja selbst gehört. Er möchte raus aus allem.«

»Er wird es sich anders überlegen.«

»Jerry Bickford hat sich in fünfunddreißig Jahren niemals etwas anders überlegt.«

»Es ist nicht so leicht, diesen Job abzulehnen.«

»Nein. Und es ist sogar noch schwerer, ihn aufzugeben. Mein Gott, Elizabeth, ist dir eigentlich klar, was geschehen würde? Welche Auswirkungen es auf die Partei hätte? Welchen Schaden es verursachen würde ...«

»Tommy, ich will nicht über Politik diskutieren. Ich möchte nur, daß du tust, was am besten ist.«

»Für die Nation?«

»Nein, mein Liebster. Für dich.«

»Es gibt nichts Bestes mehr für mich.« Die Worte klangen bitter.

»Dann für uns.« Als er sie verständnislos ansah, sagte sie leise, fast wie im Selbstgespräch: »Die größte Tragödie ist wahrscheinlich, daß wir vergessen haben, daß es da auch noch ein ›uns‹, ein ›wir‹ gibt.«

»Elizabeth.« Tom Adamsons Stimme klang tief und klar. »Ich bin der Präsident der Vereinigten Staaten. Was ich außerdem noch bin, was wir sind, ist völlig ohne Bedeutung.«

»Nein«, rief sie verzweifelt. »Das ist das einzige, was

von Bedeutung ist. Was wir sind und was wir einander bedeuten …«

»Du redest davon, was wir waren, nicht, was wir sind.«

»Dann laß uns zurückgehen. Laß uns in die Zeit zurückkehren, als wir noch frei atmen konnten!« Sie sah ihn zusammenzucken, als ob ihre Worte eine alte Wunde in ihm aufrissen. Als ob sie ihn an einen Ort zurückholten, zu dem er eigentlich gar nicht mehr zurückkehren konnte. »Wir können in dem Farmhaus in den Ozarks wohnen. Wir können durch die Landschaft reiten und nackt im nächsten Teich schwimmen und brauchen uns keine Sorgen mehr zu machen, daß irgendwelche verdammten Fotografen hinter den Felsen lauern. Du kannst angeln und kannst endlich den Kaminsims schnitzen, den du schon seit zwanzig Jahren schnitzen willst. Du kannst an die Universität gehen und lehren. Oder wenn dir die Arbeit fehlen sollte, kannst du eine Stiftung ins Leben rufen und im Stiftungsrat sitzen. Tom«, flehte sie, »wir können mit unserem Leben wieder ganz von vorne anfangen.«

Er wandte sich um; schemenhaft tauchte sein Gesicht aus dem Schatten auf.

»Wir können niemals zurückkehren«, flüsterte er. »Ich habe es erzählt. Ich habe zu jemandem gesprochen von …« Und dann sagte er das Wort, das er in so vielen Jahren nicht über die Lippen gebracht hatte. »Gideon.«

»Ja«, sagte sie. Das Wort kam schleppend und bitter aus ihrem Mund. »Ja, das hast du. Du hast es dem Priester erzählt.«

»Du weißt darüber Bescheid?« Dann schüttelte er staunend den Kopf. »Natürlich weißt du Bescheid. Du weißt einfach alles.«

»Ich weiß alles über dich, mein Liebling. Ich weiß, wenn du stark bist. Und wenn du leidest. Und …«

»Und wenn ich schwach bin?« Ihre Blicke trafen sich durch das Zimmer, durch die Schatten. »Du weißt wirklich alles über mich. Womit du auch weißt, daß ich nicht zurücktreten kann.«

»Das ist nicht wichtig«, sagte sie. »Was immer du ihm offenbart hast … was immer jemand wissen mag … es ist nicht von Bedeutung.«

»Nichts ist von Bedeutung.«

»Das stimmt nicht, Tom. Wir sind von Bedeutung.« Zum erstenmal seit vielen Jahren glaubte sie, jeden Moment in Tränen auszubrechen. »Mein Gott, und wie wir von Bedeutung sind.«

»Nein«, sagte Tom Adamson. »Jemand weiß über Gideon Bescheid. Daher ist nichts mehr von Bedeutung.«

Im Zimmer war es plötzlich absolut still. Kein Laut drang von draußen durch das Fenster herein. Es war, als wäre die reale Welt in weite Ferne gerückt. »Bitte komm wieder ins Bett«, bat sie.

Tom Adamson nickte müde. Er warf einen letzten Blick aus dem Fenster auf ihren Garten, der im Licht der aufgehenden Sonne zu leuchten begann.

»Ich komme schon«, sagte er.

Doch noch während er das sagte, noch während er an all das dachte, was sie miteinander geteilt hatten, wußte er, daß er nicht sehr lange bleiben konnte und würde.

Sie erwachten eng umschlungen. Amanda schlug die Augen zuerst auf, und für ein oder zwei Minuten betrachtete sie Carl, während er schlief. Die Sonne gab sich alle Mühe, den dicken Motelvorhang vor dem Fenster zu durchdringen. Sie schaffte es, einen matten Schimmer hindurch zu schicken, der sich auf einer fleckigen Stelle des braunen Teppichbodens am Ende des Betts sammelte.

Carl rührte sich. Amanda sah, wie er die Augen öffnete, das Zimmer ringsum wahrnahm und für einen kurzen Moment Verwirrung signalisierte. Dann entdeckte er sie. Er lächelte, aber noch vor dem Lächeln konnte sie verfolgen, wie die Verwirrung in seinen Augen sich in Wärme verwandelte. Es beruhigte ihn, sie zu sehen, und dafür war sie dankbar.

Sie wußte, daß sie einander viele Dinge zu erzählen hatten. Aber das konnte warten. Was hatte Humphrey Bogart in Casablanca einmal zu Ingrid Bergman gesagt? Die Probleme von zwei Menschen in dieser Welt wären nicht unüberwindlich? Schwer zu lösen, vielleicht. Er hatte gar nicht so unrecht. Aber ihre Beziehung konnte einstweilen warten. Sie mußten sich jetzt um die Lösung größerer Probleme kümmern. Sie waren Gideon nahe, so nahe, daß sie beide ihn spüren konnten.

Eine halbe Stunde, nachdem sie aufgewacht waren, sich angezogen und ein paar Tassen starken schwarzen Kaffees hinuntergestürzt hatten, saßen sie wieder in ihrem klapprigen, gestohlenen Lastwagen und kamen ihrem Ziel noch näher.

Sie rollten langsam durch Warren, Mississippi, nahmen alles in sich auf, versuchten sich an irgendwelche wichtigen Landmarken zu erinnern. Gelegentlich murmelte Carl etwas, während er glaubte, irgend etwas aus der Tagebuchschilderung wiederzuerkennen. Ab und zu sahen Leute ihnen nach, aber ihr Interesse währte nicht lange. Carl achtete nicht auf ihre neugierigen Blicke. Er kostete die ungewöhnliche Erfahrung aus, die Wirklichkeit einer Stadt zu sehen, die er auf Papier erschaffen hatte.

Zuerst hielten sie vor dem Büro der örtlichen Zeitung, der Gazette, an. Amanda ging ohne Carl hinein – falls jemand sie erkannte, dann ganz sicher in der Zeitungsredaktion – und erklärte dem Angestellten, der sie begrüßte, daß sie Recherchen für ein Buch über die Wirtschaftsgeschichte der Südstaaten anstelle. Sie brauchte nicht lange, um auf die Geschichte der Fabrik in Warren zu sprechen zu kommen. Sie war auf dem Höhepunkt der industriellen Revolution erbaut worden und hatte Gummiprodukte hergestellt. In den dreißiger Jahren produzierte sie vorwiegend Autoreifen. Amanda stieß auf eine Goldader, als sie herausfand, daß im Jahr 1969 ein Prozeß gegen die Fabrik angestrengt worden war. Mehrere Bewohner der Stadt behaupteten damals, daß der Inhaber der Fabrik giftige Abfälle in den Fluß leiten würde. Zwischen 1964 und 1969 waren in der kleinen Stadt sieben Kinder mit körperlichen Mißbildungen zur Welt gekommen. Ein Kind hatte keine Arme, einem fehlte der rechte Fuß. Diese beiden waren die extremsten Fälle, aber auch die Berichte über die anderen waren keine angenehme Lektüre. Außer diesen sieben Kindern waren im selben Zeitraum zwei geistig behinderte Kinder geboren worden. Mehrere Bürger reichten eine Klage gegen die Gummifabrik ein. Amanda las weiter, bis sie zum Ende des Verfahrens kam, das 1977 abgeschlossen wurde. Die Bearbeitung des Falles hatte sich so lange hingezogen. Mehrere Familien, die an dem Prozeß beteiligt gewesen waren, hatten die Stadt längst verlassen. Die restlichen Kläger erklärten sich bereit, gegen die Zahlung einer Abfindung in Höhe von $12 500 pro Partei alle Anschuldigungen zurückzuziehen. Zwei der Anwälte, die die klagenden Familien vertraten, arbeiteten danach für die Fabrik, die 1979 stillgelegt wurde.

Amanda verließ eilig das Zeitungsgebäude und erklärte Carl, was sie herausgefunden hatte.

»Wir sind zweifellos am richtigen Ort«, stellte er fest. »Das Footballfeld, die Fabrik, die Lage, nur ein paar Meilen von der Halle entfernt, in der Elvis Presley aufgetreten ist – alles paßt zusammen.« Er schob sich die Mütze in den Nacken.

»Dann los, suchen wir einen Zeugen«, entschied Amanda.

Das Rathaus war ihre nächste Station. Es befand sich unweit des geisterhaft verlassenen Bahnhofs. Sie parkten vor dem zweistöckigen Ziegelbau und entschieden, daß sie diesmal gemeinsam ans Werk gehen wollten. Während sie durch die Eingangstür schritten, suchten und fanden sich ihre Hände. Ihre Finger verschränkten sich und drückten einander. Dann wehte ihnen ein Schwall kalter Luft aus einer Klimaanlage entgegen, und sie standen vor einem hochgewachsenen weißhaarigen Schwarzen. Er war etwa eins fünfundachtzig groß, hielt sich allerdings gebeugt, als trüge er eine schwere Last auf seinem Rücken. In seinen Augen und um seinen Mund lag ein Ausdruck von Schmerz und Trauer, der geradezu erschreckend und kaum zu ertragen war, wenn man ihn zu lange betrachtete.

»Hallo«, begrüßte Amanda ihn.

»Kann ich Ihnen behilflich sein?« erkundigte der Mann sich. Seine Stimme war tief und würdevoll.

»Wir sind Reporter von der New Orleans Times-Picayune.«

»Tatsächlich?« Er machte weder den Eindruck, daß er ihnen glaubte, noch, daß er ihnen nicht glaubte.

»Wir suchen jemanden«, sagte Carl. Das war sein Einstieg in das Gespräch, und er klang ein wenig zu eifrig, zu angespannt. Amanda warf ihm einen warnenden Blick zu.

Der Mann zuckte fast unmerklich zusammen, kaum daß

Carl den Mund aufgemacht hatte. Amanda konnte sehen, wie seine Augen sich verengten.

»Wen suchen Sie denn?«

»Jemanden, der vor langer Zeit hier gewohnt hat. In den fünfziger Jahren. Eine Frau.«

»Eine schwarze Frau.« Es war keine Frage.

»Richtig.« Carl nickte.

»Wie lautet ihr Name?«

»Das wissen wir nicht. Alles, was wir haben, ist eine Beschreibung.«

»Im Laufe der Jahre haben hier viele schwarze Frauen gewohnt.«

»Aber nicht viele wie diese Frau. Sie hatte ein sehr auffälliges Muttermal. Es war wie ein Ring um ihr halbes Gesicht und bedeckte ein ganzes Auge. Sie war Hebamme.«

»Gehört diese Recherche zu Ihrem Buch über die Wirtschaft der Südstaaten?«

Amanda errötete. »Gerüchte verbreiten sich hier aber verdammt schnell.«

»Noch schneller als üblich.«

»Ich schreibe kein Buch.«

»Nein«, sagte der schwarze Mann. »Und Sie kommen auch nicht von der Times-Picayune.« Amanda wollte protestieren, aber er schnitt ihr das Wort ab. »Ich bin hier der Stadtrat. Mein Name ist Luther Heller. Kommt Ihnen das irgendwie bekannt vor?«

Amanda schüttelte den Kopf.

»Wissen Sie nicht, wer ich bin?«

»Nein.«

»Ich lese Zeitung«, sagte Luther Heller. »Ich verfolge die Fernsehnachrichten. Und ich passe auf. Daher weiß ich, wer Sie sind. Sie sind mir durchaus bekannt.«

»Sie verwechseln uns sicherlich mit …«

»Ich verwechsle Sie mit niemandem. Ich weiß, wer Sie sind und weshalb Sie hier sind. Und ich weiß, daß die Polizei ganz schön überrascht und glücklich wäre, zu erfahren, daß Sie sich nicht in Portland, Oregon, aufhalten.«

»Portland?« fragte Carl. Er schaute Amanda verwirrt an.

Der Stadtrat bemerkte den Ausdruck in Carls Gesicht. Er nahm eine Tageszeitung von einem Schreibtisch neben ihm und hielt sie seinen Besuchern hin.

»Sie können es ruhig nachlesen. Ich habe nicht vor, die Polizei zu benachrichtigen.«

Amanda ergriff die Zeitung und vertiefte sich in die Meldung. Sekunden später lachte sie rauh auf. Sie zögerte und schaute dann den Schwarzen an. Er hatte sie eindeutig identifiziert. Es hatte keinen Sinn, ihm weiterhin etwas vorzuspielen.

»Sie glauben, wir sind in Portland, Carl. Sie glauben es nicht nur, sie wissen es. Sie haben eine sichere Identifikation. Es wurde bestätigt.«

»Unmöglich.«

»Wir wurden dort gesehen, gemeinsam, in einer Boutique«, bekräftigte sie. »Du hast zwei Baumwollhosen und ein T-Shirt gekauft, ich ein Jeanshemd und eine Shorts. Wir haben dafür zweihundertelf Dollar und achtzehn Cents bezahlt. Die Angestellte, die uns bedient hat, hat uns zweifelsfrei erkannt.«

»Wie können sie ...?« fragte er Amanda.

»Shaneesa! Sie hat uns in deren Computer gehackt – zusammen mit Angaben über die Registrierkasse und zu welcher Zeit der Kauf stattgefunden hat. Deshalb wollte sie die Nummern meiner Kreditkarten wissen. Mein Gott, sie kann einem richtig Angst machen.«

»Aber wie konnte uns jemand erkannt haben? Wir waren niemals dort.«

»Nur du und ich – und Mr. Heller – wissen das«, entgegnete Amanda. »Kreditkartenquittungen lügen nicht. Die Kreditkartengesellschaft meint, daß es so gewesen ist, also war es so.« Amanda blies mit einem erleichterten Seufzer ihre Wangen auf. »Shaneesa hat uns eine ganze Menge Freiraum verschafft.«

Sie wandten sich beide zu Stadtrat Heller um. Er konnte ihnen den Freiraum mit einem einzigen Anruf wieder wegnehmen. Aber warum hatte er das nicht schon längst getan? Auf was wartete er?

Der Schwarze verriet durch nichts seine Motive. Er nickte lediglich. Es war ein ruhiges, endgültiges Nicken, als hätte er soeben eine wichtige Entscheidung getroffen. Seine Hand verschwand unauffällig in seiner rechten Hosentasche.

»Weshalb suchen Sie Momma One-Eye?« fragte er.

»So lautet der Name der Frau?« antwortete Carl mit einer Gegenfrage. Es war ein aufregendes Gefühl, den Namen dieser Frau zu hören, dieser Frau, von der er gelesen und die er zum Teil erfunden hatte.

»So haben die Leute sie schon immer genannt.«

Amanda und Carl wechselten einen schnellen Blick. Carl nickte, und Amanda fuhr fort. »Wir glauben, daß sie im Besitz überaus wichtiger Informationen ist.«

Die Stimme des Mannes klang plötzlich deutlich tiefer. Carl kam sie vor wie ein Donnergrollen. »Wichtig für wen?«

»Für sehr viele Leute«, sagte Amanda.

»Weiße Leute.«

»Alle Leute.«

Heller schüttelte den Kopf. Er glaubte ihr nicht. »Wie dringend wollen Sie diese Information?«

»Sehr dringend.«

»Dringend genug, um sie zu töten?« Und ehe sie antworten konnten, sagte er: »Dringend genug, um einem kleinen schwarzen Mädchen die Kehle aufzuschlitzen? Dringend genug, um das Haus einer alten Dame niederzubrennen? Dringend genug, um diesem alten Mann, den Sie vor sich sehen, jeden Grund zu rauben, weiterzuleben?«

Carl trat vor. »Nein, Sir«, sagte er ruhig. »Nicht so dringend, um irgend etwas von dem zu tun.«

»Mr. Heller«, ergriff Amanda nun wieder das Wort, »Sie haben uns erklärt, Sie würden die Polizei nicht benachrichtigen.«

»Das ist richtig.«

»Was werden Sie tun?«

Die Hand des Stadtrates tauchte nun aus der Hosentasche auf; sie hielt eine Pistole im Anschlag. Die ruhige, gelassene Art und Weise, mit der er die Waffe auf sie richtete, ließ Carl und Amanda erkennen, daß er jemand war, der genau wußte, wie man eine Waffe benutzte.

»Bitte«, sagte Carl zu dem Schwarzen, »was immer Sie zu wissen glauben, es ist falsch.«

»Sagen Sie mir niemals, was ich weiß, junger Mann. Ich weiß zum Beispiel, daß zu viele Menschen ohne einen Grund haben sterben müssen. Ich weiß, daß meine Tochter sterben mußte. Und ihr kleines Mädchen.«

»Das tut uns leid«, entgegnete Amanda leise. »Aber wir hatten wirklich keine Ahnung.«

»Ich habe gewartet und wußte die ganze Zeit, daß irgendwann jemand kommen würde. Ich wußte, daß es noch nicht vorbei war.«

»Es ist auch nicht vorbei«, bestätigte Carl. »Aber wir sind hier, um es zu beenden.«

»Mr. Heller … Luther …« sagte Amanda leise und eindringlich. »Wir wissen nicht, was hier passiert ist. Aber andere Menschen außer Ihrer Tochter wurden getötet. Wenn Sie uns nicht helfen, Momma One-Eye zu finden, besteht die Gefahr, daß noch sehr viele andere Menschen sterben müssen.« Sie deutete auf Carl. »Gleichgültig, was Sie über ihn in der Zeitung lesen, es sind alles Lügen. Jemand spielt ein übles Spiel mit uns. Es sieht so aus, als wäre es dieselbe Person, die auch Ihre Tochter getötet hat. Wenn Sie jemals herausfinden wollen, was geschah, wenn Sie jemals so etwas wie Gerechtigkeit haben wollen, dann dürfen Sie uns nicht der Polizei übergeben. Dann sollten Sie uns statt dessen helfen.«

»Ich will keine Gerechtigkeit«, sagte Stadtrat Heller. »Schwarze bekommen keine Gerechtigkeit, wenn solche Dinge passieren.«

»Was wollen Sie dann?«

»Ich will Vergeltung, Rache.«

»Nun«, flüsterte Amanda, »dann weiß ich nicht, ob wir Ihnen helfen können. Wir wollen lediglich die Wahrheit herausfinden. Und am Leben bleiben.«

»Ich will den Mann, der meine Babys ermordet hat.« Luther Heller preßte eine Hand auf seinen Leib, als täten ihm die Worte, die er aussprach, körperlich weh.

»Haben Sie ihn gesehen?« fragte Carl langsam.

Der Stadtrat schloß die Augen. Er holte tief Luft und nickte. »Er kam in die Stadt und fragte nach Momma One-Eye – genauso wie Sie.«

»Wie sah er aus?« Carl wählte seine Worte ganz behutsam. »Können Sie uns erzählen, wie er aussah?«

Luther öffnete die Augen. »Können Sie mir einen Grund nennen, weshalb ich Ihnen vertrauen sollte?«

Amanda wartete einige Sekunden lang, ehe sie antwortete. »Nein«, sagte sie. »Ich kann mir keinen einzigen Grund denken.«

Luther nickte wieder. Er biß sich auf die Unterlippe, bis ein Blutstropfen an seinem Kinn herabperlte. Dann machte er einen Schritt zur Seite und dirigierte sie mit der Pistole ins Hinterzimmer. Amanda ging als erste hinein. Als sie durch die Tür trat, hörte Carl, wie sie zischend einatmete. Er folgte dicht hinter ihr. Sobald auch er im Zimmer des Stadtrates stand, sah er, was Amanda erschreckt hatte.

Die Wände von Luther Hellers Büro waren mit Bleistift- und Kohlezeichnungen bedeckt. Es mußten insgesamt um die fünfundsiebzig Stück gewesen sein. Jede Zeichnung zeigte das Gesicht eines Mannes. Das Gesicht ein und desselben Mannes. Einige zeigten ihn im Profil, andere direkt von vorn . Einige waren außerordentlich detailliert, andere konzentrierten sich nur auf ein ganz bestimmtes Element: das Haar, die Augen, die Nase. Stadtrat Heller war ein begabter Künstler – und ganz eindeutig besessen von seinem Modell. Seine Porträts zeigten den Mann in allen Nuancen. Seine Arroganz. Seine Brutalität. Sein gutes Aussehen, seine Kraft und seine Selbstsicherheit.

»Kennen Sie ihn?« wollte Stadtrat Heller wissen.

»Ja«, sagte Carl.

»Erzählen Sie.«

»Sein Name lautet Harry Wagner.«

»Wissen Sie, wo er sich aufhält?«

Carl nickte. »Er ist tot.«

»Haben Sie ihn getötet?«

»Nein.«

»Wie ist er gestorben?«

»Unter großen Schmerzen«, antwortete Carl.

Zum erstenmal entspannte sich Luther Hellers Gesicht. »Gut«, sagte er. Dann verstaute er die Pistole langsam wieder in seiner Tasche, ließ sich in seinen Schreibtischsessel sinken und faltete die Hände vor sich auf der Schreibtischplatte. »Und jetzt«, sagte er, »erzählen Sie mir mehr über diese wichtige Information, die Momma One-Eye Ihrer Meinung nach besitzt.«

Payton rülpste und wurde von dem Nachgeschmack von fettigem Brathuhn, Maisbrot und süßer Coca Cola geradezu überwältigt.

Er konnte es nicht riskieren, gesehen zu werden, nicht von dem Jungen und dem Mädchen, daher hatte er in irgendeinem Schnellimbiß gegessen. Ein Schild verkündete, daß es sich um eine Kirche handelte. Was war das für eine Kirche, die gebratene Hühnchen verkaufte? Und die Nigger, die dort hinter der Theke standen, waren so verdammt dämlich, daß sie ihm, als er ein Sandwich verlangte, zwei Scheiben Weißbrot und ein Hühnerbein gaben. Als müßte er das verdammte Ding selbst auseinandernehmen. Oder die verdammten Knochen essen! Für einen Moment hätte seine Wut ihn fast übermannt. Er erinnerte sich an den Abend auf dem Revier: daran, daß er Yussef Gilliam im Schwitzkasten festhielt, an die schreckliche Tracht Prügel, an die rasende Wut. Und an das Nachspiel: seine Entlassung, seine Erniedrigung, an das Ende seines Traums. Beinahe hätte er den armen Idioten verprügelt, der ihm sein Brot und sein Hühnerbein reichte. Er hätte ihn umbringen können. Sehr gerne hätte er ihn umgebracht. Und dann schüttelte er den Kopf. Was zum Teufel tat er da? Es war nur ein Sandwich. Die Nigger hier im Süden waren eben noch dämlicher als in New York.

Sie waren immer noch im Rathaus drin, der Junge und das Mädchen. Was zum Teufel hatten sie dort zu bereden? Vielleicht sollte er einfach reingehen und nachsehen. Reinstürmen, daß sie sich vor Angst in die Hosen machten. Die ganze Sache jetzt beenden. Es wäre gar nicht so schwer ...

Nein, es wäre besser zu warten. Was dachte er eigentlich? Payton wurde sich bewußt, daß er allmählich die Geduld verlor. Das letzte, was er brauchte, wäre, eine Szene zu machen und gesehen zu werden. Er mußte dies unauffällig erledigen, sich vergewissern, daß niemand etwas ahnte. Diesmal konnte er es sich nicht leisten, einen Fehler zu machen. Wenn er alles richtig machte, würde er noch eine ganze Menge guter Jobs bekommen.

Er war zu lange von New York weg gewesen, das war das Problem. Das Pflaster dort, der Ärger, die Junkies, die Zuhälter, die Action – das war es, was ihn entspannte. Das war es, was er brauchte. Deshalb war er ein hervorragender Cop gewesen. In einer U-Bahnstation zu stehen mit irgendeinem Penner, der einen Juden bedrohte, um ihm seine Turnschuhe abzunehmen, das war der Ort, wohin Payton gehörte. Dort war er in seinem Element. Nicht hier unten, wo alles so gottverdammt sauber und gemütlich war. Hier gefiel es ihm nicht. Er hatte etwas gegen Höflichkeit.

Man konnte über ihn sagen, was man wollte, dachte Payton, aber er ließ niemals einen Job unerledigt. Er führte seine Aufträge aus.

Immer.

Daher wußte er genau, daß er warten würde. Warten, bis er den beiden irgendwohin folgen konnte, wo sie ungestört waren.

Sie kamen wieder heraus. Alle drei. Wie alte Freunde.

Payton drehte den Zündschlüssel herum. Der Motor sprang sofort an. Ein weiterer Vorteil, wenn man für den Mann arbeitete. Alles war absolut einsatzbereit.

Sie verließen den Parkplatz. Wohin wollten sie? Und dann dämmerte es Payton. Aber welchen Unterschied machte es? Er würde sie am Ende sowieso ausschalten.

»Momma?«

Das Haus war dunkel, und für einen kurzen Moment nahm Carl an, daß es keinen elektrischen Strom gab. Doch dann griff Luther Heller nach rechts und betätigte einen Schalter. Eine nackte Glühbirne ohne irgendeinen Lampenschirm, die mitten im Raum von der Decke herabhing, flammte auf. Der Raum, den sie erhellte, war schäbig, aber makellos sauber. Er glänzte richtig. Als ob die Person, die hier wohnte, nichts anderes zu tun hatte, als ihn ständig zu putzen. Eine Couch stand da, die schon bessere Tage gesehen hatte, und zwei

Stühle mit geraden Rückenlehnen. Der Fußboden war mit Linoleum bedeckt, und an den Wänden hingen Tapeten mit Blumenmuster, die stellenweise Wasserflecken aufwiesen und sich von der Wand lösten. Ein kleiner Fernsehapparat stand mitten im Raum auf einem verchromten Servierwagen.

»Momma?« rief Stadtrat Heller. »Clarissa May? Ich bin's – Luther.« Stille antwortete ihm. »Ich habe zwei Freunde mitgebracht. Echte Freunde. Sie wollen helfen, diesen Wahnsinn zu beenden.«

Immer noch nichts als Stille. Dann spitzte Carl die Ohren. Er glaubte zu hören ... nein, das konnte nicht sein ... Er blickte zu Amanda und konnte feststellen, daß auch sie es hörte.

Gesang.

Leise, rauh. Fast ohne eine Melodie, irgendwie entrückt. Man konnte unmöglich entscheiden, ob es eine männliche oder eine weibliche Stimme war. Aber es war eindeutig Gesang:

»Ich bin ausgeschüttet wie Wasser,
alle meine Gebeine haben sich zertrennt;
mein Herz ist in meinem Leibe
wie geschmolzenes Wachs.«

»Psalmen«, sagte Luther Heller und lächelte. »Sie liebt es, diese Psalmen zu singen.« Dann erhob er die Stimme und rief erneut: »Momma?«

Der Gesang dauerte an, immer noch leise, entrückt und gespenstisch.

»Denn Hunde haben mich umgeben,
und der Bösen Rotte hat mich umringt,
sie haben meine Hände und Füße durchgraben.«

Sie gingen zu einer Tür auf der linken Seite im hinteren Teil des Raums. Luther öffnete sie, nur einen Spalt. Dann stieß er sie ganz auf, wobei die Tür laut knarrte, als sie aufschwang. Sie traten in ein kleines Schlafzimmer, das genauso kahl und nackt war wie der Raum, den sie gerade verlassen hatten. Ein Einzelbett stand dort und ein Schaukelstuhl. In dem Schaukelstuhl saß eine kleine schwarze Frau. Ihr Körper wurde von der einzigen Lampe im Zimmer beleuchtet. Sie maß allenfalls einen Meter fünfzig. Und sie war klapperdürr, fast nur noch ein Skelett. Die Haut auf ihren Schultern war so straff gespannt, daß sie beinahe durchsichtig erschien.

Aber das auffälligste an ihrer Erscheinung war ihr Gesicht. Die Frau mußte über achtzig Jahre alt sein. Trotzdem wies ihre Stirn keine Falten auf. Ihre hohen Wangenknochen waren perfekt geformt. Ihre Lippen waren dünn, und ihr Mund war klein und schmal. Sie hatte das Gesicht eines wunderschönen jungen Mädchens.

Und dann war da ihr Auge.

Das rechte war unbefleckt. Seine dunkelbraune Farbe hatte eine durchdringende Strahlkraft, als die Frau sie anschaute. Aber ihr linkes Auge hatte einen Ring, makellos rund und schwarz, dunkler als ihre tiefbraune Haut. Carl erinnerte sich an die Beschreibung, die er im Tagebuch gelesen hatte. Dieser Ring auf ihrem Gesicht leuchtete regelrecht und umgab ihre Wange und ihre Nase.

Die Frau wiegte sich vor und zurück und blickte nicht zu ihren Besuchern auf, sondern sang weiter:

»Es umfingen mich des Todes Bande
Und die Bäche des Verderbens erschreckten mich.
Da mir Angst war
Rief ich den Herrn an und schrie zu meinem Gott.«

»Clarissa May«, sagte Luther Heller, »ich möchte, daß du mit diesen beiden Leuten sprichst. Ich glaube, es ist an der Zeit, zu erzählen, was du weißt.«

»Ich rede mit niemandem«, sagte Momma One-Eye. »Habe niemals mit jemandem geredet.« Ihre Sprechstimme war heiser, zeugte aber auch von großer Kraft.

»Ms. Wynn …« begann Amanda.

»Hättest sie nicht herbringen sollen«, sagte Momma. »Wenn weiße Leute mich finden, dann bin ich eine tote Frau.«

»Nicht diese weißen Leute, Momma.«

»Ich bin jetzt eine tote Frau.« Die kleine schwarze Frau schaute zum erstenmal hoch. Sie zitterte, und eine Träne rann an ihrer Wange herab.

»Momma«, sagte Amanda, »wir brauchen Ihre Hilfe.«

»Sie wollen wissen, was ich gesehen habe. Was ich weiß.«

»Ja.«

»Ich habe das Werk des Teufels gesehen. Ich habe gesehen, wie der Teufel auf die Erde kam und von einem anderen Teufel getötet wurde.«

»Nein, Momma«, erklärte Carl ihr. »Es gab keinen Teufel. Du hast nichts anderes gesehen als das, was Leute tun, wenn sie böse sind.«

»Niemand weiß, was ich gesehen habe. Niemand weiß, was ich weiß.« Sie deutete mit einem Kopfnicken auf Luther Heller. »Er nicht. Meine Kinder nicht. Ebensowenig meine Enkelkinder und meine Urenkel. Niemand weiß es. Und ich werde es niemals erzählen. Ich kann es nicht erzählen, denn dann bin ich tot.«

»Das wissen wir«, sagte Carl.

»Sie können es nicht wissen. Ich bin die einzige, die es gesehen hat.«

»Sie waren Hebamme«, sagte Carl ganz ruhig. »Und Sie haben vor langer Zeit geholfen, ein Baby zur Welt zu bringen. Es ist fast fünfzig Jahre her.« Das Gesicht der Frau war ausdruckslos. Carl ertappte sich dabei, wie er auf das gezeichnete Auge starrte, während er redete. »Über dieses Baby wollen wir einiges wissen. Sie haben es in der Nacht zur Welt gebracht, etwa um Mitternacht. Sie haben den Vater nie gesehen, nur die Mutter und ihren ersten Sohn. Dieser Junge war neun Jahre alt. Er hat Ihnen geholfen, als das Baby zur Welt kam. Soll ich die Mutter des Jungen für Sie beschreiben?«

Momma One-Eye nickte, als wäre sie in Trance, daher schilderte Carl ihr alles, woran er sich erinnern konnte. Er beschrieb, wie die Frau, die er Rayette genannt hatte, aussah, ihr Haar, ihre Figur, ihre Stimme. Dann beschrieb er den Jungen, Danny. Er schilderte, wie schwer und schrecklich die Geburt von Rayettes zweitem Kind verlaufen war, und er berichtete vom abnormalen Verhalten des Babys in den Wochen und Monaten nach seiner Geburt. Als er seine Schilderung beendet hatte, starrte die Momma One-Eye ihn an.

»Das Baby war ein Teufelskind.«

»Nein, Momma. Es war nur behindert. Wir glauben, daß die Behinderung durch den Giftmüll aus der alten Fabrik verursacht wurde. Die Gummifabrik, die früher hier gestanden hat.«

Sie blickte ihm jetzt in die Augen. Und sie zitterte nicht mehr. »Die Fabrik, die so schlecht gerochen hat?«

»Ja, genau diese Fabrik.«

»Wieviel wissen Sie noch?« fragte Momma One-Eye. »Was wissen Sie über die Zeit danach?«

»Wir wissen so gut wie alles.«

»Sie wissen, was dieser Junge getan hat? Was er mit seinem kleinen Bruder gemacht hat?«

»Ja. Das wissen wir.«

»Wofür brauchen Sie mich dann noch? Sie wissen alles. Was brauchen Sie von Momma? Müssen Sie Momma mitnehmen und töten, um diesen kleinen weißen Jungen zu retten?«

Carl wurde sich plötzlich bewußt, daß er seine Hände ineinander verkrampfte. Sein Oberkörper war vornüber gebeugt; er atmete kaum. »Wir werden Ihnen überhaupt nichts tun, Momma. Im Gegenteil, wir wollen verhindern, daß überhaupt jemand Ihnen etwas tut.«

»Wie wollen Sie das schaffen?«

»Wir wissen, was geschehen ist, Momma. Aber wir müssen wissen, wo. Wir müssen das Grab des Babys sehen. Und wir müssen wissen, wer.«

Die alte Frau schloß die Augen. Carl war sicher, daß sie sich an die Ereignisse erinnerte, die Jahre zurücklagen. Bestimmt konnte sie genau rekonstruieren, was sie gesehen und gehört hatte.

»Sie wußten nicht, daß ich da war«, sagte sie. »Aber ich war draußen. Ich machte mir Sorgen wegen des Kindes. Nicht wegen des Babys. Wegen des Jungen. Der Junge war klug. Er war ein ganz besonderer Junge. Ich mochte diesen Jungen sehr. Daher war ich dort. Es war eine heiße Nacht, und ich war draußen, wollte nach diesem Jungen sehen, weil seine Momma nie da war ... Er war so ein besonderer Junge ...«

Ihre Augen schlossen sich wieder; Momma schien davonzutreiben und sich in ihren Erinnerungen zu verlieren. »Ich habe sie beobachtet. Sie hat das kleine Baby in den Armen getragen.

Ihr eigenes kleines Baby. Er war in eine Decke gewickelt. Eine blaue Decke. Manchmal sehe ich diese blaue Decke im Traum. Sie hat das Kind getragen, und er hat gegraben. Ganz tief, aber sie hat verlangt, er solle noch tiefer graben. Und dann haben sie am Ende das Baby in die Erde gelegt. Sie haben ihn in eine Kiste gesteckt und ihn mit Erde zugeschüttet und sind weggegangen. Kurz danach sind sie ganz weggezogen und nie mehr zurückgekommen.«

»Hilf ihnen, Momma«, sagte Luther Heller. »Hilf uns.«

»Niemand weiß etwas davon. All die Jahre hat niemand etwas gewußt.«

»Jetzt wird es Zeit«, sagte Carl. »Die Leute müssen es erfahren.«

Momma One-Eye schloß die Augen und begann wieder in ihrem Stuhl zu schaukeln, und derselbe eintönige Gesang drang aus ihrem Mund:

»Meine Seele ist geschlagen
Sie haben mir eine tiefe Grube gegraben
Sie haben sich mit dem Bösen verbündet
Mein Herz ist schwer, O Gott, mein Herz ist standhaft.
Ich will Dir singen, o Gott, ich singe Deinen Ruhm
Deine Kraft bezwingt die Erde.«

Die Augen der alten Frau öffneten sich wieder. Sie wartete, bis der Schaukelstuhl zur Ruhe kam. Dann sagte sie: »Ich kann es Ihnen zeigen.« Ihre rauhe Stimme drang pfeifend zwischen ihren Zähnen hindurch, aber für Carl und Amanda war es die liebliche Stimme eines Engels. »Ich kann Sie hinführen.«

29. Kapitel

»Mutter«, flüsterte er leise genug, daß man ihn nicht hören konnte.

»Mich laust der Affe, das ist sogar für dich ziemlich früh. Erzähl mir bloß nicht, die würden dich da oben auf Trab halten.«

Wie lange war es her, seit er dieses Gespräch geführt hatte? Monate? Wochen? Nein, es war vor weniger als einer Woche gewesen. Vor fünf Tagen. Fünf Tage, seit er entdeckt hatte, daß alles, was er über das Leben zu wissen glaubte, eine Lüge war.

»Hast du in letzter Zeit mal in deinen Safe geschaut, Mutter?«

»In meinen Safe? Warum in aller Welt sollte ich ...«

Aber dann hatte sie verstanden und nachgeschaut. Langsam, behindert von der Arthritis, die das erste in ihrem Leben war, das sie in irgendeiner Form beeinträchtigt hatte, war sie nachschauen gegangen. Und als sie schließlich zurückgekehrt war und den Hörer wieder aufgenommen hatte, erklärte sie ihm, daß das Tagebuch noch an Ort und Stelle lag. Alles war noch da. Die zerfledderten Papiere, die sie aus ihrer Kindheit herübergerettet hatte, die Geschichte, die sie schonungslos und sorgfältig ausgeschrieben hatte. Die Dokumente. Der Beweis ...

»Es ist noch da, mein Sohn«, sagte. »Aber jemand hat es angerührt.«

Er sagte für lange Sekunden gar nichts. Als er schließlich seine Sprache wiederfand, ließ ihn seine legendäre Schlagfertigkeit im Stich. »Bist du sicher?« war alles, was er hervorbrachte. »Ganz sicher, Mutter?«

»Ich bin mir in meinem Leben über nicht all zu viele Dinge sicher gewesen. Aber jetzt bin ich mir sicher. Jemand hatte die Dokumente an sich genommen und sie angeschaut.« Und als er noch immer nichts sagte, fuhr sie fort: »Es tut mir leid, Tommy.«

»Mutter«, sagte er. Und plötzlich hatte er entsetzliche Angst, daß er anfangen könnte zu weinen. Er hatte es niemals zugelassen, daß seine Mutter ihn weinen sah, noch nicht einmal als kleiner Junge. Und er würde es auch jetzt nicht dulden. Er schloß die Augen und biß die Zähne zusammen, bis er sicher war, daß er reden konnte, ohne daß Schwäche oder Angst jedes Wort durchdrangen. »Ich möchte dir eine Frage stellen. Es ist nur eine Sache, die ich dich noch nie gefragt habe. Aber ich möchte darauf eine Antwort haben.«

»Was ist es, Tommy?«

»Warum?«

»Ich fürchte, ich verstehe nicht, mein Sohn. Warum was?«

»Warum hast du es getan? Warum hast du alles aufgeschrieben? Und gütiger Gott, warum hast du es aufbewahrt?«

Sie zögerte nicht, bevor sie antwortete. Dies waren Fragen, die sie sich schon selbst mindestens eine Million mal gestellt hatte. Und sie kannte die Antwort. »Weil«, erklärte sie ihm, »dies in all den Jahren das einzige war, das mich stets daran erinnert hat, daß ich wirklich lebe.«

War es tatsächlich einige Tage her, seit er mit ihr gesprochen hatte? Er wollte wieder mit ihr reden. Jetzt. Er wollte sie anrufen und ihr sagen, daß es in Ordnung war. Daß er sie verstand und ihr verzieh, denn er hatte niemals jemanden, nicht einmal Elizabeth, so geliebt, wie er seine Mutter liebte. Wilhelmina Nora Adamson. Er verehrte sie. Als er noch jung war, hatte er zugelassen, daß sie ihn als Stütze benutzte. Er hatte alles getan, was sie gewollt hatte. Sie brauchte nicht einmal zu äußern, was sie sich wünschte. Er wußte es immer. Und als sie älter wurde und stark war, als sie schließlich ihre Schönheit eingesetzt hatte, um reich zu heiraten, hatte sie sich revanchiert. Sie wußte, was er sich wünschte, kannte das, was er für seine Bestimmung hielt. Daher hatte sie das absolut größte Opfer gebracht: Sie hatte sich sozusagen neu erfunden, damit er Präsident der Vereinigten Staaten werden konnte.

Es war nicht schwer, nicht richtig schwer, oder, Mutter? Sie hatten keinerlei Wurzeln. Sie hatten niemals lange genug an einem Ort gelebt, so daß man sich an sie erinnern konnte. Und diejenigen, die sich erinnerten – ihre Familie, ihre Ehemänner, ihre Liebhaber –, waren tot oder betrunken oder zu dumm, um zu verstehen, was geschehen war. Es gab keine offiziellen Dokumente, nichts Eindeutiges. Sie hatten oft genug den Namen geändert, um fast alles zu verbergen. Alles, was man tun mußte, war, genug von der Wahrheit herauszulassen. Den trunksüchtigen Vater. Den ersten Ehemann. Und den zweiten. Und den letzten. Die Umzüge von Stadt zu Stadt. Das Trinken. Es fügte sich zu einer schillernden Geschichte zusammen: die schöne Frau aus den Südstaaten, die sich aus dem Sumpf herausgearbeitet hatte, um den zukünftigen Präsidenten zu erziehen. Sie hatte sogar ihre Autobiographie geschrieben. Hatte einen siebenstelligen Betrag vom angesehensten Verleger der Branche kassiert. Und als das Buch veröffentlicht wurde, war sie plötzlich die Heldin, die von Millionen von Frauen dafür bewundert wurde, daß sie alles überlebt hatte, was ihr in der Vergangenheit zugestoßen war. Nein, sie hatte viel mehr geschafft, als nur zu überleben. Sie hatte über ihre Vergangenheit triumphiert.

Natürlich war es eine Vergangenheit, die es gar nicht gab. Oder die nur bis zu einem gewissen Punkt existierte.

Allerdings bis zu einem ziemlich wichtigen Punkt.

Danke, Mutter, dachte er. Obgleich es für dich nicht allzu schlecht gewesen war, oder? Du hast ganz gut gelebt, während ich aufstieg. Du hast das Rampenlicht genossen und deinen Platz gefunden. Du durftest auf der Rennbahn in der besten Loge sitzen, und Staatsmänner haben dich hofiert. Aber trotzdem hoffe ich, daß du weißt, daß ich dir danke. Für das, was du aufgegeben hast. Und dafür, daß du geschwiegen hast. Daß du mich auf deine eigene Art innig geliebt hast.

Präsident Thomas Frederick Adamson schlug die Augen auf, und der Lärm in seinem Kopf verstummte. Einen Moment lang war er verwirrt. Wo war er? Wer redete? Dann kam die Erinnerung: Ach ja. Die Etat-Beratung. Sie war schon vor Wochen angesetzt worden. Sie mußten sich auf eine Position hinsichtlich der Verteidigungsausgaben und der dafür notwendigen Einsparungen in anderen Bereichen einigen. Im Augenblick brachte der Verteidigungsminister seine Argumente vor. Er war wütend. Er war der Meinung, die Streichungen gingen zu weit.

Der Minister redete und redete, und Thomas Adamson hörte nicht mehr zu.

Er dachte an die andere Liebe seines Lebens.

Elizabeth.

Gestern hatte über sie etwas in der Zeitung gestanden. Auf der ersten Seite des Washington Journal. Er hatte die Meldung voller Stolz gelesen. Die Überschrift hatte »Die am meisten bewunderte Frau der Welt« gelautet. Es stimmte. Elizabeth war im Laufe der Zeit sehr einflußreich, ja, vielleicht sogar mächtig geworden. Aber nicht durch irgendwelche offiziellen

Maßnahmen. Sondern ausschließlich durch ihr Mitgefühl mit anderen Menschen und durch ihre guten Taten. Sie war der beste Redner, den er je gehört hatte, viel besser noch als er. Sie konnte ein Publikum erreichen, einen Weg in die Herzen und Seelen der Zuhörer finden. Aber sie war auch viel klüger als er. Das war sie schon immer gewesen. Er wußte, wieviel sie geopfert hatte, um ihm dabei zu helfen, dorthin zu gelangen, wo er jetzt stand. Schon vor langer Zeit waren sie dazu übergegangen, seine Karriere als ihre gemeinsame Karriere zu betrachten, sein Ziel als ihr gemeinsames Ziel. Sie war eine der besten Rechtsgelehrten der Nation gewesen, hatte jedoch ihre Praxis geschlossen, um seine Kampagnen zu überwachen und darauf zu achten, daß es niemals zu irgendwelchen Interessenskonflikten kam. Genauso wie seine Mutter hatte sie ihr Leben für ihn aufgegeben.

Er verstand. Wirklich und wahrhaftig. Er verstand alles, was sie getan hatte, und alles, was sie von diesem Zeitpunkt an tun würde.

Würde sie ihn genauso verstehen? Würde sie verstehen, was er zu tun vorhatte und weshalb?

Tom Adamson hielt es nicht länger bei dieser Beratung aus. Es war unerträglich. Ein anderer erhob plötzlich die Stimme. Der Generalstabschef. Ein absoluter Versager. Er war zu jung für diesen Job, zu unerfahren. Tom Adamson wußte, das war einer seiner Fehler als Präsident. Er bewertete Loyalität höher als Erfahrung.

Er hätte erkennen müssen, daß es so etwas wie Loyalität nicht gab. Es gab nur …

Es gab nur die eigenen Interessen.

Der Präsident erhob sich von seinem Platz und stürzte hinaus. Die anderen Leute im Raum verstummten betroffen. Tom Adamson interessierte es nicht. Er eilte durch den Korridor und schlug die Richtung zum Oval Office ein. Im Vorzimmer sagte seine Sekretärin irgend etwas, als er an ihr vorbei taumelte. Er hörte ihre Worte nicht, erwiderte nichts darauf. Er ging nur weiter in das Büro, das er so sehr haßte, in den Raum, in dem er sich stets so fehl am Platze vorgekommen war, und ließ sich in seinen Schreibtischsessel fallen.

Er wußte, dies war der Moment. Er mußte sich entscheiden. Jetzt mußte er die Kraft aufbringen, oder er würde für immer mit seiner Schwäche leben müssen.

Präsident Tom Adamson befand sich jetzt in einem Zustand totaler Hoffnungslosigkeit und Verwirrung, während er die oberste Schublade seines Schreibtisches öffnete und verzweifelt darüber nachdachte, was ihm fehlen würde, wenn er diese Welt hinter sich ließ.

Dann fiel es ihm ein, und er lächelte erleichtert.

Ihre Blumen, dachte er. Elizabeths Blumen.

Das Haus war unbewohnbar. Im Dach klafften große Löcher, wo das Holz weggefault war. Die Veranda war auf einer Seite im Erdreich versunken. Statt Glasscheiben hingen Spinnweben in den Fenstern, und was an Leben einmal in dem Haus existiert hatte, war nun von Dunkelheit, Einsamkeit und Leere abgelöst worden.

Trotzdem erkannte Carl das Haus sofort. In diesem Haus hatten Danny und Rayette gelebt. Hier war Rayettes zweiter Sohn geboren worden, und hier hatte Danny seinen eigenen kleinen Bruder ermordet.

Alle vier – Carl, Amanda, Luther Heller und die Frau, die Momma One-Eye genannt wurde – gingen durch das Gestrüpp aus Unkraut um das Haus herum. Auf der anderen Seite stand eine alte Scheune. Die Farbe war längst abgeblättert, und die Schwingtür war nahezu total durchgefault. Ein geradezu betäubender Geruch drang aus dem Inneren. Dieses Anwesen war von der Zeit vergessen worden. Nein, dachte Carl, nicht vergessen. Die Zeit hatte es verflucht. Sie hatte sich alle Mühe gegeben, es verschwinden zu lassen.

Amanda umklammerte Carls Arm. Er legte seine Hand auf ihre, um sie zu beruhigen.

Momma führte sie zum hinteren Ende der Scheune. Dort erstreckte sich ein dichtes Eichen- und Kiefernwäldchen. Sie ging zum Rand des Wäldchens und blieb vor einer hohen Eiche stehen. Momma drehte sich zu ihren Besuchern um, dann blickte sie vielsagend vor sich auf den Boden.

Sie sagte nichts, sondern trat nur beiseite.

Sie waren vorher beim Haus des Stadtrates vorbeigefahren und hatten eine Schaufel mitgenommen. Carl holte nun tief Luft, packte entschlossen den Schaufelstiel und begann zu graben. Der Schweiß strömte an seinem Körper herab, aber er grub wie ein Besessener. Der Untergrund war hart und steinig und durchsetzt mit gewundenem Wurzelwerk. Nach einer halben Stunde war das Loch etwa einen Meter breit und ein Meter zwanzig tief. Carl hörte auf zu graben, fuhr sich mit der Hand durch das schweißnasse Haar, dann wischte er die Hand an seiner Hose ab. Er schaute zu Momma One-Eye auf, die kaum merklich nickte. Carl packte die Schaufel wieder und wollte sie ins Erdreich stoßen, doch mitten in der Bewegung hielt er plötzlich inne.

Er keuchte und bemühte sich, gleichmäßig und ruhig zu atmen.

»Amanda«, sagte er leise.

Sie beugte sich vor und blickte ins Erdloch. Carl stieß die Schaufel erneut in die Erde, dann ein zweites, ein drittes, ein viertes Mal. Seine Bewegungen wurden vorsichtiger, und dann kratzte er behutsam Erde zur Seite.

»Oh mein Gott«, stöhnte Amanda.

Sie starrten nun alle in die Grube. Etwas lag dort, eine kleine Holzkiste, die in eine verblichene und stellenweise zerrissene blaue Decke eingewickelt war. Teile der Decke waren im Laufe der Jahre zerfallen, aber einige Gewebereste klebten noch an dem fauligen Holz. Carl wischte die letzte Erdschicht von der Kiste und hebelte den Holzdeckel vorsichtig auf.

In der Kiste lag ein winziges menschliches Skelett. Es war völlig intakt, was den Anblick noch trauriger, machte. Kopf, Arme und Beine nahmen eine Lage ein, als hätte der Junge geschlafen. Die Finger waren dünn und fein, der Schädel klein und perfekt geformt. Carl kam es so vor, als würde er dieses Kind kennen, als wäre das Skelett immer noch ein Kind, das fähig war, sich aufzusetzen, zu gehen und zu weinen. Ihn fröstelte, dann aber nahm er den Deckel der Kiste wieder und legte ihn an seinen Platz zurück.

Er blickte zu der alten schwarzen Frau neben ihm, die nun stumm weinte.

Amanda hatte selbst Mühe, die Tränen zurückzuhalten, während sie Momma One-Eye fragte: »Wer ist das?«

»Sie wissen es, nicht wahr?« entgegnete Momma One-Eye. »Sie wissen, was aus seinem Bruder geworden ist.«

»Sagen Sie es uns«, bat Carl. »Das ist das einzige, was wir noch nicht wissen.«

»Dieser Junge, den ich so geliebt habe, als er noch ein Kind war ... er wurde der Präsident der Vereinigten Staaten.«

Carl und Amanda starrten einander an. Ihre Hand griff unsicher nach seinem Arm. Luther Heller wich einen Schritt zurück und stöhnte gequält auf.

»Deshalb habe ich es niemals jemandem erzählt«, sagte Momma. »Wer würde einer Niggerfrau glauben, wenn ich sage, daß der Präsident ein kleines Kind getötet hat? Niemand würde mir glauben. Genauso wie Ihnen niemand glauben wird. Sie werden es niemals zulassen, daß Sie es jemand anderem erzählen, begreifen Sie das nicht?«

»Wie lautete der Name des Babys?« fragte Carl.

»Dieses Babys?« sagte Momma One-Eye. »Dieses Teufelskindes, das hier begraben ist? Das ist doch völlig bedeutungslos.«

»Das ist es nicht«, widersprach Carl. Seine Stimme war zu einem Flüstern herabgesunken. »Wie haben sie den Kleinen genannt?«

»Der Name dieses Babys war Gideon. Sie haben ihn den kleinen Gideon genannt.«

Er hatte es gewußt. Plötzlich hatte er es genauso gewußt wie vieles andere in seinem bisherigen Leben. Doch als sie die Worte aussprach, schwankte sie, als wäre sie von einem heftigen Schlag getroffen worden. Jetzt war alles klar. Es gab keinen Zweifel mehr. Während er Amanda ansah, wußte er, daß auch ihr klar war, was auf dem Spiel stand: das Weiße Haus. Carl hatte die Notizen gesehen, hatte die Tagebücher eingehend studiert, hatte genügend Informationen erhalten und war engagiert worden, ein Buch zu schreiben, in dem enthüllt wurde, daß der Präsident der Vereinigten Staaten seinen eigenen Bruder umgebracht hatte. Irgendwie hatte einer von Tom Adamsons politischen Gegnern die Wahrheit erfahren – und war auf die Idee gekommen, ihn mit Hilfe eines Buchs zu vernichten. Er hatte das Codewort Gideon gewählt, um dem Präsidenten zu signalisieren, daß er die ganze Geschichte kannte, um ihm unmißverständlich klar zu machen, daß er keine Gnade zu erwarten hätte. Aber Adamson hatte sich gewehrt. Er hatte sich geweigert, zurückzutreten. Er hatte Maggie beseitigt. Dann Toni. Er war kein Risiko eingegangen, daß sie vielleicht durch einen unglücklichen Zufall irgend etwas erfahren hatte. Dann Harry, den Boten. Und Carl wußte außerdem, daß Adamson immer noch seine beträchtliche Macht einsetzte, um ihn zu vernichten. Genau darum ging es. Um Adamsons Wiederwahl. Deshalb geschah all das. Politik. Kontrolle. Macht.

»Was tun wir jetzt mit …?«

Amandas Frage riß ihn aus seinen Überlegungen. Er sah, daß sie auf das Skelett deutete.

»Wir können ihn nicht so einfach hier zurücklassen«, sagte sie.

»Nein«, pflichtete Carl ihr bei. »Möglicherweise brauchen wir ihn auch. Er ist der einzige Beweis, den wir im Augenblick haben.«

»Ich kann den Sarg in die Leichenhalle bringen.« Luther hob die Kiste auf und legte sie sich in die Armbeuge.

Carl wollte ihn warnen. »Niemand kann …«

»Niemand wird etwas erfahren«, unterbrach Heller ihn. »Die Leute in dieser Stadt sind mir einiges schuldig. Wir verstecken ihn, bis Sie mir mitteilen, daß die Zeit für die Geheimhaltung …«

Ein furchtbarer Knall zerriß plötzlich die Stille um das alte Farmhaus. Carl glaubte für einen kurzen Moment, ein Auto in der Nähe hätte eine Fehlzündung gehabt. Oder ein Gewitter wäre aufgezogen. Für einen kurzen Moment begriff niemand, was tatsächlich passiert war. Dann sah Carl den roten Fleck auf Luther Hellers Hemd. Es war keine Fehlzündung gewesen, kein krachender Donner. Eine Waffe war abgefeuert worden. Eine Kugel war in den Rücken des Stadtrates eingedrungen und aus seiner Brust herausgekommen.

Heller stürzte zu Boden, einen verblüfften Ausdruck im

Gesicht, während er den Gedanken zu Ende führte, der sich noch in seinem Kopf befand: »... vorbei ist.«

Ehe er endgültig fiel, flogen seine Hände hoch und schleuderten den kleinen Sarg in das Kiefernwäldchen.

Carl warf sich auf Amanda, drückte sie nach unten, während ein zweiter Schuß erklang. Ein zweite Kugel schlug in den Stamm der Eiche rechts von ihnen ein, des Baumes, der das Grab des kleinen Gideon überschattet hatte.

Amanda kämpfte sich auf Hände und Knie hoch und tauchte mit einem verzweifelten Satz zwischen die Stämme der ersten Baumreihe. Carl wirbelte herum, hob Momma One-Eye hoch und hievte sie recht unsanft hinter die Eiche. Eine Kugel schleuderte keine zwanzig Zentimeter Erdbrocken hoch. Carl rollte durch das dürre Gras, um den kleinen Holzsarg an sich zu bringen.

»Lauft!« brüllte er. Zu dritt drangen sie tiefer in den Wald ein und fanden ein wenig Schutz hinter den dichter stehenden Bäumen.

Sie warfen sich auf den Boden und warteten. Es ertönte kein Schuß mehr. Kein Krachen und Knirschen. Nur totale Stille dröhnte ihnen in den Ohren.

Luther Heller lag keine drei Meter von ihnen entfernt. Die Erde auf seiner rechten Seite war feucht und dunkelrot.

»Nicht«, sagte Amanda, während Carl die Beine anzog. Sie wußte, daß er sich ins Freie hinaus wagen wollte, um Luther in Deckung zu ziehen.

»Ich muß zu ihm«, erklärte er.

»Das darfst du nicht.«

»Sie hat recht, mein Junge«, ergriff Momma One-Eye das Wort. »Luther ist tot. Es hat keinen Sinn, wenn Sie der nächste sind.«

Carl blickte zu dem reglosen schwarzen Mann hinüber. Er schloß die Augen, eine halbe Sekunde aufrichtiger Trauer, dann sammelte er sich und wandte sich zu den beiden Frauen um. »Momma«, flüsterte er, »sind Sie kräftig genug, um zu laufen?«

»Ich kann laufen«, erwiderte die alte Frau, »aber nicht sehr weit.«

»Können Sie denn Amanda erklären, wie sie von hier zurück in die Stadt kommt?«

»Niemand kennt diese Wälder besser als Momma.«

»Carl …« setzte Amanda an.

»Hör mir einfach zu und tue, was ich dir sage. Die Schüsse müssen von da drüben gekommen sein. Und ich garantiere dir, daß der Schütze im Augenblick immer näher kommt. Also schlage diese Richtung ein. Und zwar so schnell du kannst. Momma wird dir erklären, wie du wieder zurückkommst, aber achte darauf, daß du weit genug entfernt bist, ehe du dich wieder ins Freie wagst. Dann kehre schnellstens in die Stadt zurück, denn dort sind Leute, die dir vielleicht helfen können.«

»Suzi's Café«, warf Momma One-Eye ein. »Da wohnt meine Nichte, im ersten Stock. Sagen Sie ihr, ich hätte Sie geschickt. Sie wird Sie verstecken.« Dann beschrieb Momma ihr, wie sie durch den Wald laufen und welche Richtung sie auf der anderen Seite einschlagen müßte.

Carl nickte zufrieden. »Okay. Du gehst zu diesem Café, und wir versuchen, dich nachher dort zu treffen. Amanda, kannst du die Kiste tragen? Sie ist nicht sonderlich schwer.«

»Ja, aber bitte« – Amandas Stimme hatte einen drängenden Unterton – »laß uns sofort verschwinden. Was hast du denn vor?«

»Schnell«, sagte er. »Wir haben nicht sehr viel Zeit. Momma wird dein Tempo nicht mithalten können. Ich will, daß du losgehst. Jetzt. Sie wird dir folgen und sich dann ihren eigenen Weg suchen. Ich bleibe zurück und versuche die Leute, die hinter uns her sind, aufzuhalten.«

»Nein.« Panik klang in Amandas Stimme. »Ich lasse dich nicht im Stich.«

»Du mußt«, entgegnete er. »Du weißt jetzt über alles Bescheid – und sicherlich gibt es jemanden, der dir glaubt. Wenn ich ihnen erzählen würde, was geschehen ist, wären das nur die Schauermärchen einen verzweifelten Verbrechers, der sich reinwaschen will. Aber du kannst den Leuten alles erzählen – du kannst sie überzeugen.«

Amanda nickte einmal, hielt dabei die Tränen zurück und setzte zu einer Bemerkung an. Aber Carl schnitt ihr das Wort ab. »Geh einfach.« Er reichte ihr die Kiste mit dem toten Kind. »Ich sehe dich im Café, sobald ich kann.«

Ihre Blicke trafen sich, dann wandte Amanda sich ab. Sie strich Momma One-Eye wie zum Abschied über den Arm und lief dann tiefer in den Wald hinein.

Carl schaute ihr nach, bis sie verschwunden war. Dann blickte er die alte Frau an. »Momma, jetzt sind Sie an der Reihe. Versuchen Sie, von hier zu verschwinden. Falls Sie nicht weit kommen, verstecken Sie sich einfach, so gut es geht.«

»Und was tun Sie?«

»Ich kann auf mich selbst aufpassen. Aber ich habe Ihnen versprochen, daß ich dafür sorgen werde, daß niemand Ihnen Schaden zufügen wird, und dieses Versprechen möchte ich gerne einhalten.« Er beobachtete, wie die alte Frau kehrtmachte und so schnell sie konnte davonhumpelte. Er wartete ein paar Sekunden, dann lief er in eine andere Richtung. Er war kaum drei Schritte gelaufen, da schlug eine Kugel links von ihm ein. Er kam etwa zwanzig Meter weit, bis der nächste Schuß fiel und er hinter einer dicken Fichte Deckung suchen mußte.

Carl schaute sich nach einer Waffe um. Nach irgend etwas, das er zu seiner Verteidigung benutzen konnte. Er fand nichts. Abgebrochene Äste waren nutzlos. Er konnte noch nicht einmal einen schweren Stein entdecken. Drei oder vier Minuten blieb er im Schutz des Baumstamms hocken. Dann hörte er, wie sich vorsichtige Schritte näherten. Carl erinnerte sich daran, daß er als Kind immer geglaubt hatte, wenn er die Augen schloß, wäre er unsichtbar. Niemand könnte ihn sehen. Er überlegte, ob er diesen Trick jetzt versuchen sollte. Er hatte nichts zu verlieren. Aber eine weitere Kugel schlug nur wenige Zentimeter von ihm entfernt ein, und er entschied, daß es für ihn von Vorteil wäre, die Augen offenzuhalten.

Er rannte dreißig Meter tiefer in den Wald und drückte sich hinter den nächsten Baumstamm, während zwei weitere Schüsse ihn um Haaresbreite verfehlten. Wer immer hinter ihm her war, Carl hielt ihn auf jeden Fall in Atem. Amanda würde sich in Sicherheit bringen können.

Schritte raschelten in nächster Nähe. Carl versuchte, durch die Äste etwas zu erkennen. Er glaubte, einen vagen Schatten sehen zu können, wollte sich aber nicht bewegen, um sich vielleicht zu verraten. Die Schritte verstummten abrupt.

»Okay, Arschloch«, hörte Carl. »Komm jetzt raus und gib auf.«

Carl sagte nichts und versuchte sich so ruhig wie möglich zu verhalten.

»Ich hasse diesen verfluchten Wald«, schimpfte die Stimme. »Wenn ich noch länger hier herumstolpern und dich suchen muß, werde ich wütend. Und falls ich auf eine Schlange stoße, werde ich erst recht wütend. Und wenn ich richtig wütend bin, wird es verdammt schlimm für dich werden, bevor ich dich endgültig abknalle.«

Carl schaute auf die Uhr. Amanda hatte einen Vorsprung von zehn Minuten. Eigentlich müßte das reichen, um sich in Sicherheit zu bringen. Und viel mehr würde sie wohl auch nicht bekommen.

Carl wollte aber wenigstens einen Versuch machen, noch weiter in den Wald vorzudringen. Doch eine Baumwurzel vereitelte seinen Plan. Er machte drei, vier Schritte, ehe sein Fuß hängenblieb und er stürzte. Auf allen vieren kroch er hinter einen Baumstamm. Aber nun war er wirklich in Schwierigkeiten. Er war ziemlich sicher, daß er sich den Fuß verstaucht hatte. Er kniete sich hin, setzte den Fuß auf, versuchte, sein Gewicht darauf zu verlagern, und hätte vor Schmerzen beinahe aufgeschrien.

»Gleich hab ich dich, Arschloch«, rief die Stimme. »Und dann wird es schlimm für dich. Aber du wolltest es ja nicht anders.«

Carl hörte Schritte rechts von sich. Dann nichts mehr. Dann ein Geräusch zu seiner Linken. Das Knacken eines Astes, das Rascheln einiger Blätter. Dann trat wieder Stille ein.

Er dachte daran, weiterzurennen. Er hatte schon früher so manche Blessur auf dem Basketballfeld abbekommen und gelernt, trotz Schmerzen weiter zu spielen. Das würde er auch jetzt schaffen. Er konnte –

Ein Gegenstand stieß brutal gegen seinen Hinterkopf.

»Okay, Wichser«, sagte die Stimme. Sie erklang direkt hinter ihm. Der Mann, dem sie gehörte, hielt Carl eine Art Schrotflinte an den Kopf. »Steh ganz langsam auf. Dreh dich nicht um, tu gar nichts. Wenn du irgend etwas versuchst, blase ich dir auf der Stelle den Schädel weg.«

Carl versuchte zu gehorchen, doch sein Knöchel gab nach. Er machte Anstalten, wieder zu Boden zu sinken, und fing sich mit den Händen ab. Er verharrte für einen kurzen Moment auf dem Erdboden, dann stemmte er sich qualvoll wieder hoch. Der Lauf der Schotflinte stieß gegen seinen Kopf, und Carl begann loszuhumpeln. Nach ein paar Schritten berührte die Waffe die rechte Seite seines Kopfs und stieß mehrmals dagegen, daher lenkte Carl seine Schritte nach links. Es dauerte ungefähr fünf Minuten, und dann erkannte Carl, daß sie wieder dort ankamen, wo er losgerannt war. Sie standen vor Gideons Grab. Und unweit von Luthers Hellers Leiche.

»Okay, dreh dich jetzt um.«

Carl drehte sich auf seinem unversehrten Bein herum. Was er sah, überraschte ihn nicht. Er hatte die Stimme längst erkannt. Payton. Der Cop, der zu seinem Apartment gekommen war und ihn hatte umbringen wollen.

Payton deutete mit der Flinte lässig auf Luthers Leiche.

»Das mit deinem Freund tut mir leid«, sagte Payton. Er lächelte Carl beinahe freundlich an. Dann, ohne sorgfältig zu zielen, ohne Vorwarnung, feuerte er zwei weitere Schüsse auf Luther ab. Die erste Schrotladung riß ihm den Rücken auf. Die zweite zerfetzte fast seinen ganzen Kopf.

»Nun«, fuhr Payton fort, ohne daß der freundliche Ausdruck seiner Stimme sich veränderte, »ich glaube, so leid tut es mir nun auch wieder nicht.« Er winkte erneut mit seiner zur Pistole umgerüsteten Schrotflinte und deutete damit auf einen Punkt links von Carl. »Okay, Kumpel, spring rein.«

Carl schaute verwirrt in das fleckige, pockennarbige Gesicht des Mannes. Dann begriff er, was Payton meinte. Ihm wurde klar, weshalb er sich die Mühe gemacht hatte, zu dieser Stelle zurückzukehren. Er wollte, daß er in das Loch stieg, das er selbst gegraben hatte. Es sollte seine letzte Ruhestätte werden.

»Kann ich nicht –«

»Spring einfach in das Loch, damit ich endlich von hier verschwinden kann. Leg dich auf den Bauch und mach es uns beiden ganz leicht.«

Carl zögerte, dann machte er einen Schritt nach vorne. Er schwankte am Rand des Erdlochs. Gideons Grab. So hatte er sich das Ende dieser Geschichte nicht vorgestellt. Nicht hier, nicht in diesem Dickicht irgendwo im Mississippi-Delta. Getötet von einem fetten, stinkenden Widerling, der wahrscheinlich weder wußte noch sich dafür interessierte, was überhaupt vor sich ging. Er würde niemals den großen amerikanischen Roman schreiben oder miterleben, wie die Mets eine weitere World Series gewannen oder wie der neue Michael Jordan entdeckt wurde. Er lächelte traurig und dachte: Nun, wenigstens eins habe ich richtig gemacht. Die letzte Nacht mit Amanda war einfach perfekt gewesen. Er seufzte bei dieser Erinnerung. Seiner allerletzten, wie es aussah.

»Darf ich nur eine Frage stellen?« Er konnte Amanda immer noch etwas Zeit verschaffen.

»Frag, was du willst, Kumpel, aber beeile dich. Denn deine kleine Freundin ist als nächste an der Reihe. Der einzige Ort, wo sie jetzt hinlaufen kann, ist die Straße hinter diesem Wald. Und siehst du diesen kleinen Hügel da drüben? Weißt du, was sich auf der anderen Seite befindet?« Er griff in die Hosentasche, holte ein Schlüsselbund heraus und klimperte spielerisch damit herum. »Mein schönes, schnelles Auto. Falls sie nicht schneller rennen kann als je ein Mensch vor ihr, müßte ich sie eigentlich recht bald eingeholt haben. Also los, du hast eine Frage frei.«

Carl entschied, daß er die beste Frage stellen würde, die ihm in dieser Situation einfiel. »Wie sind Sie nur so verdammt fett geworden?«

Paytons Augen weiteten sich vor Überraschung und Wut. Sein erster Impuls war, dem jungen Mann sofort eine Lektion zu erteilen. Dann dachte er, verdammt, sieh bloß zu, daß du es hinter dich bringst, aber ehe er irgend etwas tun konnte, ehe er abdrücken konnte, um diesen überheblichen Burschen auszuradieren, riß der Junge die Arme hoch, und zwei Hände voll Sand und Staub flogen in Paytons Gesicht.

Für einen kurzen Moment geblendet, wischte Payton sich über die Augen. Vage sah er einen dunklen Schatten auf sich zufliegen und drückte ab, aber er schoß in die Luft. Der Junge war stark, stark genug, um Payton zu Fall zu bringen, aber jetzt konnte Payton wieder etwas erkennen. Es war kein ausgeglichener Kampf. Er war rund fünfzig Pfund schwerer als der Junge. Und er war von früher Jugend an ein erfahrener Straßenkämpfer. Sie kämpften einige Sekunden lang, wobei der Junge versuchte, an die Waffe heranzukommen, doch als Paytons Faust gegen seine Schläfe krachte, spürte er, wie der Junge erschlaffte. Und als Paytons Knie hochzuckte und das Kinn des Jungen rammte, war alles vorbei. Um ganz sicher zu gehen, erhob Payton sich und versetzte ihm einen Tritt, legte seine ganze Kraft hinein. Der Junge wälzte sich schmerzgepeinigt über den Waldboden, rollte langsam in Richtung Grab. Nun wurde es für Payton ein schreckliches Spiel. Ein Tritt, und der junge Mann kam dem Erdloch gefährlich nahe. Der nächste Tritt …

In diesem Moment hörte er es. Zuerst glaubte er, sein Verstand würde verrückt spielen. Aber er blickte nach unten, sah auf den Jungen, und dieser, so übel zugerichtet er auch war, hatte den Kopf erhoben und lauschte ebenfalls.

Gesang.

Eintöniger, rauher Gesang.

»Oh mein Gott, errette mich aus der Gewalt der Gottlosen,
Aus den Klauen der unrechten und grausamen Menschen.«

Carl stöhnte gequält auf. O Gott, dachte er. Psalmen.

Momma sang. Warum war sie nicht weggelaufen? Warum hatte sie nicht zugesehen, daß sie schnellstens von hier verschwand? Was zum Teufel hatte sie vor?

»Die alte Frau?« fragte Payton ungläubig. Er schaute auf Carl, der am Rand des frisch ausgehobenen Erdlochs lag und zu schwach war, um seinen Blick zu erwidern. »Das ist dein Glückstag, Kleiner. Du lebst noch lange genug, um miterleben zu können, wie ich noch einen deiner schwarzen Freunde ins Jenseits befördere.« Er drehte sich zum Wald um.

»Wo ich sie liebe, sind sie meine Feinde,
Aber ich bete für sie.
Doch sie gaben mir nur Böses,
Und haßten mich für meine Liebe.«

Und damit trat Momma One-Eye aus dem Wald heraus auf die Lichtung. Sie hatte die Hände auf dem Rücken verschränkt und schien völlig ruhig, völlig gelassen zu sein. Sie machte zwei unsichere Schritte auf Payton zu.

»Sieh sie dir nur an«, sagte Payton zu Carl. Dabei verzog sein Mund sich zu einem spöttischen Grinsen. »Sie ist sogar zu dumm, um sich zu verstecken.«

»Du bist kein guter Mann«, sagte leise Momma zu Payton.

»Ein guter Mann?« Er schnaubte geringschätzig und drehte sich zu der alten Frau um. »Was meinst du, was hier im Gange ist, Momma? Glaubst, wir veranstalteten hier eine Party? Eine Party für alle guten Menschen in dieser Gegend?« Er lachte und deutete mit einem Kopfnicken auf Carl. »Sie glaubt, wir feierten eine Party! Na schön, warum singst du nicht einfach weiter, Momma? Sing weiter für unsere Party.«

»Ich werde nicht mehr singen«, sagte Momma One-Eye.

»Du bist also fertig?«

»Ja«, sagte sie. »Die Zeit zu singen ist vorüber.«

»Nun, welche Zeit ist nun gekommen? Die Zeit zu sterben vielleicht?«

»Ja«, sagte Momma. »Jetzt ist es Zeit zu sterben.«

Carl hörte den Schuß. Er wollte nicht hochschauen. Er wollte nicht die seltsame alte Lady ausgestreckt im Gras liegen sehen. Er wartete auf Paytons Kommentar. Und auf Paytons Lachen. Er wartete auf einen zweiten Schuß, der seinem Leben ein Ende setzen würde. Er würde sich nicht umdrehen. Diese Freude würde er ihm nicht machen. Er würde nur warten, und dann wäre es endgültig vorbei.

Nichts.

Keine Worte. Kein Gelächter. Kein Schuß.

Carl zwang sich, auf die Knie hochzukommen. Er erwartete, niedergeschlagen zu werden, sobald er sich erhob, aber er erhielt keinen Schlag. Seine Rippen fühlten sich an, als wären sie gebrochen, doch er bemühte sich, aufrecht zu stehen. Als er schließlich auf den Füßen stand, wandte er sich um und zwang sich, seinen Peiniger anzusehen.

Payton war nach vorne gefallen und mausetot. Blut sickerte aus seinem Hinterkopf.

Momma One-Eye stand ein paar Schritte von ihm entfernt. Sie streckte beide Arme nach vorne, als zielte sie auf Payton. Ihre Hände hielten eine Pistole.

Carl stolperte zu ihr hinüber. Er drückte sanft ihre Arme nach unten. Dabei sagte er kein Wort, sondern starrte sie nur verblüfft an.

»Er war ein schlechter Mann«, stellte Momma One-Eye fest.

»Ja«, bekräftigte Carl. »Ein sehr schlechter Mann.« Und dann fuhr er fort: »Woher haben Sie ...?«

»Luther hatte eine Pistole, seit seine Tochter getötet wurde. Er hatte sie immer bei sich, wo er ging und stand, für den Fall, daß er dem Mann begegnete, der ihm das Kind genommen hatte.«

»Ich weiß. Ich habe die Pistole in seinem Büro gesehen.« Carl betrachtete die Waffe in Mommas Hand. »Haben Sie die Pistole bei der Leiche gefunden und an sich genommen?«

»Während Sie im Wald waren. Und der böse Mann Sie verfolgte.«

Carl sank auf die Knie. Für einen kurzen Moment glaubte er, ohnmächtig zu werden. Aber nachdem er mehrmals tief durchgeatmet hatte, kam er wieder auf die Füße. Er zog Momma an sich, umarmte sie und küßte sie zärtlich auf die Stirn.

»Wir dürfen Luther nicht hier liegenlassen, nicht neben einem so bösen Menschen«, erklärte sie. »Es wäre nicht ... würdig.«

Carl nickte. Er trat hinter Payton und begann ihn zur Grube zu rollen. Kurz vor der Kante hielt er inne. Während er krampfhaft ein Würgen unterdrückte, gab er sich einen Ruck, griff in Paytons linke Hosentasche und holte den Wagenschlüssel heraus. Erschauernd gab er dem schwergewichtigen Mann einen letzten Stoß und sah zu, wie er in dem Erdloch verschwand.

»Jetzt können wir gehen«, sagte die alte Frau. Dann reichte sie Carl die Pistole.

»Sie sollten die Waffe behalten«, sagte er.

»Ich brauche sie nicht mehr«, entgegnete sie. »Und ich

hoffe und bete darum, daß Luther sie dort, wo er jetzt ist, auch nicht mehr braucht.« Momma streichelte Carls Wange mit ihrer knochigen Hand. »Aber ich bin mir ziemlich sicher, daß Ihnen die Pistole noch gute Dienste leisten wird.«

Carl schob sich die Pistole in den Hosenbund. Dann ergriff er Mommas Hand, drückte sie, und zusammen kehrten sie zur Stadt zurück.

Zum erstenmal in ihrem Leben fühlte Amanda May sich wie gelähmt.

Sie befand sich in Suzis Wohnung über dem Café in Warren. Suzi, ihr Mann und ihre drei Kinder hatten sich um den Fernseher versammelt und verfolgten das Geschehen in entsetztem Schweigen. Sie hatten das Restaurant geschlossen, als sie die Neuigkeit erfuhren. Amanda war bereits eingetroffen. Suzi hatte sie ohne ein Wort dort versteckt, als sie erschienen war und erklärt hatte, Momma hätte ihr geraten, dorthin zu gehen. Aber sie hatte weder den Fernseher noch das Radio eingeschaltet und wußte deshalb nicht, was geschehen war. Dann war jemand ins Café gekommen und hatte die Nachricht verkündet. Daher waren sie alle unter aufgeregten Rufen nach oben geeilt, und es dauerte einige Minuten, ehe Amanda begriff, was passiert war. Sie hatten ANN eingeschaltet und verfolgten gebannt die Tragödie. Amanda saß zusammengesunken in einem Sessel in einer Zimmerecke, während die anderen den Fernseher umringten. Keiner redete. Sogar der Fernsehkommentator ergriff nur gelegentlich das Wort und ließ statt dessen die Bilder für sich selbst sprechen.

Wie kann das sein? fragte Amanda sich. Wie konnte so etwas geschehen? Ich verliere noch den Verstand.

Die Stimme des Sprechers erklang wieder und äußerte sich zu der Tragödie, zu der weltweiten Trauer und zu den Beileidsbekundungen, die aus aller Welt eingingen.

Es klopfte an der Tür. Eine von Suzis kleinen Töchtern öffnete sie. Trotz ihrer Benommenheit meldete sich in Amandas Gehirn eine Stimme, die sie warnte. »Nein!« schrie Amanda und sprang auf. »Nicht aufmachen!« Aber es war zu spät. Das Mädchen hatte die Tür weit aufgerissen. Amanda wich zurück, überzeugt, daß sie soeben dem Teufel höchstpersönlich Einlaß gewährt hatten.

Sie hatte sich geirrt.

Carl stand dort, dreckverschmiert, blutig und die Arme um den Oberkörper geschlungen, als wäre er schwer verletzt. Er lehnte kraftlos am Türpfosten. Neben ihm stand Momma One-Eye.

Ein Wunder! Carl und Momma! Aber wie? Warum?

Amanda warf sich ihm entgegen, umarmte ihn, aber er krümmte sich vor Schmerzen. »Was ist passiert?« fragte sie. »Erzähl schon!«

»Ruhe!« brüllte Suzis Ehemann. »Kommen Sie rein und seien Sie willkommen, aber seien Sie still und benehmen Sie sich anständig.«

Carl blickte auf den Fernseher. Amanda sah, wie sich seine Augen verengten, während er zu begreifen versuchte, was er sah. Als es ihm zu dämmern begann, drehte er sich zu ihr um, und sie nickte bestätigend.

»Präsident Adamson ist tot«, sagte sie.

»Ein Attentat?« fragte Carl.

»Er hat sich selbst getötet«, meinte Suzis jüngste Tochter. »Der Präsident hat sich in den Kopf geschossen.

»Leise«, sagte ihre Mutter und deutete auf den Fernseher. »Paß lieber auf.«

Momma One-Eye blickte fasziniert auf den Fernsehschirm. Carl versuchte sich vorzustellen, was sie dachte. Sie kannte Tom Adamson praktisch vom ersten Tag an. Sie war Zeuge seiner entsetzlichen Tat gewesen. Sie hatte miterlebt, wie er ohne eine Strafe davongekommen und zum mächtigsten Mann der Welt aufgestiegen war. Und nun sah sie sein Ende. Sah, wie alles ihn einholte.

»Da ist Elizabeth. Sie will etwas verkünden.«

Alle Blicke richteten sich auf den Fernseher. Tatsächlich, da war Elizabeth Adamson. Die First Lady der Vereinigten Staaten trug Schwarz. Sie trat mit langsamen Schritten an ein Rednerpult.

Die Kamera ließ sie nicht aus den Augen, während ein Kommentator leise sprach. »Wie ich soeben erfahren habe, hat

Präsident Bickford vor wenigen Minuten während einer eilig anberaumten Zeremonie im Weißen Haus den Amtseid abgelegt. Neben mir steht Meredith Brock Moss, eine Historikerin des Weißen Hauses. Meredith, haben Sie irgendwelche Hinweise, was jetzt geschehen wird? Wird Jerry Bickford im September für die Präsidentschaft kandidieren?«

»Das weiß niemand, Harry. Der Vizepräsident – entschuldigen Sie, Präsident Bickford hat sich in der letzten Zeit so gut wie gar nicht in der Öffentlichkeit sehen lassen. Seine gesundheitlichen Probleme drangen erst vor kurzem an die Öffentlichkeit, als er verkündete, er werde für die zweite Amtsperiode Präsident Adamsons als Vizepräsident nicht mehr zur Verfügung stehen.«

»Könnte er aufgrund der heutigen Ereignisse seine Absicht zurückzutreten möglicherweise ändern?«

»Möglich wäre es. Aber das ist nicht der einzige Punkt, der zu bedenken ist. Es geht nicht nur um die Frage, ob Jerry Bickford Präsident sein möchte oder nicht. Will die Partei, daß er Präsident wird? Das ist die eigentliche Frage. Was die Umstände so einzigartig und kompliziert macht, ist die Tatsache, daß Tom Adamson die Vorwahlen für sich entschieden hat. Er hatte die Nominierung der Partei in der Tasche. Jetzt hingegen werden die Delegierten, da es keine Vorwahlen mehr geben wird, einen neuen Kandidaten bestimmen müssen. Werden sie sich für jemanden entscheiden, der einundsiebzig Jahre alt und gesundheitlich angeschlagen ist, oder bestimmen sie noch einen anderen Kandidaten? Wir sollten nicht vergessen, daß der Parteikongreß bereits in neun Tagen in New Orleans stattfinden wird. Und es wird einer der seltenen Fälle seit den vierziger Jahren des vergangenen Jahrhunderts sein, als wir uns für das Prinzip der offenen Vorwahlen entschieden ...«

»Entschuldigen Sie, Meredith«, meldete sich der Kommentator wieder zu Wort, »ich glaube, daß Mrs. Adamson bereit ist zu sprechen ... Moment, es scheint so etwas wie ... Ich kann es nicht genau erkennen ... es sieht so aus, als ob ... ja, Präsident Bickford ist soeben herausgekommen und tritt an Mrs. Adamsons Seite. Er geleitet sie zum Rednerpult. Das Durcheinander scheint sich ein wenig zu beruhigen, und es sieht in der Tat so aus, als würde Elizabeth Adamson gleich das Wort ergreifen.«

»Ich kann nicht fassen, daß sie das tut«, murmelte Amanda und starrte gebannt auf den Fernsehschirm.

»Sie ist eine tapfere Frau«, stellte Suzis Ehemann staunend fest.

»Dies ist ein sehr schwieriger Moment für mich«, wandte die First Lady sich an die Nation. Ihre Stimme bebte, und sie verstummte für einen kurzen Moment, bevor sie mit ein wenig festerer Stimme weitersprach. »Aber es ist auch ein schwieriger Moment für jeden Einwohner Amerikas und für die ganze Welt.« Sie schaute auf; Tränen funkelten in ihren Augen. »Heute um siebzehn Uhr zwanzig hat Thomas Adamson, der Präsident der Vereinigten Staaten von Amerika und mein Ehemann, sich erschossen. Er war auf der Stelle tot.«

Suzi, die ihren Blick nicht vom Bildschirm lösen konnte, brach in Tränen aus.

»Mein Ehemann war ein guter Mensch. Ich glaube, daß er ein großer Mann war, aber über die Größe eines Menschen entscheidet die Geschichte, daher wird man sich mit diesem Urteil Zeit lassen müssen. Was sicher und erwiesen ist, dürfte die Tatsache sein, daß er viele große Dinge getan hat. Er hatte seine festen Überzeugungen und war stets bereit, dafür zu kämpfen. Präsident Adamson hat zahlreiche Kämpfe dieser Art ausgefochten und hat sehr viele für sich entscheiden können. Wir können niemals ermessen, welchen Tribut solche Kämpfe von einem Menschen fordern, was sie die Seele eines Menschen kosten. Ebensowenig können wir wissen, weshalb jemand, der soviel vom Leben zu erwarten und ihm soviel zurückzugeben hatte, sich entschließt, seinem Leben selbst ein Ende zu setzen. Was wir jedoch wissen, was ich weiß, ist, daß Präsident Adamson erschöpft war. Er war der Kämpfe überdrüssig. Tom war nicht nur tief getroffen von den Mißständen, die er ringsum sehen mußte, er war auch zornig und deprimiert über die Schranken und Hindernisse, die ihn daran hinderten, diese Mißstände zu beseitigen.

Wir befinden uns in einer Zeit der Unruhen, des Umbruchs. Es gibt immer noch Hunger in der Welt. Es gibt Kriege und

Ungerechtigkeit. Es sind noch viele Schlachten zu schlagen und zu gewinnen. Gott weiß, daß jetzt nicht der Moment für politische Überlegungen ist. Eine solche Tragödie wirft ein ganz neues Licht auf die Politik. Endlich können wir sie als das erkennen, was sie ist: ein Spiel, das von den Mächtigen häufig nur mit dem einzigen Ziel gespielt wird, diese Macht zu erringen und zu behalten.

Viele Fragen müssen beantwortet werden, was in den nächsten Stunden, Tagen und Wochen sicherlich geschehen wird. Ich bitte Sie alle, Republikaner wie Demokraten, Freunde oder Feinde, Mächtige oder Unterlegene, bei der Beantwortung dieser Fragen mitzuhelfen. Wir wollen diese Fragen gemeinsam beantworten. Als menschliche Wesen. Es ist an der Zeit, sich über Differenzen hinwegzusetzen, die Waffen niederzulegen und Dinge einfach deshalb zu tun, weil sie richtig sind. Ich bitte Sie, ganz ruhig zu bleiben und, ja, zu trauern, aber auch daran zu denken, was mein Mann getan hat und was wir alle in der Zukunft tun werden. Sie werden schon bald über seinen Nachfolger entscheiden müssen. Die Zukunft liegt in Ihrer Hand.

Und das ist der eigentliche Grund, weshalb ich mich entschieden habe, heute vor Sie zu treten. Nämlich um Sie alle daran zu erinnern, daß es tatsächlich eine Zukunft gibt. Eine Zukunft, die mit Hoffnung und Freude und mit der Verheißung auf gute Dinge erfüllt sein sollte.

Ich möchte, daß wir alle beten. Beten Sie für Präsident Bickford, der hier neben mir steht, der mich unterstützt, wie er meinen Mann viele Jahre lang unterstützt hat. Der Präsident braucht unsere Gebete, um stark zu sein für die Schlachten, die ihm jetzt bevorstehen. Ich bitte Sie, auch für meinen Mann zu beten. Dafür, daß er endlich den Frieden gefunden hat, den er ganz und gar verdient. Und am Ende sollten wir auch für uns selbst beten. Dafür, daß wir die Kraft und den Mut haben, zu tun was richtig und für die Nation am besten ist.«

Während Elizabeth Adamson vom Podium geleitet wurde, bildeten die Menschen in dem kleinen Wohnzimmer in Warren, Mississippi, einen Kreis, ergriffen sich bei den Händen, umarmten einander und weinten. Die Rede hatte sie zutiefst gerührt. Die Kommentatoren berichteten bereits von den Reaktionen im Lande. Offenbar war es der Witwe des Präsidenten gelungen, die ganze Welt zu trösten und mit Zuversicht und Hoffnung zu erfüllen.

Bis auf Carl Granville.

»Sie ist erstaunlich«, sagte Amanda. »Wie kann jemand die Kraft aufbringen, so etwas zu tun?« Sie wischte sich die Tränen ab, die sie während der Ansprache nicht hatte zurückhalten können.

Carls Augen waren trocken und kalt. Er gab keine Anwort auf ihre Frage. Er sagte nur: »Warum?«

»Warum was?«

»Warum hat er das getan? Adamson hatte die Disketten aus meinem Computer. Er hat jeden beseitigen lassen, der im Weg stand. Und er hat ganz bestimmt gewußt, daß er auch uns am Ende ausschalten würde. Warum hat er Selbstmord begangen?«

»Das interessiert mich nicht«, sagte Amanda. »Mich interessiert nur, daß es endlich vorbei ist.« Als er nichts darauf erwiderte, wischte sie sich die letzten Tränen mit ihrem Ärmel weg. »Es ist doch vorbei, nicht wahr, Carl?«

Auf dem Bildschirm kündigte ein Nachrichtensprecher einen Nachruf für Tom Adamson an, der in einem Porträt seines wichtigsten lebenden Vermächtnisses, seiner Frau Elizabeth Adamson, bestand. Der Beitrag war während der letzten Stunden zusammengestellt worden und dokumentierte ihre Reden, ihre Verdienste und ihr Leben mit dem Präsidenten. Carl und Amanda wandten sich interessiert zum Bildschirm um. Dort trat soeben die First Lady aus dem Weißen Haus. Es handelte sich um eine ältere Aufnahme, denn sie ging am Arm ihres Mannes. Carl konnte nur staunen. Ihr Mann war erst wenige Stunden tot, doch schon stand sie im Mittelpunkt. Nichts steht mehr still. Keine Zeit zu trauern, keine Zeit, den Verlust zu beklagen. Keine Zeit nachzudenken. Es geht nur ständig vorwärts.

»Dies ist der letzte öffentliche Auftritt von Elizabeth Adamson mit dem Präsidenten«, erklärte der Kommentator. »Diese außergewöhnliche Frau begleitete ihren Mann vor einigen Wochen nach Owens, Missouri, wo die Mutter des Präsidenten, Wilhelmina Adamson, ihren achtundsiebzigsten Geburtstag feierte. Nach einem Abendessen in kleinstem Kreis in Mrs. Adamsons Haus begaben sich die drei Familienangehörigen zusammen mit Vizepräsident Bickford und dessen Gattin zu einem Empfang ins Rathaus. Der Präsident und Mrs. Adamson hielten Ansprachen an die versammelten Gäste. Der Präsident äußerte sich zur Notwendigkeit, die Menschenrechte durch strengere Gesetze zu schützen, während Mrs. Adamson verlangte, daß die Menschen ihre Einstellung zu den Menschenrechten grundlegend ändern müßten. Ihr Auftritt zeigte auf überzeugende Weise, wie ihr beispielhafter Teamgeist funktionierte. Während der Präsident in hervorragender Weise einem politischen Problem auf den Grund ging, widmete sie sich ...«

Carl beugte sich vor, und starrte wie gebannt auf den kleinen Fernsehschirm. Zu sehen waren Bickford und seine Frau, gefolgt vom Präsidenten und Elizabeth Adamson beim Betreten des Rathauses der kleinen Stadt in Mississippi.

»Amanda«, sagte er leise und ganz konzentriert. »Sieh auf den Bildschirm!«

Die First Lady und der Präsident waren stehengeblieben, um einige Fragen der Journalisten zu beantworten. »Da ist Elizabeth Adamson«, sagte Amanda ratlos. »Ich verstehe nicht, was –«

»Rechts neben ihr! Sieh genau hin!«

»Der Secret Service.«

»Schau hin, verdammt!«

Suzis gesamte Familie fuhr bei seinen zornigen Worten herum. Aber Carl achtete nicht darauf. Amanda kniff die Augen zusammen. Dann richtete sie sich ruckartig auf, drehte sich zu Carl um.

»Das ist unmöglich«, sagte sie.

»Nein«, entgegnete Carl. »Es ist sogar sehr gut möglich. Und um deine Frage von vorhin zu beantworten: Ich glaube nicht, daß es vorbei ist.«

Auf dem Bildschirm verschwanden die Bickfords und ihre beiden Leibwächter vom Secret Service durch den Rathauseingang. Ihnen folgten der Präsident und Mrs. Adamson, ebenfalls begleitet von zwei Secret Service-Agenten. Beide Männer trugen dunkelgraue Anzüge, weiße Oberhemden und dunkle Sonnenbrillen. Einer von ihnen, eindeutig der für den Präsidenten zuständige Leibwächter, war ein Fremder. Sie hatten ihn noch nie zuvor gesehen.

Der andere aber, der Beschützer der First Lady, der sich wie ein Schatten neben Elizabeth Adamson hielt, war jemand, den Carl nur zu gut kannte.

Es war Harry Wagner.

Dritter Teil

13. Juli – 16. Juli

30. Kapitel

Aktuelle Meldung von Apex News Service.

BICKFORD LEHNT NOMINIERUNG AB
Beruft sich auf Gesundheit und Alter

Washington, 14. Juli (Apex News Service) – *Ein bleicher und zutiefst erschütterter Präsident Bickford verkündete während einer dramatischen Pressekonferenz im Weißen Haus heute morgen, daß er sich nicht um eine Nominierung der Demokratischen Partei zur Präsidentschaftswahl im November bewerben wird.*

»Ich bin einundsiebzig Jahre alt, und meine Gesundheit erlaubt eine solche Entscheidung nicht«, sagte der Präsident, dessen Worte wegen der sogenannten Bell-Lähmung, einer vorübergehenden Gesichtslähmung, an der er schon seit mehreren Wochen leidet, nur schwer zu verstehen waren. »Unsere Nation braucht jemanden, der jung und stark genug ist, sie ins neue Jahrhundert zu führen«, erklärte er und fügte mit erstickter Stimme hinzu: »Ich habe einen guten Freund verloren. Wir alle haben einen guten Freund verloren. Ich wünschte, ich wäre in der Lage, seine wichtige und den Menschen in den Mittelpunkt stellende Politik fortzuführen, aber die Tatsachen verlangen eine andere Lösung.«

Nach seiner sensationellen Erklärung, die nur einen Tag nach seiner Vereidigung und eine knappe Woche vor dem Kongreß seiner Partei in New Orleans erfolgte, steht die Demokratische Partei praktisch ohne einen Kandidaten da, der gegen Senator Walter Chalmers aus Wyoming, den voraussichtlichen Kandidaten der Republikaner, antreten kann.

Präsident Bickfords Erklärung zeigte sofort Auswirkungen an der Wall Street, wo der Dow Jones-Index nach der Pressekonferenz um 541 Punkt absackte. Die Kurse wären sicherlich noch tiefer gefallen, wenn die New Yorker Börse gestern nachmittag nicht zwei Stunden früher geschlossen hätte, um weitere Panikverkäufe zu verhindern.

Analysten von der Wall Street sind weiterhin in großer Sorge. »Wir bewegen uns in unerforschten politischen Gewässern«, sagte Zig Halpern, ein Börsenmakler von Merrill Lynch. »Das beunruhigt sowohl kleine wie auch institutionelle Investoren.«

Die Finanzmärkte in Übersee sind ebenfalls in hektische Bewegung geraten. Der Nikkei-Index in Tokio fiel nach der Ankündigung des Präsidenten ebenfalls um 12 Punkte, während der Markt in London um acht Prozent absank.

Senator Chalmers jedoch reagierte maßvoll. »Freunde, deshalb haben wir in Amerika ein Zwei-Parteien-System«, erklärte er und versuchte, die Ängste der Wähler zu zerstreuen. »Es gibt nicht nur einen freien und anregenden Austausch von Standpunkten, sondern auch einen geordneten Machtwechsel. Es ist eine schmerzliche und traurige Zeit. Aber wir werden sie überstehen.«

Präsident Bickford, der keine Fragen der Journalisten beantwortete, ließ sich auch keinen Hinweis darauf entlocken, wen er der Partei als möglichen Kandidaten empfehlen könnte. Aber es ist äußerst zweifelhaft, daß kurzfristig jemand in Erscheinung treten könnte, der sich Präsident Bickfords Beliebtheit bei den gemäßigten Wählern beider Parteien erfreut.

Die jüngste von Apex News Network und vom Washington Journal *durchgeführte Umfrage ergab, daß Präsident Bickford im November 46 Prozent aller Stimmen auf sich vereinigen würde, gegen 42 Prozent, die sich für Senator Chalmers entscheiden würden. Diese Zahlen sind weitaus knapper, als die meisten politischen Experten es kurz nach Präsident Adamsons Selbstmord vorausgesagt haben.*

Nach Angaben von Alexander Whitfields, dem Sprecher des Weißen Hauses, beriet Präsident Bickford sich im Laufe des Vormittags mit Elizabeth Cartwright Adamson über die Beerdigungsfeierlichkeiten für Präsident Adamson. Zur Zeit ist nicht bekannt, ob ein formelles Staatsbegräbnis geplant ist. Da bisher in der Geschichte der Vereinigten Staaten noch kein amtierender Präsident durch Freitod aus dem Leben geschieden ist, gibt es im Weißen Haus kein offizielles Protokoll für einen solchen Fall.

Wegen der besonderen Umstände des Todes des Präsidenten ergeben sich auch Fragen, ob die katholische Kirche überhaupt ein religiöses Begräbnis gestattet. Das Weiße Haus hat Auskünfte zu der Frage, ob der Vatikan konsultiert wurde, strikt abgelehnt, aber laut einem Sprecher der St. Stephen's Cathedral in Washington würde eine Entscheidung des Vatikans eine Begräbnisfeier im kirchlichen Rahmen nicht ausschließen. »Die Grundsätze der Kirche haben sich während der letzten zehn Jahre erheblich geändert«, bestätigte Sister Lucille Furia. »Man vertritt jetzt die Auffassung, daß nur Gott alleine in der Lage ist, die Gründe zu bewerten, aus denen jemand freiwillig aus dem Leben scheidet. Dieses Urteil steht der Kirche nicht zu. Die Kirche ist dazu da, den Gläubigen zu dienen.«

»Von jetzt an bewegen wir uns auf unbekanntem Terrain«, räumte Taylor Chapin, der Stabschef des Weißen Hauses, ein. »Mrs. Adamson erwägt in Zusammenarbeit mit dem Präsidenten und mehreren religiösen Beratern das weitere Vorgehen. Sie ist entschlossen, den Wünschen der Wähler zu entsprechen. Ich selbst bin überzeugt, daß, was immer sie entscheidet, das Richtige sein wird.«

Bickford wartete während der heutigen Pressekonferenz nicht mit neuen Informationen über die Motive des Selbstmords auf. Enge Berater des verstorbenen Präsidenten erklären weiterhin, daß sie bei ihm keinerlei Anzeichen für übermäßigen Streß oder Depressionen beobachtet hätten. Stabschef Chapin bestätigte, daß Präsident Adamson ihm während der Kabinettsitzung, an der er kurz vor seinem Selbstmord im Oval Office teilnahm, »geistesabwesend« erschienen wäre. Aber, so erklärte Chapin mit Nachdruck, dies wäre nichts Ungewöhnliches. »Er war schließlich der Präsident der Vereinigten Staaten, der zahlreiche politische Probleme abzuwägen hatte.«

Der neue Präsident Bickford, ein bereits dreimal wiedergewählter Senator aus Ohio, wurde allgemein als politischer Mentor von Tom Adamson angesehen. Er lernte ihn kennen, als Adamson, der die Harvard Law School besuchte, als Referendar in seiner Kanzlei tätig war. Senator Bickford war es auch, der dem jungen Tom Adamson riet, nach Mississippi, wo er geboren war, zurückzukehren und sich dort um ein politisches Amt zu bewerben.

Aktuelle Meldung von Apex News Service.

UMFRAGE OFFENBART WEITREICHENDE UNTERSTÜTZUNG FÜR FIRST LADY

Washington, 14. Juli (Apex News Service) – *Eine neue Umfrage von Apex News Network und vom* Washington Journal hat *bei über 5000 registrierten Wählern in ganz Amerika ergeben, daß Wähler beider Parteien sich unerwartet deutlich dafür aussprechen, daß Elizabeth Cartwright Adamson die Arbeit ihres Mannes im Weißen Haus fortsetzen und sich selbst um das Präsidentenamt bewerben soll.*

Die Umfrage, in der die Wähler sich zu 82 Prozent für die ehemalige First Lady aussprachen, ergab, daß Mrs. Adamson den republikanischen Senator Walter Chalmers aus Wyoming mit überzeugenden 52 zu 37 Prozent der Stimmen schlagen würde, wenn sie im November als Vertreterin der Demokraten gegen ihn antreten würde.

»Wir haben es im wesentlichen mit einer Sympathiekundgebung zu tun«, erklärte der Wahlkampfmanager F. Price Stingley von Senator Chalmers auf die überraschenden Umfragezahlen. »Die sprichwörtliche Großherzigkeit des amerikanischen Volkes kommt hier zu Ausdruck. Aber glauben Sie mir, wenn es an der Zeit ist, sich ernsthaft zu entscheiden, werden die Menschen mit ihrem Verstand abstimmen und nicht mit ihren Taschentüchern. Außerdem wünschen sie sich an der Spitze der Nation eine starke Hand und nicht die Samthandschuhe einer unerfahrenen Frau.«

Die Umfragezahlen widersprechen dieser Behauptung. Auf die Frage, ob sie es für entscheidend halten, daß möglicherweise ein weiblicher Präsident ins Weiße Haus einzieht, meinten nur 18 Prozent der Wähler, daß dieser Punkt für sie von Bedeutung wäre. Für zweiundfünfzig Prozent war diese Frage nicht entscheidend. Dreißig Prozent hatten überhaupt keine Meinung.

»Die Tatsache, daß sie eine Frau ist, ist von nachrangiger Bedeutung«, erklärte Eloise Marion von den Demokraten. »Margaret Thatcher hat England mehrere Jahre lang erfolgreich geführt. Mehr als alles andere verraten diese Zahlen, daß die Menschen vor Walter Chalmers Angst haben. Die Wähler stim-

men viel eher mit Präsident Adamsons Regierungsplan überein. Und sie fühlen sich bei Lizzie sehr viel wohler.«

Die Unterstützung für Mrs. Adamson war unter den weiblichen Wählern besonders stark. Dort liegt sie mit 68 zu 22 Prozent aller Stimmen und 10 Prozent Unentschlossenen weit vor Chalmers. Afro-Amerikanische Wähler gaben ihr sogar zu 74 Prozent ihre Zustimmung. 20 Prozent sprachen sich gegen sie aus, und 6 Prozent hatten keine Meinung.

Experten nannten Mrs. Adamsons aufwühlende Rede nach dem Tod ihres Mannes und ihre Leistungen als Verfechterin sozialer Belange als Gründe für ihre Sympathiewerte.

Nur 11 Prozent der demokratischen Wähler sprachen sich dafür aus, sich auf einen anderen Kandidaten festzulegen.

Mrs. Adamson, die sich zur Zeit zurückgezogen im Weißen Haus aufhält, hat bisher nicht verlauten lassen, ob sie selbst sich zur Wahl stellen oder es in Erwägung ziehen würde, wenn die Partei sie dazu auffordern würde. Sollte sie sich jedoch zur Wahl stellen, so wäre sie die erste Frau in der Geschichte Amerikas, die von einer großen Partei ins Rennen um die Präsidentschaft geschickt würde.

Elizabeth Adamson war zu keinem Zeitpunkt eine First Lady, die sich damit zufriedengab, stumm lächelnd ihrem Mann zur Seite zu stehen und ihre Aktivitäten auf soziale Bereiche zu beschränken. Als Absolventin der Duke Law School hat sie sich stets pointiert zu so kontroversen politischen Themen wie Abtreibung, Gesundheitshilfe und Waffenkontrolle geäußert. Sie hat den Vorsitz bei internationalen Symposien über die globale Erwärmung und die Familienplanung geführt und drei Bücher geschrieben, die zu Bestsellern wurden. Insider des Weißen Hauses kannten sie als engste Beraterin und Kritikerin ihres Mannes, des Präsidenten.

Sollte sie sich zur Wahl stellen, würde ihre Kandidatur aufs neue einen manchmal heftig geführten Streit zwischen ihr und Senator Chalmers entfachen, der sie einmal eine »Müsli essende, Büstenhalter verbrennende Extremistin« nannte. Dafür bezeichnete Mrs. Adamson Senator Chalmers als »einen Dinosaurier, der eher entschlossen ist, Amerika ins neunzehnte Jahrhundert zurückzuführen«.

31. Kapitel

Der Kardinal litt entsetzlich.

Lieber Gott, diese Schmerzen, diese Qualen. Ganz zu schweigen von der Erniedrigung, unfähig zu sein, eine so grundlegende animalische Funktion auszuführen wie zu pinkeln. Kardinal O'Brien kannte diese Symptome allzu gut. Und er konnte niemand anderem als sich selbst die Schuld dafür geben, daß er sich so schlecht fühlte. Denn er durfte nicht mehr so viel trinken. Nicht mit seiner vergrößerten Prostata.

Auf keinen Fall sollte er versuchen, mit jemandem wie Father Patrick mitzuhalten, der trank, als versuchte er ein rasendes Feuer in seinen Eingeweiden zu löschen.

Aber Kardinal O'Brien hatte getrunken, viel getrunken. Vor fast einer Woche hatte er fast die ganze Nacht zusammen mit dem verzweifelten jungen Geistlichen Whisky und Bier getrunken und versucht, die gepeinigte Seele des Fathers zu trösten. Aber seit einigen Tagen war er der Gepeinigte.

Die schrecklichen Leiden des Alters, dachte der Kardinal, der in zwei Wochen seinen zweiundsiebzigsten Geburtstag feiern würde. *Dieser Verlust an Würde.*

Aber er hatte getan, was er für nötig gehalten hatte. Als Father Patrick in angerufen hatte, hatte der junge Priester am Ufer des Potomac geparkt und hysterisch und nahezu völlig unverständlich in sein Autotelefon geschluchzt. Der alte Mann hatte gespürt, daß Selbstmord eine ernst zu nehmende Möglichkeit gewesen war. Father Pat hatte vor einigen Jahren bei Kardinal O'Brien studiert. Er war eine intelligente, vielversprechende Persönlichkeit gewesen, die seit kurzem mit der schlimmsten aller Situationen fertig werden mußte. Seine geliebte Schwester war von einem betrunkenen Autofahrer getötet worden. Father Patrick hatte an Gottes Existenz zu zweifeln begonnen und hatte den Kardinal an eine Passage aus dem Brief des Jakobus erinnert: »Denn wer da zweifelt, der ist gleich wie die Meereswoge, die vom Winde getrieben und gewebt wird.« Der Kardinal hatte ihn damals beraten und mit ihm gebetet. Und er hatte Father Pat gesagt, er solle ihn anrufen, falls er jemals wieder seinen Beistand brauche.

Nun, Father Patrick hatte ihn in seiner Verzweiflung angerufen.

Ohne zu zögern, war der Kardinal die vierzig Meilen von Baltimore nach Washington gefahren, hatte ihn abgeholt und zu seiner privaten Residenz gebracht, jenem fünfstöckigen neoklassizistischen Haus des Erzbischofs, das mit der Basilika durch einen überdachten Gang verbunden war, der auf die North Charles Street mündete.

Fast die ganze Nacht hatten sie in seiner Bibliothek gesessen, getrunken und geredet. Father Patrick hatte entsetzliche Qualen gelitten. Seine Hände zitterten, und seine Zähne schlugen unkontrolliert aufeinander. Von Zeit zu Zeit hatte er sogar geweint. Aber die arme Seele war nicht fähig gewesen, dem Kardinal zu schildern, was ihn so quälte. Sie hatten sich über Kirchenpolitik unterhalten, hatten über die geliebten Goldamseln des Kardinals gesprochen und darüber, ob sie genug Äste in ihrem Käfig hatten. Aber nicht darüber, was Father Patrick quälte. Er konnte sich nicht dazu durchringen, sein Leid in Worte zu fassen.

Am Morgen hatte der Kardinal mit Father Thaddeus in seiner Klause in den Great Smoky Mountains telefoniert und ihm mitgeteilt, daß Father Patrick zu ihm unterwegs sei. Dann hatte der Kardinal dem jungen Priester die Schlüssel seines Wagens ausgehändigt und ihn auf die Reise geschickt.

Father Patrick hatte ihn angefleht, niemandem zu erzählen, daß er ihn aufgesucht hatte. Ganz gleich, wer zu ihm komme, ganz gleich, wer ihn frage. »Vertrauen Sie mir«, hatte Father Pat gesagt. Der Kardinal hatte dem jungen Priester versichert, daß er ihm absolutes Vertrauen schenkte und daß er kein Wort verlauten lassen würde. Und er hatte sein Versprechen gehalten, auch als die Washingtoner Polizei ihn an diesem Nachmittag angerufen hatte, um sich nach dem Priester zu erkundigen.

Der Kardinal schaute sich an diesem Abend die Fernsehnachrichten an, während er seine Krabbenpastete mit jungen Kartoffeln verzehrte. Eine schlechte Nachricht nach der anderen. Und es wurde immer schlimmer. Während der vergangenen Woche hatten die Nachrichten sich ausgiebig mit einem Serienmörder beschäftigt, einem enttäuschten hoffnungsvollen Schriftsteller, der immer noch frei herumlief. Es war schrecklich, dachte der Kardinal, was eine große Enttäuschung bei einem intelligenten, jungen Menschen bewirken konnte. Father Patricks Verschwinden war auch an offizieller Stelle zur Kenntnis genommen worden. Die Behörden befaßten sich sogar damit. Ein Verbrechen wurde nicht ausgeschlossen. Nun jedoch waren alle anderen Nachrichten von der Meldung vom Selbstmord des Präsidenten verdrängt worden. Eine Tragödie, dachte der Kardinal. Er hatte Tom Adamson gekannt. Nicht gut, aber gut genug. Er hatte zwei oder drei Messen für den Präsidenten gelesen und hatte an mehreren Teerunden und anderen gesellschaftlichen Anlässen teilgenommen. Der Präsident war ein kluger Mann. Und er hatte offensichtlich große Probleme mit sich herumgetragen. Aber diese Dinge gingen oft Hand in Hand. Der Kardinal sehnte sich selbst oft nach innerem Frieden und wünschte sich, ein Schüler und kein Lehrer zu sein, ein Jünger und keiner, der selbst führte. Er erinnerte sich an ein Gespräch über dieses Thema, das er vor etwa einem Jahr mit Father Patrick geführt hatte. Sie hatten sich über den Präsidenten und über den außerordentlichen Druck unterhalten, dem er tagtäglich ausgesetzt war. Father Pat hatte Adamson ebenfalls gekannt. Er hatte ihm mehrmals die Beichte abgenommen und sich gelegentlich auch als sein geistlicher Ratgeber betätigt.

Es war kurz vor Mitternacht. Ein warmer Regen hatte eingesetzt. In der Ferne donnerte es, und man konnte ein Wetterleuchten beobachten, das stetig näher kam. Wie so oft, ehe er zu Bett ging, schlenderte der Kardinal hinüber zur Basilika, wobei er wegen der Schmerzen in seinem Unterleib eine leicht gebückte Haltung einnahm. Er genoß es, durch die Basilika zu spazieren, ehe er sich für die Nacht zurückzog.

Die Basilika der Unbefleckten Empfängnis der Jungfrau Maria, die in der Cathedral Street gegenüber der Pratt Library stand, konnte für sich in Anspruch nehmen, die erste römisch-katholische Kirche zu sein, die in den Vereinigten Staaten erbaut worden war. Mit dem Bau hatte man im Jahr 1806 begonnen. Ihr Architekt, Benjamin LaTrobe, hatte auch das Capitol entworfen.

Von dem Gewölbe über dem Alter der Heiligen Jungfrau hing das Birett von James Kardinal Gibbons, der 1921 gestorben war. Es würde dort hängen, bis es völlig zerfallen war. Und so wie auch sein eigenes dort hängen würde, wenn er einmal starb. Kardinal O'Brien blieb für einen kurzen Moment stehen und betrachtete das Birett nachdenklich. Er hatte die Hände auf dem Rücken verschränkt.

Plötzlich vernahm er in nächster Nähe ein Rascheln. Er erschrak, als er feststellte, daß er nicht alleine war.

Ein junger Mann in einem schwarzen Regenmantel lehnte im Halbdunkel an der Wand. Der Kragen des Mantels war hochgeschlagen und verdeckte sein Gesicht. Aber nicht seine Augen. Seine Augen waren vor Angst weit aufgerissen.

»Es ist schon spät, mein Sohn«, sagte der Kardinal leise und machte einen Schritt auf die Gestalt zu.

Der junge Mann wich zurück. Er schien sehr scheu zu sein wie eine der streunenden Katzen, die der Kardinal jeden Herbst bei sich aufnahm, um der Mäuseplage Herr zu werden.

»Wie bist du hereingekommen?« fragte der Kardinal.

Draußen ertönte lauter Donner. Hier zwischen den massiven Mauern der Basilika schien das Gewitter weit weg zu sein.

»Ich habe mich versteckt«, lautete die atemlos geflüsterte Antwort. »Ich habe mich hier stundenlang versteckt. Ich muß mit Ihnen reden, Father. *Unbedingt!*«

Das Gewitter war jetzt genau über ihnen. Blitze erhellten die bunten Glasfenster. Sie beschienen kurz das Gesicht des jungen Mannes wie ein Strahl grellen Sonnenlichts. Es war ein junges, gutaussehendes Gesicht. Eine hohe glatte Stirn, fein geschnittene Gesichtszüge, der Mund weich und seltsam verletzlich.

»Er war hier«, sagte der Junge atemlos zum Kardinal. »Ich weiß, daß er hier war.«

»Wer soll hier gewesen sein, mein Sohn?«

»Father Patrick. Sie haben ihn gesehen, nicht wahr?«

Kadinal O'Brien wurde wachsam, als er den Namen seines verzweifelten Freundes hörte. »Was willst du?« fragte er vorsichtig. Und als der Junge zögerte, sagte er streng, aber immer noch behutsam: »Du solltest es mir lieber erzählen.«

Ein lautes Donnergrollen kam der Antwort zuvor. Der Kardinal konnte spüren, wie der Boden unter seinen Füßen bebte.

»Nicht hier. Bitte«, flüsterte der Junge, während seine Blick hektisch hin und her zuckte.

»Wo willst du dann reden?«

»Ich möchte meine Sünden bekennen. Nehmen Sie mir die Beichte ab«, bat er verzweifelt. »Sie müssen es tun. *Sofort.*«

»Natürlich«, sagte der Kardinal. »Natürlich tue ich das.«

Sie begaben sich in den Beichtstuhl aus dunklem Rosenholz. Kardinal O'Brien setzte sich und krümmte sich, als ihn ein neuerlicher Schmerz durchzuckte. Er preßte die Knie zusammen und wartete.

»Vergib mir, Father, denn ich habe gesündigt«, begann der junge Mann flüsternd. Und dann steigerte das Flüstern sich zu einer gequälten Klage. »Hat er es Ihnen erzählt, Father? Hat Father Patrick mit Ihnen darüber gesprochen?«

Kardinal O'Brien zögerte. »Ich weiß nur, daß er große Qualen litt – offenbar genauso wie du.«

»Ich *bin* diese Qual, Father.«

Der Kardinal wartete in gespanntem Schweigen. Er versuchte ganz ruhig zu bleiben, aber ihm gefiel gar nicht, in welche Richtung das Gespräch sich zu bewegen schien.

»Ich war Meßdiener«, platzte der junge Mann heraus. »Bei Father Patrick. Und … wir lieben uns, Father. Es ist eine tiefe, leidenschaftliche Liebe.«

Der Kardinal versuchte zu schlucken, aber sein Mund war trocken. Ein saurer, bitterer Geschmack klebte in seiner Kehle, und in seinem Magen breitete sich ein schmerzhaftes Brennen aus. Skandal! Das war das letzte, was die katholische Kirche gebrauchen konnte, wo es schon so viele Zweifler gab. Wo soviel über sie geredet, ihr soviel Schaden zugefügt wurde. Und alles nur weil ein oder zwei schwarze Schafe der Versuchung nicht widerstehen konnten. Sünder, die niemals hätten zu Priestern geweiht werden dürfen. Sie waren es, die Aufsehen erregten. Nicht die hundert und aber hunderte, die unermüdlich und selbstlos Gott und ihren Gemeinden dienten. Gehörte auch Father Patrick dazu – war auch er eines dieser schwarzen Schafe? Es war so schwer zu glauben. Und doch …

was sonst hätte in jener Nacht diese Verzweiflung, diese Qual bei ihm auslösen sollen? Father O'Brien hatte geglaubt, Zweifel und Angst bei ihm zu sehen. Aber vielleicht war das, was in den Augen seines Freundes gelegen hatte, nichts anderes als tiefe Schuld und Scham gewesen.

Dieser Junge war sehr hübsch, gewiß, aber wie konnte es geschehen, daß so ein guter Priester sein Amt auf diese Art und Weise mißbrauchte? Der Kardinal räusperte sich und fragte: »Und habt ihr dieser Leidenschaft ... nachgegeben?«

»Ich habe zu seinen Füßen gekniet und seine sterbliche Saat getrunken, Father«, erwiderte der Junge schluchzend. »Ich habe auf allen vieren auf dem Fußboden seines Büros gekniet und ihn von hinten empfangen.«

Im Kopf des Kardinals drehte sich alles, und sein Zorn auf Father Patrick steigerte sich zu rasender Wut. »Geschah es mit ... Einverständnis?«

»O Gott, ja!«

»Laß uns Gott einstweilen aus dieser Sache heraushalten«, entgegnete der Kardinal barsch. »Wie alt warst du, als diese ... diese ... Beziehung begann?«

Der Junge schwieg für einen Moment. »Ist das so wichtig?«

»Ich fürchte ja.«

»Ich war dreizehn, Father.«

Kardinal O'Brien schluckte krampfhaft. *Herrgott im Himmel – hilf mir. Bitte, hilf mir ...* Der Junge redete weiter. Der Kardinal gab sich Mühe, zuzuhören.

»... und jetzt haben meine Eltern es herausbekommen! Sie wollen zur Polizei gehen. Mein Vater ist ein sehr einflußreicher Mann. Er hat Beziehungen zu vielen Zeitungen.«

Das Entsetzen des Kardinals wuchs unaufhörlich. Viel schlimmer konnte es gar nicht sein. Er hatte einen Sexualverbrecher beherbergt. Er hatte ihm geholfen, nach North Carolina zu fliehen. Und er hatte die Polizei belogen. Wie würde das aussehen? Wie eine von der Kirche inszenierte Vertuschungsaktion.

»Helfen Sie mir, Father«, flehte der Junge. »Bitte, helfen Sie mir. Wir lieben uns. Wirklich und wahrhaftig. Und wir könnten einander helfen. Ich habe ein wenig Geld. Wir könnten woanders von vorne anfangen. Ganz weit weg. In Amsterdam vielleicht. Wir könnten zusammen sein. Anderenfalls …« Der Junge verstummte. Er atmete heftig. »Anderenfalls weiß ich nicht, was passieren wird. Ich muß ihn sehen, Father. Bringen Sie mich zu ihm.«

»Das kann ich nicht«, murmelte der Kardinal erschüttert. »Es geht nicht. Ich habe ihn weggeschickt.«

»Wohin?« fragte der Junge hartnäckig.

Die Gedanken des Kardinals rasten. Er war ruiniert. Seine Karriere war beendet. Gewiß würde man ihn nötigen zurückzutreten. Wie konnte Father Patrick ihm das antun. Wie konnte er ihn so benutzen, ihn belügen und nach North Carolina verschwinden? »Was … was ist?« sagte er schließlich und raffte sich auf.

»*Wo* in North Carolina?«

Mein Gott, hatte er es gesagt? Was war mit ihm los? Wie konnte er dem Jungen verraten, wo Father Patrick sich aufhielt? Er war völlig durcheinander. Er hatte zu große Schmerzen. Er konnte auch nicht mehr klar denken. Plötzlich fühlte Kardinal O'Brien sich schrecklich alt.

»Zur Klause?« fragte der Junge. »Nach St. Katharina?«

Hatte er auch *das* laut ausgesprochen? Nein, er war sicher, es nicht gesagt zu haben. Ein Schmerz raste durch seinen Körper. Er begann in seinem Unterleib wie schon vorher, aber nun tobte er schon in seiner Brust.

»Woher weißt du von der Klause?« fragte der Kardinal.

»Ich weiß alles über Father Patrick«, erklärte der Junge. Doch nun klang er ganz anders. Viel weniger verängstigt.

»Ich möchte, daß du jetzt gehst«, sagte der Kardinal, als eine zweite Schmerzwelle ihn schier überwältigte. »Bitte … geh einfach.«

»Das werde ich, Father. Aber zuerst muß ich dafür sorgen, daß niemand von diesem Gespräch erfährt.«

Der Kardinal richtete sich auf und vertrieb mit einem heftigen Kopfschütteln den Nebel, der seinen Blick trübte. »Junger Mann, wie können Sie so etwas zu mir sagen?« fragte er. »Was gesagt wurde, bleibt allein zwischen uns. Ich bin Gottes rechte Hand.«

»Und ich seine linke«, sagte der Korrektor und schoß dem Kardinal mitten in die Stirn.

Für einen kurzen Moment, während er vornüber zu Boden stürzte, verspürte Kardinal O'Brien einen völlig neuen Schmerz.

Und dann spürte er gar nichts mehr.

32. Kapitel

Carl starrte in die totale Finsternis, während er die schmale, holprige Schotterstraße von Momma One-Eyes Haus zurück nach Warren fuhr. Amanda saß in angespanntem Schweigen neben ihm. Paytons Suburban kam ihnen vor wie ein Luxusapartment auf Rädern, nachdem sie so viele Tage mit dem klapprigen Subaru unterwegs gewesen waren.

Laut der Fahrzeugpapiere, die im Handschuhfach neben einer geladenen .357er Smith & Wesson Magnum lagen, war der Suburban auf Astor Realty Management, New York City angemeldet. Astor Realty war ausgerechnet die Firma, die Carls Apartmenthaus verwaltete. Irgendwann in seinem Leben hatte Carl an Zufälle geglaubt. Aber nun nicht mehr. Das konnte unmöglich ein Zufall sein.

Momma wollte sich um Luthers Leiche kümmern. Und um das Skelett des kleinen Gideon. »Ihr beide braucht euch keine Sorgen zu machen«, hatte sie ihnen versichert. »Momma erledigt alles, was erledigt werden muß.«

Gleichgültig, wie lange Carl noch leben würde, niemals würde er den Anblick der zerbrechlichen kleinen Negerin vergessen, wie sie Payton in aller Seelenruhe erschossen hatte. Die Not und die Grausamkeit, die sie in ihrem langen Leben hatte ertragen müssen, hatten ihr zu einer inneren Kraft, einer Härte verholfen, die Carl kaum ermessen konnte. Es geschah nicht oft, daß er jemandem begegnete, von dem er unbedingt mehr wissen, von dem er lernen wollte. Aber genau das empfand er bei Momma One-Eye.

Warrens kleine Hauptstraße lag verlassen vor ihnen. Die wenigen Büros und Läden waren dunkel. In den Seitenstraßen brannten in den Häusern vereinzelte Lampen, und hier und da war auch das Flimmern eines Fernsehers zu erkennen. Doch ansonsten lag die kleine Stadt in tiefem Schlaf.

Carl rollte auf den Parkplatz hinter dem aus roten Ziegeln erbauten Rathaus. Während sie ausstiegen, schlug ihnen eine Woge aus Hitze und Feuchtigkeit entgegen. Der Geruch des Flusses war hier so kräftig wie sonst nirgendwo. Carl hörte in der Ferne einen Hund bellen, dann das Stampfen eines Güterzugs. Amanda hielt den Schlüssel des Stadtrates in der Hand und suchte nach dem Schloß in der Hintertür. Sie schlüpften ins Gebäude und schlossen die Tür hinter sich. Dann knipsten sie eine Lampe an.

Falls jemand vorbeikam, würde er annehmen, daß Luther noch Überstunden machte, hatte Momma ihnen erklärt. Das hätte er oft getan.

Sie betraten einen Lagerraum, der vollgestopft war mit Bürobedarf. Es gab zwei Türen. Eine führte auf die Toilette, die andere zu einem Korridor. Durch den Korridor gelangten sie zu Luthers Büro, dessen Wände mit den Zeichnungen von Harry Wagner bedeckt waren.

Amanda entdeckte den Computer zuerst. Er stand nicht auf Luthers Schreibtisch, der absolut ordentlich aussah – jeder Bleistift hatte seinen Platz, jeder Bogen Papier war akkurat abgelegt –, sondern auf einem Tisch in einer Ecke des Raums unter einem Anschlagbrett. Handbeschriebene Zettel hingen an dem Brett: Bitte den Computer abends immer ausschalten. Bitte keine Speisen oder Getränke am Arbeitsplatz. Darunter befand sich eine Liste, in die Angestellte des Rathauses sich eintragen konnten, wenn sie den Computer benutzen wollten. Drei Personen hatten sich für den nächsten Dienstag eingetragen.

»Luther war ein guter Mann«, sagte Carl gepreßt, während er die Formulare betrachtete. »Er hat den Tod ganz und gar nicht verdient.

»Niemand verdient es zu sterben«, sagte Amanda. »Zumindest nicht auf diese Art und Weise.«

Carl erwiderte nichts, aber er erinnerte sich an die schmerzhaften Fußtritte Paytons. Er erinnerte sich auch daran, welche satanische Freude es dem Hurensohn gemacht hatte, ihm Schmerzen zuzufügen. Und an seine eigene Freude, als er miterleben durfte, wie Payton hinfiel und liegenblieb. Und er dachte: Ja, einige Leute verdienen es zu sterben.

Amanda setzte sich an den Computer und schaltete ihn ein. Dabei schaute sie sich die Online-Zugangscodes an, die säuberlich auf einem Stück Papier notiert waren, das am Monitor befestigt war. »Im Nachrichtenraum dürfte im Augenblick die Hölle los sein«, sagte sie, während er beobachtete, wie der Computer hochlief. »Der Selbstmord eines Präsidenten ... so was ist nahezu unfaßbar.«

»Tut mir leid, daß du von dem Geschehen nicht viel mitbekommen hast«, sagte Carl und strich ihr über das Haar, während er hinter sie trat.

Sie griff nach seiner Hand und drückte sie. »Als ich das letzte Mal zugeschaut habe«, sagte sie, »hat die Action hier stattgefunden ... Ah, ich hab sie.« Ihre Finger flogen über die Tastatur, als sie eine Eilnachricht losschickte:

[Hey, Girl, was läuft?]

Shaneesas Antwort kam sofort zurück:

[Ein mächtiger Mann namens Tom Sowieso hat sich selbst abgeknipst. Ansonsten gibt's nichts Neues. Und was ist bei dir?]
[Ich warte, daß du mir etwas erzählst, Süße.]

Carl beugte sich vor. Blickte gespannt auf den Bildschirm und wartete auf die Antwort dieser offenbar geradezu genialen Hackerin.

[Ich habe zwei Sachen für euch. Erstens, ich habe das jüngst erwähnte Wort, bienvenue, entschlüsselt. Ich habe überall gesucht und bin immer wieder in einer Sackgasse gelandet. Dann habe ich ein wenig herumgespielt und herausgefunden, daß es sich um einen einfachen Buchstaben-Zahlencode handelt. Jeder Buchstabe des Alphabets entspricht seinem Zahlenwert: A ist 1, Z ist 26. Dann hat der Codierer einfach alles umgedreht, so daß B nicht mehr 2, sondern 25 ist, und so weiter. Ihr habt mir mitgeteilt, daß er sich aus dem Staub macht, daher habe ich mich darauf konzentriert. Wenn sie flüchten, hängt meistens eine Menge Geld mit drin. Es stellte sich heraus, daß es eine Kontonummer bei einer Bank auf den Cayman Islands ist. Das Computer-Äquivalent des guten alten Kontos bei einer Schweizer Bank. Das Konto wurde vor vier Tagen eröffnet. Und jetzt paßt auf – soeben wurden fünf Millionen Dollar darauf überwiesen.]

»Es sieht so aus, als hätte Harry sich etwas für seine alten Tage zurückgelegt«, sagte Carl.

»Nur hat jemand anderer dafür gesorgt, daß er seine alten Tage nicht mehr genießen kann«, meinte Amanda.

»Verdammt!« rief Carl. »Was hat er gewußt?«

»Zuviel auf jeden Fall«, entgegnete Amanda. »Wer dich angeheuert hat. Wer hinter all dem steckt. Sein Wissen war fünf Millionen Dollar wert.«

Ihre Blicke trafen sich, und Amandas Finger tanzten wieder über die Tasten. Shaneesas Antwort erschien umgehend auf dem Bildschirm.

[Laß mir ein wenig Zeit, Mädchen! Ich schaue gerade nach, woher und von wem die $$$ kamen. Ich dachte mir, daß euch das sicher interessieren würde.]

[Nimm dir Zeit, soviel du willst. Aber während du schon mal dabei bist, sieh nach, wer hinter Astor Realty Management in NYC steckt. Was ist denn die zweite Sache? Spuck's aus.]

[Ich habe eine überaus seltsame E-Mail erhalten. Und glaube mir, nur weil ich dir mein Leben zu verdanken habe, habe ich sie nicht professionell ausgenutzt. Ich dachte, ich gebe euch 24 Stunden. 14 habt ihr bereits verbraucht.]

[Wie lautet sie?]

[Ich schicke sie dir. Paß auf dich auf, Mädchen. Und viele Grüße an Mr. Right. Hoffentlich ist er es wert.]

Amanda schenkte sich eine Antwort, woraufhin Carl ihr leicht auf die Schulter klopfte. »Solltst du nicht irgend etwas zurückschicken. Wie ›Das ist er ganz bestimmt‹, oder ›Aber sicher‹?«

»Ich empfange gerade eine Nachricht, du Held«, erwiderte Amanda spitz.

»Was ist das denn? Seit wann kannst du gleichzeitig senden und empfangen?«

»Da ist es …«

Sie lasen in gebanntem Schweigen.

[Datum: Mittwoch, 13. Juli 7:34 AM EDT

Von: Fathathad@aol.com

Betrifft: Das ist kein Scherz

An: Perryman@dcjournal.com

Liebe Ms. Perryman – seit ich hier bin, lese ich die Online-Nachrichten mit größerem Interesse, als sie sich vorstellen können. Ich habe auch Ihren zu Herzen gehenden Artikel über Ihre Redakteurin und Freundin, Amanda Mays, gelesen. Nach reiflicher Überlegung habe ich beschlossen, mich an Sie zu wenden. Sie scheinen eine ernsthafte und moralische Person zu sein, eine wahre Christin. Ich muß mich irgend jemandem anvertrauen, daher habe ich mich für Sie entschieden. Sicherlich halten Sie mich für einen Verrückten oder einen Spaßvogel. Ich versichere Ihnen, das bin ich nicht. Ich kann mich in dem, was ich mitzuteilen habe, irren, aber bitte, glauben Sie mir. Ich meine es absolut ernst. Und ich gehe ganz gewiß ein großes Risiko ein.

Ebenso wie Ihre Freundin und deren Begleiter Carl Granville.

Wenn Sie mit ihnen nicht in Verbindung stehen, dann ignorieren Sie bitte diese Botschaft. Versuchen Sie nicht, mich zu kontaktieren oder zu finden. Ich werde nicht mehr da sein. Aber wenn Sie zufälligerweise wissen, wie Sie Ms. Mays oder Mr. Granville erreichen, dann müssen Sie dies sofort tun.

Ich habe Grund zu der Annahme, daß der Tod von Präsident Adamson die Folge einer gefährlichen und weitreichenden politischen Verschwörung war. Hinter seinem Selbstmord steckt mehr, als im Augenblick irgend jemand ahnt. Ich bin noch nicht einmal sicher, ob man seinen Tod einen Selbstmord nennen kann. Mord ist wohl das richtigere Wort dafür. Aber die Antwort auf diese Frage muß einstweilen warten, bis wir uns den Luxus leisten können, in Ruhe darüber nachzudenken. Im Augenblick haben wir diesen Luxus nicht.

Mir sind einige höchst beunruhigende Dinge zu Ohren gekommen. Da sie mir unter dem Siegel absoluter Verschwiegenheit mitgeteilt wurden, kann ich sie nicht weitergeben. Ich kann nur erklären, daß es absolut lebenswichtig ist, daß ich mit Carl Granville Verbindung aufnehme.

Sie haben in Ihrem Artikel erwähnt, daß er als Ghostwriter an einer Politikerbiographie gearbeitet hat. Eine prominente New Yorker Verlegerin wird plötzlich ermordet, und augenblicklich wird er als Schuldiger identifiziert. Er flüchtet nach Washington, D.C., um sich bei Miss Mays, einer Journalistin, Hilfe zu holen. Umgehend wird ihre Wohnung zerstört, und ein FBI-Agent wird ermordet aufgefunden. Erneut gilt Carl Granville als Täter, ein junger talentierter Autor, ein vielversprechender junger Mann ohne Vorstrafen. Kommt Ihnen das nicht seltsam vor?

Glauben Sie mir, es würde Ihnen seltsam vorkommen, wenn Sie wüßten, was ich weiß.

Ich weiß zuviel. Und ich glaube, daß Carl Granville und Ihre Freundin Amanda Mays ebenfalls zuviel wissen. Deshalb werden sie gejagt. Weil man ihn nicht am Leben lassen kann. Granville wäre in der Lage, alles, was sie geplant haben, zu ruinieren.

Wenn ich sie treffen kann, dann kann ich ihnen auch helfen. Und sie können mir helfen. Möglicherweise können wir uns gegenseitig vor der Katastrophe bewahren, die auf uns zukommt.

Möglicherweise ist es noch nicht zu spät.

Wenn Sie mit ihnen Kontakt haben, dann teilen Sie ihnen bitte mit, daß ich mich zur Zeit in der Klause von St. Katharina von Genua aufhalte. Sie befindet sich in der Nähe von Paint Gap in den Bergen außerhalb von Asheville, North Carolina. Ich werde nur noch einen einzigen Tag hier sein. Ich muß weiter und nach Antworten suchen.

Falls Ihre Freunde weitere Hinweise brauchen, um sich überzeugen zu lassen, dann teilen Sie ihnen bitte zwei Dinge mit: Ich weiß über das Manuskript, das er geschrieben hat, Bescheid. Und ich weiß von Gideon.

Wenn diese beiden Hinweise für ihn keinen Sinn ergeben, dann sollten Sie diese E-Mail ignorieren. Und sie sofort aus Ihrem Computer löschen, Ms. Perryman. Es ist gefährlich, sie dort zu lassen. Gefährlich für mich, gefährlich für Ihre Freunde und wahrscheinlich sogar gefährlich für Sie.

Vielen Dank für Ihre Aufmerksamkeit. Mit freundlichem Gruß
Father Patrick Jennings]

Amanda starrte schweigend auf den Bildschirm. »Das ist der vermißte Priester aus der St. Stephen's Kathedrale«, sagte sie flüsternd. »Dessen Wagen am Potomac gefunden wurde.«

»Er weiß Bescheid.« Carl drückte ihre Schulter. »Er weiß tatsächlich, was gespielt wird.«

»Wie kann er das wissen?« fragte Amanda.

»Woher wissen Priester irgendwelche persönlichen Dinge?« antwortete Carl mit einer Gegenfrage.

»O mein Gott.« Die Worte kamen stockend über ihre Lippen. »Er hat gebeichtet.« Sie wandte sich auf dem Bürosessel zu ihm um. In ihren grünen Augen stand das nackte Entsetzen. »Adamson hat seine Tat gebeichtet! Was sollen wir tun?«

»Ich denke«, erwiderte Carl nachdenklich, »wir sollten Luthers Instruktionen folgen und den Computer abschalten.«

»Und dann?«

»Und dann schnellstens nach Paint Gap in North Carolina fahren.«

Es war kurz nach vier Uhr morgens, als der Challenger Jet auf dem Asheville Regional Airport landete, der am südlichen Rand der idyllischen alten Ortschaft in North Carolina lag.

Der Korrektor hatte sich eine halbe Stunde, bevor die Maschine auf der Rollbahn aufsetzte, umgezogen.

Es war nicht schwierig gewesen. Sein Aussehen zu verändern war für den Korrektor niemals schwierig. Mit Hilfe von Polstern konnte man optisch das Körpergewicht leicht variieren. Haare konnten gefärbt, frisiert und geschnitten werden. Die Körperhaltung ließ sich ebenfalls sehr leicht manipulieren. Uniformen konnte man überall kaufen und waren äußerst wirkungsvoll. Die Menschen wurden in der Regel von Uniformen eingeschüchtert, sei es Polizei, Militär oder auch nur die Kluft eines Paketdienstes wie UPS. Die Stimme zu verstellen war auch kein großes Problem. So etwas machte er seit seiner Kindheit. Der Korrektor konnte eine Gesprächsrunde in einem dicht bevölkerten Raum verlassen, sich in einen Raum mit einem Spiegel zurückziehen, sich dort nicht länger als eine Viertelstunde aufhalten, wieder zurückkehren und sich aufs neue an der Unterhaltung beteiligen, ohne von jemandem in der Runde wiedererkannt zu werden.

Es war eine Fertigkeit. Nichts, worauf man besonders stolz sein konnte.

Sich mental zu verändern war schwieriger. Eine andere Person zu werden. Sich anders zu benehmen, anders zu denken. Anders zu empfinden. Das war keine Fertigkeit, sondern eine Kunst. Dazu gehörte, daß man die Menschen verstand, sie durchschaute. Und sich selbst kannte. Nicht nur die Person, die man war, sondern auch die Person, die andere in einem sehen wollten. Im Gewerbe des Korrektors war dies eine sehr nützliche Erkenntnis: Die Menschen sahen, was sie sehen wollten, und glaubten, was sie glauben wollten. Vor allem wenn sie verliebt waren oder wenn es irgendwie mit ihrem Gott zu tun hatte oder wenn sie sterben sollten.

Und so schritt der Korrektor die Flugzeugtreppe hinunter. Dabei bewegte er sich anfangs in seiner fremden Kluft ein wenig steif. Sie engte ihn ein, vor allem am Hals. Aber ihre Wirkung ließ sich nicht leugnen. Um diese Uhrzeit hielten sich nur wenige Leute im Flughafengebäude auf, aber diejenigen, die den Korrektor sahen, nahmen sofort eine respektvolle Haltung ein. Der ältere Gepäckträger, der draußen auf dem Gehsteig wartete, tippte sogar gegen seinen Mützenschirm und fragte den Korrektor, ob er ihm irgendwie zu Diensten sein könnte. Der Korrektor bedankte sich und belohnte ihn mit einem freundlichen Lächeln.

Der Korrektor wußte, daß seine Freundlichkeit überzeugend wirkte, nachdem er in der Toilette des Challengers einige Minuten lang vor dem Spiegel geübt hatte.

Ein Mietwagen, eine weiße Toyota Celica Limousine, wartete auf dem Parkplatz am Flughafen. Der Wagen war nicht abgeschlossen, die Schlüssel lagen unter der Fußmatte. Lord Augmons Leute hatten alles bestens arrangiert. Das war einer der Vorzüge, wenn man für ihn arbeitete. Das galt auch für die makellose Spionagearbeit. Als der Korrektor den Jet in Oxford, Mississippi bestiegen hatte, lag bereits ein Schnellhefter für ihn bereit. Er enthielt Father Patrick Jennings ausführliche Lebensgeschichte, eine Liste seiner engsten Vertrauten und, was besonders aufschlußreich war, die Unterlagen seiner Handyverbindungen komplett mit Namen und Adresse sämtlicher Personen, die er in den vierundzwanzig Stunden vor seinem Verschwinden angerufen hatte. Zufälligerweise besaß Lord Augmon einen beträchtlichen Aktienanteil des Mobilfunkdienstes, bei dem der Priester eingetragen war. Lord Augmon besaß Aktienanteile von allen größeren Mobilfunkdiensten – bis auf einen, der ihm ganz gehörte.

Von dort hatte der Korrektor übernommen. Es war der Korrektor, der sich auf Kardinal O'Brien konzentriert hatte. Es war der Korrektor, der den Piloten angewiesen hatte, den BWI-Flughafen in Baltimore anzufliegen. Es war der Korrektor, der herausgefunden hatte, daß der Kardinal jeden Abend, ehe er zu Bett ging, noch einmal die Basilika aufsuchte. Ein außerordentlich nervöser, außerordentlich schwuler, junger Priester namens Father Gary war die ergiebigste Informationsquelle des Korrektors gewesen. Seine Leiche würde im Laufe des Vormittags nicht mehr als fünf Meter von der Leiche des Kardinals entfernt aufgefunden werden. Die Pistole, die Kardinal O'Brien getötet hatte, befand sich noch in Father Garys lebloser Hand – der Korrektor hatte dieselbe Waffe benutzt, um Father Gary in den Mund zu schießen. Die Autopsie würde ergeben, daß die Waffe aus nächster Nähe abgefeuert worden war und daß Father Gary kurz vor seinem Tod ejakuliert hatte. Samenspuren würden auf der Zunge und den Lippen des Kardinals gefunden sowie an der rechten Hand des alten Mannes und an einigen Fingern. Eine kleine, aber aufschlußreiche Probe von Father Garys Schamhaar klebte außerdem an seinem Ärmel.

Gott war, wie der Korrektor glaubte, tatsächlich in den Details zu finden.

Der Korrektor stieg in den Toyota, stellte den Fahrersitz ein, damit seine Beine mehr Platz fanden, und knipste die Innenbeleuchtung an. Nachdem er eingehend die Straßenkarte studiert hatte, startete der Korrektor den Motor und lenkte den weißen Celica vom Flughafenparkplatz herunter, bog auf den Highway 26 ein und fuhr nach Norden zum Blue Ridge Parkway, jener berühmten Bergstraße, die sich um den Mt. Mitchell herumschlängelte und schließlich zu einer Ortschaft mit Namen Paint Gap führte.

Sie brauchten auf dem Highway 61 eine Stunde bis Memphis und fünf weitere lange Stunden, ehe sie Knoxville erreichten. Zum Glück war Suburban mit einem Radarwarngerät ausgerüstet. Sie konnten es sich nicht leisten, wegen Geschwindigkeitsübertretung angehalten zu werden.

Oder wegen eines anderen Deliktes.

Einmal hielten sie nicht weit von Nashville an einer Raststätte an, um zu tanken und sich ein paar Hamburger und Kaffee zu gönnen. Bei Knoxville schwenkte der Highway 40 nach Süden und führte nach North Carolina. Asheville, die Geburtsstadt von Thomas Wolfe, tauchte eine Stunde später vor ihnen auf.

Ein schläfriger junger Verkäufer in einem durchgehend geöffneten Lebensmittelladen erklärte Amanda den Weg nach Paint Gap. Es begann allmählich zu dämmern, als sie zum Blue Ridge Parkway gelangten. Die Fahrt auf den Mt. Mitchell, mit 2200 Metern der höchste Berg im Osten der Vereinigten Staaten, war atemberaubend. Die Panoramastraße tauchte in tiefe Schluchten ein, die dicht mit Lorbeer, Azaleen, Myrte und Rhododendron bewachsen waren. Auf ihrem Grund sprudelten Bäche und Flüsse, und ein früher Morgennebel hing in der stillen Luft. Ein Habicht schwebte majestätisch über dem Nebel.

Amanda schaltete die Klimaanlage aus und drehte die Fenster herunter. Die Bergluft war kühl und wunderbar klar. Es roch nach Kiefern. »Dies ist wahrscheinlich der schönste Ort, den ich je gesehen habe«, sagte sie mit vor Ergriffenheit bebender Stimme. »Irgendwann möchte ich hierher zurückkehren und ein ganzes Jahr bleiben.«

»Dabei würde ich dich sehr gerne begleiten.« Carl lächelte sie an.

Das augenblickliche Gefühl der Sicherheit und Abgeschiedenheit wurde durch ein schrilles, ohrenbetäubendes Piepen gestört. Das Geräusch ertönte so unerwartet und war so aufdringlich, daß Carl einige Sekunden brauchte, um zu erkennen, was es war.

Das Handy des Suburban, das in seiner Halterung klemmte, hatte geklingelt.

Carl starrte es entgeistert an. Amanda konnte ebenfalls den Blick nicht davon lösen, als hätte sie ein solches Rufsignal noch nie in ihrem Leben gehört. Keiner der beiden machte Anstalten, zum Telefon zu greifen.

Es piepte ein zweites Mal.

Sie schauten sich an. Schließlich griff Carl nach dem Telefon. Er klappte es mit dem Daumen auf, um den Anruf entgegenzunehmen. Sein Herzschlag beschleunigte sich. »Ja?«

»Ist der Job erledigt?« wollte eine Stimme am anderen Ende wissen.

Die Stimme gehörte einem Mann, sie klang ungeduldig und sehr britisch, und sie jagte Carl einen eisigen Schauer über den Rücken. Sie gehörte *ihm*. Endlich hatte Carl Gelegenheit, mit dem Satan zu sprechen, der für die Morde, für all das verantwortlich war.

»Ich gerate allmählich in Zeitnot«, fuhr die Stimme vorwurfsvoll fort. »Warum haben Sie sich nicht gemeldet? Ich muß es wissen: Sind die beiden tot?«

Wut staute sich in Carl auf. Die Adern an seinem Hals schwollen an, und er umklammerte das Telefon so kräftig, daß er befürchtete, es zu zerbrechen. Fast erkannte er seine eigene Stimme nicht, als er endlich einen Ton hervorbrachte. »Der Teilnehmer, den Sie sprechen wollen, ist nicht verfügbar«, sagte er. »Und ich fürchte, es ist schon ein extremes Ferngespräch nötig, um bis zu ihm durchzukommen.«

Am anderen Ende war keine sofortige Reaktion zu hören, nur schwere, rasselnde Atemzüge. Dann: »Verdammte Hölle, *Sie* sind es, nicht wahr? Sie haben den armen Payton abserviert. Donnerwetter ... Sie sind ja noch viel besser, als ich erwartet hatte, mein Junge.«

»Eines sollten wir gleich klarstellen«, sagte Carl mit zusammengebissenen Zähnen. »Ich bin nicht Ihr Junge.«

»Es ist verdammt schade, daß wir uns nicht unter anderen

Umständen kennengelernt haben, Carl. Es ist heutzutage so schwierig, einen gescheiten, unabhängigen jungen Mann zu finden. Die meisten Leute in Ihrem Alter müssen ständig überwacht werden.«

»Okay, jetzt wissen Sie, wer ich bin. Um wenigstens die Illusion von Fairplay aufrechtzuerhalten, warum verraten Sie mir nicht, wer *Sie* sind?«

»Ah, Sie sind wirklich noch jung, nicht wahr? Es tut mir schrecklich leid, Carl, aber sehen Sie, Sie haben in unserem Spiel eine Stufe erreicht, wo es ein Fairplay nicht mehr gibt.«

»Ein Spiel?« brüllte Carl ins Telefon. »Sie haben meine Karriere, mein Zuhause, mein *Leben* zerstört. Was für ein verdammtes Spiel ist das? Warum haben Sie mir das angetan?«

»Es ist nichts Persönliches, das versichere ich Ihnen, mein Junge.«

»Wer sind Sie?« schrie Carl außer sich vor Zorn. »Sagen Sie es schon, Sie Bastard!«

»Schade, diese Unterhaltung nimmt eine Wendung, die mir ganz und gar nicht gefällt. Ich lege jetzt auf, Carl.«

»Ich kriege Sie!« schwor Carl. »Ich finde Sie, und dann lasse ich Sie für alles bezahlen.«

Aber die Verbindung war bereits unterbrochen. In einem Anfall hilfloser Wut schmetterte Carl das Telefon gegen das Lenkrad des Suburban, einmal, zweimal, dreimal, bis Amanda es ihm aus der Hand nahm.

»Hör auf!« befahl sie. »Vielleicht brauchen wir dieses Telefon noch.«

Er atmete tief durch. Dann nahm er ihr das Telefon ab und legte es behutsam in die Halterung.

»Ich möchte den Kerl am liebsten umbringen«, sagte er sehr leise. »Ich möchte herausfinden, wer er ist, und dann möchte ich ihn töten.«

»Ja«, sagte sie genauso leise. »Ich weiß.«

Er ließ den Motor wieder an und setzte die Fahrt fort. Sie verließen die Panoramastraße und fuhren auf die Route 80 auf, eine schmale Gebirgsstraße, die sich durch Wälder und an einigen religiösen Andachtsstätten und New Age-Klöstern vorbei schlängelte. Diese Gegend wurde von Menschen aufgesucht, um Antworten, um Frieden zu finden. Paint Gap war nicht viel mehr als eine Straßenkreuzung. Um die Klause der St. Katharina von Genua zu erreichen, mußte man durch ein Tor aus Holzbalken, dann über eine Lehmstraße und schließlich einen langen, steilen Privatweg hinauffahren. Er führte durch einen dichten Wald und überquerte einen rauschenden Wildbach, ehe er vor einer windschiefen Hütte endete, die regelrecht aus einer Felswand herauszuwachsen schien. Sie bestand aus schweren Holzbohlen und hatte in der Mitte einen hohen Steinkamin. Würziger Rauch kräuselte sich aus dem Kamin in den Himmel.

Ein weißer Toyota Celica parkte vor der Hütte. Carl hielt neben dem fremden Wagen an und schaltete den Motor aus. Während sie ausstiegen, konnten sie den kühlen Wind durch die hohen Kiefern pfeifen und den Gesang zahlreicher Vögel hören. Ansonsten war es nach den scheinbar endlosen Stunden auf dem Highway so leise, daß es in ihren Ohren summte.

Amanda ergriff Carls Hand und drückte sie zuversichtlich. Zusammen gingen sie auf die Hütte zu.

»Und wie kann ich Ihnen behilflich sein, Father Gary?« erkundigte Father Thaddeus sich höflich.

»Ich hoffe eigentlich, daß ich Ihnen behilflich sein kann«, erwiderte der Korrektor leise und verlagerte sein Gewicht auf dem harten Holzstuhl. Es war nicht so sehr der Stuhl, der unbequem war, es war eher die Kleidung – vor allem der Kragen. Er war steif und unangenehm eng. Aber es war nicht ratsam, sein Gegenüber darauf aufmerksam zu machen, daß er sich nicht sonderlich wohl fühlte. Father Gary mußte eigentlich an diese Kleidung gewöhnt sein.

»Bitte fahren Sie fort«, forderte Father Thaddeus ihn mit einem Kopfnicken auf. Sein rundes, faltiges, braunes Gesicht erinnerte den Korrektor lebhaft an einen Bratapfel.

Sie saßen in seinem karg eingerichteten Arbeitszimmer. Ein kleines Feuer knisterte im Kamin, um die morgendliche Kühle aus dem Zimmer zu vertreiben.

»Father Patrick und ich sind schon seit längerer Zeit miteinander befreundet«, erklärte der Korrektor und sprach bewußt ein wenig schleppend. »Ich war gerade für ein paar Tage zu Besuch bei meiner Familie in Murfeesboro, als Kardinal O'Brien mich anrief, um mir mitzuteilen, daß Pat im Augenblick hier wäre. Er meinte – wir beide meinten –, daß es sicherlich ganz gut wäre, wenn ich kurz herkäme und mich davon überzeugte, wie es Pat geht, ehe ich nach Baltimore zurückkehre. Vielleicht braucht er etwas. Vielleicht will er auch nur reden.«

»Das ist sehr aufmerksam vom Kardinal«, murmelte Father Thaddeus. Er legte seine Fingerspitzen gegeneinander und stützte sein Kinn auf. »Und von Ihnen.«

»Wie geht es ihm, Father Thaddeus?«

Father Thaddeus trank schweigend seinen Kaffee. Er roch würzig. Der Korrektor hätte liebend gerne eine Tasse getrunken, hatte jedoch abgelehnt, als Father Thaddeus ihm eine angeboten hatte. Er wollte keine Fingerabdrücke hinterlassen.

»Ich wünschte, ich wüßte, was ich auf Ihre Frage antworten soll«, erwiderte Father Thaddeus schließlich mit einem Unterton des Bedauerns. »Ich kann Ihnen nur soviel sagen, daß Father Patrick Kraft sammelt. Er ist gelegentlich derart geistesabwesend, daß er kaum darauf reagiert, wenn man ihn anspricht. Manchmal finde ich ihn am Computer in unserem Büro. Was er dort tut, entzieht sich meiner Kenntnis. Die meiste Zeit ist er alleine und unternimmt lange Spaziergänge. Oder er steigt hinauf zu Our Father's Rock.«

»Our Father's Rock?« Der Korrektor beugte sich vor. Das klang vielversprechend.

»Es gibt einen schmalen Pfad, der auf den Gipfel dieses Berges führt«, erklärte Father Thaddeus. »Dieser Berg ist im Umkreis von einigen Meilen der höchste. Da oben liegt ein Felsen – Our father's Rock –, von dem aus man einen ungehinderten Blick in alle Himmelsrichtungen hat. An diesem Ort herrscht absolute Ruhe. Ein idealer Platz zum Nachdenken. Vor vielen Jahren wurde da oben eine kleine Hütte gebaut.

»›Der Weise baute sein Haus auf Stein‹«, zitierte der Korrektor. »Das Matthäus-Evangelium.«

»Genau«, sagte Father Thaddeus. »Die Hütte ist ziemlich primitiv. Und kaum groß genug für ein Bett und einen Tisch. Einige steigen dort hinauf, um in aller Ruhe lesen und nachdenken zu können. Einige, wie Father Pat, schlafen sogar dort oben. Wenn die Dämmerung einsetzt, ist die Sonne so warm und kommt einem so nahe vor, daß man fast glaubt, man bräuchte sich nur ein wenig zu strecken, und schon könnte man die Hand Gottes ergreifen.« Father Thaddeus blickte aus dem Fenster seiner Bibliothek in den frühen Morgen. »Ich nehme an, dort hält Pat sich im Augenblick auf»

»Darf ich zu ihm gehen?«

»Natürlich. Wenn er Sie sehen möchte.« Father Thaddeus stand auf und ging zur Tür, die in den Garten führte. »Versuchen Sie mit ihm zu sprechen.«

»Es zu versuchen ist alles, was wir in diesem Leben tun können«, sagte der Korrektor nachdenklich und blickte durch die Tür in den kühlen Morgen. »Und mit Gottes Hilfe haben wir gelegentlich sogar damit Erfolg.«

Wieder konnte er nicht schlafen. Wieder verbrachte Father Patrick Jennings die Stunden vor Sonnenaufgang damit, im flackernden Licht einer kleinen Öllampe fieberhaft in den abgegriffenen Seiten seiner Bibel herumzublättern. Seine Zähne klapperten vor Kälte, obgleich er sich die rauhe Wolldecke von seiner Pritsche um die Schultern gelegt hatte.

Antworten. Wahrheit. Verstehen.

Das war es, wonach er suchte.

Aber er fand keinen Trost in diesen vertrauten Seiten. Alles, was er fand, waren Platitüden. Und weitere Fragen. Wie in Jeremia 39:18: »Du wirst errettet werden, weil du mir vertraut hast.« *Wann, Herr? Wann wird mein Vertrauen belohnt werden?* Wie im 1. Korintherbrief 4:5: »Der Herr wird ans Licht bringen, was im Finstern verborgen ist.« *Wie, Herr? Bitte zeig mir wie, denn ich bin verloren in der Finsternis. Zeige mir, wo die Weisheit zu finden ist. Und bitte – bitte, Gott – weise mir den Weg.*

Whisky wäre eine enorme Hilfe gewesen, dessen war er sich ganz sicher. Whisky würde ihn wärmen und beruhigen. Aber einer der Gründe, weshalb er sich in diese Klause begeben hatte, war, eben diese Krücke von sich zu werfen. Wieder zu lernen, sich auf seinen eigenen zwei Beinen zu bewegen.

Aus eigener Kraft vorwärts zu schreiten ins Licht des neuen Tages.

Wenn dieses Licht nur endlich aufscheinen würde.

Nein, er könnte jetzt nicht trinken. Er mußte einen klaren Kopf bewahren. Zuviel stand auf dem Spiel. Er durfte jetzt keinen falschen Schritt machen. Hatte er schon einen falschen Schritt getan, als er der Reporterin in Washington die E-Mail geschickt hatte? Ein Wagnis war es ganz gewiß. Wenn er sich in Granville und Mays getäuscht hatte, dann war seine Nachricht eine Katastrophe. Sie würde die falschen Leute ebenso sicher zu ihm führen, wie der Gestank eines faulenden Kadavers die Aasfresser anlockte. Aber er hatte es sich sehr gut überlegt. Präsident Adamson hatte den Anfang eines Manuskripts gesehen – einer detaillierten Darstellung seiner schlimmen und tragischen Vergangenheit. Ein junger Schriftsteller wird engagiert, um heimlich eine Biographie zu schreiben. Seine Lektorin und andere Leute in seiner Umgebung werden getötet, und er wird dieser Morde beschuldigt. Er sucht Hilfe bei einer Reporterin in Washington. Deren Haus wird in Brand gesteckt, ein FBI-Agent wird getötet, und sie fliehen gemeinsam. Die Frage war: Sind sie geflohen, weil sie schuldig waren oder weil sie unschuldig waren? Es machte Sinn. Father Patrick *wußte*, daß es Sinn machte. Der junge Mann, der nicht ahnte, in was er hineingezogen wurde, war von denen engagiert worden, die den Präsidenten stürzen wollten. Wenn sie einen Mann wie Adamson vernichteten, würden sie ganz bestimmt nicht zögern, den jungen Granville auszuradieren. Adamson hatte während seiner Beichte erklärt, sie würden vor nichts haltmachen; sie waren so mächtig, daß nichts sie aufhalten könnte.

Nein, Father Patrick wußte nicht, ob er das Richtige getan hatte. Aber trotz seiner Zweifel war eines völlig klar: Ein schreckliches Verbrechen war begangen worden, und er mußte etwas dagegen unternehmen. Nur was?

Wenn er doch nur eine Antwort finden würde, dachte Father Patrick, während er in der winzigen Hütte auf Our Father's Rock saß. *Hilf mir, den richtigen Weg zu finden, Herr. Hilf mir, ehe ich endgültig und unwiederbringlich den Verstand verliere.*

Beim ersten purpurfabenen Licht machte Father Patrick sich auf den Weg. Zu wandern, herumzulaufen war seine einzige Flucht vor seinen Dämonen. Zuerst blieb er auf dem viel benutzten Pfad, der sich zwischen den wuchtigen Felsen hindurchschlängelte, aber nach gut hundert Metern verließ er den Pfad und drang ins dichte Unterholz ein. Es war ein wild wuchernder urzeitlicher Wald. Nahezu undurchdringlich. Äste und Zweige zerrissen seine Kleidung, kratzten über seine Hände, sein Gesicht und hinterließen tiefe, schmerzhafte Wunden. Aber Father Patrick kehrte nicht um. Er ging immer schneller und ignorierte das Blut, das mittlerweile von der Stirn in seine Augen tropfte. Er wurde noch schneller. Bis er sich durch die Büsche wühlte wie ein tollwütiger Schwarzbär. Ein tierhaftes Knurren drang aus seiner Kehle. Er stolperte und stürzte mehrmals über Äste und Steine, er fiel schwer auf seine rechte Schulter und verlor jegliches Gefühl in seinem Arm. Aber er hielt nicht inne. Nicht, bis die Erschöpfung ihn schließlich übermannte und er zitternd und schluchzend auf seine blutigen Knie sank. Und dann betete er: *Herr im Himmel, ich bin an meiner Grenze angelangt. Du hast mich immer gelehrt, daß Du mir niemals mehr schicken würdest, als ich ertragen kann. Aber ich kann nicht weitermachen, Herr. Hier knie ich, zerschunden und voller Demut. Befreie mich, Herr, denn ich vertraue Dir. Rette mich.*

Father Patrick verharrte mehrere Minuten lang im Gebet, die Augen fest geschlossen, bis er sich schließlich aufraffte, schwankend auf die Füße kam und sich mit unsteten Blicken im Wald umsah. Ordnung. Prioritäten. Er brauchte diese Dinge. Er würde zu seiner kleinen Hütte auf dem Berg zurückkehren. Sich das Gesicht säubern. Frische Kleidung anziehen. Dann würde er absteigen, um zu frühstücken. Essen. Father Patrick ging die Liste der nächsten Dinge, die er erledigen wollte, noch einmal durch, zählte mit lauter Stimme jeden Punkt auf. Und dann suchte er sich vorsichtig einen Weg durch das Dickicht zurück zum Bergpfad. Als er diesen erreichte, stieg er wieder auf zur Hütte auf Our Father's Rock.

Die Sonne ging mittlerweile über dem Mt. Pisgah auf. Sie schickte ihre hellen und warmen Strahlen zur Erde. Sie schienen Father Patrick direkt in die Augen, als er die Bergkuppe erreichte. Deshalb brauchte er einen Moment, um zu begreifen, daß er nicht mehr alleine war.

Ein anderer Priester stand gefährlich nahe an der Felskante und betrachtete das Panorama. »Father Thaddeus hatte recht«, sagte dieser Priester mit gedämpfter, ehrfürchtiger Stimme zu ihm. »Man kann fast die Hand Gottes berühren.« Dann drehte der Priester sich um und lächelte Father Patrick an. Er war sehr jung, hatte klare Augen und sah mit seinen strahlend weißen Zähnen, der makellos glatten Haut und dem glänzenden dunklen Haar ungewöhnlich gut aus. »Guten Morgen, Father Patrick.«

»W-wer sind Sie?« stammelte der Angesprochene heiser.

»Ich«, antwortete der junge Priester mit sanfter Stimme, »bin die Antwort auf Ihre Gebete.«

Der Weg war extrem steil. Und Amanda stellte sehr schnell fest, daß sie nicht in der Verfassung war, es bis zum Gipfel zu schaffen. Sie war erschöpft und brauchte dringend Schlaf. Sie konnte auch kaum noch Luft holen. Ihr Kopf schien leicht wie ein Ballon zu sein, während ihre Beine sich anfühlten, als wären sie mit Bleigewichten beschwert. Vor ihr auf dem schmalen Pfad lief Carl. Er keuchte ebenfalls. Aber sie durften nicht anhalten. Sie mußten weitergehen. Immer einen Fuß vor den anderen. Es gab für sie nichts anderes als den Aufstieg.

Denn jemand suchte Father Patrick.

Das hatte Father Thaddeus ihnen berichtet. Ein junger Priester, der kurz vor ihnen genau diesen Weg hinaufgegangen sein mußte.

Was für ein junger Priester? Wer war er? Was wollte er? Kamen sie etwa zu spät? Nach so vielen Tagen und Nächten, nach so vielen Meilen, wäre es möglich, daß sie zu spät kamen?

»Ich schaffe es nicht, Carl«, keuchte Amanda.

»Doch, du schaffst es«, erwiderte er schweratmend. »Wir schaffen es beide.«

Die letzten hundert Meter bis zum Berggipfel waren bei weitem die mühsamsten. Amanda konnte sich nur noch auf allen vieren weiterbewegen. Jeder Muskel in ihrem Körper zitterte. Sie fragte sich, ob es passieren konnte, daß ihr Herz derart heftig schlug, daß es aus ihrer Brust sprang.

Und dann, endlich, senkte der Pfad sich auf eine kleine, ebene Felsfläche, die in gleißendem Sonnenlicht lag. Ein wundervoller Panoramablick, eine winzige Hütte, die an ein Adlernest erinnerte. Sie konnte Stimmen hören, aber das Blut rauschte so laut in ihren Ohren, daß sie kaum die Worte verstehen konnte.

Es klang wie »Ich bin die Antwort auf Ihre Gebete«.

Und dann sahen sie sich plötzlich zwei Priestern gegenüber. Die beiden standen ganz nah an der Felskante. Hinter ihnen gähnte das Nichts.

Einer der Priester war Father Patrick. Amanda erkannte ihn, obgleich der arme Mann aussah, als wäre er vor ein paar Momenten einem Tiger in die Klauen gefallen. Er war mit Kratzern übersät. Seine Kleidung war völlig zerfetzt. Aber er lebte.

Sie waren nicht zu spät gekommen.

Der andere Priester war hochgewachsen, schlank und hatte dunkles, welliges Haar. Er wirkte auf eine unheimliche Art und Weise anziehend. Als er ihre Schritte auf dem Steinplateau hörte, wandte er sich um und lächelte sie an. Es war ein beruhigendes, freundliches Lächeln. Es verströmte Ruhe und Frieden.

»Ich habe mich schon gefragt, ob du hierher findest, Carl«, meinte der jüngere Priester erfreut. Seine Stimme klang sanft und einschmeichelnd. »Oder darf ich dich immer noch Granny nennen?«

Amanda beobachtete, wie plötzlich sämtliche Farbe aus Carls Gesicht wich. Aus irgendeinem Grund schien er entsetzt zu sein. Wie vom Blitz getroffen.

»Ich wollte dich wiedersehen«, sagte der junge Priester zu Carl. Ein lockendes, herausforderndes Lächeln glitt über seine Züge. In den Augen lag ein triumphierendes Glänzen. »Ich wollte, daß du mich wiedersiehst.«

Amandas Verwirrung wurde noch totaler, als der junge Priester sich umwandte und sagte: »Father Pat, ich möchte Ihnen Carl Granville vorstellen. Ich glaube, Sie wissen alles über ihn.«

Woher kannte er die Verbindung zu Father Patrick? Wer war dieser Priester?

Father Patrick, die Augen immer noch leicht glasig, wandte sich an Carl und sagte stockend: »Ich … ich bin ja so froh, daß Sie hergekommen sind. Ich wußte ja nicht, ob meine Nachricht überhaupt bis zu Ihnen gelangt ist.«

Aber Carl reagierte nicht auf Father Patrick. Er sah ihn noch nicht einmal an. Er konnte seinen Blick nicht von diesem anderen Priester lösen. Er musterte ihn mit einem Blick, der plötzlich vollkommen leer war. Nichts lag mehr darin, kein Entsetzen, kein Begreifen.

»Bist *du* erleichtert, Carl?« fragte der junge Priester jetzt.

Aber wie war das möglich? Woher kannte er Carl? Woher wußte er von all dem? Und was lag in seiner Stimme? Vertrautheit? Freundschaft? Nein, es war viel mehr. Es war Intimität, wie Amanda schlagartig begriff. Eine bestimmte Art von intimer Nähe.

Carl schüttelte den Kopf wie jemand, der mitten in einem schrecklichen Alptraum gefangen war. Und dann begann er zu sprechen. Die Worte kamen abgehackt aus seinem Mund. »Du bist tot«, stöhnte er, wobei er den Priester ungläubig anstarrte. »Ich habe deine Leiche gesehen.«

»Du hast jemanden gesehen, den du für mich gehalten hast«, erwiderte der junge Priester. »Jemanden ohne Gesicht.«

»Carl, was geht hier vor?« meldete Amanda sich in flehendem Ton zu Wort. »Sag mir, was hier geschieht!«

»Wer bist du?« schrie Carl den Priester an.

»Ich bin, wer immer ich sein muß«, erwiderte der Priester triumphierend.

Der Gesichtsausdruck des Priesters hatte bereits begonnen, sich zu verändern. Die Konturen seines Gesichts wurden weicher, die Haltung straffte sich, und der Rücken wölbte sich auf eine raubtierhafte, elegante Art. Sogar die Stimme klang nicht mehr tief oder kehlig. Sie wirkte viel melodiöser und verführerischer.

Und der Priester war nicht mehr attraktiv. Nicht auf die Art und Weise, wie Amanda es anfangs empfunden hatte.

Er war schön.

»Das kann nicht sein«, hauchte Carl.

Der Priester wandte sich nun zu Father Patrick um, der wie zur Salzsäule erstarrt an der Felskante stand. »Erkennen Sie an, daß Gott die rettet, welche glauben?« fragte der junge Priester den älteren. Und als Father Patrick nickte, sagte der Priester: »Dann bereiten Sie sich darauf vor, gerettet zu werden.«

Der Priester holte eine halbautomatische Pistole aus den Falten seines Gewandes, aber Carl war bereits gesprungen. Und während er sprang, steigerte seine Stimme sich zu einem wilden, kehligen Schrei, der sich zog wie der Schrei eines wilden Tiers, erfüllt von Haß und nackter Mordlust.

Das Wort, das er brüllte, während er sprang, war:

»Toni.«

Toooonnnnniiiiiiii.

Amanda verfolgte, wie der Schuß Father Patrick verfehlte. Und dann begriff sie plötzlich, während Carl sich auf den falschen Priester stürzte und sich mit ihm, eng umschlungen wie ein Liebespaar, am Boden wand. Der Priester war eine Frau, eine Frau, die Carl einmal geliebt hatte.

Es war brutaler, wilder Kampf auf Leben und Tod. Toni hatte fast die gleiche Statur wie Carl – sie war groß, drahtig und bärenstark. Jeder Teil ihres Körpers war in ständiger, fließender Bewegung – sie trat ihn, rammte ihm ein Knie in den Unterleib, stieß mit den Fingern nach seinen Augen und wollte sich in einem Handgelenk verbeißen wie ein tollwütiger Hund. Amanda konnte nur hilflos neben Father Patrick stehen, während die beiden Kämpfer sich auf dem schmalen Felsplateau wälzten und immer wieder versuchten, die Pistole zu ergreifen. Dabei kamen sie dem Abgrund immer näher.

Für einen kurzen Moment hatte Carl eine Hand um Tonis Kehle. Er drückte mit aller Gewalt zu, aber irgendwie schaffte sie es, sich aus seinem Griff zu befreien. Dann schlang sie beide Beine um seinen Hals wie eine tödliche Schlinge. Er bekam keine Luft mehr. Sein Gesicht verfärbte sich. In einer letzten, verzweifelten Aktion holte er mit einer Faust aus und hämmerte sie ihr mit aller Kraft auf die Nase. Als ihr Nasenbein brach, als Blut hervorschoß, verlor sie ihn aus dem Griff.

Und sie verlor auch die Pistole. Die Waffe schlitterte über den glatten felsigen Untergrund.

Sie blieb vor Amandas Füßen liegen.

Schnell bückte sie sich und hob sie auf. Sie hatte noch nie zuvor eine geladene Pistole in der Hand gehabt. Die Waffe war erstaunlich kalt und schwer. Amanda hielt sie fest, wie verzaubert von dem Gefühl in ihrer Hand und von dem bläulichen Schimmer, den sie im Sonnenschein verströmte. Und nun schien alles wie in Zeitlupe abzulaufen. Carl und Toni erkannten, daß Amanda die Waffe hatte ... sie kämpften sich auf die Füße, angeschlagen und blutig, heftig atmend ... und blieben stehen und beobachteten sie.

»Erschieß sie, Amanda«, befahl Carl. Seine Stimme klang ruhig. Emotionslos. »Zögere nicht. Schieß einfach.«

»Sie ist entsichert, Amanda«, meinte Toni. Ihr Blick war ruhig und ohne Furcht. »Du brauchst nur zu zielen und abzudrücken.«

»Erschieß sie!« wiederholte Carl drängend. »Los. Tu's endlich!«

Amanda hob die Pistole, zielte auf die Frau und machte eine Geste, als wollte sie ein wildes Tier abwehren. Die Waffe schwankte in der Luft. Ihre Hände zitterten. Ihre Knie bebten. Sie versuchte zu sprechen. Kein Laut drang über ihre Lippen. Sie konnte nur denken, daß sie all das nur träumte, das konnte doch nicht wirklich sein, daß sie da stand und eine Pistole hielt.

Toni schob sich langsam auf sie zu. Blut sickerte aus ihrer zerschmetterten Nase. »Na los doch, Amanda.« Sie forderte sie heraus, verspottete sie. Sie war eine furchtlose Katze. Und selbst jetzt, das Gesicht entstellt, die Kleider zerrissen und schmutzig, strahlte sie eine sexuelle Kraft aus, die überwältigend war. »Zeig, was du kannst. Drück ab!«

Hinter sich vernahm Amanda ein leises Murmeln. Es war Father Patrick, der ein Gebet sprach.

»Erschieß sie, Amanda!« sagte Carl nun noch eindringlicher. »Erschieß sie, oder sie tötet uns alle. So wie sie die LaRues, Shanahoff, Harry und Maggie und das arme unschuldige Mädchen getötet hat, das ich in ihrem Apartment gefunden habe.«

»Das Mädchen war nicht unschuldig, Carl«, flüsterte Toni und leckte mit der Zungenspitze langsam über ihre Unterlippe.

»Sie ist kein menschliches Wesen, Amanda.« Auch Carl schob sich näher an die erhobene Pistole heran. »Sie ist eine professionelle Mörderin. Ein Tier. Erschieß sie!«

Amandas Finger zuckte am Abzug. Ihre ganze Hand wurde allmählich taub. Das Zittern der Pistole wurde immer stärker.

Toni stand nun genau vor ihr. Ihre sinnlichen Lippen verzogen sich zu einem geringschätzigen Grinsen. »Carl hat jede Pore meines Körpers mit seiner Zunge erforscht«, erklärte sie mit kehliger Stimme. »Er konnte von mir nicht genug kriegen.«

»Um Gottes willen, erschieß sie!« schrie Carl.

Amanda traten Tränen in die Augen. Sie hatte Schwierigkeiten, etwas zu erkennen: Die beiden Gestalten vor ihr waren nur noch helle vage Schatten.

Und Toni kam immer näher auf sie zu. Ihre Stimme klang leise und verlockend.

»Als ich ihm einen blies, meinte er, niemand hätte es jemals so perfekt bei ihm gemacht. Hat er so etwas auch schon mal zu dir gesagt? Sag's mir, Amanda. Ich würde es wirklich gerne wissen.«

Amanda unterdrückte ein Schluchzen. Sie haßte sich dafür, daß sie sich nicht unter Kontrolle halten konnte, daß sie ihren Tränen freien Lauf lassen mußte. Sie haßte sich. Und sie haßte dieses Monster vor ihr. Sie haßte, daß diese Frau Carl in ihr Bett gelockt hatte. Sie haßte alles und jeden. Zum erstenmal in ihrem Leben war in ihr nur unbändiger Haß ...

»Schieß, Amanda!« rief Carl ein weiteres Mal.

In diesem Moment griff Toni an.

Sie konnte es nicht.

Carl wußte es. Amanda war nicht in der Lage, Toni zu erschießen. Aber es blieb keine Zeit nachzudenken. Er mußte handeln, irgend etwas tun. Sich zumindest mit Toni auf gleicher Höhe zu halten, während sie sich auf die Pistole zuschob. Sich bereitzuhalten. Und wachsam zu sein.

»Erschieß sie, Amanda!« brüllte er, während er einen wertvollen Schritt zu ihr und der Pistole machte.

Und dann griff Toni an. Sie war geschmeidig und kräftig und erstaunlich schnell.

Aber Carl war schneller. Er entriß Amanda die Pistole und jagte mit einer schnellen Drehung eine Kugel in Tonis Körper.

Toni gab einen erschrockenen Seufzer von sich. Für einen Moment stand sie regungslos da, den Rücken zur Felskante, das Gesicht schmerzverzerrt. Dann, langsam, zuerst absolut unmerklich, fand eine Verwandlung mit ihr statt. Ihre Augen begannen Carl verführerisch anzulächeln. Sie sah ihn an, versuchte ihn zu verführen, wie sie es damals in New York getan hatte. Es war, als wären nur sie beide dort oben auf dem Felsplateau und niemand sonst. Nicht Amanda. Nicht Father Patrick. Niemand.

»Großer Gott, das habe ich bis in die Zehenspitzen gespürt, Carl«, schnurrte sie leise. Dann, als koste sie diesen Schmerz in vollen Zügen aus, riß sie sich den Priesterkragen vom Hals. Als nächstes kamen die Gewänder, die sie sich über den Kopf zog und über die Felskante schleuderte. Sie trug nichts darunter. So stand sie vor ihnen im morgendlichen Sonnenschein, von der Hüfte aufwärts nackt, die Brüste fest und wunderschön geformt.

Carl starrte sie an, erinnerte sich daran, wie die Brustwarzen sich unter seiner Zunge angefühlt hatten. Erinnerte sich, wie wundervoll sie geschmeckt hatte, wie gut sie gerochen hatte.

Die Kugel war dicht über dem Bauchnabel in ihren makellosen Körper eingedrungen. Es war eine winzige Wunde, die erst jetzt ganz schwach zu bluten begann. Toni betrachtete sie mit unverhohlener Neugier, dann hob sie langsam den Kopf und sah wieder ihn an. »Liebst du mich, Carl?«

»Für wen arbeitest du?« fragte er. Seine Stimme klang jetzt ruhig, forschend. »Wer bezahlt dich?«

Toni schüttelte den Kopf. Es war die Reaktion einer Geliebten, so als hätte er sie gerade um einen Gefallen gebeten und als lehnte sie schmollend ab, wenn er nicht vorher zu ihr käme und ihr einen Kuß gäbe.

»Mach es noch mal, Carl«, sagte sie lüstern, als sehnte sie sich wirklich nach ihm.

»Wer steckt hinter allem?« flüsterte er.

Sie machte einen Schritt auf ihn zu. »Gib's mir, Baby. Gib's mir anständig!«

Der zweite Schuß riß sie halb herum.

Sie blickte zu den Bergen und ins Tal und in den Himmel. Sie glich einer Waldnymphe, die den Tag begrüßt. Auf ihrem Gesicht lag ein Ausdruck kindlichen Staunens.

Sie drehte sich ein letztes Mal zu ihm um und streckte ihm die nackten Arme flehend entgegen. »Liebe mich, Carl ... einmal noch ... wenn du mich liebst ...«

Er schoß noch einmal auf sie, zweimal, dreimal. Die Wucht der Treffer stieß sie nach hinten, über die Felskante und ins Nichts. Für einen kurzen Moment war sie wie ein Vogel, der im Wind dahinsegelte. Doch dann war sie nur noch ein totes Gewicht, das stürzte und schließlich, nach ein paar Sekunden auf einen Felsen in der Tiefe schlug und liegenblieb.

Ein kalter Schauer durchlief seinen Körper. Carl hatte das Gefühl, als müßte er sich jeden Moment übergeben. Er starte hinunter auf das, was einmal Toni gewesen war oder wie sie in Wahrheit geheißen haben mochte.

Dann drehte er sich langsam um und nahm die anderen wieder wahr. Amanda. Seine geliebte Amanda.

»Es tut mir leid«, sagte sie. »Aber ich konnte unmöglich –«

Er ließ Amanda den Satz nicht beenden. Er nahm sie nur in die Arme und hielt sie fest. Ihre Lippen trafen sich zu einem langen Kuß. Amandas Lippen schmeckten salzig. Dann, langsam, fast widerstrebend, ließ er sie los und wandte sich um zu Father Patrick, dessen Lippen sich in einem leisen Gebet bewegten.

»Father«, sagte Carl, »ich glaube, es ist allmählich an der Zeit, daß wir uns gegenseitig erzählen, was wir wissen.«

33. Kapitel

Der Ronald Reagan Airport in Washington, D.C., war das reinste Irrenhaus. Würdenträger aus aller Welt landeten hier, um am Begräbnis von Tom Adamson teilzunehmen. Autos blockierten sämtliche Zugangsstraßen, Tausende von Sicherheitsbeamten überwachten die Flugsteige, Rollbahnen und Gepäckausgaben.

Carl, Amanda und Father Patrick saßen in ihrem Wagen auf einem Parkplatz gegenüber dem USAir-Terminal, während sich Shaneesa, die gute, alte, sensationshungrige Shaneesa am Gate 9 herumdrückte und darauf wartete, einen ganz besonderen Passagier in Empfang zu nehmen.

Die drei hatten stundenlang mit Father Thaddeus in der Klause gesessen und sich unterhalten. Carl hatte angefangen und seine Geschichte von der ersten Minute an erzählt und nichts ausgelassen, auch nicht die Lücken, die Ereignisse, die keinen Sinn zu ergeben schienen, nicht die Verbindungen, die er und Amanda nicht ziehen konnten oder nicht für möglich hielten.

Father Patrick kannte die Verbindungen. Er erzählte ihnen von der Beichte, die er in Washington, D.C., gehört hatte. Er berichtete, wie Präsident Adamson ihn früher gelegentlich als Beichtvater aufgesucht hatte, aber stets nach umfangreichen Vorkehrungen und mit den entsprechenden Sicherheitsmaßnahmen. Aber an jenem Tag war er von dem frühmorgendlichen Besuch überrascht worden. Der Präsident wurde nur von einem einzigen Mann begleitet. Er sah aus, als gehörte er zum Secret Service, doch als Father Patrick ihn detailliert beschrieb, erkannten Carl und Amanda, daß es Harry Wagner gewesen sein mußte, der den Präsidenten zu seiner letzten Beichte gefahren hatte.

Father Patrick erinnerte sich genau und rekapitulierte die Geschichte, die ihm von Präsident Adamson erzählt worden war. Es war die Geschichte, wie der neun Jahre alte Tom Adamson seinen kleinen Bruder getötet hatte.

So erfuhr Carl etwas genauer, auf welche Weise er benutzt worden war. Der Präsident erzählte dem Priester von einem Manuskript, das ins Weiße Haus geschickt worden war. Carls Manuskript war der First Lady zugestellt worden; sie hatte es zusammen mit ihrem Mann gelesen. Für den Präsidenten ein schlimmer Schock, zu erfahren, daß solch ein minutiöser Bericht über seinen Mord existierte. Soweit er wußte, konnten die einzigen lebenden Personen, die von Gideon wußten, nur seine Mutter und seine Frau sein. Seine Mutter hatte es erlebt, und seiner Frau hatte er es erzählt. Am Abend vor ihrer Hochzeit war er ihr weinend in die Arme gesunken und hatte sein Verbrechen gestanden. Er wollte nicht, daß die junge Frau, die er so innig liebte, eine lebenslange Verbindung mit ihm einging, ohne genau zu wissen, was alles in seiner Seele verborgen war. *Es ist nicht mehr nur dein Geheimnis*, hatte die junge Elizabeth gesagt und ihn umarmt. *Es ist nun* unser *Geheimnis, und es wird uns stärker machen. Wir werden es bewahren, solange wir leben. Es wird unsere Vergangenheit sein. Es wird uns auch in unserer Zukunft zusammenhalten. Und niemand wird es je erfahren. Niemals.*

Wie der Präsident Father Patrick erzählt hatte, sprachen die beiden Eheleute danach nur noch zweimal über sein Geheimnis. Einmal, als er erfahren hatte, daß seine Mutter ein Tagebuch geführt hatte. Sie wurde älter, ein wenig sorglos, und sie hatte diesen Punkt während eines Gesprächs am Rande erwähnt. Er war darüber in Panik geraten. In dieser Nacht wachte Adamson zum erstenmal in seinem Leben schreiend auf. Und wieder nahm Elizabeth ihn in die Arme und tröstete ihn. Sie versprach, sie würde mit seiner Mutter reden und dafür sorgen, daß das Tagebuch vernichtet oder zumindest in Sicherheit gebracht werden würde. Und obgleich er in dieser Nacht wieder zu Bett ging, sollte es nie mehr vorkommen, daß er einen friedvollen Schlaf fand.

Das zweite Mal kam das Geheimnis zur Sprache, als Carls Manuskript im Weißen Haus aufgetaucht war.

Nun war es, laut Father Patrick, Elizabeth gewesen, die beunruhigt reagierte. Sie konnte sich die Existenz des Buchs oder sein mysteriöses Erscheinen nicht erklären. Irgend jemand mußte an das Tagebuch herangekommen sein. Aber wer? Sie gingen jeden möglichen Kandidaten durch. Walter Chalmers, der Präsidentschaftskandidat der Republikaner. Ihre politischen Feinde aus der religiösen Rechten. Die Schakale in den Medien. Sie dachten sogar an Jerry Bickford. Könnte Adamson, ohne es zu wissen, dieses düstere Geheimnis dem Vizepräsidenten offenbart haben?

Wer immer es war, hatte jedenfalls die Oberhand gewonnen,

wie ihnen beiden bald klar wurde. Keiner durfte das Geheimnis an die Öffentlichkeit dringen lassen; es würde nicht nur Tom Adamsons Zukunft zerstören, sondern auch seine Vergangenheit. Selbst wenn darüber niemals vor einem ordentlichen Gericht verhandelt worden war, würde es ihn zum Ausgestoßenen machen. Es würde nicht nur seine Leistungen null und nichtig machen und ihn aus dem Amt katapultieren.

Zuerst zog Präsident Adamson ernsthaft in Erwägung, der Erpressung nachzugeben – sein Amt niederzulegen und sein persönliches Ansehen und sein politisches Erbe unbefleckt zu erhalten. *Tritt zurück*, sagte er sich. *Laß die Schweine gewinnen.* Es wäre eine stille, friedliche und sichere Lösung gewesen. Aber es lag in seiner Natur zu kämpfen. Er war mit Leib und Seele Politiker. Er konnte sich nicht so einfach davonstehlen. Statt dessen entwickelte er eine hektische Tätigkeit, zerbrach sich den Kopf und suchte verzweifelt nach einer Antwort. Doch diesmal gab es kein Entrinnen. Vor dieser Sache konnte er nicht davonlaufen, wie er es in seiner Kindheit getan hatte. Daher stellte der Präsident sich der Wahrheit und hatte, im engen Beichtstuhl der St. Stephen's Kathedrale kniend, Father Patrick die Schlußfolgerungen mitgeteilt, die zu akzeptieren er sich gezwungen hatte. Er hatte dem erschütterten Priester alles erzählt: wer die Idee des Gideon-Manuskripts entwickelt hatte, wer alle Beteiligten manipuliert und die Idee in die Tat umgesetzt hatte und wer sich nun bereithielt, um der mächtigste Politiker der Welt zu werden.

»Es gibt jemanden, der die Sache eingefädelt hat«, hatte Tom Adamson enthüllt. »Es kann gar nicht anders funktionieren. Nicht ohne einen einflußreichen Verbündeten. Ich glaube, ich weiß, wer es ist. Ich glaube, ich weiß sogar, wann es anfing. Und wenn ich recht habe, dann möge Gott Ihnen helfen, Father. Die Leute, die hinter dieser Sache stecken, wissen, daß ich mit Ihnen gesprochen habe. Man wird zu Ihnen kommen. Sie müssen verschwinden. *Ich* werde ebenfalls verschwinden – und sobald ich weg bin, wird der Beweis auftauchen, daß das, was ich Ihnen erzählt habe, wahr ist. Der Beweis wird nicht zu übersehen sein. Er wird in schwarz und weiß vor Ihnen stehen.«

Aber weder Father Patrick noch Carl oder Amanda wußten, was das bedeutete. So lange nicht, bis Amanda vom Tisch aufgestanden war und sich in Father Thaddeus Computer eingeloggt und die Pressedienste verzweifelt nach Überschriften, nach Antworten durchsucht hatte. Und während sie zu lesen begann, hatten ihre Augen sich geweitet. »Carl!« rief sie.

Er war schnell hinter sie getreten und hatte begonnen, über ihre Schulter mitzulesen. Und plötzlich wußten sie Bescheid.

Sie wußten, wer der mächtige Partner war. Sie wußten, wer das Komplott geschmiedet und den Präsidenten dazu gebracht hatte, Selbstmord zu begehen. Sie kannten den Namen der geheimnisvollen Insider-Quelle. Zum erstenmal hatte Maggie Peterson sie erwähnt, doch das schien für Carl schon viele Jahre zurückzuliegen.

Leitartikel abgedruckt von *New York Herald*, *Washington Journal*, *Chicago Press*, *Los Angeles Post*, *Denver Tribune* und *Miami Daily Breeze*:

WARUM NICHT LIZZIE?
Von Lindsay Augmon
Präsident von Apex Communication Corporation

Meine Freunde, wir erleben in Amerika soeben gefährliche Zeiten. Während wir am Abgrund stehen, bereit, den Sprung ins Ungewisse des neuen Jahrhunderts zu wagen, steht unsere Nation der größten Herausforderung seit dem Ende des Zweiten Weltkriegs gegenüber.

Noch nie in der bisherigen Menschheitsgeschichte hat sich eine Nation derart unvergleichlicher Macht erfreut. Noch nie hat eine Nation soviel Wohlstand verzeichnen können. Und noch nie zuvor hatte eine Nation soviel Verantwortung. Ich übertreibe gewiß nicht, wenn ich behaupte, daß die dauerhafte Stabilität der gesamten Welt in unseren Händen liegt. Wir sind ihr Friedensstifter. Wir sind ihr moralischer Kompaß. Wir sind ihre Hoffnung.

Unterdessen würden uns hier zu Hause die Vertreter der Regierung am liebsten vorschreiben, was wir denken und wie wir leben sollen, und damit die Freiheiten unterdrücken, die dieses Land zum angesehensten und mächtigsten der Weltgeschichte gemacht haben.

Unterdessen erleben wir etwas, das man nur als Anarchie im Oval Office beschreiben kann. Zuerst haben wir den tragischen Verlust von Präsident Thomas Adamson beklagen müssen, der irgendwann auf seinem schwierigen Weg seinen Lebensmut verloren hat. Und nun hat sein Mentor, Präsident Bickford, sich für ungeeignet erklärt, sich den vor uns liegenden Herausforderungen zu stellen.

Meine Freunde, wir erleben in der Tat gefährliche Zeiten.

Wir müssen im November eine Entscheidung treffen. Möglicherweise die wichtigste Entscheidung, die wir je treffen werden. Deshalb wähle ich diesen ungewöhnlichen Weg, Sie direkt selbst anzusprechen, Ihnen, in aller Bescheidenheit und mit großem Ernst, meinen eigenen persönlichen Standpunkt darzulegen. Es ist ein Standpunkt, der beeinflußt wurde von der Erfahrung der Jahre in dieser, meiner Wahlheimat, und geformt wurde durch die Jahre in meinem Vaterland Großbritannien.

Mein persönlicher Standpunkt läßt sich mit drei Worten zusammenfassen:

Warum nicht Lizzie?

Betrachten wir die Alternative. Walter Chalmers aus Wyoming ist ein loyaler Parteigänger, ein schätzenswerter alter Haudegen. Ich bewundere seine felsenfesten konservativen Prinzipien und seinen untadeligen Charakter. Aber kann Senator Chalmers diesen Planeten ins einundzwanzigste Jahrhundert führen? Ist er die überragende Persönlichkeit, die Ost und West, Moslems und Christen, Protestanten und Katholiken, Araber und Juden einen kann? Ist er der Führer, der in der Lage ist, die komplexe, multinationale Wirtschaft zu lenken, für die ich der lebende Beweis bin? Ich glaube nicht.

Warum nicht Lizzie?

Ich gebe offen zu, daß ich von Anfang an immer wieder Anlaß hatte, die Standpunkte ihres Mannes zu kritisieren und es auch getan habe. Ich war überzeugt, daß der verstorbene Präsident sich zu sehr auf den Bereich der Menschenrechte beschränkt hat. Er hat dies auf Kosten des Fortschritts und wirtschaftlichen Wachs-

tums getan, mit dessen Hilfe ausgerechnet die Menschen in den Genuß der Rechte hätten kommen können, für die er gekämpft hat. Ich war stets der Auffassung, daß er zuviel Vertrauen in das Instrument der Regierungskontrolle gesetzt und der freien Marktwirtschaft nicht genug Entfaltungsmöglichkeiten geschaffen hat. Mit dieser Ansicht habe ich nicht alleine gestanden.

Aber trotz unserer zahlreichen Dispute habe ich niemals Tom Adamsons Integrität und Intelligenz angezweifelt. Er war ein guter Mann und großartiger Diener des Volkes. Er verdient unsere Dankbarkeit und unseren Respekt. Er verdient ein Begräbnis, das dem Amt und dem Menschen, der es bekleidet hat, gerecht wird. Er ist am Mangel an Vertrauen gestorben, und das ist keine Schande. Genauso wie es keine Schande wäre, wenn er an irgendeiner schweren Krankheit, zum Beispiel an Krebs, gestorben wäre.

Warum nicht Lizzie?

Die beiden bedeutendsten politischen Führungspersönlichkeiten während meines Erwachsenenlebens sind, das gebe ich offen zu, Ronald Reagan und Margaret Thatcher. Präsident Reagan war ein großartiger Kommunikator, ein Mann, dessen einzigartige Gabe sein Gespür für die Bedürfnisse der Menschen war. Er war ein lebendiges Sinnbild für aufrichtige Wärme und Menschlichkeit, ein Brückenbauer im klassischen Sinn. Premierministerin Margaret Thatcher war ein Sinnbild unbeugsamer Stärke, eine leidenschaftliche Verfechterin der freien Marktwirtschaft, die Großbritannien vor dem drohenden wirtschaftlichen Zusammenbruch bewahrt hat.

Für mich vereinen sich die besten Eigenschaften dieser beiden in Elizabeth Cartwright Adamson.

Ich kenne Lizzie. Ich habe mit ihr im vergangenen Herbst während der Weltkonferenz aufstrebender Staaten in Neuseeland mehrere Tage verbracht. Ich traf sie im letzten Mai während der Children's Literacy Crusade *in Chicago, wo ich – auf ihr hartnäckiges Drängen hin – versprach, dafür zu sorgen, daß meine Zeitungen für Kinder zugänglicher werden. Die wöchentliche Kid's Page und die monatliche Kid's Edition, die ausschließlich von Schulkindern zusammengestellt werden, sind ein Beweis für dieses Engagement jeder Apex-Zeitung in Nordamerika.*

Ich habe die ehemalige First Lady als ein Individuum mit unbändiger Vitalität und großem Enthusiasmus, als wache und intelligente Führerin kennengelernt, die begreift, daß die Bedürfnisse der Menschen und die der Wirtschaft nicht zwei voneinander getrennte und unterschiedliche Angelegenheiten sind. Wenn Elizabeth Cartwright Adamson sich mit einem Thema beschäftigt, dann sieht sie es nicht in Gegensätzen von Schwarz und Weiß, sondern ist fähig zu differenzieren. Ich will gar nicht so tun, als stimmte ich mit ihr bei jedem Thema überein, aber ich tue es in den meisten Fällen. Und ich habe festgestellt, daß sie in idealer Weise die Menschen zusammenführt. Sie ist fähig, und sie ist stark und zuverlässig.

Ein Blick auf die außergewöhnlichen Umfrageergebnisse von Apex New Network und Washington Journal *machen unmißverständlich klar, daß sie fähig ist, Wähler aller Altersstufen und Richtungen zu erreichen und anzusprechen.*

Daher frage ich noch einmal:

Warum nicht Lizzie?

Es gibt keinen Grund, der gegen sie spricht. Deshalb schlage ich Elizabeth Cartwright Adamson als Präsidentschaftskandidatin der Demokratischen Partei vor. Und als die Persönlichkeit, die uns ins nächste Jahrhundert führen soll.

Fassen wir alle uns an den Händen und bitten wir sie, uns dorthin zu führen.

Lindsay Augmon und Elizabeth Adamson.

Die Strategie war nun deutlich zu erkennen: die positiven Meldungen in allen Apex-Blättern während der letzten Monate, die sich mit den Erfolgen der First Lady befaßten, die Fernsehnachrichten bei ANN nach dem Selbstmord des Präsidenten, die von Bewunderung geradezu triefende Dokumentation, die sofort nach Adamsons Tod bereitlag, die Umfragen von Augmons eigenen Meinungsforschungsinstituten, die angeblich ihr Ansehen bei den Wählern widerspiegelten.

Augmon hievte sie regelrecht ins Präsidentenamt. Die Frage war, was er dafür als Gegenleistung erhielt. Was könnte der Präsident ihm geben? Die Antwort war beängstigend offensichtlich: alles, was er sich wünschte.

Es war auch Lindsay Augmon gewesen, mit dem Carl am Telefon gesprochen hatte. Lindsay Augmon, der hatte wissen wollen: *Sind sie schon tot?*

Okay, dachte Carl, nun wußten sie Bescheid. Was die Entscheidung über den nächsten Schritt vereinfachte. Sie brauchten nichts anderes zu tun, als den mächtigsten Medienzaren der Welt und die beliebteste First Lady aller Zeiten, die so gut wie sicher der nächste Präsident der Vereinigten Staaten werden würde, zu Fall zu bringen.

Also gingen sie ans Werk. Das bedeutete Telefonate. Eine Menge Telefonate. Es bedeutete, sich noch einmal an Shaneesa zu wenden, als sie sich um das Lautsprechertelefon in Father Thaddeus' Bibliothek versammelten.

»Höre ich tatsächlich die Stimme von Mr. Right?« fragte Shaneesa, nachdem Amanda sie ins Bild gesetzt hatte.

»Sie hören richtig«, bestätigte Carl.

»Ich kann es kaum erwarten, ihn auch persönlich kennenzulernen«, sagte sie.

»Glauben Sie mir«, meinte er, »mit Ihnen geht es mir ganz genauso.«

»Das trifft auch auf mich zu«, meldete Father Pat sich.

»Es klingt, als hätte ich die gesamte Truppe am Draht«, sagte Shaneesa. »Und das ist gut. Denn ich habe wieder neue Informationen für euch. Die fünf Millionen, die auf Harry Wagners Konto überwiesen wurden ... Ich kenne jetzt den Namen der Firma, die das Geld überwiesen hat.«

»Quadrangle«, sagte Carl. »Dieselbe Firma, die mich dafür bezahlt hat, daß ich *Gideon* geschrieben habe.«

Amanda blickte überrascht auf, und Shaneesa sagte: »Verdammt, was wissen Sie denn sonst noch?«

»Ich habe nur geraten«, sagte Carl. »Aber es fügt sich allmählich alles zusammen. Dieselbe Person, die Quadrangle besitzt, leitet auch Astor Realty. Er hat Harry bezahlt, um ihm das Gefühl zu geben, ihm würde nichts passieren, und dann ließ er ihn töten. Er hat mich bezahlt, damit ich das Buch schreibe, und dann dafür gesorgt, daß die Frau, die mich liquidieren sollte, ungehindert an mich herankam.«

»Lindsay Augmon.« Amanda nickte.

»Er bezahlt im übrigen auch mein Gehalt«, sagte Shaneesa. »Es ist absolut rechtens, dieses Schwein fertigzumachen. Oh – entschuldigen Sie, Father.«

»Es ist schon in Ordnung«, sagte Father Pat. »Und ich hoffe, daß ich dabei bin und miterleben kann, wenn es soweit ist.«

»Wir sehen uns im Flughafen«, sagte Shaneesa. »Und legt die Sicherheitsgurte an.«

Nachdem sie ihren Plan miteinander abgestimmt hatten, fuhren sie auf dem Highway nach Norden in Richtung Hauptstadt. Carl saß hinter dem Steuer, Father Patrick saß neben ihm, das Gesicht bleich und angespannt. Amanda kauerte auf dem Rücksitz. Sie redeten kaum. Es war nicht nötig. Und nun warteten sie auf die Ankunft des Flugzeugs.

Ihr Plan war unsicher und lückenhaft. Und verdammt riskant. Carl gelangte allmählich zu der Auffassung, daß der Plan niemals funktionieren würde. Und daß er selbst es ohnehin nicht schaffen würde. Seine Muskeln schmerzten. Sein Körper und sein Geist schrien geradezu vor Erschöpfung. Aber jetzt hatte er keine Zeit, um sich auszuruhen oder auch nur ein wenig kürzer zu treten. Er mußte es schaffen. Sie *alle* mußten es schaffen.

34. Kapitel

Lord Lindsay Augmon war rundum zufrieden mit sich. Beim Wiegen an diesem Morgen hatte er festgestellt, daß er seit der Vorwoche drei Pfund abgenommen hatte. Nun, nach einer strengen Diät, war er nur noch ein Pfund von seinem Wunschgewicht entfernt, und er mußte zugeben, daß er sich ausgesprochen fit und unternehmungslustig fühlte. Und das war erst der Anfang seiner Glückssträhne. Sein Kunstmakler hatte angerufen. Sie hätten einen Händler in Soho ausgetrickst und es geschafft, sich einen Picasso zu sichern, auf den Augmon besonders scharf gewesen war. Das Bild stammt aus einem Zyklus von drei Gemälden und trug den Titel »Frau vor einem Spiegel«. Sie hatten anderthalb Millionen Dollar dafür bezahlt.

Was der Händler nicht gewußt hatte, war, daß die anderen beiden Gemälde fast gleichzeitig auf einer Auktion von Sotheby's angeboten werden würden. Daher wußte Augmon, daß er schon innerhalb von vierundzwanzig Stunden das Bild für nahezu sechs Millionen weiterverkaufen konnte.

Auch trugen die Anrufe, die im Laufe des Tages bei ihm eingegangen waren, in keiner Weise dazu bei, seine Freude zu trüben. Mit besonderer Schadenfreude dachte er an speziell zwei Anrufe. Der erste war von Walter Chalmers Wahlkampfmanager gekommen.

»Mir fehlen die Worte«, hatte der Wahlkampfmanager begonnen und sich um eine vorsichtige Ausdrucksweise bemüht, um seinen Gesprächspartner nicht zu verletzen. Der Manager kam aus der Presse und würde höchstwahrscheinlich wieder dorthin zurückkehren. Was bedeutete, daß er eines Tages mit dem Hut in der Hand bei Augmon erscheinen könnte, um wegen eines Jobs vorzusprechen. »Ich hatte gehofft, daß diese Sympathieerklärung nur für den Parteikongreß der Demokraten gelten sollte und daß Sie, sobald das Rennen ernsthaft beginnt, immer noch unseren Kandidaten unterstützen.«

»Ich möchte Ihnen nicht die Hoffnung rauben«, hatte Augmon erwidert, »aber wenn Sie das wirklich annehmen, dann, so fürchte ich, haben Sie anstelle Ihres Gehirns nur einen Haufen Scheiße im Kopf.«

Der zweite Anruf hatte ihn sogar noch mehr erfreut. Der Senator aus Wyoming hatte höchstpersönlich angerufen.

»Lindsay«, begann Chalmers, »darf ich mich meiner üblichen klaren Ausdrucksweise bedienen?«

»Aber bitte doch«, sagte Augmon.

»Nun, was zum Teufel treiben Sie da?«

»Ich unterstütze einen Sieger, Walter.«

»Sie unterstützen eine verdammte linke Feministin, deren Titten größer sind als ihr Gehirn.«

»An Ihrer Stelle wäre ich vorsichtig, Walter. Ich bin immer noch Journalist und habe nicht eingewilligt, dieses Gespräch als inoffiziell zu betrachten.«

»Journalist, von wegen. Sie sind ein abgefeimter, hinterlistiger Hurensohn. Was ich nur nicht begreife – warum?«

»Ich bewundere und schätze Sie, Walter. Aber Sie sind ein Dinosaurier. Ihr winziges Gehirn kann einfach nicht begreifen, daß Ihre Spezies kurz vor dem Aussterben steht. Sie können nicht gewinnen. Jetzt nicht und auch in aller Zukunft nicht. Mrs. Adamson jedoch wird siegen. Ja, ich werde dafür sorgen, daß sie gewinnt.«

Kurz danach meldete sich seine Sekretärin und teilte ihm aufgeregt mit, daß Mrs. Adamson in der Leitung sei. Augmon übernahm das Gespräch.

»Guten Morgen, meine Liebe«, begrüßte er sie. »Ich hoffe, Sie sind zufrieden mit dem, was Sie heute morgen in der Zeitung gelesen haben.«

»Mehr als zufrieden, Lindsay«, gestand sie ihm. »Ich bin überwältigt.«

»Nun, dann lassen Sie mich feststellen, daß Ihr Mut für uns alle ein großer Ansporn ist.«

»Vielen Dank«, erwiderte sie. »Haben Sie schon erste Reaktionen erhalten?«

»Ich würde sagen, daß die allgemeine Reaktion ein großer Schock ist, und ein oder zwei Stellen legen sogar offene Feindseligkeit an den Tag. Und wie sieht es bei Ihnen aus?«

»Vorwiegend erfreut. Und, natürlich, überrascht. Ich habe soeben eine Presseerklärung herausgegeben, daß, während meine tiefe Trauer es mir nahezu unmöglich macht, ernsthaft über eine mögliche Kandidatur nachzudenken, Ihr Leitartikel mir nicht nur geschmeichelt hat, sondern für mich auch eine Inspiration war. Und daß, wenn das amerikanische Volk wünscht, daß ich die Arbeit meines Mannes fortsetze, ich wohl ernsthaft darüber nachdenken werde.«

»Demnach haben Sie nichts Negatives gehört?«

»Im Gegenteil, man will mich in jeder Hinsicht unterstützen. Ich habe allerdings einen sehr seltsamen Anruf von Bickford erhalten.«

»Und was meinte er?«

»Ich hatte den Eindruck, er fühlt sich, als hätte man ihn … manipuliert.«

»Das ist doch naheliegend.«

»Er ist ziemlich intelligent, wissen Sie.«

»Und zur Zeit völlig harmlos.«

»So ist es wohl.« Ihre Worte klangen wenig überzeugt.

Augmon spürte ihr Unbehagen und meinte schließlich »Haben Sie noch etwas auf dem Herzen? Sie wissen, daß Sie mir alles sagen können.«

»Ich möchte nur ganz sichergehen können, daß alles unter Kontrolle ist. Daß keine unangenehmen Überraschungen zu erwarten sind.«

»Ich erwarte jeden Moment einen Anruf von einem meiner Angestellten, in dem er mir genau diese Garantie geben wird.«

»Geben Sie mir Bescheid, wenn Sie diesen Anruf erhalten haben?«

»Ganz bestimmt.«

Elizabeth Adamson verfiel erneut in nachdenkliches Schweigen. Diesmal drängte Augmon sie nicht. Und als sie wieder das Wort ergriff, klang ihre Stimme wehmütig und bedrückt. »Ich hätte niemals erwartet, daß er das tun würde. Ich hatte immer angenommen, er wäre vernünftig. Und würde zurücktreten.«

»Ja, natürlich«, sagte Augmon. »Daß es so kommt, war niemals unsere Absicht.«

»Wir hätten weitermachen können. Und das sicherlich erfolgreich. Irgendwann hätte er begriffen, daß all das … unser Angebot … zum Besten aller war.«

»Es ist immer noch zum Besten aller, Elizabeth. Daran dürfen Sie niemals zweifeln.«

»Er hat sich umgebracht, weil er Bescheid wußte. Ich habe es an der Art und Weise erkannt, wie er mich an jenem Morgen angesehen hat. Er wußte alles.«

»Er war schwach. Und er hatte diese Schwäche durch sein Verhalten nur bestätigt. So wie Sie im Begriff sind, Ihre Stärke zu beweisen.«

»Vielen Dank, Lindsay.« Sie hielt erneut für einen kurzen Moment inne. »Für alles.«

»Nein, meine Liebe«, erwiderte er, ohne auch nur eine Sekunde zu zögern. »Oder darf ich der erste sein, der Madam President sagt? Ich danke *Ihnen*.«

35. Kapitel

Auszug aus der ANN-Reportage über das Staatsbegräbnis für Präsident Adamson:

John Burroghs, Chefkommentator: *Es ist ein sowohl ergreifender als auch ernüchternder Anblick. Es ist die Gelegenheit Lebewohl zu sagen und zu versuchen, mit einem fast unersetzlichen Verlust fertigzuwerden, aber es ist auch eine Bestätigung, daß das Leben weitergehen muß. Hier, vor der St. Stephen's Kathedrale in Washington, D.C., sind die Empfindungen gemischt. Sofern jemand sich zu einem Lächeln aufraffen kann, wird es doch von Tränen begleitet.*

Wahrscheinlich sind an diesem düsteren Tag nur zwei Dinge sicher. Zum einen, daß sich bereits mehr als eine Dreiviertel Million Menschen eingefunden haben und die Straßen von den Stufen dieser Kirche bis hin zum Nationalfriedhof Arlington säumen, um ihre Anteilnahme zu zeigen und sich von einem der beliebtesten Präsidenten des Jahrhunderts zu verabschieden. Zum anderen, daß sich eine außerordentliche politische Entwicklung abzeichnet: Elizabeth Adamson, die couragierte Witwe des verstorbenen Präsidenten, ist das Objekt eines bisher nie dagewesenen Beweises öffentlicher Zuneigung. Und im Moment sieht es so aus, als würde diese Zuneigung sich in Wählerstimmen auf dem Nominierungskongreß der Demokratischen Partei ausdrücken. Obgleich sie sich noch nicht abschließend geäußert hat, wird von Mrs. Adamson erwartet, daß sie nicht nur innerhalb von vierundzwanzig Stunden ihre Kandidatur für das Präsidentenamt bekanntgeben wird, sondern daß sie auch von der überwiegenden Mehrheit der demokratischen Delegierten gewählt werden wird, wenn der Kongreß in zwei Tagen beginnt.

Laut den letzten von ANN durchgeführten Umfragen – Entschuldigen Sie, meine Damen und Herren, die ersten Fahrzeuge treffen soeben vor der Kirche ein, in der die Totenmesse für den Präsidenten abgehalten wird. Für den Fall, daß Sie sich jetzt erst eingeschaltet haben, möchte ich noch einmal den Zeitplan für die Begräbnisfeierlichkeiten bekanntgeben. Der Gottesdienst, der in etwa zwei Stunden beginnen wird, wird eine private Feier sein.

Fernsehkameras sind zugelassen, aber die Türen bleiben für die Öffentlichkeit geschlossen. Das war der ausdrückliche Wunsch von Mrs. Adamson, der auch respektiert wird. Nach dem Gottesdienst wird der Sarg mit dem Präsidenten durch die Straßen von Washington gefahren, damit die Öffentlichkeit ihm die letzte Ehre erweisen kann. Nach dieser Prozession wird der Nationalfriedhof Arlington Präsident Adamsons letzte Ruhestätte sein. Die Beerdigung selbst wird wieder im engsten Familienkreis stattfinden.

Schon gestern abend trafen Staatsoberhäupter aus aller Welt in Washington ein. Sie haben bereits sowohl Präsident Bickford als auch der ehemaligen First Lady in persönlichen Begegnungen ihr tiefes Beileid ausgesprochen. Präsident Bickford wird die Trauerrede halten. Es ist jedoch nicht bekannt, ob Mrs. Adamson sich an die Trauergemeinde wenden wird. Bestätigt wurde uns, daß Nora Adamson, die Mutter des verstorbenen Präsidenten, anläßlich einer Begegnng mit Bischof Moloney, der die Messe lesen wird, schon frühzeitig in der Kirche eingetroffen ist. Mit der Ankunft von Elizabeth Adamson wird in Kürze gerechnet. Sie wird von Präsident Bickford und seiner Ehefrau, der neuen First Lady, Melissa Durant Bickford, begleitet.

Als Wilhelmina Nora Adamson in das geräumige Büro des Bischofs geleitet wurde, stützte sie sich auf den muskulösen Arm des Secret Service-Agenten, der sie begleitete. Sie konnte nicht anders: Die dünnen, faltigen Lippen der alten Dame verzogen sich leicht und entblößten ihre vergilbten Zähne, als sie affektiert den jungen Mann anlächelte und mit den Fingern seinen beachtlichen Bizeps streichelte. Selbst in ihrem vorgerückten Alter, selbst in der schlimmsten Trauer ihres langen Lebens mußte Nora noch flirten. Es lag ihr im Blut. Sie verspürte diese vertraute Regung, diese lustvolle Wärme, als der gutaussehende junge Agent das Lächeln erwiderte. Aber während sie sich im Ledersessel des Bischofs niederließ, brach sie erneut in Tränen aus. Diesmal weinte sie nicht nur um ihren toten und geliebten Sohn, sondern auch um ihre eigene verlorene Jugend. Sie weinte wegen der Fehler, die sie gemacht hatte, und weil sie wußte, daß sie nie mehr einen muskulösen jungen Mann oder einen schmerzfreien Moment haben würde.

Dennoch hatte sie in den Jahren, seit ihr Sohn Tommy im Zentrum des öffentlichen Interesses stand, viel gelernt. Das wichtigste war, jeden auf Distanz zu halten, sich niemals anmerken zu lassen, was man dachte oder fühlte. Sobald sie wußten, was in einem vorging, konnten sie einen vernichten. So wie sie Tommy vernichtet hatten.

Daher richtete Nora Adamson sich wieder auf, nahm im Sessel eine möglichst hoheitsvolle Haltung ein und schaute erwartungsvoll den Bischof an, der ihr gegenüber saß. Erst in diesem Moment bemerkte sie die beiden anderen Geistlichen, die rechts neben dem Bischof standen. Sie waren beide noch jung, vor allem einer der beiden wirkte geradezu jungenhaft, auch wenn sein Gesicht abgespannt und sorgenvoll erschien.

Durch die Anwesenheit der Geistlichen ein wenig getröstet, nickte die alte Dame dem Secret Service-Mann zu und entließ ihn. Sie war in diesem Zimmer, um Trost zu finden. Sie brauchte keinen Schutz.

»Vielen Dank, daß Sie mich empfangen, Bischof. Ich weiß diese Gunst zu würdigen. Wie Sie sicher sehen können, brauche ich nun Ihren Beistand.«

»Mrs. Adamson«, begann der Bischof.

»Bitte, Father, nennen Sie mich Nora. Ich bin noch immer ein einfaches Mädchen vom Lande.«

»Na schön … Nora«, sagte der Bischof mit ernster Stimme. Er deutete auf den Priester, der direkt neben ihm stand. »Father Patrick kannte Ihren Sohn. Er hat ihn gelegentlich beraten und ihm die Beichte abgenommen.«

Die alte Dame lächelte. Es erfüllte sie mit Wärme zu erfahren, daß es jemanden gab, der mit Tommy gebetet hatte. Sie nickte dem anderen, noch jüngeren Priester zu, der ein paar Schritte von Father Patrick stand. »Haben auch Sie meinen Sohn gekannt, Father?«

Der dritte Priester im Raum schüttelte den Kopf. »Nein, das habe ich nicht«, sagte er. »Aber es kommt mir so vor, als hätte ich ihn gekannt.«

»Das ganze Land empfindet so«, sagte Nora. »Das ist sehr tröstlich für mich.«

»Mein Fall liegt ein wenig anders«, erklärte der Priester. »Ich kannte ihn besser als die meisten Menschen im Lande.« Der Priester schien Mühe zu haben, seine Gefühle in den Griff zu bekommen. Er biß sich unentwegt auf die Unterlippe. »Ich kenne auch *Sie* besser, als Sie denken.«

»Das glaube ich gerne, Father. Obgleich Sie noch sehr jung sind, kann ich erkennen, daß Sie ein großes Verständnis –«

»Ich weiß *alles* über Sie, Mrs. Adamson.«

Die Art, wie er es sagte, klang irgendwie schroff und gar nicht mehr verständnisvoll. Während Nora ihn musterte, rutschte sie in ihrem Sessel unbehaglich hin und her.

»Haben Sie Ihr Tagebuch mitgebracht?« fragte der junge Priester mit plötzlich stählern klingender Stimme, wie sie es noch nie bei einem Menschen gehört hatte. Nora Adamson wurde bleich.

»Mein Tagebuch? Ich weiß nicht, wovon Sie reden.«

»Das kann ich mir gut vorstellen. Und ich bin sicher, daß Sie es am liebsten auch gar nicht wissen wollen. Aber es gibt jemanden, der Sie dazu bringen kann, zuzuhören.«

Nora Adamson wandte sich an den Bischof. »Ich denke, ich gehe jetzt lieber«, sagte sie. »Ich habe einen großen Verlust zu beklagen, und ich glaube nicht –«

»Holen Sie sie herein«, sagte der junge Priester zu dem anderen.

»Carl«, sagte der Geistliche, der sich als Father Patrick vorgestellt hatte, »meinen Sie nicht, Sie sollten Mrs. Adamson darauf vorbereiten, daß –«

»Nein, das meine ich nicht«, erwiderte Carl Granville. »Ich meine, Sie sollten sie jetzt hereinholen.«

Nora verfolgte, wie Father Patrick eine Tür im Büro des Bischofs öffnete. Sie atmete hörbar auf, als eine Frau über die Schwelle trat. Die Frau mochte fünfundzwanzig, vielleicht dreißig Jahre alt sein – wenn sie so jung waren, konnte Nora es nicht mehr allzu genau schätzen. Sie hatte kurzes schwarzes Haar und war sehr attraktiv. Aber Nora war sicher, daß sie diese Frau noch nie gesehen hatte.

Und dann wurde eine andere Frau hereingeführt.

Wilhelmina Nora Adamson kannte diese Frau.

»O Herr«, sagte sie. Sie wollte die Hände vors Gesicht

schlagen, wollte sich verstecken und die Frau nicht ansehen müssen. »O Herr. Das kann nicht sein. Du ... du bist ein Geist!«

»Ich bin kein Geist«, entgegnete die Frau. »Überhaupt kein Geist.«

Der Mann, den sie Carl nannten, sagte jetzt etwas. Aber Nora konnte sich nicht konzentrieren. Sie hatte Schwierigkeiten zu atmen. »Ich glaube, Sie kennen Clarissa May Wynn«, sagte er. »Aber vielleicht kannten Sie ihren richtigen Namen gar nicht. Vielleicht war sie Ihnen nur als Momma One-Eye bekannt.«

Das ist nicht möglich, dachte Nora. *Das kann doch nicht wahr sein.*

Aber es war eine Tatsache. Diese Frau stand genau vor ihr. Die Frau, an die sie so oft gedacht hatte. Die Frau, die sie geliebt und gleichzeitig gehaßt hatte, weil sie ihren Sohn auf die Welt geholt hatte. Und jetzt redete die Frau. Sie erzählte ihr von früher. Was sie gesehen hatte. Was sie gewußt und so lange für sich behalten hatte.

Nora wiegte sich vor und zurück. Ihre Knochen schmerzten, ihre Haut fühlte sich an, als würde sie platzen. Und die schwarze Frau wollte immer noch nicht aufhören zu reden.

»Seit Jahren habe ich Angst vor dir. Angst davor, daß du zurückkommst. Daß du mich dafür bestrafen würdest, daß ich diesem winzigen, armseligen kleinen Teufel zur Welt geholfen habe. Aber ich habe keine Angst mehr. Ich bin jetzt stärker als du. Vielleicht war ich viele Jahre lang ein Geist, aber das bin jetzt ganz bestimmt nicht mehr«, sagte Momma One-Eye und senkte den Kopf. »Es wird Zeit, all diese Geister zu begraben.«

In diesem Moment stand Nora auf, ging zu ihr hin und umarmte sie. Die alte schwarze Frau war unendlich zerbrechlich, aber sie war stark. Und als die Tränen zu fließen begannen, hielt sie Nora fest. Und Nora hielt sie.

Nach einer langen Zeit blinzelte Nora und blickte durch ihren Tränenschleier zu der Frau, die neben Momma stand. Dann schaute sie auf den Bischof, der sich von ihr halb abgewandt hatte und in eine Ecke des Raums schaute. Dann richtete ihr Blick sich auf Father Patrick, der langsam den Kopf schüttelte. Und dann auf den jungen Mann, der einen Priesterkragen trug, sich aber nicht benahm oder redete wie ein Priester. »Warum?« fragte sie ihn stockend. »Warum haben Sie mir das angetan?«

Carl Granville zögerte nicht mit seiner Antwort. »Weil wir Ihre Hilfe brauchen und weil es etwas gibt, das wir wissen, Sie aber nicht.«

Die alte Frau blinzelte verwirrt. »Was können Sie mir schon erzählen, was ich ausgerechnet an dem Tag erfahren soll, an dem mein guter Tommy beerdigt wird?«

Carl legte eine Hand auf ihr dünnes Handgelenk. »Wer ihn getötet hat«, sagte er. »Und was Sie in diesem Zusammenhang tun können. Es ist zu spät, um ihn zu retten. Aber es ist nicht zu spät, um uns alle vor weiterem Unheil zu bewahren. Ihr Sohn hätte sicherlich gewollt, daß Sie seine Ermordung rächen.«

»Seine Ermordung?« wiederholte Nora mit zitternder Stimme. »Tommy hat sich das Leben genommen.«

»Er wurde in den Tod getrieben«, erwiderte Carl eindringlich. »Aber noch hat die andere Seite nicht gewonnen, Mrs. Adamson. Noch ist es nicht vorbei. Nicht wenn Sie etwas für uns tun und für Ihren Sohn.«

»Nein«, sagte sie abwehrend. »Das ist verrücktes Gerede.«

»Sie haben ihn all die Jahre beschützt. Sie haben ihn abgeschirmt und waren für ihn da. Wir bitten Sie lediglich, noch ein letztes Mal für ihn da zu sein. Tun Sie es, und Sie bewahren Tom Adamsons Vermächtnis vor der Geschichte. Und vielleicht auch seine Seele.« Carl schaute sie beschwörend an. »Würden Sie bitte genau zuhören, was wir zu erzählen haben?«

Nora Adamson überlegte lange, sorgfältig. Die Worte des Mannes klangen so aufrichtig, so ernsthaft. Und er war ein so hübscher, blauäugiger junger Kerl. So ernsthaft und intelligent. Wenn sie doch nur als Mädchen so einen Mann getroffen hätte. Sie hätte ihm den Mond und die Sterne vom Himmel geholt.

Langsam und mühsam humpelte Nora Adamson zum nächsten Sessel, ließ sich hineinsinken und schürzte nachdenklich ihre faltigen Lippen. »Jemand soll mir mal einen dreifachen guten Whiskey mit einem Eiswürfel in einem hohen Glas bringen«, sagte sie. »Dann höre ich gerne zu.«

36. Kapitel

Es gab eine berühmte Geschichte über Marilyn Monroe, eine Geschichte, die Elizabeth Adamson kannte, seit sie ein junges Mädchen war, die sie aber nie richtig verstanden hatte. Der blonde Filmstar war einmal irgendwo aufgetreten, vielleicht vor Soldaten während des Koreakrieges, und erhielt rasenden Applaus. Marilyn war damals mit Joe DiMaggio verheiratet, und sie erzählte ihm begeistert, daß ihr Zehntausende Menschen zugejubelt hätten. »Du kannst dir gar nicht vorstellen, wie das war«, sagte sie. Und der große Center-Fielder der Yankees hatte ganz ruhig erwidert: »Doch, das kann ich.«

Endlich verstand Lizzie die Geschichte.

Niemand schrie wegen ihr. Niemand applaudierte. Aber heute gab es Millionen Menschen, die *sie* liebten.

Das Begräbnis würde großartig. Ein Triumph. Das Andenken an Thomas Adamson wäre gesichert, und ihre eigene Zukunft wäre strahlender, als sie es je hätte sein können. Sie wußte, daß die Stärke, die sie angesichts seiner Schwäche an den Tag legte, sie beide besser und wirklicher erscheinen ließ. Ihr Mut überdeckte seine Feigheit. Sein bitteres Ende milderte ihren Ehrgeiz. Sogar nach seinem Tod waren sie perfekte politische Verbündete.

Die Medien überschlugen sich geradezu. Man konnte von ihr nicht genug bekommen. Aber sie hielt sich die Presseleute vom Leib, bewahrte ihre Distanz und ihre Würde. Das steigerte nur die allgemeine Verzückung, die, wie sie wußte, im Laufe des Tages einen hohen Grad von Hysterie erreichen würde.

Lindsay hatte recht. Als es anfing, hatte er gemeint, sie wäre unerreichbar. Unschlagbar.

Heute abend, nur wenige Stunden nach dem Begräbnis,

würde sie ihre Kandidatur verkünden. Und am Ende der Woche hätte sie die Nominierung der Demokraten in der Tasche.

Fünf Monate später wäre sie Präsidentin der Vereinigten Staaten.

Elizabeth Adamson schaute sich im Wohnzimmer des privaten Wohnbereichs des Weißen Hauses um. Sie wußte, daß Tommy das Haus nie gemocht hatte. Er hatte sich hier nie wohl gefühlt, niemals empfunden, daß es ihm gehörte. Sie jedoch hatte es von dem Moment an geliebt, als sie das erste Mal einen Fuß hinein gesetzt hatte. Sie schätzte die Schönheit des Hauses und seine Geschichte. Sie liebte seine Pracht und seine vielen Hinweise auf Größe und Erhabenheit. Und jetzt gehörte es ihr.

Elizabeth Adamson schlüpfte in ihre Schuhe. Sie war bereit. Ein schlichtes schwarzes Kleid von Valentino. Es ließ sie elegant und irgendwie verletzlich aussehen. Und plötzlich war alles, was sie sich wünschte, daß dieser Tag vorüber wäre. Sie wollte schlafen. Es war alles viel kräftezehrender und ermüdender gewesen, als sie sich ausgemalt hatte. Daher zog sie die Schuhe wieder aus, setzte sich auf die Couch, lehnte sich zurück und bettete den Kopf auf ein Kissen. Nur ein kleines Nickerchen, dachte sie. Zwei Minuten. Eine kurze Rast, dann würde sie sich wieder aufraffen und ihren Kopf klären. Dann wäre sie bereit weiterzumachen.

Sie wußte nicht, wie lange ihre Augen geschlossen waren. Sie spürte jedoch sofort, daß noch jemand im Raum war und sie beobachtete. Elizabeth schlug die Augen auf. Sie brauchte einen kurzen Moment, um sich zurechtzufinden. Sie warf einen Blick auf die Uhr. Sie hatte weniger als fünf Minuten geschlafen. Dann lächelte sie die andere Gestalt im Zimmer an und lud den Präsidenten der Vereinigten Staaten mit einer sanften Geste ein, neben ihr Platz zu nehmen. Aber Jerry Bickford blieb stocksteif und kerzengerade stehen.

»Ich mißbillige das alles, Elizabeth. Ich möchte nur, daß du das weißt.«

»Ja, Jerry, das hast du unmißverständlich klargemacht.«

»Es ist ungehörig gegenüber dem Amt des Präsidenten. Und Tom«, sagte er. »Am meisten sogar Tom gegenüber.«

»Das sollte es aber nicht sein. Und es tut mir leid, wenn du es so empfindest.«

»Ich weiß nicht, welche Gewalt Augmon über dich hat. Ich habe keine Ahnung, was zwischen euch beiden vorgeht, aber er gehört nicht hierher. Nicht jetzt. Nicht heute.«

»Nichts geht zwischen Augmon und mir vor, Jerry. Es ist nur so, daß sich die Erde weiter dreht. Du weißt besser als ich, daß das alles nur Geschäft ist. Und auf unserer Ebene können wir nicht zulassen, daß der Tod das Geschäftliche in Unordnung bringt. Nicht einmal Toms Tod.«

Präsident Bickford sagte nichts, sondern schaute nur die Frau an, die mit seinem besten Freund verheiratet gewesen war. Er musterte sie, als hätte er sie noch nie zuvor gesehen. Dann sagte er: »Der Wagen wartet. Können wir gehen?«

Die Limousine stand mit laufendem Motor vor dem Eingang zur St. Stephen's Kathedrale. Von außen wurde gegen das kugelsichere Glas des Seitenfensters geklopft, und dann wurde die Tür von außen von einem Agenten des Secret Service geöffnet. Während Lindsay Augmon ausstieg, sah er, wie Elizabeth Adamson aus dem langen schwarzen Wagen vor ihm herausgeholfen wurde. Ihre Blicke trafen sich, und sie nickte traurig. Tausende von Menschen säumten bereits die Straßen. Es schien, als wäre die ganze Stadt auf den Beinen, um einen Blick auf sie zu erhaschen, und als sie aus der Limousine auftauchte, trat plötzlich Stille ein. Niemand reagierte mit einem lauten Ruf auf ihr Erscheinen. Die Menschenmenge verstummte. Elizabeth hob den Kopf, und ihr Blick wanderte über die Menschen. Sie lächelte. Es war ein trauriges, mühsames Lächeln. Sie zeigte den Menschen, daß sie ihren Schmerz teilte, und bedankte sich für ihre Anteilnahme.

Lizzie war einfach brillant, stellte Augmon fest. Aber letztendlich hatte sie keine Ahnung. Sie wußte lediglich, daß sie nur noch wenige Augenblicke von einer einmaligen Gelegenheit entfernt war. Was sie für die größte, vollkommenste Macht ansah, war in allernächste Reichweite gerückt.

Aber sie verstand noch immer nicht, was echte, wahre Macht bedeutete. Aber wie hätte sie es auch begreifen können? Niemand konnte es wirklich begreifen. *Weil ich die wahre Macht bin*, dachte er.

Seltsamerweise löste dieser Gedanke bei ihm keinerlei freudige Genugtuung aus. Statt dessen verspürte er eine gedämpfte Art von Gelassenheit. Das Spiel war fast zu Ende. Sein bisher zuverlässigster Angestellter hatte jedoch leider versagt – mehrmals. Er hatte einige seiner wichtigsten Figuren verloren. Und er hatte es mit einem überraschend starken Gegner zu tun. Trotzdem war das Ende nahe. Und er war darauf vorbereitet, daher würde er zum Schluß gewinnen, ganz gleich, was jetzt noch geschehen sollte.

Elizabeth befand sich jetzt an seiner Seite. Sie streckte den Arm aus, und er ergriff ihn. Er hatte darum gebeten, an dem Trauerzug teilnehmen zu dürfen, und Elizabeth hatte es arrangiert. Sie war sogar noch einen Schritt weiter gegangen und hatte ihn gebeten, als ihr Begleiter zu fungieren. Zu seiner eigenen Überraschung gefiel es ihm ausgesprochen, in diesem Moment bei ihr zu ein. Es paßte einfach. Sie hatten alles arrangiert, hatten alles in die Wege geleitet. Da war es nur angemessen, daß sie Arm in Arm durch die Tür schritten, der strahlenden Zukunft entgegen.

»Mrs. Adamson«, sagte ein Priester leise. »Der Bischof bittet Sie, ihn noch vor der Messe kurz aufzusuchen, um letzte Details zu besprechen. Mrs. Adamsons Mutter ist schon bei ihm.«

Augmon machte Anstalten, ihren Arm freizugeben, doch der Priester sagte, erneut mit leiser, eindringlicher Stimme: »Sie sind herzlich eingeladen mitzukommen, Mr. Augmon.« Elizabeth nickte, nur einmal, und dann ergriff er ihren Arm ein wenig fester und geleitete sie, indem er dem Priester folgte, hinter die Kanzel. Sie würden die letzten Arrangements also gemeinsam treffen.

Der Priester führte sie hinein. Elizabeth erwartete, daß er wieder hinausging, doch er blieb bei ihnen und schloß die Tür. Sie sah, wie er Nora zunickte, die in einem Sessel in der Mitte des Büros saß, das Gesicht wie versteinert, die Arme vor der Brust verschränkt. Augmon trat zu ihr, küßte sie sacht auf den Scheitel und drückte ihr murmelnd sein Beileid aus.

Doch Nora Adamson reagierte weder auf seinen Kuß noch auf Augmons Anwesenheit. »Danke, Father Patrick«, sagte sie zu dem Priester, der zur Tür ging. Er hatte die Hände auf der Brust gefaltet.

Elizabeth schaute erschrocken zu dem Priester hinüber. Sie hatte ihn draußen nicht erkannt, eigentlich gar nicht auf ihn geachtet. Wie war der Priester hierher gelangt? Er sollte doch gar nicht hier sein. Sie drehte sich zu Augmon um, der unbewegt zu Boden schaute.

»Wo ist der Bischof?« fragte Elizabeth. »Sollte er nicht –«

»Bischof Moloney braucht nicht hier zu sein«, antwortete Nora steif. »Ich bin es, die ein paar letzte Arrangements vornehmen muß. Die Aufgaben einer Mutter enden nicht, nur weil ihr Junge ...« Sie brach ab und schüttelte stumm den Kopf. Ihre Augen füllten sich mit Tränen.

»Es ist ja gut, meine Liebe«, versuchte Elizabeth sie zu trösten. Sie schaute zu Father Patrick hinüber, dann zu der alten Frau im Sessel. »Wir werden dieses traurige Ereignis durchstehen, du und ich. Es wird alles gut werden. Das verspreche ich dir.«

Eine Träne rann über Noras Wange. Sie wischte sie weg und hatte offenbar große Mühe, die Fassung zu bewahren. Ihre Wangen waren ungewöhnlich gerötet, wie Elizabeth feststellte. Sie fragte sich, ob ihre Schwiegermutter etwas getrunken hatte.

»Ich habe ihn gewarnt«, sagte Nora langsam, wobei ihre rauhe Stimme bebte. »Ich habe meinen Tommy gewarnt, als ich dir das erste Mal begegnet bin. Du hast kein Herz. Ich konnte es damals erkennen, vielleicht weil ich eine Frau war – wir sind darin besser als Männer. Ich sage dir, Lizzie, immer wenn du einen Raum betreten hast, mußte ich frieren. Aber Tommy wollte nicht hören. Wie konnte er auch? Er war verliebt. Und mein Junge hatte ein wenig Glück und Liebe verdient. Der Herr weiß, daß ich ihm nicht viel Freude gemacht habe. Daher habe ich nach einer Weile meine Empfindungen für mich behalten.«

»Nora«, sagte Elizabeth freundlich, »möchtest du dich nicht für einen Moment irgendwo hinlegen und dich ausruhen?«

Die alte Frau ignorierte ihre Frage und fuhr fort. »Im Laufe der Jahre habe ich geglaubt, du hättest dich verändert. Du wurdest so ... elegant. So gepflegt und fein. Und jeder war von dir eingenommen, nicht wahr? Genauso wie Tom. O mein Gott, er hat dich ja so geliebt.«

»Und ich habe ihn geliebt. Du und ich, wir beide haben ihn geliebt. Wir haben ihn beide verloren, und wir leiden beide große Schmerzen. Aber was hat das –«

»Aber was hat das mit den Arrangements zu tun, die ich jetzt noch treffen muß?« Nora wandte sich an Augmon. »Sie wissen es, nicht wahr, Sir? Sie wissen, was es damit auf sich hat.«

»Madam, ich versichere Ihnen, das weiß ich nicht«, erwiderte Augmon schnell.

»Nun, dann setzen Sie sich und hören Sie zu«, fauchte Nora ihn an, »denn ich bin zufälligerweise gerade in Plauderstimmung.«

Augmon nickte höflich, machte aber keine Anstalten, sich hinzusetzen. Er blieb stehen, wo er war, und blickte gelegentlich zu Elizabeth hinüber, die hingegen die alte Frau keine Sekunde aus den Augen ließ.

Nora wandte sich wieder an ihre Schwiegertochter. »Was fürchtest du am meisten im Leben, Lizzie? Ich weiß, was es früher war. Tommy hat es mir einmal erzählt. Tommy hat mir immer alles erzählt; er tat es auch noch, als er ein erwachsener Mann war. Er erzählte mir, was du zu ihm gesagt hast. Es ist schon lange her, aber ich habe es niemals vergessen.«

»Was habe ich denn zu ihm gesagt, Nora?«

»Daß du Angst hättest, er würde irgendwann einmal zu mir zurückkehren. Daß er eine Wahl verlöre, daß sein Ehrgeiz erlahme, daß er sich entscheiden würde, es wäre Zeit, die Sachen zusammenzupacken und wieder zurück nach Mississippi zu gehen. Zurück zu seinen Leuten. Nach Hause zu seiner Mama. Und daß du mit ihm kommen müßtest. Keine elegante Elizabeth mehr. Nur noch die gute alte Lizzie, das barfuß herumlaufende Mädchen mit Kuhmist zwischen den Zehen. Du erinnerst dich doch daran, daß du das gesagt hast, nicht wahr?«

Elizabeth Anderson verlagerte unruhig ihr Gewicht von

einem Bein auf das andere. »Ich war damals sehr jung. Seitdem ist eine halbe Ewigkeit vergangen.«

»Wie ist es denn jetzt? Denkst du immer noch so?«

»Ich habe keine Ahnung, was du mit all dem bezwecken willst, Nora. Aber dies scheint wohl kaum der geeignete Moment für deine seltsamen Erinnerungen zu sein. Außerdem tust du mir damit richtig weh. Warum erzählst du mir nicht einfach, was du willst?«

»Mein erster Wunsch«, erwiderte die alte Frau, die Stimme so kalt und spröde wie ein eisiger Schneesturm, »wäre, daß du für den Rest deines Lebens im Gefängnis schmorst. Aber ich weiß nicht, ob wir es uns leisten können, es darauf ankommen zu lassen. Du bist sehr umsichtig zu Werke gegangen, denn du bist wirklich nicht dumm. Eine ganze Menge Leute sind plötzlich nicht mehr da. Also heuerst du eine ganze Kompanie von diesen neunmalklugen Anwälten an. Der Fall schleppt sich vor den Gerichten über Jahre hin. Und verdammt noch mal, wer weiß, was passiert, wenn eine Jury darüber abstimmt? Es könnte tatsächlich vorkommen, daß sie Mitleid mit dir bekunden, weil du jetzt eine arme Witwe bist. Und wir wissen, sie werden dich auf Anhieb lieben. Jeder liebt dich. Jeder, der dich nicht kennt.« Nora Adamson kicherte spöttisch. »Ich für meinen Teil sitze hier drüben. Und ich kenne dich.«

»Nora, du stehst unter einer ungeheuren Anspannung. Ich fürchte, was du sagst, ergibt überhaupt keinen ...«

»Es ergibt sogar sehr viel Sinn. Ich möchte dir entgegenkommen, Lizzie. Das ist es, was ich versuche dir klarzumachen. Ich gebe mich damit zufrieden, daß du noch heute nachmittag eine großen Pressekonferenz einberufst und bekanntgibst, daß du trotz allem doch nicht Präsidentin werden möchtest. Daß du doch mehr Zeit brauchst, um dich von dem großen Verlust zu erholen. Und daß du dich nach Mississippi in deine alte Heimat zurückziehen und bei deiner geliebten Schwiegermutter leben möchtest. Ja, ich will hören, wie du sagst, daß du für den Rest meines Lebens mit mir unter einem Dach leben willst.«

Elizabeth starrte sie ungläubig an,

»Du tust mir leid, Nora, und ich wünschte, ich könnte dir helfen. Aber die ganze Welt wartet darauf, daß ich durch diese

Tür dort gehe. Um für eine letzte Stunde meinem Mann und deinem Sohn die letzte Ehre zu erweisen. Und genau das werde ich jetzt tun.«

In diesem Moment gab die alte Frau dem Priester, der an der hinteren Tür zum Büro gestanden hatte, mit ihrer knochigen Hand ein Zeichen. Er öffnete die Tür und holte zwei junge Leute herein. Es waren ein Mann und eine Frau. Elizabeth starrte sie an, und es dauerte einen Moment, ehe ihr Gesicht und ihre Haltung zeigte, welches Entsetzen sie plötzlich empfand, und dann wirbelte sie zu Augmon herum. Dessen Gesicht war völlig ausdruckslos. Das einzige, was Elizabeth in diesem Moment erkannte, war, daß er ganz und gar nicht überrascht war.

»Ich denke, du weißt, wer diese lieben Leute sind«, meinte Nora gedehnt. »Carl Granville, Amanda Mays, begrüßen Sie Elizabeth Cartwright Adamson und Lindsay Augmon. *Lord* Lindsay Augmon.«

»Wir haben uns schon einmal unterhalten«, sagte Carl zu Augmon, die Augen mit einem stählernen Funkeln erfüllt. »Wenn auch nicht direkt persönlich.« Dann wandte er sich an Elizabeth. »Sie hätten Noras Angebot annehmen sollen, Mrs. Adamson. Ich fürchte, wir sind nicht ganz so großzügig.«

Augmons Hände zitterten, aber er blieb still, und seine Haltung blieb starr und reglos.

Elizabeths Augen hatten sich verengt, und sie ballte die Fäuste. Für einen kurzen Moment sah es aus, als würde sie weglaufen. Aber sie rührte sich nicht. Und dann drehte sie sich wieder zu Nora um. Sie hatte die Schultern wieder gestrafft und stand hochaufgerichtet und beinahe hochmütig in der Mitte des Raums.

Carl wandte sich nun direkt an Augmon. »Sie müssen demnächst einen besseren Killer engagieren«, sagte er. »Das war jetzt schon der zweite, der Sie im Stich gelassen hat. Was von ihm – oder soll ich lieber sagen ihr – übrig ist, finden Sie auf dem Grund einer Schlucht außerhalb von Paint Gap.«

»Ich habe keine Ahnung, wovon Sie reden«, erwiderte Augmon ein wenig zu leise.

»Wirklich nicht?« fragte Carl. »Soll ich es Ihnen erklären?«

Die Antwort war eisige Stille. »Okay, es ist mir ein Vergnügen. Sie sind der große Zeremonienmeister, Lord Augmon. Sie ließen Harry Wagner eine unschuldige Frau und ihre sechsjährige Tochter in Warren, Mississippi, töten. Dann sorgten Sie dafür, daß Harry getötet wurde – von derselben Frau, die Maggie Peterson umgebracht hat. Derselben Mörderin, die irgendein armes, unschuldiges Mädchen getötet hat, das ich in der Wohnung über meiner fand, und den FBI-Agenten, der vor Amandas Haus parkte, und die LaRues …«

»Und Cardinal O'Brien in Baltimore.« Nun trat Father Patrick vor und redete. Seine sonore Stimme bebte vor Anspannung. »Und Father Gary.«

»Und Luther Heller.« Auch Amanda mischte sich ein. »Sie hatten Payton beauftragt, den Stadtrat umzubringen.«

»Payton ist ebenfalls tot«, fuhr Carl fort. »Desgleichen Ihre Berufskillerin. Damit sind insgesamt dreizehn Leute ums Leben gekommen.«

»Vierzehn«, bemerkte Nora Adamson. »Wenn wir Tommy dazuzählen.«

Carl nickte düster. »Ganz gewiß zählen wir ihn dazu.«

»Sie können dazuzählen, wen immer Sie wollen«, sagte Augmon. Sein Körper war regungslos, die Hände und Arme blieben still. Nur seine Augen verrieten einen Anflug von Nervosität. »Aber jetzt reicht es. Ich habe genug von diesem Unsinn gehört. Überall auf dem Kirchengelände sind Scharfschützen und FBI-Agenten postiert, mein lieber Mr. Granville. Elizabeth braucht gar nichts anderes zu tun, als sie darauf aufmerksam machen, daß Sie sich hier aufhalten, und schon hat Ihr letztes Stündlein geschlagen.«

»Dann müssen sie auch mich erschießen«, sagte Amanda.

Father Patrick nickte. »Und mich.«

»Und *mich*«, fügte Nora Adamson hinzu. »Und ich fürchte, daß sogar Sie leichte Schwierigkeiten hätten, dafür eine plausible Erklärung zu finden.«

»Das ist doch absurd.« Trotz der Klimaanlage im Büro bildeten sich erste Schweißtropfen auf Augmons Oberlippe. »Sie haben für keine dieser wilden Anschuldigungen auch nur den Hauch eines Beweises.«

»Glauben Sie?«

»Nein, Mr. Granville.« Augmon ließ zu, daß seine Lippen sich zu dem Anflug eines spöttischen Lächelns verzogen. »Ich glaube nicht, daß Sie einen Beweis haben.«

»Wir wissen mit Sicherheit, daß Payton auf Ihrer Lohnliste stand. Wir haben seine Sozialversicherungsnummer in seiner Brieftasche gefunden und sie per Computer überprüfen lassen. Er war bei Astor Realty Management angestellt. Sein Wagen lief ebenfalls auf Astor Realty. Desgleichen der gemietete Toyota, der vor der Klause in North Carolina steht. Ich bin überzeugt, Sie wissen, wessen Wagen das ist, Lord Augmon. Und ich bin ebenso überzeugt, daß Ihnen Astor Realty Management gehört.«

»Ich kann Ihnen versichern«, meinte Augmon mit leisem Spott, »daß es weitaus schwieriger ist, Firmen zu finden, die mir nicht gehören, als Firmen, die mir gehören.«

Carl sprach unbeirrt weiter. »Ihnen gehört außerdem eine Firma namens Quadrangle. Die zu finden, war ein wenig schwieriger, weil wir annahmen, daß es sich um einen Verlag handelt. Aber Sie haben die Firma nur für drei Zwecke benutzt. Der eine war, Ihre Beufskillerin zu entlohnen, ich meine die Frau, die ich als Toni kannte. Der zweite war, mir mein Ghostwriter-Honorar für *Gideon* zu zahlen. Und der dritte Zweck bestand darin, fünf Millionen Dollar auf Harry Wagners Konto zu überweisen. Harry war der Kurier, der mir die Tagebuchseiten für die Biographie gebracht hat. Er arbeitete außerdem für den Secret Service. Und was für ein Zufall« – Carl wandte sich zu Elizabeth Adamson um – »Harry war zum Schutz der First Lady abkommandiert.«

Carl ging zu Elizabeth hinüber und blieb dicht vor ihr stehen. »Sie konnten das Tagebuch selbst nicht veröffentlichen, denn dann hätte der Präsident sofort gewußt, wer dahintersteckte – seine eigene Ehefrau. Indem Sie es von mir in Romanform bringen ließen, konnten sie sich seine schlimmsten Befürchtungen zunutze machen – nämlich daß gewisse Punkte der wahren Geschichte im Laufe der Jahre irgendwie bekannt geworden waren. Sie haben Harry beauftragt, Noras Tagebuch zu stehlen und eine Kopie anzufertigen. Sie haben ihn die Seiten an sein Bein kleben lassen und ihn damit nach New York geschickt.«

»Harry war schwul«, fuhr Amanda fort. Und als Elizabeth herumfuhr, als ihre Augen unsicher flackerten, lächelte Amanda triumphierend und sagte: »Er hat uns einen kleinen Hinweis hinterlassen. Ein Streichholzbriefchen. Wir haben es zu einer Schwulenbar zurückverfolgt. Wenn seine Vorgesetzten von seiner Neigung Wind bekommen hätten, wäre er sicherlich aus dem Secret Service entfernt worden. Also haben Sie ihn erpreßt.«

Der Ausdruck auf Elizabeths Gesicht verdüsterte sich. Unwillkürlich wich Amanda einen Schritt zurück.

»Ich werde Präsidentin der Vereinigten Staaten«, erklärte Elizabeth Adamson heftig. »Ich wurde *geboren*, um Präsidentin zu werden.«

»Seien Sie still, Elizabeth!« befahl Augmon schneidend.

Aber Elizabeth ignorierte ihn. Ihre Augen funkelten, ihre Haltung war gebieterisch. »Wenn Sie versuchen sollten, mich aufzuhalten, werde ich mich vor Gericht dagegen wehren. Ich werde in der Presse kämpfen. Überall. Zu jeder Zeit. Ich werde mich wehren, und ich werde gewinnen.«

»Elizabeth!« Das Wort klang wie ein Befehl von Augmon, laut und endgültig, und es brachte sie zum Verstummen. Dann, ruhiger, gelassener, sagte er: »Sie werden sich nicht gegen sie wehren müssen.«

Alle Blicke richteten sich auf Augmon. Doch er fixierte Carl Granville. »Wie reich wollen Sie sein, Mr. Granville? In Ihren kühnsten Träumen. Denn, sehen Sie, ich kann Sie sehr, sehr reich machen.«

Carl starrte ihn für einen Moment völlig entgeistert an. »Ist es das? Nach all dem, ist das alles, worauf es für Sie hinausläuft? Auf *Geld*?«

»Aber natürlich«, erwiderte Augmon. »Auf was sollte es sonst hinauslaufen?« Er wandte sich um und sah Amanda an. »Wollen Sie eine Zeitung leiten? Sagen Sie mir, welche Ihnen gefällt. Wenn sie mir nicht gehört, kaufe ich sie Ihnen.« Und zu Father Patrick: »Wollen Sie eine eigene Kirche haben? Eine wohltätige Stiftung? Vielleicht ein Kinderkrankenhaus?« Und zu Tom Adamsons Mutter: »Nora, wollen Sie wirklich miterleben, wie das Vermächtnis Ihres Sohnes zerstört wird? Nur wegen einer billigen Rache? Ich kann das Andenken Ihres Sohnes in einer Weise glorifizieren wie niemand anderer. Ich kann ihn als Helden im Bewußtsein der ganzen Welt weiterleben lassen.« Augmon sprach wieder zu Carl. »Meine Reporter werden neue Beweise finden, die Ihre Unschuld zweifelsfrei beweisen. Wir werden innerhalb von wenigen Tagen Geständnisse von den Schuldigen vorliegen haben.«

»Von welchen Schuldigen?«

»Darum brauchen Sie sich nicht zu kümmern. Ich werde Schuldige finden. Und ich werde sie bestrafen.« Er trat ans Fenster und blickte hinaus in den Garten. Dann wandte er sich abrupt wieder zu Carl um. »Sie bereiten mir einiges Kopfzerbrechen, mein Junge. Aber ich bin bereit, einen Kompromiß zu schließen. Ich bin ein vernünftiger Mensch. Sie sollten dieses Angebot annehmen. Es ist das klügste, was Sie tun können. Und es ist das Optimum dessen, was Sie aus der Sache herausholen können.«

Carl erwiderte einen Moment nichts. Dann sagte er leise: »Sie sind für den Tod von vierzehn Menschen verantwortlich. Menschen sind keine Papiertaschentücher. Man kann sie nicht benutzen und anschließend achtlos wegwerfen.«

»Natürlich kann man das«, widersprach Augmon. »Das ist Politik. Das ist das *Leben*. Nehmen Sie das Angebot an, Carl. Sie können mir nichts antun. Ich kontrolliere zu viele Dinge und zu viele Menschen.«

»Wenn das wirklich der Fall ist«, ergriff Amanda nun wieder das Wort, »weshalb machen Sie uns dann überhaupt ein Angebot?«

»Weil es einfacher ist«, erwiderte Augmon mit entwaffnender Offenheit. »Und weil noch soviel anderes auf dem Spiel steht. Ich stehe kurz vor einem außerordentlichen Erfolg. Wenn Elizabeth Präsidentin ist, wird sie etwas tun, wogegen ihr verstorbener Ehemann sich starrköpfig und kurzsichtig gewehrt hat. Sie wird die wirtschaftlichen Sanktionen gegen China wegen Nichtbeachtung der Menschenrechte aufheben. Und dann werde ich mein Satelliten-Geschäft mit der chinesischen Regierung abschließen können, womit ich auf lange Sicht an die hundert Milliarden Dollar verdienen werde.« Er begann vor den Fenstern auf und ab zu gehen, zunehmend gefesselt von seinen eigenen Worten. »Können Sie sich überhaupt vorstellen, was einhundert Milliarden Dollar bedeuten? Ich habe da aufrichtige Zweifel. Und würde irgend jemand von Ihnen mir glauben, wenn ich erklärte, daß das Geld an und für sich überhaupt nicht der entscheidende Punkt ist? Auch das bezweifle ich entschieden. Wie könnten Sie auch? Aber Tatsache ist, daß es in der heutigen Welt eine Währung gibt, die noch wichtiger, noch entscheidender ist als Geld. Diese Währung lautet *Information*. Wer kontrolliert den Äther? Wer entscheidet, was die Menschen erfahren? Dort liegt die wahre Macht. Und ich bin im Begriff, der mächtigste Mensch der Weltgeschichte zu werden. Ich werde kontrollieren, was Milliarden von Menschen sehen und lesen und *denken*. Ich werde ihre Regierungen kontrollieren. Ich werde *sie* kontrollieren. Und glauben Sie mir, das ist keine Science fiction. Das ist die Wirklichkeit.« Er blieb jetzt stehen und fuhr sich ein wenig zerstreut mit einer Hand durchs Haar. »Deshalb mache ich Ihnen dieses Angebot. Und deshalb werden Sie es annehmen.«

Carl blickte zu Amanda. Dann zu Father Patrick und weiter zu Nora Adamson.

»Denken Sie nicht zu lange nach, mein Junge«, warnte Augmon. »Sie haben Ihre Sache bemerkenswert gut gemacht. Aber unterm Strich haben Sie nichts als Vermutungen und Andeutungen. Niemand wird Ihnen auch nur ein Wort glauben.«

»Vielleicht nicht«, gab Carl zu. »Aber man wird das Ergebnis eines DNA-Tests anerkennen.«

»Was für ein DNA-Test?« fragte Augmon langsam. »Mit was?«

»Mit den sterblichen Überresten«, antwortete Nora Adamson heiser und gab erneut Father Patrick ein Zeichen.

Als die Tür diesmal aufging, kam eine dürre, alte schwarze Frau herein. Elizabeth atmete bei ihrem Anblick zischend ein. Bis zu diesem Moment war sie einigermaßen sicher gewesen, daß alles wie geplant gutgehen würde. Daß diese Leute mit

Freuden annehmen würden, was man ihnen anbot. Aber sie wußte instinktiv, wer diese Frau war. Sie wußte es, weil ihr linkes Auge von einem großen dunklen Ring umgeben war, der aussah wie ein schreckliches Brandzeichen.

Und sie wußte, was Momma One-Eye in dieser zersplitterten und halbverfaulten Holzkiste hereinbrachte.

Elizabeth wußte es. Und diese Erkenntnis war wie ein brutaler Schlag, eine physische Attacke auf ihren Körper. Er schüttelte sie durch, und für einen kurzen Moment hatte Elizabeth Adamson Mühe, einen Atemzug zu machen. Sie schloß die Augen, kämpfte darum, ihre Fassung, ihre Selbstsicherheit zurückzugewinnen. Sie versuchte sich einzureden, daß ihr Lebenstraum nicht vor ihren Augen zerrann. Kämpfte darum, ihren eigenen Beschwichtigungen zu glauben. *Das kann nicht sein. Ich werde nicht untergehen. Ich habe nicht bis heute gekämpft, um von diesen unwichtigen, armseligen Menschen besiegt zu werden …*

Momma One-Eye legte die Kiste behutsam auf den Schreibtisch, wobei sie ein leises Gebet murmelte. Dann öffnete sie die Kiste. Und alle starrten gebannt auf das winzige Skelett darin.

»Sag hallo zu meinem kleinen Baby, Lizzie«, verlangte Nora mit halberstickter Stimme. »Sag hallo zu meinem armen Baby Gideon.«

»Die DNA seiner sterblichen Überreste dürfte mit denen Tom Adamsons übereinstimmen«, erklärte Amanda ruhig. »Damit wäre der Beweis erbracht, daß er Adamsons Bruder war. Und Noras Sohn. Womit der Wahrheitsgehalt der Geschichte bestätigt wird.«

»Ein billiges Schauspiel«, entgegnete Augmon geringschätzig. »Und absolut ohne Bedeutung. Ein solcher Test kann gar nicht durchgeführt werden. In ein paar Stunden werden Tom Adamson und seine DNA für alle Ewigkeit begraben sein. Das können Sie nicht verhindern. Und es wird keinen einzigen Richter im ganzen Land geben, der auf Grund derartiger fadenscheiniger Beweise die Einwilligung zur Exhumierung des Präsidenten der Vereinigten Staaten geben würde.«

»Im Bethesda Naval Hospital wird für Notfälle ein Vorrat

von Präsident Adamsons Blut unter Verschluß gehalten«, klärte Amanda ihn auf.

Augmon blickte fragend zu Elizabeth. Sie erwiderte seinen Blick und nickte. Und mit diesem Nicken schien es, als würde sie in sich zusammenfallen.

»Wir können Gideon zu einem anständigen christlichen Begräbnis verhelfen«, sagte Momma One-Eye zu Nora. »In geweihter Erde. Damit dein Baby endlich in Frieden ruhen kann.«

»Ja.« Nora nickte. »Und dann würde ich auch endlich Frieden finden.«

Damit stand Nora langsam auf. Sie knöpfte ihre Bluse auf und holte ein winziges Mikrofon heraus, das in ihrem Kragen befestigt war.

»Dank der computertechnischen Kenntnisse einer Ihrer jüngeren *Journal*-Angestellten«, erklärte Amanda dem entgeisterten Augmon, »schickt dieses Mikrofon ein Funksignal zu einem Netphone. Dieses Netphone ist ans Web angeschlossen. Daher war unsere Unterhaltung in voller Länge übers Internet zu verfolgen. Wort für Wort.«

»Nein ... das stimmt nicht ...« Elizabeth brachte diese Worte kaum über die Lippen. Sie war überwältigt von einem Gefühl unendlicher Leere. Sie kam sich vor, als schrumpfe sie zusammen, als verwandelte sie sich in Nichts. »Sie haben ... sie konnten unmöglich ...«

»Spätestens bis Mittag werden Millionen Internetsurfer über alles informiert sein«, fuhr Amanda fort. »Und morgen weiß es die ganze Welt, dank der Informationsrevolution, die anzuführen Sie, Lord Augmon, so stolz sind.«

»Das bedeutet gar nichts«, erwiderte Augmon. »Vor einem Gericht ist ein solches Tondokument nicht zugelassen. Sie dürfen uns nicht ohne unser Wissen oder unsere Einwilligung abhören. Das ist illegal.«

»Dann verklagen Sie uns.« Amanda starrte Augmon angriffslustig an.

»Wir sind hier nicht in einem Gericht«, ergriff nun Carl das Wort. »Sondern wir befinden uns im Blickpunkt der öffentlichen Meinung. Gerüchte, Andeutungen, Verdächtigungen ...

das alles ist dort zugelassen. Mein Gott«, sagte er grinsend, »das sind *Nachrichten*.«

Augmon schrie plötzlich auf. Er wirbelte herum, stürzte sich auf Nora und versuchte, ihr das Mikrofon zu entreißen. Carl schob sich zwischen sie und schleuderte den Medienmogul zurück in einen Sessel. Augmon starrte blinzelnd zu ihm hoch. Plötzlich klang seine Stimme weinerlich und sehr weit weg. »Sie können nicht annähernd ermessen, was ich erreicht habe, nicht wahr? Die Intelligenz, die nötig war, das Ganze in Szene zu setzen. Diese Weitsicht. Der unvergleichliche Mut. Niemand hat geschafft, was ich geschafft habe.« Für einen kurzen Moment sah Lord Lindsay Augmon, der mächtigste Medienmogul der Welt, nicht viel anders aus als ein kleiner Junge, der soeben erfahren hatte, daß er das Fahrrad, das er sich zu Weihnachten gewünscht hat, nun doch nicht kriegen würde. Er sackte geschlagen in seinem Sessel zusammen. Nach einigen Sekunden flüsterte er: »Wie konnten Sie mir das antun?«

Carl durchquerte mit wenigen Schritten den Raum und streckte die Hand nach Augmons Kehle aus. Er legte die Finger sacht gegen die schlaffe Haut des Engländers. Dann zog er behutsam und sorgfältig den Knoten von Lord Augmons dunkelblauer Seidenkrawatte gerade.

»Wie ich Ihnen das antun konnte?« wiederholte Carl die Frage. Er dachte daran, wie einfach es gewesen wäre, das Spiel des Milliardärs mitzuspielen, wie sich ihm die Chance geboten hatte, alles zu kriegen, was er sich je für sich und für Amanda gewünscht hatte. Dann lächelte er Lord Augmon an. Es war ein jungenhaftes, fröhliches Lächeln. Das Lächeln, mit dem er Amanda Mays für sich gewonnen hatte. Es war lange her, seit Carl Granvlle so gelächelt hatte. »Lord Augmon«, sagte Carl schließlich, »es war mir ein besonderes Vergnügen.«

Epilog

16. Juli–24. August

Teilmanuskript der ANN-Reportage des Staatsbegräbnisses für Präsident Thomas Adamson am 15. Juli:

JOHN BURROUGHS, Chef-Kommentator: *Die Sonne geht bald unter, und der letzte Weg des Präsidenten neigt sich dem Ende zu. In wenigen Minuten wird Thomas Adamson beerdigt, und für seine Familie, seine Landsleute, die Trauergemeinde auf der ganzen Welt beginnt ein neues Leben ohne ihn. Während wir uns darauf vorbereiten mitzuerleben, wie der Sarg des Präsidenten in die Erde gesenkt wird, denke ich, daß wir diesen Akt schweigend verfolgen und unseren Gedanken und Gefühlen Gelegenheit geben sollten, sich zu setzen. Ich jedenfalls weiß nicht mehr, was ich um diese späte Stunde noch sagen sollte. Wir haben hier und heute viele Worte gehört. Worte, die Erinnerungen geweckt haben, und Worte von großer Bedeutung für unsere Gegenwart und für die Geschichte. Aber von allen Worten, die wir an diesem traurigen Tag gehört haben, von all der Trauer, derer wir Zeuge wurden, war nichts so bewegend gewesen wie die Ansprache von Father Patrick Jennings, dem Pastor der St. Stephen's Kathedrale.*

Wie viele von Ihnen wissen, stand Father Jennings während der vergangenen Woche im Mittelpunkt einer Affäre, in deren Zusammenhang er plötzlich auf rätselhafte Weise verschwand. Sein Verschwinden wirft noch immer zahlreiche Fragen auf, die schnellstens beantwortet werden müssen. In seiner Ansprache deutete er an, daß die Wahrheit in Kürze ans Tageslicht kommen und Schuldige zur Rechenschaft gezogen würden. Diese Andeutungen werden sicherlich im Laufe der Zeit entsprechende Aufklärung erfahren. Aber der Kern seiner Aussagen bedarf keiner weiteren Erklärung.

Während Präsident Adamsons sterbliche Hülle nun in den Nationalfriedhof Arlington gebracht wird, lassen Sie mich aus Father Jennings wunderbarer Rede zitieren: »Wir alle sollten begreifen, daß der Tod kein großer Zerstörer ist. Er zerstört weder die Taten noch den Sinn, wodurch das Leben eines jeden Menschen bestimmt wurde und sich auszeichnete. Er macht arme Menschen nicht reich oder große Menschen klein. Und wenn der Tod kommt, dann sollten wir weder sein Erscheinen noch die Person, die er mitnimmt, verklären. Vielmehr sollten wir den Tod als das betrachten, was er ist: als eine Grenze, die wir alle überschreiten müssen, eine Grenze, die, mehr als alles andere, unser Leben bestimmt. Klagt nicht um die, die diese Grenze überschreiten. Denkt lieber über das nach, was sie hinterlassen. Es ist die einzige Wahrheit, die wir auf dieser Erde erfahren. Wenn das, was übrigbleibt, bedeutend ist, dann sollte man es rühmen. Wenn es gering ist, sollte man daraus lernen und aus dieser Erkenntnis einen Gewinn ziehen. Und diese Erkenntnis nutzen, um dem eigenen Leben mehr Wahrheit, mehr Liebe, mehr Zauber zu verleihen.«

Lassen Sie uns jetzt beten, während wir von Präsident Thomas Adamson Abschied nehmen …

Teilmanuskript der ANN-Live-Reportage der Pressekonferenz von Elizabeth Adamson am 17. Juli:

ELIZABETH ADAMSON, ehemalige First Lady der Vereinigten Staaten: *Was ich zu sagen habe, wird vermutlich viele Menschen überraschen. Die Ereignisse der letzten Tage waren für mich, für mein Land und für die ganze Welt überwältigend. Die Nation hat ihren Führer verloren, die Welt ein Symbol und eine Stimme der Vernunft, aber für mich ist das Schmerzlichste, daß ich meinen Ehemann verloren habe. Ich finde es ziemlich ungewöhnlich, daß so viele Menschen glauben, ich könnte Tom Adamson ersetzen. Aber ich stehe hier und jetzt vor Ihnen, um Ihnen zu erklären, daß ich das nicht kann. Daß ich nicht die Nachfolge meines geliebten Mannes antreten werde.*

Denen, die jetzt enttäuscht sind, kann ich nur danken und ih-

nen sagen, daß ich mich geschmeichelt fühle. Ich danke für Ihre Unterstützung und Ihre Liebe. Aber ich werde mich nicht zur Wahl um das Amt des Präsidenten der Vereinigten Staaten stellen. Jetzt nicht, morgen nicht, niemals.

Von Seite 5 des *Washington Journal* vom 22. Juli

HEIMLICHES SEEBEGRÄBNIS

Washington, D.C.: *Ein Hollywood-Filmteam auf der Suche nach Unterwasserdrehorten für den Film* Mission Impossible II *entdeckte heute auf dem Grund des Potomac River eine Leiche. Tauchern des Teams bot sich ein seltsamer Anblick – ein fast neuer Kühlschrank lag auf dem Grund des Flusses. Neugierig geworden, richtete das Team den Kühlschrank auf und entdeckte, als die Tür geöffnet wurde, eine männliche Leiche.*

Die Polizei hat bislang keinerlei Informationen herausgegeben und sich auch noch nicht über Theorien geäußert, wie die Leiche möglicherweise in ihren merkwürdigen Sarg gelangt sein könnte. Es heißt jedoch, daß bereits mehrere vielversprechende Spuren verfolgt würden und daß eine Identifizierung unmittelbar bevorstünde.

Titelmeldung der *New York Times* vom 29. Juli:

AUGMON VERKAUFT U.S.-HOLDINGS

von Amanda Mays, Sonderkorrespondentin der *New York Times*

Angesichts zahlreicher Gerüchte, unbewiesener Behauptungen und der Aussicht auf einen Skandal, der sein gesamtes Finanzreich zum Einsturz zu bringen droht, hat Lord Lindsay Augmon heute bestätigt, daß er seine umfangreichen Medienbeteiligungen in den Vereinigten Staaten verkaufen wird. Erwartet wird der Verkauf der Apex Studios, zu denen Apex Films, Apex Animation und Apex Television Productions gehören, sowie Apex Broadcasting Network mit ANN, dem Vierundzwanzig-Stunden-Nachrichtendienst, und alle Apex-Beteiligungen an Buch-, Zeitungs- und Illustriertenverlagen.

Lord Augman war nicht gewillt, Fragen von Journalisten zu beantworten. In einer Presseerklärung machte er die restriktive Wirtschafts- und Finanzpolitik von Präsident Jeremiah Bickford verantwortlich, die, wie er verlauten ließ, »bis ins nächste Jahrhundert weitergeführt werden dürfte und damit Expansion und Profitmaximierung unmöglich macht. Es ist eine tragische Folge von Präsident Bickfords Kurzsichtigkeit, daß Geschäftsleute mit Visionen nun ihre Unternehmungen ins Ausland verlegen müssen, wenn sie expandieren und höhere Gewinne einfahren wollen.«

Lord Augmon erwähnte in seiner Presseerklärung nicht das explosive und umstrittene Manuskript seines »Geständnisses«, das am 15. Juli im Internet erschien und die zur Zeit andauernde Untersuchung seiner, und der ehemaligen First Lady Elizabeth Adamson, Beteiligung an zahlreichen Verbrechen ausgelöst hat, darunter auch die mutmaßliche Ermordung des Secret Service-Agenten H. Harrison Wagner. Er hat bereits zu einem früheren Zeitpunkt die Authentizität des Manuskripts bestritten und erklärt: »Es ist eine absolute Unverschämtheit, ein übler Scherz, der beweist, wie gefährlich Kommunikationseinrichtungen sein können, wenn sie der Öffentlichkeit in einem Ausmaß zugänglich gemacht werden, die eine Kontrolle der Inhalte unmöglich macht.«

Die umfangreiche Untersuchung wird von Sonderermittler Philip Arnold geleitet. Mr. Arnold, der kurz nach Erscheinen des Manuskripts im Internet von Präsident Bickford eingesetzt worden ist, lehnte einen Kommentar bisher ab.

Von der Titelseite des Wirtschaftsteils der *New York Times* vom 4. August:

CHINA SCHLIESST WELTWEITES SATELLITEN-GESCHÄFT AB

Peking, China: Zu einem historischen Ereignis auf dem Kommunikationssektor kam es heute, als die chinesische Regierung in einem Multimilliarden-Dollar-Vertrag drei internationalen Kommunikationsfirmen die Teilrechte an Chinas Satelliten-, Kabelfernseh- und Telefongeschäft überließ.

In einem in dieser Form bisher noch nie dagewesenen Vertragswerk ist festgelegt, daß Rupert Murdochs News Corp., Time Warner und France Telecom für einen Zeitraum von zehn Jahren gemeinsam den Ausbau und die Nutzung …

Eine warme Welle rollte sanft den Strand hinauf. Amanda Mays lag da und blickte durch ihre dunkle Sonnenbrille ins gleißende Sonnenlicht. Sie lächelte.

»Was siehst du?« wollte Carl Granville von ihr wissen.

»Ich habe dich noch nie braungebrannt gesehen.«

»Ich war aber schon mal braungebrannt.«

»Wann?«

»Einmal habe ich in meinem alten Apartment den Herd anzünden wollen – du kennst doch das Ungetüm mit der Zündflamme –, und ich ging ein wenig zu nahe heran und … na ja, ich war nicht richtig braun, eigentlich war es mehr rosa oder orange, wenn ich mich recht erinnere.«

»Ich bin glücklich«, sagte Amanda. »Du auch?«

»Ich bin glücklich«, sagte er.

Sie hatten untertauchen müssen. Die Gerichtsverhandlungen und die Tatsache, daß sie nicht einmal unbehelligt über die Straßen gehen konnten, waren unerträglich geworden. Ohne ein festes Ziel waren sie einfach nach St. Thomas geflüchtet, hatten sich dort bei einigen Seglern erkundigt und waren schließlich in einem winzigen Motel auf der Südseite von St. John gelandet. Hundert Meter von ihrer Hütte entfernt, befand sich eine Bar, die Soggy Dollar hieß. Die Bar hatte ihren Namen aus einer Zeit, als ein Boot noch nicht bis ans Ufer gelangen konnte und man gezwungen war, an Land zu schwimmen. Die nassen Geldscheine wurden dem Barbesitzer übergeben, der sie dann einzeln an die Wand nagelte, damit sie trocknen konnten, und seinen Gästen gestattete, auf Kredit zu trinken. Das Etablissement eine Bar zu nennen war vermutlich weit übertrieben. Im Grunde war es nicht mehr als ein Stück Strand mit ein paar Tischen, Sonnenschirmen und einem schwarzen Barkeeper namens Big Willie, der etwas Köstliches mit Rum zaubern konnte, das Painkiller genannt wurde. Aber es erfüllte bei ihnen genau den richtigen Zweck. Carl und Amanda hatten in den vergangenen Tagen nur wenig mehr getan, als ihre Cocktails zu trinken, im Sand zu liegen, im Meer zu baden und sich so oft und ausgiebig zu lieben, wie sie es vermochten.

»Ich bin absolut glücklich«, wiederholte Carl. »Und du fragst doch, weil …?«

»Weil wir nicht für immer hierbleiben können. Sogar Big Willie möchte, daß wir irgendwann unsere Rechnung bezahlen.« Carl sagte nichts. Er richtete sich auf, wischte sich ein paar Sandkörnchen von der Brust und blickte hinaus auf das blaugrüne Wasser. »Die *Times* möchte mich fest einstellen«, sagte sie.

»Das überrascht mich nicht«, meinte Carl. »Deine Serie war ja auch erstklassig.«

»Und das *Journal* will mich zurück haben. Nun, da Augmon den Laden verkauft, soll ich die Lokalredaktion leiten.«

»Auch das überrascht mich nicht«, sagte Carl. »Jeder weiß, daß du die Beste bist.«

»Ich glaube, ich möchte den Job beim *Journal*. Aber dafür müßte ich in Washington leben.«

»Na ja …« Carl rutschte unbehaglich auf dem Badetuch hin und her. »Ich muß schon bald nach New York zurück. Um den Vertrag für das Buch zu unterschreiben. Meinen neuen Lektor kennenlernen. Und so weiter.«

»Ach ja«, sagte sie, ohne ihn anzuschauen.

»Weißt du, was ich denke?« murmelte er. »Ich denke, daß Washington ein sehr schöner Ort sein könnte, um dort ein Buch zu schreiben.« Dann nahm sie die Sonnenbrille ab und musterte ihn. »Für eine kleine Weile zumindest.«

»Du meinst für einen Monat oder so?« fragte sie.

»Für einen Monat, vielleicht. Oder für zwei Monate … oder sechs Monate … oder sechs Jahre …«

Sie legte eine Hand auf seine Schulter und fuhr mit einem Fingernagel langsam an seinem Arm hinab. Ihr Lächeln war wieder da.

Sie unterbrachen ihren Kuß erst, als sie eine Bewegung hinter der Bar hörten. Sie schauten auf und sahen Big Willie, auf dessen Gesicht ein breites Grinsen lag. Ein Techniker stand auf einer Leiter und montierte eine kleine Satellitenschüssel auf dem Schilfdach.

»Endlich«, sagte Willie. »Satellitenfernsehen. Mann, jetzt haben wir *alles*.«

Der Techniker auf dem Dach gab durch ein Handzeichen zu verstehen, er solle den kleinen Fernseher am Ende der Bartheke einschalten. Big Willie betätigte den Schalter und hantierte dann mit der außerordentlich kompliziert aussehenden Fernbedienung herum. In schneller Folge wurden drei Baseballspiele eingeblendet. Und mehrere alte Kinofilme. Dann eine Wiederholung von *Die wunderbaren Jahre*. Schließlich löste Big Willie den Finger vom Knopf und blieb bei einem Kanal hängen. Die Nachrichten von ANN. Ein Sprecher verkündete: »Die ehemalige First Lady der Vereinigten Staaten, Elizabeth Cartwright Adamson, wird heute in Owens, Mississippi, angeklagt. Sie wurde im Haus ihrer Schwiegermutter, Wilhelmina Nora Adamson, der Mutter des verstorbenen Präsidenten, Thomas Adamson, verhaftet. Der ehemaligen First Lady wird in vier Fällen Behinderung der Justiz und in drei Fällen Beteiligung an einem Mordkomplott vorgeworfen.

Mrs. Adamsons Rechtsanwalt, T. Gene Monahan, nannte die Vorwürfe unbegründet. Außerdem protestierte Mr. Monahan gegen die seiner Meinung nach völlig unangemessen strenge Behandlung seiner Mandantin. Darauf folgte eine Videosequenz, in deren Verlauf Monahan erklärte: »Diese abenteuerlichen Anschuldigungen stammen, wie allgemein bekannt ist, aus höchst zweifelhaften Quellen und werden mit an Sicherheit grenzender Wahrscheinlichkeit rundum entkräftet und aus dem Weg geräumt. Elizabeth Adamson ist eine Patriotin und Heldin und –«

Big Willie drückte auf einen anderen Knopf an seiner Fernbedienung. »Wer will diesen Unsinn sehen?« fragte er kopfschüttelnd. Und dann, als er ein anderes Programm eingeschaltet hatte, kehrte sein Grinsen zurück. »Da gefällt mir das schon viel besser.«

Carl und Amanda verfolgten das neue Programm einige Sekunden lang.

Will-maaaa! Wo bleibt mein Brontosaurusburger?

Die Gäste an der Bar lachten schallend.

Carl küßte Amanda erneut und entfernte mit der Zungenspitze ein paar Sandkörner, die auf ihrer Oberlippe klebten. Dann ließen sie sich ins Wasser gleiten und entfernten sich vom Strand und dem Gelächter in der Bar.

-ENDE-

Eliot Pattison

Der fremde Tibeter

Roman

Aus dem Amerikanischen von Thomas Haufschild

493 Seiten. Gebunden

ISBN 3-352-00564-8

Hunger und härteste Arbeit: In der 404ten Baubrigade, einem Gulag in Tibet, werden buddhistische Mönche, Mörder und politische Abweichler gemeinsam von den chinesischen Machthabern gefangen gehalten. Unter den Häftlingen ist der frühere Polizei-Inspektor Shan, einst »der letzte ehrliche Mann in Peking«. Jetzt muß er klären, wie eine Leiche ohne Kopf ins Lager gekommen ist. Die Suche in einem versteckten Kloster, dem Herz des tibetischen Widerstands, wird zu einer abenteuerlichen Reise in eine mystische Welt.

R & L

Rütten & Loening

Philippa Gregory
Die Lügenfrau

Roman
Aus dem Englischen von Ulrike Seeberger
486 Seiten. Gebunden
ISBN 3-352-00566-4

Isobel, schlecht bezahlte Romanautorin, weiß nicht mehr, wie sie das Geld für sich und ihren kranken Mann verdienen soll. Da macht ihr Literaturagent den Vorschlag, unter einem Pseudonym einen Bestseller zu schreiben. Die Verlage bieten horrende Summen, doch sie wollen eine Autorin, die sie den Medien präsentieren können. So wird Zelda erschaffen, eine wasserstoffblonde, mondäne Schönheit, die Isobels Leben total verändert. Doch das Doppelleben wird ihr bald zum Verhängnis, sie ahnt nicht im geringsten, auf welches gefährliche Spiel sie sich mit ihren Lügen eingelassen hat.

»*Die Lügenfrau* ist deswegen so fesselnd, weil die beschriebenen Sehnsüchte so echt sind!«

The New York Times

R & L

Rütten & Loening

Alys Clare

Der Fluch komme über euch

Historischer Kriminalroman
Aus dem Englischen von Ana Maria Brock
275 Seiten
ISBN 3-7466-1622-0

England 1189: Ein alter Eichenhain in der Nähe eines Klosters wurde gefällt, und mehrere Männer, die dabei die Axt geschwungen haben, findet man kurze Zeit später tot auf. Das abergläubische Volk in der Umgebung denkt, ein Waldgeist habe Rache genommen. Ritter d'Aquin, der in der Nähe des Klosters lebt, wird von der Äbtissin Helewise um Hilfe gebeten. Beide sind davon überzeugt, daß hier keineswegs übernatürliche Kräfte die Hand im Spiel haben.

Peter Tremayne
Tod im Skriptorium

Historischer Kriminalroman
Aus dem Englischen von Friedrich Baadke
ca. 400 Seiten
ISBN 3-7466-1526-7

Irland, Mitte des 7. Jahrhunderts: Im Skriptorium einer berühmten keltischen Abtei wird ein altehrwürdiger Gelehrter ermordet. Der König des Nachbarreichs, in dessen Auftrag er in der Abtei forschte, verlangt als Wiedergutmachung ein umstrittenes Grenzgebiet und droht mit Krieg, falls man seine Forderung nicht erfüllt. Schwester Fidelma, eine Nonne königlichen Geblüts, stößt bei ihren Bemühungen, den Mord aufzuklären, auf ein verschlungenes Netz unterschiedlicher politischer und privater Interessen.

AtV
Aufbau Taschenbuch Verlag

Per Holm

Der Untergang der Estonia

Roman

Aus dem Dänischen von Knut Krüger

356 Seiten

ISBN 3-7466-1639-5

Am 28. September 1994 gerät die Fähre »Estonia« auf dem Weg von Tallinn nach Stockholm in ein Unwetter und sinkt. Es ist neben dem Untergang der »Titanic« eine der größten und rätselhaftesten Schiffkatastrophen der modernen Seefahrt. Über 850 Menschen finden den Tod. Per Holm schildert eindringlich die Vorgänge an Bord – den Kapitän, der keine Verspätung zulassen will, die ahnungslosen Touristen sowie die dunklen Machenschaften, die unter Deck vor sich gehen. Mitten in dunkler Nacht erreicht ein Funkspruch das Schiff: Unter keinen Umständen darf eine gewisse Ladung den schwedischen Hafen erreichen. Nichts ist packender als die Wirklichkeit – ein Thriller, der Licht in das Dunkel einer großen Katastrophe bringt.

Eva Maaser

Das Puppenkind

Kriminalroman
304 Seiten
ISBN 3-7466-1636-0

In der Fußgängerzone von Steinfurt wird in einem abgestellten Kinderwagen eine Babyleiche gefunden, die einer Puppe täuschend ähnelt. Wie sich herausstellt, ist das Kind fachgerecht präpariert worden. Zeugen haben eine Frau mit dem Wagen gesehen. Zusätzliche Brisanz erhält der Fall, als ein Baby entführt wird und die Ermittler davon ausgehen müssen, daß sich die Täterin eine neue Puppe schaffen will. Kommissar Rohleff und sein Team ermitteln fieberhaft, um das Leben dieses Kindes zu retten. Ein Wettlauf mit der Zeit beginnt ...

Barbara Krohn

Weg vom Fenster

Roman

384 Seiten

ISBN 3-7466-1595-X

Mord an Paul Breitkreuz, dem umschwärmten Herzensbrecher und Mittelpunkt eines höchst aktiven Literaturzirkels! Der Verdacht liegt nahe, daß es sich um ein Verbrechen aus Eifersucht handelt, aber Kommissarin Freya Jansen kann nicht so recht daran glauben. Fieberhaft beginnt sie die Ermittlungen und bekommt bald unverhoffte Unterstützung.

»Der deutschsprachige Krimi hat nur eine Chance, wenn viel häufiger solche Talente wie Barbara Krohn nachwachsen.«

Buchjournal

AtV

Aufbau Taschenbuch Verlag

Karel G. van Loon

Passionsfrucht

Roman

Aus dem Niederländischen von Arne Braun

240 Seiten. Gebunden

ISBN 3-378-00631-5

Als Armin Minderhout im Krankenhaus erfährt, daß er keine Kinder zeugen kann, gerät er ins Grübeln. Diese Entdeckung stellt sein gesamtes bisheriges Leben völlig in Frage, denn der Vater seines dreizehnjährigen Sohns Bo muß demnach ein anderer sein. Bos Mutter starb vor zehn Jahren – mit ihr kann Armin also nicht mehr sprechen. Das rosige Bild, das Armin von der Vergangenheit hatte, bröckelt. Und so macht er sich, von der quälenden Entdeckung getrieben, auf die Suche nach dem biologischen Vater von Bo – dem »Täter«, wie er ihn nennt.

»Passionsfrucht« ist ein Psychogramm, ohne zu psychologisieren, ein Melodram ohne Larmoyanz, ein Krimi, der falsche Fährten legt – und dessen Auflösung in jeder Hinsicht überraschend ist.

Gustav Kiepenheuer

VERLAG

Barbara Voors
Klaras Tagebuch

Roman
Aus dem Schwedischen von Gisela Kosubek
304 Seiten. Gebunden
ISBN 3-378-00630-7

Mit Mann und Tochter führt Saskia in Amsterdam ein glückliches Leben. Bis ein harmloser Fahrradunfall ihre mühsam verdrängte Vergangenheit wieder wach werden läßt: Die Erinnerung an die Zwillingsschwester Klara, die bei der Mutter in Schweden aufwuchs, kehrt zurück. Zehn Jahre ist es her, daß Klaras beste Freundin und deren Geliebter erschossen wurden, seitdem ist Klara verschwunden.
Saskia reist zur Sommerinsel ihrer Kindheit nach Schweden. In den Stockholmer Schären warten nicht nur Klaras Tagebücher auf sie. Seit Jahren lebt dort auch der inzwischen pensionierte Kriminalinspektor Adolfsson, der den mysteriösen Mordfall damals mangels Beweisen zu den Akten legen mußte. Ein doppelbödiger Roman um die geheimnisvolle Beziehung zweier Frauen.

»Ein spannendes Buch von einer jungen Autorin, die wirklich eine Geschichte erzählen kann – sowohl was die Handlung angeht als auch die Gefühlswelt der Personen.«

Marianne Frederiksson

Donna W. Cross
Die Päpstin

Roman
Aus dem Amerikanischen von Wolfgang Neuhaus
566 Seiten
ISBN 3-7466-1400-7

Johanna von Ingelheim wird im Jahr 814 in einem fränkischen Dorf geboren und stirbt, kaum vier Jahrzehnte später, als Mann verkleidet, im Amt des höchsten Würdenträgers der heiligen Kirche. Donna W. Cross erzählt die faszinierende Geschichte einer bis ins 17. Jahrhundert populären Frauengestalt, deren Name aus den Annalen des Vatikans getilgt wurde.

»Ein packender Unterhaltungsroman zu einem umstrittenen Thema.«
Hannoversche Allgemeine Zeitung

»Bei aller Abenteuerlichkeit der Handlung fesselt der Roman durch historisch belegte, atmosphärisch pralle Alltagsbilder.« *Badische Zeitung*

AtV
Aufbau Taschenbuch Verlag